홍루몽

紅樓夢

5

조설근 지음 · 홍상훈 옮김

솔

향릉 香菱

香菱

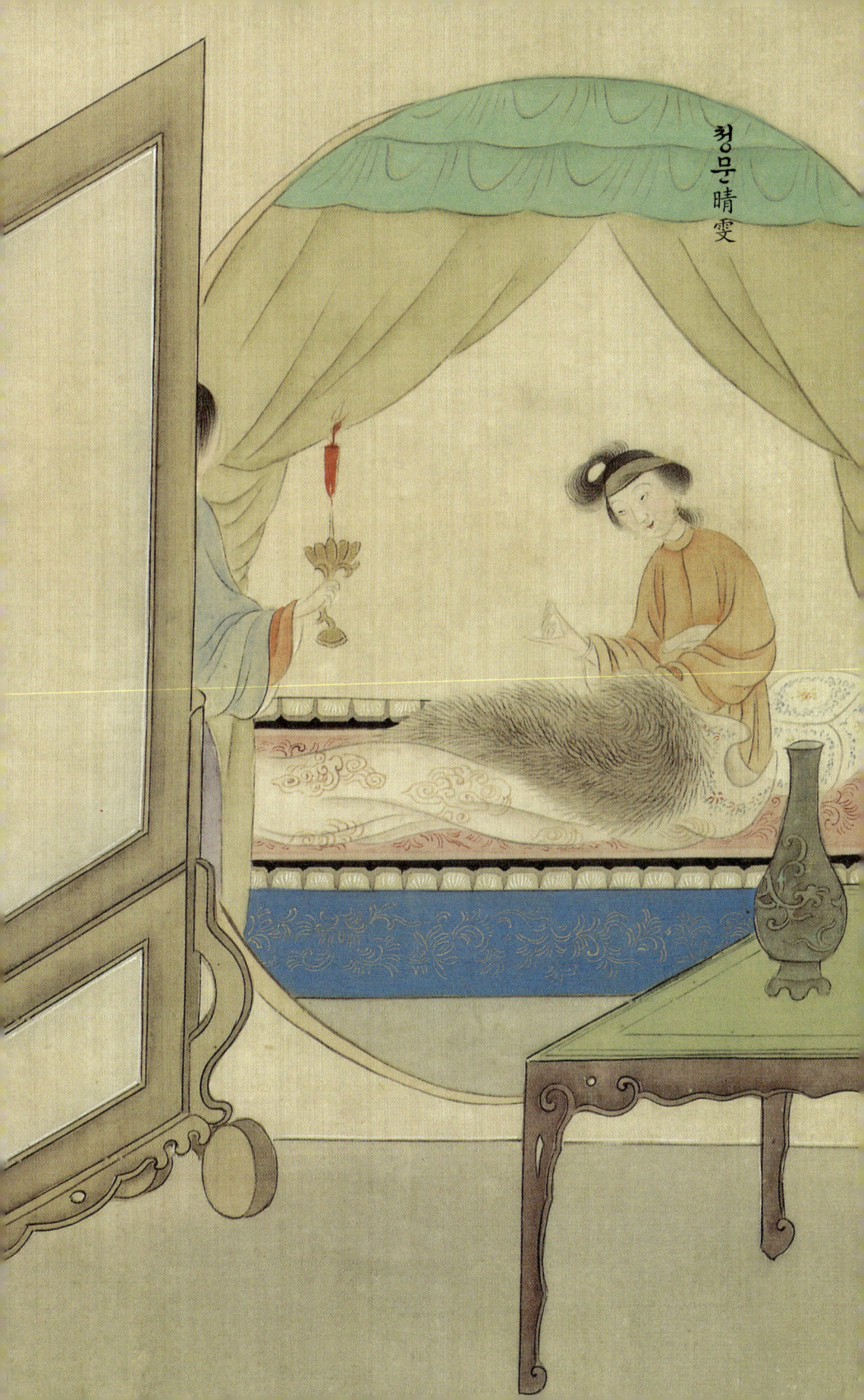
청문 晴雯

| 일러두기 |

1 — 이 번역은 조설근曹雪芹 · 고악高鶚 저, 『홍루몽紅樓夢』(북경北京: 인민문학출판사 人民文學出版社, 1996)을 완역한 것이다.
2 — 독자들의 이해를 돕고자 각 권의 책 뒤에 역자 주석과 함께 가계도, 등장인물 소개, 찾아보기, 대관원 평면도, 연표 등을 부록으로 붙였다. 번역의 주석은 저본底本의 주석과 기타 문헌을 참조하여 각 회마다 1, 2, 3, 4⋯ 차례대로 번호를 매겨 붙였으며, 특별한 경우가 아니면 저본의 원래 주석은 따로 구별하여 밝히지 않았다. 본문의 등장인물에는 •, 찾아보기에는 * 표시를 하고, 부록 면에 각각 가나다 순으로 간단한 설명을 달아두었다.
3 — 이 번역에서 책 제목은 『 』로, 시나 짧은 문장, 그림 제목, 노래 제목 등은 「 」로 표시했다.
4 — 등장인물에 대한 호칭은 대화를 비롯하여 특별히 필요한 경우가 아니면 일괄적으로 본명으로 표기했다. (예: 가우촌→ 가화, 진사은→ 진비)
5 — 본문에 인용된 시 구절은 주석의 분량이 길어지는 것을 감수하고 가능한 한 원작 전체를 소개했는데, 이는 해당 구절의 정확한 의미와 인용된 맥락을 이해하는 데 도움을 주기 위해서이다.
6 — 각 권 앞에 실은 그림들은 청나라 때 개기改琦가 그린 것으로 『청채회홍루몽도영 淸彩繪紅樓夢圖詠』(중국서점, 2010)에 수록된 것이다. 본문 중 각 회마다 사용된 삽화는 『전도금옥연全圖金玉緣』의 공개된 삽화를 다듬어 사용한 것이다.
7 — 본문에서 시詩, 사詞, 부賦 등 문학작품, 역자 주석이 달린 부분, 성어成語, 의미 강조가 필요한 부분, 동음이의어와 인명, 지명, 사물명 등 처음 나오는 고유명사에 한자를 병기했다. 부록의 각 항목에도 한자가 병기되어 있으며, 한글과 독음이 다를 경우 〔 〕를 사용했다.

| 차례 |

제70회 임대옥은 도화사를 다시 세우고
　　　 사상운은 우연히 버들 솜의 노래를 짓다　21

제71회 불평 많은 사람은 일부러 불평거리를 만들고
　　　 원앙은 뜻밖에 짝 한 쌍을 만나다　45

제72회 자존심 강한 왕희봉은 자기 병을 숨기고
　　　 내왕댁은 위세를 믿고 억지로 사돈을 맺다　71

제73회 어수룩한 계집애는 줍지 말아야 할 수춘낭을 줍고
　　　 나약한 아가씨는 머리 장식 훔친 유모를 문책하지 않다　91

제74회 간악한 참소에 속아 대관원을 수색하고
　　　 고고한 절개를 지키기 위해 녕국부와 연을 끊다　113

제75회 밤에 잔치를 여니 이상한 징조로 슬픈 소리 들리고
　　　 중추절 새 노래 감상하다가 훌륭한 참언을 얻다　143

제76회 철벽당에서 피리 소리 감상하다 처량함을 느끼고
　　　 요정관에서 연구를 짓다가 적막함에 슬퍼하다　171

제77회 어여쁜 시녀는 억울한 마음 품고 요절하고
　　　 고운 배우는 정을 끊고 수월암으로 들어가다　199

제78회 늙은 학사는 한가로이 아름다운 사를 모으고
　　　 정에 빠진 공자는 멋대로 부용을 위한 조문을 짓다　227

제79회　설반은 사나운 부인 얻은 걸 후회하고
　　　　가영춘은 배덕한 이리에게 잘못 시집가다   265

제80회　향릉은 탐욕스러운 남편에게 억울한 매를 맞고
　　　　왕도사는 엉터리로 질투 고치는 처방을 지껄이다   279

제81회　운수를 점치려고 네 미녀와 함께 낚시질을 하고
　　　　아버지의 엄명을 받들어 두 번째로 글방에 들어가다   299

제82회　노선생은 글 뜻을 해설하여 어리석은 마음 경계하고
　　　　병 많은 임대옥의 영혼은 악몽에 놀라다   319

제83회　궁궐에 들어가 귀비에게 병문안을 하고
　　　　규방의 소동에 설보차는 말을 삼키다   343

제84회　문장을 시험 친 후 처음으로 가보옥의 혼담이 오가고
　　　　경기 일으킨 가교저를 보러 간 가환은 또 원한을 맺다   367

제85회　가정은 승진하여 낭중 벼슬을 받고
　　　　설반은 죄를 지어 유배형에 처해지다   391

제86회　뇌물을 받은 관리는 판결을 뒤집고
　　　　한가한 정취 실어 숙녀는 악보를 해석하다   415

역자 주석　435
부록　　 가씨 가문 가계노 460 | 주요 가문 가계노 461 | 능상인불 소개 462
　　　　찾아보기 485 | 가부와 대관원 평면도 513 | 연표 514

제70회

임대옥은 도화사를 다시 세우고
사상운은 우연히 버들 솜의 노래를 짓다

林黛玉重建桃花社　史湘雲偶塡柳絮詞

임대옥이 다시 도화사를 결성하다.

　가련賈璉은 이향원梨香院에서 이레 밤낮을 함께 지내며 날마다 승려와 도사들에게 그침 없이 불공을 올리게 했다. 태부인[賈母]은 그를 불러 영구靈柩를 집안의 사당으로 들이지 말라고 당부했다. 가련은 어쩔 수 없이 시각時覺에게 말해서 우삼저尤三姐의 무덤 위쪽에 자리를 하나 잡아 무덤을 파고 관을 매장했다. 영구가 나가는 날은 가족들과 왕신王信 부부, 우씨尤氏와 그 며느리밖에 참여하지 않았다. 희봉熙鳳은 이 일에 일체 관여하지 않고 가련 혼자서 처리하도록 내버려두었다.
　한편, 세밑이 가까워지자 여러 가지 할 일들이 많았는데, 여기에 더해 임지효林之孝가 만들어온 명단에는 스물다섯 살이 되어 장가를 들어야 할 일꾼들 여덟 명의 이름이 적혀 있었다. 이것은 안쪽에서 그들의 짝으로 내보내야 할 하녀 여덟 명이 필요하다는 뜻이었다. 희봉은 그걸 보고 우선 태부인과 왕부인王夫人에게 물어보고, 상의해보니 내보내야 할 몇 명이 있긴 했지만 각자 사정이 있어서 어쩔 도리가 없었다. 첫째로 원앙鴛鴦은 시집을 가지 않겠다고 맹세한 몸이었다. 그날 이후 그녀는 보옥과 말도 섞지 않고 치장도 화려하게 하지 않았다. 모두들 그녀의 뜻이 그렇게 단호한 걸 알고 있으니 억지로 배필을 정해주기도 곤란했다. 다음으로 호박은 병을 앓고 있어서 이번에는 배필을 정해줄 수 없었다. 그리고 채운彩雲은 근래에 가환賈環과 사이가 틀어져 고칠 수도 없는 병에 걸려버렸다. 기껏

제70회　23

희봉과 이환李紈*의 방에서 허드렛일을 하던 하녀들을 내보낼 수밖에 없었는데, 나머지는 나이가 아직 차지 않았기 때문이었다. 결국 짝이 모자란 일꾼들의 배필은 밖에서 알아서 구하라고 하는 수밖에 없었다.

 희봉이 이제껏 병을 앓고 있었기 때문에 이환과 탐춘은 집안일을 돌보느라 여가가 없었다. 이어서 설과 대보름이 다가왔고, 잡다한 일들이 너무 많아 결국 시사詩社*를 여는 일도 뒷전으로 미뤄놓고 있었다. 지금은 봄이 한창이고 시간은 많았어도 보옥의 사정은 좋지 않았다. 유상련柳湘蓮*은 마음이 식어 종적을 감추었고, 우삼저는 칼로 자기 목을 베었다. 우이저尤二姐*가 생금을 삼키고 죽었는가 하면, 유오아柳五兒*는 화병이 드는 등 우울하고 짜증스러운 일이 연달아 일어났기 때문이다. 그 바람에 그는 기분도 표정도 멍해지고 말도 어수선해져서 마치 정충증怔忡症[1]에 걸린 것 같았다. 습인은 당황스러웠지만 감히 태부인에게는 알리지 못하고 갖은 방법으로 그의 기분을 풀어주기 위해 애썼다.

 하루는 이른 아침잠에서 깨니 바깥방 안에서 킥킥거리는 웃음소리가 끊이지 않았다. 그 소리를 듣고 습인이 웃으며 말했다.

 "얼른 가서 구해주세요. 청문晴雯*이와 사월麝月*이가 온도리나를 깔아 누른 채 간질이고 있어요."

 보옥이 얼른 친칠라* 가죽으로 만든 저고리를 걸치고 나가보니, 셋은 아직 이부자리도 개지 않고 겉옷도 걸치지 않은 상태였다. 청문은 초록색 속적삼에 붉은 명주바지와 잠자리에서 신는 붉은 버선만 신고, 머리가 헝클어진 채 웅노雄奴*의 몸 위에 올라타고 있었다. 사월은 붉은 능라로 만든 젖 가리개를 하고 낡은 옷을 대충 걸친 채 웅노의 옆구리를 간질이고 있었다. 웅노는 천장을 바라보며 구들 위에 누워 있었는데, 알록달록 꽃무늬가 들어 있고 몸에 착 달라붙는 작은 저고리에 붉은 바지, 초록색 버선 차림으로 두 다리를 버둥거리며 자지러질 듯 웃고 있었다. 보옥이 얼른 다가가 웃으며 말했다.

"큰 것들 둘이서 어린 것 하나를 괴롭히다니! 내가 도와줄게!"

그러면서 그도 침상으로 올라가 청문을 간질였다. 청문은 깔깔 웃으며 얼른 웅노에게서 손을 떼고 보옥을 간질이기 시작했다. 그 틈에 웅노는 청문을 자빠뜨리고 그녀의 옆구리를 간질이기 시작했다. 넷이 한데 엉켜 있는 모습을 보고 습인이 웃으며 말했다.

"감기 걸리겠어!"

그렇지만 그 모습이 우습기도 했다.

그때 갑자기 이환이 벽월을 보내 물었다.

"엊저녁에 아씨께서 여기다 손수건을 떨어뜨리고 가셨는데, 혹시 보셨어요?"

그러자 춘연春燕˚이 대답했다.

"예. 여기 있어요. 제가 마루에서 주웠는데 누구 것인지 모르겠대요. 조금 전에 빨아서 널어놓았는데 아직 안 말랐을걸요?"

벽월은 그들 넷이 어지럽게 뒹구는 모습을 보고 웃으며 말했다.

"그래도 여긴 분위기가 떠들썩하네요. 이른 아침부터 깔깔거리며 함께 장난을 치고 있으니 말이에요."

보옥이 생글거리며 물었다.

"거기도 사람이 적지 않은데 왜 조용한 거야?"

"우리 아씨가 떠들썩한 걸 좋아하시지 않아서 두 분 이모님들과 보금寶琴˚ 아가씨까지 함부로 떠들지 못하셔요. 지금은 보금 아가씨마저 노마님 곁으로 가셔서 더 적막해졌어요. 두 분 이모님도 내년 겨울에는 모두 댁으로 돌아가실 테니 더 적막해지겠지요. 보세요. 보차寶釵˚ 아가씨 거처에도 향릉香菱˚ 언니 한 사람이 나가니까 무척 썰렁해져서 상운湘雲˚ 아가씨만 혼자 덩그러니 남겨셨지 뭐예요."

그러는 사이에 상운이 취루를 보내 말을 전했다.

"도련님, 빨리 와보시랍니다. 좋은 시가 있대요."

"어디서 구한 거래?"

"호호, 아가씨들이 모두 심방정*에 계시니까 가보시면 아실 거예요."

보옥이 서둘러 세수하고 나가 보니, 과연 대옥黛玉*과 보차, 상운, 보금, 탐춘이 모두 그곳에서 시 한 편을 들고 감상하고 있었다. 그가 오자 모두들 웃으며 말했다.

"여태 일어나지 않고 있었군요. 우리 시사가 흐지부지해진 게 벌써 일년이나 되었는데 아무도 흥을 내지 않고 있잖아요? 지금은 마침 초봄이라 만물이 새롭게 소생하니 시사를 다시 세우도록 고무하는 게 좋겠어요."

상운이 웃으며 말했다.

"처음 시사를 세운 게 가을이라서 진전이 안 된 모양이네요. 이제 만물이 봄을 맞았으니 모든 것들이 흥성하기 시작하겠지요? 게다가 이 도화시桃花詩가 아주 훌륭하니 '해당사海棠社'*를 '도화사桃花社'*로 바꾸도록 해요."

보옥이 고개를 끄덕이며 "아주 좋아!" 하고는 얼른 시를 보여달라고 했다. 그러자 모두 이렇게 말했다.

"지금 '도향노농稻香老農'*을 찾아가 상의해서 정합시다!"

그러면서 일제히 일어나 도향촌稻香村*으로 갔다.

보옥은 걸으면서 종이에 적힌 「복사꽃 노래〔桃花行〕」를 읽어보았다.

    복사꽃 주렴 밖에는 봄바람 산들거리고
    복사꽃 주렴 안에선 아침 단장 귀찮아하네.
    주렴 밖 복사꽃과 주렴 안의 여인
    사람과 복사꽃 사이에는 주렴 하나뿐
    봄바람이 일부러 주렴을 걷으려 하고
    꽃은 여인을 엿보려 하지만 주렴은 걷히지 않네.

복사꽃은 주렴 밖에 예전처럼 피었건만
주렴 안의 여인은 꽃보다 야위었네.
꽃도 사람을 가련히 여겨 시름에 잠기니
주렴 너머 소식을 바람이 불어 전하네.
바람은 대나무 주렴으로 스미고 꽃은 뜰에 가득하니
뜰 앞의 봄빛은 더욱 가슴 아파라.
이끼 낀 뜰에 대문은 덩그러니 닫혀 있고
석양 비끼는 난간에 홀로 기댄 여인
난간에 기댄 여인은 봄바람 향해 눈물지으며
붉은 치마 드리우고 복사꽃 옆에 서 있네.
복사꽃과 잎들은 어지러이 얽혀 있어
분홍 꽃잎 피어날 때 잎에는 푸른 빛 어리는구나.
수만 그루 나무들 안개에 싸여 있고
꽃 색 비친 누각은 아련한 분홍빛일세.
하늘 베틀에 걸린 원앙 비단 불타 떨어진 듯하여
봄날의 단꿈 깨어나 산호 베개 밀쳐놓네.
시녀가 금 대야에 물 담아 들여오니
향기로운 샘에 비친 그림자에 화장이 차갑구나.
연지 바른 고운 얼굴 어디에 비길까?
복사꽃 색깔이요 여인의 눈물일세.
여인의 눈물을 복사꽃에 비한다면
눈물은 하염없고 복사꽃은 아리땁지.
젖은 눈으로 꽃을 보니 눈물도 쉬이 마르고
눈물 마르면 봄도 가고 꽃도 시들게 되겠지.
시든 꽃이 초췌한 여인을 가리면
꽃잎 날리고 사람은 지쳐 황혼으로 바뀐다네.

두견새 울음에 봄날은 가고

적막한 주렴엔 달그림자만 덧없이 남으리!

桃花簾外東風軟

桃花簾內晨妝懶

簾外桃花簾內人

人與桃花隔不遠

東風有意揭簾櫳

花欲窺人簾不卷

桃花簾外開仍舊

簾中人比桃花瘦

花解憐人花也愁

隔簾消息風吹透

風透湘簾花滿庭

庭前春色倍傷情

閑苔院落門空掩

斜日欄杆人自憑

憑欄人向東風泣

茜裙偸傍桃花立

桃花桃葉亂紛紛

花綻新紅葉凝碧

霧裏煙封一萬株

烘樓照壁紅模糊

天機燒破鴛鴦錦

春酣欲醒移珊枕

侍女金盆進水來

香泉影蘸胭脂冷

胭脂鮮艶何相類
花之顔色人之淚
若將人淚比桃花
淚自長流花自媚
淚眼觀花淚易乾
淚乾春盡花憔悴
憔悴花遮憔悴人
花飛人倦易黃昏
一聲杜宇春歸盡
寂寞簾櫳空月痕

보옥은 그 시를 보고 칭찬은 하지 않고 눈물만 흘렸다. 그는 대옥이 이 시를 지었다는 걸 알았기 때문에 눈물이 나왔지만, 다른 사람들이 볼까봐 얼른 눈물을 훔치며 물었다.

"이걸 어디서 구했어요?"

보금이 웃으며 말했다.

"맞춰보셔요. 누가 지었을까요?"

"하하, 당연히 '소상비자瀟湘妃子'*가 지은 것일 테지!"

"호호, 틀렸어요. 제가 지은 거니까요!"

"못 믿겠는데? 이런 어조는 형무원蘅蕪院* 사람들의 글 같지 않아."

그러자 보차가 웃으며 말했다.

"그러니까 도련님은 시를 잘 모른다는 거예요. 설마 두보杜甫*는 모든 시마다 '국화 떨기는 두 번이나 피어 지난날 눈물 뿌리고〔叢菊兩開他日淚〕'² 같은 구절만 지어야 한다는 건가요? 하지만 대개 '붉게 터진 것은 비에 실찐 매실〔紅綻雨肥梅〕'³이라든가 '바람에 끌린 물 미름 푸른 띠처럼 길게 늘어섰네〔水荇牽風翠帶長〕'⁴처럼 아름다운 구절도 있잖아요!"

"하하, 정말 그렇군요. 하지만 난 누나가 동생한테 이렇게 애상적인 시를 절대 짓지 못하게 하리라는 걸 알아. 보금 동생도 재능은 있지만 절대 이런 걸 지으려 하지 않을걸? 대옥이는 일찍 부모님을 잃은 슬픔을 겪었으니까 이런 애절한 시를 지을 수 있지."

그 말에 모두 웃었다.

도향촌에 도착하여 이환에게 그 시를 보여주자 이환도 칭찬해 마지않았다. 시사 이야기가 나오자 모두 의논하여 이렇게 정했다. 즉 내일이 삼월 초이틀이니 시사를 열고, 이름을 '해당사'에서 '도화사'로 바꾸어 대옥이 사주社主*가 되는데, 내일 식사한 뒤에 모두 소상관瀟湘館*에 모인다는 것이었다. 이어서 그날 쓸 시의 제목에 대한 이야기가 나오자 대옥이 말했다.

"모두 함께 도화시 백 수를 지어야지요."

그러자 보차가 말했다.

"그건 안 돼. 예로부터 복사꽃을 주제로 한 시가 너무 많이 지어졌기 때문에, 설령 우리가 짓는다 해도 상투적인 표현만 나올 거야. 그건 네가 지은 이 고시古詩보다 못하겠지. 그러니 다른 걸로 정해야 해."

그때 하녀가 와서 알렸다.

"아가씨들, 외숙모님이 오셨어요. 나와서 인사드리셔요."

이에 모두들 앞으로 나가서 왕자등王子騰*의 부인에게 인사를 하고 함께 이야기를 나누다가 밥을 먹었다. 또 대관원大觀園으로 모시고 들어가 곳곳을 구경시켜주었고, 왕자등의 부인은 저녁을 먹은 후 등롱을 밝히고 돌아갔다.

이튿날은 탐춘의 생일이라 원춘元春*이 일찍감치 두 명의 태감을 통해 몇 가지 장난감을 보내왔다. 물론 온 집안사람들도 생일 선물을 챙겨주었다. 식사를 하고 나서 탐춘은 예복으로 갈아입고 각처에 인사를 다녔다. 대옥이 사람들을 향해 웃으며 말했다.

"이번 시사도 날짜를 잘못 잡았군요. 하필 오늘이 저 아가씨 생일인 줄 깜박했지 뭐예요. 술자리를 마련해 연극 구경은 못하더라도 할머님과 마님 곁에서 하루 종일 말동무를 해드려야 할 텐데, 우리 모임을 가질 시간이 있겠어요?"

그래서 시사 모임 날짜를 오일로 바꾸었다.

이날 자매들이 모두 태부인 방에서 식사를 마쳤을 때 가정賈政*의 편지가 도착했다. 보옥은 문안 인사를 올리고 태부인에게 편지를 읽어주었다. 거기에는 문안 인사를 하면서 유월 중에 경사京師*로 들어올 것이라는 등의 내용이 적혀 있었다. 그 밖에 집에 보내는 편지나 사무적인 문서들은 당연히 가련과 왕부인이 펼쳐보았다. 가정이 육칠 월쯤 경사에 들어온다는 소식을 듣고 모두 기뻐했다. 공교롭게도 최근에 왕자등의 딸이 보녕후保寧侯*의 아들과 혼약이 정해져서 오월 십일에 혼례식을 치르게 되어 있었기 때문에 희봉은 잔치 준비로 바빠 사나흘씩 집을 비우곤 했다. 이날 왕자등의 부인이 희봉을 데리러 오는 김에 조카들도 함께 가서 하루를 함께 즐기자고 청했다. 태부인과 왕부인이 보옥과 탐춘, 대옥, 보차에게 희봉과 함께 다녀오라고 하니, 네 사람은 명을 어기지 못하고 각자 방으로 돌아가 채비를 하는 수밖에 없었다. 희봉까지 다섯 명은 작별 인사를 하고 가서 온종일 지내다가 저녁이 되어서야 돌아왔다.

보옥이 이홍원으로 돌아가 잠시 쉬는 틈에 습인이 그에게 이르길, 마음을 다잡고 시간 날 때 미리 책을 읽어두라고 권했다. 보옥이 손가락을 꼽아 헤아려보더니 말했다.

"아직 멀었잖아."

"우선 책도 읽어야 하고 글씨 연습도 해두셔야지요. 책은 읽어두었다고 해도 글씨 연습한 게 없으면 어찌 되겠어요?"

"하하, 글씨야 평소에 많이 썼는데 설마 하나도 챙겨두지 않았단 말이야?"

"물론 챙겨두었지요. 어제 집에 안 계실 때 제가 꺼내서 세어보니 겨우 오륙십 편밖에 안 되더라고요. 서너 해 동안 써놓은 게 그것밖에 안 되면 곤란하지 않겠어요? 제 생각에는 내일부터 다른 생각 마시고 날마다 몇 장씩 써서 보충하는 게 좋겠어요. 날마다 빠짐없이 쓸 수는 없겠지만 대충 눈가림 정도는 해야 하지 않겠어요?"

보옥이 황급히 직접 세어보니 정말 때워 넘기기가 어려울 것 같았다.

"내일부터 하루에 백 자씩 써야 되겠군."

그런 이야기를 나누다가 잠이 들었다.

이튿날 일어나 세수를 마치자마자 그는 창가에서 먹을 갈아 정성껏 해서 체해書體* 글씨첩*을 따라 글씨 연습을 했다. 태부인은 그가 보이지 않자 병이 났나 싶어서 급히 사람을 보내 안부를 물었다. 보옥이 가서 문안 인사를 하며 글씨 연습을 하게 된 이유를 설명하고, 아침 일찍 일어나 써야 할 것을 다 쓰고 다시 다른 걸 하느라 늦었노라고 말했다. 그 말에 태부인은 무척 기뻐했다.

"이후로는 여기 나올 필요 없이 글씨 쓰고 책 읽는 데에만 전념해라. 그리고 가서 네 어미한테도 그렇게 얘기해라."

보옥이 곧 왕부인에게 가서 설명하자 왕부인이 말했다.

"전쟁터에 나가서 창을 가는 것처럼 때늦은 일도 없다. 이제 와서 부산을 떠는 것보다 평소 날마다 글씨 연습을 하고 책을 읽었더라면 끝내지 못한 게 없었을 게 아니냐? 이렇게 바삐 난리를 치다가 또 병이라도 나면 어쩌려고?"

보옥은 괜찮으니 염려 마시라고 대답했다.

다른 방에서 태부인도 저러다가 보옥이 병이 나는 게 아니냐고 걱정하자 탐춘과 보차 등이 웃으며 말했다.

"걱정 마셔요. 책이야 대신 읽어줄 수 없지만 글씨는 대신 써줄 수 있으니까요. 저희가 매일 한 편씩 써주면 대충 눈가림은 할 수 있을 거예요. 그러면 아버님께서도 노여워하지 않으실 테고, 오빠도 다급해서 병이 날 지경에 이르지는 않을 거예요."

그 말에 태부인은 무척 기분이 좋았다.

진즉에 대옥은 가정이 돌아온다는 소식을 듣자 틀림없이 보옥에게 그간의 공부를 물을 텐데, 신경도 안 쓰다가 때가 닥쳐서 혼이 날 거라고 생각했다. 그래서 자기도 귀찮은 척하며 시사도 열지 않고 다른 일로 보옥을 불러내지도 않았다. 탐춘과 보차는 매일 '해서' 글씨첩을 한 편씩 베껴 쓴 다음 보옥에게 주었고, 보옥도 더욱 박차를 가해서 매일 이삼백 자씩 써냈다. 그러다 보니 삼월 하순에 이르러서는 글씨 연습한 것이 제법 많이 모였다. 이날 세어보니 쉰 편 정도만 더 쓰면 대충 때울 수 있을 것 같았다. 그런데 뜻밖에 자견紫鵑*이 오더니 두루마리 한 권을 전해주는 것이었다. 펼쳐보니 낡은 유지油紙*에 삼국시대 종요鍾繇*와 진晉나라 때 왕희지王羲之*의 작은 해서체를 베껴 쓴 것으로, 글씨체가 자기 것과 아주 흡사했다. 보옥은 너무 기뻐 자견에게 절을 하고 또 직접 대옥을 찾아가 고맙다는 말을 전했다. 상운과 보금도 몇 편을 베껴 써서 보내주었다. 이렇게 해서 모인 것들이 숙제로는 조금 부족했지만 그래도 대충 무마할 정도는 되었다.

보옥은 그제야 안심하고 읽어야 할 책들을 몇 번이나 복습했다. 그렇게 날마다 열심히 공부하고 있는데, 공교롭게도 근해에서 해소海嘯[5]가 일어나 몇 군데 백성들이 피해를 입었다. 이에 지방관이 상소를 올리자, 가정이 돌아오는 길에 그곳의 형편을 조사하고 백성을 구제하라는 황제의 조서가 내려왔다. 이렇게 따져보니 가정은 동지가 되어서야 돌아올 수 있을 것 같았다. 그 소식을 들은 보옥은 다시 글씨 연습도, 책 읽기도 미뤄두고 예전처럼 빈둥거리며 놀았다.

어느덧 봄도 저물어 갈 무렵, 상운은 무료하던 차에 버들 솜이 날리는 걸 보고 우연히 「여몽령如夢令」* 가락에 맞춰 짧은 노래〔小令〕[6]를 하나 지었다.

비단 실 토막 뱉어낸 것[7]도 아닐진대
주렴을 반쯤 걷으니 향기로운 안개 가득하네.
섬섬옥수로 집어드니
부질없이 두견새 울고 제비 시샘하게 하네.
아서라, 아서!
이 봄을 떠나보내지 마라!
豈是繡絨殘吐
捲起半簾香霧
纖手自拈來
空使鵑啼燕妒
且住 且住
莫使春光別去

그녀는 자기가 지었지만 아주 마음에 들어 곧 종이에 잘 써서는 보차에게 보여주고, 또 대옥을 찾아갔다. 대옥이 그걸 보더니 웃으며 말했다.
"훌륭하네! 신선하기도 하고 멋도 있어. 나는 이런 걸 못 써."
"호호, 우리가 시사 모임을 가질 때 사를 지어본 적은 없잖아요? 내일 모임을 열어서 사를 지어보는 게 어때요? 그렇게 모임의 성격을 바꿔보는 것도 신선하지 않겠어요?"
대옥도 그 말에 흥미가 일었다.
"아주 좋은 생각이야. 지금 당장 사람들을 초청해야겠어."
그러면서 그녀는 몇 가지 과일과 간식 따위를 준비하라고 당부하는 한편, 하녀들에게 사람들을 초청하라고 했다. 그리고 상운과 함께 '버들 솜'을 주제로 삼고, 또 몇 가지 가락을 정해서 벽에 써붙였다.
사람들이 와서 보니 주제는 버들 솜이고, 몇 가지 가락도 정해져 있었다. 그리고 다들 상운이 지은 노래를 보고 한바탕 칭찬을 늘어놓았다. 보옥이 웃으며 말했다.

"우리는 사에 대해서는 별 재주가 없으니 어쩔 수 없이 대충 지어야 되겠구만."

이어서 모두들 제비를 뽑았고, 보차는 「임강선臨江仙」[8]을, 보금은 「서강월西江月」[9]을, 탐춘은 「남가자南柯子」[10]를, 대옥은 「당다령唐多令」[11]을, 보옥은 「접련화蝶戀花」[12]를 뽑았다. 자견이 몽첨향夢恬香* 한 자루에 불을 지피자 모두들 생각에 잠겼다. 잠시 후 대옥이 하나를 완성하여 종이에 잘 썼다. 이어서 보금과 보차도 다 지었다. 세 사람이 모두 적고 나서 서로를 쳐다보자 보차가 웃으며 말했다.

"먼저 여러분이 쓴 걸 보고 나서 제 걸 보도록 해요."

탐춘이 웃으며 말했다.

"에그! 오늘은 향이 왜 이리 빨리 타지? 벌써 태반이나 타버렸네! 난 겨우 반밖에 못 지었는데…… 오빠는 다 지었어요?"

보옥은 짓긴 했지만 별로 좋지 않다고 생각하여 지워버리고 다시 지으려 하다가 향을 보니, 벌써 다 타버린 뒤였다. 이환이 웃으며 말했다.

"이건 진 것으로 하겠어요. 초하객蕉下客*은 반쪽이라도 써내세요."

탐춘이 서둘러 종이에 썼다. 모두들 보니 반만 지어진 「남가자」였다.

　　허공에 걸린 가느다란 실오라기
　　부질없이 드리운 하늘하늘 실 가닥
　　묶어 두기도 매어 두기도 어려워
　　동서남북 멋대로 날려가게 내버려두네.
　　空掛纖纖縷
　　徒垂絡絡絲
　　也難綰繫也難羈
　　一任東西南北各分離

이환이 웃으며 말했다.

"괜찮아 보이는데 왜 계속 짓지 않은 거야?"

보옥은 향이 다 타버린 걸 보자 더 이상 억지를 부리지 않고 졌다는 것을 시인하며, 붓을 내려놓고 와서 반만 지어진 그 노래를 보았다. 그리고 그것이 완성되지 않은 것을 알고 다시 흥이 일어서 붓을 들고 그 뒤를 이어 썼다.

떨어진다고 아쉬워 마오.
날아오면 나도 자연히 알게 된다오.
꾀꼬리 시름겹고 나비 고달픈 늦봄이라
내년 봄에 다시 만난다 해도 일 년 뒤의 약속일 뿐!
落去君休惜
飛來我自知
鶯愁蝶倦晚芳時
縱是明春再見隔年期

그러자 다들 웃으며 말했다.

"자기 몫은 짓지 못하고 남의 뒤를 이어 지었군요. 좋긴 하지만 도련님 작품으로 인정해주진 못해요."

그러면서 함께 대옥의 「당다령」을 보았다.

백화주[13]에 꽃가루 떨어지고
연자루[14]에 향기 남았네.
동글동글 짝 맞춰 공이 되었구나.
팔자 사나운 사람처럼 떠도는데
부질없이 사랑하고

풍류를 논하는구나!

粉墮百花州

香殘燕子樓

一團團逐對成毬

飄泊亦如人命薄

空繾綣

說風流

초목도 시름을 아는지
아름답던 얼굴 끝내 백발이 되었구나.
이 생에서 누가 버리고 누가 거두는가?
봄바람에게 시집가도 봄은 아랑곳하지 않네.
그대 떠난다 해도
차마 오래 붙들어둘 수 없구나!

草木也知愁

韶華竟白頭

嘆今生誰舍誰收

嫁與東風春不管

憑爾去

忍淹留

모두 보더니 고개를 끄덕이며 감탄했다.
"좋긴 하지만, 너무 슬프게 지었네."
이어서 보금의 「서강월」을 보았다.

한나라 궁전[15] 뜰에는 드문드문 수도 적었지만

수나라 제방엔 끝없이 장식되어 있었지.

봄날 일일랑 봄바람에게 맡기고

밝은 달빛 아래 매화 꿈이나 꾸어야지.

漢苑零星有限

隋堤點綴無窮

三春事業付東風

明月梅花一夢

몇 곳에 꽃잎 지는 정원

어느 집 향긋한 눈이 주렴에 날리는가?

강남도 강북도 다 같아서

이별의 한만 무겁구나!

幾處落紅庭院

誰家香雪簾櫳

江南江北一般同

偏是離人恨重

모두 흡족하게 웃으면서 말했다.

"그래도 보금이의 어조가 웅장하네. '몇 곳〔幾處〕'과 '어느 집〔誰家〕'으로 시작되는 두 구절이 제일 절묘하군!"

보차가 웃음을 지으며 말했다.

"그래도 시들어가는 것에 대한 슬픔이 너무 지나쳐요. 제 생각에 버들솜은 원래 가볍고 뿌리도 없고 얽매임도 없는 것이지만, 그래도 좋게 묘사해야 상투적인 틀에 빠지지 않을 것 같아요. 제가 한 수 지어보았는데 여러분 마음에 꼭 들지 않을 수도 있어요."

모두 웃는 얼굴을 하고 말했다.

"겸손이 지나치네요. 어디 보자고요. 당연히 잘 지었겠지요."
보차가 지은 「임강선」은 이렇게 시작된다.

    백옥당 앞, 봄이 춤을 알아서
    봄바람으로 곱고 가지런히 휘감았네.
    白玉堂前春解舞
    東風捲得均勻

여기까지 읽고 상운이 먼저 활짝 웃으며 말했다.
"이야, '봄바람으로 곱고 가지런히 휘감았네.' 라는 구절이 정말 훌륭하네요! 이것만 봐도 다른 사람들 것보다 뛰어나요."
그다음은 이러했다.

    벌떼 나비 무리처럼 어지러이 나는데
    몇 번이나 흐르는 물 따라 떠났던가?
    어찌 꼭 떨어진 꽃잎에만 쌓이랴!
    蜂團蝶陣亂紛紛
    幾曾隨逝水
    豈必委芳塵

    천만 가닥 실은 항상 바뀌지 않나니
    마음대로 모였다 흩어지게 내버려두지.
    봄이여, 본래 뿌리 없다 비웃지 마오.
    산들바람이 자주 힘을 빌려주어
    이 몸을 하늘 높이 실어다 준다오!
    萬縷千絲終不改

任他隨聚隨分
韶華休笑本無根
好風頻借力
送我上靑雲

모두 탁자를 치며 훌륭하다고 칭찬했다.

"과연 기운차게 바꿔놓았군요. 당연히 이게 일등이야! 슬프고 처량한 정서는 소상비자가 낫고, 정취 깊고 아름다운 묘사는 침하구우枕霞舊友*가 훌륭해요. 보금이와 초하객은 오늘 낙제니까 벌을 받아야 해요."

보금이 웃으며 말했다.

"우리야 당연히 벌을 받아야지요. 하지만 백지를 낸 사람은 어떤 벌을 받아야 하나요?"

이환이 말했다.

"서둘지 마세요. 그 사람에겐 아주 무거운 벌을 내려서 다음 번 시사 모임을 위해 본때를 보여줄 테니까요!"

그 말이 끝나기도 전에 창가 대나무 위에서 창틀이 떨어지는 듯한 소리가 들려 모두 깜짝 놀랐다. 하녀들이 나가보더니 주렴 밖에서 소리쳤다.

"대나무 꼭대기에 커다란 나비 연이 걸려 있어요!"

그러자 하녀들이 웃으며 말했다.

"정말 예쁜 나비 연이네! 누가 줄을 끊어먹었는지 모르겠지만 꺼내려보자."

보옥 등도 모두 보러 나왔다. 보옥이 웃으면서 말했다.

"난 저 연의 주인을 알지. 백부님 댁의 교홍嬌紅16일거야. 꺼내려서 개한테 갖다줘."

자견이 웃으며 말했다.

"설마 세상에 이것과 똑같은 연이 더 없겠어요? 상관없어요. 이건 제가 가질래요."

탐춘이 말했다.

"자견 언니도 인색하게 구는 걸 배워버렸네요! 자기들도 갖고 있으면서 남이 흘린 걸 가지려 하다니, 께름칙하지도 않아요?"

대옥이 미소를 지으며 말했다.

"그러게 말이야. 누가 액운을 날려버리려고 줄을 끊어버린 줄 알면서 그러면 돼요? 얼른 내려놓고 우리 연을 가져와요. 우리도 줄을 끊어 액운을 날려버리게요."

자견은 얼른 어린 하녀를 시켜 그 연을 대관원 대문에서 번을 서는 할멈에게 갖다주고, 혹시 누가 찾으러 오면 주라고 일렀다.

한편, 어린 하녀들은 연을 날린다는 소리를 듣자 다들 서둘러 달려가서 연을 가져왔다. 그리고 높은 걸상을 나르고, 가위 모양의 나무 꼬챙이를 묶고는 얼레를 꺼내왔다. 보차 등은 모두 뜰 대문 앞에 서서 하녀들에게 마당 바깥의 넓은 곳에서 연을 날리게 했다. 보금이 웃으며 말했다.

"언니네 연은 별로 예쁘지 않네요. 저기 탐춘 언니네 연은 하늘하늘한 날개가 달린 커다란 봉황 모양인데, 저게 더 예뻐요."

보차는 "호호, 정말 그렇네." 하면서 취묵翠墨*에게 말했다.

"너희들 연도 가져와서 날려봐."

취묵은 실실 웃으며 연을 가지러 갔다. 보옥도 흥이 일어 자기 방으로 하녀를 보냈다.

"저번에 뇌대賴大* 아주머니가 선물한 그 큰 물고기 모양 연을 가져와."

하녀가 갔다가 한참 만에 빈손으로 돌아와 웃으면서 말했다.

"그건 청문 언니가 어제 날려 보냈대요."

"나는 아직 한 번도 띄워보지 못했는데……"

남춘이 씽긋 웃으며 말했나.

"어쨌든 오빠를 위해 액운을 날려버린 거잖아요."

제70회 41

"그렇다 치지 뭐. 얘, 다시 가서 그 커다란 게 모양의 연을 가져와라."

그런데 하녀가 가더니 잠시 후 몇 사람과 함께 미인 연 하나와 얼레를 들고 왔다.

"습인 언니가 그 게 연은 셋째 도련님께 드렸대요. 이건 임집사님 댁에서 방금 보내온 건데, 이걸 날리시라고 했어요."

보옥이 자세히 보니 연을 만든 솜씨가 아주 좋았다. 그는 좋아하면서 하녀에게 얼른 띄우라고 시켰다.

이때 탐춘의 연도 벌써 가져와서 취묵이 몇몇 어린 하녀들과 함께 저쪽 산비탈 위에서 띄우고 있었다. 보금은 하녀에게 자기 방에 있는 커다란 박쥐 모양의 붉은 연을 가져오라고 했다. 보차도 신이 나서 연을 하나 가져오게 했는데, 그건 일곱 마리 기러기를 죽 이어 붙인 연이었다. 그런데 유독 보옥의 연만 띄워지지 않았다. 그는 하녀들이 솜씨가 없다면서 자기가 직접 띄워보려 했지만, 연은 겨우 지붕 높이만큼 떠올랐다가 바로 떨어져 버렸다. 그가 조바심을 내며 이마에 땀까지 흘리자 모두들 그 모습을 보고 깔깔댔다. 보옥은 화가 나서 연을 땅바닥에 내던져버리고 연을 가리키며 말했다.

"미인만 아니었다면 당장 밟아서 작살내버렸을 거야!"

그러자 대옥이 웃으며 말했다.

"연 꼭대기의 실을 잘못 매서 그래요. 가져가서 실을 다시 매달라고 하셔요."

보옥은 연을 가져가서 실을 다시 매오라 시키고, 다른 연을 하나 더 가져오게 해서 띄웠다. 모두 고개를 들고 살펴보니 하늘에 몇 개의 연들이 높이 날고 있었다.

잠시 후 하녀들이 또 갖가지 '밥'[17] 먹일 것들을 가져와서 한참 동안 연을 띄우며 놀았다. 자견이 웃으며 말했다.

"이번에는 바람이 세게 불 테니까 아가씨가 와서 날려보셔요."

대옥이 손수건으로 손을 감싸고 연줄을 한 번 당기자 과연 바람이 세게 불었다. 그녀가 얼레를 받아들고 바람을 따라 연줄을 탁 풀어주자 '휘르륵' 하는 소리와 함께 순식간에 실이 다 풀려버렸다. 대옥이 다른 이들에게도 날려보라고 하자 모두 웃으면서 말했다.

"모두 자기 연이 있으니까 먼저 해요."

"호호, 재미는 있지만 날려보내긴 좀 아깝네요."

이환이 말했다.

"연을 날리는 것은 이런 재미 때문에 하는 거잖아? 그러니까 액운을 날려버린다고 하는 거지. 대옥이는 연을 더 많이 날려서 몸에 박힌 병의 뿌리까지 모두 날려보내버려!"

자견이 웃으며 말했다.

"우리 아가씨는 갈수록 인색해지신다니까! 작년에도 몇 개밖에 날려보내지 않으시더니, 지금도 갑자기 아까워하시네요. 아가씨가 하지 않으면 제가 할게요."

그러면서 설안雪雁°이 들고 있던 작은 서양식 은가위를 받아들고는 얼레에 실을 조금도 남김없이 싹둑 잘라버렸다.

"호호, 우리 아가씨 병을 몽땅 가져가버려라!"

그 연은 하늘하늘 날아가 멀어지더니 잠시 후 달걀만 한 크기로 줄었다가 금세 까만 점으로 변하고는 곧 시야에서 사라져버렸다. 모두 하늘을 올려다보며 말했다.

"야, 정말 재미있네!"

보옥이 말했다.

"애석하게도 어디 떨어졌는지 모르겠네. 어디 마을에라도 떨어져서 아이들이 주워가면 다행이지만, 인적 없는 황야에 떨어지면 무척 쓸쓸할 거야. 내가 날려보낸 이 연이 대옥이가 날려보낸 두 연과 짝이 되어주면 좋겠구나."

그리고 그도 가위로 실을 잘라 대옥의 연처럼 날려보냈다.

탐춘은 자기의 봉황 연을 잘라 날려보내려다가 하늘에 또 다른 봉황 연이 하나 떠 있는 것을 발견했다.

"저건 누가 띄운 연이지?"

그러자 모두 웃으면서 말했다.

"아직 자르지 마. 보아하니 저 연이 날아와 줄을 걸 모양인데?"

그러는 사이에 그 봉황 연이 점점 가까이 다가오더니 이쪽 봉황 연과 줄을 걸었다. 사람들이 이쪽 연줄을 감으려 하면 저쪽 연도 실을 감아서 두 연이 떨어지지 않고 있는데, 또 부채만 한 크기에 기쁠 '희囍' 자가 아름답게 장식된 연이 하늘에 종소리를 울리듯 폭죽을 터뜨리는 밤을 달고 날아올라 가까이 다가왔다. 그 보습을 보고 다들 웃으며 말했다.

"저것도 걸려고 다가오네? 줄을 감지 마. 세 개가 한데 얽혀있는 것도 재미있지 않겠어?"

그러는 사이에 과연 '희' 자가 장식된 연도 두 개의 봉황 연과 줄을 걸었다. 세 개의 연이 일제히 줄을 감는데, 뜻밖에도 세 가닥 실이 모두 끊어져 연 세 개가 모두 하늘하늘 날아가버렸다. 다 함께 손뼉을 치며 까르르 웃어댔다.

"정말 재미있네! '희囍' 자가 장식된 연은 누가 날린 건데 심술궂게 끼어들었을까?"

대옥이 말했다.

"나는 연도 날려보냈고 피곤하기도 해서 좀 쉬어야겠어요."

보차가 말했다.

"잠깐만 기다려. 연을 모두 날려 보내고 나서 함께 자리를 파하도록 하자."

그리고 자매들이 모두 연을 날려보내고 나자 모두 자기 방으로 돌아갔다. 대옥은 방에 돌아가 비스듬히 누워 피로를 풀었다.

이후에 어찌 되었는지는 다음 회를 보시라.

제71회

불평 많은 사람은 일부러 불평거리를 만들고
원앙은 뜻밖에 짝 한 쌍을 만나다

嫌隙人有心生嫌隙　鴛鴦女無意遇鴛鴦

말썽을 일으킨 두 하녀의 딸들이 임지효댁에게 사정을 봐달라고 애원하다.

　가정이 경사로 돌아온 후 모든 일을 다 끝내자, 황제는 한 달 동안 집에서 쉴 수 있도록 휴가를 내려주었다. 그는 나이도 들고 일이 많아 몸도 지쳤는데, 근래에 가족과 떨어져 밖에서 몇 년을 지내니 더욱 힘이 들었다. 하지만 이제 가족과 모여 편안히 지낼 수 있게 되자 무척 기뻐하며 황제의 은혜에 감사해 마지않았다. 그래서 크고 작은 모든 일에 신경 쓰지 않고 책만 보다가, 따분해지면 문객들과 바둑을 두거나 술을 마시고, 간혹 낮 동안 태부인이나 왕부인과 함께 지내며 천륜의 정과 부부 간의 사랑을 돈독히 했다.

　올해 팔월 삼일은 태부인이 팔순을 맞이하는 생일이라 친척과 벗들이 모두 올 터인데, 잔칫상을 제대로 차리지 못할까 걱정스러운 나머지 가정은 가사賈赦*와 가진賈珍*, 가련 등과 상의했다. 그리하여 칠월 이십팔일부터 팔월 오일까지 녕국부寧國府와 영국부英國府에 모두 잔칫상을 차리기로 했다. 다만 녕국부에서는 남자 손님만 청하고 영국부에서는 여자 손님만 청하기로 했다. 이에 따라 대관원에서는 철금각綴錦閣*과 가음당嘉蔭堂* 등 규모가 큰 건물 몇 개를 청소해서 손님들의 임시 휴식 장소로 쓰기로 했다. 이십팔일에는 황실 친척들과 부마駙馬*, 왕공王公, 공주들과 군주들, 왕비, 국군國君, 대군太君, 부인大人[1]들을 초청하고, 이십구일에는 각하閣下[2]와 도부都府,[3] 독진督鎭[4] 및 고명誥命[5] 등을 초청했으며, 삼십일에는 여러 관료들과 고명, 친척과 벗들, 그리고 여자 손님들을 초청했다. 팔월 일일은 가사가, 이일에는 가정이, 삼일에는 가진과 가련이, 사일에는 노소를 막론하고 모든 가씨 집안사람들이 함께 태부인을 위해 잔치를 열었다. 칠월 초순부터 선물을 보내오는 사람들이 끊이지 않았다. 예부禮部에서도 황제의 칙명에 따라 다음과 같은 선물을 보내왔다.

금옥여의金玉如意 하나, 채단彩緞 네 단, 금옥환金玉環 네 개, 황실 창고의 은돈 오백 냥.

또 원춘은 태감을 통해 금으로 만든 수성壽星*의 신상 하나와 침향沉香나무로 만든 지팡이 하나, 가남향伽南香(침향)으로 만든 염주 하나, 복수향福壽香* 한 상자, 금 덩어리 한 쌍, 은 덩어리 네 쌍, 채단 열두 필, 옥 술잔 네 개를 보내왔다. 그 외에 친왕과 부마, 그리고 평소 왕래하던 여러 문무 관료들의 집에서도 모두 선물을 보내왔는데, 그것들을 일일이 다 기록할 수 없을 정도이다. 건물 안에는 커다란 탁자를 마련하여 붉은 양탄자를 깔고, 그 위에 집안에 있는 갖가지 정교한 물건들을 모두 진열하여 태부인이 둘러볼 수 있도록 했다. 태부인은 한 이틀 동안은 그래도 흥겹게 와서 구경하곤 했지만 나중에는 귀찮아져서 구경하지 않고 이렇게 지시했다.

"희봉이더러 챙겨두라고 해라. 나중에 심심하면 다시 구경하마."

이십팔일이 되자 녕국부와 영국부에서는 모두 등롱을 내다 걸고 비단 띠를 엮어 걸었다. 그리고 난새와 봉황이 그려진 병풍을 둘러치고, 부용이 수놓아진 자리를 깔고, 생황笙簧*과 피리, 북을 울려 음악을 연주하니 온 거리와 골목 구석구석까지 그 소리가 울려 퍼졌다. 녕국부에는 이날 북정왕北靜王*과 남안군왕南安郡王*, 영창부마永昌駙馬*, 낙선군왕樂善郡王*, 그리고 대대로 친분이 있는 세습 공후公侯만이 왕림했고, 영국부에는 남안왕비*와 북정왕비*, 그리고 대대로 교분이 있는 지체 높은 집안의 고명부인들이 초대되었다. 태부인 등은 모두 신분에 따라 예복을 갖춰 입고 손님들을 영접했다. 함께 인사를 나눈 후 우선 대관원 안의 가음당으로 모셔서 차를 마시고 옷을 갈아입은 후, 영경당榮慶堂*으로 나와 축수祝壽를 하고 연회석으로 들어갔다. 모두들 한참 동안 자리를 양보하다가 겨우 자리에 앉았다.

위쪽의 두 자리는 남안왕비와 북정왕비가 앉고, 아래쪽에는 서열에 따라 여러 공후들의 고명부인들이 앉았다. 왼쪽 아랫줄에는 금향후錦鄕侯*의 고명부인과 임창백의 고명부인이 배석해 앉았고, 오른쪽 아랫줄에 있는 주인 자리에는 태부인이 앉았다. 형부인과 왕부인은 우씨와 희봉, 그리고 집안의 몇몇 어멈들을 거느리고 태부인 뒤쪽에서 기러기 날개 모양으로 늘어서서 시립했다. 임지효댁과 뇌대댁은 모두 어멈들을 거느리고 대나무 밖에서 요리와 술시중을 들었고, 주서댁*은 하녀들을 데리고 병풍 뒤에 대령하여 심부름을 준비했다. 왕비 등을 따라온 이들은 벌써 다른 곳으로 안내되어 대접을 받았다.

이윽고 무대 위에 배우들이 나와 태부인의 생일을 축하하는 인사를 올렸고, 무대 아래쪽에는 열두 명의 어린 하녀들이 머슴으로 분장하고 시립한 채 분부를 기다렸다. 잠시 후 머슴 분장을 한 하녀 하나가 연극 목록을 받쳐들고 계단 아래로 와서 전갈을 담당하는 어멈에게 건네주었다. 그 어멈은 목록을 받아 임지효댁에게 건네주었고, 임지효댁은 그것을 작은 차 쟁반에 얹어 허리를 숙이고는 안으로 들어가 가진의 시첩인 패봉佩鳳*에게 건네주었다. 패봉이 그것을 우씨에게 전하자 우씨는 쟁반을 받쳐들고 위쪽 자리로 나갔다. 남안왕비는 한동안 사양하다가 경사를 축하하는 내용의 연극 한 대목을 골랐고, 북정왕비도 한동안 사양하다가 한 대목을 골랐다. 다른 사람들도 한참을 사양하다가 배우들에게 마음대로 좋은 것을 골라 부르라고 했다. 그사이에 요리가 네 차례 나오고 국도 한 번 나왔다. 왕비 등을 따라온 이들에게 상을 내리고 나자 모두 옷을 갈아입은 후 다시 대관원으로 안내되어 좋은 차를 대접받았다.

안남태비南安太妃가 보옥을 찾자 태부인이 웃으며 대답했다.

"오늘 몇 군데에서 「보안연수경保安延壽經」*을 읽는다 해서 거기 참석하러 갔습니다."

또 아가씨들을 찾자 태부인이 말했다.

"호호, 아이들 가운데 아픈 애도 있고, 몸이 약한 애도 있고, 낯가림을 하는 아이도 있어서 제 거처나 지키고 있으라고 했습니다. 작은 극단이야 많이 있으니 개중 하나를 불러 저쪽 대청에서 그 아이들 이모 댁 자매들과 함께 연극을 구경하라고 했지요."

"호호, 그럼 여기로 부르시는 게 어떻습니까?"

태부인은 희봉을 돌아보며 상운과 보차 자매, 대옥을 데려오라 하면서 이렇게 덧붙였다.

"그리고 탐춘이도 함께 불러오너라."

희봉이 "예!" 하고 태부인의 거처로 오니, 자매들은 마침 간식을 먹으면서 연극을 구경하는 중이었고, 보옥도 막 사당에서 경전 읽는 것을 듣고 돌아와 있었다. 희봉이 말을 전하자 보차 자매와 대옥, 탐춘, 상운까지 다섯 명은 대관원으로 가서 인사를 했는데, 그래봐야 기껏 안부를 묻거나 자리를 권하는 정도에 지나지 않았다. 개중에는 만나본 사람도 있고, 처음 보는 이들도 한두 명 있었는데, 그들은 모두 아가씨들이 훌륭하다며 칭찬을 아끼지 않았다. 안남태비는 그 가운데 상운과 제일 안면이 있어서 미소를 지으며 말했다.

"여기 있으면서 내가 왔다는 소리를 듣고도 와보지 않더니, 사람을 보내 부른 뒤에야 나오는구나! 나중에 네 숙부한테 좀 따져야겠구나."

그러면서 두 손으로 탐춘과 보차의 손을 하나씩 잡고 몇 살인지 묻고는 칭찬을 늘어놓았다. 이어서 대옥과 보금의 손을 붙들고 한참 살펴보더니 역시 칭찬을 해댔다.

"호호, 다들 훌륭하니 누굴 칭찬해야 좋을지 모르겠구나!"

어느새 왕비를 따라 온 이가 미리 준비한 예물을 다섯 몫으로 나누어놓았는데, 금과 옥으로 장식한 반지 다섯 개와 향나무로 만든 구슬 팔찌 다섯 개였다.

"호호, 별것 아니라고 비웃지 말고, 갖고 있다가 하녀들한테 선물이나 하렴."

다섯 자매는 얼른 감사 인사를 올렸다. 북정왕비도 다섯 가지 선물을 주었고, 나머지 사람들도 선물을 주었지만 자세히 설명하지 않겠다.

차를 마신 후 대관원을 잠깐 구경하고 나자 태부인은 또 연회석으로 들어가 앉자고 청했다. 하지만 안남태비는 몸이 좋지 않다면서 이만 가보겠다고 했다.

"오지 않으면 안 될 것 같아 억지로라도 왔습니다. 먼저 실례하겠으니 용서해주셔요."

태부인 등은 억지로 붙들기가 곤란하여 또 한참 동안 서로 양보하다가 대관원 정문까지 배웅하고 안남태비가 가마를 타고 떠난 뒤에 돌아왔다. 이어서 북정왕비도 잠깐 앉아 있다가 하직 인사를 했다. 나머지 사람들 가운데 일부는 자리가 끝날 때까지 앉아 있었고, 어떤 이들은 중간에 돌아가기도 했다.

태부인은 하루 종일 힘들어서 이튿날에는 손님을 만나지 않았고, 형부인과 왕부인에게 모든 접대를 맡겼다. 세가의 자제들이 인사하러 오면 대청에서 절만 올리게 하고, 가사와 가정, 가진 등이 답례한 뒤에 녕국부로 데려다 접대했다. 이 이야기는 그만하겠다.

요 며칠 동안 우씨는 저녁에도 녕국부로 돌아가지 않고, 낮이면 손님들을 접대하고 밤이면 태부인의 말동무를 해주었다. 또 희봉을 도와 크고 작은 그릇들을 내주고 챙기는 일이나 예물을 받아 간수하고 수고비를 내주는 일들을 처리했다. 그리고 밤에는 대관원 안 이환의 거처에서 잠을 잤다. 이날 저녁은 태부인의 식사 시중을 드는데 태부인이 말했다.

"너희들도 수고가 많구나. 나도 피곤하니, 일찌감치 간식이나 좀 먹고 가서 쉬어라. 내일도 일찍 일어나서 고생해야 할 테니까 말이다."

우씨는 "예!" 하고 물러나 희봉의 방으로 가서 밥을 먹었다. 희봉은 다락에서 선물로 들어온 새 병풍을 살피고 있었고, 방에는 평아平兒*만 남아 희봉의 옷을 개고 있었다.

"여기 아씨는 저녁 잡수셨어?"

"호호, 잡수셨다면 아씨를 모시러 사람을 보내셨겠지요."

"호호, 그럼 난 다른 데 가서 먹어야겠네. 배가 너무 고파서 견딜 수가 없어."

그러면서 바로 나가려 하자 평아가 웃으며 말했다.

"아씨, 잠깐만 기다리셔요. 여기 간식이 조금 있으니까 잠깐 요기나 하시고 조금 있다가 저녁을 잡수셔요."

"호호, 이리 바쁜데 폐를 끼칠 수 없지. 난 대관원 안의 아가씨들한테 가서 좀 놀아야겠어."

그러면서 밖으로 나가니 평아도 더 이상 붙들지 못했다.

우씨가 곧장 대관원으로 들어가니 정문과 곳곳의 쪽문들이 아직 닫히지 않았고 갖가지 찬란한 등롱들도 그대로 걸려 있었다. 그래서 하녀를 시켜 당번 서는 아낙을 불러오라고 했다. 하녀가 당번실로 들어가니 아무도 보이지 않아 돌아가서 우씨에게 알렸다. 우씨는 곧 집사의 아낙에게 얘기하라고 했다. 하녀는 "예!" 하고 나가 중문 바깥의 녹정鹿頂6으로 들어갔는데, 그곳은 집사의 아낙들이 모여서 일을 의논하는 곳이었다. 그런데 그곳에는 할멈 두 명만이 요리를 나누고 있을 뿐이었다.

"집사 아주머니 중에 어느 분이 여기 계시나요? 녕국부 아씨께서 분부하실 말씀이 있다고 기다리고 계셔요."

두 할멈은 요리를 나누는 데에만 정신이 팔려 있었고, 녕국부 아씨라는 소리에도 별로 신경 쓰지 않고 대답했다.

"집사 아주머니들은 방금 돌아갔어."

"그럼 그 댁에 기별 좀 해주셔요."

"우린 건물만 지키지 그런 심부름은 안 해. 전갈하려거든 다른 사람을 시키도록 해."

"어머, 이런! 항명을 하시겠다고요! 왜 할머니들이 전해주지 않는 거예요? 새로 온 애라면 모를까 저를 무시하려고요? 평소 할머니들이 그런 전갈을 했잖아요! 지금도 뭘 좀 챙길 수 있다는 소리나 어느 집사 아주머니가 선물을 나눠준다는 소리를 들으면 누가 먼저랄 것도 없이 강아지처럼 꼬리를 흔들며 앞다퉈 달려갈 테지요! 희봉 아씨께서 전갈하라고 시켜도 이런 식으로 대답할 건가요?"

두 할멈은 술도 마신데다 어린 하녀가 자신들의 흠집을 들춰내자 부끄럽기도 하고 화가 나서 버럭 쏘아붙였다.

"지금 뭐라고 나불대는 게야! 전갈을 하든 말든 네년이 우리 일에 무슨 상관이야! 우리한테 뭐라고 할 것 없이 생각 좀 해봐라. 네 어미 아비는 저쪽 집사 나리들 앞에서 우리보다 더 알랑방귀를 뀌더구나! 맹물에 국수를 담그듯이 속이 빤히 보이는 일 아니냐? 남의 집 일에 상관 말고 재주 있으면 그쪽 집 사람을 보내든지 해라. 이쪽 집 일에 간섭하기엔 아직 이르지 않냐?"

그 말을 들은 하녀는 얼굴에 핏기가 싹 가시도록 화가 치밀었다.

"그래, 좋아요! 말씀 한번 잘하셨네요!"

그녀는 휙 돌아서서 우씨에게 보고하러 갔다.

우씨는 벌써 대관원에 들어가 있었다. 마침 습인과 보금, 상운이 지장암 地藏庵* 의 두 비구니와 담소를 나누고 있었는데, 우씨가 배가 고프다고 해서 우선 이홍원으로 갔다. 습인은 우씨에게 몇 가지 간단한 요리를 차려주었고, 두 비구니와 보금, 상운 등은 모두 차를 마시며 계속해서 이야기를 나누었다.

그때 하녀가 우씨에게 달려와 씩씩거리면서 조금 전의 일을 모두 일러바쳤다. 우씨가 그 얘기를 듣고 쓴웃음을 지었다.

"그 두 할멈은 누구였느냐?"

두 비구니와 보금, 상운은 우씨가 화를 낼까 싶어서 얼른 위로했다.

"그랬을 리가 없는데 저 아이가 잘못 들었나 보네요."

두 비구니가 하녀를 툭 치며 말했다.

"이 아이는 화를 너무 잘 내는군요. 그 멍청한 할멈들 얘기를 일러바치면 어떡하니? 우리 아씨는 만금같이 귀한 몸이신데 며칠 동안 고생하시면서 약주조차 잡수시지 못했잖아? 우리가 잠시나마 즐겁게 해드리려는데 아직 피로를 절반도 못 풀어드렸어. 근데 그런 말씀을 드리면 되겠어?"

습인도 얼른 웃으며 하녀를 끌고 밖으로 나갔다.

"동생, 잠깐 나가 쉬고 있어. 내가 사람을 보내 그 사람들을 불러올게."

우씨가 말했다.

"다른 사람을 보내지 말고 네가 가서 그 두 할멈을 불러오너라. 그리고 저쪽에 가서 그것들 상전인 희봉 아씨도 모셔 오너라!"

습인이 웃으며 말했다.

"제가 가서 모셔 올게요."

"거긴 굳이 네가 갈 필요 없어."

두 비구니가 황급히 자리에서 일어나 웃으면서 말했다.

"아씨께서는 평소 관대하기 그지없는 분이시잖아요. 게다가 오늘은 노마님 생신이기도 한데 화를 내시면 사람들이 뒷말을 하지 않겠어요?"

보금과 상운도 웃으며 말리자 우씨가 말했다.

"할머님 생신만 아니었으면 절대 그냥 넘어가지 않았을 거야. 지금은 그냥 두기로 하지."

그러는 사이에 습인은 대관원 대문 밖으로 하녀를 하나 보내서 그 할멈들을 찾게 했다. 그런데 하필 그 하녀가 나가다가 주서댁과 마주치는 바람에 그 이야기를 일러바쳤다. 주서댁은 왕부인이 시집올 때 따라온 몸이라 체통이 있고, 성격 또한 능청스럽고 시원시원해서 비위를 잘 맞추었기 때문에 각처의 주인들이 모두 그녀를 좋아했다. 그런데 그런 얘기를 듣자 평소에는 관여하지 않았지만 이번에는 재빨리 이홍원으로 달려가서 요란하게 떠들어댔다.

"아씨를 화나게 하다니, 안 될 일이지요! 우리 집에서는 요즘 아랫사람들한테 너무 관대하게 대하고 있다니까요? 하필 제가 그 자리에 없었으니 망정이지, 있었더라면 그 할멈들 싸대기부터 몇 대 갈기고 며칠 있다가 잔치가 끝난 뒤에 단단히 죗값을 치르게 했을 거예요."

우씨는 그녀를 보자 미소를 지으면서 말했다.

"주씨댁, 어서 오게. 안 그래도 할 말이 있네. 이 시간에 아직 대문을 활짝 열어놓고 등롱까지 환히 밝혀놓아서 드나드는 사람이 너무 많은데, 이러다 혹시 무슨 일이라도 생기면 어쩌겠는가? 그래서 당번 서는 사람을 불러 등롱을 끄고 대문을 닫으라고 시킬 참이었지. 하지만 누구 하나 코빼기도 내비치지 않더구먼."

"저런! 그게 어디 될 일입니까! 전에 둘째 아씨께서도 요즘 일도 많고 사람도 복잡하니 날이 저물면 즉시 대문을 닫고 등롱도 끄고 대관원 안의 사람이 아니면 들여보내지 말라고 분부하신 적이 있어요. 이번 일은 그냥 넘어갈 게 아니라 며칠 후에 반드시 매질을 좀 해야겠어요."

우씨가 또 하녀에게 들은 이야기를 해주자 주서댁이 말했다.

"아씨, 노여워 마셔요. 잔치가 끝나면 제가 집사 어멈한테 얘기해서 따끔하게 혼을 내주라고 할게요. 대체 누가 '남의 집 일에 상관 말라.' 따위의 말을 했는지 따져서 문책을 해야지요! 그리고 제가 이미 사람들한테 등롱을 끄고 대문과 쪽문을 닫으라고 일러두었습니다."

그러는 사이에 희봉이 사람을 보내 우씨에게 저녁 식사를 하자고 청했다.

"조금 전에 만두를 몇 개 먹었더니 배가 고프지 않구나. 너희 아씨한테 혼자 잡수시라고 전해라."

잠시 후 주서댁은 적당한 때를 봐서 그곳에서 나와 곧 희봉에게 조금 전의 일을 일러바쳤다.

"두 할멈은 집사 집안의 사람인데 평소 저희가 얘기해도 늘 사납게 굴었어요. 아씨, 그 늙은 것들한테 훈계를 내리시지 않으면 큰아씨 체면이 뭐가 되겠어요?"

"그럼 두 할멈 이름을 잘 기억해두었다가 잔치가 끝난 뒤에 오랏줄에 묶어 저쪽 댁으로 보내서 그 형님 처분에 맡기도록 하게. 매질을 하건 용서해주건 형님 뜻대로 하시도록 하면 되지, 그까짓 게 무슨 큰일이나 된다고 그래?"

주서댁은 그 말에 기다렸다는 듯이 좋아했다. 그녀는 평소 그 할멈들과 사이가 나빴기 때문에 밖으로 나오자마자 어린 심부름꾼 한 명을 시켜 임지효댁에게 희봉의 말을 전하면서 즉시 들어가 우씨를 만나라고 하는 한편, 사람들을 시켜서 즉시 그 두 할멈을 오랏줄로 묶어 마구간에 가둬놓고 지키게 했다.

임지효댁은 무슨 일인지도 모른 채 이미 등불을 밝힌 시간이지만 부랴부랴 수레를 타고 안으로 들어가 먼저 희봉을 만났다. 중문에서 기별을 넣자 하녀들이 나와 말했다.

"아씨께선 막 잠자리에 드셨어요. 큰아씨는 대관원 안에 계시니까 그리로 가서 만나보라고 하셨어요."

임지효댁은 대관원에 들어가 도향촌으로 찾아갔다. 하녀들의 말을 듣자 우씨는 도리어 미안한 마음이 들어서 황급히 들여보내라 하고 임지효댁에게 웃으며 말했다.

"사람을 찾으려다 찾지 못해서 자네한테 물어보려고 했는데 자네는 돌아갔다 하더구먼. 별일도 아닌데 또 누가 자네를 불러들여 공연한 걸음을 하게 했구먼. 별일 아니라서 벌써 손을 뗐다네."

"호호, 둘째 아씨께서 제게 사람을 보내셔서 아씨께 분부를 들으라고 하시더군요."

"호호, 그게 무슨 말이야? 자네가 집에 돌아가지 않은 줄 알고 괜히 자네를 추궁한 모양이구먼. 누가 또 쓸데없이 둘째한테 얘기한 모양인데 아마 주서댁이 그랬나봐. 별일 아니니 집에 돌아가 쉬시게."

이환이 일의 전말을 얘기하려 하자 우씨가 말을 막았다.

이렇게 되자 임지효댁도 대관원을 나올 수밖에 없었다. 그런데 하필 그때 조씨〔趙姨娘〕*를 만났다. 조씨가 웃음을 지으며 말했다.

"에구머니, 아주머니! 여태 집에 돌아가 쉬지 않고 뭘 그리 바삐 돌아다니시나?"

임지효댁이 웃으며 집에 돌아가 있다가 이러저러해서 다시 들어왔노라고 자초지종을 얘기했다. 조씨는 원래 이런 일을 캐내기 좋아하는 사람이고, 평소 할멈들과 사이가 돈독하고 자주 연락하며 죽이 잘 맞는 사이였다. 그녀는 조금 전의 일도 대충 들어서 알고 있었는데, 임지효댁이 이렇게 얘기하자 곧 일이 여차여차하게 되었노라고 이야기를 죽 들려주었다. 그러자 임지효댁이 웃으며 말했다.

"그렇게 된 일이군요. 뭐 별일도 아니군요! 너그럽게 용서하자면 아예 말도 꺼낼 필요 없고, 조금 속 좁게 다스릴라 치면 곤장이나 몇 대 때리면 그만이겠네요."

"아주머니, 별일은 아니지만 그 사람들이 좀 경망스럽게 굴긴 했지요. 괜히 얘기를 전해서 아주머니를 들어오게 만들었으니 이건 분명 아주머니를 골탕 먹인 셈이에요. 어서 돌아가 쉬세요. 내일도 일이 있으니 붙들어 놓고 차 한잔 대접하기도 마땅치 않네요."

이야기를 마치고 임지효댁이 밖으로 나가 옆문 앞에 이르니, 조금 전 그 두 할멈의 딸들이 다가와 울면서 사정을 봐달라고 빌었다. 임지효댁이 웃으면서 말했다.

"너희도 참 답답하구나. 누가 네 어미더러 함부로 술을 마시고 헛소리를 해서 말썽을 일으키라고 했더냐? 나조차 그런 일이 있었는지 몰랐단 말이다. 둘째 아씨께서 사람을 시켜 잡아들이고, 심지어 나까지 문책을 당하게 생겼다. 그러니 내가 누굴 용서해달라고 말씀드릴 수 있겠어?"

이 하녀들은 겨우 일고여덟 살쯤 되어서 세상 물정을 모르는지라 그저 울면서 애원할 따름이었다. 임지효댁은 그들을 떼어놓을 방법이 없어서 이렇게 말했다.

"바보 같은 것들! 사정할 곳은 내버려두고 왜 나만 귀찮게 해? 너희 언니가 지금 저쪽 마님의 시첩으로 있는 비費아주머니의 아들한테 시집을 갔지 않아? 그러니 네 언니한테 가서 부탁하란 말이다. 그쪽 시어머니더러 마님께 얘기 좀 해달라고 하면 무슨 일이든 다 해결될 게 아니냐?"

두 하녀 가운데 하나는 그 말뜻을 알아들었지만 다른 하나는 계속 사정을 해댔다. 임지효댁은 혀를 차며 꾸짖었다.

"요 맹추야! 쟤가 가서 얘기하면 자연히 다 해결될 거란 말이다. 쟤 어미는 풀어주고 네 어미한테만 매질 할 리가 있어?"

그녀는 곧 마차를 타고 떠났다.

하녀 중 하나가 제 언니에게 가서 전하여 비할멈*에게 말하게 했다. 비할멈은 원래 형부인이 시집올 때 데려온 사람이라 처음에는 제법 기세가 좋았지만, 근래에 태부인이 형부인을 그다지 탐탁지 않게 생각하는 바람에 이쪽 사람들도 위세가 기울어져 있었다. 가정의 집에서 제법 체통 있는 사람들이라면 가사 집에 있는 이들이 저마다 호시탐탐 트집 잡을 기회만 엿보고 있었다. 비할멈은 늘 나이가 많다는 핑계로 거들먹거리면서 형부인의 위세를 믿고는 술만 좀 마시면 함부로 욕을 퍼부으며 분풀이를 하곤 했다. 이제 태부인의 생일이라는 집안의 큰일을 맞아 다른 사람들이 재간을 뽐내며 일을 처리하고, 위세를 부리며 다니는 꼴을 보고 벌써부터 기분이 나빴던 터라, 온갖 욕설에 이런저런 말을 갖다 붙여 악담을 퍼부었다. 하지만 이쪽 사람들 가운데 누구도 그녀를 상대하지 않았다. 그런데 이제 주서댁이 자기 사돈을 잡아들였다는 소리를 듣자 불에 기름을 끼얹은 꼴이 되었다. 그녀는 술김에 담 너머로 고래고래 욕을 한바탕 퍼부은 후 곧장 형부인에게 가서 자기 사돈이 아무 잘못도 저지르지 않았는데 고초를 당하고 있다며 하소연했다.

"저쪽 댁 큰아씨의 하녀와 두어 마디 말다툼을 했을 뿐인데 주서댁이 우리 집 둘째 아씨를 부추겨서 제 사돈댁을 오랏줄로 묶어 마구간에 가뒀습니다. 한 이틀 지나면 매질을 하겠답니다. 마님, 제 사돈댁은 여든 살이 다 된 노인입니다. 부디 둘째 아씨께 말씀드려서 이번 한 번만 용서해달라고 해주십시오."

형부인은 원앙을 가사의 첩으로 삼으려다가 무안을 당하고, 그 후로 태부인이 갈수록 자신에게 냉담하게 대해서 희봉의 체통이 자기보다 올라가고 있던 차라 기분이 상해 있었다. 게다가 며칠 전에 안남태비가 와서 아가씨들을 보고 싶다고 했을 때 태부인이 탐춘만 불러내는 바람에 영춘迎春*은 결국 있으나 마나 한 존재가 되어버렸으니, 벌써부터 원망하는 마음을 품고 있었지만 밖으로 드러내지는 못하고 있던 참이었다. 또한 곁에 있는 아랫것들도 자기들이 질투하고 원망하는 일이 있으면 감히 드러내지 못하고 뒤에서 말을 지어내거나 일을 만들어서 주인을 부추겼다. 그들은 처음에는 그저 저쪽의 하인들 얘기만 하더니 나중에는 점차 희봉에 대해서도 험담을 해댔다.

"그 아씨는 그저 노마님께 알랑거려 환심을 사고 위세와 복록을 누리면서 가련 서방님을 꽉 눌러 난속하고 있습지요. 둘째 마님을 뒤에서 부추기면서 이쪽의 진짜 마님은 안중에도 두지 않는다니까요!"

그리고 나중에는 또 왕부인에 대해서도 험담을 했다.

"노마님께서 마님을 싫어하시는 것은 죄다 둘째 마님과 둘째 아씨가 뒤에서 부추겼기 때문입지요."

그러니 형부인이 아무리 마음이 철석같이 굳은 사람이라고 해도 결국 꺼리는 마음이 생길 수밖에 없어서 근래에는 희봉을 아주 미워하게 되었다. 이런 상황에서 그런 말까지 들었으니 당연히 일의 잘잘못을 따질 겨를도 없었다.

이튿날 아침 태부인에게 인사를 드리고 온 가족이 모여서 자리에 앉아 연극을 구경했다. 태부인은 기분이 아주 좋았다. 또한 이날은 먼 친척 없이 문중의 자손들만 모였기 때문에 태부인은 가벼운 평상복 차림으로 당상에 앉아 절을 받았다. 가운데에 평상을 하나 놓고 사방침*과 등받이, 발받침대를 모두 갖춰놓은 다음 평상 위에 비스듬히 기대앉았다. 그 앞에는 낮은 걸상을 죽 늘어놓고 보차와 보금, 대옥, 상운, 영춘, 탐춘, 석춘惜春* 자매 등이 둘러앉았다. 가빈賈碼*의 어머니는 딸 가희란賈喜鸞*을, 가경의 어머니는 딸 가사저賈四姐*를 데려왔고, 또 몇 집의 손녀들까지 합쳐서 모두 스무 명 정도 되었다. 태부인은 희란과 사저가 용모도 예쁘고 말하는 것이나 행동하는 것이 남달라 마음에 들어서 그 둘을 침상 앞에 함께 앉게 했다. 보옥은 평상 발치에 앉아서 태부인의 다리를 두드려주었다.

맨 윗자리에는 설씨 댁 마님*이 앉고, 그 아래에는 모두 항렬 순서에 따라 양쪽으로 늘어서 앉았다. 바깥 양쪽 회랑에는 일가의 남자 손님들이 역시 항렬 순서에 따라 앉아 있었다. 먼저 여자 손님들이 한 무리씩 짝을 이루어 절을 올린 후에 남자 손님들이 절을 했다. 태부인이 침상에 비스듬히 기대 앉아 계속 "절은 그만두게 해라!" 하는 바람에 절하는 의식은 아주 일찍 끝났다. 그런 다음 뇌대 등이 하인들을 이끌고 의문儀門*에서 대청까지 무릎걸음으로 들어와 큰절을 올렸고, 또 여러 어멈들과 각 방의 하녀들이 차례로 절을 올리는 바람에 인사를 하는 데만 족히 반시간이나 걸렸다. 이어서 여러 개의 새장을 들고 와 마당 한가운데에서 새들을 방생했다. 가사 등은 천지의 신과 수성壽星에게 소지燒紙*를 올리고 나서, 연극을 시작하면서 주연을 열었다. 그렇게 본격적으로 연극이 시작되자 이제 그만 쉬려는 태부인이 안으로 들어가면서 모두에게 편히 즐기라 하고, 또 희봉에게 희란과 사저를 한 이틀 더 머물며 놀다 가게 하라고 했다. 희봉이 나와서 그 둘의 어머니들에게 얘기하니 평소 희봉의 보살핌을 받고 있던 그 둘의 어머니들도 아무 말을 하지 않았다. 희란과 사저는 오히려 대관원 안에 들어가 놀고 싶어서 밤이 되어도 돌아갈 생각을 하지 않았다.

밤이 되어 자리를 파할 때가 되자 형부인은 사람들 앞에서 웃음을 지으며 희봉에게 청원했다.

"듣자 하니 엊저녁에 네가 화가 나서 주서댁을 시켜 할멈 두 명을 오랏줄에 묶어 잡아들였다던데, 그 할멈들이 무슨 잘못을 저질렀는지 모르겠구나. 따지고 보면 내가 이런 부탁을 하면 안 되지만, 어머님 경삿날이라 돈과 쌀을 내다가 가난한 이들이나 늙은이들을 구제하는 마당인데 우리 집안에서 먼저 집안사람들을 괴롭혀서야 되겠느냐? 내 얼굴이 아니라 어머님 체면을 생각해서라도 그 할멈들을 용서해주도록 해라."

그렇게 말하고 수레를 타고 떠났다. 희봉은 많은 사람들 앞에서 이런 말을 듣자 창피하기도 하고 화가 나기도 했지만, 순간적으로 방도가 떠오르지 않아 얼굴이 벌게진 채 뇌대댁 등을 돌아보며 쓴웃음을 지었다.

"이게 무슨 소리지요? 어제 이집 사람들이 저댁 형님께 잘못을 저질러서 나는 형님이 괜한 생각을 할까 싶이 모두 형님 치분에 맡긴 거지, 그 할멈들이 나한테 무슨 잘못을 한 건 아니었어요. 누가 이리도 빨리 알렸을까?"

왕부인이 무슨 일이냐고 묻자 희봉은 웃는 얼굴로 어제 일어난 일을 설명했다. 우씨도 웃으며 말했다.

"심지어 나도 몰랐네. 사네는 너무 많은 일을 나서서 처리하려든단 말야."

"저야 형님 체면을 생각해서 예의상 형님한테 처분을 맡긴 것뿐이에요.

만약 제가 형님 댁에 있을 때 하인 가운데 누가 저한테 잘못을 저질렀다면, 형님도 그 사람들을 저한테 보내 처분을 받게 하지 않았을까요? 그 사람이 아무리 훌륭한 하인이라 할지라도 이런 예법을 어겨서는 안 되는 거잖아요. 누군지 모르지만 괜히 아부하려고 무슨 큰일이나 되는 것처럼 고자질한 모양이군요!"

왕부인이 말했다.

"네 시어머님 말씀이 맞다. 진珍이 댁도 외인이 아니니 그런 쓸데없는 예의는 필요 없지. 어머님 생신이니만큼 그 할멈들을 풀어주는 게 좋겠구나."

그러면서 왕부인은 사람을 보내 그 두 할멈들을 풀어주라고 했다.

희봉은 생각할수록 화도 나고 부끄러워서 자기도 모르게 속이 상해 눈물이 나왔다. 그녀는 홧김에 자기 방에 돌아와 남몰래 한바탕 울었다. 그런데 하필 태부인이 호박을 보내 급히 할 말이 있다고 불렀다. 호박이 희봉의 모습을 보고 깜짝 놀라 물었다.

"아니, 이게 웬일이세요? 저쪽에선 아씨를 기다리고 계시는데……"

희봉은 황급히 눈물을 닦고 세수한 다음 다시 화장을 하고 호박과 함께 태부인에게 갔다. 태부인이 물었다.

"전에 예물을 보내온 집들 가운데 병풍을 보내온 곳이 몇 군데나 되더냐?"

"모두 열두 댁에서 병풍을 보내왔는데 큰 것은 열두 개이고, 네 개는 구들에 올려놓는 작은 병풍이에요. 개중에는 강남의 진씨 댁에서 보내 온 열두 폭짜리 병풍도 있어요. 붉은 비단에 격사緙絲[7]로 '만상홀滿牀笏'*을 새기고, 다른 한 쪽에는 금물로 그린 '백수도百壽圖'*가 있는데, 그게 제일 좋아요. 그리고 월해장군粤海將軍[8] 오鄔씨 댁에서 보낸 유리 병풍도 괜찮아요."

"그럼 그 둘은 건드리지 말고 잘 간수해두도록 해라. 내가 선물할 데가 있다."

희봉이 웃으며 그러겠노라고 대답했다. 그때 갑자기 원앙이 다가와서 희봉의 얼굴을 찬찬히 들여다보자 태부인이 물었다.

"처음 보는 사람도 아닌데 뭘 그리 쳐다보냐?"

"호호, 어쩐지 아씨 눈이 부은 것 같아 이상해서 그래요."

태부인이 희봉에게 가까이 와보라 하고는 눈을 가늘게 뜨고 유심히 살폈다. 희봉이 눈웃음을 지으며 말했다.

"조금 전에 눈이 가려워서 문질렀더니 좀 부었나 보네요."

그러자 원앙이 웃으며 말했다.

"또 누구 때문에 화가 나신 거 아니에요?"

"누가 감히 나를 화나게 하겠어? 설사 그렇다 해도 할머님 생신인데 내가 감히 울 수 있겠어?"

태부인이 말했다.

"그렇고말고! 마침 저녁을 먹을 생각이니 여기서 시중을 들어다오. 남은 건 너와 진이네가 먹으렴. 그리고 너희 둘이 여기서 스님 두 분을 도와 내 대신 콩알을 골라다오.9 그러면 너희도 장수하게 될 게다. 저번에는 너희 자매들과 보옥이가 골랐고, 이제 너희한테 고르게 하는 거니까 내가 누구만 편애한다고 하면 안 된다!"

그러는 사이에 먼저 정갈한 소찬素饌을 차린 상이 하나 들어왔다. 두 비구니가 먼저 먹고 난 후에 고기반찬이 차려진 상이 들어왔다. 태부인이 먹고 나자 상은 밖으로 옮겨졌다. 희봉과 우씨가 한참 먹고 있는데 태부인이 또 희란과 사저도 불러오게 해서 그들 둘과 함께 먹게 했다. 다 먹고 나서 손을 씻고 향을 피운 후 콩을 한 되 받쳐들고 들어왔다. 두 비구니는 먼저 게송을 읊조린 다음 염불을 외우면서 콩을 한 알 한 알 집어 바구니에 담았다. 그리고 다음 날 콩을 삶아 네거리에 나가서는 길 가는 사람들에게 나눠주는 '결수연結壽緣 의식'*을 치르라고 했다. 태부인은 비스듬히 누워서 두 비구니가 들려주는 불교의 인과응보에 관한 이야기를 들었다.

제71회 63

원앙은 이미 호박에게서 희봉이 울었다는 이야기를 듣고, 평아한테 가서 그 이유를 물어보았다. 그리고 저녁에 사람들이 떠나고 나자 태부인에게 말했다.

"둘째 아씨가 정말 우셨대요. 저쪽 큰마님이 사람들 앞에서 둘째 아씨께 창피를 주셨다고 하네요."

태부인이 이유를 묻자 원앙이 자세히 들려주었다. 그러자 태부인이 말했다.

"이러니 희봉이가 예법을 잘 안다는 게 아니냐? 설마 하인들이 문중의 모든 상전들한테 죄를 지었는데도 내 생일이라고 그냥 둬야 된다는 게냐? 이건 틀림없이 그 애 시어미가 평소 기분 나쁜 게 있었는데 감히 터뜨리지 못하다가 이번에 이런 방법으로 많은 사람들 앞에서 희봉이한테 창피를 준 게야."

그렇게 말하는 사이에 보금이 들어오자 태부인은 말머리를 돌렸다.

"너는 어디 있다가 오는 게냐?"

"대관원 안의 대옥 언니 방에서 다들 이야기를 나누다가 왔어요."

그러자 문득 한 가지 일이 생각난 태부인이 급히 노파 하나를 불러서 지시했다.

"대관원 안의 모든 이들에게 단단히 일러두어라. 희란이와 사저의 집안 형편이 어렵긴 하지만 우리 집 아이들과 똑같이 대하도록 모두들 신경 쓰라고 말이다. 우리 집 하인들이 남녀를 막론하고 그저 부귀하고 지체 높은 사람들한테만 조심한다는 걸 나도 알고 있으니 아마 그 두 아이를 안중에 두지 않을 게야. 만약 그 아이들을 얕보는 이가 있다는 소리가 들리면 내가 그냥 두지 않을 게야!"

할멈이 "예!" 하고 나가려는 찰나에 원앙이 말했다.

"제가 가서 얘기할게요. 그 사람들이 저 사람 얘기를 듣기나 하겠어요?"

그러면서 그녀는 곧장 대관원으로 갔다.

원앙이 먼저 도향촌으로 가니 이환과 우씨 모두 그곳에 없었다. 하녀들에게 물으니 모두 탐춘의 거처에 갔다는 것이었다. 그래서 효취당曉翠堂*으로 가자, 과연 대관원 안의 사람들이 모두 그곳에서 담소를 나누고 있었다. 그녀가 오자 모두들 웃으며 말했다.

"또 무슨 일로 오셨나?"

"호호, 저는 뭐 놀러 다니면 안 되나요?"

그리고 조금 전의 이야기를 죽 들려주었다. 그러자 이환이 얼른 자리에서 일어나 즉시 심부름꾼을 보내 각처 하녀들의 우두머리들을 불러서 그 말을 모든 사람들에게 전하라고 했는데, 이 이야기는 그만하겠다.

우씨가 웃으며 말했다.

"할머님께서는 생각이 너무 깊으셔. 우리같이 젊고 기운 좋은 사람 열 명이 뭉쳐도 따르지 못할 거야."

이환이 말했다.

"희봉이는 그래도 귀신같이 영리하니까 할머님 발밑이라도 따라가지. 우리는 어림도 없지요."

"에그! 희봉 아씨인지 호랑이 아씨인지 말씀도 마셔요! 그 아씨도 정말 가엾어요. 요 몇 년 동안 노마님이나 마님 앞에서 한 번도 잘못한 적이 없는데, 뒷전으로는 얼마나 많은 소인배들한테 미움을 사고 있는지 몰라요. 한마디로 사람 노릇하기 정말 힘들어요. 너무 고지식해서 융통성이 없으면 시부모님은 시부모님대로 나무라고, 하인들도 무서워하지 않지요. 또 너무 융통성을 부리면 '여길 고쳐놓으면 저길 다치게 하는〔治一經損一經〕' 결과를 낳고 말지요. 요즘 우리 집안 형편이 더 좋아지니까 새롭게 두각을 나타내는 하인 집안 마나님들이 모두들 너무 좋아서 어쩔 줄 모르지요. 하지만 조금이라도 마음에 들지 않으면 뒤에서 주둥이를 놀리거나 이간질을 해내시요. 서는 노마님께서 화를 내실까 싶어 전혀 말씀드리지 않아요. 그렇지 않으면 다들 편히 지낼 수 없겠지요. 셋째 아가씨 앞이라서 드리는 말씀은 아니지만, 노마님께서는 보옥 도련님을 너무 편애하셔요. 그걸 누가 뒤에서 원망하는 건 그래도 괜찮아요. 어쨌든 편애하시는 건 사실이니까요. 그런데 지금 노마님께서 셋째 아가씨를 편애하신다고 뭐라 하는 말들은 저도 듣기 거북해요. 정말 우습지 않나요?"

탐춘이 웃음 지으며 말했다.

"어리석은 사람들이 너무 많은데 어떻게 다 상대할 수 있겠어요? 제 생각엔 차라리 식구가 적은 집에서 사는 게 낫겠어요. 살림살이는 좀 가난해도 모두 즐겁게 지낼 수 있잖아요? 우리처럼 이렇게 식구가 많은 집을 보고 모르는 사람들은 우리가 천금 만금 귀한 아가씨들이라 아주 즐겁게 사는 줄 알지만, 그건 우리도 말 못할 고민이 자기네보다 더 심하다는 걸 모르니까 하는 얘기지요."

그러자 보옥이 말했다.

"탐춘이처럼 쓸데없는 걱정이 많은 사람이 어디 있을까? 내가 늘 얘기했잖아? 그런 속된 소리는 아예 듣지도 말고, 속된 일은 생각지도 말고 그저 부귀영화를 편안히 누리라고 말이야! 우리처럼 복이 없어서 힘들게 살아야 하는 사람들한테 비할 수는 없지."

우씨가 말했다.

"도련님처럼 아무 근심 걱정 없는 사람이 어디 있겠어요? 그저 자매들이랑 장난이나 치고 배고프면 잡수시고 피곤하면 주무시면 되잖아요? 앞으로 몇 년 뒤에도 여전히 그러실 테지요. 나중 일이라곤 전혀 걱정하시지 않고 말이에요!"

"하하, 자매들과 하루만이라도 더 지낼 수 있다면 그렇게 해야지요. 그러다 죽으면 그만인데 나중 일 같은 건 뭐하러 걱정해요!"

이환이 웃으면서 말했다.

"또 말도 안 되는 말씀을 하시네요! 도련님이야 출세도 못하고 여기서 늙어간다 해도 자매들이 언제까지 시집도 안 가고 계속 여기 있을 것 같아요?

우씨가 조롱하듯 말했다.

"어쩐지 다들 도련님이 잘못 태어났다고 하더라니! 이 댁 자손답지 않게 너무 흐리멍덩하다고 말이에요."

"하하, 사람 일이야 정해지지 않았으니 누가 죽고 누가 살아남을지 어찌 알겠어요? 제가 오늘이나 내일, 아니면 올해나 내년에 죽을 수도 있지만, 그래도 평생을 마음대로 산 셈이지요!"

그 말이 채 끝나기도 전에 모두 입을 모아 말했다.

"또 정신없는 소릴 하시네요! 아무튼 도련님이랑 말을 섞으면 안 된다니까! 입만 열면 맹한 소리 아니면 미친 소리밖에 안 하시니 말이야!"

그러자 희란이 생글거리면서 말했다.

"오빠, 그런 말씀 마셔요. 여기 언니들이 모두 시집가고 나면 어쨌든 할머님과 마님께서도 쓸쓸하실 테니까 제가 와서 오빠와 놀아드릴게요."

이환과 우씨 등이 모두 비웃으며 말했다.

"아가씨도 허튼소리 그만해요. 설마 아가씨는 시집을 안 간다는 거예요? 누굴 속이려고!"

그 말에 희란이 머리를 푹 숙였다. 그때쯤 이미 어둠이 짙어져서 모두 쉬려고 자기 방으로 돌아갔는데, 그 이야기는 그만하겠다.

한편, 원앙이 돌아가느라 막 대관원 대문 앞에 이르렀는데, 쪽문이 닫히기만 했을 뿐 빗장은 채워지지 않은 상태였다. 이때 대관원 안에는 오가는 사람이 없었고 당번 서는 사람들이 있는 방에서만 불빛이 새나오고 있었다. 중천에는 어스름한 달이 떠 있었고 원앙은 혼자 등롱도 들지 않은 채 가벼운 발걸음으로 걸었기 때문에, 당번 서는 사람들 모두 누가 오는지도 모르고 있었다. 마침 소변이 마려워진 원앙은 통로를 벗어나 풀 섶을 찾아서 호숫가에 세워진 바위 뒤쪽의 커다란 계수나무 그늘 아래로 갔다. 그녀가 막 바위 뒤쪽으로 돌아가는데 갑자기 옷자락 스치는 소리가 들려와 깜짝 놀랐다. 자세히 보니 그곳에 두 사람이 있다가 그녀가 오는 것을 보고 바위 뒤쪽 숲에 숨으려고 하는 것이었다. 눈썰미 좋은 원앙은 달빛 속에서도 두 사람 중 덥수룩한 머리에 붉은 치마를 입고, 큰 키에 몸매가 통통한 이를 정확히 알아보았는데, 바로 영춘의 방에 있는 사기司棋였다. 원앙은 사기도 다른 여자애와 함께 여기서 소변을 보다가 자기가 오는 것을 보고 일부러 숨어서는 놀래주려고 하나 보다 생각해서 깔깔대며 소리쳤다.

"사기야, 빨리 나와! 나를 놀라게 하면 '도둑이야!' 소리쳐서 잡아가게 할 거다? 다 큰 애가 밤낮 없이 그저 장난칠 생각만 하니!"

원앙은 사기가 나오게 하려고 농담을 한 것뿐이었는데, 뜻밖에도 그 '도둑'은 간이 작아서 원앙이 이미 모든 것을 다 보았다고 생각했다. 원앙이 소리를 질러 여러 사람들이 알게 되면 더 곤란해진다고 생각한 사기는 평소 원앙이 자기와 각별한 사이기도 해서 곧 나무 뒤에서 달려나와 원앙의 손을 덥석 잡으며 무릎을 꿇고 사정했다.

"언니, 제발 그러지 마셔요!"

원앙은 영문을 몰라 얼른 그녀를 일으켜 세우면서 물었다.

"호호, 그게 무슨 말이야?"

사기는 얼굴이 새빨개져서 눈물을 흘렸다. 원앙이 다시 생각해보니 다른 한 사람의 모습은 흐릿하긴 하지만 젊은 일꾼 같았다. 그녀는 대충 어찌된 일인지 짐작하고 오히려 자기가 부끄러워 얼굴이 귀밑까지 달아오르면서 더럭 겁이 났다. 그녀는 잠시 마음을 진정시키고 나직하게 물었다.

"저 사람은 누구야?"

사기가 무릎을 꿇으며 대답했다.

"제 고종사촌 동생이에요."

원앙이 "쯧!" 하고 혀를 찼다.

"아주 죽으려고 작정을 했구나!"

사기가 고개를 돌리고 나직하게 말했다.

"숨어 있을 필요 없어요. 언니가 다 보았으니까 얼른 나와서 용서를 빌어요."

그 일꾼도 어쩔 수 없이 나무 뒤에서 미적미적 나와 마늘을 찧듯이 땅바닥에 머리를 조아렸다. 원앙이 얼른 돌아서 가려고 하자 사기가 그녀를 붙들고는 울면서 간곡히 부탁했다.

"우리 둘의 목숨은 언니 손에 달렸으니 제발 적선한 셈 치고 은혜를 베풀어주셔요!"

"걱정 마. 어쨌든 아무한테도 얘기하지 않으면 되잖아?"

그 말이 채 끝나기도 전에 쪽문 쪽에서 누군가의 목소리가 들려왔다.

"원앙 아가씨는 벌써 나갔을 테니까 문에 빗장을 걸어!"

원앙은 사기에게 붙들려 있어 몸을 빼내지 못한 상태에서 그 소리를 듣자 다급히 소리쳤다.

"저 아직 여기서 일을 좀 보고 있으니까 잠깐 기다려요! 금방 나갈게요!"

그러자 사기는 어쩔 수 없이 손을 놓아줄 수밖에 없었는데……

제72회

자존심 강한 왕희봉은 자기 병을 숨기고
내왕댁은 위세를 믿고 억지로 사돈을 맺다

王熙鳳恃强羞說病　來旺婦倚勢霸成親

고집스러운 왕희봉은 자신의 병을 숨기다.

　원앙은 쪽문을 나선 뒤에도 여전히 얼굴이 달아오른 채 가슴은 두근거렸다. 정말 뜻밖의 사건이었다. 하지만 보통 일이 아니라서 말을 잘못 꺼냈다간 그들은 간통죄와 도둑질 죄까지 뒤집어써서 목숨을 잃게 될 판이고, 또 옆 사람까지 연루되지 않는다고 보장할 수 없는 상황이었다. 그래서 어쨌든 자기와는 무관한 일이니 속에다만 담아두고 아무에게도 말하지 않기로 했다. 그리고 돌아가서 태부인에게 다녀온 일을 보고하고 잠자리에 들었다. 또한 이후로 저녁에는 대관원에 자주 드나들지 않았고, 대관원 안에서도 이런 기막힌 일이 벌어지는데 다른 곳은 오죽하랴 싶어서 다른 곳에도 함부로 다니지 않았다.

　어려서부터 사기는 고종사촌과 함께 어울려 놀면서, 어린아이 장난말로 나중에 다른 곳에 시집가거나 장가가지 않겠다고 서로 약속한 적이 있었다. 나이가 들면서 근래에 둘 다 인물이 빼어나게 자란데다, 사기가 집에 돌아갈 때면 서로 눈짓을 주고받으며 옛정을 잊지 못했다. 하지만 따로 만날 기회를 만들지 못했고, 두 사람 모두 부모님이 허락하지 않을까 걱정스러워서 안팎으로 대관원 할멈들을 매수해 문을 열어주고 망을 봐달라고 부탁하여 북적거리는 틈을 타 오늘에야 마침내 처음으로 몰래 만날 수 있었던 것이다. 그들은 비록 부부가 되지는 못했지만 서로 굳게 맹세하고 정표를 주고받으며 이미 한없는 사랑에 빠져 있었다. 그러다가 갑자기 원앙에게 방해를 받자 사내는 꽃밭 사이를 지나 쪽문을 통해 밖으로 나갔다.

사기는 밤새 잠을 이루지 못하고 뒤늦은 후회를 했다. 이튿날 원앙을 만나자 저절로 얼굴이 붉어졌다 하얘졌다 하면서 어쩔 줄 몰라 허둥댔다. 마음속에 말 못할 고민이 있으니 입맛을 잃었고, 앉으나 서나 항상 몽롱한 상태였다. 그런데 이틀이 지나도 아무 낌새가 보이지 않자 비로소 마음을 조금 놓았다.

이날 저녁, 갑자기 할멈 하나가 찾아와서 나직이 일러주었다.

"아가씨 고종사촌은 어디론가 도망쳐서 사나흘 동안 집에 돌아오지 않고 있대요. 지금 사방으로 사람을 보내 찾고 난리랍니다."

사기는 이 말에 화가 치밀었다.

'설령 들통이 난다 해도 함께 죽어야 하지 않아? 그런데 사내라는 것이 먼저 도망쳐버리다니. 이것만 봐도 사랑이 없는 작자라는 걸 알겠군!'

이렇게 생각하니 더욱 화가 났다. 이튿날에는 기분이 좋지 않아 도저히 몸을 지탱할 수 없었고, 그렇게 한 번 쓰러지고 나니 시름시름 큰 병이 되고 말았다.

원앙은 녕국부에서 까닭 없이 일꾼 하나가 사라져버렸고 대관원의 사기가 중병에 걸려 밖으로 내보내게 되었다는 소문을 듣자, 두 사람이 처벌이 두려워 그리 되었을 거라고 생각했다.

'아마 내가 얘기를 할까 걱정돼서 그리 된 모양이구나.'

그러자 자신이 오히려 미안한 마음이 들었다. 그녀는 문병을 핑계로 사기를 찾아가 다른 사람들을 내보내고 맹세했다.

"내가 어느 누구한테라도 얘기하면 당장 천벌을 받아 죽을 거야! 그러니 걱정 말고 몸조리나 잘해. 젊은 목숨을 헛되이 버리면 되겠어?"

사기가 그녀의 손을 붙들고 울면서 말했다.

"언니, 우리는 어려서부터 가까이 지냈지요. 언니도 저를 남처럼 대하지 않았고, 저도 언니한테 함부로 대하지 않았어요. 비록 제가 이번에 잘못을 저질렀지만 언니가 정말 아무한테도 얘기하지 않는다면 언니는 제게 친엄마나 마찬가지예요. 이후로 남은 목숨은 모두 언니가 주신 거예요. 제 병이 나으면 언니를 위해 장생위패長生位牌*를 세우고 날마다 향을 사르면서 언니가 평생 복을 누리며 장수하도록 보우해주십사 천지신명께 기도할게요. 죽더라도 노새나 개로 다시 태어나 언니의 은혜에 보답할게요. '아무리 성대한 잔치도 결국 끝이 있기 마련〔千裏搭長棚 沒有不散的筵席〕'이라는 속담처럼 이삼 년 뒤면 우리 모두 이곳을 떠나게 될 거예요. 그리고 '부평초도 서로 만날 날이 있거늘 사람이 어찌 다시 만날 날이 없으랴〔浮萍尙有相逢日 人豈全無見面時〕!'라는 속담도 있듯이, 나중에 다시 만나면 어떻게든 언니의 은덕에 보답할게요!"

그 말에 원앙도 마음이 아파 함께 울면서 고개를 끄덕였다.

"내 말이 바로 그거야. 나는 남의 일에 간섭하기 좋아하는 사람도 아닌데 무엇하러 굳이 네 체면을 구기면서까지 상전한테 쓸데없는 충성을 바치겠어? 게다가 이런 일은 나도 남한테 얘기를 꺼내기 곤란해. 그러니 걱정 말고 몸조리나 잘해. 하지만 이후로는 조신하게 처신해서 다시는 그런 일을 저지르지 않도록 해."

사기는 베개 위에서 계속 고개를 끄덕였다.

원앙은 다시 한 번 그녀를 위로하고 밖으로 나왔다. 그러고는 가련도 집에 없고 또 요 며칠 동안 희봉의 안색이나 목소리가 예전과는 달리 좀 피곤해 보여서 돌아가는 길에 문안이나 해야겠다고 생각했다. 그녀가 희봉의 거처가 있는 뜰로 들어가자 중문을 지키는 문지기가 그녀를 보고 일어서서 안으로 들여보냈다. 원앙이 막 몸채에 이르렀을 때 평아가 안방에서 나오다가 그녀를 보고는 얼른 다가와 낮은 소리로 싱글거리며 말했다.

"방금 밥을 조금 잡숫고 낮잠 주무시고 계셔. 잠깐 저기 앉았다가 가."

원앙은 평아와 함께 동쪽 곁방으로 갔다. 하녀가 차를 내오자 원앙이 나직이 물었다.

제72회 **75**

"희봉 아씨 병세는 요즘 어때요? 좀 기운이 없어 보이던데요."

평아는 방 안에 다른 사람이 없는 걸 확인하고 탄식하며 말했다.

"아씨가 저러시는 게 요즘만이 아니야. 벌써 한 달 전부터 저러셨지. 게다가 요즘 며칠 바쁘신데 또 쓸데없는 일로 기분이 상하셔서 다시 도지신 거야. 한 이틀 동안은 예전보다 병이 더 심해져서 몸도 가누시지 못하는 바람에 결국 앓고 있다는 게 들통 나고 말았지."

"그런데 왜 빨리 의원을 불러 치료하지 않았대요?"

"휴! 아직도 아씨 성미를 몰라? 의원을 불러 약을 잡수시기는커녕, 보다 못해 내가 몸이 좀 어떠시냐고 괜히 여쭈었다가 도리어 욕만 먹었어. 대뜸 발끈하시면서 '내가 아프라고 저주를 하는 게냐!' 하시지 뭐야. 몸이 이런데도 매일 이것저것 보살피시느라 자기 몸 보살필 생각을 하지 않고 계시다니까."

"그래도 의원을 불러다가 진찰하게 해서 무슨 병인지나 알아야 모두들 안심할 게 아니겠어요?"

"병 얘기가 나왔으니 말인데 내가 보기엔 가벼운 병 같지 않아."

"무슨 병인데요?"

평아는 다시 앞으로 바짝 다가와서 귓속말로 소곤소곤 얘기했다.

"지난 달 월경을 하고부터 한 달 내내 하혈이 멈추지 않고 있어. 이러니 큰 병이 아니고 뭐겠어!"

"에그머니! 그럼 '혈산붕血山崩'[1]이 아닌가요!"

평아는 혀를 차면서 또 나직이 웃으며 말했다.

"시집도 안 간 아가씨가 무슨 그런 말을 해? 그건 오히려 악담이 될 수도 있잖아?"

원앙은 자기도 모르게 얼굴이 빨개져서 또 멋적게 웃으며 소곤소곤 말했다.

"나도 '무너지니〔崩〕' 어쩌니 하는 게 뭔지 모르지만, 언니도 아시잖아요? 예전에 우리 언니도 그 병 때문에 죽었잖아요. 나도 무슨 병인지 몰랐는데 우리 엄마랑 사돈댁이 하시는 말씀을 무심코 듣고 이상하게 생각했어요. 나중에 엄마한테 자세히 듣고 나서야 대충 알게 되었어요."

"호호, 너도 알고 있으리라는 걸 깜박했네?"

둘이 한창 이야기를 나누고 있는데 하녀가 들어와서 평아에게 말했다.

"조금 전에 주아주머니가 또 다녀갔어요. 아씨께서 조금 전에 막 낮잠에 드셨다고 전하니까 마님 방으로 갔어요."

평아가 고개를 끄덕이자 원앙이 물었다.

"어떤 주아주머니 얘기에요?"

"중매쟁이 주아주머니 말이야. 손孫대인인가 하는 집에서 이 댁에 청혼을 해서, 그 아주머니가 명첩을 들고 요 이틀 동안 날마다 찾아와 끈질기게 달라붙고 있어."

그 말이 끝나기도 전에 하녀가 뛰어와 말했다.

"서방님께서 오셨어요."

그사이에 가련이 이미 방문 앞에 이르러 평아를 불렀다. 평아가 얼른 대답하고 맞이하러 나가려는데 가련은 어느새 이 방을 찾아 들어왔다. 그는 문 앞에 이르렀다가 원앙이 구들에 앉아 있는 걸 발견하고 급히 걸음을 멈추었다.

"하하, 원앙 누이가 오늘 어쩐 일로 누추한 곳까지 걸음을 하셨소?"

원앙은 앉은 채 웃음 지으며 말했다.

"서방님과 아씨께 문안 인사를 왔는데, 하필 한 분은 집에 안 계시고 한 분은 주무시고 계시더군요."

"하하, 일 년 내내 할머님 모시느라 고생하시는데 내가 한 번 찾아가보지도 못했네요. 황송하게도 먼저 우리를 찾아와주셨군요. 마침 나도 막 누이를 찾아가보려던 참이었소. 그런데 이 옷이 너무 더워 갈아입고 가려던 차였는데 뜻밖에 하늘이 보살펴주셔서 내 수고를 덜도록 누이가 먼저 여기서 날 기다리고 계셨군요."

그렇게 말하며 의자에 앉자 원앙이 물었다.

"무슨 일이 있나요?"

가련은 말을 꺼내기도 전에 먼저 웃었다.

"한 가지 일을 까맣게 잊고 있었는데, 누이도 기억하실 거요. 작년 할머님 생신에 어느 행각승行脚僧*이 찾아와 밀랍과 동석凍石으로 만든 불수감佛手柑*을 드린 적이 있지요? 할머님께서 무척 좋아하셔서 즉시 갖다가 진열해놓게 하셨잖아요? 며칠 전 할머님 생신 때 제가 골동품 목록에서 본 적이 있는데, 지금 그게 어디 있는지 모르겠더군요. 골동품 관리인도 저한테 두어 번 얘기했는데 자기가 확인한 다음 골동품 대장에 써넣겠다고 합디다. 그래서 말인데, 지금 그걸 할머님께서 진열해놓고 계시오, 아니면 다른 누구한테 주셨소?"

"노마님께서 며칠 놓고 보시다가 싫증이 나셔서 희봉 아씨께 주셨어요. 그런데 이제 와서 저한테 물으시면 어떡해요? 제가 날짜도 기억하고 있어요. 그리고 왕씨 아주머니를 통해 보내드렸어요. 혹시 잊어버리셨다면 희봉 아씨나 평아 언니한테 물어보셔요."

평아가 옷을 꺼내고 있다가 그 말을 듣자 얼른 나와 얘기했다.

"맞아요. 지금 다락에 두었어요. 아씨께서 진즉 사람을 보내 그게 여기 있다고 말했는데 그쪽 사람들이 잊어버리고 기록해두지 않았으면서 또 별것 아닌 일로 귀찮게 하는군요!"

"하하, 그랬다면 내가 왜 몰랐지? 너희들이 나한테 숨겼나 보구나?"

"아씨께서 서방님께 말씀드리니까 서방님께서 다른 사람한테 주려고 하셨던 것 기억 안 나세요? 아씨께서 안 된다고 하셔서 겨우 남아 있게 되었잖아요? 서방님께서 잊어버리시고 오히려 저희가 숨겼다고 하시다니요! 그게 뭐 얼마나 좋고 귀한 거라고요. 그것보다 열 배나 좋은 물건도 숨기지 않았는데 별로 비싸지도 않은 그깟 물건을 탐내겠어요?"

가련이 고개를 숙이고 미소를 머금은 채 잠시 생각하더니 손뼉을 치며 말했다.

"요즘 내 머리가 어찌 되었나보군! 이런저런 걸 다 잊어버리고 남한테 원망 들을 짓만 하다니! 확실히 예전 같지 않아!"

원앙이 놀리듯 웃으며 말했다.

"그럴 수도 있지요. 일도 많고 말도 많은데다 술도 많이 마시니 그 많은 일을 어떻게 똑똑히 기억하시겠어요?"

그러면서 일어나 가려고 하자 가련이 얼른 일어나며 말했다.

"누이, 조금만 더 앉아 계시구려. 한 가지 부탁드릴 일이 있소."

그러면서 그가 하녀를 꾸짖었다.

"어서 좋은 차를 따라오지 않고 뭐하느냐! 어서 깨끗한 잔에다 어제 들어온 새 차를 한잔 따라 오너라!"

그리고 다시 원앙에게 말했다.

"요 며칠 동안 할머님 생신 때문에 갖고 있던 은돈 천 냥을 다 써버렸어요. 몇 군데 방세하고 소작세도 모두 구월이나 돼야 들어오니까 지금은 쓸 돈이 없어요. 내일은 또 남안군왕 댁에 선물을 보내야 하고, 또 귀비마마께 드릴 중양절重陽節* 선물도 준비해야 하고, 몇 군데 혼례 예물까지 보내려면 최소한 이삼천 냥은 필요한데 갑자기 변통할 방법이 없네요. 속담에도 '남한테 구하는 것보다 자기한테서 구하는 게 낫다.'고 하잖소? 말씀드리기 곤란하지만 누이가 좀 도와주셨으면 해요. 할머님께서 잘 모르시는 금은 그릇들을 한 상자만 몰래 내주시면 그걸 저당 잡혀 한 천 냥쯤 융통해 씁시다. 반년 안에 은돈이 들어오는 대로 바로 찾아다 돌려드릴게요. 누이한테는 절대 누가 되지 않게 하겠소."

"호호, 서방님도 편법을 제법 잘 쓰시네요. 그런 생각을 하시다니!"

"하하, 빈말이 아니라 누이 말고도 천 냥쯤 내놓을 수 있는 사람이 있다오. 하지만 그 사람들은 누이와 달리 사리에 밝지 않고 대담하지 못해요. 그러니 그 사람들한테는 얘기만 꺼내도 놀라 자빠질 거요. 그래서 '황금 종을 한 번 치고 말지 찢어진 북을 삼천 번 치는 짓은 하지 않겠다.'는 거라오."

그 말이 끝나기도 전에 갑자기 태부인이 하녀를 보내 급히 원앙을 찾았다.

"언니, 노마님께서 한참 전부터 찾으셨어요. 어디 계시는지 도무지 찾을 수 없었는데 여기 계셨군요."

원앙은 그 말을 듣자 서둘러 태부인에게 갔다.

가련은 그녀가 떠나자 어쩔 수 없이 희봉을 보러 갔다. 희봉은 한참 전에 잠에서 깨어 가련이 원앙에게 저당 잡힐 그릇들을 빌려달라고 부탁하는 소리를 들었지만, 자기가 뭐라 하기 곤란해서 그냥 침대에 누워 있었다. 그러다가 원앙이 가고 가련이 들어오자 그녀가 물었다.

"그래, 원앙이 부탁을 들어준대요?"

"하하, 확답은 없었지만 그래도 조금 뜸을 들여놓았으니까 저녁에 당신이 다시 얘기하면 들어줄 거요."

"호호, 전 이 일에 상관하지 않겠어요. 설령 들어준다 해도 지금은 듣기 좋은 소리를 하지만 나중에 돈이 생기면 당신은 입을 싹 닦아버릴 텐데 누가 당신의 궁한 처지를 도와주려 하겠어요? 혹시 할머님께서 아시기라도 하는 날이면 몇 해 동안 다져놓은 제 체면도 모두 깎여버리고 말 텐데요."

"하하, 여보, 성사만 시켜준다면 무엇이든 바라는 대로 사례할게."

"호호, 어떻게 사례하시겠어요?"

"하하, 뭐든 말만 하라고!"

그러자 평아가 옆에서 웃으며 말했다.

"아씨에겐 사례가 필요 없어요. 어제 말씀하셨잖아요? 무슨 일을 하나 하려는데 은돈 일이백 냥 정도 모자란다잖아요. 그러니까 돈을 빌려다가 그중에서 아씨께서 일이백 냥을 갖다 쓰도록 하시면 양쪽 모두 좋은 일 아닌가요?"

"호호, 다행히 그 얘길 해주는구나. 그렇게 하는 게 좋겠어요."

"하하, 둘 다 너무 지독하군! 두 사람은 천 냥짜리 전당품뿐만 아니라 현금으로 사오천 냥쯤 구하려 해도 어렵지 않을 텐데 말이야. 나도 당신들한테 빌려 쓰지 않으면 될 거 아냐! 한마디 해달라고 했더니 그새 자기들 이득을 챙기려 들다니 정말 대단하시구먼!"

희봉이 홱 돌아누우며 말했다.

"제가 사천 냥이든 오만 냥이든 갖고 있다 해도 당신 돈에서 빼낸 게 아니에요. 지금 집 안팎과 위아래 사람들 가운데 뒤에서 제 얘기를 하는 이들이 많은데, 당신이 와서 그 얘기를 하는군요. '집안 식구가 바깥 귀신을 끌어들이는 법'이라고 했듯이, 바깥에서 나도는 나쁜 얘기는 결국 집안사람들이 퍼뜨리는 것이라는 말이 맞다는 걸 알겠네요. 우리 왕씨 집안에서 가져온 돈은 모두 당신네 가씨 집안에서 써버렸으니 절 짜증나게 하지 마셔요! 당신 집안이 무슨 석숭石崇²이나 등통鄧通³ 집안 같은 줄 알아요? 우리 왕씨 집안 땅 틈새만 쓸어도 당신들이 평생 넉넉하게 쓸 재물이 나와요. 그런 말을 하다니 부끄럽지도 않아요? 여기 증거도 있어요. 마님과 제 혼수품만 잘 살펴보더라도 당신 집안 물건에 비해 어느 하나라도 모자란 게 있나요?"

"하하, 농담 좀 한 걸 가지고 뭘 그리 화를 내고 그래? 은돈 일이백 냥이 뭐 별거라고. 많은 돈은 없지만 그 정도는 있어. 우선 갖다 쓰고 다시 얘기하자고. 어때?"

"제가 '저승 갈 채비〔衙口塾背〕'⁴를 달라는 것도 아닌데 뭘 그리 서둘러요?"

"굳이 이렇게까지 화낼 필요 있나?"

그 말에 희봉은 웃음이 났다.

"제기 화를 낸 게 아니라 서방님 말씀이 남의 가슴을 찌르니까 그런 기지요. 모레가 우이저의 제삿날이라는 게 생각나서 그랬어요. 우리가 한때는 사이가 좋았는데, 다른 건 못해도 무덤에 지전이라도 몇 장 살라주는 게 동서지간의 도리인 것 같아서 말이에요. 그 사람이 비록 자녀를 남기진 못했지만 '앞 사람이 뿌린 흙에 뒷사람 눈이 가려진 격'으로 자기만 생각하고 다른 사람을 잊어서는 안 되는 법이지요."

그 말에 할 말을 잊은 가련은 고개를 숙인 채 한참 생각하더니 이렇게 말했다.

"그렇게 생각이 꼼꼼하다니 고맙구려. 난 까맣게 잊고 있었소. 모레 쓸 거라면 내일 돈을 마련하는 대로 필요한 만큼 갖다 쓰구려."

그 말이 끝나기도 전에 내왕댁*이 들어왔다. 희봉이 물었다.

"잘됐는가?"

"아무래도 안 되겠어요. 제 생각에는 아씨께서 나서주셔야겠습니다."

가련이 물었다.

"또 무슨 일인데 그래?"

그러자 희봉이 대답했다.

"별일 아니에요. 왕아에게 올해 열일곱 살 된 아들이 있는데 아직 장가를 들지 않아서 마님 방에 있는 채하에게 청혼을 했어요. 그런데 마님께서 어떻게 생각하실지 몰라 방법을 찾지 못하고 있어요. 저번에 마님께선 채하가 나이도 많이 들었고 병도 많아 말썽이니 은혜를 베풀어 제 집으로 내보내주셨어요. 그 아이 부모한테 직접 사윗감을 고르라고 하신 거지요. 이 때문에 왕아댁이 저한테 부탁을 하더군요. 제 생각에는 두 집안이 서로 어울리는 것 같아서 말만 꺼내면 자연히 성사될 줄 알았는데 뜻밖에도 지금 와서 하는 말이 안 될 것 같다고 하잖아요?"

"그게 뭐 별일이라고? 채하보다 나은 애가 수두룩하잖아!"

내왕댁이 웃으며 말했다.

"서방님께서야 그리 말씀하시지만 심지어 그 집안조차 저희를 우습게 보는데 다른 집안에서야 더하겠지요. 어렵사리 마음에 드는 며느릿감을 하나 골랐으니 부디 서방님과 아씨께서 은혜를 베푸셔서 저희를 위해 혼사를 성사시켜주십시오. 아씨 말씀이 그쪽에서 분명 허락할 거라고 하셔서 제가 곧 사람을 보내 알아보았는데 뜻밖에 헛물만 켜고 말았습니다. 그 아이는 그래도 괜찮습니다. 제가 평소 눈여겨봤는데 생각하는 게 별로 나무랄 데가 없더군요. 다만 그 아이의 부모라는 늙은 것들이 너무 눈이 높은 게 탈이지요."

그 말에 희봉과 가련의 마음이 움직였다. 희봉은 가련이 옆에 있는지라 아무 소리도 하지 않고 그의 눈치만 살폈다. 가련은 마음에 걸리는 일이 있는 마당에 이런 일까지 신경 쓸 리가 없었다. 하지만 모르는 척하자니 내왕댁이 바로 희봉이 시집올 때 데려온 하녀인데다 평소 자기들을 위해 애를 많이 써온 사람이라 체면상 그대로 넘어갈 수 없었다.

"뭐 대단한 일이라고 주절주절 말이 많아? 걱정 말고 가게. 내일 체면이 설 만한 사람 두어 명을 보내 납채를 갖고 가서 청혼하고, 내가 주선하는 거라고 얘기하게 함세. 그래도 그쪽에서 한사코 마다하면 내가 불러서 얘기함세."

내왕댁이 희봉을 보자 희봉이 입을 삐죽하며 신호를 보냈다. 내왕댁은 눈치를 채고 얼른 가련에게 큰절을 하며 감사를 표시했다. 그러자 가련이 황급히 말했다.

"절은 자네 아씨한테나 하게. 내가 그렇게 하겠다고 했지만 결국 자네 아씨가 사람을 보내 그쪽 안사람을 불러서 잘 얘기하는 게 나을 테니까 말일세. 그쪽에서야 틀림없이 응낙하겠지만, 이런 일은 억지로 을러서 성사시켜서는 안 되는 법이야."

그러자 희봉이 얼른 말했다.

"당신까지 이렇게 은혜를 베풀어주려고 애쓰시는데 제가 수수방관할 순 없지요. 이보게, 자네도 들었지? 이 일에 대해 얘기가 끝나면 자네도 내가 부탁한 일을 서둘러 마무리 지어주게. 자네 남편한테 얘기해서 바깥에서

제72회 **83**

받아낼 돈을 전부 올 연말까지 거둬들이라고 하게. 한 푼이라도 모자라면 안 되네. 내 평판이 좋지 않아서 한 일 년만 더 두면 모두들 날 산 채로 뜯어먹으려 들 거란 말일세!"

"호호, 아씨도 너무 담이 작으셔요. 누가 감히 아씨를 두고 이러쿵저러쿵하겠어요? 거둬들이고 나면 솔직히 저희도 덜 귀찮아지고 남들한테 미움도 별로 안 받을 겁니다."

"흥! 나도 괜한 데 마음을 썼어. 내가 정말 돈을 챙겨서 뭘하겠어? 날마다 나가는 건 많고 들어오는 건 적으니까 이러는 거지. 이 집에서 나랑 서방님이 한 달에 쓰는 용돈하고 하녀 네 명의 품삯까지 있는 것 없는 것 다 합치더라도 모두 은돈 일이십 냥밖에 되지 않는데 그걸로는 사나흘 쓰기에도 부족하단 말이야. 내가 갖은 방법으로 이리저리 끌어모으지 않았더라면 진즉 파산했을 거야. 그러다 지금은 돈놀이나 하는 못된 인간이라는 소리를 듣고 있지. 그러니 내가 돈을 거둬들이려는 게야. 나라고 돈 쓸 줄 모르는 줄 알아? 하지만 앉아서 쓰기만 하다가는 얼마나 버티겠어? 그래서야 집안 꼴이 말이 아니게 되지. 지난번 할머님 생신 때 마님께선 두 달 동안 돈을 마련할 방법이 없어서 안달을 하셨지만, 내가 한마디 귀띔을 해 드렸지. 뒤쪽 다락에 그다지 요긴하지 않은 구리 그릇과 주석 그릇들이 네다섯 상자나 있다고 말이야. 그걸 가져다가 은돈 이삼백 냥쯤 마련해서 겨우 남부끄럽지 않은 정도로 잔치를 치러낼 수 있었지. 자네들도 알다시피 내가 그 금으로 된 자명종을 은돈 오백육십 냥에 팔았는데, 보름도 안 돼서 크고 작은 일들이 열 가지 남짓 생기는 바람에 거기다 다 써버렸어. 이제 바깥에서도 쪼들리니까 누구 생각인지 몰라도 할머님 물건까지 찾게 된 모양이야. 이러다가 한 해만 더 지나면 각자 지닌 머리장식이나 옷가지까지 찾게 될 테니 그럼 꼴이 아주 보기 좋을 거야!"

내왕댁이 웃으며 말했다.

"마님이나 아씨들이야 모두 머리장식과 옷가지를 팔면 평생 넉넉히 쓸

돈을 마련하겠지요. 다만 그러려고 하지 않을 뿐이지요."

"내가 버텨낼 재간이 없어졌다는 얘기가 아니라 이런 식이라면 나도 어쩔 수 없다는 말이야. 엊저녁엔 갑자기 꿈을 꾸었는데 얘기하자니 우습구면. 글쎄 얼굴은 낯익은데 성명은 알 수 없는 어떤 사람이 날 찾는 거야. 무슨 일이냐고 물었더니 마마께서 자기를 보내 비단 백 필을 가져오라고 분부하셨다는 걸세. 어느 마마냐고 물으니까 우리 집 귀비마마는 아니라고 하지 않겠어? 그래서 줄 수 없다고 하니까 그 사람이 빼앗으려고 달려들지 뭔가! 한창 그러고 있던 중에 꿈에서 깼어."

"호호, 낮에 궁중의 분부에 대비하시느라 신경을 쓰셔서 그런 꿈을 꾸셨겠지요."

그 말이 끝나기도 전에 누군가 아뢰었다.

"하태감夏太監께서 소소태감을 통해 전갈을 보내셨습니다."

가련이 그 말을 듣자마자 눈살을 찌푸리며 말했다.

"또 무슨 얘기지? 한 해 동안 가져간 것도 충분히 많을 텐데 말이야!"

희봉이 말했다.

"당신은 자리를 피해요. 제가 만나볼게요. 별일 아니라면 그만이지만 큰일이라면 제가 적당히 얘기할게요."

가련은 곧 안방으로 몸을 숨겼다. 희봉은 소태감을 안으로 모시라고 하여 자리를 권하고 차를 마시면서 무슨 일인지 물었다.

"하나리께서 오늘 괜찮은 집을 한 채 보셨는데 은돈 이백 냥이 모자라 저더러 아씨 댁에 와서 여쭤보라고 하셨습니다. 갖고 계신 은돈 가운데 일이백 냥만 빌려주시면 한 이틀 후에 바로 갚아주시겠다고 하셨습니다."

"호호, 갚을 필요까지 있나요? 은돈이야 충분하니 우선 가져다 쓰시면 되지요. 나중에 저희가 혹시 궁해질 때 빌리러 가면 마찬가지 아닌가요?"

"그리고 저번에 두 차례에 걸쳐 빌리신 은돈 천이백 냥은 올 연말에 한꺼번에 갚으시겠다고 하셨습니다."

"호호, 하나리께서도 참 소심하시지! 뭘 그까짓 걸 다 마음에 두신대요? 제 말을 어찌 생각하실지 모르지만 이렇게 일일이 기억하고 갚으려면 얼마나 많이 갚아야 할지 모르지요. 우리한테 돈이 없다면 몰라도 있을 때는 그냥 갖다 쓰시면 돼요."

그리고 그녀는 내왕댁을 불러 분부를 내렸다.

"가서 아무 데나 괜찮으니까 이백 냥만 우선 변통해오게."

내왕댁이 눈치를 채고 웃으며 말했다.

"저도 달리 변통할 데가 없어서 아씨께 변통하러 왔는걸요?"

"자네들은 그저 안에 찾아와 돈을 달라고 할 줄만 알지 바깥에서 구하라고 하면 도무지 요령이 없다니까!"

그러면서 평아를 불렀다.

"내 금목걸이 두 개를 잠시 저당 잡히고 은돈 사백 냥만 구해와."

평아가 "예!" 하고 나갔다가 한참 만에 비단으로 장식한 상자를 하나 들고 왔는데, 그 안에는 비단 보자기에 싼 물건 두 개가 들어 있었다. 펼쳐보니 하나는 연밥만 한 크기의 진주들을 금실에 꿴 목걸이였고, 다른 하나는 비취에 보석을 박은 것이었다. 둘 다 궁중에서 쓰는 물건과 별 차이가 없었다. 잠시 후 평아가 들고 나가더니 과연 은돈 사백 냥을 가지고 들어왔다. 희봉은 소태감에게 절반을 주고, 나머지는 내왕댁에게 주면서 팔월 중추절中秋節* 행사를 치를 준비를 하라고 분부했다. 소태감이 작별 인사를 하자 희봉은 심부름꾼에게 은돈을 들고 나가 대문 밖까지 전송하라고 했다.

잠시 후 가련이 나와 빈정대며 말했다.

"이 바깥의 망령들은 언제나 끊어질는지 원!"

"호호, 막 그 얘기를 하자마자 하나가 찾아왔군요."

"어제는 주周태감이 와서 천 냥을 달라고 하는데 내가 좀 머뭇거리니까 금방 기분 나쁜 표정을 짓더군. 나중에 남한테 미움 살 일이 많을 거야. 이번에는 이삼백만 냥을 더 써야 될 판이야!"

그러는 사이에 평아는 희봉의 시중을 들어 세수하고 옷 갈아입는 것을 도왔다. 희봉은 곧 태부인의 거처에 저녁 시중을 들러 갔다.

가련이 나와서 막 바깥 서재에 이르자 갑자기 임지효가 걸어왔다. 무슨 일이냐고 묻자 임지효가 말했다.

"방금 우촌雨村 나리께서 좌천되었다는 소식을 들었는데 이유를 모르겠습니다. 아마 사실이 아닌 것 같습니다."

"사실이든 아니든 그 양반도 벼슬자리에 오래 있지 못할 걸세. 나중에 일이 생기면 우리가 연루되지 않으리란 보장이 없으니, 아예 멀리하는 게 좋지."

"맞는 말씀입니다만 갑자기 멀리하기도 곤란합니다. 지금 저쪽 댁 큰나리께서 그분과 사이가 각별하시고, 우리 나리께서도 그분을 좋아하셔서 늘 드나들고 계시다는 걸 모르는 사람이 어디 있습니까?"

"어쨌든 그 양반과 무슨 일을 도모하지 않으면 상관없네. 자네는 가서 그게 사실인지 아닌지, 그리고 사실이면 이유가 뭔지 알아보게."

임지효는 "예!" 하면서도 바로 나가지 않고 아래쪽 의자에 앉아 잠시 한담을 나누었다. 그 와중에 살림이 쪼들린다는 이야기가 나오자 그 김에 이렇게 말했다.

"식구가 너무 많습니다. 시간을 내어 노마님과 나리께 말씀드려서 그간 고생해온 늙은 하인들 가운데 이제 쓸모없는 이들을 몇 명 내보내는 게 좋겠습니다. 그러면 그 사람들도 각자 생계가 생길 테고, 집안에서도 한 해 동안 드는 식량과 월급을 어느 정도 절약할 수 있을 테니까요. 그리고 안쪽의 시녀 아가씨들도 너무 많습니다. '시시각각 사정이 나빠진다.'라는 속담도 있지 않습니까? 지금은 예전 관례를 따질 형편이 안 되니 다들 좀 고생스럽더라도 시녀 여덟 명을 거느리던 분들은 여섯 명으로, 네 명을 거느리던 분들은 두 명으로 줄어야 힐 것 같습니다. 그렇게 여러 가지 방법들을 찾아보면 한 해에 절약할 수 있는 쌀과 월급이 적지 않을 겁니다. 게

다가 안에서 시중드는 계집아이들 가운데 절반 정도는 나이가 많이 들었으니 시집보낼 아이들은 보내야 합니다. 그 아이들이 가정을 이루고 나면 또 자녀를 낳을 게 아닙니까?"

"나도 그런 생각을 하고 있었네. 다만 숙부님께서 막 귀가하셨기 때문에 중대한 일들도 아직 다 말씀드리지 못했으니 이런 말씀을 드릴 틈이 어디 있었겠는가! 예전에 매파가 사주단자〔庚帖〕[5]를 들고 와서 청혼을 한 적이 있네. 그런데 숙모님께서는 숙부님이 귀가하신 지 얼마 되지 않아 날마다 혈육이 다 모였다고 말할 수 없이 기뻐하시는데 갑자기 이런 얘기를 거론하면 상심하실까 싶어서 잠시 미뤄두고 있는 실정일세."

"그것도 이치에 합당한 일입니다. 마님께서 아주 꼼꼼히 생각하셨습니다."

"그렇지. 참, 이 얘기가 나오니까 생각나는 게 있네. 우리 왕아의 아들이 숙모님 방에 있는 채하와 결혼하고 싶다 하더구먼. 어제 나한테 부탁했는데 별일 아니다 싶어서 아무나 보내 얘기하면 되려니 생각했네. 지금 누가 한가한가? 그 사람을 보내 내가 중매한다고 전하라 하려네."

임지효는 어쩔 수 없이 "예!" 하더니 한참 후에 웃으며 말했다.

"제 생각에는 서방님께서 이 일에 관여하시지 않는 게 좋을 것 같습니다. 왕아의 아들은 나이는 어리지만 밖에서 술 마시고 노름도 하면서 안 하는 게 없습니다. 하인 신세라도 혼인은 평생이 걸린 큰일이 아닙니까? 제가 요 몇 년 동안 채하를 보진 못했지만, 듣자 하니 훌륭하게 자랐다고 하대요. 그런데 굳이 이런 녀석한테 보내 평생을 망치게 해서야 되겠습니까?"

"그놈이 술주정꾼에 망나니라고?"

임지효가 쓴웃음을 지으며 말했다.

"술 마시고 노름만 하는 게 아니라 밖에서 못하는 짓이 없습니다. 우리는 왕아가 마님 수하라는 점을 감안해서 그저 못 본 체하고 있습죠."

"그런 줄은 몰랐구먼. 그렇다면 마누라를 얻어줄 게 아니라 한바탕 몽둥이찜질을 해서 가둬두고, 또 그놈 어미 아비까지 문책을 해야겠군!"

"하하, 굳이 그러실 필요는 없습니다. 그놈이 또 말썽을 일으키면 당연히 저희가 서방님께 여쭈어 다스리시도록 하겠습니다. 지금은 잠시 용서해주십시오."

가련이 아무 말도 하지 않자 잠시 후 임지효가 밖으로 나갔다.

희봉은 저녁에 이미 사람을 보내 채하의 어머니를 불러 중매를 서겠다고 말했다. 채하의 어머니는 전혀 내키지 않았지만 희봉이 직접 나서자 그녀의 체면을 봐서 응낙하고 말았다. 그런 다음 희봉이 가련에게 얘기를 전했는지 물었다.

"진즉 말할 생각이었는데 듣자 하니 그 집 아들놈이 아주 망나니라 해서 아직 얘기하지 않았소. 정말 망나니라면 며칠 버릇을 가르치고 나서 마누라를 얻어줘도 늦지 않을 거요."

"누가 그런 소리를 하던가요?"

"집안사람이지 누구겠소?"

"호호, 우리 왕씨 가문 사람은 심지어 저조차도 당신 집안사람들 눈에 차지 않는데 하인이야 오죽하겠어요? 제가 벌써 그 아이 어미한테 얘기했더니 뛸 듯이 기뻐하며 응낙하더군요. 설마 다시 불러다놓고 필요 없게 되었다고 얘기해야 되는 건가요?"

"기왕 얘기했다면 굳이 물릴 필요까진 없지. 나중에 그놈 아비한테 자식 단속을 잘하라고 얘기하면 되겠지."

이 이야기는 여기서 그만하겠다.

한편, 며칠 전에 자기 집으로 나가 있던 채하는 부모가 혼처를 정해주기를 기다리고 있었다. 마음속으로는 가환에게 옛정이 남아 있었지만 아직 확실한 긴 아니었다. 그런데 근래에 내왕이 뻰질나게 찾아와 청혼을 하는 것이었다. 그녀는 내왕의 아들이 술주정꾼에다 노름꾼이며, 얼굴도 못생기고 가진 기술도 없다는 걸 들은 바가 있기 때문에 갈수록 마음이 언짢았다. 혹시 내왕이 희봉의 위세를 믿고 갑자기 일을 성사시킨다면 평생의 우환이 될 테니 마음이 조급할 수밖에 없었다. 그래서 저녁에 자기 여동생인 소하°에게 중문 안의 조씨를 찾아가 내막을 알아보게 했다.

조씨는 평소 채하와 마음이 맞아서 그녀를 가환에게 짝지어주면 자신에게도 한쪽 팔이 생길 거라고 간절히 바라고 있었다. 그런데 뜻밖에 왕부인이 채하를 내보내버린 것이었다. 조씨는 늘 가환을 구슬려 왕부인에게 청을 드리라고 했지만, 가환은 부끄러워서 그런 말을 꺼내지도 못했고, 또 채하를 그다지 마음에 두고 있지 않았다. 그는 채하를 그저 하녀 가운데 하나로 생각하고, 그녀가 나갔으니 나중에 다른 하녀가 들어올 거라 생각해서 차일피일 미루며 얘기하지 않았으니, 채하 생각은 이제 그만두라는 뜻이었다. 그래도 조씨는 아쉬운 마음을 떨치지 못했는데 또 소하가 와서 묻길래, 저녁에 시간을 내서 우선 가정에게 찾아가 부탁했더니 그가 이렇게 말했다.

"뭐가 그리 바빠! 한두 해 공부를 더하고 나서 짝을 지어주어도 늦지 않아. 내가 벌써 하녀 둘을 점찍어두었네. 하나는 보옥이한테 주고, 또 하나는 환이한테 줄 셈이야. 하지만 아직 나이가 어리고 또 공부를 그르칠까 싶어서 한두 해 더 기다리자는 걸세."

"보옥 도련님은 벌써 두 해 전에 첩을 들였는데 나리께선 아직 모르고 계시는지요?"

"아니, 누굴 들였어?"

조씨가 막 얘기를 하려고 하는데 바깥에서 무언가 '쿵!' 하는 소리가 들려 다들 깜짝 놀랐다. 어찌 된 일인지는 다음 회를 보시라.

제73회

어수룩한 계집애는 줍지 말아야 할 수춘낭¹을 줍고
나약한 아가씨는 머리 장식 훔친 유모를 문책하지 않다

癡丫頭誤拾繡春囊　懦小姐不問纍金鳳

바보 아가씨는 춘화가 수놓인 향주머니를 주워 형부인에게 건네주다.

　조씨가 가정과 이야기하는 도중에 갑자기 밖에서 무언가 '쿵!' 하는 소리가 들렸다. 황급히 물어보니 바깥방 창문의 덧창을 제대로 닫지 않아서 걸쇠가 벗겨져 떨어졌던 것이었다. 조씨는 하녀들에게 몇 마디 꾸지람을 주고 직접 하녀들과 함께 덧창을 다시 달고는 방으로 들어가 가정의 잠자리 시중을 들었다. 이 이야기는 그만하겠다.

　한편, 이홍원에서는 보옥이 막 잠자리에 들어서 하녀들도 각자 자기 방으로 가려 하는데, 갑자기 누군가 정원 대문을 두드렸다. 할멈이 문을 열고 보니 조씨 방의 하녀 소작小鵲이었다. 무슨 일이냐고 묻자 소작은 아무 대답 없이 곧장 방으로 들어가 보옥을 찾았다. 보옥은 막 자리에 누웠고, 청문 등은 아직 침대 옆에 앉아 담소를 나누고 있다가 소작을 보고 물었다.
　"무슨 일이기에 이 시간에 달려왔어?"
　소작이 웃으며 보옥에게 말했다.
　"도련님께 소식을 하나 전해드리려고 왔어요. 조금 전에 우리 아씨께서 나리께 도련님에 대해 여차저차 말씀을 드렸어요. 그러니 내일 나리께서 추궁하실 것에 미리 대비하셔야 할 거예요!"
　소작이 그 말을 남기고 떠나려 하자 습인은 그녀에 차를 따라주려고 했다. 하지만 그녀는 대문이 잠기면 안 된다며 그대로 떠났다.

보옥은 손오공이 '긴고아緊箍兒 주문'*을 들은 것처럼 갑자기 온몸이 뻣뻣하게 굳어버렸다. 하지만 아무리 생각해도 달리 방법이 없어서 책이라도 열심히 읽어두어 내일 시험에 대비할 수밖에 없었다. 책을 암송하다 틀리지만 않는다면 다른 일이 있다 해도 대충 넘어갈 수 있다고 생각했기 때문이다. 이렇게 생각이 미치자 그는 서둘러 일어나 옷을 걸치고 책을 읽으려고 했다. 그러면서 또 마음속으로는 후회했다. 요즘 며칠 동안 가정이 공부 얘기를 꺼내지 않나 보다 생각하고 책을 팽개쳐두었는데, 이럴 줄 알았으면 진즉 복습을 해둘 걸 그랬다 싶었던 것이다.

생각해보니 지금은 그나마 『대학大學』, 『중용中庸』, 『논어論語』 정도만 주석까지 함께 외울 수 있었다. 『맹자孟子』 상권은 절반 정도만 어중간하게 외우고 있어서 그 가운데 아무렇게나 한 구절을 찍어 제시하면 그 뒤를 이어 외울 자신이 없었다. 그리고 『맹자』 하권은 태반이나 잊어버린 상태였다. 오경이라면, 요즘 시를 짓느라 『시경詩經』을 조금씩 읽었기 때문에 아주 잘 알지는 못하지만 그래도 시험에는 대충 넘어갈 정도는 되었다. 다른 것들은 기억나지 않지만 다행히 평소 아버지도 읽으라고 분부한 적이 없기 때문에 설령 모른다 해도 괜찮을 것 같았다.

고문古文의 경우는 몇 해 전에 읽었던 『좌전左傳』*, 『전국책戰國策』*, 『공양전公羊傳』*, 『곡량전穀梁傳』* 그리고 한나라 때와 당나라 때 글까지 포함하여 읽은 것이 몇 십 편에 지나지 않았고, 요 몇 년 동안은 아예 한 줄도 읽지 않았다. 한가한 때 몇 번 뒤적여본 적은 있지만 잠시 동안의 흥취에 지나지 않아서 보고 금방 잊어버렸다. 신경 써서 공부하지 않았으니 어찌 기억하겠는가? 그러니 이것은 대충 넘어가기조차 힘들었다.

게다가 과거시험에 필요한 팔고문八股文[2]은 평소 무척 싫어하기도 했고, 원래 성인 공자가 쓴 것도 아니니 성현의 오묘한 뜻을 천명한 것도 아니라 후세 사람들이 명성을 날리고 벼슬을 얻기 위한 수단에 지나지 않는다고 생각했다. 그러니 가정이 떠나던 날에 백 편을 뽑아 읽어두라고 했지만 보옥은 그 가운데 한두 단락만 보았을 뿐이며, 간혹 승제承題*나 기강起講 가운데 약간이나마 감동을 주는 정밀한 것, 자유분방한 것, 유희적인 것, 구슬픈 것이 있으면 우연히 한 번 읽어보는 정도였는데, 모두 잠시의 흥취에 지나지 않을 뿐 전체를 정성껏 읽고 익혀본 적이 없었다.

그런데 지금 이걸 공부하면 내일 저걸 물을 것 같았고, 저걸 공부하면 이걸 물을 것 같았다. 게다가 하룻밤 사이에 전체를 복습하기도 불가능했다. 이 때문에 그는 더욱 초조했다. 자신이 책을 읽는 것은 그렇다 치고 온 방 안의 하녀들까지 잠을 자지 못하게 만들어버렸다. 습인과 청문, 사월 등 지위가 높은 하녀들은 당연히 옆에서 등불 심지를 자르고 차를 따랐고, 지위가 낮은 하녀들까지 모두 피곤하여 몽롱한 눈으로 이리저리 몸을 휘청거렸다. 그걸 보고 청문이 꾸짖었다.

"어찌 된 계집애들이 다들 밤이고 낮이고 송장처럼 자빠져 자고, 그것도 모자라 어쩌다가 좀 늦게 자게 되었다고 이런 꼴들을 보이는 게냐? 또 그러면 바늘로 콕콕 찔러줄 테다!"

그 말이 채 끝나기도 전에 바깥에서 '꽈당!' 하는 소리가 들렸다. 급히 나가보니 어린 하녀 하나가 앉아 졸다가 벽에 머리를 부딪치고 놀라 깨었던 것이었다. 하필 청문이 그 말을 하고 있을 때였는지라 그 아이는 멍한 표정으로 청문이 자신을 때린 줄로만 알고 울며 사정했다.

"언니, 다신 안 그럴게요!"

모두 웃음을 터뜨리자 보옥이 얼른 말했다.

"용서해줘. 원래는 다들 자게 해줬어야 하잖아! 누나들도 교대로 잠을 좀 자둬."

습인이 말했다.

"도련님 일이나 하셔요. 시간이 오늘 밤밖에 없으니까 이 책들에다 마음을 쏟아야시요. 이 고비를 넘기고 나서 다른 데 신경을 쓰셔도 일을 그르치지는 않을 테니까요."

그녀가 간절히 말하자 보옥도 다시 책으로 눈을 돌리는 수밖에 없었다. 몇 구절쯤 읽었을 때 사월이 목이라도 축이라면서 차를 따라왔다. 보옥이 받아 마시다가 사월이 치마는 벗고 속옷만 입고 있는 걸 보고 말했다.

"밤이 깊어 추우니 겉옷을 하나 입는 게 좋겠어."

사월이 책을 가리키며 말했다.

"호호, 저희 생각은 잠시 잊고 저것들한테나 신경 쓰셔요."

그 말이 끝나기도 전에 방관芳官*이 뒤쪽 방문에서 뛰어 들어오며 소리쳤다.

"큰일 났어요! 누가 담에서 뛰어내렸어요!"

모두들 어디냐고 물으며 즉시 사람들을 깨워 곳곳을 찾아보게 했다. 청문은 보옥이 밤새 힘들게 책을 읽지만 내일 아버지의 시험에 통과하지 못할 것 같아서 방책을 마련하려고 고민하고 있다가 갑자기 이 소동이 일어나자, 즉시 한 가지 꾀를 생각해냈다.

"도련님, 이 틈에 꾀병을 부리셔요. 소동 때문에 놀랐다고 하면 되잖아요!"

이 말은 보옥의 마음에 딱 들었다. 그는 곧 당번을 서는 사람들에게 등롱을 켜고 곳곳을 찾아보라고 했지만 아무 종적도 찾지 못했다.

"하녀들이 졸린 눈으로 밖에 나갔다가 바람에 흔들리는 나뭇가지를 보고 사람인 줄로 착각했나 봅니다."

그러자 청문이 나무랐다.

"헛소리 마요! 제대로 찾지 못해서 꾸중을 들을 것 같으니까 그런 말로 둘러대는 거겠지요. 조금 전에 한 사람만 본 게 아니라 도련님과 우리가 일때문에 잠깐 나갔다가 다들 직접 본 거라고요. 지금 도련님께서 놀라 안색이 변하고 온몸에 땀까지 나서 내가 지금 위채로 가 안혼환安魂丸*을 가져올까 하고 있어요. 마님께서 물으시면 분명하게 대답해야 해요. 근데 당신들 말대로 대답해도 괜찮을까요?"

다들 그 말에 놀라 아무 소리 못하고 다시 곳곳을 찾아보는 수밖에 없었다. 약을 가지러 간 청문과 방관은 모든 사람들이 보옥이 놀랐다는 것을 알도록 일부러 부산을 떨었다. 왕부인은 급히 사람을 보내 살펴보고 약을 주게 하면서 번을 서는 사람들에게 구석구석을 잘 찾아보게 하는 한편, 중문 바깥의 옆쪽 정원 담장에서 번을 서던 하인들을 조사해보라고 지시했다. 이 때문에 대관원 안에서는 등롱과 횃불을 밝히고 밤새 시끌벅적했다. 새벽이 되자, 집사들에게 명하여 자세히 조사하고 안팎에서 번을 서던 남녀 하인들을 심문해보라고 했다.

태부인이 보옥이 놀라 병이 들었다는 소식을 듣고 이유를 물으니, 모두들 감히 속이지 못하고 자세히 보고하는 수밖에 없었다.

"내 이런 일이 있을 줄 알았다! 지금 각처에 밤 당번을 서는 이들이 모두 조심하지 않고 있어. 이게 별일은 아니지만 그 사람들은 도적이 들어도 모를 게야!"

그때 형부인과 우씨 등이 모두 문안 인사를 오고, 희봉과 이환 자매 등도 모두 그 자리에 있었는데, 태부인의 말을 듣자 모두 대답할 말이 없었다. 다만 탐춘만이 앞으로 나서며 말했다.

"호호, 희봉 언니가 몸이 안 좋으니까 요즘 대관원 안의 사람들이 전에 비해 아주 방만해졌어요. 전에는 밤에 번을 설 때 서넛이 모여 앉아 잠깐씩 주사위나 골패놀이를 하면서 피곤도 풀고 잠도 쫓는 정도였어요. 하지만 요즘엔 아예 노름판을 벌이고, 심지어 누군가 노름판을 주선하여 삼십 조전弔錢*이나 오십 조전, 삼백 조전까지 걸린 큰 도박을 해요. 그러다가 보름 전에는 결국 싸움이 벌어져 서로 치고받고 했다더군요."

"그걸 알면서도 왜 우리한테 알리지 않았느냐?"

"마님께서 일이 많으신데다 연일 기분이 좋지 않으셔서 말씀드리지 못했어요. 그냥 큰언니와 집사들한테만 얘기해서 몇 차례 단속하게 했더니 요즘은 좀 나아졌어요."

"너같이 결혼도 하지 않은 아이가 그 일이 얼마나 심각한 것인지 어찌 알겠느냐? 너는 푼돈으로 하는 도박이 예사로운 일이고 그저 싸움이나 일어나는 정도라고 생각하겠지. 하지만 밤에 도박을 하면 술을 마시지 않는다는 보장이 없고, 술을 마시면 대문을 멋대로 여닫는 일이 생기기 마련이다. 물건을 사려고 이 사람 저 사람 찾게 되면, 개중에는 인적 드문 밤에 몰래 도적을 숨겨두거나 간사한 것들을 끌어들이는 경우도 생기게 될 테니 무슨 일인들 일어나지 못하겠느냐? 게다가 대관원 안 자매들의 거처에서 시중드는 이들은 모두 어린 하녀들이나 어멈들이고, 개중에는 괜찮은 것들과 못된 것들이 뒤섞여 있지. 도적질이야 별게 아니지만 또 다른 일에 연루되기라도 하면 그건 작은 일이 아니지. 이건 가벼이 용서할 일이 아니야!"

그러자 탐춘은 아무 말도 못하고 자기 자리에 돌아가 앉았다.

희봉은 몸이 그다지 좋아지지 않아서 정신도 평소보다 좀 흐릿했지만, 태부인의 이런 말을 듣자 얼른 변명했다.

"하필 제가 또 몸이 안 좋아져서 그랬어요."

그리고 곧 임지효댁을 비롯한 우두머리 집사 넷을 불러다놓고 태부인 앞에서 한바탕 꾸지람을 늘어놓았다. 태부인은 즉시 도박판을 주선한 사람과 노름꾼들을 조사하게 하면서 자수하는 사람에게는 상을 주고, 숨기고 알리지 않는 사람은 벌을 주게 했다.

임지효댁 등은 태부인이 진노하는 것을 보자 감히 개인적으로 인정사정을 봐주지 못하고, 황급히 대관원 안의 모든 이들에게 전해 한 명 한 명 조사했다. 처음에는 모두 아니라고 잡아뗐지만 결국에는 정황이 드러날 수밖에 없었다. 조사 결과, 큰 판을 주선한 사람이 세 명, 작은 판을 주선한 사람이 여덟 명, 모여서 노름을 한 사람이 스무 명 남짓이었다. 모두 태부인 앞으로 끌고 가자 그들은 마당에 꿇어앉아 땅바닥에 쿵쿵 머리를 찧으며 용서를 빌었다. 태부인은 먼저 큰 판을 주선한 사람의 이름과 판돈의 액수를 물었다. 알고 보니 이 세 명의 주선자들 가운데 한 사람은 임지효의 이종사촌의 시어머니였고, 한 사람은 대관원 안 주방의 유어멈의 여동생, 또 한 사람은 영춘의 유모였다. 이 세 명이 가장 큰 주범이었고 나머지는 굳이 언급할 필요가 없는 이들이었다.
　태부인은 주사위와 골패를 모두 태워버리고, 모든 판돈은 몰수하여 여러 사람들에게 나눠주게 했다. 그리고 세 명의 주범들에게는 각기 곤장을 마흔 대씩 쳐서 내쫓아 다시는 들어오지 못하게 했다. 또한 그들을 따라 노름판을 벌인 이들에게는 각기 곤장을 스무 대씩 치고 석 달 동안의 월급을 박탈하는가 하면 화장실을 치우게 했다. 또한 임지효댁에게도 한바탕 꾸지람을 내렸다. 임지효댁은 자신의 친척들 때문에 체면이 깎여서 계면쩍어했고, 자리에 앉아 있는 영춘도 난처한 표정을 지었다.
　대옥과 보차, 탐춘 등은 영춘의 유모가 이렇게 된 것을 보자 측은한 마음이 들어서 모두 일어나 태부인에게 인정을 베풀어달라고 사정했다.
　"이 유모는 평소에는 노름을 하지 않았는데 어쩌다 기분이 났나 봅니다. 영춘 언니의 얼굴의 봐서라도 이번 한 번만 용서해주셔요."
　"모르는 소리! 이 유모라는 것들은 너희에게 젖을 물려 키웠으니 체면이 좀 선다는 걸 믿고 남들보다 더 못된 짓을 일삼는데, 그래놓고도 주인을 부추겨서 감싸달라고 하지. 나도 다 겪어봤다. 그렇지 않아도 하나를 잡아 본때를 보여줄 참이었는데 마침 하나가 걸렸구나. 너희들은 상관 마라. 내 나름대로 방법이 있느니라!"
　잠시 후 태부인이 낮잠 잘 시간이 되어 모두 밖으로 물러났다. 그들은 태부인이 화가 났다는 것을 알기 때문에 감히 자기 방으로 돌아가지 못하고 모두 그곳에서 기다리는 수밖에 없었다. 우씨는 희봉의 거처로 가서 잠시 담소를 나누었지만, 희봉의 몸이 편치 않아 어쩔 수 없이 대관원으로 들어가 시누이들과 담소를 나누었다. 형부인도 왕부인의 거처에 잠시 앉아 있다가 기분이나 풀 생각으로 내관원으로 갔다. 그런데 그녀가 막 내관원 내문 앞에 이르렀을 때 태부인의 방에 있는 '바보 언니〔傻大姐〕라는 하녀가 실실 웃으며 걸어오고 있었다. 그녀는 손에 뭔가 알록달록한 것을 들고 고개를 숙인 채 아래를 내려다보며 걷다가, 그만 머리로 형부인의 가슴을 들이받을 뻔했다. 그녀는 황급히 걸음을 멈추었다.

"이 맹한 계집애가 무슨 개도 물어가지 않는 걸 얻었기에 그리 좋아해? 어디 좀 보자."

이 바보 언니는 열네다섯 살쯤 되었고, 집에 들어온 지 얼마 되지 않아 태부인의 거처에서 허드렛일이나 청소 따위를 하고 있었다. 그녀는 몸집이 뚱뚱하고 얼굴은 넓적한데, 전족을 하지 않아 허드렛일을 시원스럽게 잘해냈다. 다만 우둔하고 무식해서 무슨 일을 하거나 입을 열면 항상 법도에 어긋났다. 그래도 태부인은 일을 시원스럽게 잘하고 우스운 말도 잘하는 그녀가 마음에 들어 '바보 아가씨〔獃大姐〕'[3]라는 이름까지 지어주었다. 그리고 따분할 때면 항상 그녀를 불러 잠깐 놀려먹곤 했는데, 도무지 조심하고 기피하는 게 없어서 그녀를 '맹한 계집애〔癡丫頭〕'라고 부르기도 했 렀다. 그녀가 예법에 어긋나는 짓을 해도 사람들은 태부인이 귀여워하는 걸 알기 때문에 심하게 나무라지 않았다.

이 하녀도 이런 뒷배가 생기니 태부인이 부르지 않을 때는 대관원에 들어가 놀곤 했다. 오늘은 대관원 안에서 귀뚜라미를 잡다가 가산의 바위 뒤에서 오색 실로 수놓은 향주머니를 하나 주웠는데 아주 화려하고 정교해서 무척 좋아 보였다. 하지만 거기 수놓인 것은 무슨 화초나 새 같은 것이 아니라 발가벗은 두 사람이 바짝 끌어안은 모습이고, 다른 한쪽에는 몇 개의 글자가 있었다. 그녀는 본래 남녀 간의 일 같은 건 몰랐기 때문에 이렇게 생각했다.

'요정 둘이 싸우는 모습일까? 그게 아니면 분명 부부가 싸우는 모습일 거야.'

아무리 생각해도 알 길이 없자 태부인에게 들고 가 물어볼 생각으로 슬쩍슬쩍 쳐다보며 걷고 있었는데 갑자기 형부인이 이렇게 말하자 실실 웃으면서 대꾸했다.

"마님, 말씀 정말 잘하셨어요. 이건 정말 개도 물어가지 않을 거예요. 보셔요."

그러면서 건네주자 형부인이 받아보고 깜짝 놀라 황급히 손으로 꽉 감싸 쥐고 물었다.

"이거 어디서 났어?"

"귀뚜라미 잡으려다가 산속 바위 위에서 주웠어요."

"누구한테도 이걸 주웠다고 절대 얘기하지 마라! 이거 아주 나쁜 물건이야. 그랬다간 너도 맞아 죽어! 네가 평소 맹한 애니까 이런 걸 주워왔을 테니 앞으로는 이것에 대해 말도 꺼내지 마라."

바보 아가씨는 그 말에 깜짝 놀라 얼굴색이 노랗게 변했다.

"저, 절대 말하지 않을게요!"

그녀는 넙죽 머리를 조아리고 멍한 표정으로 떠났다. 형부인이 주위를 돌아보니 모두 계집아이들뿐이라 누구한테 건네주기도 곤란하여 자기 소매에 넣어두고는, 이게 어디서 나왔을까 무척 이상하게 생각했다. 하지만 내색하지 않고 영춘의 방으로 갔다.

영춘은 유모가 저지른 죄 때문에 기분이 상해 있다가 갑자기 어머니가 왔다는 소식을 듣고 맞이하여 안방으로 모셨다. 차를 올리고 나자 형부인이 말했다.

"너는 이렇게 컸으면서 유모가 그런 짓을 했는데도 나무라지 않았단 말이냐? 지금 다른 이들은 다 아무 일 없는데 하필 우리 쪽 사람이 이런 짓을 저질렀으니 무슨 꼴이란 말이냐!"

영춘은 고개를 숙인 채 허리띠를 만지작거리다가 한참 후에야 대답했다.

"저도 두어 번 얘기를 했는데 듣지 않으니 방법이 없었어요. 게다가 제 유모니까 그분이 저한테 뭐라 할 수 있어도 제가 그분한테 뭐라 할 순 없는 노릇이지 않겠어요."

"말도 안 되는 소리! 네가 잘못을 했다면 당연히 유모가 타일러야겠지만 지금은 자기가 법을 어겼으니 네가 상전의 신분을 내세웠어야지. 그래도 유모가 감히 따르지 않는다면 나한테 얘기를 했어야지. 다른 사람들이 다 알 때까지 내버려두었으니 이게 무슨 꼴이냔 말이다! 게다가 유모가 노름을 주선한 것도 모자라 온갖 감언이설로 너를 구슬려 비녀나 팔찌, 옷가지, 신 따위를 빌려다 밑천으로 삼았을지도 모르겠구나. 너는 마음도 여리고 사람 대하는 게 무르니 틀림없이 얼마 정도 도와주었을 게다. 유모한테 그렇게 속아넘어갔다면 나도 땡전 한 푼 없는 마당에 이번 명절을 어떻게 쇠겠어?"

영춘은 아무 말도 못하고 고개를 숙인 채 허리띠만 만지작거렸다. 형부인이 그 모습을 보고 쓴웃음을 지으며 말했다.

"어쨌든 네 잘난 오라비와 새언니는 기세 좋게 거들먹거리며 살지 않니? 둘째 서방님, 희봉 아씨 소리 들으며 권세가 하늘 높은 줄 모를 정도여서 만사를 두루 처리하면서도 하나밖에 없는 여동생인 너한테는 전혀 신경을 쓰지 않는구나. 하지만 다들 내 자식들이니 하고 싶은 말이 있어도 그저 그 아이들 마음대로 하라고 내버려두는 수밖에. 게다가 넌 내가 낳은 아이가 아니지. 하지만 결국 같은 아비에게서 났으니 서로 좀 보살펴주어야 남들한테 비웃음을 사지 않아. 하지만 세상사란 단정하기 어려운 것 같구나. 너는 큰나리 사람한테서 태어났고, 여기 탐춘이는 둘째 나리 사람한테서 태어났으니 출신은 똑같아. 지금 네 어미는 죽었지만 예전에 너희 둘 어미를 보면 네 어미가 탐춘이 어미보다 열 배는 훌륭했으니, 네가 탐춘이보다 나아야 마땅하지. 그런데 어떻게 그 아이의 절반에도 미치지 못하는 게냐! 뜻밖에도 탐춘이보다 훌륭하게 되지는 못했지만, 그래도 이상한 일이 아니지. 내가 평생 아들딸 없이 홀가분한 몸이라면 그나마 남들한테 비웃음이나 비난을 사지 않고 고상하게 살 수 있었겠지."

그러자 옆에서 시중들던 어멈들이 그 기회를 틈타 이렇게 말했다.

"우리 아가씨는 성실하고 어진 덕을 갖춘 분인데, 어떻게 말발로 다른 자매들한테 지지 않으려 하는 셋째 아가씨와 같을 수 있겠습니까? 우리 아가씨가 이런 분인 줄 사람들이 잘 아는데도 어째 전혀 보살펴주지 않는 거지요?"

"저 아이 오라비나 새언니도 저 모양인데 다른 사람들이야 오죽하겠어?"

그 말이 끝나기도 전에 누군가 안쪽에 알렸다.

"희봉 아씨께서 오셨습니다."

형부인이 쓴웃음을 두어 번 짓더니 나가서 이렇게 전하라고 했다.

"가서 몸조리나 하라고 해라. 여기는 그 아이가 시중들 필요 없다고 말이다."

잠시 후 또 사정을 알아보러 갔던 하녀가 와서 보고했다.

"노마님께서 잠에서 깨어나셨습니다."

형부인은 곧 일어나 앞쪽으로 갔다. 영춘은 대관원 대문까지 전송하고 돌아왔다.

그러자 수귤繡橘°이 영춘에게 말했다.

"어쩐지! 전에 제가 말씀드리지 않았어요? 금실에 진주를 꿰어 봉황 모양으로 만든 머리장식이 보이지 않는다고 말이에요. 그래도 아가씨께선 한 번도 찾아보라고 하지 않으셨잖아요. 틀림없이 유모가 가져가서 전당포에 맡기고 은돈을 빌려다가 노름판을 주선했을 거라고 제가 말씀드렸지만, 아가씨께선 믿지 않으시고 사기가 챙겨두었을 테니 그 아이한테 물어보라고 하셨잖아요. 당시 사기가 아프긴 했지만 정신은 또렷했어요. 제가 물으니까 자기는 챙겨두지 않았고, 팔월 보름에 쓸지도 몰라서 책장에 있는 상자 속에 잠시 넣어두었다고 했어요. 아가씨께서 유모한테 한 번 물어보셨어야 했는데 성격이 무르셔서 유모가 화를 낼지 모른다고 걱정하셨지요. 지금 그게 없으니 나중에 다른 아가씨들은 다 그걸 꽂고 계신데 아가씨 혼자 꽂지 않고 계신다면 얼마나 민망한 일이냐고요!"

"물어보면 뭐해? 당연히 유모가 갖고 가서 잠시 급한 빚이나 갚았을 텐데. 나는 유모가 몰래 갖고 나갔어도 얼마 지나지 않아 다시 갖다두면 될 거라고 생각했는데 유모가 그걸 잊어버릴 줄 누가 알았겠어? 지금 와서 괜히 소란을 일으켜서 유모한테 따져봐야 아무 소용없지."

"잊었을 리가 있나요! 유모가 아가씨 성격을 잘 아니까 그런 짓을 한 거예요. 저한테 한 가지 방법이 있어요. 제가 희봉 아씨께 이 일을 말씀드리면 혹시 그분이 사람을 시켜 유모한테 내놓으라고 하거나, 아니면 귀찮으니까 유모더러 어느 정도 돈으로 배상하라고 하실지 모르잖아요. 어때요?"

"됐다, 됐어! 그냥 둬! 괜히 번거롭게 만들지 마. 차라리 없이 지내는 게 낫지, 뭐하러 굳이 일을 만들어?"

"아가씨는 너무 유약해요. 그저 말썽이 생기지 않게만 하려고 하시니 나중엔 아가씨까지 속고 말 거예요. 아무래도 제가 가봐야겠어요."

그러면서 곧장 나가버리니 영춘은 아무 말 않고 마음대로 하도록 내버려두는 수밖에 없었다.

그런데 뜻밖에 영춘의 유모의 며느리인 왕주아*댁이 자기 시어머니가 잘못을 저지른 일 때문에 영춘에게 사정을 봐달라고 간청하러 왔다가, 두 사람이 머리장식에 대해 얘기하고 있는 걸 듣고는 안으로 들어가지 않았다. 평소 영춘의 마음이 여리다는 걸 알고 있었기 때문에 그들은 모두 그 일을 마음에 두지 않고 있었는데, 지금 수귤이 방책을 생각해내 희봉에게 일러바친다고 하니 아무래도 이 일에서 벗어나기 어려울 것 같았다. 게다가 영춘에게 간청할 일도 있고 해서 어쩔 수 없이 안으로 들어가 웃음을 지으며 수귤에게 말했다.

"아가씨, 제발 일을 크게 만들지 마셔요. 아가씨의 머리장식은 제 늙은 시어머니가 정신이 흐려져서 손을 댔습니다. 돈을 잃고 본전을 찾을 길이 없으니까 잠시 빌려갔답니다. 원래는 하루 반나절 만에 갚으려고 했는데 아직 본전을 찾지 못해서 늦어지고 있는 거예요. 그러던 차에 하필 오늘 누가 소문을 흘려서 사단이 벌어지고 말았습니다. 그래도 어쨌든 상전의 물건이니 저희가 감히 계속 미루고 있을 수 없지요. 결국은 돌려드릴 겁니다. 그러니 아가씨께 간청합니다. 제발 어려서부터 젖을 먹여 키워준 정을 생각해서 노마님께 사정을 봐주십사 말씀드려주시고, 제 시어머니를 구해주셔요."

그러자 영춘이 먼저 말했다.

"아주머니, 말도 안 되는 생각은 일찌감치 접으셔요. 내년까지 기다려도 제가 사정하러 가는 일은 없을 거예요. 조금 전에 보차 언니와 대옥 동생까지 사정을 봐주십사 말씀드렸지만 할머님께서 들어주시지 않았는데 저 혼자 말씀드린다고 되겠어요? 제 스스로도 부끄러워 죽겠는데 오히려 더 창피당할 일을 하라고요?"

그러자 수귤이 말했다.

"봉황 머리장식을 돌려주는 것과 사정을 봐주십사 청하는 것은 별개의 문제니까 한꺼번에 엮지 마세요. 설마 아가씨께서 노마님께 사정을 봐주십사 말씀드리지 않으면 머리장식을 돌려주지 않겠다는 건가요? 일단 머리장식부터 갖다놓고 다시 얘기하시지요!"

왕주아댁은 영춘이 이렇게 거절하고 수귤이 날카롭게 따지자 대답이 궁해져서는 한동안 면목이 서지 않았다. 그래도 영춘이 평소 성격이 좋다는 걸 알기 때문에 수귤에게 이렇게 말했다.

"아가씨, 상전을 믿고 말씀을 너무 심하게 하시네요. 이 댁을 통틀어 보더라도 상전 덕에 조금이라도 이득을 챙기지 않는 어멈이나 유모가 어디 있나요? 그런데 왜 굳이 저희한테만 꼬치꼬치 따지나요? 가까운 시녀들만 몰래 주인을 속여 잇속을 챙겨도 된다는 건가요? 수연岫烟˚ 아가씨께서 오신 뒤로 마님께서 매달 은돈을 한 냥씩 아껴서 외사촌 댁 마님께 드리라고 분부하시니까 여기는 수연 아가씨 몫의 비용이 늘어난 게 아니라 오히려 매달 한 냥씩 줄었지요? 그래서 늘 이것저것 부족해서 우리가 대주지 않았나요? 우리 말고 또 누가 그러던가요? 그저 다들 모자란 대로 견뎌나가는 수밖에요. 오늘까지 따진다면 그게 적어도 서른 냥 어치는 될 거예요. 그럼, 그동안 우리가 대준 돈은 아무 쓸데없는 곳에 바친 셈이 아닌가요?"

그 말이 채 끝나기도 전에 수귤이 욕을 퍼부었다.

"무슨 서른 냥을 헛되게 바쳤다는 건가요? 어디 좀 따져봅시다. 우리 아가씨께서 뭘 달라고 하시던가요?"

영춘은 그 아낙이 형부인에 대한 불만까지 드러내자 얼른 말을 막았다.

"됐어요! 그만해요! 아주머니가 봉황 머리장식을 가져올 수 있는 것도 아닌데 이것저것 끌어들여 시끄럽게 굴 필요 없어요. 저도 그 머리장식 필요 없어요. 마님들께서 물으시면 그냥 잃어버렸다고 하겠어요. 그러면 아주머니한테 아무 피해도 안 갈 테니 돌아가서 쉬셔요."

그러면서 수귤에게 차를 따라오라고 했다. 수귤은 화도 나고 답답하기도 해서 이렇게 말했다.

"아가씨께서야 걱정 없으시겠지만 저희는 뭐가 되나요? 어쩌다가 아가씨 물건을 잃어버리게 했냐는 소리를 들을 거 아니에요? 저 아줌마는 아가씨께서 자기들 돈을 썼다는 핑계로 머리장식 값을 눙치려는 거란 말이에요. 마님께서 혹시 아가씨께 왜 그 돈을 쓰셨냐고 묻기라도 하시면 저희가 감히 중간에서 이득을 취한 꼴이 되지 않겠어요? 이게 말이나 되는 일인가요?"

그녀가 이렇게 울먹이며 말하자 듣다 못한 사기가 아픈 몸을 이끌고 이쪽 방으로 와서 수귤의 편을 들어 그 아낙에게 따졌다. 영춘은 말릴 방법이 없어서 혼자 『태상감응편太上感應篇』[4]을 집어 들고 읽었다.

셋이서 한참 옥신각신하고 있을 때 하필 보차와 대옥, 보금, 탐춘 등이 오늘 마음이 편치 않을 영춘을 위로하려고 함께 왔다. 그들이 뜰에 이르렀을 때 셋이 다투는 소리가 들렸다. 탐춘이 창으로 들여다보니 영춘은 아무 것도 들리지 않는 것처럼 침상에 기대 책을 읽고 있었다. 그 모습을 보고 탐춘이 그만 웃어버렸다. 하녀들이 얼른 주렴을 걷어올리며 알렸다.

"아가씨들께서 오셨어요."

영춘은 그제야 책을 내려놓고 일어섰다. 그 아낙은 사람들이 온데다 탐춘까지 있는 걸 보자 제풀에 입을 다물더니 틈을 봐서 떠나려고 했다. 그런데 탐춘이 자리에 앉자마자 물었다.

"조금 전에 누가 여기서 말다툼을 하는 것 같던데요?"

영춘이 웃으며 말했다.

"별일 아니야. 기껏해야 자기들끼리 별것 아닌 일을 부풀려 떠든 정도지 뭐. 그런데 그건 왜 물어?"

"호호, 조금 전에 듣자 하니 무슨 '황금 봉황'이니 '돈 떨어지면 우리 같은 하인들한테 내놓으라고 한다.' 느니 하던데 누가 하인들한테 돈을 달라고 했다는 건가요? 설마 언니가 그랬어요? 언니도 우리랑 똑같이 매달 용돈을 받아 똑같은 용도로 쓰지 않나요?"

그러자 사기와 수귤이 말했다.

"맞는 말씀이에요! 아가씨들께서는 모두 똑같이 받으시지요. 그리고 모든 아가씨들의 돈은 유모나 어멈들을 통해 쓰시지요. 저희들조차 어떤 식으로 계산하는지 몰라요. 필요한 게 있으면 그냥 말만 하면 그만이니까요. 그런데 지금 저 아줌마 얘기로는 우리 아가씨께서 과도하게 쓰셔서 자기가 아주 많이 메워주었다는 거예요. 우리 아가씨께서 자기한테 뭘 달라고 하신 적도 없는데 말이지요."

"호호, 언니가 저 아주머니한테 달라고 하지 않았다면 우리가 저 사람들한테 달라고 했던 게 틀림없네! 가서 좀 데려와봐요. 내가 좀 물어봐야겠어요."

영춘이 웃으며 말했다.

"그건 또 무슨 웃기는 얘기야? 너랑 다른 자매들은 곤란을 당할 일에 연루된 적도 없는데 저 사람은 왜 끌어들여?"

"호호, 그건 아니지요. 나도 언니와 같은 처지니까 언니 일도 내 일이나 마찬가지지요. 저 아줌마가 언니한테 뭐라고 했다면 그건 바로 나한테 뭐라고 한 것과 같아요. 언니도 내 거처에 있는 사람이 나를 원망하는 소리를 들으면 자기를 원망하는 것처럼 생각하는 것과 같은 이치지요. 우리는 상전이니 당연히 돈이나 재물 같은 자잘한 일은 따지지 않고, 필요한 게 있으면 달라고 얘기할 수도 있지요. 하지만 황금 봉황 머리장식에 대한 얘기가 왜 거기 끼어들어 있는 거지요?"

왕주아댁은 수귤 등이 그 일을 일러바칠까 싶어서 얼른 들어와 얼버무리려고 했다. 탐춘이 그 속셈을 눈치채고 웃으며 말했다.

"그러니까 당신들이 멍청하다는 거지! 지금 댁의 시어머니가 죄를 지었으니 희봉 언니한테 가서 조금 전에 몰수한 돈 가운데 아직 사람들한테 나눠주지 않은 걸 좀 달라고 해서 머리장식을 찾아오면 될 거 아니에요? 그럼 싸울 필요도 없고 다들 체면을 상하지 않았겠지요. 이렇게 된 이상 열 가지 죄가 있다 해도 한 사람만 벌을 받지 두 사람 목을 치지는 않겠지요. 내 말대로 희봉 언니한테 가서 얘기해봐요. 여기서 시끄럽게 말다툼을 해봐야 아무 소용없어요."

탐춘이 정곡을 찌르자 그 아낙은 더 이상 억지를 부리지도 못하고, 또 감히 희봉에게 가서 자수할 용기도 없었다. 탐춘이 웃으며 말했다.

"내가 듣지 못했다면 모를까, 기왕 들었으니 분쟁을 해결하지 않을 수 없네요."

뜻밖에도 탐춘은 진즉 대서待書*에게 눈짓을 해서 내보내놓은 상태였다. 그렇게 방 안에서 한참 얘기를 하고 있는데 갑자기 평아가 들어왔다. 그러자 보금이 손뼉을 치며 말했다.

"호호, 설마 탐춘 언니가 귀신을 내쫓고 신장 부르는 술법을 아는 건 아니겠지요?"

그러자 대옥이 웃으며 말했다.

"이건 도가의 오묘한 술법이 아니라 용병술이 뛰어난 게지. '지킬 때는 처녀처럼, 도망칠 때는 약삭빠른 토끼 같이〔守如處女 脫如狡?〕'[5]라는 말처럼 상대의 허를 찌르는 묘책이라는 거야."

그들이 이렇게 농담을 하자 보차가 눈짓을 보내고 얼른 말머리를 돌렸다. 탐춘은 평아가 오자 이렇게 물었다.

"희봉 언니는 좀 좋아졌어요? 정말 병 때문에 머리가 좀 흐려지셨나 보네요. 무슨 일에도 신경을 쓰지 않으시니 우리가 이런 억울한 일을 당하지요!"

"아니, 무슨 억울한 일을 당하셨어요? 누가 감히 아가씨를 화나게 했나요? 얼른 저한테 말씀하셔요."

왕주아댁이 다급하게 말했다.

"평아 아가씨, 앉으셔요. 제가 까닭을 설명해드릴게요."

평아가 정색을 하고 말했다.

"아가씨들께서 말씀하고 계시는데 아줌마랑 제가 끼어드는 건 무슨 예의인가요! 예법을 안다면 밖에 나가 기다려야지, 부르기도 전에 함부로 들어오면 안 될 곳에 왜 들어와요? 바깥의 어멈들이 함부로 아가씨들 방에 들어오는 법이 언제 생겼지요?"

수귤이 말했다.

"우리 방에 예절 같은 건 없다는 걸 모르시는군요? 아무나 마음대로 드나드는걸요?"

"그건 다 너희들 잘못이야. 아가씨께서는 마음이 여리시니까 너희들이 내쫓고 마님께 보고해야 마땅하잖아!"

그 말에 왕주아댁이 얼굴이 벌게셔서 밖으로 물러났다. 탐춘이 이어서 말했다.

"제 얘기 좀 들어봐요. 다른 사람이 저한테 잘못을 저질렀다면 그래도 그냥 넘어가겠지요. 그런데 지금 저 아주머니와 그 시어머니가 '유모입네' 하고, 또 언니 마음씨가 무던하다는 걸 알고 이렇게 함부로 머리장식을 갖고 나가 도박 밑천으로 썼어요. 게다가 언니가 자기네 돈을 썼다는 말을 꾸며서 할머니께 가서 사정을 봐주십사 청하라고 협박하면서 이 두 하녀들과 방 안에서 목소리를 높여가며 다투고 있더군요. 언니가 도무지 그걸 어찌지 못하고 있기에 내가 보다 못해 평아 언니를 모셔 오라고 한 거예요. 저 아주머니는 세상 밖의 사람이라 도리 같은 건 모르는 건가요, 아니면 누가 이러라고 시킨 건가요? 먼저 언니를 누르고 나서 나와 석춘이를 누르라고 말이에요!"

평아가 얼른 웃음을 지으며 말했다.

"갑자기 왜 그런 말씀을 하셔요? 그럼 희봉 아씨 입장이 뭐가 되겠어요?"

"흥! '동병상련'이고 '입술이 없으면 이가 시리다.'라는 속담도 있으니 내가 놀라는 건 당연하지 않아요?"

평아가 영춘에게 물었다.

"이건 별일도 아니니 아주 간단하게 처리할 수 있어요. 하지만 지금 그 사람은 아가씨의 유모잖아요? 아가씨 생각에는 어떻게 했으면 좋겠어요?"

영춘은 보차와 함께 『태상감응편』을 읽고 있어서 탐춘의 말을 못 듣고 있었는데, 갑자기 평아가 이렇게 묻자 멋적게 웃으며 말했다.

"나한테 물어봐야 아무 방법이 없지요. 그 사람들 잘못이야 자업자득이니 나도 사정을 봐주십사 부탁드릴 수도 없고, 또 내가 나무랄 생각도 없어요. 몰래 가져간 물건은 갖다주면 받고, 갖다주지 않아도 상관없어요. 마님들께서 물으셨을 때 내가 둘러대서 넘어갈 수 있으면 저 사람 운이 좋은 거고, 그렇지 못할 때는 나도 방법이 없지요. 저 사람들 때문에 마님들을 속일 수는 없는 노릇이니까 사실대로 말씀드릴 수밖에요. 다들 내가 성격이 무던하고 결단력이 없다고 생각하니, 모두를 위한 좋은 방법으로 마님들을 노엽게 하지 않을 수 있다면 마음대로 하셔요. 어쨌든 난 모르겠으니까요."

그 말에 모두 웃음을 터뜨렸다. 대옥도 웃으며 말했다.

"정말 '호랑이와 늑대가 궁전 계단 아래 모여 있는데도 인과응보를 얘기하는 격〔虎狼屯於階陛尚談因果〕'[6]이로군요. 영춘 언니가 남자라면 이 집안의 위아래 많은 사람들을 어떻게 다스리겠어요?"

영춘이 웃으며 말했다.

"그러게 말이야. 남자들 중에도 그런 사람이 많은데 나는 오죽하겠어?"

그 말이 채 끝나기도 전에 또 누군가 방으로 들어왔다. 그 사람이 누구인지는 다음 회를 보시라.

제74회

간악한 참소에 속아 대관원을 수색하고
고고한 절개를 지키기 위해 녕국부와 연을 끊다
惑奸讒抄檢大觀園　矢孤介杜絶寧國府

왕부인이 청문을 불러 꾸짖다.

　평아가 영춘의 말을 듣고 우스워하고 있을 때 갑자기 보옥이 찾아왔다. 주방을 관장하는 유어멈의 여동생도 노름을 주선한 것 때문에 처벌을 받게 되었는데, 대관원 안에서 평소 사이가 나빴던 어떤 이가 유어멈을 고발한 것이었다. 유어멈이 여동생과 한통속이 되어 일을 꾸몄는데, 여동생이 나서서 일을 벌이긴 했지만 사실 그렇게 번 돈을 둘이 똑같이 나누었다는 것이다. 이 때문에 희봉은 유어멈도 처벌하려고 했다.
　그 소식을 접한 유어멈은 놀라 당황하다가 평소 청문과 방관이 이홍원 사람들과 사이가 좋다는 점을 떠올리고 몰래 찾아와 그들에게 간청했고, 방관이 그 사실을 보옥에게 알렸다. 보옥은 대관원 안 사람들 가운데 영춘의 유모도 이 일에 얽혀 있으니, 영춘과 함께 태부인을 찾아가 사정을 봐 주십사 얘기하는 게 자기 혼자 유어멈을 위해 얘기하는 것보다 낫겠다 싶어서 찾아왔던 것이다. 그런데 이곳에 벌써 많은 사람들이 와 있는 게 아닌가? 그를 보자 다들 물었다.
　"병은 나았어요? 여긴 무슨 일로 오셨어요?"
　보옥은 사실대로 말하기 곤란해서 "누나 좀 보려고요." 하고 둘러댔다. 그러자 사람들은 신경 쓰지 않고 한동안 잡담을 나누었다. 평아는 곧 머리 장식 사건을 처리하러 나갔는데, 왕주아댁이 바짝 따라가며 갖은 방법으로 간청했다.

"아가씨, 제발 보시를 베풀어 목숨 좀 살려주셔요. 제가 무슨 수를 써서라도 찾아다 돌려드릴게요."

"진즉 찾아다 돌려드렸어야지, 오늘 같은 날이 와버렸으니…… 그러게 애당초 왜 그랬어요? 지난 일은 그대로 두자는 모양인데 일이 이렇게 된 이상 나도 다른 사람한테 알리고 싶지 않아요. 어서 찾아다가 저한테 주셔요. 그러면 입도 벙긋하지 않을 테니까요."

왕주아댁은 그제야 안심하고 절을 올리며 감사했다.

"아가씨, 가서 일 보셔요. 제가 저녁까지 가져와서 먼저 아가씨께 말씀드리고 영춘 아가씨께 갖다드릴게요. 이러면 될까요?"

"저녁까지 가져오지 않으면, 나를 원망하지 말아요!"

그렇게 얘기를 마치고 둘은 각자의 길로 갔다.

평아가 방에 돌아오자 희봉이 물었다.

"탐춘이가 무슨 일로 널 불렀어?"

"호호, 아씨께서 화를 내고 계실까 싶어서 저한테 위로 좀 해드리라고 하시대요. 그리고 요즘 아씨께서 뭘 좀 잡수시느냐고 물으셨어요."

"호호, 그래도 날 걱정해주니 고맙네. 조금 전에 일이 또 하나 생겼어. 누가 얘기하는데 유어멈이랑 그 여동생이 한통속이라 여동생이 한 일은 다 유어멈이 시킨 거라 하더라고. 생각해보니, 평소 네가 나한테 '일은 늘리는 것보다 줄이는 게 낫다〔多一事不如省一事〕.'고 하면서 잠시 마음을 느긋하게 먹고 몸조리에나 신경 쓰는 게 좋겠다고 했지. 그 말을 듣지 않았더니 과연 숙모님이 할머님 눈 밖에 나게 만들었고 내 스스로도 병을 얻고 말았어. 나도 이제 깨달았어. 다들 마음대로 하게 내버려둘 거야. 어쨌든 나 말고도 사람이 많잖아? 괜히 신경 쓰다가 오히려 수많은 사람들한테 욕만 얻어먹었어. 이제 몸조리나 잘해야겠어. 몸이 나아지더라도 호인 노릇이나 하면서 즐길 땐 즐기고 웃을 땐 웃고 지낼 거야. 모든 시시비비는 다른 이들한테 맡기고 말이야. 그러니까 난 그저 '알았어.' 대답만 하고,

괜한 신경 쓰는 짓은 하지 않을 거야!"

"호호, 정말 그렇게만 하신다면야 우리한테는 행운이지요."

말이 채 끝나기도 전에 가련이 들어와 손뼉을 치며 탄식했다.

"갑자기 이게 웬일이람! 전에 내가 원앙이한테 물건을 빌려다가 전당 잡힌 걸 숙모님께서 어떻게 아셨지? 조금 전에 숙모님께서 날 부르시더니 어디서든 상관없으니 팔월 보름에 쓸 비용으로 은돈 이백 냥을 구해오라고 하시는 거야. 빌려올 곳이 없다고 하니까 '넌 돈이 없어도 빌려올 곳이 있다 하던데 내가 상의하니까 발뺌하며 둘러대는구나. 예전에 은돈 천 냥은 무얼 저당 잡히고 마련한 거냐? 재주 좋게 할머님 물건까지 빼내더니 이제 은돈 이백 냥만 마련해 달라는데도 그런 소리를 하는 거냐? 다행히 내 아직 다른 사람한테는 얘기하지 않았다!' 하시더라고. 숙모님께서 돈에 쪼들리실 이유가 없는데 왜 굳이 일을 만들어 못살게 구시는지 원!"

희봉이 말했다.

"그날 다른 사람은 아무도 없었는데 누가 그런 소문을 흘렸을까요?"

평아도 그날 이 자리에 있던 사람들을 한참 동안 곰곰이 생각해보더니 웃으며 말했다.

"맞아요! 그날 얘기할 때는 다른 사람이 아무도 없었지만, 저녁에 물건을 날라올 때는 마침 노마님 방에 있는 바보 아가씨의 어머니가 세탁해서 풀 먹인 옷가지를 갖다주러 왔어요. 아랫방에 한참 동안 앉아 있었는데 커다란 상자에 담긴 물건을 보고 당연히 무언지 물었겠지요. 아마 아무것도 모르는 하녀들이 얘기했는지도 모르지요."

그리고 몇몇 하녀들을 불러서 그날 누가 바보 아가씨의 어미한테 그런 얘기를 했느냐고 물어보았다. 하녀들은 모두 당황해서 무릎을 꿇고 맹세했다.

"지금까지 쓸데없는 말은 한마디도 안 했습니다. 누가 물어도 항상 모른다고 대답했습니다. 그런 일에 대해 어찌 함부로 말을 하겠습니까?"

희봉이 상황을 따져보더니 말했다.

"감히 그 아이들이 말을 흘린 것 같지는 않으니 괴롭히지 마라. 지금 이 일은 잠시 뒤로 미루고 숙모님께 돈부터 마련해서 드려야 돼. 우리가 쪼들리는 한이 있어도 미움 받을 짓을 해서는 안 되지. 평아야, 내 금목걸이를 꺼내다가 잠시 저당 잡히고 은돈 이백 냥을 마련해서 보내드려라."

그러자 가련이 말했다.

"아예 이백 냥을 더 마련하지 그래? 우리도 써야 하잖아?"

"그럴 필요 없어요. 저는 돈 쓸 데가 없어요. 지금 이것도 어떻게 메워야 할지 모르겠어요!"

평아는 목걸이를 들고 나가 하녀에게 내왕댁을 불러오게 했다. 얼마 후 내왕댁이 목걸이를 들고 나가더니 은돈을 구해왔다. 가련이 직접 그걸 왕부인에게 가져다준 일에 대해서는 더 이상 이야기하지 않겠다.

희봉은 평아와 함께 대체 누가 소문을 흘렸는지 생각해보았으나 도무지 알 수가 없었다.

"이 일이 알려진 것은 별게 아니지만, 못된 인간들이 유언비어를 날조하여 또 다른 일이 생길까 걱정이야. 당장 어머님 쪽에서 원앙이와 원수가 되어 있는데, 이제 그 아이가 몰래 서방님한테 물건을 빌려주었다는 걸 아셔봐. 그렇지 않아도 분수 모르고 욕심만 많은 소인배들은 금도 안 간 계란까지 썩게 만들 정도로 비방을 해대잖아? 그런데 이제 이런 핑계까지 생겼으니 말도 안 되는 이야기를 만들어낼지 몰라. 서방님이야 그래도 괜찮겠지만 착실하기 그지없는 원앙이까지 연루되어 고생하게 되면 우리 잘못이 아니냔 말이야."

"호호, 괜찮아요. 원앙이가 물건을 빌려준 것은 아씨를 생각해서 그런 것이지, 서방님 때문이 아니잖아요? 그리고 원앙이가 말로는 자기가 몰래 빌려준 것이라고 했지만 사실 노마님께 미리 말씀드린 일이에요. 손자손녀가 많으신 노마님께서는 여기저기서 빌려달라며 응석을 부려댈까봐 일부러 모르는 척하고 계시는 거지요. 그러니 일을 들춰내 사단을 일으킨다 해도 문제될 게 없어요."

"이치로 보자면 당연히 그렇지. 하지만 우리만 그런 사정을 알고 다른 사람들은 모르니까 의심하지 않겠어?"

그 말이 끝나기도 전에 하녀가 와서 알렸다.

"마님께서 오셨습니다."

희봉은 무슨 일로 직접 오셨을까 의아하게 생각하며 서둘러 평아 등과 함께 나가 맞이했다. 그러자 왕부인이 노기등등한 얼굴을 한 채 수족으로 부리는 하녀 하나만 데리고 와서 한마디 말도 없이 안방으로 들어가 앉았다. 희봉이 얼른 차를 올리고 웃는 얼굴로 물었다.

"숙모님, 갑자기 무슨 흥이 일어 여기까지 걸음을 하셨어요?"

그러자 왕부인이 호통을 쳤다.

"평아는 나가 있어라!"

평아는 무슨 일인지 몰라 당황하면서도 얼른 "예!" 하고 하녀들을 이끌고 일제히 나가 방문 밖에 서 있었다. 그러다가 아예 방문을 닫고 계단에 앉아 아무도 들어가지 못하게 했다.

희봉도 무슨 일인지 몰라 당황하자 왕부인이 눈물을 머금고 소매에서 향낭 하나를 꺼내 던지면서 말했다.

"이게 뭐냐?"

희봉이 얼른 주워보니 오색 실로 춘화를 수놓은 향낭이었다. 그녀도 깜짝 놀라 물었다.

"어디서 나신 겁니까?"

왕부인이 비 오듯 눈물을 흘리며 떨리는 목소리로 말했다.

"어디서 났겠느냐! 나는 매일 우물 안에만 앉아 있는 사람이라서 너를 세심한 사람이라 믿고 집안일에 신경을 조금 덜 썼다. 그런데 너도 나랑 마찬가지인 줄 몰랐구나! 백주 대낮에 이런 물건이 대관원 가산 바위 위에 놓여 있어서 할머님 방의 하녀가 주웠다는구나. 다행히 네 시어머님이 우연히 보았으니 망정이지, 그렇지 않았더라면 진즉 할머님 눈에 띄었을 게다. 그래, 네 얘기 좀 들어보자. 어쩌다 이걸 거기에 떨어뜨렸느냐?"

안색이 변한 희봉이 다급히 물었다.

"아니, 왜 이게 제 것이라고 생각하시는 거예요?"

왕부인이 울다 탄식하며 말했다.

"그걸 오히려 나한테 묻는단 말이냐! 생각해봐라. 이 집안에 너희 부부 외에 나머지는 모두 할멈들뿐인데 이런 걸 어디 쓴단 말이냐? 게다가 여자아이들이 이런 걸 어디서 얻겠어? 당연히 사람 노릇 하긴 틀린 저 천박한 련이한테서 나왔겠지! 너희들이야 금슬이 좋으니 장난감으로 생각했겠지. 젊은 여인네 규방에서 몰래 이런 걸 갖고 노는 것이야 있을 수 있는 일이야. 그런데도 아니라고 하는 게냐! 다행히 대관원 안에 있는 아이들은 위아래를 막론하고 모두 이런 일을 모르기도 하고, 이런 걸 줍지도 않았지만 혹시 하녀들이 주워서 네 자매들 눈에 띄었다면 어찌 되었겠느냐? 하녀들이 주웠다가 밖에 나가서 대관원 안에서 주운 거라고 떠들고 다닌다면, 내 체면이 뭐가 되겠느냔 말이다!"

희봉은 그 말에 화도 나고 부끄럽기도 해서 순식간에 얼굴이 벌게졌다. 그녀는 구들 옆에 무릎을 꿇고 눈물을 머금은 채 하소연했다.

"숙모님, 지당하신 말씀입니다. 저도 그런 게 없다고 감히 변명하지 못하겠습니다. 하지만 숙모님께서도 깊이 살펴봐주실 게 있습니다. 그 향낭은 바깥의 고용된 일꾼이 저희 집안의 수놓는 기술을 본떠 만든 것이라 끈과 술이 모두 저자에서 파는 물건입니다. 제가 어려서 자존심 같은 걸 별로 따지지 않는다 해도 이런 조잡한 것보다는 당연히 좋은 것을 가지려 할 겁니다. 이게 첫째 이유입니다. 다음으로 이 물건은 항상 차고 다니는 게 아닙니다. 설령 저한테 이런 게 있다 해도 집안에 잘 간수하지 어찌 감히 몸에 차고 여기저기 돌아다니겠습니까? 게다가 대관원 안에 들어가면 자매들이 다들 잡아당기고 밀치고 하면서 장난을 치는데, 그러다 혹시 드러나서 자매들뿐만 아니라 하인들까지 보게 되면 제 체면이 뭐가 되겠습니까? 아무리 제가 어려서 위엄을 차릴 줄 모른다 해도 그렇게까지 어리석은 짓은 하지 않습니다. 셋째로 상전들 가운데 저는 젊은 여자지만, 하녀들까지 치면 저보다 젊은 아낙들이 한둘이 아닙니다. 게다가 그 사람들도 늘 대관원을 드나들고 밤이 되면 자기 집으로 돌아가는데, 그 사람들이 지니고 있던 게 아니라고 어찌 단정하겠습니까? 넷째로 대관원에 자주 드나드는 건 저 말고도 저쪽 어머님도 계십니다. 늘 언홍嫣紅˚이나 취운翠雲˚이 같은 젊은 시첩들을 거느리고 다니시는데, 그 사람들은 더욱 이런 걸 갖고 있을 가능성이 큽니다. 그리고 녕국부의 형님도 그다지 연세 많은 분이라고 할 수 없고 또 항상 패봉 등을 거느리고 다니는데, 그 사람들 것일 수도 있지 않겠습니까? 다섯째, 대관원 안에 하녀들이 아주 많은데 그 아이들이 모두 착실하다고 보장할 수 있겠습니까? 나이가 좀 든 아이들은 이성에 대해 알고 있을 테니 잠시 단속이 소홀한 틈에 몰래 밖으로 나갔다가 중문에 있는 심부름꾼들에게 집적거려 바깥에서 얻어왔는지도 모를 일입니다. 저는 이런 걸 갖고 다니지도 않을 뿐더러 평아도 아니라는 걸 제가 보증할 수 있습니다. 숙모님, 깊이 살펴주십시오!"

왕부인은 그 장황한 이야기가 정황과 이치에 맞다 여기고 탄식하며 말했다.

"일어나라. 나도 네가 대갓집 규수 신분이라 이런 경박한 짓을 하지 않으리라는 걸 알고 있었지만, 너무 화가 나서 너한테 화풀이를 했구나. 그나저나 이제 어찌하면 좋겠느냐? 네 시어머니가 조금 전에 이걸 봉해서 인편으로 나한테 보내면서 그저께 바보 아가씨가 갖고 있더라 전하더구나. 그 때문에 난 너무 기가 막혀 죽을 지경이었다!"

"숙모님, 고정하셔요. 여러 사람이 알게 되면 할머님 귀에 들어갈 수도 있지 않겠어요? 차분하게 은밀히 조사하면 확실한 내막을 알게 될 겁니다.

설령 진상을 파악하지 못한다 해도 다른 사람들은 알지 못할 겁니다. 이걸 일컬어 '팔뚝은 부러져도 소매 안에서만 굽혀진다〔胳膊折在袖內〕.'라고 하는 것입니다. 지금 노름 때문에 여러 사람을 내쫓았으니 이 기회에 주서댁과 왕아댁 등 기밀을 누설하지 않을 가까운 사람들을 대관원에 들여보내십시오. 노름 사건을 조사한다는 명목이면 되겠지요. 그리고 지금 대관원 안에 하녀들이 너무 많은데, 나이가 들면서 담도 커져 말썽을 일으킬 수도 있습니다. 일이 벌어지고 나서 후회해봐야 소용없지요. 그런데 까닭 없이 잘라낸다면 아가씨들도 난처해서 기분이 상할 테고, 심지어 숙모님이나 저도 지내기 불편할 겁니다. 차라리 이 기회에 나이가 좀 많거나 쓸데없는 말을 많이 하는 것들은 흠을 잡아 내쫓거나 짝을 지어주는 게 좋겠습니다. 그러면 다른 일도 생기지 않을 테고 비용도 절약할 수 있겠지요. 제 생각이 어떻습니까?"

"휴! 네 말이 맞긴 하다만 공정한 입장에서 잘 생각해보면 네 시누이들도 정말 불쌍하다. 먼 데다 비교할 것 없이 대옥이 어미만 놓고 보자꾸나. 시집가기 전에는 얼마나 애지중지 귀여움을 받고 자랐더냐? 정말 천금보다 귀한 대갓집 규수였지. 그런데 지금 네 시누이들은 다른 집안 여자애들보다 조금 나은 정도의 대접밖에 받지 못하고 있어. 각자 사람 노릇을 할 만한 하녀는 두어 명밖에 없고, 네다섯 명쯤 되는 나머지 하녀들은 모두 사당 안의 요괴 같은 것들뿐이다. 그런데 다시 줄인다면 나도 안쓰러울 뿐만 아니라 할머님께서도 승낙하지 않으실 게다. 살림이 어렵다 해도 그 정도까지는 아니지 않느냐? 나는 그다지 부귀영화를 누려보지 못했지만 그래도 너희들보다야 낫지. 지금은 내가 좀 아껴 쓰더라도 그 아이들을 힘들게 할 수는 없구나. 이후로 우선 내 경비부터 줄이도록 하자꾸나. 우선 주서댁 등을 불러들여 이 일을 비밀리에 속히 조사하도록 하는 게 좋겠다."

희봉은 즉시 평아를 불러서 지시했다. 잠시 후 주서댁과 오흥, 정화*, 내왕, 내희*댁까지, 희봉이 시집올 때 데려왔던 하녀들 가운데 지금까지 이곳에 남아 있는 다섯 명의 어멈들이 들어왔다. 나머지는 모두 남쪽에서 각기 일을 맡아 관리하고 있었다. 왕부인은 사람이 모자라 조사를 제대로 하지 못할까 걱정하고 있었는데, 마침 그때 형부인이 시집올 때 데려온 하녀인 왕선보댁*이 들어왔다. 그녀는 바로 조금 전에 향낭을 전해준 하녀였다. 왕부인은 평소 형부인의 심복에 대해서는 다른 생각을 하지 않았지만 지금 왕선보댁이 이 일에 대해 관심을 가지고 묻자 이렇게 말했다.

"가서 마님께 여쭙게. 자네도 대관원에 들어가 이 일을 돕겠다고 말일세. 아무래도 다른 사람보다는 낫지 않겠나?"

왕선보댁은 평소 대관원의 하녀들이 자기한테 그다지 공손하지 않아 기분이 몹시 나빠서 그들의 흠집을 잡으려고 했지만 여의치 않았는데, 마침 이 일이 생기자 칼자루를 움켜쥔 기분이었다. 게다가 왕부인의 부탁을 듣자 그야말로 불감청고소원不敢請固所願이었다.

"그거야 어렵지 않지요. 제가 쓸데없는 말씀을 드리는 게 아니라, 따지고 보면 이 일은 진즉 엄하게 단속했어야 합니다. 마님께서는 대관원에 자주 드나들지 않으시니 잘 모르시겠지만 그곳 계집애들은 다들 무슨 봉작封爵*을 받은 대감 댁 부인이라도 되는 것처럼 거들먹거립니다. 자기들이 무슨 대갓집 천금 규수나 되는 줄 알지요. 그러니 말썽을 부려도 아무도 찍소리조차 못합니다. 누가 뭐라고 하면 아가씨들의 하녀들을 구슬려서 아가씨들을 무시했다고 고자질하게 하니, 견뎌낼 사람이 어디 있겠습니까?"

"그럴 수도 있겠지. 아가씨들을 모시는 하녀들이 다른 하녀들에 비해 좀 거들먹거리기는 해. 자네들이 잘 타일러주어야 할 게야. 상전인 아가씨도 잘 가르치지 않으면 안 되는데 그 밑의 하녀들이야 당연히 단속을 잘 해야지!"

"다른 사람들이야 그렇다 칠 수 있지요. 마님께서는 모르시겠지만 보옥 도련님 방에 있는 청문은 제 용모가 남들보다 좀 예쁘고 말재주까지 있다는 걸 믿고, 날마다 서시西施*처럼 치장을 하고는 남들 앞에서 종알거리며 우쭐댄답니다. 누가 한마디라도 거슬리는 말을 하면 눈깔을 부라리며 욕을 퍼붓는데 어찌나 경망스러운지 도무지 체통을 지킬 줄 모른다니까요!"

그 말을 듣자 왕부인은 갑자기 옛날 일이 생각나 희봉에게 물었다.

"저번에 우리가 할머님을 모시고 대관원에 놀러갔을 때, 허리가 가늘고 어깨가 둥그렇고 눈매가 대옥이랑 비슷한 아이가 하녀를 꾸짖고 있지 않았느냐? 나는 그 경망스러운 모습이 무척 마음에 들지 않았지만 할머님을 모시고 간 터라 뭐라고 하지 않았지. 나중에 누구였는지 물어보려다가 그만 잊어버렸구나. 오늘 그 말을 들으니까 생각이 났는데 그 계집애가 바로 청문이라는 아이인가 보구나?"

"하녀들 가운데 청문이만큼 잘생긴 아이는 없어요. 하지만 언행으로 따지면 그 아이가 좀 경박하긴 하지요. 조금 전에 숙모님께서 말씀하신 아이가 그 아이인 것 같기는 하지만, 저도 그날 일은 잊어버렸기 때문에 함부로 말씀드릴 수 없습니다."

그러자 왕선보댁이 말했다.

"그러실 필요 없이 당장 그 아이를 불러서 마님께서 직접 보시지요."

"보옥이 방에 있는 아이들 가운데 내가 자주 보는 아이들은 습인이와 사월인데, 이 두 아이들은 어수룩하긴 해도 괜찮은 편이야. 하지만 좀 전에 말했던 그런 애가 있다면 감히 제 발로 나를 보러오지 못했겠지. 나는 그런 사람이 제일 싫은데 또 이런 일까지 생겼구나. 착한 보옥이가 이런 계집애의 꼬임에 넘어가 잘못되기라도 하면 어찌 되겠느냐?"

왕부인은 곧 자신의 하녀를 불러 대관원으로 보냈다.

"가서 내가 물어볼 말이 있으니까 습인이와 사월이는 남아서 보옥이 시중을 들라 하고, 제일 영리한 청문이를 당장 보내라고 해라. 그 아이한테는 아무 말도 하지 마라!"

하녀가 "예!" 하고 이홍원으로 달려가니, 마침 청문은 몸이 안 좋아서 낮잠을 자다가 방금 깨어나 멍한 상태였다. 그러다가 전갈을 받으니 그 하녀를 따라갈 수밖에 없었다. 하녀들은 평소 왕부인이 화장을 화려하게 하고, 경박하게 말하는 것을 제일 싫어한다고 알고 있었기 때문에, 청문은 감히 왕부인 앞에 모습을 드러내려 하지 않았었다. 그런데 그날은 며칠 동안 몸이 불편해서 치장도 별로 하지 않았기 때문에 별일 없으리라고 생각했다. 왕부인이 보니 희봉의 방에 도착한 청문의 머리가 헝클어져 비녀가 떨어질 듯하고 저고리는 허벅지까지 늘어져 양귀비가 봄날 취해 잠들었다가 깬 듯, 서시가 눈살을 찌푸리며 가슴을 쓰는 듯 하늘하늘 교태를 풍기는데, 얼굴은 바로 지난달에 보았던 하녀와 비슷했다. 그 모습을 보자 자기도 모르게 조금 전에 치밀었던 화가 되살아났다. 왕부인은 본래 천진난만한 사람이라 희로애락의 감정을 그대로 드러내어, 말을 꾸며 속내를 숨기는 사람들과는 달랐다. 그녀는 지금 정말 화가 나 있었고 옛날 일도 떠올라 코웃음을 치며 말했다.

"흥! 대단한 미인이구나! 정말 병든 서시 같아! 누구한테 보이려고 날마다 이렇게 경박한 꼴로 단장하고 있는 게냐? 네가 하는 짓을 내가 모를 줄 아느냐? 지금은 잠시 놔두겠지만 나중엔 네 껍질을 벗겨놓고 말겠다! 그건 그렇고, 오늘 보옥이는 좀 나아졌느냐?"

청문은 그 말을 듣고 속으로 무척 놀랐지만, 누군가 자신을 음해했다는 걸 눈치챘다. 그녀는 화가 났어도 감히 아무 말 못했다. 그리고 본래 아주 총명한 여자였기 때문에 보옥의 안부를 묻자 사실대로 대답하지 않았다.

"저는 도련님 방에 자주 들어가지 않고 도련님과도 함께 있는 일이 별로 없어서 잘 모르겠습니다. 그건 습인 언니나 사월이한테 물어보셔야 할 것 같습니다."

"따귀를 맞아야 마땅하겠구나! 네가 송장이라도 된단 말이냐? 너희들 하는 일이 뭐란 말이냐!"

"저는 원래 노마님을 모시던 몸이었습니다. 대관원 안이 너무 넓은데 사람이 적어 도련님께서 무서워하실까봐 저한테 바깥방에서 밤에 번을 서면서 방이나 지키라고 하셨을 뿐입니다. 저는 아둔해서 시중을 들 수 없다고 말씀드렸는데 노마님께서 '너한테 보옥이 시중을 들라는 것도 아닌데 영리할 필요 있느냐!' 하고 꾸짖으시니 어쩔 수 없이 거기로 가게 된 것입니다. 하지만 보름 정도에 한 번씩 도련님께서 심심해하실 때 잠시 함께 모여 놀다가 금방 파하곤 합니다. 도련님의 식사나 일상생활에 대해서는 제가 관여하지 않습니다. 위로는 할멈들과 유모가 있고, 또 그 아래로는 습인 언니와 사월, 추문 등이 있으니까요. 시간이 나면 저는 노마님 방의 바느질을 맡아 하기 때문에 도련님 일에 신경 쓸 겨를이 없습니다. 마님께서 이렇게 꾸짖으시니 이후로는 좀 더 신경을 쓰겠습니다."

왕부인은 그 말이 사실이라고 믿고 다급히 말했다.

"아미타불! 네가 보옥이와 가까이 있지 않다니 다행이구나. 너도 보옥이한테 신경 쓸 필요 없다. 어머님께서 너를 보옥이한테 보내셨다니 나중에 내가 말씀드려서 원래 자리로 돌아가게 해주마."

그러면서 왕선보댁에게 말했다.

"들어가거든 며칠 동안 저 아이를 잘 감독해서 보옥이 방에서 자지 못하게 하게. 내가 어머님께 말씀드린 뒤에 다시 조치를 하겠네."

그리고 청문에게 호통을 쳤다.

"나가라! 여기 서 있으니 그 경박한 꼴을 다 보게 되는구나! 누가 너더러 그리 알록달록 치장을 하라더냐!"

청문은 어쩔 수 없이 밖으로 나왔지만 너무 화가 나서 문을 나서자마자 손수건으로 얼굴을 가린 채 울면서 대관원 안으로 들어갔다.

한편, 왕부인은 희봉 등에게도 원망을 퍼부었다.

"요 몇 년 동안 내가 갈수록 정신이 흐려져서 집안일을 꼼꼼히 보살피지 못했다. 그 바람에 이런 요물 같은 것들이 있는 줄도 몰랐구나. 아마 이런 것들이 또 있을 테니 나중에라도 조사를 해봐야겠구나."

희봉은 왕부인이 화가 많이 나 있고, 형부인의 수족인 왕선보댁이 늘 형부인을 부추겨 일을 만들어내는 줄 알기 때문에, 하고 싶은 말이 많았어도 당장은 얘기하지 못하고 그저 머리를 숙인 채 "알겠습니다!" 대답할 수밖에 없었다. 그러자 왕선보댁이 나섰다.

"마님, 몸을 아끼시는 게 중요하니 이런 자잘한 일들은 제게 맡겨주세요. 그 향낭의 주인을 찾아내는 건 아주 쉽습니다. 저녁에 대관원 문이 닫혀서 안팎으로 연락이 끊어지면 저희가 불시에 사람들을 데리고 각처 하녀들의 방을 수색해보겠습니다. 그 주인이 누구든 간에 아마 이거 하나만 갖고 있진 않을 테니 다른 물건이 또 있을 겁니다. 다른 게 나온다면 당연히 이것도 그 사람 물건이겠지요."

"그 말도 일리가 있구먼. 그러지 않으면 절대 흑백을 분명히 가려낼 수 없겠어."

그러면서 희봉의 의견을 묻자 그녀도 동의할 수밖에 없었다.

"숙모님 말씀이 맞아요. 그렇게 하시지요."

"아주 좋은 방법 같아. 안 그러면 한 해가 지나도 찾아내지 못할 거야."

그 문제는 이렇게 결정이 났다.

저녁을 먹고 나서 태부인이 잠자리에 들고 보차 등이 대관원으로 들어갈 때 왕선보댁이 희봉의 시중을 들며 대관원으로 들어갔다. 그리고 쪽문에 자물쇠를 채우게 하고 밤 당번을 서는 할멈의 거처부터 조사하기 시작했지만, 기껏해야 쓰다 남은 초나 등유 따위만 나올 뿐이었다. 그러자 왕선보댁이 말했다.

"이것들도 훔친 물건이니 손대면 안 돼! 내일 마님께 여쭙고 난 뒤에 옮기도록 해라!"

그리고 먼저 이홍원으로 가서 하녀를 시켜 대문을 잠갔다. 그때 보옥은 청문 때문에 기분이 좋지 않았는데, 갑자기 이 사람들이 몰려와 다짜고짜 하녀들의 방으로 들이닥치는 것이었다. 그는 희봉을 맞이하러 나왔다가 무슨 일이냐고 물었다.

"중요한 물건을 하나 잃어버렸는데 다들 모른다고 하네요. 하녀들 가운데 누군가가 훔친 것 같아서 함께 조사해보는 거예요."

그러면서 앉아 차를 마셨다. 왕선보댁은 한참 동안 수색하고, 또 이 상자는 누구 것이냐고 자세히 따져 묻더니 각자 본인의 상자를 열라고 했다. 습인은 청문의 모습을 보고 분명 무슨 일이 있다고 짐작하고 있었는데, 또 이렇게 수색을 하자 먼저 자기 상자와 갑을 열어 마음대로 살펴보게 했다. 거기서는 일상적인 용품들밖에 나오지 않았다. 이어서 다른 사람들의 물건도 하나씩 꺼내놓고 차례로 검사했다. 청문의 상자 차례가 되자 왕선보댁이 말했다.

"이건 누구 건데 열어놓지 않은 거야?"

습인이 대신 열어주려고 하는데 청문이 머리카락을 손으로 움켜쥔 채 달려 들어와 '철컥!' 상자를 열더니 두 손으로 바닥을 더듬어 안에 있는 것들을 모조리 여기저기 집어던졌다. 왕선보댁도 민망해져서 대충 살펴보니 별로 트집 잡을 만한 물건이 없었다. 그래서 희봉에게 보고하고 다른 곳으로 가자고 하자 희봉이 말했다.

"잘 찾아봐요. 이번에 찾아내지 못하면 마님께 보고드리기 곤란할 거예요."

"찬찬히 찾아보았지만 이상한 물건은 전혀 없습니다. 남자들이 쓰는 물건 몇 가지가 있지만 전부 어린아이 물건이니 아마 보옥 도련님이 옛날에 쓰시던 물건인 듯합니다. 이번 일과는 별로 관련이 없는 것들뿐입니다."

"호호, 그럼 다른 곳에 가서 찾아보도록 합시다."

그러면서 곧장 밖으로 나와 왕선보댁에게 말했다.

"할 얘기가 있는데 어떨지 모르겠네요. 조사를 하려면 우리 집안사람들만 하고 보차 아가씨 방은 절대 조사해서는 안 돼요."

"호호, 그야 당연하지요. 친척 집안까지 조사할 수야 있나요?"

희봉이 고개를 끄덕였다.

"제 생각도 그래요."

그렇게 말하는 사이에 소상관에 도착했다.

대옥은 이미 잠자리에 누웠다가 갑자기 사람들이 왔다는 소리를 듣자 무슨 영문인지 몰라 일어나보려고 했다. 그때 희봉이 어느새 안으로 들어와서 만류했다.

"그냥 누워 있어. 금방 갈 거야."

그러면서 잠시 한담을 나누었다. 왕선보댁은 사람들을 데리고 하녀들의 방으로 가서 상자를 하나씩 뒤집어 검사했다. 그러다가 자견의 방에서 보옥이 늘 바꾸어 달던 기명부寄命符* 두 개와 허리띠의 피대披帶[1] 하나, 염낭[荷包]* 두 개와 부채가 들어 있는 부채 주머니가 나왔다. 열어보니 모두 옛날에 보옥이 들고 다니던 것이었다. 왕선보댁은 득의양양하게 희봉에게 달려가 살펴보라고 하면서 물었다.

"이것들은 어디서 났을까요?"

"호호, 보옥 도련님이 어릴 때 저 아이들과 몇 년을 같이 지냈으니 이것은 당연히 옛날 도련님께서 쓰시던 물건들이겠지요. 이건 별일도 아니니 그냥 두고 다른 곳이나 찾아보는 게 좋겠어요."

자견이 웃으며 말했다.

"양쪽을 오간 물건이 지금도 깨끗이 정리되지 않았어요. 이건 저도 정확히 언제부터 갖고 있었는지 잊어버렸어요."

희봉이 그렇게 말하자 왕선보댁은 그냥 넘어가는 수밖에 없었다.

이어서 탐춘의 거처로 갔는데, 뜻밖에도 누군가 벌써 탐춘에게 소식을 알려주었다. 탐춘도 분명 무슨 이유가 있어서 이런 추태가 벌어졌을 거라 생각하고는 하녀들에게 촛불을 밝히고 대문을 열어둔 채 기다리라고 했다. 잠시 후 사람들이 오사 탐춘이 희봉에게 무슨 일이냐고 물었다.

"호호, 물건을 하나 잃어버렸는데 며칠 동안 찾아도 나오지 않았어. 아마 누군가 하녀 아이들 짓이라고 덮어씌울지 몰라서 아예 온 집안을 다 조사해 의혹을 없애는 게 깔끔한 방법이라고 생각했지."

"흥! 그럼 우리 하녀들은 당연히 도둑년들이고 저는 장물아비 가운데 하나겠군요? 기왕 이렇게 된 거 제 상자와 장롱부터 조사해보세요. 저 아이들이 훔쳐온 물건은 전부 저한테 숨겨두니까요!"

그러면서 하녀들에게 상자와 장롱을 열고 화장대와 화장품 상자, 이불보따리, 옷 보따리 등 크고 작은 물건들을 일제히 펼쳐놓게 하고 희봉에게 조사하라고 했다. 그러자 희봉이 쓴웃음을 지으며 말했다.

"나야 마님 분부를 받들 뿐이니까 나한테 뭐라 하지 마. 그렇게 화낼 이유가 뭐가 있어?"

그러면서 하녀들에게 얼른 닫으라고 했다. 평아와 풍아豐兒*가 황급히 대서 를 대신하여 닫을 건 닫고 거둬들일 건 거둬들였다. 탐춘이 말했다.

"제 물건은 검사하게 해드렸지만 하녀들 물건은 조사할 수 없어요. 제가 원래 남들보다 좀 지독해서 하녀들이 가진 물건은 제가 다 알고, 전부 제 방에 간수해두었어요. 바늘 하나 실 한 오라기라도 저 아이들이 감춘 건 없으니 조사할 거면 제 것만 조사하도록 해요. 그렇게 하지 못하겠다면 가서 마님께 말씀드려요. 제가 마님 말씀을 거역하는데 어떻게 처분해야 하느냐고 말이에요. 어떤 처분이든 기꺼이 받겠어요. 그리고 너무 서둘지 마세요. 당연히 당신들 물건도 조사할 날이 있을 테니까요! 당신들은 오늘 아침부터 진씨 댁 얘기를 했었지요? 멀쩡하게 자기 집을 조사하더니 과연 오늘 정말 나라의 조사를 받게 되었더군요. 우리 집도 조사받을 날이 점점 다가오고 있는 모양이네요. 우리 같은 이런 대갓집은 밖에서부터 쳐들어와서는 단번에 처치할 수 없어요. 그래서 옛사람들도 '다리 백 개 달린 벌레는 죽어도 몸이 굳지 않는다.'라고 했지요. 그러니 내부에서 자멸하기 시작해야 단번에 쓸어버릴 수 있는 법이지요!"

그렇게 말하며 자기도 모르게 눈물을 흘리자 희봉은 그저 어멈들만 쳐다

볼 뿐이었다. 그러자 주서댁이 말했다.

"아씨, 하녀들 물건이 여기 다 있다고 하니 다른 곳으로 가보시지요. 아가씨도 주무셔야 하잖아요?"

희봉은 곧 일어나서 작별 인사를 했다. 그러자 탐춘이 말했다.

"자세히 조사해서 분명히 해야 하지 않나요? 나중에 다시 오면 저는 응하지 않을 거예요!"

"호호, 하녀들 물건이 여기 다 있다니 조사할 필요 없지 뭐."

"흥! 정말 약아빠졌군요! 제 옷 보따리까지 풀어놓았는데 아직 뒤져보지 않았다고 하시다니. 나중에는 제가 하녀들을 감싸서 뒤지지 못하게 했다고 하실 건가요? 일찌감치 말씀하셔요. 아직 뒤져볼 필요가 있다면 다시 한 번 뒤져도 괜찮아요."

희봉은 탐춘이 다른 사람과는 성정이 다르다는 걸 알았기 때문에 그저 웃으며 얼버무리는 수밖에 없었다.

"호호, 벌써 아가씨 물건까지 분명히 조사했잖아요?"

그러자 탐춘이 또 사람들에게 물었다.

"여러분들도 모두 분명히 조사했나요?"

주서댁 등이 모두 웃음을 지어 보이며 말했다.

"호호, 다 조사했습니다."

그런데 왕선보댁은 본래 생각이 없는 여자였다. 그녀는 평소 탐춘의 명성을 들어보긴 했지만 그건 사람들이 보는 눈이 없고 담이 작아서 그리 생각한 거라고 여겼다. 그녀는 시집도 안 간 아가씨가, 그것도 서출 주제에 감히 뭘 어쩌겠느냐고 생각했다. 그리고 자신은 형부인이 시집을 때 데려온 사람이라서 심지어 왕부인조차 남들하고는 달리 대해주는데, 하물며 다른 사람이야 어쩌랴 싶었다. 그러다가 이런 모습을 보자 탐춘이 희봉에게만 화가 난 것이지 자신들하고는 아무 상관이 없다고 생각했다. 그래서 이참에 자기 체면을 세우려고 일부러 사람들 앞에 나서서 탐춘의 옷자락을 들춰보고는 깔깔 웃으며 말했다.

"아가씨 몸까지 전부 조사해봤지만 정말 아무것도 없군요!"

희봉이 황급히 말했다.

"아주머니, 미친 짓 말고 어서 가요!"

그 말이 채 끝나기도 전에 '짝!' 하는 소리와 함께 그 아낙의 면상에 탐춘의 손바닥이 떨어졌다.

탐춘은 버럭 화를 내며 왕선보댁에게 손가락질을 하면서 문책했다.

"넌 대체 뭐하는 물건이기에 감히 내 옷을 들추는 게냐! 내가 마님 체면을 봐서, 그리고 네 나이를 감안해서 '아주머니' 하고 대해주니까 상전 위세를 믿고 날마다 허튼짓을 일삼으며 말썽만 일으키더니 이젠 아주 막돼먹은 짓까지 하는구나! 내가 너희 집 아가씨처럼 성격이 좋아서 너희들 마음대로 주무를 수 있다고 생각했다면 오산이야! 네가 물건을 조사한 것 때문에 화를 내는 게 아니야. 감히 나를 놀림감으로 만들려 들어?"

그러면서 그녀는 직접 상의를 벗고 치마를 풀더니 희봉을 끌어당기며 자세히 조사해보라고 했다.

"아랫것들한테 내 몸을 뒤지게 할 순 없지요!"

희봉과 평아 등이 황급히 탐춘의 옷차림을 다듬어주면서 왕선보댁을 꾸짖었다.

"아주머니, 술을 좀 마시더니 정신없는 짓을 하는군요! 저번에는 숙모님한테까지 그러더니! 얼른 나가요. 말이나 되는 짓을 해야지!"

그러면서 탐춘을 달래려고 했다. 탐춘이 코웃음을 치며 말했다.

"내가 욱하는 사람이라면 진즉 머리를 박고 죽었을 거예요! 하녀가 장물을 찾는다고 내 몸을 뒤지는 게 말이나 되냐구요! 내일 아침 할머님과 어머님께 말씀드리고 나서 큰어머님께 가서 사죄하겠어요. 어떤 처분이든 기꺼이 받겠어요!"

왕선보댁은 무안을 당하게 되자 창밖에서 투덜거렸다.

"이런, 맙소사! 난생 처음 이렇게 맞아보는구먼. 내일 마님께 말씀드려서 친정으로 돌아가든지 해야지 원. 이 늙은이가 뭘 어쩌겠어!"

탐춘이 하녀에게 소리쳤다.

"너희들도 저 말을 들었지? 그런데도 내가 저것이랑 말싸움을 하도록 내버려두고 있단 말이냐!"

대서 등이 급히 나가 말했다.

"정말 친정으로 돌아가신다면 우리한테는 다행이겠지요. 하지만 이곳 생활이 아쉬워서 그럴 수 있을지 모르겠네요!"

희봉이 그 말을 듣고 웃으며 말했다.

"계집애, 말도 깜찍하게 하네! 정말 그 상전에 그 하녀로군!"

탐춘이 코웃음을 치며 말했다.

"우리 같은 도둑들은 다들 한두 마디씩 주워섬길 재간이 있지요. 이게 멍청해 보일지 몰라도, 그래도 뒷전에서 상전을 부추기지는 않지요!"

평아도 얼른 웃음을 지으며 달래는 한편 대서를 끌고 안으로 들어왔다. 주서댁 등도 한바탕 위로했다. 희봉은 탐춘이 시중을 받아 잠자리에 든 뒤에야 사람들을 이끌고 맞은편에 있는 난향오暖香塢*로 갔다.

당시 이환은 아직 병석에 누워 있었다. 그녀의 거처는 석춘의 거처와 이웃해 있었고 탐춘의 거처와도 가까웠다. 그렇기 때문에 가는 길에 이 두 곳을 먼저 들르기로 한 것이었다. 이환은 막 약을 먹고 잠들었기 때문에 깨우기가 미안해서 하녀들의 방에서만 하나씩 수색했는데, 역시 아무것도 발견하지 못하여 곧 석춘의 방으로 갔다. 석춘은 나이가 어려서 아직 물정을 몰라 무슨 일인가 싶어 놀랐기 때문에 희봉도 어쩔 수 없이 안심을 시켜주어야 했다. 그런데 뜻밖에 하녀 입화入畵*의 상자에서 금은 덩어리가 담긴 커다란 봉지가 발견되었는데, 그 안에는 대략 삼사십 개의 덩어리가 들어 있었다. 그리고 남자 허리띠에 다는 옥 장식〔玉帶板子〕하나와 남자용 장화 버선 따위가 들어 있었다. 입화도 얼굴이 하얗게 질렸다. 어디서

제74회 133

난 거냐고 묻자 입화가 무릎을 꿇고 울면서 이실직고했다.

"가진 서방님께서 제 오빠에게 주신 것들인데, 저희 부모님이 남쪽에 계셔서 오빠는 지금 숙부님 댁에서 지내고 있습니다. 그런데 저희 숙부님과 숙모님은 노상 술을 마시고 노름을 하는지라 오빠는 그분들한테 뭘 맡겼다가는 다 써버릴까 싶어서 오빠가 물건을 얻을 때마다 몰래 할멈에게 부탁해서 제게 맡겨두었던 겁니다."

마음 약한 석춘은 그것들을 보고 놀랐다.

"난 전혀 몰랐어요. 어떻게 이런 일이! 언니, 입화한테 매질을 하시려거든 제발 밖에 데리고 나가서 때리셔요. 저는 그 소리를 차마 못 듣겠어요."

"호호, 그런 사정이라면 용서해줄 수 있지만, 그렇더라도 몰래 물건을 들여오는 것은 안 돼. 이런 걸 들여올 수 있다면 무엇인들 들여오지 못하겠어? 이건 중간에서 전해준 사람의 잘못이야! 만약 네 얘기가 거짓이고 혹시 훔쳐온 거라면 살아남을 생각은 하지 않는 게 좋아!"

입화가 무릎을 꿇은 채 울면서 말했다.

"정말입니다. 아씨, 내일 저희 마님과 큰서방님께 여쭤보십시오. 저희 오빠한테 선물한 게 아니라면 저와 오빠를 때려 죽이셔도 원망하지 않겠습니다!"

"그야 당연히 물어보긴 하겠지만 정말 선물로 준 거라 해도 잘못된 일이야. 누가 너더러 남몰래 물건을 주고받으라고 허락했더냐? 중간에서 전해준 사람을 대면 용서해주마. 하지만 이후로는 절대 이런 일이 있어서는 안 돼!"

석춘이 말했다.

"언니, 이번에 입화를 용서해주시지 않아도 돼요. 여긴 사람이 많은데 하나라도 잡아 본보기를 보여주지 않는다면 조금 큰 아이들이 그 소문을 듣고 무슨 짓을 할지 모르잖아요? 언니가 용서한다 해도 저는 용서할 수 없어요."

"평소 내가 보기엔 저 아이도 행실이 괜찮은 편이었어. 누구나 한 번쯤 잘못을 저지를 수도 있지 않아? 하지만 이번 한 번뿐이야. 다음번에 또 규율을 어기면 두 가지 죄를 한꺼번에 물어 처벌하겠다! 그나저나 중간에 전해준 사람이 누구지?"

석춘이 말했다.

"그런 짓을 할 사람은 후문을 지키는 장할멈*밖에 없어요. 그 할멈은 늘 여기 하녀들과 무슨 꿍꿍이를 만들려 하고, 이 하녀들도 다들 그 할멈을 보살펴주니까요."

희봉은 하녀에게 그 내용을 적어두게 하고, 물건들은 잠시 주서댁이 맡았다가 내일 확인해본 다음에 다시 처분을 의논하자고 했다. 그리고 석춘에게 작별 인사를 하고 영춘의 방으로 갔다.

영춘은 이미 잠들어 있었고 하녀들도 막 잠자리에 들려던 참이라 대문을 두드리자 한참만에야 열렸다. 희봉이 분부를 내렸다.

"아가씨는 깨울 필요 없다."

그리고 하녀들의 방으로 갔다. 사기는 왕선보의 외손녀였기 때문에 희봉은 왕선보댁이 조사하면서 사정을 봐주지는 않는지 유심히 살필 작정이었다. 우선 다른 사람의 상자부터 조사했는데 모두 별다른 물건이 나오지 않았다. 마침내 사기의 상자에 이르렀을 때 왕선보댁이 대충 살펴보고 나서 말했다.

"여기도 별게 없군요."

그러면서 상자의 뚜껑을 덮으려는 순간 주서댁이 말했다.

"잠깐! 이건 뭐죠?"

그러면서 손을 뻗어 남자용 허리띠와 버선 한 쌍, 그리고 남자용 비단 신 한 켤레를 집어냈다. 그리고 작은 보따리도 하나 있었는데, 열어보니 동심여의同心如意[2] 허니와 쪽지가 하나 들어 있기에 모두 희봉에게 건네주었다. 희봉은 집안 살림을 맡아보면서 쪽지나 장부를 많이 보았기 때문에 글자를 제법 많이 알고 있었다. 그 쪽지는 붉은색 쌍희雙喜 문양이 들어 있는 편지지에 이런 내용을 적은 것이었다.

　　지난달 누이가 집에 다녀간 뒤로 부모님께서 이미 우리 두 사람의 마음을 눈치채셨소. 하지만 아가씨께서 아직 출가하지 않으셨으니 우리 둘의 소망도 아직 이룰 수 없소. 대관원 안에서 만날 수 있다면 장할멈에게 부탁하여 소식을 전해주시오. 거기서 만나면 집에서보다 더 많은 이야기를 나눌 수 있을 거요. 제발 부탁하오! 그리고 보내주신 향낭 두 개는 잘 받아 간수해두었고, 내 마음을 전하기 위해 향주香珠* 하나를 보내니 부디 받아주시구려.
　　　　　　　　　　　　　　　고종사촌 아우 반우안潘又安 배상

희봉은 그걸 보고 나서 화를 내기는커녕, 오히려 남들이 글자를 알아보지 못한 것을 재미있어 했다. 왕선보댁은 자기 손주들 사이에 이런 애정관계가 있다는 것을 전혀 몰랐기 때문에 그 신과 버선을 발견하고 마음이 좀 찜찜했는데, 또 그 안에 있던 붉은 쪽지를 보며 희봉이 웃자 이렇게 말했다.

"아씨, 아마 저 아이들이 쓴 장부가 엉터리로 적혀 있어서 웃으시는 모양이군요?"

"호호, 정말 이 장부는 계산이 안 되는군요. 어멈은 사기의 외할머니이니 사기의 고종사촌 아우의 성이 왕가여야 할 텐데 어떻게 반가지요?"

왕선보댁은 이상한 질문이다 싶었지만 억지로라도 대답할 수밖에 없었다.

"저 아이 고모가 반씨 집안으로 시집갔기 때문에 저 아이 고종사촌 아우의 성은 반가입니다. 저번에 도망쳤다는 반우안이 바로 저 아이의 고종사촌이지요."

"호호, 이게 바로 그거로군! 자, 제가 읽어드릴게요."

그러면서 편지를 죽 한 번 읽어주자 모두들 깜짝 놀랐다. 왕선보댁은 남의 흠집을 잡으려 애쓰다가 뜻밖에도 자기 외손녀를 잡게 되자 화도 나고 창피하기도 했다. 주서댁을 비롯한 네 사람이 모두 물었다.

"아주머니, 들었지요? 너무 명백하니 달리 말이 필요 없겠군요. 자, 이제 어떻게 하면 좋겠어요?"

왕선보댁은 쥐구멍에라도 들어가고 싶었다. 희봉이 그녀를 보며 픽 웃더니 주서댁에게 말했다.

"호호, 이것도 괜찮네요. 외할머니가 걱정할 필요 없도록 저 아이가 쥐도 새도 모르게 남편감을 골랐으니까 다들 번거로운 일 하나는 덜었군요!"

주서댁도 웃으며 맞장구를 쳤다.

왕선보댁은 분을 풀 길이 없어 제 손으로 자기 뺨을 때리며 욕을 해댔다.

"늙어 죽지도 못하는 화냥년 같으니! 어쩌다 이런 죄를 지었어? 주둥이를 잘못 놀렸으니 주둥이를 맞아도 싸지! 당장 사람들 보는 앞에서 응보를 받는 거야!"

다들 그 꼴을 보고 웃음을 참지 못하고 반쯤 위로하면서도 반쯤 비웃기도 했다. 희봉은 사기가 고개를 숙인 채 아무 말 못하면서도 전혀 무서워하거나 부끄러워하는 기색을 보이지 않자 이상하게 생각했다. 시간도 늦었고 더 따져 물을 필요도 없었지만, 혹시 그녀가 부끄러운 마음 때문에 밤중에 어리석은 짓을 할지도 모른다는 생각이 들어 할멈 둘을 불러다 그녀를 감시하게 했다. 희봉은 사람들을 이끌고서 물증을 가지고 돌아와 하룻밤을 지내고 다음 날 일을 처리하려고 생각했다. 하지만 뜻밖에도 밤중에 하혈이 몇 차례 계속되었다.

이튿날은 몸이 너무 나른하고 어지러워서 가눌 수 없을 지경이 된 나머지 의원을 불러 진맥을 했다 그러자 의원이 약방문을 써주면서 이렇게 말했다.

"아씨는 심장의 기혈이 부족하여 화기가 비장까지 올라왔으니, 이게 다 걱정과 피로 때문에 장기가 상했기 때문입니다. 그래서 늘 누워 있고 싶고 위장이 허약해서 입맛이 당기지 않는 것입니다. 이제 허약한 비장과 위장을 치료하고 영양을 보충하는 약을 잡숴보십시오."

이러면서 써준 약방문을 보니 인삼과 당귀, 황기黃芪 등의 약초로 만든 약에 지나지 않았다. 잠시 후 의원이 물러가자 할멈들이 처방을 들고 왕부인에게 가서 아뢰니, 또 한 가지 걱정이 생기게 되어 사기 등의 일은 잠시 미뤄둘 수밖에 없었다.

마침 이날 우씨가 희봉에게 문병을 하러 가서 잠시 앉아 있다가 대관원 안으로 들어가 이환을 만난 후, 다시 자매들에게 찾아가보려는데 갑자기 석춘이 사람을 보내는 바람에 그곳으로 갔다. 석춘이 간밤의 일의 자세히 들려주면서 입화의 물건을 모두 가져오라 해서 우씨에게 보여주었다.

"맞아요. 아가씨 오빠가 저 아이 오빠에게 준 거예요. 하지만 몰래 들여오는 바람에 관염官鹽이 이제 사염私鹽으로 변해버렸네요.³"

그러면서 그녀는 입화더러 멍청하게 사리 분별도 못한다고 꾸짖었다. 그러자 석춘이 말했다.

"언니 댁에서 엄하게 단속을 하시지 않고 도리어 하녀를 꾸짖으시면 어떡해요? 여기 자매들 가운데 유독 제 하녀만 이렇게 체면 구기는 짓을 했으니 제가 무슨 낯으로 사람들을 만나겠어요? 어제 희봉 언니한테 저 아이를 끌고 가라고 했는데 그냥 가시더군요. 제 생각에는 저 아이가 원래 그쪽 댁 사람이니 희봉 언니가 그런 것도 일리가 있어요. 제가 오늘 보내려던 차였는데 마침 언니께서 오셨으니 데려가셨으면 좋겠어요. 매질을 하시든 죽이시든 팔아버리시든 저는 일체 상관하지 않겠어요."

그 말을 듣고 입화가 무릎을 꿇고 울면서 간청했다.

"다시는 안 그러겠어요! 아가씨, 제발 어릴 적부터 함께 자란 정을 생각하셔서 죽든 살든 아가씨 곁에 있게 해주셔요!"

우씨와 유모들도 다들 간곡히 중재하려고 들었다.

"잠깐 어리석은 짓을 한 것뿐이니, 다시는 이런 일이 없을 거예요. 어려서부터 아가씨를 모셔왔으니 그래도 여기 그냥 두는 게 좋을 것 같아요."

의외로 석춘은 나이는 어려도 타고난 고집이 이만저만 센 게 아니었다. 남들이 아무리 뭐라 해도 자기 체면을 잃었다고 생각한 그녀는 이를 악물고 고집을 피웠다. 게다가 이런 말까지 했다.

"입화도 필요 없을 뿐만 아니라 저도 이제 나이가 들었으니 그쪽 댁에 드나들기 불편해졌어요. 게다가 요즘 누군가 뒤에서 감당하기 어려운 쓸데없는 말들을 쑤군대던데 제가 다시 그 댁에 가면 저까지 구설수에 오를 거예요."

우씨가 물었다.

"누가 무슨 말을 쑤군댄다는 거예요? 또 쑤군대고 말고 할 게 어디 있다고! 아가씨는 누구이고 우리는 누군가요? 누군가 우리에 대해 뒷공론을 한다면 그 사람에게 따져야 되는 거 아닌가요?"

"흥! 그렇게 물으시니 차라리 낫네요. 저는 시집도 안 간 일개 처녀라서 시비를 피할 수밖에 없는 몸인데, 도리어 저더러 시비를 따지고 들라고 하시면 전 뭐가 되겠어요! 그리고 화를 내실지 모르지만 한마디 더 해야겠어요. 어차피 공론이란 게 있으니 굳이 다른 사람한테 따질 필요 있나요? 옛말에도 '선악과 생사는 부자지간이라 해도 억지로 도움을 줄 수 없다〔善惡生死 父子不能有所勖助〕.'라고 했어요. 그러니 언니와 저 사이야 더 말할 것도 없지요. 저는 그저 이 한 몸 보전하면 그만이니까 그쪽 일에는 상관하지 않겠어요. 이후로 무슨 일이 생겨도 저까지 끌어들이지 마셔요!"

우씨는 그 말에 화도 나고 우습기도 해서 마루에 있는 사람들에게 말했다.

"어쩐지 다들 이 넷째 아가씨가 어수룩한 철부지라고 하더라니! 그래도 난 믿지 않았는데 다들 조금 전에 한 말 들었지요? 도무지 이유도 없고 물정도 모르고 경중도 따질 줄 모르잖아요? 어린아이 말이라 하지만 참 한심하구먼!"

할멈들이 웃으며 말했다.

"아가씨께서 어리시다보니 당연히 아씨께서 좀 져주셔야지요."

석춘이 코웃음을 치며 말했다.

"제가 나이는 어려도 말까지 어리진 않아요! 할멈들은 책도 읽지 않는 까막눈이라 다들 어리석은 사람들이니까 멀쩡한 사람을 두고 나이 어린 철부지라고 하는 거예요."

우씨가 말했다.

"그래요, 아가씨야말로 장원壯元이고 방안榜眼이고 탐화探花[4]고 할 것 없이 과거시험에 다 급제할 수 있는 고금제일의 재목이에요. 우리는 멍청해서 아가씨보다 사리를 몰라요. 됐어요?"

"장원이나 방안이면 어리석지 않다는 건가요? 그 사람들도 깨닫지 못한 게 있겠지요."

"아주 잘나셨네요! 조금 전엔 재목감이시더니 이젠 도통한 스님이 되셔서 깨달음에 대해 설교하시는군요!"

"깨닫지 못했다면 저도 입화를 차마 내보내려 하지 못했을 거예요."

"그러고 보니 아가씨는 마음도 입도 냉정하고 마음 씀씀이도 지독한 사람이었군요!"

"옛말에 '독하지 않으면 번뇌를 떨치고 느긋한 사람이 되기 어렵다[不作狠心人 難得自了漢].'고 했지요. 청백하기 그지없는 이 몸을 왜 그쪽 사람들 때문에 망치겠어요!"

우씨는 마음에 걸리는 게 있어서 이런 말을 하기 두려웠다. 누군가 뒷공론을 한다는 얘기를 듣는 순간부터 벌써 수치심과 짜증이 치밀었지만, 그걸 석춘한테 풀기도 곤란하여 꾹 참고 있었다. 그런데 석춘이 또 그 말을 하자 더 이상 참지 못하고 물었다.

"어떻게 아가씨를 망친다는 건가요? 잘못은 아가씨 하녀가 저질렀는데 왜 까닭 없이 나까지 끌어들여요? 그래도 나는 참을 만큼 참았는데 오히려 갈수록 기세가 등등해져서 그런 말까지 하는군요. 아가씨는 천금 만금 귀한 몸이시니 앞으로 우리랑 가까이 지내지 말도록 해요. 아가씨의 미명을 더럽히면 안 될 테니까요! 당장 사람을 시켜 입화를 저쪽으로 데려가도록 하지요!"

그러면서 벌떡 일어나 나가려고 했다. 그러자 석춘이 말했다.

"정말 앞으로 다시는 오지 않는다면 그나마 구설수에 오르는 일이 없을 테니 모두들 시원해지겠지요!"

우씨는 대꾸도 않고 곧장 앞쪽으로 가버렸다. 뒷일이 어찌 되었는지는……

제75회

밤에 잔치를 여니 이상한 징조로 슬픈 소리 들리고
중추절 새 노래 감상하다가 훌륭한 참언을 얻다

開夜宴異兆發悲音　賞中秋新詞得佳讖

중추절 술자리에서 가보옥 등이 시를 지어 바치다.

우씨는 석춘의 거처에서 벌컥 나와 왕부인의 거처로 가려던 참이었다. 그러자 따라오던 할멈들이 나직이 귀뜸을 해주었다.

"아씨, 위채에 가지 마셔요. 조금 전에 진씨 집안에서 몇 분이 오셨는데 몇 가지 물건을 가져와서 무슨 비밀스러운 일을 하려는 모양이대요. 지금 가시는 건 좋지 않을 것 같습니다요."

"어제 서방님께서 그러시는데 저보邸報*에 진씨 집안이 죄를 지어서 재산을 몰수하고 경사로 불러들여 처벌할 거라는 내용이 적혀 있었다고 하대. 그런데 또 무슨 일로 사람이 왔지?"

"그러게 말입니다. 조금 전에 오신 여자 몇 분들은 안색이 말이 아니던데 모두 무척 당황한 모습이었습니다. 아마 남모르는 무슨 일이 있는 모양입니다."

그 말을 듣자 우씨는 앞쪽으로 가지 않고 다시 이환의 거처로 갔다. 마침 의원이 진맥을 하고 돌아간 뒤였다. 근래에 이환은 기분이 좀 나아져서 침대 위에서 이불을 두른 채 베개에 기대고 앉아 누구라도 와서 한담이나 나누었으면 하고 바라던 참이었다. 그런데 우씨가 오더니 예전과는 달리 온화하고 친근한 표정 없이 멍하니 앉아 있는 것이었다.

"이쪽에 오신지 꽤 오래 되었는데, 혹시 다른 곳에서 뭘 좀 삽수셨나요? 시장하시겠어요."

그러면서 소운˚에게 신선한 간식거리가 있는지 보고 조금 골라오라고 했다. 그러자 우씨가 얼른 말렸다.

"괜찮네, 필요 없어. 자네는 계속 병석에 있는데 무슨 신선한 게 있겠는가? 게다가 난 시장하지도 않네."

"어제 조씨 방에서 좋은 차 가루〔茶麵〕¹를 보내왔는데 사발에 타올 테니 잡숴보셔요."

그러면서 하녀에게 차 가루를 타오라고 시켰다.

우씨가 넋이 나간 듯 말없이 앉아 있자 따라온 하녀와 어멈들이 물었다.

"아씨, 오늘 낮에 세수를 하지 않으셨으니 이참에 좀 씻으시는 게 어떠세요?"

우씨가 고개를 끄덕이자 이환이 얼른 소운을 시켜 자신의 화장함을 가져오라고 했다. 소운은 이환의 화장함과 함께 자신의 연지분까지 가져와 웃으며 말했다.

"우리 아씨는 분이 떨어졌어요. 이건 제 건데, 지저분하다고 꺼리시지 않는다면 써보셔요."

그러자 이환이 말했다.

"내 것이 떨어졌다면 다른 아가씨들한테 가서 좀 얻어왔어야지, 어떻게 네가 쓰던 걸 아무렇지도 않게 내놓는 게냐? 형님이니 망정이지 다른 사람이라면 화를 내셨을 게다!"

우씨가 웃으며 말했다.

"상관없잖아? 예전에 왔을 때는 아무 사람 것이나 썼는데 오늘 갑자기 지저분하다고 싫어하겠어?"

그러면서 구들 옆에 책상다리를 하고 앉았다. 은접銀蝶˚이 얼른 다가가 팔찌와 반지를 빼주고, 커다란 수건으로 하반신을 덮어 옷이 젖지 않도록 해주었다. 하녀 초두炒豆˚가 커다란 세숫대야에 따뜻한 물을 담아 우씨 앞으로 와서 허리를 굽힌 채 받쳐들고 있었다. 이환이 말했다.

"왜 그리 법도를 몰라?"

은접이 웃으며 초두를 나무랐다.

"하나같이 융통성들이 없어. 조롱박이나 표주박이나 그게 그건 줄 안다니까? 아씨께서 우리를 너그럽게 대해주시느라 집 안에서는 어떻게 해도 내버려두시니까 네가 기고만장했구나? 집 안에서나 밖에서나 친척 앞에서도 멋대로 굴다니!"

우씨가 말했다.

"편한 대로 하게 해라. 어쨌든 세수만 하면 되니까 말이다."

초두가 얼른 무릎을 꿇자 우씨가 쓴웃음을 지으며 말했다.

"우리 집 하인들은 나이나 지위 막론하고 하나같이 그저 바깥에 눈가림으로 예의나 체면만 차릴 줄 알면 무슨 일을 저지르든 다 괜찮다고 여기지."

그 말을 들은 이환은 우씨가 간밤의 일을 알고 있다는 것을 눈치채고 웃으며 말했다.

"뭔가 내막이 있는 말씀이로군요. 누가 무슨 일을 저질렀는데도 결국 괜찮다고 여겼다는 말씀인가요?"

"그걸 오히려 나한테 되묻다니! 설마 앓아누워 있는 동안 저승에라도 다녀온 건가?"

그 말이 끝나기도 전에 하녀가 아뢰었다.

"보차 아가씨께서 오셨습니다."

이환이 얼른 모시라고 얘기하는데 어느새 보차가 안으로 들어오고 있었다. 우씨는 서둘러 얼굴을 닦고 자리를 권하며 물었다.

"웬일로 갑자기 혼자 오셨어요? 다른 자매들은 왜 안 보이지요?"

"저도 못 봤어요. 오늘은 우리 어머님도 편찮으시고 집안의 두 하녀들도 삼기로 누워 있는데, 다른 사람들은 믿을 수가 없어서 제가 나가 어머님께 밤 시중을 들어드릴 생각이에요. 노마님과 마님께 말씀드리러 갈까 하다가, 생각해보니 별일도 아닌데 말씀드릴 필요 없겠다 싶었어요. 어머님 몸이 나으시면 다시 대관원으로 들어올 테니 큰언니한테 얘기나 해두려고 왔어요."

그 말에 이환이 우씨를 보며 웃었고, 우씨도 이환을 보며 웃었다. 잠시 후 우씨가 세수하고 머리 감는 일을 마치자 모두 함께 차 가루를 먹었다. 그때 이환이 미소를 지으며 말했다.

"그럼 사람을 보내 이모님께 무슨 병인지 문안을 올려야겠네? 나도 앓고 있으니 직접 찾아뵐 수 없으니까. 동생, 걱정 말고 가봐. 방은 내가 사람을 보내서 지키라고 할게. 하지만 한 이틀 있다가 돌아와야 해. 안 그러면 내가 꾸중을 듣게 될 테니까 말이야."

"호호, 무슨 꾸중을 듣는다는 거예요? 이것도 인지상정이고 언니가 무슨 도적을 놓아준 것도 아니잖아요. 제 생각에는 다른 사람을 보낼 필요 없이 상운이를 여기로 불러서 한 이틀 같이 지내시면 간단하지 않을까 싶은데요?"

우씨가 물었다.

"그런데 상운 아가씨는 어디 갔어?"

"조금 전에 탐춘 아가씨한테 보내서 함께 이리로 오라고 했어요. 그 아가씨한테도 분명히 얘기해주려고요."

그렇게 말하는 사이에 과연 하녀들이 아뢰었다.

"상운 아가씨와 탐춘 아가씨가 오셨어요."

모두 자리에 앉은 후에 보차가 집에 다녀오겠다고 하자 탐춘이 말했다.

"좋아요. 이모님께서 쾌차하신 뒤에 돌아오셔도 되고 돌아오시지 않아도 괜찮아요."

우씨가 웃으며 말했다.

"그게 무슨 말이야? 왜 친척을 내쫓으려고 그래?"

"흥! 그러게 말이에요. 다른 사람이 내쫓기 전에 제가 먼저 내쫓는 게 낫지요! 친척 사이가 좋다 해도 죽을 때까지 여기서 지낼 필요는 없지요. 우리는 한 집안의 혈육이지만 다들 오안계烏眼鷄[2]처럼 서로 잡아먹지 못해서 안달이잖아요!"

우씨가 다급히 웃으며 말했다.

"오늘은 내가 왜 이리 운수가 사나운지 가는 곳마다 여기 시누이들한테 화풀이를 당하는구먼!"

탐춘이 말했다.

"그러게 누가 언니더러 이 뜨거운 부뚜막으로 오라고 했나요? 그나저나 누가 또 언니를 화나게 했나요?"

그리고 잠시 생각해보더니 이렇게 덧붙였다.

"석춘이가 아니면 누가 언니를 건드렸겠어요?"

우씨는 그저 애매하게 얼버무리고 말았다. 탐춘은 그녀가 껄끄러운 게 있어서 더 이상 얘기하려 하지 않는다는 것을 눈치채고 웃으며 말했다.

"점잖은 척하실 필요 없어요. 조정에서 죄를 다스리는 게 아니라면 목을 칠 일도 없을 테니 너무 이것저것 걱정하실 필요 없어요. 사실 제가 어제 왕선보댁을 때렸으니 저도 죄를 지은 셈이지요. 하지만 뒤에서 욕이나 하겠지, 설마 그 사람이 저를 때리기야 하겠어요?"

보차가 무슨 일로 그랬냐고 묻자 탐춘이 간밤의 일을 자세히 설명해주었다. 우씨는 탐춘이 얘기를 털어놓자 자신도 조금 전에 석춘과 있었던 일을 얘기했다. 그러자 탐춘이 말했다.

"그건 그 아이가 천성적으로 너무 모가 나서 그래요. 저희도 그 아이를 건드릴 수 없다니까요! 그나저나 오늘 아침에 아부 낌새가 보이지 않아서 알아봤더니, 그 고약한 희봉 언니가 또 몸이 안 좋다고 하지 뭐예요. 그래서 제 거처에 있는 어멈을 보내서 왕선보댁이 어떤지 알아보게 했지요. 그랬더니 돌아와서 하는 말이, 큰어머님께서 쓸데없는 일에 끼어들었다고 진노하셔서 그 사람한테 한바탕 매질을 하셨다고 하더군요."

우씨와 이환이 함께 말했다.

"그게 오히려 이치에 맞지!"

"흥! 그런 눈가림을 누군들 못하겠어요? 좀 더 두고 봐야지요."

우씨와 이환은 아무 대꾸도 하지 않았다. 잠시 후 앞쪽에서 식사할 시간이 되었다고 하자 상운과 보차는 방에 돌아가 옷을 갈아입었는데, 이 이야기는 그만하겠다.

우씨는 이환과 헤어져서 태부인의 거처로 갔다. 태부인은 침상에 비스듬히 누워 있고, 왕부인은 진씨 집안에서 어떻게 죄를 지었는지, 그리고 지금 재산을 몰수당하고 경사에 불려와 처벌을 받고 있다는 등의 이야기를 들려주고 있었다. 태부인은 그 이야기를 듣고 기분이 언짢은 마당에 마침 자매들이 오자 이렇게 물었다.

"어디서들 오는 게냐? 희봉이네 두 동서의 병은 오늘 좀 어떻더냐?"

우씨가 얼른 대답했다.

"둘 다 오늘은 좀 나아졌어요."

태부인이 고개를 끄덕이며 한숨을 쉬었다.

"다른 사람 일들은 상관 말고 팔월 보름에 달구경할 일이나 상의해두는 게 좋겠구나."

왕부인이 웃음을 지으며 말했다.

"벌써 다 준비되어 있어요. 그런데 어머님, 장소는 어디로 하실 건가요? 대관원 안은 공간이 넓어서 밤이 되면 바람이 쌀쌀할 텐데요."

"호호, 옷을 두어 겹 더 껴입으면 되지 않겠느냐? 거기가 달구경하기 좋은 곳인데 안 갈 수 있나!"

이야기를 나누는 사이에 어멈들과 하녀들이 식탁을 날라오자 왕부인과 우씨 등이 얼른 다가가 수저를 놓고 식사 시중을 들었다. 태부인은 자신이 먹을 요리가 다 차려졌는데 커다란 찬합 두 개에 따로 요리가 준비된 것을 보고 옛날 법도대로 각 방에서 해올린 것임을 알았다.

"이게 다 뭐냐? 저번에도 몇 번 얘기하지 않았어? 이제 이런 것들을 보내지 않아도 된다고 말이다. 지금은 넉넉하던 예전에 비할 때가 아니야."

원앙이 얼른 대답했다.

"저도 몇 번 얘기했는데 다들 듣지 않네요. 그냥 그런가 보다 하셔요."

왕부인이 웃으며 말했다.

"다들 평소 집에서 먹던 음식들뿐이에요. 저는 오늘 재계를 하느라 소찬을 먹기 때문에 별다른 게 없어요. 국수라든지 두부 같은 건 어머님께서 잘 잡수시지 않으니까 그냥 순채*를 빻아 마늘, 생강가루를 섞어서 고추기름에 버무린 것만 가져왔어요."

"호호, 그거 잘됐구나. 나도 마침 그게 먹고 싶었거든!"

원앙이 곧 접시를 태부인 앞에 가져다 놓았다. 보금은 모든 사람들에게 일일이 자리를 양보하고 나서 자기 자리에 가서 앉았다. 태부인이 탐춘에게도 같이 먹자고 하자, 그녀도 모든 이들에게 양보하고 나서 보금의 맞은편에 앉았다. 그러자 대서가 얼른 그릇을 가져왔다.

원앙이 또 몇 가지 요리를 가리키며 말했다.

"이 두 가지는 뭔지 모르겠는데, 큰나리 댁에서 보내오신 거예요. 이 계수순鷄髓筍[3]은 녕국부 나리 댁에서 올린 거예요."

그러면서 그 죽순 요리가 담긴 쟁반을 식탁 위에 놓았다. 태부인은 두어 점 맛을 보더니 이렇게 말했다.

"그 두 가지 요리는 사람을 시켜 돌려보내고 내가 잘 먹었다 전하라고 해라. 이후로는 날마다 음식을 보낼 필요 없다고 해라. 먹고 싶은 게 있으면 달라고 할 테니 말이다."

어멈들이 "예!" 하고 요리들을 들고 나간 것에 대해서는 더 이상 이야기하지 않겠다.

태부인이 물었다.

제75회 151

"죽이나 좀 먹었으면 좋겠구나."

우씨가 한 사발 들고 와서 홍도미紅稻米⁴로 쑨 죽이라고 했다. 태부인은 사발을 받아 반쯤 먹고 이렇게 말했다.

"이 죽은 희봉이한테 갖다주어라. 그리고 저 죽순 요리와 풍엄과자리風腌果子狸⁵는 대옥이와 보옥이한테 갖다주고, 저 고기 요리는 꼬맹이 란이한테 갖다주어라."

그리고 다시 우씨에게 말했다.

"나는 다 먹었으니 너도 와서 먹어라."

우씨는 "예!" 하고 태부인이 양치하고 손 씻는 시중을 들었다. 태부인은 곧 마루로 내려가 소화도 시킬 겸 왕부인과 한담을 나누었다. 우씨가 자리에 앉겠다고 인사하자 탐춘과 보금이 자리에서 일어나며 말했다.

"호호, 저희는 이만 실례할게요."

"호호, 나만 혼자 남겨두면 어떡해? 난 이런 큰 식탁에서 먹는 게 익숙하지 않은데……"

그러자 태부인이 웃으며 말했다.

"원앙이와 호박이도 이참에 같이 먹어라. 손님 접대도 할 겸."

우씨가 말했다.

"호호, 좋습니다. 저도 막 그렇게 말할 참이었어요."

"여러 사람이 어울려 먹는 걸 구경하는 것도 재미있지."

그리고 은접을 가리키며 말했다.

"이 아이도 참한 아이지. 너도 상전과 같이 먹도록 해라. 예법 같은 건 이 방에서 나간 뒤에 따지도록 하고."

그러자 우씨가 말했다.

"얼른 와라. 괜히 점잔 떨 필요 없다."

태부인은 뒷짐을 지고 구경하며 즐거워했다. 그러다가 시중드는 사람들의 손에 하인들이 먹는 하얀 멥쌀밥이 들려 있고, 우씨도 그걸 먹고 있는 것을 발견했다.

"정신을 어디 둔 게냐? 너희 아씨한테 이런 밥을 담아주다니!"

"노마님께서 남기신 밥은 다 먹었습니다. 오늘은 아가씨 한 분이 더 오셔서 좀 모자라게 되었습니다."

그러자 원앙이 말했다.

"요즘은 다들 '머리에 맞춰서 모자를 만들듯' 사람 수대로 밥을 준비하는 바람에 조금도 넉넉하게 할 수가 없거든요."

왕부인이 당황하여 말했다.

"최근 한두 해 동안 가뭄과 수해가 계속되어 전답의 쌀을 정해진 만큼 거두지 못했어요. 이런 상등미는 더 구하기 어려워 잡수실 만큼만 진지를 지었어요. 갑자기 쌀이 떨어지면 어디서 사기도 쉽지 않거든요."

"호호, 이야말로 '아무리 재주 많은 며느리라도 쌀 없이는 죽을 못 끓인다〔巧媳婦做不出沒米的粥〕.'는 격이로구나!"

그 말에 모두 웃음을 터뜨렸다.

원앙이 말했다.

"그럼 셋째 아가씨 밥을 갖다드려도 되잖아? 왜 그리 멍청한지 원!"

우씨가 웃으며 말했다.

"난 이거면 되니까 가져올 필요 없어."

원앙이 말했다.

"아씨께선 괜찮을지 모르지만 전 못 먹겠어요."

마루에 있던 어멈들이 서둘러 밥을 가져왔다. 잠시 후 왕부인도 식사를 하러 갔고 우씨는 계속 태부인 옆에서 한담을 나누었다.

초경初更(오후 7~9시)을 알리는 시간이 되자 태부인이 말했다.

"날이 어두워졌으니 돌아가 쉬어라."

우씨는 그제야 인사를 하고 나왔다. 대문 앞에 이르러 수레에 오르자, 은

접이 수레 가장자리에 앉았다. 어멈들은 주렴을 내리고 하녀들을 이끌고는 녕국부 대문 어귀에서 대기하려고 먼저 떠났다. 녕국부와 영국부의 대문은 그다지 멀리 떨어져 있지 않아서 일상적으로 왕래할 때는 굳이 번거로운 준비가 필요하지 않았다. 게다가 날이 어두워져서야 돌아오는 때가 더 많아서 할멈들이 하녀들을 데리고 몇 걸음만 걸으면 건너갈 수 있었다. 양쪽 대문을 지키는 사람들은 모두 동쪽과 서쪽 길 어귀로 가서 진즉 행인들의 왕래를 막고 있었다. 우씨의 큰 수레도 말이나 소 없이 일고여덟 명의 일꾼들이 둘러서서 바퀴를 밀어 가볍게 녕국부 계단 위로 올라갔다. 이어서 하인들이 돌사자 밖으로 물러나고 할멈들이 주렴을 걷어 올리자 은접이 먼저 내린 다음 우씨를 부축하여 내렸다.

거기에는 크고 작은 일고여덟 개의 등롱들이 아주 환하게 밝혀져 있었다. 양쪽 돌사자 아래에는 네다섯 대의 큰 수레가 서 있었다. 우씨는 노름꾼들이 타고 온 것이려니 생각하고 은접과 주위 사람들에게 말했다.

"저것 좀 봐라. 수레를 타고 온 이들이 저리 많으니 말을 타고 온 이들은 또 얼마나 많겠느냐? 말이야 마구간에 매여 있을 테니 보이지 않을 뿐이지. 저 사람들 부모가 돈을 얼마나 주기에 이렇게 흥청망청 노는지 원!"

그러는 사이에 어느새 대청에 이르렀다.

가용賈蓉*의 아내가 등촉을 밝혀 든 어멈들과 하녀들을 이끌고 나와 맞이했다. 우씨가 웃으면서 말했다.

"언제 저 사람들 노는 걸 한번 훔쳐보려고 했는데 그럴 기회가 없었지. 오늘은 마침 기회를 잡았으니 이참에 저기 창가로 지나가 보자꾸나."

어멈들이 "예!" 하며 등을 들고 길을 인도하는데, 한 어멈이 먼저 가서 그곳에서 시중드는 하인들에게 소란을 피우지 말라고 조용히 일러두었다. 이리하여 우씨 일행이 살그머니 창가에 이르러 들어보니, 안쪽에서 잘한다고 칭찬하며 즐겁게 웃는 소리도 들렸지만, 온갖 욕을 퍼부으며 원망하는 소리도 적지 않았다.

근래에 가진은 상을 치르느라 마음 놓고 놀러 다니지도 못하고 연극 구경이나 기생놀음도 할 수 없었다. 그래서 너무 무료하던 차에 심심풀이 방법을 생각해냈다. 낮에 활쏘기를 한다는 핑계로 대갓집 자제들과 부잣집 친구들을 불러놓고 이렇게 말했다.

"쓸데없이 활만 쏘면 아무 도움도 안 되지요. 활 솜씨가 늘지도 않을 뿐더러 활 쏘는 자세도 망치게 되니, 벌칙을 정하고 상품을 내걸어야 모두들 신경 써서 노력하려는 마음이 생길 거 아니겠소?"

이렇게 해서 천향루天香樓* 아래 활터에 과녁을 세워놓고, 매일 아침을 먹은 후에 모여서 활을 쏘기로 약속했다. 가진은 자기 이름을 내걸지 않고 가용에게 모임의 주최자로 나서게 했다. 이 모임에 오는 이들은 모두 대대로 관작을 이어받은 대갓집 자제들이어서 다들 집안에 재산이 많았고, 모두 젊어서 닭싸움이며 개 경주, 기생놀음 같은 데 이골이 난 이들이었다. 그래서 자기들끼리 상의하여 매일 돌아가며 저녁을 내기로 했다. 매일 와서 활을 쏘는데, 가용 혼자만 부담스럽게 만들어서는 안 되겠다는 뜻이었다.

이렇게 해서 매일 돼지나 양, 거위, 오리를 잡으며 마치 임동臨潼에서 보물 겨루기[6]를 하듯 각자 자기 집안의 훌륭한 요리사와 요리를 자랑하려고 했다. 보름도 되지 않아서 가사와 가정도 그 소문을 들었는데, 내막은 모른 채 훌륭한 일이라고 칭찬했다. 이왕 학문을 그르친 마당이라면 무예라도 익혀야 마땅한데, 자신들은 무공을 세운 조상의 은덕으로 벼슬살이를 하고 있으니 더욱 그래야 한다는 것이었다. 그래서 두 집안에서도 가환賈環과 가종賈琮, 가보옥賈寶玉*, 가란賈蘭에게 아침을 먹고 가진과 함께 활쏘기를 하고 놀아가라고 권했다.

하지만 가진의 목적은 여기에 있지 않았다. 며칠 지나자 그는 팔을 좀 쉬어서 힘을 길러야 한다는 핑계로 저녁에 술내기 골패놀이를 하자고 했고, 나중에 이것은 점차 돈 내기로 바뀌었다. 최근 서너 달 사이에는 결국 활쏘기보다는 노름을 더 많이 하게 되어 대놓고 투엽鬪葉[7]이나 주사위놀이를 했고, 아예 주선자를 정해 판을 벌이고 밤중까지 노름을 했다. 집안의 하인들도 이 덕분에 약간이나마 소득이 생겼기 때문에 오히려 판이 벌어지기를 바랐고, 결국 그게 당연한 일이 되어버렸다. 하지만 바깥사람들은 이에 대해 전혀 모르고 있었다.

형부인의 친동생 형덕전邢德全도 본래 이걸 아주 좋아하던 사람이라서 최근에는 그도 이 판에 끼었다. 또 남한테 돈 주는 걸 좋아하기로는 첫째가는 설반薛蟠이 이걸 보고 좋아하지 않을 리 없었다. 덕전은 형부인의 친동생이긴 하지만 마음 씀씀이나 행실이 누이와는 전혀 달랐다. 그는 술주정뱅이에 노름꾼이며 기생놀음에 빠져 지내면서 가진 돈을 함부로 써버렸다. 사람을 대할 때도 다른 생각은 하지 않고, 그저 술을 좋아하는 사람만 좋아하고 술을 마시지 않는 사람은 가까이하지 않았다. 상전이나 주인 할 것 없이 똑같이 대하면서 신분의 귀천을 따지지 않았기 때문에 다들 그를 '바보 아저씨[傻大舅]'라고 불렀다. 설반은 진즉에 명성 높은 멍청이 나리였다. 그런데 이제 둘이 한자리에 모이게 된 것이다. 둘은 모두 '창신쾌猖新快'⁸라는 주사위놀음을 즐겨서, 만나기만 하면 바깥방의 구들 위에서 창신쾌놀이를 했다.

다른 이들은 또 몇몇이서 마루에 커다란 탁자를 놓고 '공번公番'⁹이라는 골패놀이를 했다. 안방에서는 좀 점잖은 이들이 골패로 '천구天九'¹⁰놀이를 하고 있었다. 이쪽 방에서 시중드는 하인들은 모두 열다섯 살 이하의 아이들이었고, 성년이 된 남자 하인들은 이곳에 출입할 수 없었다. 그 덕분에 우씨는 몰래 창밖에서 안쪽을 훔쳐볼 수 있었다. 그 안에는 열여섯이나 열일곱 살쯤 된 연동孌童¹¹들이 술을 올리려고 준비하고 있었는데, 모두 옥을 조각한 듯 곱게 화장하고 있었다. 또 첫 판에서 돈을 잃은 설반은 기분이 상해 있었지만, 다행히 두 번째 판이 끝나고 계산해보니 오히려 딴 셈이라 기분이 좋아졌다. 가진이 말했다.

"잠시 쉬었다가 뭘 좀 먹고 다시 하지."

그러면서 양쪽 방 사람들에게 어떠냐고 물었다. 천구놀이를 하던 안쪽 사람들도 셈을 마치고 음식을 기다렸다. 공번놀이를 하던 이들은 아직 판이 끝나지 않아 먹으려 하지 않았다. 그렇다고 재촉하기도 뭐해서 우선 식탁을 하나만 차려 가진이 함께 먹었고, 가용에게는 나중에 끝나는 사람들과 함께 먹으라고 했다.

기분이 좋은 설반은 연동을 하나 끌어안고 술을 마시면서 '바보 아저씨' 덕전에게도 술을 한잔 올리라고 했다. 돈을 잃은 덕전은 속이 상해 두어 잔을 연거푸 마시더니 곧 취기가 돌아 두 연동에게 '딴 사람들 시중만 들고 돈을 잃은 사람들은 거들떠보지도 않는다.'며 화를 냈다.

"이 토끼 새끼〔兎子〕[12]들이 윗물로만 헤엄쳐가려 하는구나! 매일 함께 지내면서 모든 이들에게 은혜를 입었거늘 내가 이번에 돈을 좀 잃었다고 이렇게 차별을 해? 설마 앞으로 우리한테 신세질 일이 없을 줄 아느냐!"

사람들이 그가 취한 것을 보고 다급히 말렸다.

"맞아. 맞는 말이야. 저것들이 버릇이 못됐구먼!"

그러면서 두 연동에게 소리쳤다.

"어서 술을 올려서 용서를 빌지 않고 뭐하는 게냐!"

두 연동도 분위기를 맞추어 얼른 무릎을 꿇고 술을 바쳤다.

"저희 같은 일을 하는 이들은 사부에게 배우길, 이것저것 따지지 말고 그저 돈 있고 권세 높은 분들한테만 붙어 공경하라고 배웠습니다. 설령 부처나 신선이라 해도 돈 없고 권세를 잃으면 상대하지 말라는 것이었습지요. 저희는 나이도 어리고 이런 천한 일이나 하는 것들이 아닙니까? 나리, 그냥 저희를 용서하시고 넘어가주셔요."

그러면서 무릎을 꿇은 채 엎드려 술을 바쳤다.

덕전은 마음이 풀렸지만 겉으로는 계속 화를 내며 상대하지 않으려는 척했다. 그러자 또 사람늘이 달랬다.

"아이들이 솔직하게 얘기했지 않습니까? 외숙께선 항상 예쁜 아이들을 귀여워하시더니 오늘은 왜 이러십니까? 그 술을 마셔야 저 아이들이 일어날 수 있지 않겠습니까?"

덕전은 더 이상 고집을 피우지 못하고 이렇게 말했다.

"여러 사람들이 얘기하지 않았다면 더 이상 너희를 상대하지 않았을 게야!"

그러면서 술잔을 받아 단숨에 들이키고 또 한잔을 따르게 했다.

덕전은 술김에 지난 일을 떠올리며 속마음을 터뜨렸다. 그는 탁자를 '탁!' 치고 가진에게 탄식하며 말했다.

"저 아이들이 돈을 목숨처럼 여기는 것도 당연하지. 대대로 벼슬살이를 한 대갓집 출신이라도 '돈과 권세'라는 말만 나오면 혈육조차 무시하지 않는가? 여보게, 어제 내가 영국부의 자네 큰어머님과 다툰 걸 아는가?"

"못 들었습니다."

"휴! 그게 다 이 돈이라는 빌어먹을 물건 때문이지. 무서워, 정말 무서워!"

가진은 그가 형부인과 사이가 나빠서 형부인에게 미움을 받을 때마다 원망을 늘어놓는다는 걸 잘 알고 있었다.

"외숙께서도 돈을 너무 함부로 쓰십니다. 계속 그렇게 쓰시기만 하면 남아날 게 없지 않겠습니까?"

"조카, 자넨 우리 형씨 집안의 속사정을 모르네. 어머님께서 돌아가실 때 나는 아직 어려서 세상사를 몰랐지. 세 누이들 가운데 자네 큰어머님만 나이가 차서 출가하셨는데, 얼마 남지 않은 재산을 모두 혼수로 가져가셨지. 지금 나머지 둘째 누이도 시집을 가셨지만 시댁이 무척 궁핍하고, 셋째 누이는 아직 집에 있는데 일체의 일용품은 자네 큰어머님을 따라온 왕선보의 안사람이 모두 책임지고 있네. 내가 와서 달라는 건 자네 가씨 집안의 돈이 아닐세. 우리 형씨 집안의 재산도 내가 쓰기엔 충분하네. 하지만 내 손에 들어올 방도가 없으니 억울해도 어디 하소연할 곳이 없네."

가진은 그가 취해서 넋두리한다는 것을 알고, 남들이 들으면 좋지 않을 것 같아 얼른 좋은 말로 달래주었다.

밖에서 이 모든 말을 똑똑히 들은 우씨가 나직이 웃으며 은접에게 말했다.

"너도 들었지? 저쪽 댁 큰마님의 동생이 원망하고 있잖아? 불쌍하게도 친동생까지 저런 말을 하니 다른 사람들이야 오죽하겠어?"

그리고 다시 귀를 기울이려는데 마침 공번놀이를 하던 이들도 판이 끝나 술을 마시려고 했다. 개중에 한 사람이 말했다.

"조금 전에 누가 외숙을 노엽게 했나? 우리는 제대로 듣지 못했으니 얘기 좀 해줘요. 우리가 잘잘못을 가려드리리다."

덕전이 두 연동이 돈 잃은 사람은 젖혀놓고 딴 사람한테만 붙어 있더라는 이야기를 죽 들려주자 그 젊은 대갓집 도령이 말했다.

"그럼 당연히 화를 낼만 하지요. 외숙께서 화를 내신 것도 당연합니다. 너희 둘, 내 말 좀 들어봐라. 외숙께서 잃으신 건 기껏 은돈 몇 푼에 지나지 않아. 거시기까지 잃은 것도 아닌데 쳐다보지도 않으면 되겠어?"

그 말에 모두 폭소를 터뜨렸다. 심지어 덕전도 입에 들어 있던 밥알을 방바닥에 내뿜었다. 창밖에 있던 우씨가 나직이 혀를 차며 욕을 퍼부었다.

"저것 좀 들어봐라. 칼을 맞아도 싸도록 염치없는 저것들이 골이 비었는지 저리도 상스러운 소리를 해대는구나! 게다가 술까지 처마시면 또 무슨 말을 씨부렁거릴지 모르겠어!"

그러면서 안으로 들어가 단장을 풀고 잠자리에 들었다. 사경四更(오전 1~3시) 무렵이 되자 가진은 자리를 파하고 패봉의 방으로 갔다.

이튿날 일어나자마자 하인이 와서 수박과 월병이 준비되었으니 나누어 보내기만 하면 된다고 보고했다. 가진은 패봉에게 지시했다.

"아씨한테 말씀드려서 보내는 걸 살피라고 하게. 나는 다른 일이 있어서 말이야."

패봉이 "예!" 하고 나가서 우씨에게 보고하니, 우씨는 어쩔 수 없이 사람을 시켜 여러 곳으로 물건을 보내야 했다. 잠시 후 패봉이 다시 와서 말했다.

"서방님께서 오늘 외출을 하시냐고 여쭈시더이다. 우리는 상중이니까 추석을 지낼 수 없는데, 오늘 밤이 그래도 괜찮으니 함께 달구경이나 하면서 수박이랑 월병, 술을 좀 들자고 하셨어요."

"나도 나가고 싶지만, 저쪽 댁의 큰동서도 몸이 편치 않고 작은동서도 몸져누웠으니 내가 가면 집안일 돌볼 사람이 더욱 없어지지 않겠어? 게다가 짬을 낼 수도 없는데 달구경은 무슨 달구경이야?"

"서방님께서 오늘은 사람들과 벌써 작별 인사를 하셨고, 십육일에나 다시 모일 거랍니다. 그러니 어떻게든 반드시 아씨와 함께 한잔 해야겠다고 하셨어요."

"호호, 난 대접을 받아도 답례를 할 수 없는데?"

패봉이 웃으며 나갔다가 잠시 후에 다시 와서 말했다.

"호호, 서방님 말씀이 저녁도 아씨와 함께 잡수고 싶으시니까 좀 일찍 돌아오시랍니다. 저더러 아씨를 모시고 다녀오라고 하셨어요."

"그럼 아침은 뭘 먹지? 좀 일찍 먹어야 다녀오기 편하지 않겠어?"

"서방님께서 아침은 밖에서 드신다면서 아씨 혼자 드시라고 하셨어요."

"오늘 밖에 누가 있지?"

"듣자 하니 남경에서 새로 오신 두 분이 계시다는데 누군지는 모르겠어요."

그러는 사이에 가용의 아내*도 단장을 마치고 인사하러 왔다. 잠시 후 밥상이 차려지자 우씨가 상석에 앉고 가용의 아내가 아랫자리에 앉아 함께 밥을 먹었다. 우씨는 옷을 갈아입고 다시 영국부로 갔다가 저녁이 되어서야 돌아갔다.

가진은 돼지를 잡고, 양도 한 마리 구웠다. 그리고 그 밖에 각종 요리와 과일 등을 일일이 다 기록할 수 없을 만큼 많이 장만해서 회방원會芳園* 총록당叢綠堂*에 자리를 마련했다. 공작 병풍을 두르고 부용꽃 무늬가 들어 있는 요를 깔고, 부인과 희첩들과 함께 밥을 먹고 술을 마시며 마음껏 달구경을 하며 즐겼다. 초경이 가까워지자 정말 맑은 바람에 환한 달이 떠 하늘과 땅이 모두 은빛으로 빛났다. 가진이 주령놀이를 하려고 하자 우씨가 패봉 등 네 명의 희첩들도 모두 아래쪽 자리에 늘어앉게 하고, 시매猜枚*와 획권놀이*를 하며 한참 동안 술을 마셨다. 가진은 술기운이 조금 오르자 더욱 흥이 올라 자죽소紫竹簫*를 하나 가져오라고 해서 패봉에게 퉁소를 불고 문화文花˙에게는 노래를 부르게 했다. 맑고 아름다운 목소리는 정말 듣는 이의 넋이 취해 날아갈 정도였다. 노래가 끝나자 다시 주령놀이를 했다.

삼경 무렵이 되자 가진은 벌써 거나하게 취해 있었다. 모두들 옷을 껴입고 차를 마신 다음 잔을 바꿔 다시 술을 따르려고 할 때, 갑자기 저쪽 담장 아래에서 누군가의 긴 한숨소리가 들려왔다. 다들 그 소리를 똑똑히 듣고 깜짝 놀랐다. 그리고 으스스한 한기를 느꼈다. 가진이 황급히 큰 소리로 물었다.

"거기 누구냐?"

연달아 몇 번을 물어도 아무 대답이 없었다. 우씨가 말했다.

"담 밖의 어떤 집에 사는 사람일지도 모르지요."

"말도 안 되는 소리! 이 담장 주위에는 어디에도 하인들의 집이 없소. 게다가 저쪽은 사당 바로 옆인데 사람이 있을 리 있소?"

그 말이 채 끝나기도 전에 한줄기 바람이 담을 쓸고 지나가면서 어렴풋이 사당 안의 여닫이문이 열렸다 닫히는 소리가 들리는 듯했다. 갑자기 바람이 음산해지면서 이전보다 더 오싹해지기 시작하고, 달빛도 쓸쓸하게 변하면서 이전처럼 그리 환하지 않았다. 이에 모두들 머리카락이 끈두서는 기분이었다. 가진은 이미 술이 반쯤 깼다. 그도 다른 사람들보다 조금 차분하게 보일 뿐, 속으로는 너무 무서워서 흥이 싹 가시고 말았다. 그래서 억지로 조금 더 앉아 있다가 곧 방으로 돌아가 잠자리에 들었다.

이튿날 보름 아침에 가진은 여러 자제들과 조카들을 거느리고 사당에 가서 제사를 지냈다. 그러는 사이에 사당 안을 자세히 살폈지만, 모든 것이 예전처럼 잘 갖춰져 있었고 이상한 흔적은 전혀 보이지 않았다. 가진은 술김에 착각한 것으로 여기고 더 이상 그 일을 떠올리지 않았다. 제사를 마치자 다시 문을 닫고 자물쇠를 채우게 했다.

가진 부부가 저녁을 먹은 후 영국부로 오니, 가사와 가정은 모두 태부인의 방에 모여 앉아 담소를 나누며 태부인을 즐겁게 해주고 있었다. 가련과 가보옥, 가환, 가란은 모두 마루에 시립해 있었다. 가진이 오자 모두들 인사를 나누었다. 두어 마디 이야기를 주고받고 나자 태부인이 앉으라고 했다. 가진은 문 옆의 작은 걸상으로 가서 인사를 하고, 몸을 조심스럽게 약간 돌린 상태로 앉았다. 태부인이 웃으며 물었다.

"요즘 보옥이 활 솜씨가 어떻더냐?"

가진이 황급히 자리에서 일어나 대답했다.

"하하, 아주 많이 늘었습니다. 자세도 좋아졌을 뿐만 아니라 활도 더 센 걸 쓰게 되었습니다."

"그만 하면 됐으니 더 센 걸 쓰려고 욕심내지 말도록 해라. 그러다 탈이라도 나면 안 되니까 말이다."

가진이 허둥지둥 "예! 예!" 하고 대답하자 태부인이 또 말했다.

"어제 보내준 월병은 잘 먹었다. 하지만 수박은 보기엔 괜찮았는데 쪼개 보니 영 아니더구나."

"하하, 월병은 간식을 전문으로 하는 새 요리사한테 만들어보라고 했는데 과연 훌륭해서 할머님께 보내드렸습니다. 수박은 작년에는 괜찮았는데 올해는 무슨 영문인지 실하지가 않습니다."

그러자 가정이 말했다.

"아마 올해 비가 자주 내려서 그런가보구먼."

태부인이 웃으며 말했다.

"이제 달이 떴을 테니 분향하러 가자꾸나."

그러면서 일어나 보옥의 어깨를 잡은 채 사람들을 거느리고 대관원으로 갔다.

대관원의 정문은 활짝 열려 있었고 커다란 양각등羊角燈*이 걸려 있었다. 가음당 앞의 월대月臺 위에는 두향斗香[13]이 타고 있고, 밝혀둔 유리등 아래 수박이며 월병, 그리고 각종 과일들이 차려져 있었다. 형부인 등 여자 손님들은 모두 한참 전부터 안쪽에서 기다리고 있었다. 그야말로 달은 밝고 등롱은 찬란하며, 사람의 숨결과 향 연기가 어우러져 형용할 수 없이 아름다운 분위기였다. 마루에는 절을 올리는 데 필요한 보료와 비단 요가 깔려 있었다. 태부인이 손을 씻고 향을 올리고 절을 하자 다른 이들도 모두 절을 올렸다. 이어서 태부인이 말했다.

"달구경은 산 위에서 하는 게 제일 좋지."

그러면서 저쪽 산등성 위의 대청으로 가자고 했다. 사람들이 서둘러 그곳에 자리를 마련했다. 태부인은 가음당에서 차를 마시며 잠시 쉬면서 한담을 나누고 있었는데, 잠시 후 하녀가 와서 아뢰었다.

"준비가 다 되었습니다."

그제야 태부인은 사람들의 부축을 받으며 산 위로 올라가려고 했다. 왕부인이 말했다.

"돌 위에 이끼가 미끄러우니 대나무 교자를 타고 가시지요."

"날마다 청소를 하고 길도 아주 평탄하고 넓은데 뭐 어떠냐? 운동도 좀 해야지."

이에 가사와 가정이 앞에서 길을 인도하고, 할범 두 명이 양식등을 들어 길을 비추었다. 원앙과 호박, 우씨 등은 태부인에게 바짝 붙어 부축했으며 형부인 등은 뒤쪽에서 둘러싸고 따라갔다. 구불구불한 길을 백여 걸음 걸으니 금방 산등성이에 이르렀는데, 그곳에는 사방이 트인 대청이 하나 있었다. 그곳은 높다란 산등성이에 위치해 있기 때문에 철벽산장凸碧山莊이라는 이름이 붙어 있었다. 대청 앞쪽의 평평한 대에 탁자와 의자를 놓고, 또 사이에 커다란 병풍을 놓아서 두 칸으로 나누어 놓았다. 탁자와 의자는 모두 둥근 모양이었으니 '가족이 모두 모였다〔團圓〕.'는 의미를 나타내기 위한 것이었다. 위쪽 중앙에는 태부인이 앉고 왼쪽으로는 가사와 가진, 가련, 가용이, 오른쪽으로는 가정과 가보옥, 가환, 가란이 차례로 둥글게 둘러앉았다. 하지만 그걸로는 사람이 반밖에 차지 않아 아래쪽 절반은 자리가 비어 있었다. 태부인이 웃으며 말했다.

"평소에는 사람이 적은 줄 몰랐는데 오늘 보니까 우리 식구도 아주 적구나. 예전에는 중추절이면 남녀 합쳐 삼사십 명이 모여서 아주 북적거렸는데 오늘은 이 정도밖에 되지 않으니 너무 많이 줄었구나. 몇 명 더 부르고 싶어도 다들 부모가 있어서 자기 집에서 달구경을 해야 할 테니 곤란하지. 지금은 그냥 계집애들이라도 불러다 저쪽에 앉히자꾸나."

그러면서 사람을 보내 형부인 등이 앉아 있는 자리에서 가영춘과 탐춘, 석춘 자매를 데려오라고 했다. 가련과 가보옥 등은 일제히 자리에서 일어나 먼저 자매들을 앉히고 나서 그 아래쪽에 서열대로 자리를 잡고 앉았다.

태부인은 계화桂花 꽃가지를 하나 꺾어오라고 해서 어멈 한 명에게 병풍 뒤에서 북을 치게 하고 꽃 돌리기 주령놀이를 하자고 했다. 그리고 북소리가 멈추었을 때 꽃을 들고 있는 사람이 벌주를 한잔 마시고 재미있는 이야기를 하나 들려주어야 한다는 규칙을 세웠다. 이렇게 해서 태부인부터 가사의 순서로 한 사람씩 꽃을 돌렸다. 북소리가 울리는 가운데 두 바퀴째 돌았을 때 갑자기 북소리가 멈추었는데, 공교롭게도 가정이 꽃을 들고 있어서 벌주를 마셔야 했다. 여러 형제자매들은 몰래 서로 옷깃을 잡아당기고 상대를 슬쩍 꼬집고 하면서, 웃음을 머금고는 그가 어떤 이야기를 하는지 기대하고 있었다.

가정은 태부인이 즐거워하자 어쩔 수 없이 분위기를 띄울 수밖에 없었다. 그가 막 입을 열려고 하는데 태부인이 웃으며 말했다.

"이야기가 재미없으면 다시 벌을 줄 테다!"

"하하, 한 가지 이야기밖에 모르는데 재미없으면 벌을 받는 수밖에 없지요."

그러면서 활짝 웃으며 이야기를 시작했다.

"어느 집에 아내를 아주 무서워하는 사람이 있었습니다."

그 말이 떨어지자마자 모두들 웃음을 터뜨렸다. 이제껏 가정이 우스운 이야기를 한 적이 없었기 때문이었다. 태부인도 웃으며 말했다.

"이건 분명 재미있는 이야기일 것 같구나."

"하하, 만약 재미있으시면 어머님께서도 한잔 드셔야 합니다."

"호호, 그야 당연하지!"

가정이 다시 이야기를 계속했다.

"이 공처가는 평소 외출도 함부로 못했습니다. 그런데 하필 그날이 팔월 보름이라서 시내에 나가 물건을 사다가 우연히 친구 몇 명을 만났는데, 그 친구들이 다짜고짜 그를 끌고 한 친구의 집으로 가서 술을 먹였습니다. 그 사람은 취해서 그만 친구 집에서 잠이 들고 말았습니다. 이튿날 잠에서 깨 보니 후회해봐야 이미 늦었는지라 어쩔 수 없이 집에 돌아가 사죄했습니다. 그의 안사람이 발을 씻고 있다가 이랬답니다. '기왕 이리 되었으니 당신이 제 발을 핥아주면 용서해주겠어요.' 그 사내는 어쩔 수 없이 발을 핥았지만 메스꺼워 구역질이 나려 했습니다. 그러자 그의 안사람이 화를 내며 때리려고 했습니다. '이렇게도 경망스럽다니!' 사내가 깜짝 놀라 무릎을 꿇고 사정했습니다. '당신 발이 더러워서 그런 게 아니오. 어제 황주를 좀 많이 마시고 월병외 소끼지 몇 개 먹었더니 오늘 속에서 신물이 지빌어서 그랬소.'"

그 말에 태부인과 모든 사람들이 웃음을 터뜨렸다. 가정이 얼른 술을 한 잔 따라 올리자 태부인이 웃으며 말했다.

"그럼 어서 소주를 가져오라고 해라. 너희들도 그런 고생을 하면 안 되지 않느냐?"

모두들 다시 폭소를 터뜨렸다.

다시 북소리가 울리고 가정에게서 시작하여 꽃가지가 전달되기 시작했는데, 이번에는 보옥 차례에서 북소리가 멈추었다. 보옥은 아버지가 자리에 있어서 불안해하던 차에 하필 꽃이 자기 손에 와서 북소리가 그치자 당황했다.

'우스운 얘기를 했다가 혹시 웃기지 않으면, 말재주가 없어서 우스운 얘기조차 못하는데 다른 건 오죽하겠냐고 하실 테지. 이건 안 되겠어. 얘기를 잘하면 또 제대로 된 얘기는 잘 못하면서 쓸데없는 주둥이만 잘 놀린다고 하실 테니, 이건 더욱 안 되지. 차라리 얘기를 안 하는 게 낫겠어.'

그는 곧 자리에서 일어나 사양했다.

"저는 우스운 이야기를 잘 할 줄 모르니 다른 걸 시켜주십시오."

그러자 가정이 말했다.

"그럼 가을 '추秋' 자를 가지고 지금 이 정경을 시로 읊어봐라. 잘 지으면 상을 줄 테지만 잘 못하면 내일 혼이 날 줄 알아라!"

태부인이 얼른 나섰다.

"주령놀이를 잘하고 있는데 왜 또 시를 지으라는 게야?"

"저 아이는 할 수 있을 겁니다."

"그럼 어디 한번 지어봐라."

그러면서 하녀에게 종이와 붓을 준비하라고 하자 가정이 말했다.

"얼음 빙氷이나 옥 옥玉, 수정 정晶, 은 은銀, 무늬 채彩, 빛 광光, 밝을 명明, 흴 소素 같은 글자는 쓰지 말고 너만의 생각을 표현해봐라. 요 몇 년 동안 정서와 생각이 어땠는지 보자."

보옥은 그 말이 자기 생각과 딱 들어맞아서 곧 네 구절을 구상하여 종이에 써서 가정에게 보여주었다. 가정은 그걸 보더니 말없이 고개를 끄덕였다. 태부인이 그 모습을 보고 그다지 잘못 짓지는 않았나 보다 생각하고 물었다.

"어떤가?"

가정은 태부인을 기쁘게 해주려고 이렇게 말했다.

"제법입니다. 다만 책을 읽지 않아서 시 구절이 그다지 고상하지는 않습니다."

"그럼 됐구먼. 좀 더 크면 훌륭한 인재가 되겠지! 이번엔 상을 주어 격려해야 이후로 더욱 분발하지 않겠는가?"

"맞는 말씀입니다."

가정은 할멈에게 서재로 가서 그곳 하인에게 말해 자신이 해남에서 가져온 부채 가운데 두 자루를 보옥에게 주라고 했다. 보옥은 감사의 절을 올리고 다시 자리로 돌아가 주령놀이를 계속했다.

가란은 보옥이 상을 받는 걸 보자 자기도 자리에서 일어나 시를 한 수 지어 가정에게 보여주었다. 가정이 보더니 무척 기뻐하며 태부인에게 설명해주자, 태부인도 무척 좋아하면서 그에게도 상을 주라고 했다. 잠시 후 모두 자리에 돌아가 앉아 다시 주령놀이를 계속했다.

이번에는 가사의 차례에서 북소리가 멈췄다. 가사는 어쩔 수 없이 술을 마시고 우스운 이야기를 시작했다.

"어느 집에 아주 효성스러운 아들이 하나 있었습니다. 그런데 갑자기 모친이 병이 나서 사방에서 의원을 모셔 왔지만 낫지 않았습니다. 그래서 침을 잘 놓는다는 어떤 할멈을 데려왔습니다. 그 할멈은 원래 맥도 짚을 줄 모르는 사람인데 심장에 열이 찼으니까 침을 놓으면 괜찮아질 거라고 했습니다. 그 아들이 깜짝 놀라서 물었습니다. '심장이 쇠에 닿으면 곧 죽게 되는데 어떻게 침을 놓을 수 있단 말이오?' '심장에 놓을 필요 없이 갈비뼈에다 놓으면 됩니다.' '갈비뼈와 심장은 멀리 떨어져 있는데, 어떻게 거기다 침을 놓으면 심장이 낫는다는 거요?' '괜찮습니다. 세상 어머니들의 마음(心)이 얼마나 한쪽으로 치우쳐 있는 줄 모르시는 모양이군요!'"

다들 그 말에 웃음을 터뜨렸다. 태부인도 어쩔 수 없이 술을 반 잔 마시고 한참 후에 웃으며 말했다.

"나도 그 할멈한테 침을 한 대 맞으면 바로 낫겠구먼!"

가사는 자신이 어머니의 심기를 거슬려 의심을 샀다는 것을 깨달았다. 그는 황급히 일어나 웃으면서 태부인에게 잔을 올렸고, 다른 이야기로 기분을 풀어드렸다. 그에 대해 뭐라 하기도 곤란한 태부인은 주령을 계속 이어가게 했다.

이번에는 뜻밖에도 가환의 차례가 되었을 때 북소리가 멈추었다. 가환은 요즘 글공부가 조금 늘었지만 과거시험 공부에 흥미가 없는 것은 보옥과 마찬가지였다. 그렇기 때문에 그는 늘 시사를 즐겨 보았는데, 오로지 신선이나 귀신 같은 기괴한 기풍만 좋아했다. 조금 전에 보옥이 시를 지어 상을 받자 그도 재주를 보이고 싶어서 근질거렸지만, 가정의 앞이라 감히 나서지 못하고 있었다. 그러다 마침 꽃가지가 자기 손에서 멈추자 그는 곧 종이에 절구 한 편을 써서 가정에게 보여주었다. 가정이 보더니 역시 희한한 내용이긴 해도 시 구절에 결국 공부를 싫어한다는 뜻이 담겨 있는지라 기분이 나빠서 이렇게 말했다.

"과연 형제가 맞긴 하구나. 지어낸 구절이 모두 삿된 것들뿐이니 장차 둘 다 법도를 지키지 못하고 똑같이 천박해지고 말 거야! 사람 말에 '이난二難'[14]이라는 게 있는데 너희 둘도 '이난'이라 할 수 있겠다. 다만 너희 둘의 '어려움(難)'은 가르치기 어렵다고 할 때의 '어려움'이라고 해야 되겠구나. 형이란 놈이 공공연히 온정균溫庭筠*이라고 자처하더니, 이제 동생이란 놈은 스스로 세상에 다시 태어난 조당曹唐[15]이라고 여기고 있구나!"

그 말에 가사 등이 모두 웃음을 터뜨렸다.

가사가 시를 달라고 해서 한번 보더니 연신 훌륭하다고 칭찬했다.

"내가 보기에 이 시는 아주 기개가 있구먼. 우리 같은 이런 가문은 '눈 쌓인 창가에서 반딧불을 등불 삼아 책을 읽고' 하루아침에 과거에 급제하여 의기양양하는 가난한 집안사람들과는 다르지. 우리 자제들도 모두 글공부는 해야 하지만, 그저 남들보다 조금 더 아는 정도면 벼슬자리 하나쯤은 어렵지 않게 얻을 수 있네. 그러니 굳이 공부만 파고들어 책벌레가 될 필요 있겠는가? 그러니까 나는 이 시가 좋단 말일세. 어쨌든 우리 같은 귀족가문의 기개를 잃지 않았으니 말일세."

그러면서 사람을 보내 자신이 가지고 있던 많은 장난감들을 가져다가 상으로 주게 했다. 그리고 가환의 머리를 톡톡 두드리며 말했다.

"하하, 이후로도 계속 이런 식으로 해나가거라. 그게 바로 우리 집안사람들의 어투이니, 장차 이 집안의 세습 관직은 틀림없이 네가 이어받을 게다!"

가정이 황급히 말을 막았다.

"그냥 생각나는 대로 아무렇게나 지은 것에 지나지 않는데 어찌 후사 얘기까지 하십니까?"

그러면서 술을 따라 권하고 다시 주령놀이를 계속하자고 했다. 그러자 태부인이 말했다.

"자네들은 가보게. 밖에 문객들도 기다리고 있을 텐데, 그 사람들을 홀대하면 안 되지 않겠는가? 게다가 시간도 이경이 넘었으니 자네들이 물러간 다음에 나는 여기 자매들과 좀 더 놀다가 가서 자야겠네."

가사 등이 그 말을 듣고 주령놀이를 멈추었다. 그리고 다 같이 태부인에게 술을 한잔 올리고 나서 자제들과 조카들을 데리고 떠났다.

이후의 일에 대해서는 다음 회를 보시라.

제76회

철벽당에서 피리 소리 감상하다 처량함을 느끼고
요정관에서 연구를 짓다가 적막함에 슬퍼하다

凸碧堂品笛感凄清　凹晶館聯詩悲寂寞

임대옥과 사상운이 요정관에서 연구聯句를 짓다.

　가사와 가정이 가진 등을 데리고 물러간 이야기는 더 이상 하지 않겠다.
　한편, 태부인은 병풍을 치우고 두 자리를 하나로 합치게 했다. 어멈들이 따로 탁자를 닦아 과일을 새로 내놓고, 잔을 바꾸고, 수저를 씻어 다시 상을 차렸다. 태부인 등은 모두 옷을 껴입고 나서 양치를 하고 차를 마신 다음, 다시 자리로 돌아가 둘러앉았다. 태부인은 보차 자매가 보이지 않는 걸 알고 자기 집으로 달구경하러 갔으려니 생각했다. 또한 몸이 좋지 않은 이환과 희봉까지 네 명이 비게 되어 상당히 쓸쓸한 느낌이 들었다.
　"호호, 작년에 아범들이 집에 없을 때는 보차 어미까지 청해서 함께 달을 구경하며 아주 즐거웠지. 그러다가 갑자기 아범들 생각이 나더구나. 어미와 자식들, 부부와 자녀들이 함께 모이지 못한다고 생각하니 흥이 식어 버렸어. 올해는 아범들이 와서 다들 함께 모여 즐기지만, 또 보차네 식구들을 불러다 함께 담소를 나누기가 불편하게 되었구나. 게다가 그 집에는 올해 두 식구가 늘었으니 그 사람들을 버려두고 여기로 오기도 곤란할 게야. 그런데 하필 희봉이까지 아플 게 뭐람? 그 아이는 혼자 와서 우스갯소리를 해도 열 사람의 빈자리를 채워줄 텐데 말이다. 그러고 보면 세상사라는 게 모든 것이 다 갖춰지기는 어려운 게야."
　이렇게 말하더니 자기도 모르게 긴 한숨을 내쉬면서 큰 잔에다 데운 술을 한잔 따르라고 말했다. 그러자 왕부인이 웃음을 지으며 말했다.

제76회　173

"오늘은 모자지간에 모이게 되었으니 작년보다는 당연히 즐거웠지요. 작년에는 어미들과 자식들이 많긴 했지만 혈육이 다 모인 올해에 비할 수 없지요."

"호호, 바로 그래서 기분이 좋아 큰 잔으로 한잔 마시겠다는 게 아니냐. 너희도 큰 잔으로 바꾸도록 해라."

형부인 등도 어쩔 수 없이 큰 잔으로 바꾸었다. 밤이 깊어지고 몸도 피곤하여 술을 이기지 못해 모두들 조금 나른한 기분이 들었지만, 태부인의 흥이 아직 식지 않았기 때문에 함께 마시지 않을 수 없었다.

또 태부인은 섬돌에 양탄자를 깔게 하고 월병과 수박, 그리고 갖가지 과일들을 모두 거기로 날라다 하녀들과 어멈들도 둘러앉아 달구경을 하라고 권했다. 달이 중천에 이르러 이전보다 더 아름다운 빛을 발하자 태부인이 말했다.

"이렇게 달빛이 좋은데 피리 소리를 듣지 않을 수 없지."

그러면서 악단의 여자아이를 불러오라고 시켰다.

"악기 소리가 너무 많으면 오히려 운치가 떨어지니까 그냥 피리 부는 아이만 불러서 멀찍이서 불게 하면 된다."

그리하여 막 아이를 부르러 가려는 차에 형부인 시중을 드는 어멈이 형부인에게 다가가 몇 마디 말을 전했다. 태부인이 그걸 보고 물었다.

"무슨 일이더냐?"

그 어멈이 대답했다.

"조금 전에 큰나리께서 나가시다가 돌부리에 걸려 발목을 삐셨습니다."

태부인은 급히 할멈 둘을 보내 살펴보라 하고 형부인에게도 얼른 가보라고 했다. 형부인이 작별 인사를 하고 자리에서 일어서자 태부인이 또 말했다.

"진珍이네도 이참에 집에 가거라. 나도 곧 자러 가야겠다."

우씨가 웃으며 말했다.

"저는 오늘 돌아가지 않고 할머님과 밤을 샐 거예요."

"호호, 그건 안 되지, 안 돼! 너희 같은 젊은 부부가 오늘 같은 밤에 함께 있지 않고 왜 나 때문에 시간을 허비한단 말이냐?"

우씨가 얼굴이 빨개져서 말했다.

"호호, 할머님도 참. 무슨 그런 말씀을! 저희가 젊긴 해도 벌써 십 년이 넘게 부부생활을 했고[1] 나이도 마흔 살이 넘었어요. 게다가 상도 아직 끝나지 않았으니 할머님 모시고 하룻밤 노는 것도 괜찮아요. 저희 가족만 모여서야 되나요?"

"호호, 맞는 말이로구나. 상이 아직 끝나지 않았다는 걸 내가 깜박했어. 불쌍하게도 네 시아버지가 세상을 뜬 지 벌써 두 해가 넘었구나. 내가 그걸 잊고 있었으니 큰 잔에다 벌주를 마셔야 마땅하구나. 그럼 너는 전송하러 가지 말고 나랑 같이 있자꾸나. 대신 용이 색시더러 전송하라 하고, 그 김에 집에 돌아가라고 해라."

우씨가 말을 전하자 가용의 아내가 "예!" 하고 형부인을 전송하면서 함께 대문을 나가 각자 수레를 타고 돌아갔다. 그 이야기는 그만하겠다.

태부인은 사람들을 거느리고 잠시 계화를 구경한 후 다시 자리로 돌아와 따끈한 술로 바꿔 마셨다. 한참 한담을 나누고 있는데, 갑자기 저쪽 담 모퉁이 계수나무 아래에서 흐느끼듯 애절하게 이어지는 피리 소리가 들려왔다. 밝은 달과 맑은 바람, 드넓은 하늘과 정결한 대지에 울려 퍼지는 그 소리는 정말 모든 이들의 근심 걱정을 일시에 풀어주었다. 모두들 숙연히 앉아 말없이 피리 소리를 감상했다. 피리 소리는 차를 두 잔 마실 정도의 시간 동안 이어지나가 그쳤다. 모두 훌륭하다고 칭찬하면서 다시 따끈한 술을 따랐다. 태부인이 흥에 겨워 말했다.

"정말 훌륭한 연주였지?"

다들 생글거리면서 말했다.

"네. 정말 훌륭했어요. 우린 그런 걸 생각지도 못했는데, 아무래도 할머님을 모시고 있어야 저희도 덕분에 이렇게 속이 후련해지는 즐거움을 누릴 수 있나봐요."

"그래도 이건 그다지 좋은 게 아니야. 좀 더 느린 곡조를 연주하면 더 좋았을 텐데 말이야."

그러면서 자기 몫의, 궁중에서 만든 수박씨와 볶은 잣을 넣은 월병과 큰 잔에 따른 따끈한 술을 방금 피리 불었던 사람에게 보내라고 했다. 그리고 천천히 먹고 나서 다시 한 곡을 연주하라고 전하게 했다. 어멈들이 "예!" 하고 전하러 갔다.

그 어멈들이 떠나자마자 조금 전에 가사의 상태를 살피러 갔던 두 할멈이 돌아와서 말했다.

"오른쪽 발등이 조금 부었는데, 지금 약을 잡수시고 나니 통증이 좀 나아졌답니다. 별일 없을 거랍니다."

태부인이 고개를 끄덕이며 탄식했다.

"내가 너무 생각이 많았어. 조금 전에 내 마음이 치우쳐 있다는 소리를 듣고도 이러니 원!"

그러면서 조금 전에 가사가 들려준 우스운 이야기를 왕부인과 우씨 등에게 들려주었다. 우씨가 웃으면서 위로했다.

"술 마시고 함께 우스갯소리를 한 거니까 마음에 두지 마셔요. 그게 어찌 할머님을 두고 하신 말씀이겠어요? 괜한 걱정 마셔요."

그때 원앙이 두건과 큰 망토를 가져왔다.

"밤이 깊어 이슬이 내리고 머리에 찬바람을 맞으실 것 같으니 이걸 쓰시는 게 좋겠어요. 앉아 계시는 것도 힘든 일이니까 쉬셔야 해요."

"한창 흥이 오르는 판인데 또 재촉하는구나. 내가 취한 것 같으냐? 날이 샐 때까지 놀아야겠다!"

그러면서 다시 술을 따르라고 했다. 태부인이 두건을 쓰고 망토를 걸치자 모두 다시 함께 술을 마시며 담소를 나누었다. 그때 계화 그늘 속에서 가느다랗게 이어지는 피리 소리가 들려왔는데, 조금 전의 소리보다 훨씬 처량했다. 다 같이 조용히 앉아 연주를 들었다. 고요한 밤에 달빛이 밝고 피리 소리까지 처량하니, 연로하고 술까지 마신 태부인은 그 소리에 가슴이 저려 자기도 모르게 흐르는 눈물을 주체하지 못했다. 다른 이들도 모두 처량하고 적막한 기분에 젖어 있다가 한참 뒤에야 태부인이 감상에 잠기는 걸 보고 얼른 돌아서서 웃음 섞인 말로 위로했다. 다시 따끈한 술을 따르라고 했는데 잠시 후 피리 소리가 그쳤다.

우씨가 웃으며 말했다.

"할머니, 저도 재미있는 이야기를 하나 들었는데 들어보셔요. 기분이 풀리실 거예요."

태부인이 억지로 미소를 지으며 말했다.

"그럼 더 좋지. 어서 얘기해보렴."

"어느 집에 아들 네 명이 있었답니다. 큰아들은 외눈이고, 둘째는 귀가 하나뿐이고, 셋째는 콧구멍이 하나뿐이고, 넷째는 이목구비는 다 온전한데 하필 벙어리였답니다."

여기까지 이야기했는데 태부인은 벌써 눈이 흐릿해지면서 졸린 듯한 모습이었다. 우씨는 곧 이야기를 멈추고 얼른 왕부인과 함께 살며시 깨웠다. 그러자 태부인이 눈을 뜨며 말했다.

"호호, 피곤한 게 아니라 그냥 눈을 감고 정신을 가다듬고 있었다. 듣고 있으니 계속 얘기해봐라."

왕부인 등이 웃으며 말했다.

"벌써 사경四更이 되었고 바람과 이슬도 차졌으니 그만 돌아가 주무셔요. 내일(십육일) 뜨는 달도 오늘 못지않게 좋으니, 그걸 구경하시면 되잖아요."

"벌써 사경이 됐을 리가?"

"호호, 사실은 사경이 된 지 한참 됐어요. 아가씨들도 피곤을 이기지 못

제76회 177

하고 모두 자러 갔어요."

태부인이 자세히 살펴보니 과연 다들 자리를 떠나고 탐춘만 남아 있었다.

"호호, 그러자꾸나. 너희도 밤을 새는 건 익숙하지 않지. 게다가 허약한 애들도 있고 아픈 애들도 있는데 돌아갔다니 차라리 걱정이 덜 되는구나. 불쌍하게 탐춘이만 아직까지 기다리고 있구나. 너도 가봐라. 우리도 곧 자리를 파하겠다."

그러면서 자리에서 일어나 맑은 차를 한 모금 마셨다. 그사이에 대나무 교자를 대령하자 태부인은 망토를 두른 채 교자에 올라앉았다. 할멈 두 명이 교자를 들어 메자 사람들이 둘러싸고 대관원을 나갔다. 이 이야기는 그만하겠다.

한편, 남아 있는 어멈들이 잔과 쟁반, 그릇 따위를 챙기는데 작은 찻잔 하나가 보이지 않았다. 여기저기 찾아봐도 보이지 않았다.

"분명 누군가 실수로 깨뜨린 모양이야. 어디다 던져둔 모양인데 좀 알려줘요. 깨진 조각이라도 가져가야 증거가 될 게 아니에요? 그렇지 않으면 또 우리가 훔쳤다는 소리를 듣게 될 거라고요!"

그렇게 사람들에게 묻자 모두들 이렇게 대답하는 것이었다.

"우리는 깨뜨리지 않았어요. 아가씨들을 모시고 온 사람들이 깼을지도 모르지요. 잘 생각해보든지 아니면 그쪽에다 물어봐요."

그 말에 그릇을 담당하는 어멈은 언뜻 떠오르는 게 있었다.

"호호, 맞아요. 아까 취루가 그 잔을 들고 있었어요. 그 아이한테 물어봐야겠군요."

그러면서 찾으러 가려고 막 복도로 내려갔을 때, 마침 자견과 취루가 이쪽으로 오고 있었다. 취루가 물었다.

"노마님께선 자리를 뜨셨는데, 혹시 우리 아가씨께서 어디 가셨는지 아셔요?"

"전 찻잔이 어디 있는지 물어보러 왔는데 오히려 저에게 아가씨 행방을 물어보네요."

"호호, 아가씨께 차를 따라드리고 잠시 한눈을 파는 사이에 사라져버렸어요."

"조금 전에 마님께서 모두들 자러 갔다고 하시던데 어디서 놀고 있다가 여태 그것도 모르고 있었어요?"

그러자 취루가 자견에게 말했다.

"몰래 주무시러 가셨을 리 없어요. 아마 어디선가 산책을 하고 계셨을 거예요. 그러다가 이제 노마님께서 자리를 뜨시는 걸 보고 배웅해드리려고 앞쪽으로 가셨을지도 모르지요. 거기 가서 찾아보기로 해요. 아가씨를 찾으면 아주머니 찻잔도 찾을 수 있을 거예요. 아주머니, 뭐 바쁠 것도 없으니 내일 아침에 찾으셔도 되잖아요."

"호호, 어디 있는지 아니까 서두를 필요 없지요. 내일 찾으러 갈게요."

어멈은 다시 돌아가 그릇들을 챙겼다. 자견과 취루는 곧 태부인의 거처로 갔는데, 그 이야기는 그만하겠다.

사실 대옥과 상운은 자러 가지 않았다. 대옥은 많은 이들이 달구경을 하는데 태부인이 예전 같지 않게 사람이 줄었다고 탄식하고, 또 보차 자매가 집으로 돌아가 모녀, 남매지간에 함께 달구경을 한다는 등의 얘기를 하자 자기도 모르게 감상에 젖어 난간에 기대 눈물을 흘렸다. 보옥은 근래 청문의 몸이 많이 나빠져서 다른 일들에는 전혀 관심이 없었고, 또 왕부인이 여러 차례 가서 자라고 하자 곧 자리를 떴다. 탐춘은 최근 집안일 때문에 골치가 아파서 나늘이 나올 틈이 없었다. 영춘과 석춘이 있었지만 그들과는 평소 그다지 마음이 맞는 사이가 아니었다. 그래서 상운만이 대옥을 위로했다.

"영특한 언니가 왜 이리 마음고생을 지초해요? 지도 언니랑 마찬가지 신세지만 언니처럼 이렇게 속 좁은 짓은 하지 않아요. 게다가 병도 잦은데 몸 생각을 해야지요. 얄밉게도 보차 언니랑 보금이는 맨날 친근하게 얘기하면서 올해 중추절에는 함께 모여 달구경도 하고 시사詩社를 열어 함께 연구聯句*를 짓자고 하더니, 막상 오늘은 우릴 버리고 자기들끼리 달구경을 하러 가버렸네요. 모임도 무산되어 시도 짓지 못하게 되었잖아요. 오히려 이 댁 부자지간과 숙질지간 사람들만 마음껏 즐기게 되었군요. 언니도 아시다시피 송나라 태조 황제께서 말씀 한번 잘하셨어요. '내 침대 옆에서 남이 단잠을 자게 할 수는 없지〔臥榻之側 豈許他人酣睡〕!'² 라고 하셨잖아요. 보차 언니 등이 시를 짓지 않는다면 우리 둘만이라도 연구를 지어서 내일 그 사람들한테 창피를 주자고요!"

대옥은 그녀가 이렇게 간곡히 위로하자 그 호방한 흥취를 깨뜨리고 싶지 않았다.

"호호, 너도 봐. 여기에 사람들이 이리 시끄러운데 어떻게 시흥詩興이 일겠어?"

"호호, 이 산 위가 달구경하기 좋긴 해도 물가에서 구경하는 것보단 못해요. 언니도 알다시피 이 산비탈 밑이 바로 연못이잖아요? 산 쪽으로 움푹하고 물 가까운 곳이 바로 요정관凹晶館*이지요. 예전에 이 정원을 지을 때 학문이 깊은 사람이 있었나봐요. 이 산 높은 곳은 '철벽凸碧'이라 부르고, 산발치 물 가까이 움푹한 곳은 '요정'이라 부르잖아요. 예로부터 이 '철凸' 자와 '요凹' 자는 잘 쓰이지 않았어요. 그런데 이걸 써서 건물 이름에 쓰니 더욱 신선하고 상투적인 냄새가 나지 않잖아요? 그러니까 이 두 곳 가운데 하나는 위에 있고 하나는 아래에 있으며, 하나는 밝고 하나는 어두우며, 하나는 높고 하나는 낮으며, 하나는 산이고 하나는 물이라는 걸 알 수 있지요. 아무래도 달구경을 위해 특별히 이런 곳을 만든 것 같아요. 높은 산에 올라 작은 달을 구경하기 좋아하는 사람은 여기로 올 테고, 하얀 달과 어우러진 맑은 물결을 좋아하는 사람은 저곳으로 갈 거예요. 이 두 글자를 속된 이들처럼 '와窪'나 '공拱'으로 읽으면 너무 천박하다고 해서 그다지 잘 쓰이지 않았지요. 오직 육유陸游*만이 '요凹'자를 써서 '오래된 벼루 얕게 파인 곳에 먹물 가득 고였네〔古硯微凹聚墨多〕.'³라고 썼지요. 그런데도 어떤 이들은 그가 속되다고 비판하니 정말 우습지 않아요?"

"육유뿐만 아니라 옛사람들 가운데 그 글자들을 쓴 사람은 아주 많았어. 예를 들어서 강엄江淹⁴의「청태부青苔賦」라든가 동방삭東方朔⁵의「신이경神異經」, 그리고 『화기畫記』⁶에서 장승요張僧繇⁷가 일승사―乘寺에 그림을 그린 이야기 등 헤아릴 수 없이 많지. 다만 지금 사람들이 모르고 속된 글자를 썼다고 잘못 알고 있는 거야. 솔직히 말하자면 이 두 글자는 내가 붙인 거야. 예전에 나리께서 보옥 도련님을 시험하실 때 도련님이 몇 군데 이름을 지었는데 지금까지 남아 있는 것도 있고, 고친 것도 있고, 아직 이름을 붙이지 않은 곳도 있었어. 그래서 나중에 우리가 함께 이름이 없는 곳들에도 모두 이름을 붙이고 출처를 밝혔지. 그리고 이곳 건물들의 방향과 위치를 적은 것과 함께 궁중에 계신 큰언니께 들여보냈지. 그런데 큰언니께서 그걸 들고 나오셔서 내 외숙부께 보여드렸어. 뜻밖에도 외숙부께서 무척 기뻐하시며 이렇게 말씀하셨대. '진즉 이런 줄 알았더라면 그날 자매들도 불러서 함께 짓게 할 걸 그랬구먼. 그럼 얼마나 재미있었겠어!' 그래서 내가 지은 이름들은 글자 하나 고치지 않고 그대로 쓰게 되었어. 자, 이제 요정관에 가보자."

그러면서 두 사람은 함께 산비탈을 내려갔다. 모퉁이를 하나 돌자 바로 연못가에 도착했는데, 물가에는 대나무 난간이 이어져 있어서 곧장 저쪽 우향사藕香榭*로 가는 길로 통하고 있었다. 이 몇 칸짜리 건물은 산에 둘러싸여 있어서 철벽산장의 임시 휴게소〔退居〕로 쓰이고 있었는데, 오목하게 들어가 있고 물 가까이에 있기 때문에 그 편액*에 '요정계관凹晶溪館'이라고 적혀 있었다. 그리고 이곳엔 방이 많지 않고 건물도 작았기 때문에 할멈 둘만이 밤 당번을 서고 있었다. 그들은 오늘 철벽산장에서 손님을 맞이한다는 소문은 들었지만 자신들과는 상관없는 일이라고 생각하여 문을 닫고 월병과 과일, 그리고 상으로 받은 술과 요리를 갖다 놓고 배불리 먹고 취해 벌써부터 불을 끄고 잠들어 있었다.

등불이 꺼져 있는 것을 보고 상운이 웃으며 말했다.

"저 사람들이 자고 있으니 오히려 잘됐네요. 우리는 이 시렁 아래 물가에서 달구경을 하는 게 어때요?"

둘은 곧 상죽湘竹으로 만든 나지막한 걸상에 앉았다. 하늘에 뜬 밝은 달과 물속의 달이 광휘를 다투니 마치 물속 용궁에 들어앉은 기분이었다. 산들바람이 스쳐 지나자 수면에는 비늘처럼 반짝이는 물결이 퍼져서 정말 기분을 상쾌하게 해주었다. 상운이 웃으면서 말했다.

"이 기회에 뱃놀이를 하면서 술을 마시면 좋겠네요. 여기가 우리 집이라면 당장 배를 탔을 거예요."

"호호, 그러니까 옛사람도 '만사가 다 갖춰지면 무슨 즐거움이 있으랴〔事若求全何所樂〕?'라고 했잖아. 난 이것도 괜찮은 것 같은데, 굳이 배까지 타려고 하네?"

"호호, 사람 욕심이란 게 늘 끝이 없잖아요? 노인들 말씀이 맞아요. 가난뱅이는, 부자들은 만사를 마음대로 할 수 있다고 여기는데, 그게 아니라고 일러줘도 믿으려 하지 않고, 기어이 몸소 경험해봐야 깨닫는다고 하잖아요. 우리 두 사람처럼 부모님도 안 계시는데 부유한 집에 얹혀살자니 뜻대로 되지 않는 일이 많지요."

"호호, 우리 둘뿐만 아니라 할머님이나 숙모님, 보옥 도련님, 탐춘이 같은 이들도 큰일이나 작은 일, 이치에 맞는 일이거나 맞지 않는 일을 막론하고 마음대로 할 수 없는 게 있는 건 다 마찬가지야. 하물며 우리는 남의 집에 얹혀사는 떠돌이잖아!"

상운은 대옥이 또 감상에 젖기 시작하는 것 같자 얼른 말머리를 돌렸다.

"이런 쓸데없는 소리는 그만하고 연구나 짓자고요."

그렇게 이야기하는 도중에 은은한 피리 소리가 들려왔다. 대옥이 웃으며 말했다.

"오늘 할머님과 외숙모님께서 기분이 좋으시네. 이 피리 소리도 멋들어져서 우리 흥취를 북돋아주는군. 우리 둘 다 오언시五言詩*를 좋아하니까 오언배율五言排律*을 지어보는 게 어때?"

"운은 뭘로 정할까요?"

"호호, 이 난간의 기둥을 이쪽 끝에서 저쪽 끝까지 세어보고 난간 수에 해당하는 운을 써보자. 만약 기둥이 열여섯 개면 첫 번째 운인 '선先'을 쓰는 거야. 어때, 신선하지 않아?"

"호호, 그것도 색다른 운치가 있겠네요."

둘이 일어서서 난간 기둥을 세어보니 열세 개였다. 상운이 말했다.

"하필 열세 번째 '원元' 운이네. 운자韻字*가 적어서 배율排律*을 지으려면 억지로 맞추지 않으면 안 되겠네요. 어쩔 수 없이 언니가 먼저 한 구절을 지어야겠어요."

"호호, 어쨌든 우리 둘 중 누가 더 잘 짓는지 시험하게 되겠네. 그나저나 종이랑 붓이 없으니 어쩌지?"

"괜찮아요. 내일 다시 쓰지요 뭐. 그 정도 기억할 만한 총기는 아직 남아 있으니까요."

"나는 우선 잘 알려진 속어俗語로 한 구절을 짓겠어."

십오야 한가위 밤에
三五中秋夕

상운이 잠시 생각하다가 이렇게 읊었다.

원소절처럼 고삽하게 달구경하네.
하늘에 뿌려진 별들 찬란한데

淸遊擬上元
撒天箕斗燦

대옥이 웃으며 뒤를 이었다.

온누리에 음악 소리 들려오네.
몇 곳에선 정신없이 술잔 날아다니고
匝地管弦繁
幾處狂飛盞

상운이 웃으며 말했다.

"그 '몇 곳에선 정신없이 술잔 날아다니고'라는 구절은 상당히 재미있네요. 대구對句*를 잘 맞춰야 되겠는데요?"

그리고 잠시 생각하더니 웃으며 이렇게 읊었다.

어느 집인들 창문 열지 않았으랴?
살랑살랑 불어오는 찬바람
誰家不啓軒
輕寒風剪剪

대옥이 말했다.

"대구가 내가 지은 것보다 좋네! 하지만 그다음 구절은 너무 익숙한 표현이니까 좀 더 힘을 보태서 짓는 게 좋겠어."

"지어야 할 시 구절은 많은데 운이 어려우니 좀 늘여서 써야 돼요. 좋은 게 있더라도 뒤를 위해 남겨두어야지요."

"호호, 나중에 좋은 구절이 없으면 부끄러울 텐데?"

그러면서 그녀도 뒤를 이었다.

좋은 밤 풍경도 포근하네.
월병 다투는 노인 흉보고[8]
良夜景暄暄
爭餠嘲黃髮

상운이 장난기 가득한 얼굴로 말했다.
"그 구절은 안 좋아요. 언니가 멋대로 지어낸 내용이라고요! 속된 이야기를 써서 저를 골탕먹이려는 거지요?"
"호호, 그러니까 넌 평소 책을 안 읽었다는 얘기잖아? 월병 먹은 이야기는 오래된 전고典故*라고. 『당서唐書』*나 『당지唐志』*를 읽고 나서 그런 얘기를 해!"
"호호, 그래도 절 곤란하게 만들진 못할걸요? 저도 대구를 지었거든요."

수박 쪼개는 젊은 아가씨 비웃네.[9]
상큼한 향기 풍기며 옥 계수나무엔 꽃이 아름답고
分瓜笑綠媛
香新榮玉桂

대옥이 웃으며 말했다.
"수박 쪼갠다는 것이야말로 정말 네가 멋대로 지어낸 이야기잖아!"
"호호, 내일 조사해서 같이 보도록 해요. 지금은 그런 걸로 시간을 질질 끌지 말자고요."
"그건 그렇다 처도 다음 구절도 좋지 않아. '옥 계수나무〔玉桂〕'니 '황금 난초〔金蘭〕' 같은 단어로 때우려 하다니!"

그러면서 뒤를 이었다.

무성한 황금 원추리[10]는 색깔도 짙구나.
화려한 잔치 자리엔 촛불이 환히 비추고
色健茂金萱
蠟燭輝瓊宴

상운이 웃으며 말했다.
"'황금 원추리'는 별로 힘들이지 않고 쓸 수 있었으니 언니만 좋았네. 이렇게 저절로 맞아떨어지는 운을 언니한테 빼앗겼군요. 하지만 그분들의 성덕을 칭송하지 않아도 돼요. 게다가 그다음 구절을 보면 언니도 대충 때워 넘긴 것 같아요!"
"호호, 네가 '옥 계수나무'를 쓰지 않았다면 내가 억지로 '황금 원추리'라는 대구를 썼을 리 있겠어? 그리고 좀 화려한 걸 늘어놓아야 경치를 보고 사실대로 묘사한 게 되잖아?"
그러자 상운도 어쩔 수 없이 뒤를 이을 수밖에 없었다.

아름다운 정원에 주령놀이 어지럽네.
상대를 나누어 정하고 우두머리〔令官〕에게 복종하여
觥籌亂綺園
分曹尊一令

대옥이 빙그레 웃으며 말했다.
"아래 구절은 훌륭하긴 한데 대구를 맞추기가 좀 어렵네."
그리고 잠시 생각하더니 이렇게 읊조렸다.

사복射覆*을 할 때는 세 번 맞춘다네.
주사위에 색칠하여 붉은색으로 점을 만들고
射覆聽三宣
骰彩紅成點

상운이 웃는 얼굴로 말했다.
"'세 번 맞춘다〔三宣〕.'는 말이 재미있네요. 속된 말을 고상하게 변화시켰어요. 그런데 다음 구절에서 또 주사위를 얘기했군요!"
그러면서 뒤를 이었다.

꽃가지 돌릴 때 북소리 요란하네.
밝은 빛은 뜨락의 건물에서 흔들리고
傳花鼓濫喧
晴光搖院宇

대옥도 웃으면서 말했다.
"대구는 훌륭한데 다음 구절은 또 피해갔네? 그저 풍월만 끌어다가 때운단 말이야!"
"어쨌든 달 얘기를 언급하지는 않았어요. 빗대어서 달이 두드러지게 묘사해야 제목에서 벗어나지 않게 되거든요."
"그건 잠시 그대로 두고 내일 다시 생각해보자."
대옥이 다시 뒤를 이었다.

정결한 광채가 하늘과 땅을 이었구나.
상벌에는 주인과 손님의 구별 없지만
素彩接乾坤

賞罰無賓主

"남들 얘기는 왜 해요? 우리 얘기나 하자고요. 이렇게 말이에요."

시 읊는 데에는 순서를 나눈다네.
시상詩想을 구상할 때는 난간에 기대고
吟詩序仲昆
構思時倚檻

"그러면 우리 둘에게로 옮겨진 셈이로구나."

경치를 묘사할 때는 문에 기대기도 하지.
술은 떨어져도 정취는 아직 남아 있어
擬景或依門
酒盡情猶在

"딱 지금 얘기네요!"

밤이 깊어가며 풍악은 이미 그쳤구나.
웃고 떠드는 소리 점차 잦아들고
更殘樂已諼
漸聞語笑寂

"이제 갈수록 더 어려워지는걸?"

부질없이 눈서리 흔적만 남았구나.

섬돌의 이슬은 아침 버섯에 둥글게 맺히고

空剩雪霜痕

階露團朝菌

"호호, 이 구절에 어떻게 운을 맞추지? 좀 생각해봐야겠어요."
상운이 일어나더니 뒷짐을 지고 잠시 생각에 잠겼다.
"호호, 다행히 한 글자가 떠올랐네요. 하마터면 질 뻔했네!"

뜰의 저녁 안개는 자귀나무[11]에 걷히네.

가을의 세찬 여울은 종유석을 씻고

庭煙斂夕楷

秋湍瀉石髓

대옥이 자기도 모르게 자리에서 일어나며 훌륭하다고 찬탄했다.
"요런 앙큼한 것, 과연 좋은 구절을 남겨두었구나! 이제야 '자귀나무〔楷〕'를 쓰다니 어떻게 그걸 다 생각해냈어?"
"다행히 어제 역대의 문장 선집을 보다가 그 글자를 발견했어요. 저도 무슨 나무인지 몰라서 찾아보려고 하니까 보차 언니가 그럴 필요 없대요. 그건 요즘 속칭 '명개야합明開夜合'*이라고 부르는 나무래요. 낮에는 피고 밤에는 오므리는 나무래요. 제가 믿지 못해서 조사해보니 정말 그렇더라고요. 이걸 보더라도 보차 언니는 정말 아는 게 많은 것 같아요."
"호호, 시금 '자귀나무'라는 단어를 쓰니까 더 잘 어울리네. 그건 그렇다 치고 '가을의 세찬 여울〔秋湍〕'이라는 표현도 참 훌륭했어. 이 한 구절만 가지고도 다른 걸 모두 압도해버리겠어. 나도 어쩔 수 없이 신경을 써서 대구를 만들어야겠지만, 아무래도 그것처럼 좋은 구절은 생각해내기 어렵겠어."

그리고 잠시 생각하더니 이렇게 읊었다.

바람에 날린 낙엽들 구름밭치[12]에 모여드네.
아름다운 여수성女須星[13]은 성정이 고결하고
風葉聚雲根
寶孁情孤潔

"이 대구도 좋네요. 하지만 그다음 구절은 언니도 피해갔어요. 다행히 풍경 속에 정이 담겨 있으니까 그냥 '아름다운 여수성[寶孁]'이라는 단어로 얼버무린 건 아니에요."
그러면서 상운이 뒤를 이었다.

은 두꺼비는 입김 토했다가 다시 삼키네.
약은 신령한 토끼 시켜 찧게 하고
銀蟾氣吐吞
藥經靈免搗

대옥은 말없이 고개를 끄덕이더니 한참 후에야 뒤를 이었다.

사람은 광한궁廣寒宮*으로 도망쳤네.
하늘에 올라 직녀를 부르려고
人向廣寒奔
犯斗邀牛女

상운도 달을 바라보며 고개를 끄덕이더니 이렇게 읊었다.

은하수에 뗏목 띄우고 직녀[14]를 기다리네.

차고 기울며 둥근 모습 끊임없이 변하니

乘槎待帝孫

虛盈輪莫定

"호호, 또 비흥比興[15]의 수법을 썼구나."

대옥이 다시 뒤를 이었다.

그믐과 초하루에도 달의 실체[16]는 하늘에 남아 있네.

물시계 듣는 소리는 스러져가고

晦朔魄空存

壺漏聲將涸

상운이 막 뒤를 이으려고 하는데 대옥이 연못 속의 검은 그림자를 가리키며 말했다.

"저것 좀 봐! 물속에 어떻게 사람 같은 것이 검은 그림자 속을 지나가지? 혹시 귀신이 아닐까?"

"호호, 또 귀신 얘기로군요. 저는 귀신이 무섭지 않아요. 기다려봐요, 내가 한 대 때려줄 테니까."

상운이 허리를 숙여 작은 돌멩이를 하나 주워서 연못 안으로 던졌다. '퐁당!' 물소리와 함께 커다란 파문이 둥글게 일면서 달그림자가 흩어졌나가 다시 보이기를 몇 차례 반복했다. 그때 갑자기 어둠 속에서 '끼룩!' 하는 소리와 함께 백학 한 마리가 날아올라 곧장 우향사 쪽으로 가버렸다. 대옥이 웃으며 말했다.

"알고 보니 학이었구나. 순간적으로 그 생각은 못하고 괜히 놀랐네."

"호호, 저 학이 운치가 있어서 오히려 저를 도와주었어요."

창에 비친 등불은 이미 흐려졌구나.
차가운 못에 학 그림자 건너갈 때[17]
窓燈焰已昏
寒塘渡鶴影

대옥이 또 훌륭하다고 찬탄하더니 발을 구르며 말했다.
"맙소사! 그 학이 정말 너를 도울 줄이야! 이 구절은 '가을의 세찬 여울〔秋湍〕'보다 더 좋아. 근데 난 어떻게 대구를 짓지? '그림자〔影〕'는 '혼魂'을 써야 짝이 맞는데… 게다가 '차가운 못을 건너는 학'이라는 표현은 얼마나 자연스럽고 사실적이고 운치 있고 신선하냔 말이야! 난 아무래도 붓을 놓아야겠어."
"호호, 같이 잘 생각해보면 좋은 대구가 나올 거예요. 아니면 그대로 두었다가 내일 다시 뒤를 잇지요 뭐."
대옥은 아무 대답 없이 한참 동안 하늘만 쳐다보더니 갑자기 웃으면서 말했다.
"쓸데없는 소리 할 필요 없어. 나도 대구를 생각해냈다고. 자, 들어봐."

싸늘한 달빛 아래 꽃의 혼을 묻네.[18]
冷月葬花魂

상운이 손뼉을 치며 칭찬했다.
"정말 훌륭해요! 그게 아니면 대구가 안 되겠어요. '꽃의 혼을 묻네.'라는 표현은 정말 좋아요!"
그러더니 다시 한숨을 쉬며 말했다.
"시가 새롭고 훌륭하긴 한데 지나치게 퇴폐적이고 감상적인 면이 있네요. 언니는 지금 몸이 안 좋으니까 이렇게 너무 맑고 기묘한〔淸奇詭譎〕 표현을 쓰면 안 돼요."

"호호, 안 그러면 어떻게 너를 이겨? 그나저나 이 구절에만 힘을 쏟다보니 다음 구절은 아직 짓지 못했네."

그 말이 채 끝나기도 전에 난간 바깥의 산쪽 바위 뒤에서 누군가 걸어나왔다.

"호호, 정말 좋은 시로군요! 하지만 너무 구슬퍼요. 그다음은 더 잇지 않는 게 좋겠어요. 계속 그런 식으로 지으면 오히려 이 두 구절이 두드러지지 않게 되어서 억지스러운 느낌을 줄 수 있으니까요."

둘은 깜짝 놀랐는데, 자세히 보니 다름 아닌 묘옥妙玉*이었다. 두 사람이 의아해하며 물었다.

"여긴 어쩐 일로 오셨어요?"

"호호, 여러분들이 달구경을 하신다는 얘기도 들었고, 피리 소리가 아주 좋아서 저도 이 맑은 연못과 밝은 달을 구경하러 나왔지요. 발길 닿는 대로 걷다 보니 여기까지 왔는데 갑자기 두 사람이 연구를 짓는 소리가 들리잖아요? 그래서 고상하고 예사롭지 않다는 느낌에 계속 듣고 있었지요. 다만 조금 전에 들은 시 가운데 몇 구절이 훌륭하긴 했지만 지나치게 퇴폐적이고 처량하더군요. 이 또한 짓는 사람의 기질과 운수에 관련된 것이라 제가 나서서 말렸던 거예요. 지금 노마님 일행은 모두 자리를 파했고 대관원 안의 사람들도 이미 단잠을 자고 있을 텐데, 두 분 아가씨들의 하녀들만 어디선가 두 분을 찾아다니고 있을 거예요. 춥지 않아요? 저와 제 거처에 가서 차라도 한잔 하시지요. 곧 날이 밝을 것 같네요."

대옥이 웃으며 말했다.

"어머? 벌써 시간이 이렇게 됐네요!"

세 사람은 함께 농취암櫳翠庵*으로 갔다. 그곳 감실龕室*의 불빛은 아직 파리하고, 향로의 향도 꺼지지 않은 상태였다. 할멈들은 모두 잠이 들었고, 나이 어린 하녀만 부들방석에 앉아 졸고 있었다. 묘옥은 하녀를 깨워서 준비되어 있는 차를 끓이라고 했다. 그때 갑자기 문을 두드리는 소리가 들려 하녀가 얼른 열어보니, 대옥과 상운을 찾고 있던 자견과 취루가 몇몇 할멈들을 데리고 서 있었다. 그들은 안으로 들어와서 대옥 등이 차를 마시고 있는 것을 발견하고는 웃으면서 말했다.

"한참 찾아다녔잖아요! 대관원 안을 다 뒤지고 심지어 설씨 댁 마님 거처까지 다녀왔어요. 조금 전에 저기 산비탈 아래 작은 정자를 찾아갔더니 마침 그곳의 당번 서는 분들이 막 깼더군요. 그 사람들한테 물으니 조금 전에 정자 바깥 나무 시렁 아래에서 두 분이 말씀을 나누고 계셨는데, 나중에 한 분이 더 오시더니 같이 암자로 가자는 소리를 들었다고 하대요. 그래서 여긴 줄 알았지요."

묘옥은 얼른 하녀에게 그들을 다른 방으로 안내하여 쉬면서 차를 마시게 하라고 했다. 그리고 직접 벼루와 종이, 붓을 가져오더니 대옥과 상운에게 조금 전에 지은 시를 외워보라고 해서 처음부터 끝까지 받아 적었다.

대옥은 묘옥이 오늘 몹시 기분이 좋은 걸 보고 웃으며 말했다.

"이렇게까지 기분이 좋으신 모습은 여태 보지 못했어요. 그래서 저도 감히 가르침을 청하지 못했는데 오늘은 괜찮을까요? 가르칠 가치도 없다면 그냥 태워버리고, 혹시 고칠 수 있다면 바로잡아주셔요."

"호호, 저도 감히 함부로 평을 할 수 없어요. 다만 이건 스물두 운밖에 되지 않네요. 제 생각엔 두 분이 지을 만한 구절은 이미 다 나왔으니 계속하게 되면 뒷심이 부족할 것 같아요. 제가 못난 재주로나마 뒤를 잇고 싶어도 좋은 작품에 티를 묻힐까 걱정스럽네요."

대옥은 묘옥이 지은 시를 한 번도 본 적이 없는데 지금 그녀가 이렇게 흥겨워하자 얼른 말했다.

"그렇게 해주신다면 우리가 지은 건 좋지 않아도 괜찮은 구절이 덧붙여지지 않겠어요?"

"이제 마무리를 하려면 본래 제목으로 돌아가야 해요. 계속 진실한 감정과 사실을 버려두고 기괴한 것만 추구하면 규수로서의 품위를 잃을 뿐만 아니라 제목과도 동떨어지게 될 거예요."

대옥과 상운이 지당한 말이라고 동의했다. 묘옥은 곧 붓을 들어 단번에 써서 두 사람에게 건네주며 말했다.

"비웃지나 마셔요. 제 생각에는 이렇게 해야 전환이 이루어질 것 같아요. 그러면 앞에 처량한 구절이 있어도 큰 지장이 없을 테니까요."

두 사람이 받아보니 뒤에는 이렇게 이어져 있었다.

> 황금 향로의 전향篆香* 도 스러지고
> 옥 대야에는 연지 같은 촛농[19] 넘치네.
> 통소 소리 울려 과부를 흐느끼게 하고[20]
> 고운 비단 이불은 시녀가 데워놓았네.
> 공중의 장막엔 아리따운 봉황 걸렸고
> 느긋한 병풍은 오색 원앙에 덮였구나.
> 이슬 짙어 이끼는 더욱 미끄럽고
> 서리 무거워 대나무는 만지기도 어렵네.
> 그래도 못 주위를 산책하다
> 다시 쓸쓸한 언덕에 오르네.
> 기묘한 바위는 귀신이 싸우는 듯[21]
> 괴상한 나무는 호랑이 이리처럼 쪼그려 앉았네.
> 큰 거북[22]은 아침 햇살에 투명하게 빛나고
> 부시罘罳[23]에는 새벽이슬이 진을 치고 있네.
> 수많은 나무의 새들 울음소리 숲을 뒤흔들고
> 골짝에는 한줄기 원숭이 울음 울려 퍼지네.
> 눈에 익은 갈림길에서 어찌 길을 잃을까?
> 샘 있는 곳 알고 있으니 수원지를 묻지 않네.

제76회 195

농취사欐翠寺*에선 종소리 울리고
도향촌에선 닭이 우네.
흥취가 이는데 어찌 슬픔으로 이어가랴?
시름없으니 어찌 마음의 번뇌 있으랴?
꽃다운 정감은 그저 혼자 풀겠지만
고아한 정취는 누구에게 말할까?
밤을 지새워도 피곤하다 하지 마오.
차 끓이고 나서 다시 잘 품평해보세.

香篆銷金鼎
脂冰膩玉盆
簫增嫠婦泣
衾倩侍兒溫
空帳懸文鳳
閑屛掩彩鴛
露濃苔更滑
霜重竹難捫
猶步縈紆沼
還登寂歷原
石奇神鬼搏
木怪虎狼蹲
矗矗朝光透
罘罳曉露屯
振林千樹鳥
啼谷一聲猿
歧熟焉忘徑
泉知不問源

鐘鳴櫳翠寺

雞唱稻香村

有興悲何繼

無愁意豈煩

芳情只自遣

雅趣向誰言

徹旦休云倦

烹茶更細論

그 뒤에는 '이것은「중추절 밤 대관원의 풍경을 보고 즉흥적으로 지은 서른다섯 구의 연구〔中秋夜大觀園卽景聯句三十五韻〕이다」'라고 적혀 있었다.

대옥과 상운은 모두 칭찬해 마지않았다.

"알고 보니 우리가 매일 가까운 데를 두고 먼 곳만 찾고 있었네요! 여기 이런 시선詩仙*이 계신 줄도 모르고 날마다 탁상공론만 했지 뭐에요."

"호호, 내일 다시 다듬기로 해요. 지금은 곧 날이 밝을 것 같으니 좀 쉬는 게 좋겠어요."

대옥과 상운은 곧 일어나 작별 인사를 하고 하녀들과 함께 밖으로 나왔다. 묘옥은 대문 밖까지 나와 배웅하고 그들의 모습이 멀어질 때까지 더 있다가 문을 닫고 안으로 들어갔다. 이 이야기는 그만하겠다.

한편, 취루가 상운에게 물었다.

"큰아씨 댁에서 우리가 자러 갔는지 소식을 기다리는 사람이 있을 거예요. 그러니 지금 그곳으로 가는 게 좋지 않겠어요?"

"호호, 가는 길에 얘기해주고 그 사람들도 자라고 해. 내가 가면 괜히 아픈 분께 폐가 될 테니까 차라리 내옥 언니 방에 가서 삼산 누워 있는 게 낫겠어."

이렇게 해서 다들 소상관으로 가니 거기 사람들도 대부분 자고 있었다. 두 사람은 들어가서 치장을 풀고 옷을 갈아입은 다음 세수와 양치질을 하고 침대에 누웠다. 자견은 비단 휘장을 쳐주고 등불을 옮겨놓고 나서 문을 닫고 나갔다.

뜻밖에 상운은 잠자리를 가리는 버릇이 있어서 자리에 눕긴 했지만 잠을 이루지 못했다. 대옥 또한 기혈이 약해서 종종 잠을 설치곤 하는데다 오늘은 너무 머리를 많이 쓴 바람에 자연히 잠을 이루지 못했다. 둘이 침대에서 이리저리 뒤척이고 있는데 대옥이 물었다.

"왜 아직 안 자?"

상운이 슬며시 웃으며 대답했다.

"제가 잠자리를 가리거든요. 게다가 피곤한 때도 지나서 잠도 달아났으니 그냥 누워 있을 수밖에요. 그런데 언니는 왜 잠을 이루지 못해요?"

"난 오늘만 이러는 게 아니라 일 년에 기껏 열흘 정도만 제대로 잠을 잘 수 있어."

"몸이 아프니까 그런가 보네요. 그래서······"

그다음에 어찌 되었는지는······

제77회

어여쁜 시녀는 억울한 마음 품고 요절하고
고운 배우는 정을 끊고 수월암으로 들어가다

俏丫鬟抱屈夭風流　美優伶斬情歸水月

왕부인에게 내쫓긴 청문은 대관원을 떠나다.

 중추절이 지나고, 희봉의 병이 완쾌되지는 않았어도 이전에 비해 좀 나아져 나들이 할 수 있을 정도가 되자, 왕부인은 의원에게 매일 진맥하고 약을 처방하게 했다. 또 환약 처방을 받아서 조경양영환調經養榮丸[1]을 만들게 했다. 여기에 상등품의 인삼 두 냥이 쓰이기 때문에 왕부인은 하녀들을 시켜 찾아보라고 했지만 겨우 작은 상자 안에서 비녀만 한 굵기의 인삼 몇 뿌리밖에 찾을 수 없었다. 그것이 마음에 들지 않아 다시 찾아보라고 하니 또 커다란 봉지에 담겨 있는 잔뿌리들을 찾아왔다.
 마음이 다급한 왕부인은 짜증을 냈다.
 "쓸모없는 것만 있고 쓸 만한 건 하나도 없구나. 그러게 내가 늘 얘기하지 않더냐? 잘 정리해서 한곳에 두라고 말이다! 귓전으로 흘려듣고 아무데나 던져두니 이 모양이지. 그게 얼마나 귀한 것인 줄 아느냐? 아무리 비싼 돈을 주고 사와도 다른 건 쓸 수가 없단 말이다!"
 채운이 말했다.
 "아마 다 떨어졌나 봅니다요. 이것밖에 없습니다. 저번에 저쪽 댁 마님께서 얻으러 오셨을 때 마님께서 전부 드리지 않으셨는지요?"
 "그럴 리 없다. 다시 잘 찾아봐라."
 채운이 할 수 없이 다시 찾아보더니 약재 몇 봉지를 들고 와서 말했다.
 "이게 뭔지 모르겠는데 마님께서 좀 봐주셔요. 이것 말고는 아무것도 없습니다요."

왕부인이 열어보았지만 자기도 무슨 약재인지 몰랐다. 하지만 인삼은 한 뿌리도 없었다. 그래서 희봉에게 사람을 보내 물어보니 이렇게 회신이 왔다.

"인삼고人蔘膏*와 인삼 꼭지, 잔뿌리만 조금 있어요. 그나마 몇 개 있는 것들도 상등품이 아니라서 평소에 탕약 달이는 데 쓰고 있어요."

어쩔 수 없이 형부인의 거처에 가서 물어보라고 하니 이러한 대답을 들을 수 있었다.

"저번에 다 떨어져서 그쪽에서 얻어왔는데 그것도 진즉 다 써버렸네."

달리 방도가 없던 왕부인은 직접 태부인을 찾아가 물었다. 태부인이 얼른 원앙을 불러 남아 있는 것을 다 가져와보라고 했더니 그래도 큰 봉지로 하나가 남아 있었다. 그것들은 모두 손가락만 한 굵기였다. 태부인은 두 냥을 달아 왕부인에게 주었다. 왕부인은 그걸 주서댁에게 주며 심부름꾼을 시켜서 의원의 집에 전하게 했다. 그리고 무슨 약재인지 알 수 없는 것들도 봉지째 들고 가서 의원이 얘기해주면 각 봉지에 약재 이름을 써오라고 분부했다.

잠시 후 주서댁이 다시 그 약재 봉지들을 들고 와서 보고했다.

"이 봉지에 있는 약재에 모두 이름을 썼습니다. 그런데 이 인삼은 상등품이라서 지금은 은돈 서른 냥을 줘도 살 수 없지만 너무 오래된 거랍니다. 인삼은 다른 약재들과는 달라서 아무리 좋은 거라도 백년 뒤에는 저절로 재가 되어버린답니다. 이건 아직 재가 되진 않았지만 이미 썩은 나무처럼 변해서 효력이 없어졌답니다. 그러니 이건 받아두시고, 굵기는 상관없으니 새 걸로 바꿔주시면 좋겠답니다."

왕부인은 묵묵히 고개를 숙이고 있다가 한참 후에야 이렇게 말했다.

"달리 방도가 없으니 두 냥만 사와야 되겠구먼."

그리고 그 약재들을 살펴볼 마음이 들지 않아 그저 "모두 챙겨두어라."

하더니 주서댁에게 말했다.

"바깥사람들한테 얘기해서 좋은 걸로 두 냥만 사오라고 하게. 어머님께서 물으시거든 다른 말은 하지 말고 그냥 당신께서 주신 걸 썼다고 말씀드리게."

주서댁이 막 나가려는데 마침 그 자리에 앉아 있던 보차가 웃으면서 말했다.

"잠깐만요! 요즘 밖에서 파는 인삼들은 모두 별로예요. 온전한 게 한 뿌리쯤 있다 해도 두세 조각으로 잘라서, 거기에 꼭지와 잔뿌리를 붙여 진짜와 섞어 파니까 진짜인지 가짜인지 알아보기 어려워요. 우리 가게에서 늘 인삼 장수들과 거래를 하니, 제가 가서 어머님께 말씀드릴게요. 저희 오빠에게 일러서 점원을 시켜 인삼 장수와 상의한 다음 손을 대지 않은 진짜 인삼으로 두 냥을 사오라고 할게요. 그러면 돈을 조금 더 쓰더라도 좋은 걸 살 수 있을 거예요."

왕부인이 환하게 웃었다.

"그래도 네가 똑똑하구나. 그리고 네가 직접 다녀오면 더 좋겠구나."

보차는 바로 나갔다가 한참 후에 돌아와서 이렇게 아뢰었다.

"사람을 보냈으니까 저녁때까지는 소식이 올 거예요. 내일 아침 일찍 보내면 약을 짓더라도 늦지 않을 거예요."

"그래. 하지만 '기름 장수 아낙이 물을 발라 머리 빗는 격〔賣油的娘子水梳頭〕'이 되었지 뭐냐. 갖고 있던 좋은 건 남한테 얼마나 줘버렸는지도 모르고 있다가 정작 우리가 쓸 때가 되니까 여기저기 사람을 보내 구해야 했으니 말이다. 에그!"

왕부인이 긴 한숨을 쉬자 보차가 웃으며 말했다.

"그게 비싼 물건이긴 하지만 그래도 약재에 지나지 않으니 남들에게 나눠주어 병을 고치는 데 쓰게 하신 건 잘하셨어요. 우리는 서 세상 물성 모르는 사람들과는 다르니 이런 걸 얻었다고 무슨 보물처럼 몰래 숨겨놓아서는 안 되지요."

왕부인이 고개를 끄덕였다.

"그렇고말고!"

잠시 후 보차가 떠나고 방 안에 아무도 없자, 왕부인은 주서댁을 불러 저번에 대관원 안을 수색한 일이 어찌 되었는지 물었다. 주서댁은 이미 희봉과 상의해둔 바가 있었기 때문에 하나도 숨기지 않고 그대로 고했다. 그 얘기를 듣고 왕부인은 놀랍기도 하고 화도 났지만, 그대로 처리하기도 곤란했다. 사기는 영춘의 하녀이고 모두 가사 집안의 사람들이니, 사람을 보내 형부인에게 얘기할 수밖에 없는 상황이었다. 그러자 주서댁이 말했다.

"저번에 저쪽 마님께서 왕선보의 마누라가 쓸데없는 일에 간섭하고 다닌다고 화를 내시며 따귀를 몇 대 때리셔서 지금은 그 사람도 몸이 아프다는 핑계로 바깥출입을 하지 않고 있습니다. 게다가 사기는 자기 외손녀라서 제 손으로 자기 뺨을 친 셈이니 어쩔 수 없이 잊어버린 체하고 있다가 시간이 많이 지나 잠잠해지면 다시 얘기할 심산인 게지요. 그러니 지금 저희 쪽에서 저 댁에 알리면 마치 저희가 괜한 일을 일으키는 것으로 오해하실 수도 있습니다. 차라리 직접 사기를 데리고 가서 증거물과 함께 저쪽 마님께 보여드리는 게 낫겠습니다. 그래 봐야 사기한테 매질이나 한바탕 하고 나서 누구하고 짝을 지어주고, 대관원에는 다른 하녀를 보내는 정도일 테니 아주 간단히 처리할 수 있지 않겠습니까? 그냥 말씀만 드리면 저쪽 마님께서도 차일피일 미루시다가 또 이러실지 모르지요. '이왕 그리 되었다면 너희 쪽 마님께서 처리하실 일이지 나한테 알릴 건 뭐냐?' 그러면 오히려 처리가 늦어지지 않겠습니까? 그러다 만약 그 계집애가 감시가 소홀한 틈에 자살이라도 한다면 오히려 큰일 아닙니까? 요즘 이삼일 동안 살펴보니까 할멈들이 다들 좀 게으름을 피우는 것 같던데, 그러다가 잠시 감시를 소홀히 하면 탈이 생기지 않을까요?"

왕부인이 잠시 생각하더니 이렇게 말했다.

"그 말도 맞구먼. 얼른 이 일부터 처리하고 우리 집에 있는 그 요사스러운 것들을 처리하도록 하세."

주서댁은 어멈들을 몇 명 불러 모아서 먼저 영춘의 거처로 가서 알렸다.

"마님들 말씀이 사기가 나이도 찼고 또 저 아이 어미가 연일 마님께 간청하기도 해서 사기의 짝을 정해주셨답니다. 오늘 저 아이를 내보내고 아가씨께는 다른 참한 하녀를 보내주시겠다 하셨습니다."

그리고 곧 사기에게 짐을 꾸리라고 했다. 영춘은 보내기 아쉬운 듯 눈물을 머금었다. 전날 밤에 이미 다른 하녀가 조용히 알려주었기 때문에 영춘도 내막을 알고 있었다. 여러 해 동안 쌓은 정 때문에 보내기 힘들었지만 품행의 교화에 관련된 일이라 그녀도 어쩔 도리가 없었다. 사기는 영춘에게 자신의 잘못을 사면해달라고 간절히 간청했지만, 말도 느리고 귀도 얇은데다 마음도 여린 영춘은 자기주장을 내세우지 못했다. 그런 모습을 본 사기는 내쫓길 거라는 걸 알고 통곡하며 원망했다.

"아가씨, 너무하셔요! 요 며칠 동안 저를 용서해주실 것처럼 하시더니 지금은 왜 한마디 말씀도 안 해주시는 거예요!"

그러자 주서댁이 나무랐다.

"아직도 아가씨더러 널 여기 있게 해달라는 거냐? 남아 있게 하시더라도 네가 대관원 안 사람들 낯을 어찌 보겠느냐? 좋게 얘기할 때 쥐도 새도 모르게 얼른 떠나도록 해라. 그나마 그렇게 하는 것이 모두의 체통을 세우는 게 아니겠냐?"

영춘이 눈물을 머금고 말했다.

"너도 네 잘못이 얼마나 큰지 알 거 아니니. 나도 인정상 널 붙들어두고 싶지만, 그렇게 되면 나까지 화를 당하지 않겠니? 너도 봤잖아. 입화도 몇 년 동안 함께 지냈지만 나가라고 하니까 바로 나갔잖니. 당연히 너희 둘뿐만 아니라 아마 대관원 안에 있는 하녀들 가운데 나이가 찬 사람들은 모두 나가야 할 거야. 언젠가는 헤어질 날이 오기 마련이니까 그냥 네 갈 길로 가도록 해."

주서댁이 말했다.

"역시 아가씨는 사리에 밝으시다니까! 내일도 내보낼 사람들이 있으니 너도 안심해라."

사기는 어쩔 수 없이 눈물을 머금은 채 영춘에게 큰절을 올리고 여러 자매들에게 작별 인사를 했다. 그리고 영춘의 귀에 대고 이렇게 속삭였다.

"제가 벌을 받게 되면 제발 인정을 베풀어달라고 말씀 좀 해주셔요. 그래도 한동안이나마 상전과 하녀로 지낸 정리가 있잖아요!"

영춘도 눈물을 머금고 말했다.

"걱정 마."

주서댁 등은 사기를 데리고 대문을 나서면서 할멈 두 명에게 사기의 모든 소지품들을 들고 따라오게 했다. 몇 걸음 가지 않았는데 뒤쪽에서 수귤이 쫓아와 눈물을 훔치며 사기에게 비단 보따리를 하나 건네주었다.

"아가씨께서 주시는 거예요. 한동안 상전과 하녀로 지내다가 하루아침에 헤어지게 되었으니 이걸로나마 위안으로 삼으래요."

사기는 그걸 받아들고 자기도 모르게 울음이 터져나와 수귤과 함께 한바탕 통곡을 했다. 주서댁이 짜증을 내며 빨리 가자고 재촉하자 둘은 어쩔 수 없이 작별했다. 사기가 울면서 말했다.

"아주머니들, 제발 인정을 베푸셔서 여기서 잠시 쉬었다 가게 해주셔요. 몇 년 동안 친하게 지냈던 자매들과 작별 인사라도 할 수 있게요."

주서댁 등은 모두들 각자 맡은 일이 있어도 상전의 분부이니 자기 일들은 젖혀두고 어쩔 수 없이 이 일을 하는 것이었다. 게다가 평소 대관원 하녀들이 거들먹거리는 걸 무척 눈꼴사납게 생각해왔으니 그 말을 들어줄 리가 없었다.

"흥! 질질 끌지 말고 어서 가기나 해라! 우리도 해야 할 일들이 있단 말이다. 너와 친자매가 어디 있다고 작별 인사까지 한단 말이냐? 저 아이들이 비웃는 소리 안 들려? 시간만 끌 뿐이지, 어차피 끝난 일이잖아! 그냥 얼른 가자!"

그러면서 끝내 걸음을 멈추지 않고 곧장 뒤쪽 쪽문으로 나갔다. 사기는 어쩔 수 없기도 하고 더 이상 부탁할 수도 없어서 그대로 따라갔다.

그런데 마침 보옥이 밖에서 들어오다가 사기를 데리고 나가는 걸 보았다. 또 뒤쪽에 짐을 안고 있는 걸 보니 이제 그녀가 나가면 다시 돌아올 수 없다는 걸 짐작할 수 있었다. 그는 전날 밤의 이야기를 들어 알고 있었고, 또 어느 날부터 청문의 병이 깊어졌는데, 까닭을 물어도 청문은 아무 대답을 하지 않았다. 며칠 전에는 입화가 나갔고, 이제 또 사기가 나가는 걸 보자 그는 자기도 모르게 혼백이 빠져나가는 듯한 기분이 들어 황급히 불러 세워서 물었다.

"어디로 가는 거야?"

주서댁 등은 모두 보옥의 평소 행동을 알고 있었기 때문에 또 괜한 말로 일을 그르칠까 싶어서 웃으며 말했다.

"도련님과는 상관없는 일이에요. 어서 가서 글공부나 하셔요."

"하하, 누나들, 잠깐만 멈춰봐요. 저한테 방법이 있어요."

"마님께서 한시도 지체하지 말라고 하셨는데 무슨 방법이 있다는 거예요? 저희는 마님 분부만 따를 뿐, 다른 것은 상관하지 않아요."

사기가 보옥을 붙들고 울면서 말했다.

"저분들 마음대로 할 수 없는 일이니 마님께 가셔서 말씀드려 보셔요."

보옥도 마음이 아파 눈물을 머금고 말했다.

"네가 무슨 큰일을 저질렀는지도 모르겠지만, 청문 누나도 몸이 아픈데 이제 너까지 떠나는구나. 다들 떠나게 되니 이걸 어쩐단 말이냐?"

주서댁이 사기에게 호통을 쳤다.

"너는 이제 아가씨 하녀가 아니냐. 말을 듣지 않으면 내질을 하는 수밖에! 옛날에 아가씨를 믿고 까불던 일은 생각지도 마라. 자꾸 주둥이를 나불거리면서 나갈 생각을 하지 않는구나! 이제는 도련님들한테까지 매달리다니 이게 무슨 체통 없는 짓이냐!"

그러자 어멈들이 다짜고짜 사기를 잡아끌고 나가버렸다.

보옥은 어멈들이 나쁜 말로 고자질할까 염려스러워 그저 원망스럽게 빤히 쳐다보다가 그들이 멀어지자 그쪽을 향해 손가락질하며 욕을 퍼부었다.

"요상하구나, 요상해! 어떻게 저 사람들은 시집가자마자 남자의 기질이 물들어 저리 못되게 변해버렸는지 모르겠구나. 오히려 남자보다 더 살벌하니 원!"

대관원 대문을 지키던 할멈들이 그 말을 듣고 자기들도 모르게 웃었다.

"그럼 처녀애들은 다 좋고 아낙네들은 다 못됐다는 말씀인가요?"

보옥이 고개를 끄덕였다.

"그래요. 그렇고말고!"

"호호, 그런데 한마디 여쭤볼 게 있어요. 저희가 멍청해서 무슨 말씀인지 이해할 수 없거든요."

막 얘기를 시작하려는데 몇몇 할멈들이 다가와서 다급히 말했다.

"다들 조심하게! 모두에게 자리에서 대기하라고 전하게. 지금 마님께서 몸소 대관원에 들어오셔서 조사하고 계시네. 아마 여기도 조사하러 오실걸세. 그리고 당장 이홍원의 청문 아가씨 올케를 데려와 여기서 기다리게 하라고 분부하셨네. 여동생을 데려가라고 말일세!"

그러더니 웃으며 말했다.

"아미타불! 오늘 하느님께서 눈을 뜨셔서 그 재앙 덩어리 요정을 내쫓으신다니 이제 다들 좀 후련해지겠구먼!"

보옥은 왕부인이 들어와 조사하면 청문도 무사할 수 없을 거라 생각하고 나는 듯이 달려갔다. 그 바람에 뒤에 남은 할멈들이 간절히 바라며 내뱉은 말을 듣지 못했다.

보옥이 이홍원에 도착하니 많은 사람들이 와 있었다. 왕부인은 노한 얼굴로 방 안에 앉아 보옥이 와도 쳐다보지 않았다. 청문은 사나흘 동안 죽도 못 먹고 구들 위에서 시름시름 앓고 있다가 머리카락이 흐트러진 채 세수도 안 한 얼굴로 두 여자에게 끌려나갔다. 왕부인은 그녀가 입고 있는 옷만 가져가고, 나머지 좋은 옷들은 남겨두었다가 착한 하녀들에게 입히라고 지시했다.

그리고 이홍원에 있는 모든 하녀들을 불러 모으라 해서 하나씩 살펴보았다. 하필 그날 왕부인이 화가 나 있는 틈에 왕선보댁이 청문에 대해 나쁜 말로 고자질을 했고, 또 대관원 사람들과 사이가 나쁜 몇몇 사람들도 그 기회를 이용해서 몇 마디를 거들었다. 왕부인은 그 말들을 모두 기억하고 있었지만, 명절을 지내는 동안 일이 있어서 며칠 동안 참고 있다가 오늘 일부러 찾아와 직접 하녀들을 조사하게 되었던 것이다. 청문은 그렇다 치고, 또 누군가 보옥이 이미 나이가 들어서 남녀 간의 일을 알게 되었는데, 그건 모두 이 방에 있는 변변치 못한 하녀들이 버릇을 잘못 들여서라고 고자질했기 때문이었다. 이 일은 청문 한 사람의 일보다 심각했기 때문에 습인부터 시작하여 아주 자잘한 허드렛일하는 하녀들까지 하나하나 직접 살펴보았다.

"보옥이와 생일이 같다는 아이가 누구냐?"

본인이 감히 대답하지 못하자 할멈이 가리키며 대답했다.

"사아四兒라고도 불리는 저 혜향蕙香이가 도련님과 생일이 같습니다."

왕부인이 자세히 보니 혜향은 청문의 반도 못 따라오지만 제법 예쁘장하게 생겼다. 행동거지를 보면 똑똑하다는 것이 밖으로 드러나 있었고, 차림새도 다른 이들과 달랐다.

"흥! 이것도 창피한 줄 모르는 계집이로구나! 뒷전에서 들리는 얘기가 생일이 같으면 부부가 되어야 한다고 하던데, 그게 혹시 네가 한 말이더냐? 내가 멀리 떨어져 있으니까 전혀 모르는 줄 아는 모양이지? 내가 여기에 자주 오진 않지만 마음과 귀는 항상 여기에 있단 말이다. 자식이라곤 보옥이 하나밖에 없는데 너희들이 꼬드겨 망치도록 내버려둘 줄 알았더냐?"

사아는 왕부인이 평소 자기가 보옥에게 몰래 한 말을 꺼내자 자기도 모르게 얼굴이 빨개져서 고개를 숙인 채 눈물을 흘렸다. 왕부인은 즉시 그녀의 가족을 불러, 데려가서 시집을 보내라고 지시했다. 그리고 또 물었다.

"방관이가 누구냐?"

할멈이 방관을 가리키자 왕부인이 말했다.

"연극을 하던 계집애니 당연히 여우겠지! 지난번에 내보내려 했는데 나가지 않겠다고 했으면 분수를 지키며 지냈어야지, 요사한 짓을 해서 보옥이한테 별짓을 다 하게 부추기다니!"

"헤헤, 제가 어찌 감히 도련님을 부추겨요?"

"흥! 그래도 주둥이를 제법 잘 놀리는구나! 그래, 몇 해 전에 우리가 황릉皇陵에 갔을 때 보옥이한테 유씨 집의 오아五兒를 데려오라고 부추긴 게 누구였더냐? 다행이 그 계집애가 요절했으니 망정이지, 그렇지 않으면 여기 들어와서 너희들과 작당해서 대관원에 해를 끼쳤을 게 아니냐? 넌 수양어미마저 찜 쪄 먹었으니 다른 사람은 오죽하겠어! 여봐라! 이 년 수양어미더러 데려가서 밖에서 사내를 구해 짝을 지어주라고 해라. 이 계집애 소지품은 몽땅 내주어라!"

그리고 예전에 대관원 자매들에게 나누어준 배우들은 모두 대관원 안에 남겨두지 말고, 각자 수양어미들에게 데리고 나가 알아서 시집을 보내라고 명했다. 그 말이 전해지자 수양어미들은 모두 내심 바라던 바라 약속이나 한 듯 일제히 왕부인을 찾아가 큰절을 올리고 배우들을 데려갔다. 왕부인은 또 온 방 안에 있는 보옥의 물건들을 검사하여 조금이라도 낯선 것은 모두 챙겨서 자기 방으로 옮겨놓으라고 했다.

"이래야 깔끔하지. 주위의 구설수도 없애고 말이야."

그리고 습인과 사월 등에게 분부했다.

"너희들도 조심해라! 이후에 또 이상한 일이 생기면 절대 용서하지 않겠다! 조사를 하긴 했지만 올해는 옮기기 힘드니 잠시 이대로 두고 내년에는 모조리 밖으로 옮겨갈 것이다. 그래야 마음이 편하겠구나!"

그렇게 말하고 왕부인은 차도 마시지 않은 채 사람들을 이끌고 다른 곳으로 갔다. 이 이야기는 더 이상 하지 않겠다.

이제 보옥의 이야기를 해보자. 그는 왕부인이 그저 물건이나 조사하러 왔지 무슨 큰일은 없을 거라고 생각했는데 뜻밖에 이런 청천벽력이 떨어질 줄은 전혀 몰랐다. 왕부인은 모두에게 평소 언행에 대해 꾸짖었고, 조금도 틀리는 것이 없으니 돌이키기는 어려울 것 같았다. 보옥은 당장 죽고 싶은 마음이었지만, 왕부인이 진노해 있는 터라 한마디 나서지도 못한 채 그대로 심방정까지 따라가 배웅했다. 그러자 왕부인이 말했다.

"돌아가서 글공부나 해라. 내일은 너한테도 자세히 물어봐야 이 분이 풀릴 테니까 말이다!"

그 말을 듣고 돌아오는 길에 보옥은 줄곧 생각했다.

'누가 그런 소리를 했지? 게다가 이곳 일은 아무도 모를 텐데 어떻게 다 아시지?'

그렇게 생각에 잠겨 이홍원으로 들어가니 습인이 눈물을 흘리고 있었다. 제일 친한 사람이 쫓겨나버렸으니 어찌 가슴이 아프지 않겠는가? 보옥도 곧 침대에 엎어져서 통곡하기 시작했다. 다른 건 몰라도 청문의 일은 보옥에게 큰 충격이었음을 알고 습인은 그를 다독이며 위로했다.

"울어봐야 소용없어요. 일어나보셔요. 말씀드릴 게 있어요. 청문은 벌써 다 나았어요. 이제 집에 갔으니까 며칠 동안 몸조리에 전념할 수 있을 거예요. 정말 청문이를 놓치고 싶지 않으시거든 마님의 화가 가라앉은 뒤에 노마님께 말씀드려서 천천히 불러들이면 되잖아요? 마님께서는 우연히 주위 사람들의 비방을 믿으시고 순간적으로 화가 치밀어 이렇게 하신 거니까요."

보옥이 울면서 말했다.

"도대체 청문 누나가 무슨 하늘을 거스르는 큰 죄를 지었는지 모르겠어!"

"마님께선 그저 그 아이가 너무 예쁘고 좀 경박해 보여서 싫어하신 것뿐이에요. 마님 입장에서는 그런 미인형이 대부분 차분하지 않다는 걸 잘 아시니까 청문이를 미워하시고, 우리같이 못난 것들은 그나마 괜찮다고 생각하시는 거예요."

"그건 그렇다치고, 우리끼리 한 농담을 어머니가 어찌 아셨을까? 밖에다 소문 낸 사람도 없을 텐데, 정말 이상하지 않아?"

"도련님께서 별로 조심하지 않으셔서 그렇지요. 기분이 좋으면 옆에 누가 있든 없든 상관하지 않잖아요. 제가 눈짓을 하고 암시를 주었지만 남들이 이미 알아버렸나 보네요. 도련님은 깨닫지도 못하셨지요."

"어떻게 모든 사람의 잘못을 어머니가 다 아시고 누나와 사월이, 추문이만 그대로 두셨냐는 거야."

그 말에 속으로 흠칫한 습인은 한참 동안 고개를 숙인 채 생각해보았지만 대답할 말이 없었다.

"호호, 그러게 말이에요. 사실 우리도 무심결에 예의에 어긋나는 농담을 한 적이 있는데 마님께서 어떻게 그걸 다 기억하실까요? 아마 다른 일이 또 있는 모양이지요. 그게 마무리되면 저희를 내쫓으실지도 모르지요."

"하하, 누나는 착하고 현숙하기로 첫째가는 사람이고, 저 둘은 누나가 잘 가르쳤는데 어떻게 벌 받을 정도로 지나친 언행을 했겠어! 다만 방관이는 아직 어리고 지나치게 영리한 구석이 있어서 나를 믿고 남들한테 함부로 하다가 미움을 샀겠지. 사아는 내가 버릇을 잘못 들여놓아서. 어느 해인가 내가 누나랑 다퉜을 때 그 아이를 불러다 잔심부름을 시켰는데, 그러다 보니 어쩔 수 없이 남의 자리를 차지한 셈이 되어서 결국 오늘 같은 일이 생긴 거지. 그런데 청문 누나는 누나와 마찬가지로 어렸을 때부터 할머니 방에서 지내왔잖아? 청문 누나는 남들보다 인물이 낫지만 그다지 나쁜 짓은 하지 않았어. 성격이 괄괄하고 말을 좀 심하게 하지만 누구한테 미움 받을 짓을 하지는 않았잖아? 아마 청문 누나는 너무 예뻐서 이런 일을 당했는지도 몰라."

보옥은 다시 울음을 터뜨렸다. 습인이 그 말을 가만히 되새겨보니 자신을 의심하는 듯한 낌새가 있었다. 그녀는 다시 위로하기도 거북해서 한숨을 내쉬었다.

"하느님은 아실 테지요! 지금은 누가 고자질했는지 모르니까 울어봐야 아무 도움도 안 돼요. 어쨌든 마음을 가다듬고 계시다가 노마님께서 기분 좋으실 때 자세히 말씀드리고 청문이를 다시 데려다 달라고 하시는 게 옳아요."

보옥이 쓴웃음을 지었다.

"괜히 위로할 필요 없어. 일이 진정된 뒤에 상황을 봐서 다시 데려다 달라고 말씀드리면, 그때 가서 청문 누나 병이 어찌 될지 알아? 청문 누나는 어려서부터 귀여움만 받고 자라서 하루라도 이런 수모를 당해본 적이 없어. 심지어 그 누나 성격을 잘 아는 나도 종종 기분을 거스르곤 했잖아? 이제 그 누나가 떠난 것은 막 꽃대를 피워낸 난초 화분을 돼지우리에 갖다 놓은 거나 마찬가지야. 게다가 몸도 안 좋은데 속에 울화까지 가득 찼으니! 그 누나는 친부모도 없이 주정뱅이 고종사촌만 하나 있는 몸이야. 이제 거기 가면 한시도 적응을 못할 텐데 어떻게 며칠을 견뎌내겠어? 그러니 그 누나를 다시 볼 수 있겠어?"

그렇게 말하며 보옥은 더욱 상심했다. 습인이 미소를 지으며 말했다.

"도련님은 '원님은 불을 놓아도 되고, 백성은 등불도 켜지 못하게 하는〔只許州官放火 不許百姓點燈〕'[2] 격이군요. 우리가 어쩌다가 조금이라도 안 좋은 말을 하면 싱시롭지 못한 말이라고 나무라시더니, 지금 청문이한테 그렇게 안 좋은 말씀을 하시면 되겠어요! 그 아이가 남보다 좀 예쁘긴 해도 그렇게 되진 않을 거예요."

"내가 괜히 허튼소리를 한 게 아니라 금년 봄부터 이미 징조가 있었어."

"징조라니요?"

"이 계단 아래 멀쩡하게 있던 해당화가 아무 까닭 없이 반쯤 죽어버렸잖아? 그래서 무슨 일이 일어날 줄 알았는데, 정말 청문 누나한테 이런 일이 벌어지고 마는군!"

습인은 그 말에 웃음이 나왔다.

"말을 안 하려고 했는데 도저히 참을 수가 없네요. 도련님은 아낙이나 할멈처럼 너무 감정이 약하고 꺼리는 게 많아요. 글공부까지 한 대장부 입에서 어떻게 그런 얘기가 나와요? 초목이 사람과 무슨 관련이 있다고요. 아낙이나 할멈이 아니라면 정말 바보가 되었나 보네요."

보옥이 한숨을 내쉬었다.

"누나 같은 사람들이 어찌 알겠어? 초목뿐만 아니라 세상 모든 것이 사람처럼 감정과 의지가 있는 법이라서 자기를 알아주는 존재를 만나면 아주 영험해지는 거야. 예를 들면 공자의 사당 앞에 있는 노송나무와 무덤 앞의 시초〔蓍〕3, 제갈량諸葛亮* 사당 앞의 측백나무4, 악비岳飛* 무덤 앞의 소나무5 같은 것들이 있어. 이것들은 모두 당당하고 정대하게 사람의 올바른 기운을 따르기 때문에 영원히 닳아 없어지지 않아. 세상이 어지러우면 시들고 세상이 평화로우면 무성해지지. 수천 수백 년 동안 몇 번이나 시들었다 다시 살아나는 줄 알아? 이게 왜 징조가 아니야? 또 예를 들면 양귀비의 침향정沉香亭에 있던 모란6이나 단정루端正樓의 상사수相思樹7, 왕소군王昭君*의 무덤에 난 풀 같은 걸 봐. 모두 영험하잖아? 그러니까 이 해당화도 사람이 죽으려고 하니까 거기에 감응해서 먼저 반쪽이 죽었던 거야."

습인은 이 어이없는 이야기에 우습기도 하고 한숨이 나오기도 했다.

"호호, 정말 그 이야기는 들을수록 화가 나는군요! 청문이 대체 뭐라고 이렇게까지 마음을 쓰면서 그런 대단한 분들에 비유한단 말인가요! 그리고 청문이 아무리 훌륭하다 해도 서열로는 저를 누를 수 없어요. 그러니 이 해당화도 우선 저한테 비유해야지 그 아이 차례까진 가지 않아요. 아무래도 제가 죽을 모양이군요!"

보옥이 황급히 손을 들어 그녀의 입을 막으며 달랬다.

"무슨 그런 말까지! 한 사람 일도 해결되지 않았는데 누나까지 왜 이래? 됐으니까 이 일은 다시 거론하지 말자고. 셋이나 쫓겨났는데 또 쫓겨나게 하면 안 되지."

습인이 그 말을 듣고 속으로 기뻐했다.

'이러지 않으면 끝이 없겠지.'

보옥이 말을 이었다.

"이제부턴 그 이야기를 꺼내지 말고, 그 셋이 죽은 걸로 치자. 그러면 그만이지 뭐. 게다가 죽는 일이야 예전에도 있었고, 또 아예 만나지도 않았던 것으로 치면 마찬가지 아니야? 이제 현재 얘기나 해보자. 어쨌든 청문누나 물건은 남몰래 사람을 시켜 보내주는 게 좋겠어. 윗사람은 속여도 아랫사람은 속이지 말라고 했잖아? 그리고 우리가 평소 모아둔 돈이 있으면 병 치료에 쓰도록 얼마라도 보내주자. 어쨌든 누나도 한동안 자매처럼 가깝게 지냈잖아!"

"호호, 우리가 그리 그릇도 작고 인정도 없는 사람인 줄 아셔요? 그런 말씀 안 하셔도 제가 벌써 청문이가 갖고 있던 옷이며 각종 물건들을 다 꾸려서 저기 두었어요. 지금은 낮이라 사람들 눈이 많아서 귀찮은 일이 생길지 모르니까 저녁에 몰래 송할멈을 시켜 갖고 나가게 해야지요. 그리고 얼마 안 되지만 제가 모아논 돈도 보내줄 거예요."

보옥은 그 말을 듣고 무척 고마워했다. 습인이 웃으면서 말했다.

"저야 원래 오래전부터 현숙하기로 유명한데, 이런 명성은 돈 주고 산 게 아니거든요!"

보옥은 얼른 웃어 보이며 습인을 잠시 위로해주었다. 저녁이 되자 습인은 송할멈을 시켜 청문에게 물건을 보냈다.

보옥은 다른 사람들을 다 진정시켜 놓고, 혼자 틈을 내 뒤편 쪽문으로 가서 할멈 하나를 붙들고는 청문의 집에 데려다 달라고 사정했다. 처음에 그 노파는 남들한테 들킬지 모른다며 절대 들어주려 하지 않았다.

"마님께서 아시면 저는 밥줄이 끊어진다고요!"

하지만 보옥이 죽자 사자 애원하고 돈까지 얼마쯤 쥐여주자 비로소 그를 데리고 나갔다.

청문은 원래 뇌대의 집에서 돈을 주고 사온 아이였다. 당시 청문은 갓 열 살이 되어서 아직 머리를 기르지 않고 있었다. 그녀는 늘 뇌씨 집 할멈을 따라 가씨 집안을 드나들었는데, 태부인은 예쁘고 영리한 그녀를 무척 귀여워했다. 이 때문에 뇌씨 집 할멈이 청문을 태부인의 하녀로 바쳤고, 나중에는 보옥의 방으로 가게 되었던 것이다. 청문은 뇌대의 집에 들어간 뒤로 고향도 부모도 기억하지 못했다. 그저 고종사촌이 하나 있다는 것만 기억했는데, 그 고종사촌은 백정 일을 하면서 외지를 떠돌아다니다가 뇌씨 집안에 간청해서 자기도 사들여 밥값이나 하며 살게 해달라고 했다.

뇌대의 집안에서는 청문이 태부인을 모시면서 아주 영리하고 말도 잘했지만, 고집이 세고 옛 일을 잊지 못하자, 그녀의 고종사촌도 사들여서 집안에 있는 여자아이들 가운데 하나를 골라 색시로 주었다. 그런데 가정을 이루고 하루아침에 편안해진 청문의 고종사촌은 떠돌이 시절을 잊어버린 채 술독에 빠져서 처자식도 돌보지 않았다. 그의 아내는 정도 많고 예쁜 여자였는데, 그가 제 목숨도 돌보지 않고 부부 간의 애정에도 무관심한 채 오로지 술독에만 빠져 지내는 것을 보자 못난 남편을 만나서 신세를 망쳤다고 탄식했다. 그나마 남편의 도량이 넓어서 질투 같은 걸 전혀 하지 않는다는 걸 알고는 내키는 대로 바람을 피웠다. 그녀는 온 집안의 괜찮은 사내를 다 끌어들였고, 위아래 남자들 가운데 태반은 그녀와 잠자리를 해보았을 정도였다. 그들 부부의 성이나 이름을 물으면 바로 예전에 가련이 만나던 그 '머저리〔多渾蟲〕'요, 파리떼처럼 남자를 끌어들이는 '등불 아가씨〔燈姑娘〕'라고 대답할 지경이었다.

이제 청문에게 친척이라고는 거기밖에 없어서, 이홍원에서 쫓겨나자 그 집으로 갈 수 밖에 없었다. 이때 그 '머저리'는 밖에 나가 있었고, '등불 아가씨'는 밥을 먹은 후 다른 집에 마실갔기 때문에 청문은 혼자 바깥방에 누워 있었다. 보옥은 할멈에게 대문에서 망을 보라 하고 혼자 짚으로 만든 발을 걷어 안으로 들어갔다. 언뜻 보니 청문은 갈대로 엮은 멍석이 깔린 구들 위에 누워 있었는데, 다행히 이부자리는 예전부터 청문이 쓰던 것이었다. 그는 어쩌면 좋을지 몰라 하다가 다가가서 눈물을 머금은 채 그녀의 팔을 가볍게 잡아당기며 나직하게 그녀의 이름을 두어 번 불렀다.

이때 청문은 감기도 걸린데다 설상가상으로 오빠와 올케에게 잔소리를 들어서 병이 더 악화되어 있었다. 그녀는 온종일 기침을 하다가 조금 전에야 어렴풋이 잠이 들었다. 그러던 차에 갑자기 누군가 자기를 부르는 소리가 들려 억지로 눈을 떠보니 보옥이 와 있었다. 그녀는 놀랍고도 기쁘고, 또 슬프기도 해서 그의 손을 덥석 잡고 한사코 놓지 않았다. 그리고 한참 동안 목이 메어 말을 못하다가 겨우 입을 열었다.

"다시는 도련님을 뵙지 못할 거라고 생각했어요."

그러더니 쉴 새 없이 기침을 해댔다. 보옥도 그 모습을 보고 목이 메었다. 잠시 후 청문이 말했다.

"아미타불! 마침 잘 오셨어요. 저 차를 반 잔만 따라주셔요. 아까부터 너무 목이 말랐는데 아무리 불러도 와주는 사람이 없었어요."

보옥이 눈물을 닦으며 물었다.

"차가 어디 있는데?"

"저기 화로 위에 있는 게 바로 차예요."

보옥이 보니 새까맣게 탄 질그릇이 하나 있긴 한데 차 주전자처럼 보이지는 않았다. 탁자 위에는 무척 크고 두꺼워서 찻잔처럼 보이지 않는 그릇이 하나 있었는데, 손에 들기도 전에 찌든 기름 냄새가 코를 찔렀다. 그는 어쩔 수 없이 그걸 가져다가 물에 두어 번 씻고 헹군 다음 질그릇을 들어 반쯤 따랐다. 색깔을 보니 차 같지도 않게 짙은 진홍색이었다. 청문이 베개에 기댄 채 말했다.

"얼른 한 모금 주셔요! 그게 차예요. 우리가 먹던 차와는 비교도 안 되지만요."

보옥이 먼저 맛을 보니 향도 전혀 없고 차 맛도 없이, 그저 쓰고 떨떠름한 것이 그나마 차 같은 느낌을 조금 줄 뿐이었다. 청문에게 건네주자 그녀는 마치 감로수라도 얻은 것처럼 단숨에 마셨다.

'예전에는 그리 좋은 차를 주어도 별로 좋아하지 않더니 오늘은 이런 모습을 보이는구나. 이걸 보니 옛말에 배가 부르면 고기도 싫고 굶주리면 술지게미도 달게 먹는다〔飽飫烹宰 飢饜糟糠〕했고, 또 밥을 배불리 먹으면 죽 생각이 난다〔飯飽弄粥〕고 하더니, 다 맞는 말이구나.'

그렇게 생각하면서 그가 눈물을 흘리며 말했다.

"하고 싶은 말 있으면 다른 사람 없을 때 얘기해."

청문이 흐느끼며 말했다.

"무슨 할 말이 있겠어요! 그저 한시든 하루든 남은 목숨만 이어갈 뿐이에요. 어쨌든 사나흘도 안 돼서 떠날 몸이라는 걸 알고 있어요. 다만 한 가지 죽어도 억울한 게 있다면, 제가 남들보다 조금 잘생기긴 했지만 엉큼한 생각으로 도련님을 유혹해서 어찌 해보려고 한 적은 없어요. 그런데 왜 다짜고짜 저를 구미호라고 단정하고 내치셨을까요? 저는 도저히 받아들일 수 없어요. 그런데 이런 누명을 쓴 채 죽음을 앞두고 있군요. 후회해서 하는 말은 아니지만 이럴 줄 알았으면 애당초 실속을 차렸을 거예요. 바보처럼 어쨌든 다들 함께 있을 줄 알았지요. 하지만 난데없이 이런 일이 생겼으니 억울해도 하소연할 곳이 없네요."

그렇게 말하고 그녀는 다시 통곡했다.
보옥이 그녀의 손을 잡아보니 마른 장작 같았다. 팔목에는 아직 네 개의 은팔찌를 차고 있었다. 그가 눈물을 흘리며 말했다.
"이건 잠시 벗어두었다가 몸이 나으면 다시 차도록 해요."
그러면서 팔찌를 벗겨 그녀의 베개 밑에 넣어주고 이렇게 말했다.
"애석하게도 이 손톱 두 개는 간신히 두 치 정도 길러 놓았는데 몸이 나을 때쯤엔 많이 상해 있겠구먼."
청문은 눈물을 닦더니 손을 뻗어 가위를 들고 왼손의 파 뿌리 같은 손톱 두 개를 뿌리까지 바짝 잘랐다. 그리고 이불 속으로 손을 넣어 입고 있던 붉은 비단 속저고리를 벗더니 손톱과 함께 보옥에게 주었다.
"이걸 갖고 계시다가 나중에 보시거든 저를 생각해주세요. 그리고 얼른 도련님 저고리를 벗어서 저한테 입혀주세요. 그러면 나중에 관 속에 혼자 누워 있을 때에도 이홍원에 있을 때 같은 느낌이 들 거예요. 원래 이래서는 안 되지만 누명을 쓰게 되었으니 저도 어쩔 수 없네요."
보옥은 황급히 옷을 벗고 청문의 저고리를 입은 다음 손톱을 챙겨 넣었다. 청문이 또 울면서 말했다.
"돌아가셨을 때 다른 사람들이 보고 묻거든 둘러대실 필요 없이 제 옷이라고 말씀하세요. 기왕 누명을 쓴 마당에 차라리 이렇게 해버리고 싶어요. 그래도 기껏 이 정도밖에 못하겠네요."
그 말이 끝나기도 전에 청문의 올케가 깔깔 웃으며 발을 걷고 들어왔다.
"얼씨구! 두 사람 얘기 내가 다 들었어요!"
그러면서 보옥에게 말했다.
"상전 되는 분께서 하인 방에는 뭐하러 오셨어요? 내가 젊고 예쁘니까 꼬셔보려고 오셨을까?"
깜짝 놀란 보옥이 얼른 웃음을 지으며 사정했다.
"누님, 제발 목소리 좀 낮춰요! 청문 누나가 한동안 제 시중을 들어준 정을 생각해서 병문안 온 거라고요."

등불 아가씨는 보옥의 팔을 척 붙들고 안방으로 가더니 웃으며 말했다.

"조용히 하기는 쉬워요. 하지만 제 청을 하나 들어주셔야 해요."

그러면서 구들에 앉더니 보옥을 꼭 끌어안았다. 보옥은 그런 일을 당해 본 적이 없기 때문에 순식간에 가슴이 쿵쾅쿵쾅 뛰면서 얼굴이 시뻘게졌다. 그는 부끄럽기도 하고 무섭기도 했다.

"누님, 제발 이러지 마셔요!"

등불 아가씨가 게슴츠레한 눈을 흘기며 웃었다.

"칫! 듣자 하니 도련님께선 매일 풍류 마당 속에서 재간을 부리신다고 하던데, 오늘은 왜 겁을 내고 그러셔요?"

보옥이 벌게진 얼굴로 말했다.

"하하, 누님, 손 좀 놓으셔요. 할 말 있으면 좋게 이야기하시지요. 밖에 있는 할멈이 들으면 곤란하잖아요?"

"호호, 제가 들어올 때 할멈더러 대관원 대문에 가서 기다리라고 했어요. 제가 얼마나 기다렸는지 아셔요? 결국 오늘에야 도련님을 만나네요. 소문은 들었지만 직접 만나 뵙는 것만 못하지요. 겉만 번지레하고 터질 줄도 모르는 폭죽이라면 빛 좋은 개살구에 지나지 않지요. 오히려 저보다 겁도 많고 부끄러움을 타시는군요. 역시 소문은 믿을 게 못 된다니까? 조금 전의 우리 아가씨만 하더라도 저는 평소 도련님과 몰래 그렇고 그런 짓을 한 사이인 줄 알았지요. 그래서 아까 창가에서 두 사람 얘기를 자세히 들어보았지요. 만약 그렇고 그런 사이였다면 방 안에 둘밖에 없는데 그런 얘기가 나오지 않을 리 없지요. 그런데 뜻밖에도 두 사람 다 아직 선을 넘지 않은 사이더라고요. 그러니 세상에 억울한 일이 적지 않다는 걸 알 수 있었지요. 지금 저도 두 사람에 대해 잘못 생각하고 있었던 걸 후회하고 있어요. 그러니 안심하셔요. 이후로 자주 찾아오셔도 제가 귀찮게 하지 않을게요."

보옥은 그제야 안심하고 일어나 옷매무새를 가다듬으며 부탁했다.

"누님, 제발 며칠 동안만 청문 누나를 잘 보살펴주셔요. 전 이제 가야겠어요."

그리고 밖으로 나와서 청문에게도 이야기했다. 두 사람은 헤어지기 싫었지만 어쩔 수 없이 헤어져야 했다. 청문은 보옥이 차마 떠날 수 없어 망설이고 있는 걸 알고는 이불을 머리까지 뒤집어쓰고 상대해주지 않았다. 그제야 보옥은 밖으로 나왔다. 그는 방관과 사아의 거처에도 가보고 싶었지만 날이 이미 어두워졌고, 집에서 나온 지 한참 되어서 사람들이 찾아다니면 또 말썽이 생길 것 같아 일단 대관원으로 들어갔다가 내일 다시 방도를 마련하려고 했다. 그가 뒤편 쪽문에 이르렀을 때, 심부름꾼이 이불 꾸러미를 안고 있었고 안쪽의 할멈들은 점검을 하고 있었다. 한 걸음만 늦었더라면 문이 닫힐 뻔했던 것이다.

보옥이 대관원으로 들어가니 다행히도 그가 나갔다 온 것을 눈치챈 사람은 아무도 없었다. 자기 방에 들어가자 그는 습인에게 이모님 댁에 다녀왔다고 둘러댔다. 잠시 후 이부자리를 편 후, 습인은 오늘 어떻게 잘 건지 물어보았다.

"아무래도 괜찮아."

최근 한두 해 동안 습인은 왕부인이 자신을 믿어주기 때문에 그녀 스스로도 더욱 자중하려고 했다. 그래서 남들이 보지 않을 때나 밤에도 보옥에게 지나치게 허물없이 대하는 법이 없어서 오히려 예전보다 둘 사이가 좀 소원해져 있었다. 그리고 중대한 책임을 맡고 있는 것은 아니지만 바느질을 비롯해서 보옥과 하녀들이 쓰는 용돈이며 옷가지, 신발 등을 도맡아 관리하는 일은 무척 번거로웠다. 또한 피를 토하는 지병이 낫긴 했지만, 피로하거나 감기에 걸리기만 하면 곧 기침에 피가 섞여 나왔기 때문에 그 뒤부터는 밤에도 보옥과 같은 방에서 자지 않았다. 그런데 보옥은 밤에 자주 깨는데다 무척 소심해서 깰 때마다 반드시 사람을 불렀다. 청문은 잠귀가 밝았고 동작도 민첩해서 밤에 차를 갖다주거나 심부름하는 일들은 모두 그녀에게 맡겼다. 그렇기 때문에 보옥의 옆 침대에는 늘 청문이 잤던 것이다. 그런데 이제 청문이 떠났기 때문에 어떻게 잘 건지 물어볼 수밖에 없었다. 이 일은 낮에 하는 일보다 중요하다고 생각했기 때문에 보옥이 아무래도 괜찮다고 했어도 습인은 어쩔 수 없이 예전처럼 자기 이부자리를 가지고 와서 보옥의 옆 침대에 깔았다.

보옥은 밤새 멍하니 앉아 있었다. 어서 자라고 재촉한 후 습인도 자리에 누웠는데, 보옥은 침대에서 연신 한숨을 쉬며 이리저리 뒤척이다가 삼경이 지나서야 겨우 잠들어 희미하게 코를 골았다. 그제야 습인도 안심하고 어렴풋이 잠이 들었다. 그런데 차를 반 잔쯤 마실 시간이 지났을 때 보옥이 "청문 누나!" 하고 부르는 소리가 들렸다. 습인이 황급히 눈을 뜨고 "예, 예!" 하며 무슨 일이냐고 물었다. 보옥이 차를 달라고 하자 습인은 얼른 침대에서 내려와 대야에 손을 씻고 주전자에서 따뜻한 차를 반쯤 따라서 갖다주었다. 보옥이 차를 마시고 나서 웃으며 말했다.

"청문 누나를 부르는 게 습관이 되어서 옆에 있는 사람이 누나라는 걸 잊어버렸네."

"호호, 그 애가 처음 왔을 때 도련님께선 잠결에 저를 부르시다가 반년이 지나서야 고치셨지요. 청문이는 갔지만 그 이름은 떠나지 못하리라는 걸 저도 알아요."

그러면서 둘 다 다시 자리에 누웠다.

보옥은 또 두 시간 가까이 뒤척이다가 오경 무렵에야 잠이 들었다. 그런데 갑자기 청문이 밖에서 걸어 들어왔다. 그녀는 예전과 똑같은 모습으로 들어와서 보옥에게 빙긋 웃으며 말했다.

"모두들 안녕히 계셔요. 이제 작별하러 왔어요."

그러면서 돌아서 떠나자 보옥은 황급히 그녀를 불렀다. 그 바람에 습인도 깨어났다. 그녀는 그저 보옥이 입버릇으로 그리 부른 줄 알았는데 갑자기 통곡을 하는 것이었다.

"청문이 죽었어!"

"호호, 무슨 그런 말씀을! 괜한 소동 피우는 걸 다른 사람이 들으면 얼마나 창피해요?"

보옥은 한사코 울음을 멈추지 않고, 어서 날이 밝아 사람을 보내 알아보기만을 고대했다.

날이 새자마자 왕부인 방 하녀가 쪽문을 두드리며 왕부인의 말을 전했다.

"어서 도련님을 깨워요. 세수하고 옷 갈아입은 뒤에 서둘러 오시래요. 오늘 어떤 분이 나리께 계화를 구경하러 가자고 청하셨는데, 나리께서 저번에 도련님이 시를 잘 지으셔서 기분이 좋았다고 하시면서 도련님들과 함께 가시겠다고 하셨대요. 마님 말씀을 토시 하나 안 빼먹고 그대로 전하는 거예요. 얼른 도련님께 전해서 빨리 오시라고 해요. 나리께서 면차麵茶*를 함께 드시려고 위채에서 기다리고 계시거든요. 환 도련님은 벌써 와 계셔요. 얼른 가셔야 해요, 어서요! 란 도련님께도 사람이 가서 그대로 전하고 있을 거예요."

안에 있던 할멈은 말끝마다 "알겠어요!" 하면서 옷의 단추를 채우고 대문을 열었다. 그사이에 두세 명의 다른 할멈들은 옷을 걸쳐 입으면서 각자 전갈할 곳을 향해 떠났다.

습인은 대문 두드리는 소리를 듣고 무슨 일이 생겼나 보다 짐작하고는 급히 사람을 보내 무슨 일인지 알아보라고 하면서 자신도 얼른 자리에서 일어났다. 그리고 그 전달을 듣자 얼른 세숫물을 떠오라고 지시한 후, 보옥에게 일어나 세수를 하라고 재촉하고는 자신은 직접 옷을 가지러 갔다. 그녀는 가정과 함께 외출한다는 점을 감안해서 너무 눈에 띄는 새 옷은 피해야겠다 생각하고 수수한 것으로 골라왔다. 보옥도 달리 방도가 없어서 시둘러 앞쪽으로 갔다.

과연 가정은 그곳에서 무척 즐거워하며 차를 마시고 있었다. 보옥이 얼른 문안 인사를 올리고 나자 가환과 가란도 그에게 인사를 했다. 가정은 보옥에게 자리에 앉아 차를 마시라 하고, 가환과 가란에게 말했다.

"보옥이는 글공부가 너희들보다 못하지만 연구聯句나 시를 짓는 것은 아주 훌륭해서 너희 둘이 따르지 못한다. 오늘 가면 분명 너희들에게 시를 지으라고 할 테니 보옥이는 저 두 아이를 잘 도와주도록 해라."

왕부인은 여태 이런 칭찬을 들어본 적이 없어서 그런지 예상치 못한 기쁨에 어쩔 줄 몰랐다.

잠시 후 가정이 두 아들과 손자를 데리고 떠났다. 왕부인이 태부인의 거처로 가려고 하는데 방관 등 세 배우의 수양어미들이 찾아왔다.

"그날 마님의 은혜를 입어 밖으로 나온 뒤로 방관이는 미친 것처럼 변했습니다. 차도 마시지 않고 밥도 먹지 않은 채 우관藕官●이와 예관蕊官●이까지 꼬드겨서 셋이서 기어이 머리 깎고 출가를 하겠답니다. 아직 어린아이라 밖에 나와 잠시 적응이 안 되어 그러려니 여기고 한 이틀 지나면 괜찮아질 줄 알았습니다. 그런데 갈수록 더 심해져서 매질을 하고 꾸짖어도 겁을 내지 않습니다. 도저히 방법이 없어서 마님께 조언을 구하러 왔습니다. 그 아이들 뜻대로 중이 되게 해줄까요, 아니면 혼찌검을 내서 적당한 데 수양딸로 줘버릴까요? 저희한테는 그런 아이를 둘 복이 없나 봅니다."

"무슨 소리냐! 어떻게 그 아이들 하자는 대로 한단 말이냐? 불문이라는 게 그리 쉽게 들어갈 수 있는 곳이더냐? 각자 한바탕 매질을 해줘라. 그런데도 계속 말썽을 부리나 보자!"

그 자리에는 팔월 보름 각 절에 올린 제물 때문에 관례에 따라 공첨供尖[8]을 돌리러 와 있던 비구니들이 함께 있었다. 왕부인이 수월암水月庵*의 지통智通●과 지장암의 원심圓心●을 이틀 동안 붙들어놓았기 때문에 아직 돌아가지 않고 있었던 것이다. 그들은 수양어미들의 말을 듣자 두 계집아이를 데려다가 심부름이나 시키고 싶었기 때문에 마침 잘됐다 싶어서 왕부인에게 이렇게 말했다.

"이 댁은 과연 훌륭하군요! 마님께서 적선하는 걸 좋아하시니까 그 어린 아가씨들까지 이렇게 감화를 받은 모양입니다. 불문이 함부로 들어오기 어려운 곳이라곤 하지만, 불법은 평등하다는 것도 아셔야 합니다. 우리 부처님께서 발원을 세우신 것은 원래 닭이나 개를 막론하고 모든 중생을 제도하려 하신 것인데 어리석은 사람들은 그걸 깨닫지 못하고 있습니다. 깨달음을 얻을 수 있는 선한 뿌리〔善根〕를 갖고 있다면 즉시 윤회의 굴레에서 벗어날 수 있습니다. 그러니 경전에 호랑이나 이리, 뱀 같이 사악한 존재들 중에도 득도한 경우가 적지 않다고 기록되어 있는 것입니다. 이제 이 세 아가씨들은 부모도 없고 고향도 멉니다. 이 아가씨들은 이미 이런 부귀를 경험했고 또 어릴 때부터 팔자가 사나워 이런 풍류의 직업에 몸을 들여놓았습니다. 하지만 나중에 결국 어떻게 죽을 지 알기 때문에 고해苦海에서 생각을 돌려 출가하여 내세를 위해 수행하려고 하니, 또한 그 뜻이 가상하다 하겠습니다. 마님, 부디 선한 생각을 막지 말아주십시오."

왕부인은 원래 적선을 좋아하는 사람이었다. 그런데 앞서 수양어미들의 말을 들었을 때 그 아이들의 뜻대로 해주지 말라고 한 것은, 나이가 어린 방관 등이 한순간 일이 뜻대로 되지 않자 그런 마음을 먹었지만, 장차 청정한 생활을 견뎌내지 못하여 오히려 죄를 짓게 될까 걱정했기 때문이었다. 하지만 두 비구니의 말을 들어 보니 인정과 이치에 맞고, 또 근래에 집안 일이 많이 생긴데다 형부인이 사람을 보내 알리기를 내일 영춘을 집으로 데려가 며칠 지내게 하면서 혼사를 준비해야겠다고 했다. 게다가 관청의 매파가 찾아와 탐춘의 혼사에 대해 얘기하는 등 심사가 어지러운 판이라 이런 자잘한 데 신경을 쓸 여가가 없었다. 그래서 이런 말을 듣자 곧 웃으며 대답했다.

"두 분이 그렇게 말씀하셨으니 아예 데려다 제자로 삼는 게 어떻습니까?"

두 비구니가 염불을 외우며 말했다.

"선재善哉! 선재로다! 그렇게 되면 마님의 음덕이 적지 않게 쌓일 것입니다."

그리고 머리를 조아려 감사했다.

왕부인이 말했다.

"그럼 자네들이 그 아이들에게 물어보게. 정말 진심이라면 당장 데려와 내가 보는 앞에서 스승을 모시는 절을 올리도록 하세."

세 수양어미들이 나가서 세 아이들을 데려오자 왕부인은 재삼 물어서 그들의 뜻이 이미 확고한 것을 확인하고 곧 두 비구니에게 절을 올리게 했다. 이어서 세 여자아이들은 왕부인에게 작별 인사를 올렸다. 왕부인은 그들 모두 단호하게 결단을 내린 상황이라 억지로 말릴 수 없다는 것을 알고 오히려 짠한 생각이 들었다. 그녀는 얼른 몇 가지 물건들을 가져오라 해서 세 여자아이들에게 하사하고, 두 비구니에게도 몇 가지 예물을 주었다. 이 때부터 방관은 수월암 지통의 제자가 되었고, 예관과 우관은 지장암 원심의 제자가 되어 출가했다.

이후의 일은 다음 회를 보시라.

제78회

늙은 학사는 한가로이 아름다운 사를 모으고
정에 빠진 공자는 멋대로 부용을 위한 조문을 짓다
老學士閑徵姽嫿詞　癡公子杜撰芙蓉誄

가보옥이 죽은 청문을 위해 「부용뢰」를 짓다.

　두 비구니가 방관 등을 데려간 뒤 왕부인은 곧 태부인의 거처로 가서 문안 인사를 올렸고, 태부인의 기분이 좋아 보이는 틈에 이렇게 아뢰었다.
　"보옥이 방에 청문이라는 하녀가 있는데 나이도 찼고 또 일 년 내내 병이 몸에서 떠나지 않았어요. 제가 보기에 그 아이는 다른 사람에 비해 지나치게 까불고 게으르더군요. 예전에는 병으로 열흘 동안 누워 있었는데, 의원을 불러 살펴보니 폐병이라고 해서 제가 얼른 내보냈지요. 병이 낫더라도 다시 불러들일 필요 없이 자기 집안에서 적당한 곳에 시집을 보내라고 했어요. 그리고 연극을 하던 여자아이들도 제가 다 내보냈어요. 그 아이들은 장난질이 심하고 말버릇도 나빠 함부로 지껄여대니 다른 아이들한테 나쁜 영향을 줄 것 같았어요. 연극을 배운 아이들이니까 그냥 내보내도 될 것 같아요. 게다가 하녀들 수도 너무 많은 것 같은데. 만약 모자라다면 다시 몇 명 들이면 마찬가지 아니겠어요?"
　태부인이 고개를 끄덕였다.
　"하긴 그게 맞지. 나도 그 생각을 하고 있었다. 하지만 청문이는 아주 괜찮은 아이라고 생각했는데 어쩌다 그리됐지? 내 생각에는 다른 아이들 생김새나 말씨나 바느질 솜씨가 그 아이한테 한참 못 미쳐서 나중에 보옥이가 옆에 두고 부리기에는 그만 한 애가 없는 것 같았어. 그런데 그렇게 변할 줄 누가 알았겠느냐?"

"호호, 어머님께서 고르신 아이들은 다 괜찮아요. 다만 그 아이 팔자가 사나워서 그런 병에 걸린 거지요. 속담에 '여자는 자라면서 열여덟 번 변한다〔女大十八變〕.'고 하잖아요? 게다가 재간이 좀 있는 여자는 비뚤어지기 쉬운 데가 있기 마련이지요. 어머님께서야 무언들 겪어보지 않으셨겠어요? 삼 년 전에 저도 이 일에 마음을 썼어요. 그 아이를 뽑고 나서 관심을 갖고 살펴보았지요. 객관적으로 보면 그 아이가 자색은 남보다 빼어나지만 그다지 진중하지 못한 것 같았어요. 진중하고 예의범절을 잘 알기로는 습인이만 한 아이가 없지요. 아내는 현숙해야 하고 첩은 예뻐야 한다고 하지만, 그래도 성정이 온화하고 행동거지가 진중한 사람이 더 낫지요. 습인이가 생김새는 청문이보다 좀 못하지만 방에서 부리기에는 최고라고 할 수 있어요. 게다가 일처리가 대범하고 마음 씀씀이가 착실해서 근래에 몇 년 동안 보옥이의 장난질에 맞장구를 치지 않았어요. 보옥이가 저지르는 아주 말도 안 되는 짓들에 대해서도 최선을 다해 일깨워주었지요. 두 해 동안 눈여겨보았는데 전혀 잘못된 데가 없더군요. 저는 곧 그 아이에게 나가는 하녀 몫의 용돈을 끊어버리고 제 용돈에서 은돈 두 냥을 떼어서 그 아이한테 주었어요. 그저 그 아이에게 더욱 조심하고 좋은 것만 배우라는 뜻으로요. 그래도 아직 내놓고 얘기하지 않은 건 보옥이가 아직 어려서 보옥 아범이 아시면 공부에 방해가 된다고 나무라실 것 같았기 때문이에요. 그리고 보옥이도 습인이가 자기 사람이 되면 함부로 타이르지 못하리라는 걸 알고 오히려 제 멋대로 행동하지 않을까 염려스럽기도 했어요. 그래서 오늘에야 어머님께 말씀드리는 거예요."

"호호, 그랬구나. 그럼 더 잘됐지! 습인이는 본래 어렸을 때부터 말수가 적어서 내가 늘 '주둥이 없는 호리병'이라고 했지. 네가 그리 잘 알고 있으니 크게 잘못 처리했을 리 없겠지. 그리고 보옥이한테 아직 얘기하지 않은 건 더 잘한 일이다. 잠시 이 문제는 거론하지 말고 우리만 알고 있도록 하자. 나도 보옥이가 나중에 처첩의 말을 듣지 않으리라는 걸 잘 안다. 도무지 모르겠구나. 여태 이런 아이는 본 적이 없어. 다른 장난질이야 그럴 수도 있다지만, 그렇게 계집애들과 어울리기 좋아하는 건 이해하기 어렵구나. 나도 그 때문에 걱정스러워서 늘 객관적인 눈으로 살펴보려 하고 있다. 그저 계집애들하고만 어울리는 건 필시 나이가 들어 속이 차서 남녀 간의 일을 알게 되어서 그럴 거라고 생각했다. 하지만 자세히 보니 그것 때문이 아니더구나. 그러니 정말 이상한 일이 아니냐? 아마 원래 계집아이였는데 잘못해서 남자로 태어난 게 아닐까 싶구나."

그러면서 함께 웃었다. 왕부인이 또 오늘 가정이 칭찬하면서 아이들을 데리고 나갔다는 얘기를 전하자 태부인은 더욱 기뻐했다.

잠시 후 영춘이 옷을 차려 입고 와서 작별 인사를 하고 갔다. 희봉도 문안 인사를 와서 아침 식사 시중을 든 후에 잠시 담소를 나누었다. 태부인이 낮잠을 자러 가자 왕부인이 희봉에게 환약을 지어왔느냐고 물었다.

"아직 안 와서 지금은 탕약만 먹고 있어요. 걱정 마셔요. 몸이 많이 좋아졌어요."

왕부인은 그녀의 정신이 처음처럼 회복된 걸 보고 그 말을 믿었다. 그리고 청문 등을 내쫓은 일을 얘기해주며 이렇게 말했다.

"보차가 왜 몰래 제 집에 돌아갔지? 너희들은 아무도 모르고 있었더냐? 저번에 내친 김에 조사를 좀 해보았다. 그런데 새로 들어온 유모가 란이 녀석에게 아주 요사스럽게 굴어서 나도 마음에 들지 않더구나. 네 동서한테도 그 사람을 내보내는 게 어떠냐고 얘기해놨다. 게다가 란이도 이제 나이가 찼으니 유모가 필요 없지. 그 참에 네 동서한테도 보차가 나간 걸 몰랐는지 물어보았다. 그런데 자기한테는 얘기를 했다더구나. 그저 한 이틀가 있다가 제 어미 몸이 좋아지면 들어오겠다고 했다는구나. 보차 어미는 무슨 큰 병이 난 게 아니라 기침하고 허리가 아프다는구나. 해마다 그러지. 그런데 이번에 보차가 집에 간 건 분명 무슨 까닭이 있을 게다. 설마 누가 그 아이 기분을 건드린 건 아니겠지? 그 아이 속이 깊어서, 친척 집에서 지내다가 누가 기분을 상하게 하면 오히려 안 좋은 결과를 낳을 수 있으니 잠시 피한 것이 아니겠느냐."

"호호, 누가 괜히 보차 아가씨 기분을 상하게 해요? 게다가 매일 대관원 안에서 지내니까 설령 누가 그랬다 해도 기껏 자매들 중에 하나겠지요."

"보옥이가 생각 없이 말을 함부로 하고 도무지 바보처럼 조심하는 게 없으니 기분 좋다고 입에서 나오는 대로 지껄인 건 아니겠지?"

"호호, 그건 지나친 걱정이세요. 도련님이 밖에 나가서 제대로 된 일을 하거나 이야기를 하실 때는 진지하거나 의젓하지 않고 좀 바보 같지요. 하지만 들어와서 자매들이나 하녀들과 있을 때는 아주 겸손하고 남의 기분을 상하게 하지 않으려고 애쓰세요. 그래서 도련님 때문에 화가 났다는 사람은 못 봤어요. 제 생각에는 보차 아가씨가 이번에 집에 간 건 분명 저번에 하녀들 물건을 조사한 일 때문인 것 같아요. 그 아가씨는 당연히 대관원 안의 사람들을 믿지 못해서 조사했다고 생각했겠지요. 자기는 친척이라 하녀들과 할멈들이 있어도 조사하기 곤란하지만 우리가 자기를 의심할 수도 있겠다 싶은 괜한 생각에 알아서 몸을 피했을 거예요. 혐의를 피하려고 그랬을 지도 모르고요."

왕부인은 그 말이 맞다 여기고 잠시 고개를 숙이고 생각하더니 사람을 보내 보차를 불러왔다. 그리고 전날의 일을 분명히 설명해서 의심을 풀어주고 예전처럼 다시 들어와 지내라고 했다.

"호호, 저는 진즉부터 나가려고 했지만 이모님께 여러 가지 큰일이 많으셔서 말씀드리기 곤란했어요. 마침 저번에 어머니께서 몸이 편찮으시고 집안의 믿을 만한 하녀 두 명도 몸져누웠기 때문에 그 기회에 나갔던 거예요. 이모님께서 아시게 되었으니 저도 오늘 사정을 분명히 말씀드리고 바로 짐을 옮기겠어요."

왕부인이 웃으며 말했다.

"너도 참 고집이 세구나. 그러지 말고 다시 들어와 지내는 게 좋겠다. 별로 중요하지도 않은 일 때문에 친척지간에 소원해지면 쓰겠느냐?"

"호호, 그게 무슨 말씀이셔요? 저는 무슨 일 때문에 나가는 게 아니에요. 어머님께서 예전보다 기력이 많이 약해지신데다 밤에 기댈 만한 사람도 저 하나밖에 없기 때문에 나가려는 거예요. 그리고 오빠가 곧 결혼할 예정이라 바느질거리도 많고 집안에서 쓸 그릇들도 아직 다 준비되지 않았으니 어머니를 도와드려야 하거든요. 두 분 모두 저희 집 사정을 잘 아시잖아요. 거짓말하는 게 아니에요. 또 제가 대관원 안에 있으면 동남쪽 쪽문을 늘 열어두었는데, 원래 제가 다니기 위해 그렇게 한 것이지만, 드나드는 사람들이 지름길로 다니려고 그곳으로 다닐 수도 있지요. 그런데 단속하는 사람이 없으니 만약 거기서 무슨 일이 생긴다면 서로 민망하지 않겠어요? 게다가 제가 대관원에 들어가 사는 게 무슨 중대한 일도 아니고, 몇 해 전에는 제 나이도 어리고 집에 일도 없는 상황이라, 밖에 있는 것보다 대관원에 들어가 자매들과 어울려 바느질도 하고 놀이도 하는 게 심심하지도 않을 것 같아 들어와 살았어요. 그런데 이제 다들 나이가 찼고 각자 일들이 있어요. 게다가 해마다 뜻밖의 사고들이 생기는데, 대관원이 너무 커서 제대로 살피지 못하는 경우가 생기는 것과도 관계가 있는 것 같아요. 사람이 줄어들면 신경 쓸 일도 줄어들겠지요. 그러니 제가 오늘 기어이 나가려는 거예요. 그리고 이모님께서도 이제 줄일 비용은 줄여야 대갓집으로서 체통을 잃지 않으실 거라고 생각해요. 제가 보기에 대관원 안에서 드는 비용 중 제 몫이라도 줄여야지 옛날의 흥성하던 때만 생각하시면 안 될 것 같아요. 이모님도 잘 아시다시피, 저희 집이 예전엔 이렇게 쇠락하지 않았잖아요."

그러자 희봉이 왕부인에게 웃으며 말했다.

"어쨌든 맞는 얘기니까 강권하실 필요 없을 것 같네요."

왕부인도 고개를 끄덕였다.

"나도 대답이 궁하구나. 그저 네 좋을 대로 따르는 수밖에."

그렇게 이야기를 나누는 사이에 보옥 등이 돌아왔다. 모임이 아직 끝나지 않았지만 날이 어두워질 것 같아 가정이 먼저 자기들을 돌려보냈다는 것이었다. 왕부인이 다급히 물었다.

"오늘은 망신스러운 일을 저지르지 않았겠지?"

"하하, 그러지 않았을 뿐만 아니라 오히려 푸짐한 상까지 받은걸요."

그 말이 끝나자마자 할멈들이 중문의 일꾼들에게서 물건을 받아 안으로 들여왔다. 왕부인이 보니 부채 세 자루와 부채 장식 세 개, 붓과 먹 여섯 상자, 향주 세 꿰미, 띠에 걸린 옥고리 세 개였다. 보옥이 말했다.

"이건 매梅한림학사翰林學士*께서 주신 거고 저건 양楊시랑侍郎*께서, 또 이건 이李원외랑員外郎*께서 주신 거예요. 세 사람한테 각기 하나씩 주셨지요."

그러면서 품에서 단향목으로 만든 자그마한 호신불護身佛*을 꺼내며 말했다.

"이건 경국공慶國公*께서 저한테만 주신 거예요."

왕부인은 그 자리에 누가 있었고 어떤 시사를 지었냐는 등을 물어보고 나서 하녀에게 보옥의 몫을 챙겨들게 하고는 보옥과 가란, 가환을 데리고 태부인에게 인사하러 갔다. 태부인도 그 선물들을 보고 무척 기뻐하면서 이런저런 것들을 물었다. 그런데 보옥은 온통 청문 생각뿐이었기 때문에 질문에 다 대답하자마자 말을 타다 떨어져 뼈가 아프다는 핑계를 대고 자리에서 일어나려고 했다. 그러자 태부인이 말했다.

"얼른 돌아가서 옷을 갈아입고 산책을 좀 하면 괜찮아질 게다. 누워만 있으면 안 된다!"

보옥은 서둘러 대관원으로 들어갔다. 사월과 추문이 하녀 두 명을 데리고 와서 기다리고 있었다. 보옥이 태부인에게 인사하고 나오는 것을 보자 추문은 붓과 먹을 집어 들고 보옥과 함께 대관원으로 들어갔다. 보옥은 연신 "아휴, 덥다! 더워!" 하면서 걷는 도중에 모자를 벗고 허리띠를 푸는가 하면 겉옷까지 벗어 사월에게 들게 했다. 그리고 노란 능라 저고리만 걸치고 있었는데, 그 안쪽으로 피처럼 붉은 바지가 드러났다. 추문은 그 바지가 청문이 지은 것임을 알고 한숨을 쉬었다.

"그 바지는 나중에 챙겨 넣어두어야겠어요. 정말 물건만 남고 사람은 떠난 격이로군요."

사월이 얼른 웃음을 지으며 말했다.

"저건 청문 언니가 지은 거잖아? 에그! 정말 물건만 남고 사람은 없어졌군요!"

추문이 사월을 슬쩍 잡아당기며 말했다.

"호호, 저 바지와 노란 저고리, 비취색 장화가 어울리니까 도련님의 진한 머리카락이랑 눈처럼 하얀 얼굴이 훨씬 돋보이지 않니?"

보옥은 못 들은 척 몇 걸음을 더 걷다가 걸음을 멈추고 말했다.

"다녀올 데가 있는데 어떡하지?"

사월이 말했다.

"백주 대낮에 뭐가 무서워요? 설마 저희가 도련님을 버려두고 올까봐 그러셔요?"

그러면서 두 하녀들에게 보옥을 따라가라고 했다.

"우리는 이것들을 갖다 놓고 다시 올게."

보옥이 말했다.

"누나, 내가 다녀온 뒤에 같이 가자."

사월이 말했다.

"남방 다녀올게요. 둘 다 손에 물건이 들려 있어서 꼭 집사 같잖아요? 하나는 문방사우를 들고 있고 하나는 모자랑 옷, 허리띠를 들고 있으니 모양새가 이상해요."

보옥은 사월이 자기 생각과 딱 맞는 얘기를 하자 둘을 보냈다. 그리고 곧 두 하녀들을 데리고 어느 바위 뒤쪽으로 가더니 다짜고짜 물었다.

"내가 나간 뒤에 습인 누나가 청문 누나한테 병문안하러 사람을 보냈어?"

"송할멈을 보냈어요."

"돌아와서 뭐라고 하던?"

"청문 언니가 밤새 목을 빼고 소리를 지르며 누굴 부르더니 오늘 아침부터는 눈을 감고 입을 다문 채 인사불성이 되었대요. 목소리조차 내지 못하고 간신히 숨만 붙어 있답니다."

"밤새 누구를 불렀대?"

"엄마만 불렀대요."

보옥이 눈물을 훔치며 말했다.

"또 누굴 불렀대?"

"다른 사람을 불렀다는 얘기는 못 들었어요."

"이런 바보! 아마 제대로 듣지 못한 모양이구나!"

옆에 있던 다른 하녀는 제법 영리해서, 보옥이 그렇게 말하자 얼른 나서서 말했다.

"쟤는 정말 바보에요!"

그러더니 보옥에게 말했다.

"저는 똑똑히 듣기도 했고 직접 가서 몰래 보고 오기도 했어요."

"아니, 네가 어떻게 직접 가보았다는 거야?"

"청문 언니가 평소에 다른 사람들과는 달리 저희한테 아주 잘해주었거든요. 지금은 억울하게 쫓겨났지만 구해줄 방법이 달리 없으니 직접 문안이라도 가는 게 평소 저희를 아껴준 정을 저버리지 않는 거라 생각했지요. 누가 눈치채고 마님께 고자질해서 매를 맞더라도 기꺼이 해야 할 일이지요. 그래서 매를 각오하고 몰래 다녀왔던 거예요. 청문 언니는 평소에도 총명했는데 죽음에 이르러서도 변함이 없었어요. 언니는 속된 사람들과 얘기하기 싫어서 일부러 눈을 감은 채 정신을 가다듬고 있다가 저를 보더니 눈을 번쩍 뜨고 제 손을 붙들었어요. 그리고 도련님께선 어디 가셨냐고 물었어요. 제가 사실대로 얘기해주니까 언니가 한숨을 쉬며 이러대요. '뵙지 못하게 되었구나.' 그래서 제가 조금만 더 기다렸다가 도련님 돌아오시면 한 번 만나보면 되지 않느냐고 했어요. 그러면 두 분 모두 소원을 풀 수 있지 않냐고요. 그러니까 언니가 웃으면서 그러더군요. '너희들은 아직 몰라. 나는 죽는 게 아니야. 지금 하늘나라에 꽃의 신이 하나 부족해서 옥황상제께서 나를 데려다가 그 자리를 맡기라고 칙명을 내리셨어. 나는 정확히 미시 이각[1]에 그 임무를 맡아야 하고 도련님은 미시 삼각[2]에나 귀가하실 테니, 일각의 차이로 만날 수 없어. 세상 사람들은 모두 죽으면 염라대왕께 끌려가는데, 바로 저승사자를 보내 영혼을 잡아가는 거야. 조금이라도 시간을 늦추려면 지전을 태우고 국과 밥을 조금 뿌리면 돼. 그러면 저승사자들이 돈 줍는 데 정신이 팔려서 죽을 사람이 시간을 조금 벌 수 있지. 그런데 나는 지금 하늘나라 신선의 부름을 받아 가는 건데 어떻게 시간을 지체할 수 있겠니!' 저는 그 말을 믿지 않았지만, 돌아와 방 안에서 시계를 유심히 보았어요. 그런데 정말 언니는 미시 이각에 숨을 거두었다 하고, 삼각에 누가 저희를 부르면서 도련님께서 오셨다고 하더군요. 그제야 언니 말이 모두 맞다는 걸 알았지요."

"너는 글자를 몰라 책을 못 읽으니까 모르는 게지. 그건 사실이야. 꽃에만 신이 있는 게 아니라 똑같은 꽃을 담당하는 여러 신들이 있는 곳에는 또 그들을 총괄하는 신도 있어. 하지만 청문 누나가 신들을 총괄하는 꽃의 신이 되어 갔는지, 아니면 꽃 하나만 관장하는 신이 되었는지는 모르겠구나."

그러자 그 하녀는 잠시 이야기를 지어내지 못했다. 그런데 마침 팔월이라 대관원 연못가에 부용꽃이 한창 피어 있었다. 하녀는 그걸 보고 실마리를 얻어 얼른 둘러댔다.

"저도 나중에 저희가 공양을 올릴 수 있게 어떤 꽃을 관장하는 신이 되느냐고 물어보았어요. 그러니까 언니가 이러대요. '천기를 누설할 수는 없어. 하지만 네가 이리 공경스러우니 너한테만 얘기해줄게. 너도 도련님께만 말씀드려야 돼. 도련님 외에 다른 사람에게 천기를 누설하면 벼락을 맞을 거야!' 그러면서 언니는 이 부용꽃을 관장하게 된다고 했어요."

보옥은 그 말을 이상하게 여기기는커녕 슬픔을 잊고 금방 기뻐하더니 부용꽃을 가리키며 말했다.

"하하, 이 꽃도 청문 누나 같은 사람이 관장해야 하지. 누나 같은 사람은 틀림없이 훌륭한 일을 하게 될 줄 알았어. 비록 고해를 벗어났지만 이제부턴 만날 수 없게 되었으니 내 의지와 상관없이 보고 싶어 마음이 아프겠구나!"

그런 다음 또 이런 생각을 했다.

'임종을 보지는 못했지만 영전에 가서 절이라도 올려야겠다. 그래야 오륙 년 동안 같이 지낸 정리를 다한 셈이 될 테니까 말이야.'

그는 서둘러 방으로 돌아와서 다시 옷을 차려 입은 다음, 대옥에게 간다는 핑계를 대고 혼자 대관원을 나왔다. 그는 청문의 영구가 거기 있으려니 생각하고 지난번에 갔던 곳으로 갔다. 하지만 뜻밖에도 청문의 올케는 청문이 죽자마자 장례비로 돈이나 몇 냥 얻을까 싶어 안에다 알렸다. 왕부인은 이 소식을 듣자 장례비로 은돈 열 냥을 주라고 하면서 이렇게 분부했다.

"당장 바깥으로 내다가 화장하도록 해라. 폐병으로 죽었으니 절대 집안에 둘 수 없다!"

청문의 오빠와 올케는 돈을 받아 챙기면서 사람을 고용하여 입관한 후 성 밖의 화장터로 운반하게 했다. 청문이 남긴 옷가지며 비녀, 팔찌 등이 대략 삼사백 냥 어치는 되었는데, 그것들은 자기들 살림 밑천으로 쓰려고 챙겨두었다. 그리고 둘이 함께 대문을 잠그고 화장터로 따라갔다. 그 바람에 보옥은 헛걸음만 치고 말았다.

보옥은 한참 동안 서 있다가 달리 방도가 없어서 다시 대관원으로 돌아왔다. 방으로 돌아가려다가 기분이 너무 쓸쓸해서 도중에 대옥의 거처로 발길을 옮겼다. 그러나 하필 대옥도 방에 없었다. 어디 갔느냐고 물으니 하녀들이 대답했다.

"보금 아가씨 거처에 가셨어요."

이에 형무원으로 가니 적막한 기운이 감돌고 사람은 보이지 않았다. 게다가 방 안은 짐을 다 옮겨 텅 비어 있는지라 자기도 모르게 흠칫했다. 그때 노파가 하나 걸어오는 것이 보이길래 황급히 어찌 된 일이냐고 물었다.

"보금 아가씨는 이사 나가셨어요. 이곳은 저희더러 지키라고 하셨어요. 아직 짐을 다 옮겨가지 않았기에 저희가 도와 몇 가지를 날라드려서 이제 막 끝났지요. 도련님, 청소하게 좀 나가주셔요. 이제부턴 여기 오실 필요가 없어졌네요."

보옥이 그 말을 듣고 한참 동안 멍하니 있는데, 문득 뜰에 등나무 줄기가 아주 무성하여 녹음을 드리우고 있는 것이 보였다. 갑자기 그 모습이 전에 비해 처량하게 변한 듯 보여 더욱 서글퍼졌다. 묵묵히 밖으로 나오는데, 대문 밖의 녹음이 드리운 제방〔翠樾埭〕에도 한참 동안 오가는 사람이 없었다. 그 모습은 각 방의 하녀들이 약속이나 한 듯 연이어 오가던 지난날의 정경과 달랐다. 허리를 숙이고 그 제방 아래 물을 보니, 여전히 졸졸 흘러가고 있었다.

'세상에 이렇게 무정한 일이 있나!'

그렇게 잠시 슬픔에 잠겨 있는데 갑자기 떠나버린 사기와 입화, 방관 등 다섯 명의 여자아이들과 죽은 청문이 떠올랐다. 이제는 또 보차 등이 떠나버렸고, 영춘은 아직 떠나지 않았지만 며칠째 돌아오지 않고 있었다. 또한 중매쟁이들이 연달아 찾아와 청혼까지 하고 있었다. 이렇게 되면 오래지 않아 대관원 안의 사람들이 모두 떠나게 될 것 같았다. 하지만 마음이 괴로워도 상황을 바꾸는 데에는 아무 도움이 되지 않았다. 차라리 대옥을 찾아가 종일 놀나가 돌아와서 습인과 노닥거리는 편이 나을 듯했다. 적이도 이 셋만은 생사를 같이 할 것 같았다. 이런 생각이 들자, 그는 다시 소상관으로 갔다. 하지만 대옥은 아직 돌아오지 않았다. 그는 아무래도 청문의 장례에 참석해야 마땅하다고 생각했지만, 슬픔을 견디지 못할 것 같으니 차라리 가지 않기로 했다. 그래서 고개를 푹 숙인 채 풀이 죽어 이홍원으로 돌아왔다. 그가 어찌할 바를 모르고 있는데 갑자기 왕부인의 하녀가 들어와 그를 찾았다.

"나리께서 도련님을 찾으셔요. 또 좋은 시 제목을 얻어오셨나봐요. 얼른 가셔요, 얼른!"

보옥은 어쩔 수 없이 그녀를 따라갔다. 왕부인의 방에 도착하니 가정은 이미 나가고 없었다. 왕부인은 사람을 시켜 보옥을 서재로 데려다주라고 했다.

그때 가정은 여러 문객들과 더불어 가을 나들이의 즐거움에 대해 이야기를 나누고 있었다.

"헤어질 무렵, 갑자기 한 가지 일에 대해 이야기가 미쳤는데, 천고에 남을 아름다운 이야기였소. '빼어난 풍류와 감동적인 충의〔風流雋逸 忠義慷慨〕'가 다 갖춰진 이야기여서 괜찮은 시 제목이 될 것 같았소. 그러니 다들 함께 그 제목으로 애도의 노래〔輓詞〕를 하나씩 지어봅시다."

문객들이 모두 어떤 아름다운 이야기였는지 들려달라고 하자 가정이 이렇게 말했다.

"옛날에 항왕恒王이라는 왕이 청주青州*에 나가 진영을 치고 다스리고 계셨다 하오. 이 왕은 미녀를 아주 좋아했고, 또 공무를 보고 남은 여가에는 무예를 즐겼다 하오. 그래서 많은 미녀를 뽑아 날마다 무예를 익히게 했답니다. 그리고 공무의 여가가 생길 때마다 며칠씩 연회를 열면서 무녀들에게 전투하고 성을 공격하는 일을 훈련하게 했다지요. 그런데 미녀들 가운데 성이 임씨이고 항렬이 네 번째인 여자가 자색도 가장 아름답고 무예는 더욱 뛰어나서 다들 임사낭林四娘[3]이라고 불렀는데, 항왕은 그녀가 제일 마음에 들어서 미녀들의 사령관으로 발탁하고 '궤획장군姽嫿將軍'이라고 불렀다지요."

"정말 신묘하고 기이한 이야기로군요! '궤획'이라는 단어 다음에 '장군'이라는 단어를 덧붙이니 더욱 아름답고 풍류가 넘칩니다. 정말 절세의 신묘한 표현입니다. 아마 그 항왕은 천고의 역사에서 제일가는 풍류 인물이 아닐까 싶습니다."

"하하, 당연히 그렇지요. 하지만 더욱 기묘하고 놀라운 일이 있습니다."

"아니, 대체 무슨 일이 있었습니까?"

"뜻밖에도 이듬해에 황건黃巾이나 적미赤眉[4] 같은 도적떼의 잔당들이 오합지졸을 모아서 산동山東 일대에서 노략질을 했답니다. 항왕은 그들을 천박한 악적들로 치부해서 군사를 대대적으로 일으킬 필요는 없다고 생각하고 가벼운 기마병들만 이끌고 토벌하러 나섰다지요. 그런데 뜻밖에 도적들의 속임수와 지략이 상당해서 두 차례의 전투에도 승리하지 못하고, 오히려 항왕이 적들의 칼에 죽임을 당했다지 뭡니까. 그러자 청주성 안의 문무 관리들이 저마다 '왕도 이기지 못했는데 우리가 어찌 이기랴?' 하면서 저들에게 성을 넘기고 항복하려 했답니다. 그때 비보를 들은 임사낭이 여러 여장군들을 모아놓고 이렇게 명을 내렸답니다. '우리는 모두 왕께 은혜를 입었으니 하늘을 이고 땅을 밟고 살면서 그 은혜의 만분의 일이라도 보답하지 않을 수 없다. 이제 왕께서 나라를 위해 목숨을 바치셨으니 나도 왕을 따라 목숨을 바쳐야 마땅하다고 생각한다. 너희들 가운데 따르고 싶은 이들은 즉시 나와 함께 전장으로 나가자. 그렇지 않은 이들은 어서 자기 갈 길로 떠나라!' 그러자 여러 여장군들은 일제히 따라가겠노라고 했답니다. 이에 임사낭은 그들을 이끌고 밤중에 성을 나서서 그대로 적진으로 돌격했답니다. 미처 방비하지 못한 채 기습을 당한 적들은 몇몇 우두머리 목이 잘리고 말았다지요. 그런데 나중에 보니 기껏해야 여자들 몇 명뿐이라 자기들을 어쩌지 못하리라 생각하고 군대를 돌려서 반격했답니다. 한

바탕 전투를 치르고 나자 임사낭 등은 하나도 살아남지 못했는데, 어찌 보면 이 임사낭의 충의의 뜻을 이루어준 셈이지요. 나중에 그 소식이 도성에 보고되자 천자에서부터 여러 관리들까지 경탄하며 가상히 여기지 않는 이가 없었다 하오. 그 뒤에 조정에서는 당연히 토벌군을 다시 파견했는데, 천자의 군대가 도착하자마자 적도들이 오합지졸로 무너진 것은 자세히 얘기할 필요 없겠지요. 여러분, 임사낭의 절개가 정말 훌륭하지 않습니까?"

"허! 정말 훌륭하고 신기한 이야기로군요! 아주 좋은 제목이니까 다들 애도의 노래를 한 수씩 지어야겠습니다."

그사이에 어떤 이는 벌써 붓과 벼루를 준비하고, 가정의 이야기에 몇 마디를 덧붙이고 고쳐서 짤막한 서문을 한 편 써서는 가정에게 보여주었다. 가정이 말했다.

"이야기는 기껏 이런 정도입니다. 서문은 이미 저쪽 사람들이 써놓았지요. 저번에 성지聖旨를 받들어, 이전 왕조 이래 마땅히 칭송받아야 하지만 상소문에 누락된 각 분야의 인물들을 조사한 적이 있습니다. 승려나 비구니, 거지, 여인네를 막론하고 하나라도 가상한 일을 한 사람이면 즉시 행적을 모아 그 이력을 예부에 보고하여 황제 폐하께 상을 내려주십사 청하도록 했지요. 그래서 그 사람들이 쓴 서문도 예부에 보냈습니다. 모두들 이 새로운 소식을 듣고「궤획사姽嫿詞」를 한 편씩 써서 그 충의를 기리려 한답니다."

"하하, 당연히 그래야지요! 더욱 훌륭한 것은 우리 조정에서 천고에 없었던 넓고 큰 은전을 베푸신다는 사실입니다. 이건 사실 이전 왕조들이 미치지 못하는 부분이니 정말 '성스러운 왕조에는 빠뜨린 일이 없다〔聖朝無闕事〕.'[5]는 게 아니겠습니까? 당나라 사람이 미리 얘기한 게 우리 왕조에서 실현되는군요. 지금에 이르러서야 비로소 이 말이 허튼소리가 아닌 게 되었습니다."

가정이 고개를 끄덕였다.

"정말 그렇지요."

그렇게 이야기하는 사이에 보옥과 가환, 가란이 도착했다. 가정은 그들에게 제목을 보라고 했다. 가란과 가환은 시를 지을 줄도 알았고 타고난 재능도 보옥과 별로 큰 차이가 없었지만, 무엇보다도 그들의 공부는 보옥과는 다른 종류의 것이었다. 과거시험 공부라면 보옥보다 뛰어난 듯했지만 잡학 분야는 그보다 훨씬 못했다. 그리고 시의 구상도 정체되고 둔해서 생동적이고 아름다운 보옥을 따라잡지 못했다. 그들은 시도 팔고문八股文* 쓰는 방법으로 썼기 때문에 판에 박히고 용렬했다.

보옥은 글공부는 하지 않았지만 다행히 천성적으로 영민하고 평소 잡다한 책을 읽기 좋아했다. 그는 옛날 사람의 작품 중에서도 제멋대로 짓거나 잘못 된 부분이나 구상이 충분하지 못한 것이 많다고 생각했다. 그리고 형식에 얽매어 이러지도 저러지도 못하면, 억지로 짓는다 해도 아주 멋대가리가 없어진다고 생각했다. 이런 생각을 하고 있었기 때문에 그는 제목을 대할 때마다 어렵고 쉬운 데 구애받지 않으며 힘을 전혀 들이지 않고 지었다. 마치 말재간 좋은 사람이 입에서 나오는 대로 줄줄 유창하게 쏟아내면서 장편의 거창한 이야기를 제멋대로 갖다 붙여 하나의 이야기를 늘어놓는 것 같았다. 그래서 꼼꼼히 고찰하지 않아도 자리에 있는 모든 이들을 즐겁게 할 수 있었다. 그러니 바른 말만 날카롭게 하는 사람이라도 이런 풍류를 압도할 수 없었다.

근래에 가정은 나이도 들고 명성과 권세에 많이 물들었지만, 그도 애초에는 천성적으로 시와 술을 즐기며 호방하게 즐기던 사람이었다. 하지만 자식과 조카들 앞에서는 어쩔 수 없이 엄격하게 바른 길을 걸어 모범을 보일 수밖에 없었다. 근래에 보니 보옥이 글공부는 하지 않지만 그래도 시 짓는 데는 상당한 재능이 있었는데, 곰곰이 생각해보니 그 또한 조상에게 그나시 누가 되지 않을 뿐더러 조상들 또한 나들 그랬던 것 같았다. 개중에는 과거시험 공부를 잘한 이도 있었지만 한 사람도 과거에 급제하지는 못한 것을 보면, 어쩌면 이 또한 가씨 집안의 운수인 것 같기도 했다. 게다가 태부인이 보옥을 끔찍이 아끼기 때문에 과거시험 공부를 하라고 다그치지도 못했다. 이런 이유로 그는 요즘 들어 보옥을 전과는 달리 대하게 되었다. 또 가란과 가환은 과거시험 공부에 여념이 없으니 시 짓는 재능이 보옥과 똑같을 수 없는지라 시를 지을 때는 항상 셋을 함께 불러서 짓게 했다.

여담은 그만하자. 어쨌든 가정은 그들 셋에게 각기 한 수씩 애도의 노래를 짓게 하면서 제일 먼저 지은 이에게는 상을 내리고, 훌륭하게 지은 이에게는 별도로 상을 내리겠다고 했다. 가란과 가환은 근래에 여러 사람들 앞에서 몇 수를 지어본 적이 있기 때문에 약간 대담해져서 제목을 보자 곧 생각에 잠겼다. 잠시 후 가란이 먼저 노래를 완성했다. 가환도 지기 싫어서 금방 하나를 지었다. 하지만 두 사람이 모두 써 냈을 때까지도 보옥은 여전히 구상에 잠겨 있었다. 가정은 문객들과 함께 가란과 가환이 지은 시를 살펴보았다.

가란이 지은 것은 다음과 같은 칠언절구七言絕句*였다.

    괘획장군 임사낭
    뼈와 살은 옥이로되 간장은 철석 같았지.
    몸 바쳐 항왕에게 보답한 뒤로
    오늘날 청주 땅은 흙마저 향기롭네.
    姽嫿將軍林四娘
    玉爲肌骨鐵爲腸
    捐軀自報恆王後
    此日靑州土亦香

빈객들이 보고 다들 극찬했다.

"열세 살밖에 안 된 도련님이 이런 시를 짓다니, 과연 이 댁의 학문이 깊다는 말이 거짓이 아님을 알겠습니다."

가정이 웃으며 말했다.

"어린애 티가 나지만 그래도 저 아이로서는 괜찮군요."

그리고 가환이 지은 것을 보니 다음과 같은 오언율시五言律詩*였다.

미녀는 근심을 모르고
장군의 뜻 저버리지 않았네.
울음을 참으며 비단 장막 나와서
한을 품고 청주를 떠났네.
스스로 왕의 은덕 보답한다 했지만
어찌 원수에게 복수할 수 있었으랴?
누가 충의로운 이의 무덤 노래하는가?
천고 역사에 독보적인 풍류일세!

紅粉不知愁
將軍意未休
掩啼離繡幕
抱恨出靑州
自謂酬王德
詎能復寇仇
誰題忠義墓
千古獨風流

"이건 더 훌륭하군요! 아무래도 몇 살 많으니까 생각하는 것도 자연히 다르구려."

문객들의 칭찬에 가정이 말했다.

"그다지 졸작은 아니지만 그래도 간절함이 없군요."

"이 정도면 됐습니다. 셋째 도련님이 두어 살 많다고는 하지만 아직 성인이 아닙니다. 이 나이에 이런 정도이니 앞으로 몇 년 더 공부하시면 대완大阮과 소완小阮⁶처럼 되지 않겠습니까?"

"과찬의 말씀이십니다. 공부를 하려 하지 않아서 이 정도밖에 되지 못한 게지요."

그러면서 보옥에게 어떻게 되었느냐고 묻자 문객들이 거들었다.

"둘째 도련님께선 세심하게 글귀를 다듬으시는 분이니 분명 풍류와 비통한 감정이 이 두 분들과는 다를 겁니다."

보옥이 웃으며 말했다.

"이 제목은 근체시近體詩*에 어울리지 않는 것 같고 고체시古體詩*에 어울릴 것 같습니다. 가행체歌行體* 같은 걸로 장편을 써야 간절함을 표현할 수 있겠습니다."

문객들이 모두 일어서서 고개를 끄덕이며 박수를 쳤다.

"보십시오. 발상 자체가 다를 거라 하지 않았습니까! 제목을 보면 늘 그에 어울리는 체재와 격식을 헤아려보는 것이야말로 고수의 수법입니다. 옷을 만들 때 가위질을 하기 전에 몸의 크기를 재는 것과 마찬가지지요. 이 작품은 제목이「궤획사」로 정해졌고 또 서문까지 있으니 반드시 장편 가행체를 써야 적합하지요. 백거이白居易*의「장한가長恨歌」나 옛날의 사詞 작품을 본떠서, 서사와 서정을 반반씩 엮어 유창하면서 빼어나게 표현해야 비로소 오묘한 맛을 다할 수 있는 것입니다."

가정도 자기 생각과 맞는 말이라 생각하고 몸소 붓을 들어 종이에 쓸 준비를 하면서 보옥에게 미소를 지으며 말했다.

"그럼 어디 읊어봐라. 내가 적어주마. 엉터리로 지었다간 엉덩이가 뭉개지도록 매를 맞을 줄 알아라! 창피한 줄도 모르고 건방지게 큰소리부터 치다니!"

보옥은 어쩔 수 없이 첫 구절을 읊었다.

항왕은 무예와 미색을 모두 좋아하여
恒王好武兼好色

가정이 써놓고 고개를 저으며 말했다.
"조잡해!"
그러자 문객 가운데 하나가 말했다.
"이래야 고체시다운 법이니까 조잡한 게 아닙니다. 다음 구절을 들어보십시다."
"그럼 이건 잠시 그대로 두지요."
보옥이 다시 읊었다.

미녀에게 말 타고 활 쏘는 법 가르쳤다네.
아리따운 노래와 춤만으로는 기쁘지 않아
진을 치고 창을 드니 마음에 들어했지.
遂教美女習騎射
艶歌艶舞不成歡
列陣挽戈爲自得

가정이 써놓자 문객들이 모두 말했다.
"셋째 구절은 고졸하고 노숙한 건강미가 있어서 대단히 훌륭합니다. 넷째 구절은 평범하게 서술했으니 체재에 아주 잘 어울립니다."
가정이 말했다.
"지나친 칭찬은 그만하시고 다음에 어떻게 넘어가는지 봅시다."
보옥이 다시 읊었다.

눈앞에 전운戰雲 이는 줄도 모르고
장군의 아름다운 그림자 붉은 등불 속에 어렸지.
眼前不見塵沙起
將軍俏影紅燈裏

문객들이 모두 탄성을 터뜨렸다.
"절묘합니다! '전운 이는 줄 모른다〔不見塵沙起〕.'라는 구절도 훌륭한데 또 '아름다운 그림자 붉은 등불 속에 어렸다〔俏影紅燈裏〕.'라는 구절로 이어받았으니 단어와 구절 안배가 모두 입신의 경지에 이르렀습니다!"
보옥이 계속 읊었다.

호령을 내지를 때는 입에서 향기 풍기고
서릿발 같은 창칼 힘겹게 든 모습 교태가 가득했네.
叱咤時聞口舌香
霜矛雪劍嬌難擧

문객들이 박수를 치며 웃었다.
"더욱 그림 같습니다! 도련님께서 그때 그 자리에서 그 아름다운 모습을 보시고 그 향기를 맡으셨던 게 아닐까 싶을 정도입니다. 그렇지 않으면 어찌 이리 생생하게 묘사해낼 수 있겠습니까?"
보옥이 웃으며 말했다.
"규수가 무예를 익히는데 아무리 용맹하다 한들 남자와 같을 수 있겠습니까? 물을 필요도 없이, 그 교태 있고 겁에 질린 모습을 짐작할 수 있지요."
가정이 말했다.
"잔소리 그만하고 어서 계속해봐라!"

보옥은 잠시 생각하더니 이렇게 이었다.

정향꽃 모양으로 매듭지은 부용꽃 무늬 허리띠에
丁香結子芙蓉條

문객들이 감탄했다.

"여기서 '조條' 자를 써서 '소蕭' 운으로 넘어가니 더 절묘합니다. 이래야 유창하면서 빼어난 표현이 되지요. 게다가 이 구절도 아주 아름답고 매끄럽습니다."

가정이 써놓고 살펴보며 말했다.

"이 구절은 안 좋아! 앞에서 이미 '입에서 향기 풍기고〔口舌香〕', '힘겹게 든 모습 교태가 가득했다〔嬌難擧〕.'라고 했는데, 또 이런 내용을 쓰다니. 재능이 모자라니까 또 이런 상투적이고 화려하기만 한 말로 때우려는 게로구나!"

보옥이 말했다.

"하하, 장편의 노래는 이렇게 좀 화려한 단어로 엮어야지, 그러지 않으면 삭막해집니다."

"이런 글귀만 계속 쓰면 어떻게 무예로 전환시킬 수 있겠느냐? 이런 게 두어 구절만 더 나오면 사족蛇足이 아니냔 말이다!"

"그럼 다음 구절을 좀 급격하게 전환시키는 것도 괜찮을 것 같습니다."

"흥! 네깟 놈이 재주가 얼마나 많다고 그래? 앞에서 거창하게 이야기를 펼쳐놓고 이제 또 급격하게 전환시킨다면 눈만 높고 힘이 따라가지 못하는 경우가 되지 않겠느냐?"

보옥이 잠시 고개를 숙이고 생각하더니 뒤 구절을 이었다.

진주가 아니라 보배로운 칼을 찼다네.

不繫明珠繫寶刀

그리고 다급히 물었다.
"이러면 되겠습니까?"
문객들이 책상을 치며 절묘하다고 감탄했다. 가정이 써놓고 살펴보며 말했다.
"허허! 일단 두고, 계속해봐라."
"괜찮으시다면 다음 구절은 단번에 읊겠습니다. 아니시라면 아예 지워버리고 다른 의미를 생각해서 다른 말로 표현해보겠습니다."
"말이 많다! 잘못 지었다고 다시 짓겠다고? 이런 시시한 걸 열 편, 백 편이나 지은들 뭐가 힘들겠어?"
보옥은 어쩔 수 없이 잠시 생각하다가 이렇게 읊었다.

훈련 마치니 밤이 깊어 몸도 마음도 노곤해지고
땀에 씻긴 연지분 비단 옷에 얼룩졌네.
戰罷夜闌心力怯
脂痕粉漬汚鮫綃

가정이 말했다.
"이제 다음 단락은 어떻게 이을 셈이냐?"
보옥이 계속 읊었다.

이듬해 도적들이 산동 땅을 휩쓸었는데
호랑이 표범처럼 사납게 물고 기세가 벌떼 같았네.
明年流寇走山東
强吞虎豹勢如蜂

문객들이 감탄했다.

"그 '휩쓴다〔走〕'는 표현이 정말 좋군요! 그것만으로도 재능의 깊이가 바로 드러납니다. 그리고 전체적인 구절의 전환도 딱딱하지 않습니다."

보옥이 계속 이었다.

> 항왕이 천자 군대 이끌고 토벌하려 했지만
> 싸우고 또 싸워도 전공戰功을 세우지 못했지.
> 피비린내 배인 바람 언덕의 보리를 꺾고
> 깃발에 햇살 비출 때 사령관의 막사[7]는 비어 있었지.
> 청산은 적막하고 강물만 졸졸 흐르나니
> 그때가 바로 항왕이 전사한 때라네.
> 백골은 비에 젖고 풀밭은 피에 물드는데
> 달빛 차가운 누런 모래밭에 귀신이 주검을 지키네.
> 王率天兵思剿滅
> 一戰再戰不成功
> 腥風吹折隴頭麥
> 日照旌旗虎帳空
> 靑山寂寂水澌澌
> 正是恆王戰死時
> 雨淋白骨血染草
> 月冷黃沙鬼守尸

문객들이 모두 감탄했다.

"절묘합니다! 아주 절묘해요! 배치라든가 서사, 어휘까지 아름답지 않은 게 없습니다. 이제 임사낭을 어떻게 묘사하는지 봅시다. 분명히 오묘한 전환과 빼어난 구절이 나올 겁니다."

보옥이 다시 읊었다.

장군과 병사들은 다투어 제 몸만 돌보나니
청주는 조만간 모두 잿더미로 변할 지경이었지.
뜻밖에도 충의의 기개 규방을 밝혀
항왕의 총애받던 이 분개하여 일어섰지.
紛紛將士只保身
青州眼見皆灰塵
不期忠義明閨閣
憤起恆王得意人

문객들이 찬탄했다.
"아주 자연스럽고 아름답게 서술했습니다."
가정이 말했다.
"너무 길어! 그다음은 군더더기밖에 안 될 것 같구먼."
보옥이 다시 읊었다.

항왕이 제일 아끼던 이 누구였던가?
궤획장군 임사낭이라네.
아리따운 희첩들에게 호령 내려 이끄니
복사꽃처럼 고운 미녀들 전장에 나갔지.
고운 안장 위에서 눈물 흘려 수심도 깊은데
철갑 입고 소리 없이 움직일 때 밤공기도 차가웠지.
승부는 당연히 예측하기 어렵지만
죽든 살든 돌아가신 왕께 보답하리라 맹세했지.
도적의 세력 창궐하여 대적할 수 없어

버들 꺾이고 꽃 시드니 정말 가슴 아팠지.
혼백은 성곽에 기대 있고 고향은 가까운데
말발굽 미녀 짓밟아 향기로운 골수만 남았구나.
그 소식 유성처럼 치달려 경사에 들어가니
어느 집 여인인들 슬퍼하지 않았으랴?
놀란 천자가 성을 잃어 안타까워하니
그때 문무 대신들은 모두 고개만 조아렸지.
문무백관들은 무슨 일로 조정의 기강 세웠던가?
규중의 임사낭보다 못하구나!
이 몸은 임사낭 위해 탄식하나니
노래 다 짓고도 여운 남아 상념 끊이지 않네!

恆王得意數誰行
姽嫿將軍林四娘
號令秦姬驅趙女
艷李穠桃臨戰場
繡鞍有淚春愁重
鐵甲無聲夜氣涼
勝負自然難預定
誓盟生死報前王
賊勢猖獗不可敵
柳折花殘實可傷
魂依城郭家鄉近
馬踐胭脂骨髓香
星馳時報入京師
誰家兒女不傷悲
天子驚慌恨失守

此時文武皆垂首
何事文武立朝綱
不及閨中林四娘
我爲四娘長太息
歌成餘意尚徬徨

이렇게 읊고 나자 문객들은 모두 한없이 칭송하며 다시 전문을 읽어보았다. 가정이 웃으며 말했다.
"몇 구절 읊기는 했지만 역시 그다지 간절하지는 않아."
그러면서 보옥 등에게 말했다.
"가봐라."
셋은 사면을 받은 것처럼 일제히 밖으로 나와 각자의 방으로 돌아갔다.

모두들 별말 없이 그저 밤이 되자 잠자리에 들었다. 그러나 보옥은 홀로 마음이 쓸쓸하여 대관원으로 돌아오다가 문득 연못가의 부용꽃을 보고 청문이 부용꽃의 꽃신이 되었다는 하녀의 이야기가 떠올랐다. 그는 자기도 모르게 기쁜 마음이 들어서 부용꽃을 보며 한참 동안 탄식했다. 그러다 갑자기 '청문이 죽은 뒤에 영전에 제사도 지내지 못했으니 지금이라도 부용꽃 앞에서 제사를 지내면 예의를 다하는 게 아닐까?' 하는 생각이 들었다. 또한 그것은 일반 사람들이 영전에서 애도하며 제사 지내는 것보다 훨씬 운치가 있을 것 같았다. 그는 곧 제사를 올리려다가 갑자기 멈추더니 생각에 잠겼다.
'이렇게 한다 해도 너무 소박해. 의관을 잘 차려 입고 제사상도 두루 갖추어야 정말 경건한 제사가 될 거야.'
그러다가 다시 이런 생각이 들었다.
'지금은 절대 세속의 의례를 따라할 수 없지. 아무래도 뭔가 새로운 방법으로 달리 제사상을 차려야 특별한 풍류도 있고, 세속과는 다른 우리 둘의 품격에도 어긋나지 않을 거야. 게다가 옛사람도 그랬잖아? 웅덩이에 고인 물이나 수레바퀴 자국에 흐르는 물, 마름이나 부평초 같이 하찮은 것들도 왕공이나 귀신에게 바칠 수 있다〔潢汙行潦 苹蘩蘊藻之賤 可以羞王公薦鬼神〕[8]고 말이야! 그러니까 물건의 귀천이 문제가 아니라 오로지 마음의 경건함이 중요하다는 것이지. 그리고 애도문이나 애도의 시에도 자기만의 생각을 담아 자기만의 언어로 지어야지, 옛사람의 상투적인 틀을 답습해서 몇 글자 채워 이목을 속여 넘기는 글을 써서는 안 되는 거야. 아무래도 피눈물을 뿌리고 한 글자 한 구절을 흐느끼듯 통곡하듯 써야 되지. 문장은 모자라도 슬픔이 충만해야지, 글의 꾸밈만 중시해서 슬픈 마음이 빠져버린다면 절대 안 되거든. 게다가 옛사람들도 뜻을 숨기고 돌려 말하는 글을 많이 썼으니 지금 내가 처음으로 선례先例를 만드는 것[9]은 아니잖아? 요즘 사람들은 공명功名이라는 것에 미혹되어 옛날 기풍은 다 버리고 그저 시의時宜에 맞지 않을까 걱정하는데, 이건 너무 공명에 얽매이기 때문이야. 게다가 난 공명을 하찮게 여겨서 세상 사람들한테 칭찬받는 걸 바라지는 않으니 차라리 먼 옛날 초나라 사람들의 「대언부大言賦」와 「초혼招魂」, 「이소離騷」, 「구변九辯」,[10] 그리고 북주北周* 유신庾信*의 「고수부枯樹賦」와 「문난問難」,[11] 『장자莊子』의 「추수秋水」, 완적阮籍*의 「대인선생전大人先生傳」 같은 글을 본받아 짓는 게 낫겠어. 한두 구절만 참조해 쓰거나 우연히 짧은 연구聯句를 만들 수도 있고, 실제의 전고典故를 쓸 수도 있고 비유적인 우언寓言*을 쓸 수도 있어. 그저 마음 가는 대로 붓 가는 대로 쓰면 되는 거야. 기쁠 땐 장난삼아 글을 쓰고 슬플 땐 글로 아픔을 나타내되, 뜻만 제대로 전달되면 그만이지, 굳이 세속의 낡은 격식에 얽매일 필요 있겠어?'

보옥은 본래 글공부를 하지 않는 사람이고, 또 마음속에 이런 삐딱한 생각이 있으니 좋은 시나 문장을 써낼 수 없는 게 당연했다. 그는 자기 마음대로 쓸 뿐 남이 선망해줄 것을 바라지 않았기 때문에 아주 멋대로 장편의 글을 지어냈다. 그리고 그것을 평소 청문이 좋아하던 하얀 비단에 해서체로 써서 「부용꽃 소녀를 위한 애도의 글〔芙蓉女兒誄〕」이라는 제목을 붙였다. 앞쪽에는 서문이 있고 뒤쪽에 노래가 달린 형식이었다. 그리고 청문이 좋아하던 물건 네 가지를 준비하여 달빛 속에서 하녀를 시켜 부용꽃 앞에 가져다 놓게 했다. 그는 먼저 절을 올리고 나서 그 애도문을 부용 꽃가지 위에 걸어놓고는 눈물을 흘리며 소리 내어 읽었다.

바야흐로

영원히 태평한 세월이 이어지는 해, 부용꽃과 계화가 다투어 피는 달, 하염없는 날에 이홍원의 혼탁한 옥〔濁玉〕인 이 몸이 삼가 많은 꽃술과 얼음같이 하얀 비단, 심방원의 샘물, 그리고 풍로楓露의 차를 바칩니다. 이 네 가지는 비록 하찮은 것이지만 정성과 믿음을 전달할 만한 것이라 이에 백제궁白帝宮*의 부서를 다스리는 가을의 미녀〔秋艷〕 부용녀芙蓉女의 영전에 이렇게 제사를 올립니다.

생각건대 그대가 혼탁한 세상에 내려온 후로 지금까지 십 년하고도 여섯 해가 되었습니다. 그 조상의 관적貫籍과 성씨는 오래전에 묻혀 고증할 수 없게 되었습니다. 그러나 이 몸이 한 이불 속에서 놀고 함께 목욕하던 시간, 함께 쉬고 잔치 벌이며 놀던 밤에 허물없이 가까이 함께 지낸 나날은 겨우 오 년하고도 여덟 달 밖에 안 됩니다.

아! 옛날 그대가 살아 있을 때 그 자질은 금과 옥으로 비유할 수 없이 귀중했고, 그 성품은 눈과 얼음으로 비유할 수 없이 깨끗했고, 그 정신은 해와 달로 비유할 수 없이 맑고 밝았으며, 그 용모는 꽃과 달로도 비유할 수 없이 아름다웠습니다. 자매들은 모두 그대의 우아함과 아름다움을 부러워했고, 할멈들은 모두 그대의 은혜로운 덕을 우러렀습니다.

곰곰이 생각건대 비둘기나 짐조鴆鳥처럼 험담 잘하고 악독한 이들이 그대의 고결함을 미워하여, 높이 나는 맹금猛禽 같은 그대를 오히려 그물에 빠뜨렸고, 질려나 도꼬마리 같은 천한 것들이 그 향기를 질투하여 궁궁이와 난초 같은 그대가 낫질 호미질을 당했습니다! 꽃은 원래 나약하거늘 어찌 광풍을 이겨낼 수 있겠으며, 버들가지는 본래 시름이 많으니 어찌 폭우를 견뎌낼 수 있겠습니까? 우연히 독충이나 전갈 같은 이들의 참소를 당하면 치유하기 어려운 고질병을 얻게 됩니다. 그러므로 그대의 앵두 같은 입술은 붉은 빛을 잃고 신음을 토했고, 살구꽃 같은 얼굴은 향기 시들어 야위고 누렇게 떠버렸습니다. 헐뜯는 노래와 소인배들의 비방이 병풍 뒤에서 나오고, 창문에는 가시덤불과 쑥대 줄기가 가득 덮였습니다. 어찌 그대가 남의 원한을 사서 쇠멸했겠습니까? 사실 치욕을 씻기 위해 생을 마친 것입니다. 그지없이 침울한 근심에 잠겨 있는데 또 한없는 억울함까지 품게 되었습니다. 뛰어난 풍모 때문에 질투를 받았으니 규중의 한이 가의賈誼[12]에 비견되고, 올곧은 마음 때문에 위해를 당했으니 여인의 운명이 우산羽山*의 교외에서 처형당한 곤鯀[13]보다 처참합니다.

스스로 괴로움을 자초했으니 뉘라서 그대의 요절을 불쌍히 여기겠습니까? 신선의 구름 이미 흩어져버렸으니 향기로운 자취 찾기 어려워졌습니다. 취굴주聚窟洲[14]로 가는 길을 찾지 못하니 어디서 기사회생의 신령한 향을 얻겠습니까? 바다에 신령한 뗏목이 없었으니 회생의 약을 얻을 수 없습니다.[15] 짙푸른 눈썹 화장을 어제까지만 해도 제가 그려주었는데, 반지와 팔찌의 차가워진 옥을 이제 누구에게 데워달라고 하겠습니까? 화로의 솥에는 먹다 남은 약이 아직 남아 있고, 옷깃에는 눈물자국 여전히 얼룩져 있습니다. 난새 거울〔鸞鏡〕 쪼개 나누어 갖고 헤어지니 사월皣月의 화장품 갑 열 때마다 시름겹고[16], 머리빗이 용 되어 날아가버리니 부러진 단운檀雲*의 이를 볼 때마다 애절합니다.[17] 황금 머리장식은 풀밭에 버리고[18], 비취 깃털로 장식한 머리장식만 먼지 속에서 주웠습니다. 비어버린 시삭무鳲鵲樓*에는 부질없이 칠석의 바늘만 걸려 있고[19], 원앙 허리띠 끊어져도 누가 오색 실로 이어주겠습니까?[20] 하물며 계절은 가을이라 백제白帝께서 시절을 주관하시는데, 홀로 이불 속에서 꿈을 꾸지만 빈방에 그대는 없습니다. 오동나무 그늘진 섬돌 위엔 달빛도 어둑하여 향기로운 그대의 영혼은 아리따운 그림자와 함께 사라지고, 부용꽃 무늬 휘장에 향기는 남았지만 고운 숨결도 잔잔한 말소리도 모두 끊어져버렸습니다. 하늘까지 닿은 마른 풀이 어찌 갈대[21]뿐이겠습니까? 온누리에 퍼지는 슬픈 소리는 모두 귀뚜라미 울음소리뿐입니다. 저녁 무렵 섬돌에는 이슬 젖은 이끼 덮였지만, 주렴 너머로 들리던 차가운 다듬이 소리는 더 이상 들리지 않고, 비에 젖은 담쟁이 덮인 가을 담장 너머 이웃집 뜰에서는 한 맺힌 피리 소리[22] 들어졌습니다. 꽃다운 이름 아직 스러지지 않아 처마 앞 앵무새가 아직 부르고 있고, 아름다운 그대 죽으려 하기에 난간 밖 해당화가 미리 시들었나 봅니다. 숨바꼭질하던 병풍 뒤에는 그대의 발자국 소리 들리지 않고, 풀싸움하던 마당 앞에는 난초 싹만 부질없이 기다리고 있습니다. 수놓다 남은 실 팽개쳐져 있으니 꽃 모양으로 오린 종이[銀箋]에 맞춰 오색실 수놓은 옷은 누가 마름질할까요? 하얀 명주 접어 끊었지만 황실에서 하사한 향 담은 다리미로 다림질은 하지 못하고 있습니다.

어제는 아버지의 엄명으로 수레 따라 멀리 정원에 꽃구경을 갔었고, 오늘은 어머님의 눈총을 무릅쓰고 다시 지팡이 짚고 조문하러 갔건만, 그대의 외로운 영구는 갑작스럽게 버려졌더이다. 얇은 관이 이미 불태워졌다는 소식 듣고 한 무덤에 묻히자는 맹세 지키지 못해 부끄러웠고, 그대의 육신 돌 궤짝 안에서 재가 되었으니 함께 재가 되지 못했다는 조롱받을까 부끄럽습니다. 가을바람 쓸쓸한 오래된 절에는 파리한 도깨비불 서성거리고, 적양 비치는 황량한 무덤에 백골만 흩어져 있겠군요. 가래나무 느릅나무는 스산한 바람에 울고 쑥대만 쓸쓸하겠지요. 안개 너머 들판에선 원숭이 울어대고, 연기 덮인 밭두렁을 돌며 귀신이 울어대겠지요. 붉은 휘장 안의 도련님은 스스로 정 많다 생각했는데, 황토 무덤 속 소녀의 박복한 운명 이제야 알겠습니다! 여남왕汝南王의 피눈물[23] 같은 눈물 방울방울을 서풍에 뿌리고, 재택梓澤 석숭石崇의 애절한 마음[24]으로 말없이 차가운 달을 보며 하소연합니다.

아아! 진정 요괴들이 일으킨 재앙일지니, 어이하여 신령들도 시기를 한단 말인가! 사악한 하녀들의 주둥이에 칼을 씌워야지 어찌 용서할 수 있단 말입니까? 못된 아낙의 배를 갈라도 분이 풀리지 않겠습니다! 속세에서 그대의 인연은 짧았지만 그대 향한 제 못난 마음이야 어찌 다하겠습니까! 간절한 그리움에 재삼 묻지 않을 수 없었습니다. 이제야 알겠습니다, 상제께서 표창을 내리셔서 꽃의 궁궐로 불러들이셨음을. 그러니 살아서는 난초와 어울리고 죽어서는 부용꽃을 관할하게 되셨다지요. 하녀의 말은 터무니없는 듯하지만 못난 제 생각에는 깊은 근거가 있는 듯합니다.

왠 줄 아십니까? 옛날 섭법선葉法善은 혼을 사로잡아 비문碑文을 쓰게 했고[25], 이하李賀*는 하늘에 불려가 「백옥루기白玉樓記」를 썼으니[26], 사정은 다르지만 이치는 한 가지입니다. 그러므로 물건에 맞춰 사람을 안배하는 법인데, 만약 그 사람의 재능이 맞지 않다면 어찌 외람된 일이 아니겠습니까? 그러므로 비로소 믿을 수 있습니다. 상제께서 사람을 골라 일을 맡기심이 지극히 합당하여 그 사람의 타고난 자질을 저버리시지 않는다는 것을 말입니다. 이에 그대의 스러지지 않는 영혼이 이곳에 강림해주시길 바라온데 다만 주제넘게 비속한 언사로 그대의 지혜로운 귀를 더럽힌 점은 양해해주십시오.

이에 다음과 같은 노래로 초혼招魂하옵니다.

하늘은 어찌 이리 높고 푸른가?
옥룡을 타고 하늘에서 노니시는가?
땅은 어찌 이리 넓고 아득한가?
옥과 상아로 만든 수레 타고 황천으로 내려갔는가?
찬란한 수레 덮개 바라보나니
혹시 기성箕星과 미성尾星[27]의 빛이 아닌가?

늘어선 우보羽葆²⁸가 앞에서 인도하고
위성危星과 허성虛星이 옆에서 호위하는가?
풍륭豐隆²⁹으로 하여금 호위하며 따르게 하고
둥근 달 바라보며 떠나는가?³⁰
수레바퀴 구르는 소리 끼르륵 울리나니
난새와 봉황³¹ 타고 멀리 가는가?
진한 향기 코를 찌르나니
형초蘅草와 두초杜草 꿰어 허리 장식 삼았는가?
현란하도다, 번쩍이는 치맛자락이여
밝은 달을 깎아 귀고리를 만들었는가?
능소화 쌓아 제단을 만들었고
연꽃 등 걸고 난초 즙 태워 밝히는가?
표주박 다듬어 술잔 만들어
녹양주醁䣴酒 따르고 계화주桂花酒 넘치게 따랐는가?
우러러 구름을 응시하나니
마치 무언가를 본 것 같지 않은가?
그윽하게 내려다보며 귀 기울이나니
흡사 무슨 소리를 들은 것 같지 않은가?
드넓고 사방이 막힘없는 하늘에서 신선³²과 만나면서
어이해 나를 차마 속세에 버렸는가?
바람의 신³³에게 부탁하여 내 수레 몰게 해주어
나와 나란히 손잡고 돌아올 수 없는가?
내 마음 그로 인해 슬퍼지나니
부질없이 통곡한들 무슨 소용이랴?
그대 편안히 영원한 잠을 자나니
어찌 천운이 이리 변했단 말인가?

무덤에 묻혀도 평안하다면
근원으로 돌아갔는데 또 어찌 신선이 되려 하는가?
나는 아직 얽매어 있어 군더더기 신세이니
넋이여, 내 마음 헤아려 와주려는가?
와서 머물러주오.
그대여, 진정 와주려는가?

天何如是之蒼蒼兮
乘玉虯以遊乎穹窿耶
地何如是之茫茫兮
駕瑤象以降乎泉壤耶
望纖蓋之陸離兮
抑箕尾之光耶
列羽葆而爲前導兮
衛危虛于旁耶
驅豐隆以爲比從兮
望舒月以離耶
聽車軌而伊軋兮
御鸞鷖以征耶
問馥郁而蔓然兮
紉蘅杜以爲纕耶
炫裙裾之鑠鑠兮
鏤明月以爲　耶
籍葳蕤而成壇畸兮
倩蓮焰以燭蘭膏耶
文嗷匏以爲觶斝兮
瀘醁釃以浮桂醑耶

제78회　261

瞻雲氣而凝盻兮
仿佛有所覘耶
俯窈窕而屬耳兮
恍惚有所聞耶
期汗漫而無天閼兮
忍捐棄余於塵埃耶
倩風廉之爲余驅車兮
冀聯轡而攜歸耶
余中心爲之慨然兮
徒嗷嗷而何爲耶
君偃然而長寢兮
豈天運之變於斯耶
旣歺歺且安穩兮
反其眞而復奚化耶
余猶桎梏而懸附兮
靈格余以嗟來耶
來兮止兮
君其來耶

높고 넓은 하늘에서 고요히 지내고 있다면 이곳에 강림한들 나 또한 보지 못하겠지요. 안개 같은 덩굴 걷어 병풍〔步帳〕으로 삼고, 창 같은 부들 늘어 세워 삼엄한 대오를 만드셨겠지요. 잠에 빠진 버들 눈 깨우시고, 연심蓮心의 쓴맛을 해소하셨겠지요. 계수나무 무성한 바위에서 소녀素女[34]와 만나고, 난초 우거진 물가에서 복비宓妃[35]를 맞이하시겠지요. 농옥弄玉[36]은 생황〔笙〕을 불고 한황寒簧[37]은 축어柷敔*를 치겠지요. 숭산嵩山* 신의 부인인 영비靈妃를 부르고 여산노모驪山老姥*를 초빙하겠지요. 거북이는 낙수落水 물가에서 영험한 징조를 드러내고³⁸, 짐승들이 「함지咸池」³⁹의 음악에 맞춰 춤을 추겠지요. 용은 적수赤水에 잠겨 포효하고, 봉황들은 주림珠林*에 모여들겠지요.⁴⁰ 여기에는 경건한 마음만 있을 뿐, 보거簠莒⁴¹와 같은 제기祭器의 격식은 갖추지 않았겠지요. 하성霞城*에서 수레 타고 출발하여 현포玄圃*에서 깃발 돌려 돌아가시겠지요.⁴² 보일 듯 말 듯 통하는 것 같기도 하더니 다시 아득한 안개에 갑자기 막혀버립니다. 안개와 구름 모였다 흩어지고, 안개비는 아득해 내립니다. 흙비가 걷히니 별은 높고, 산과 골짝 아름다운데 달은 중천에 떠 있습니다. 마음은 너무나 싱숭생숭하여 자는 듯 깨어 있는 듯 황홀합니다. 이에 탄식하며 슬피 바라보고 눈물 젖은 채 서성거립니다. 사람들 말소리도 적막해졌고, 대숲⁴³에서는 자연의 소리만 들립니다. 새들은 놀라 날아가고 물고기들의 아가미질 소리 울립니다. 애도의 마음 적어서 기도 올리고, 제사 올려 상서로움을 기원합니다. 아아, 슬프도다!

그대여, 제물을 받아주소서!

이렇게 읽고 나서 보옥은 비단을 태우고 차를 올린 뒤에도 못내 그 자리를 떠나지 못하다가 하녀가 여러 차례 재촉하고 나서야 비로소 몸을 돌렸다. 그때 갑자기 산속 바위 뒤에서 누군가 웃으며 말했다.

"잠깐 걸음을 멈춰요."

보옥과 하녀가 깜짝 놀랐다. 하녀가 뒤를 돌아보니 부용꽃 속에서 사람 그림자가 하나 걸어 나왔다. 놀란 하녀가 소리쳤다.

"에구머니! 귀신이다! 청문 언니가 정말 귀신이 되어 나타났어!"

보옥도 깜짝 놀라 황급히 돌아보았는데……

이후의 이야기는 다음 회를 보시라.

제79회

설반은 사나운 부인 얻은 걸 후회하고
가영춘은 배덕한 이리에게 잘못 시집가다[1]
薛文龍悔娶河東獅　賈迎春誤嫁中山狼

설반이 사나운 하금계와 결혼한 것을 후회하다.

　보옥이 청문에게 제사를 올리고 나자, 갑자기 꽃 그림자 속에서 누군가의 목소리가 들려 깜짝 놀랐다. 그런데 걸어나온 사람은 다름 아닌 대옥이었다. 그녀는 만면에 함박웃음을 지으며 말했다.
　"정말 신기한 제문이군요!「조아비曹娥碑」²와 함께 후세에 전해질만 한 명문이예요."
　보옥은 자기도 모르게 얼굴이 붉어져서 웃었다.
　"세상의 제문들이 너무 케케묵은 틀을 답습하고 있다고 생각해서 새롭게 고쳐본 거야. 하지만 그저 장난으로 한 것뿐인데 뜻밖에도 그걸 들어버렸군! 심하게 잘못된 곳이 있으면 좀 고쳐줘."
　"원고는 어디 있어요? 아무래도 좀 자세히 읽어봐야겠어요. 너무 길고 거창한 이야기라서 무슨 말인지 잘 모르고 그저 중간에 두어 구절만 들었을 뿐이거든요. 그거 있잖아요. '붉은 휘장 안의 도련님은 정이 많고, 황토무덤 속 소녀는 박복한 운명'이라고 한 부분 말이에요. 그 부분의 뜻은 좋은데 '붉은 휘장 안'이라는 표현은 너무 진부해요. 눈앞의 실제 사실이 있는데 왜 그걸 쓰지 않았나요?"
　"눈앞의 실제 사실이라니, 그게 뭐지?"
　"호호, 우린 지금 모두 노을빛 비단[霞影紗] 바른 창을 갖고 있으니 '붉은 비단 창 아래 공자는 다정하다[茜紗窓下 公子多情].'라고 하면 더 좋잖아요?"

보옥은 자기도 모르게 발을 구르며 감탄했다.

"하하, 정말 훌륭하고 지당하군! 그래도 누이나 되니까 이런 생각을 해내고 얘기할 수 있지. 예로부터 지금까지 세상에 멋진 풍경과 오묘한 일이 많지만, 어리석은 바보들은 제대로 얘기할 줄도 모르고 생각해낼 줄도 모른단 말이야. 그런데 말이야, 그렇게 고치면 아주 신선하고 절묘하기는 하지만, 누이야 그런 창이 있는 방에 사니까 괜찮아도 나한테는 사실 감당할 수 없는 표현이야."

그러면서 그는 스무 번 가깝게 연신 "어림도 없지!" 하고 중얼거렸다.

"호호, 상관없잖아요? 제 창이 오빠의 창이 될 수도 있는데 굳이 그렇게 남남처럼 나눌 필요가 있나요? 옛사람들도 길 가다 만난 낯선 사람과 살찐 말을 함께 타고, 가벼운 갖옷을 함께 입다가 해져도 아까워하지 않았는데 하물며 우리 사이에야 더 그렇잖아요?"

"하하, 교유交遊의 도리로 말하자면 살찐 말이나 가벼운 갖옷이 아니라 황금이나 백옥이라 할지라도 득실을 따져서는 안 되지³. 그래도 그렇게 규방을 범하는 건 절대 안 될 일이야. 차라리 '도련님'과 '소녀'를 빼버리고 누이가 청문 누나를 애도한 것으로 치는 편이 낫겠다. 게다가 평소 누이도 그 누나한테 아주 잘해주었으니까, 내가 지은 이 긴 글을 버리는 한이 있더라도 절대 그 '붉은 비단 창'이라는 새 구절을 버릴 수야 없지. 그러니까 '붉은 비단 창 아래 아가씨는 다정하고, 황토 무덤 속의 시녀는 박복한 운명'이라고 고치자. 이러면 나와는 상관이 없어지지만, 그래도 흡족하게 생각할 거야."

"호호, 청문 언니가 제 하녀도 아닌데 어떻게 그렇게 써요? 게다가 '아가씨'니 '시녀'니 하는 것도 고상하지 못해요. 혹시 나중에 자견이 죽어서 제가 그렇게 얘기한다 해도 늦지 않겠지요."

"하하, 이런! 굳이 자견 누나한테 악담을 할 필요까지 있나?"

"호호, 오빠가 그렇게 쓰자고 했지 내가 그런 게 아니거든요!"

"그럼 이렇게 고치는 건 어떨까? 이게 더 타당해 보이는데. '붉은 비단 창 아래 사는 건 본래 나와 인연이 없지만, 황토 무덤 속의 그대 운명이 어찌 그리 박복한지〔茜紗窓下 我本無緣 黃土壟中 卿何薄命〕!' 이렇게 말이야."

그 말을 듣자 대옥의 안색에 수심이 드리워졌다. 그녀는 마음속에 온갖 이상한 생각이 들었지만 겉으로는 드러내고 싶지 않아 얼른 미소를 지으며 고개를 끄덕였다.

"과연 그렇게 바꾸니까 훌륭하네요. 쓸데없이 너 이상 고치지 말고 얼른 가서 중요한 일이나 하셔요. 조금 전에 숙모님께서 사람을 보내셔서 내일 오빠더러 큰외숙모님 댁에 다녀오라고 하셨어요. 영춘 언니 혼처가 정해져 아마 내일 그쪽 집에서 인사를 오기 때문에 오빠들더러 가보라고 하시나봐요."

보옥이 손뼉을 치며 말했다.

"굳이 이렇게 서두를 필요 있을까? 나도 몸이 별로 안 좋아서 내일 갈 수 있을지 모르겠는데 말이야."

"또 이러시네! 제발 성미 좀 고치셔요. 나이를 먹을수록 생각은 더 어려지니 원······"

그녀가 말하는 도중에 기침을 하기 시작하자 보옥이 황급히 말했다.

"여긴 바람이 찬데 멍청하게 여기 계속 서 있었군! 어서 돌아가자!"

"저도 방에 돌아가 쉬겠어요. 내일 봐요."

대옥이 떠나자 보옥도 어쩔 수 없이 무료하게 발길을 옮기다가, 갑자기 대옥이 아무도 거느리지 않고 왔었다는 사실을 떠올리고 급히 하녀에게 따라가 배웅해주라고 했다. 그리고 혼자 이홍원으로 오니 과연 왕부인이 할멈을 보내서 내일 아침 가사의 집에 가보라는 전갈이 와 있다. 이유는 조금 전에 대옥이 말한 것과 같았다.

원래 가사는 영춘을 손孫 아무개의 집안에 시집보내기로 예정해놓고 있었다. 그 손씨 집안은 대동부大同府*에 관적을 두고 있고 조상들이 군관軍官 출신이며, 옛날 녕국부와 영국부의 문하생이었으니 따지고 보면 대대로 교분이 있는 집안이었다. 지금 손씨 집안에서는 한 사람만이 경사에 있으면서 지휘指揮[4] 벼슬을 세습했다. 그 사람의 이름은 손소조孫紹祖*인데 용모가 빼어나고 기골이 장대하며 승마와 활쏘기에 능하고 사교에도 뛰어났다. 그의 나이는 서른 살이 채 되지 않았고 집안도 부유했으며, 현재 병부兵部에서 결원이 생기면 즉시 임용될 수 있는 후보자였다. 그런데 아직 결혼을 하지 않았기 때문에 가사는 그가 대대로 교분 있는 집안의 후손이고 인품이나 집안 사정이 어울린다고 생각하며 그를 사윗감으로 점찍어놓고 있었던 것이다. 또한 그 사실을 예전에 태부인에게도 일러두었다. 태부인은 속으로 그다지 마뜩치 않았지만 말려도 듣지 않을 것 같았고, 또 남녀지간의 일이란 하늘이 정해놓은 연분이 있는 일이며, 게다가 친아버지가 그렇게 얘기하니 나서서 참견하기도 곤란하여 그저 "알겠네."라고만 해놓고 다른 말은 하지 않았다.

가정은 손씨 집안을 무척 싫어했다. 대대로 교분이 있긴 하지만 예전에 그 집안의 조부가 녕국부와 영국부의 위세를 흠모하다가 자기 힘으로 해결할 수 없는 일이 생기자 문하생으로 들어왔을 뿐, 결코 학문을 하거나 예의에 밝은 집안이 아니었기 때문이다. 이 때문에 그는 가사에게 두어 번 반대 의사를 밝히며 설득했지만 가사가 고집을 부리자 어쩔 수 없이 그냥 둘 수밖에 없었다.

보옥은 손소조를 한 번도 만난 적이 없었지만, 다음 날 인사치레로 가볼 수밖에 없었다. 그런데 결혼식 날짜가 너무 촉박하여 올해가 가기 전에 식을 올린다 하고, 또 형부인 등이 태부인에게 영춘을 대관원에서 데리고 나가겠다고 말씀드렸다는 등의 이야기를 듣게 되자 더욱 기분이 상해버렸다. 그는 매일 멍하니 있으면서 답답한 마음을 어떻게 풀어야 할지 몰랐다. 그런데 또 영춘이 하녀 네 명을 데려간다는 소식까지 들리자 그는 발을 구르며 탄식했다.

"이제부터 이 세상에 고결한 사람 다섯 명이 또 줄어들겠구나!"

이 때문에 그는 매일 자릉주紫菱洲* 일대를 배회하며 영춘의 거처를 바라보곤 했는데, 창가는 적막하고 병풍과 휘장도 쓸쓸하여 밤 당번을 서는 할멈들 몇 명만 보일 뿐이었다. 물가의 여뀌 꽃과 갈대 잎, 연못 안의 푸른 마름들도 모두 시들어 성글어진 채 옛사람을 추억하는 듯한 모습이어서 평소 아름다움을 다투어 뽐내던 풍경과는 전혀 딴판이었다. 이렇게 적막하고 쓸쓸한 풍경이 가슴에 사무치자 그는 치솟는 감정을 억누르지 못하고 입에서 나오는 대로 노래 한 곡을 지었다.

연못에는 밤새 가을바람 쓸쓸하여
연꽃 줄기 붉은 옥 같은 그림자 불어 흩어버렸네.
여뀌 꽃 마름 잎도 시름에 겨워
작은 가시에 찬 이슬 된서리에 눌렸구나.
긴 낮에는 바둑 두는 소리 들리지 않고
바둑판에는 제비들이 떨어뜨린 진흙만 점점이 찍혔구나.
옛사람들도 아끼는 벗과의 작별을 아쉬워했거늘
하물며 지금 나는 수족 같은 혈육과 헤어져야 하는 것을!

池塘一夜秋風冷
吹散菱荷紅玉影
蓼花菱葉不勝愁
重露繁霜壓纖梗
不聞永晝敲棋聲
燕泥點點汚棋枰
古人惜別憐朋友

況我今當手足情

보옥이 노래를 읊고 나자 갑자기 뒤쪽에서 누군가 웃는 소리가 들렸다.
"왜 또 여기서 멍하니 계셔요?"
황급히 고개를 돌려보니 향릉이었다. 보옥은 곧 돌아서서 웃으며 물었다.
"무슨 일로 오셨어요? 대관원에 놀러오지 않은 지 꽤 되었잖아요?"
향릉이 손뼉을 치며 생글거렸다.
"오기야 왔지요. 하지만 지금은 서방님께서 돌아오셨으니 예전만큼 자유로울 수 없어요. 조금 전에 우리 마님께서 희봉 아씨께 사람을 보내셨는데, 심부름꾼이 돌아와서는 대관원에 들어가셔서 댁에 안 계신다고 하더라고요. 그 소식을 듣고 제가 찾아보겠다고 자청했어요. 우연히 희봉 아씨 댁 하녀를 만났는데 아씨께서 도향촌에 계신다고 하대요. 거기로 가는 도중에 도련님을 만난 거예요. 근데 습인 언니는 요즘 어때요? 청문 언니가 갑자기 죽었다는데 대체 무슨 병인가요? 둘째 아가씨는 갑작스레 이사를 가버리셨고요. 이곳 좀 보셔요. 너무 썰렁하지 않아요?"
보옥은 일일이 대답해주고 나서 이홍원에 가서 차라도 한잔 하고 가라고 청했다.
"지금은 안 돼요. 희봉 아씨께 가서 볼 일을 마친 다음에 다시 올게요."
"무슨 일이기에 그리 바빠요?"
"서방님 혼사에 관한 일이니까 중요하지요."
"그렇군요. 그런데 어느 집 규수랍니까? 한 반년 동안 장씨 댁 규수가 좋으니, 이씨 댁 규수가 좋으니 말이 많더니 나중에는 왕씨 댁 이야기까지 나오더군요. 그 아가씨들이 무슨 죄를 지었기에 남의 입에 그리 오르내리는지 모르겠네요."
"이제 정해졌으니 다른 집안 얘기는 필요 없어요."
"어느 집 규수인가요?"

"저번에 서방님께서 장사하러 나가셨을 때 도중에 어느 친척 집에 들르셨대요. 원래 가까운 친척이고 우리 집안과 같이 호부戶部*에 이름이 올랐다고 하니까 몇 손가락 안에 꼽히는 큰 부잣집이지요. 전에 얘기가 나왔는데 녕국부와 영국부에서도 다들 아시더군요. 장안에서 위로 왕후장상부터 아래로 장사꾼들까지 모두 그 집안을 '계화 하씨댁〔桂花夏家〕'이라고 부른답니다."

"하하, 왜 그렇게 부른대요?"

"그 댁의 본래 성이 하씨인데 아주 부자래요. 논밭은 말할 필요도 없고, 몇 십 경頃5이나 되는 땅에다 전부 계화만 심었다대요. 장안 안팎의 모든 계화 가게에 있는 꽃들은 전부 그 댁에서 나온 것이고, 심지어 궁중에 진열된 화분들도 그 댁에서 진상한 거라서 그런 별명이 생겼다지요. 연세 많은 마님께서 친딸 한 분과 살고 계시는데, 애석하게도 오빠나 동생이 없어서 집안 대가 끊어졌답니다."

"그 집안 대가 끊어지든 말든 우리와는 상관없지요. 그나저나 그 아가씨가 괜찮은가 보네요? 어떻게 형님 마음에 들었대요?"

"첫째는 하늘이 맺어준 인연이고, 다음으로는 '사랑하는 이의 눈에는 서시만 보이기〔情人眼裏出西施〕' 때문이지요. 예전에는 집안끼리 왕래하는 사이여서 어려서부터 함께 어울려 지낸 적이 있나봐요. 친척 관계로는 고종 남매지간이니까 서로 허물없이 지냈다는군요. 요 근래 떨어져 지냈지만, 저번에 그 댁에 가니 아들이 없는 마님께서 서방님이 이렇게 의젓하게 자라신 걸 보시고 울고 웃고 하시는 것이, 친아들 대하는 것보다 더하셨다고 하네요. 그리고 두 남매에게 서로 인사를 하게 하셨는데 뜻밖에 그 아가씨는 꽃처럼 예뻤대요. 댁에 계실 때도 책을 읽고 글씨를 쓴다고 하시니까 서방님이 한눈에 반하실 만하지요. 심지어 전당포의 직원과 일꾼들까지 그 댁에서 사나흘 동안 신세를 졌고, 며칠 더 묵으라고 붙드는 걸 간신히 마다하고 귀가하셨답니다. 서방님께서는 집에 돌아오자마자 우리 마님께 그 댁에 청혼을 넣어주십사 간절히 청하셨대요. 우리 마님께서도 그 아가씨를 보신 적이 있고 집안도 어울리니까 그러마 하셨지요. 그리고 이 댁 마님과 희봉 아씨께 상의하고 사람을 보냈는데 바로 성사가 되었대요. 다만 혼례 날짜가 너무 촉박해서 아주 정신없이 바빠요. 저도 그분이 조금이라도 빨리 오셨으면 좋겠어요. 그럼 시인이 한 사람 더 늘어나는 셈이잖아요?"

보옥이 씁쓸히 웃었다.

"그렇긴 하지만 그 얘기를 들으니 왠지 모르게 누나의 뒷일이 걱정되네요."

향릉이 자기도 모르게 얼굴을 붉히며 정색을 하고 말했다.

"그게 무슨 말씀이셔요! 평소에 우리는 서로 존중해주던 사이였는데 갑자기 그런 말씀을 꺼내시다니! 어쩐지 다들 도련님은 가까이 지내기 어려운 분이라고 하더라니!"

그러면서 휙 돌아서 가버렸다.

보옥은 그 모습을 보자 뭔가 잃어버린 듯 서글퍼졌다. 그는 한참 동안 멍하니 서서 이전 일과 이후의 일을 생각하며 자기도 모르게 눈물을 흘리다 풀이 죽은 채 다시 이홍원으로 돌아왔다. 그는 밤새 잠을 편히 자지 못하고 꿈속에서 청문을 부르기도 하고 가위에 눌려 깨기도 하는 등 여러 가지로 편치 않았다. 그러다 보니 이튿날은 밥맛도 없고 몸에 열도 났다. 이것은 근래에 대관원을 수색하고, 사기를 내쫓고, 영춘과 작별하고, 청문의 일로 슬퍼하는 등 수치와 모욕, 놀람과 슬픔을 연이어 겪은 데다 찬바람에 감기까지 걸려서 병이 되었기 때문이다. 그가 자리에 누워 일어나지 못한다는 소리를 듣자 태부인은 매일 몸소 찾아와 간호했다. 왕부인은 청문의 일 때문에 보옥을 지나치게 책망했다고 속으로 후회했다. 하지만 겉으로는 속내를 드러내지 않고, 유모들에게 시중을 잘 들어 간호하고 하루에 두 번씩 의원을 불러 진맥하고 약을 쓰라고 지시했다. 보옥의 병은 한 달이

지나서야 조금씩 나아졌다.

　태부인은 몸조리를 잘하라고 당부하면서 백 일이 지나기 전에는 기름기 있는 음식이나 국수를 먹지 말고, 외출도 그 뒤에나 하라고 말했다. 그 백 일 안에는 이홍원 대문 앞에도 나오지 말고 방 안에서만 놀라는 것이었다. 그렇게 사오십 일이 지나자 보옥은 얽매어 있는 답답함을 도저히 견딜 수 없었다. 하지만 갖은 방법을 다 써봐도 태부인과 왕부인이 뜻을 꺾지 않으니 어쩔 수 없었다. 이 때문에 하녀들과 못하는 짓이 없을 정도로 방탕하게 놀았다. 설반은 아주 거창하게 술자리를 벌이고 극단까지 불러 혼례를 올렸는데, 그 하씨 댁 아가씨가 무척 미인이고 글재주도 제법 있다는 소문을 듣고, 한 번 만나보고 싶은 생각이 간절했다.

　또 얼마쯤 시간이 지나자 영춘이 시집갔다는 소문이 들렸다. 보옥은 자매들과 가까이 어울려 지냈지만 이제부터는 만나더라도 예전처럼 친밀하지 못할 것 같다고 생각했다. 게다가 지금 당장 만나러 가볼 수조차 없으니 정말 처량하기 그지없는 기분이었다. 그는 어쩔 수 없이 마음을 가다듬고 참으며 잠시 하녀들과 놀면서 기분을 풀었는데 다행히 가정으로부터 글공부하라는 다그침과 꾸중도 면할 수 있었다. 그 백 일 동안 그는 이홍원을 무너뜨리지는 않았지만, 하녀들과 무법천지로 세상에 없는 모든 짓들을 하며 놀았다. 하지만 지금 그걸 자세히 이야기할 필요는 없겠다.

　한편, 향릉은 그날 보옥에게 면박을 준 뒤로 그가 일부러 자신에게 무례를 범했다고 생각했다.

　'어쩐지 우리 보차 아가씨도 그분께 친근하게 대하지 못하시더라니! 이것만 봐도 나는 보차 아가씨께 한참 못 미친다니까? 대옥 아가씨께서 늘 그분과 말다툼하고 화가 나서 통곡하시는 것도 당연히 그분이 아가씨께 무례하게 굴었기 때문일 서야. 이제부턴 그분을 피해야겠어!'

　이 때문에 그녀는 이후로 대관원에 함부로 들어가지 않고 매일 바쁘게 지냈다. 설반이 결혼하자 그녀는 자신이 호신부護身符*를 얻은 셈이고 책임도 덜게 되었으니 어쨌든 지금보다는 좀 더 편안해질 거라고 생각했다. 그리고 설반의 아내가 재주와 미모를 겸비한 미인이라고 들었기 때문에 당연히 고상하고 온화한 사람인 줄 알았다. 이 때문에 그녀는 속으로 설반보다 열 배는 더 새아씨가 빨리 들어오길 고대했다. 그러다가 마침내 새아씨가 들어오자 그녀는 아주 정성스럽고 조심스럽게 시중을 들었다.

하씨 집안의 이 규수는 열일곱 살이었는데 용모도 제법 예뻤고 글도 조금 알았다. 하지만 마음 씀씀이는 희봉을 상당히 닮아 있었다. 한 가지 흠이라면 어린 시절 아버지를 여의고 형제자매도 없이 홀어머니 밑에서 애지중지 귀여움을 받으며 자랐다는 것이었다. 어머니는 그녀가 하는 모든 일을 그대로 따라주었기 때문에 너무도 귀여움을 받아 결국 도척盜跖[6] 같은 성정을 갖게 되었다. 그녀는 자신이 보살처럼 떠받들어지기를 좋아하고 남은 더러운 흙처럼 여겼다. 겉으로는 꽃버들 같은 자태를 갖추었지만 안으로는 거칠고 급한 성격을 품고 있었던 것이다. 집에서는 늘 하녀들에게 신경질을 부리면서 걸핏하면 욕을 퍼붓고 매질을 했다. 그러다가 이제 시집을 와서 집안 살림을 맡는 아씨가 되었으니, 처녀 시절처럼 수줍고 온유해서는 안 되고, 위세를 부려서 다른 사람들을 내리눌러야 한다고 생각했다. 게다가 설반은 기질이 드세고 행동거지도 교만하고 사치스러우므로 일찌감치 휘어잡아놓지 않으면 나중에 분명 자기주장을 내세울 수 없을 게 분명하다고 생각했다. 또한 향릉처럼 재주와 미모를 겸비한 애첩이 있으니 더욱 '송 태조가 남당南唐을 멸망시키려 한 것'과 같은 생각에 '자기 침대 옆에서 남이 단잠 자는 꼴은 보지 않으려는' 마음을 품었다.

그녀의 집에는 계화가 많았기 때문에 어릴 적 그녀의 이름은 하금계夏金桂*였다. 집에 있을 때는 다른 사람이 '금金'이나 '계桂' 자를 입에 올리지 못하게 했는데, 누가 무심코 그걸 어기면 기필코 심한 매질을 하거나 중벌을 내렸다. 그러다가 '계화'라는 말은 금지시킬 수 없으니 이름을 바꿔야겠다 생각했고, 마침 계화가 광한궁의 항아嫦娥*였다는 이야기가 떠올라 계화라는 이름을 '항아화嫦娥花'로 고쳐놓았는데, 거기에는 자신의 신분이 그와 같다는 뜻도 담겨 있었다.

설반은 본래 새것을 좋아하고 낡은 것은 내치는 성격이었다. 게다가 겉으로는 드세 보여도 속은 나약하기 그지없는 사람이었다. 그러니 이제 이런 아내를 얻자 신선한 맛에 흠뻑 빠져서 모든 일을 그녀에게 양보할 수밖에 없었다. 금계도 그걸 보자 일부러 조금씩 설반을 얽어매기 시작했다. 그러다 보니 한 달 동안은 두 사람의 위세가 그래도 대등했지만, 두 달 뒤에는 설반의 위세가 점차 줄어들었다. 하루는 설반이 술을 마시고 나서 무슨 일인가를 하려고 먼저 금계와 상의했는데, 금계가 고집을 피우며 그의 뜻을 따르지 않았다. 설반이 참지 못해 몇 마디 퍼붓고 나서 홧김에 혼자 나가버렸다. 그러자 금계는 취한 사람처럼 울어대다가 국물조차 입에 대지 않고 몸이 아프다는 핑계로 자리에 누워버렸다. 의원을 불러 진찰을 받으니, 의원이 이러는 것이었다.

"기혈이 뒤집혔으니 가슴을 트이게 하고 기를 순조롭게 하는 약을 써야겠습니다."

그러자 설씨 댁 마님이 설반을 꾸짖었다.

"결혼을 했으니 곧 아이가 생길 텐데 아직도 이리 멋대로 굴어서야 되겠느냐? 사돈댁에서는 봉황 알처럼 귀한 딸을 꽃처럼 고이 길러놓았는데 네 사람됨이 괜찮다고 생각해서 아내로 주지 않았느냐! 그런데도 분수에 맞게 점잖게 행동하며 한마음 한뜻으로 화목하게 지내지는 못할지언정 이렇게 멋대로 지내면서 함부로 술이나 마시고 사람을 그리 괴롭히면 어쩌자는 게냐? 이렇게 돈 들여 약까지 먹이면서 괜한 걱정을 하게 만들다니!"

그 말에 설반은 무척 후회하며 오히려 금계를 달랬다. 금계는 시어머니까지 남편을 이렇게 꾸짖는 걸 보자 더욱 의기양양해서 일부러 화가 풀리지 않은 체하며 계속 설반을 상대해주지 않았다. 설반은 어쩔 도리가 없어 그저 자책만 할 따름이었다. 보름 가까이 지나서야 겨우 금계가 조금씩 마음을 돌리도록 달래놓았지만, 이후로 더욱 조심하다 보니 그나마 남은 위세가 또 반쯤 깎여버렸다.

금계는 남편의 기가 꺾이고 시어머니가 어질다는 것을 알게 되자 점점 기세를 부리며 남편을 시험하려고 했다. 처음에는 설반을 휘어잡는 데 지나지 않았지만 나중에는 설씨 댁 마님에게까지 아양을 떨어 마음을 사로잡으려 했고, 그 뒤에는 시누이 보차한테까지 수작을 부렸다. 보차는 진즉부터 그녀의 못된 마음을 눈치채고 매번 임기응변으로 대처하면서 암암리에 그녀의 뜻을 좋은 말로 눌러버렸다. 금계는 보차가 보통내기가 아니라는 걸 알고 어떻게든 빈틈을 찾으려 했지만, 그게 불가능하자 거짓으로 그녀의 뜻에 따르는 척했다.

하루는 금계가 한가한 틈에 향릉과 한담을 나누다가 그녀의 고향과 부모에 대해 물었다. 향릉이 잊어버렸다고 하자 금계는 일부러 자신을 속인다고 생각해서 기분이 나빴다. 그리고 '향릉'이라는 이름은 누가 지어준 거냐고 물었다.

"아가씨께서 지어주신 거예요."

"흥! 다들 아가씨가 모르는 게 없다고 하더니 이 이름은 뭘 모르고 지었구먼!"

향릉이 웃으며 대답했다.

"에그! 그건 아씨께서 모르시는 말씀이셔요. 우리 아가씨의 학문은 심지어 영국부의 나리께서도 칭찬하실 정도예요!"

이후에 어찌 되었는지는 다음 회를 보시라.

제80회

향릉은 탐욕스러운 남편에게 억울한 매를 맞고
왕도사는 엉터리로 질투 고치는 처방을 지껄이다
美香菱屈受貪夫棒　王道士胡謅妒婦方

향릉이 억울하게 매질을 당하다.

금계는 향릉의 말을 듣자 배알이 뒤틀려서 입을 삐죽거리고는 콧구멍으로 두어 번 씩씩거리는 소리를 내더니 손뼉을 치며 말했다.

"흥! 마름꽃에서 무슨 향기가 난다고 그래? 마름에 향기가 있다면 진짜 향기로운 꽃들은 어쩌라고? 그러니 몰라도 한참 모르는 게 아니냔 말이야!"

"마름꽃뿐만 아니라 연꽃과 연밥에도 모두 상큼한 향기가 있잖아요? 꽃향기에는 비할 수 없지만 조용한 낮이나 밤, 또는 맑은 아침이나 밤중에 자세히 맡아보면 그 향기가 꽃향기보다 오히려 좋아요. 그러니까 마름이나 가시연꽃, 갈대 잎, 갈대 뿌리도 바람과 이슬을 맞으면 사람의 심신을 상쾌하게 해주는 맑은 향기를 풍기게 되는 거예요."

"네 말대로라면 난초 꽃이나 계화 향기는 안 좋다는 게 되겠네?"

향릉은 자기 이야기에 빠져서 그만 조심해야 할 것을 잊고 바로 되받고 말았다.

"난초꽃과 계화의 향기는 다른 꽃들의 향기에 비할 수 없지요."

그 말이 채 끝나기도 전에 금계의 하녀인 보섬寶蟾이 다급히 향릉의 얼굴에 손가락질을 하며 말했다.

"세상에! 이 죽일 마땅한 짓! 이찌 감히 아씨 이름을 입에 담는 거야!"

향릉은 그제야 정신이 퍼뜩 들어서 황급히 웃음을 지으며 사죄했다.

"순간적으로 말이 헛나왔어요. 아씨, 마음에 두지 마셔요."

"호호, 그까짓 걸 가지고 뭘 그래. 너무 조심성이 많구먼. 하지만 내 생각에 어쨌든 그 '향香' 자가 적당하지 않은 것 같아 다른 걸로 바꿨으면 하는데, 내 뜻대로 할지 모르겠네?"

"호호, 무슨 말씀을! 이제 제 몸은 전부 아씨 것인데 이름자 하나 바꾸는데 저한테 동의를 구할 필요 있나요? 아씨 마음대로 부르시면 되지요. 아씨께서 정해주시는 대로 하겠어요."

"말이야 그렇지만 보차 아가씨가 괜한 생각을 하지 않을까? '내가 지어준 이름이 네가 지은 것보다 못하다고? 이 집에 시집온 지 며칠이나 됐다고 벌써 내 행사에 반박하고 그래?' 이럴 거 아냐?"

"호호, 그건 몰라서 하시는 말씀이에요. 예전에 이 집에 팔려 왔을 때 저는 원래 마님 시중을 들었기 때문에 아가씨께서 이름을 지어주신 거예요. 나중에 제가 서방님 시중을 들게 되면서부터는 아가씨와 상관이 없어졌지요. 이제 또 아씨까지 계시니까 더욱 아가씨하곤 상관이 없지요. 게다가 아가씨는 아주 사리에 밝은 분이시니 이런 일로 화를 내실 리 없어요."

"그럼 '향香' 자보다는 '추秋' 자가 더 어울리는 것 같아. 마름은 모두 가을에 꽃을 피우니까 '향' 자보다는 좀 이치에 맞잖아?"

"아씨 말씀대로 할게요."

이후로 향릉香菱은 이름을 추릉秋菱으로 바꿨는데, 보차도 그 일을 마음에 두지 않았다.

다만 설반은 욕심이 끝이 없는 사람이기 때문에 금계와 결혼하고 나자 이제 그녀의 하녀 보섬에게 눈독을 들였다. 보섬은 제법 자색이 뛰어나고 행동거지도 날렵해서 사랑스러운지라 설반은 수시로 차를 달라 물을 달라 하면서 그녀를 유혹했다. 보섬도 낌새를 알았으나 금계가 무서워서 감히 함부로 행동하지 못하고 금계의 눈치를 살폈다. 금계도 그 속내를 잘 알았다.

'그렇지 않아도 향릉이에 대해 뭔가 조치를 취하려던 참에 빌미를 찾지 못하고 있었는데, 이제 저 사람이 보섬이한테 눈독을 들이니 우선 보섬이를 주자. 그러면 분명 향릉이와 소원해지겠지. 그 틈에 남몰래 향릉이를 손쓸 수 있겠지. 보섬이는 본래 내 사람이니 다루기가 쉽겠지.'

이렇게 생각을 정하고 나자 그녀는 실행에 옮길 기회를 엿보았다.

하루는 설반이 저녁에 술이 조금 취해서 보섬에게 차를 가져오라고 했다. 설반은 잔을 받을 때 일부러 그녀의 손을 꼬집었다. 보섬은 피하는 체하면서 황급히 손을 움츠렸다. 그 바람에 둘 다 실수를 해서 '쨍그랑!' 하는 소리와 함께 찻잔이 바닥에 떨어져 그들의 온몸과 방바닥이 찻물에 젖고 말았다. 설반은 멋쩍어서 보섬이 찻잔을 제대로 들지 않았다고 나무라는 체했다.

"서방님께서 제대로 받지 못하셨잖아요!"

금계가 코웃음을 치며 말했다.

"둘이 아주 죽이 잘 맞는군요! 누굴 바보로 아나?"

설반이 고개를 숙인 채 말없이 미소를 지었고, 보섬은 얼굴을 붉힌 채 나가버렸다. 잠시 후 잠자리에 들 때 금계는 일부러 설반에게 다른 곳에 가서 자라고 했다.

"너무 껄떡대지 마시지요!"

설반은 그저 웃기만 했다.

"하고 싶은 게 있으시면 저한테 얘기해야지, 몰래 꿍꿍이를 부려봐야 소용없어요."

그 말을 듣자 설반은 술기운을 빌어서 두꺼운 낯짝으로 이불 위에 무릎을 꿇고 금계의 팔을 붙들며 말했다.

"헤헤, 여보, 보섬이를 나한테 주면 뭐든 당신 뜻대로 하겠소. 누구 머리를 달라고 해도 갖다주리다!"

"호호, 무슨 얘기인지 통 모르겠네요. 누구든 마음에 드는 사람이 있으면 저한테 분명히 얘기하고 방에 들이세요. 그래야 남들 보기에도 괜찮지 않겠어요? 그거 말고 제가 뭐 바라는 게 있겠어요?"

설반은 너무나 좋아하며 그날 밤은 남편의 도리를 다해 정성껏 금계를 모셨다. 이튿날도 두문불출하고 집 안에서 빈둥거리면서 더욱 대담한 짓을 하며 놀았다.

오후가 되자 금계는 일부러 밖으로 나가 두 사람에게 기회를 주었다. 그러자 설반은 곧 보섬에게 추근대기 시작했다. 보섬도 대충 상황을 짐작하고 반쯤 내치는 듯 들러붙는 듯하더니, 마침내 본론으로 들어가려고 했다. 그런데 뜻밖에 금계가 일부러 기다리고 있다가 둘이 떨어지기 어려운 때가 되었다고 짐작될 때 어린 시녀 사아를 불렀다. 사아는 어릴 때부터 금계가 친청에서 부리던 하녀였는데, 어릴 적에 부모를 모두 잃어 돌봐줄 사람이 없기 때문에 '버려진 아이'라는 뜻에서 '사아'라고 부르면서 허드렛일을 시켰다. 금계는 일부러 사아를 불러서 이렇게 말했다.

"가서 추릉*이한테 내 방에서 손수건 좀 가져오라고 전해라. 내가 시켰다는 말은 하지 말고!"

사아는 곧장 향릉을 찾아가 말했다.

"아가씨, 아씨께서 방에 손수건을 놓고 나오셨다는데, 갖다주면 좋아하시지 않을까요?"

향릉은 최근에 금계가 까닭 없이 매번 자신을 무시하는지라, 사아를 돌이켜보려고 온갖 방법을 다 썼지만 도무지 틈이 없었다. 그러다가 그 말을 듣자 서둘러 방으로 갔는데 하필 설반과 보섬이 서로 밀고 당기고 하며 본론으로 들어가려던 차에 갑자기 들어서니, 자기가 오히려 부끄러워 얼굴이 귀밑까지 빨개졌다. 그녀는 황급히 돌아 나왔지만 이미 때는 늦은 상태였다. 설반은 이미 얘기가 된 일이고 또 금계 외에는 무서워할 만한 사람이 없었기 때문에 문조차 닫지 않고 있었다가 갑자기 향릉이 들어오자 조금 쑥스럽긴 했지만 별로 개의치 않았다. 하지만 평소 입씨름에서 지기 싫어하던 보섬은 이 일이 향릉에게 발각되자 쥐구멍에라도 숨고 싶은 심정이었다. 그녀는 황급히 설반을 밀치고 밖으로 내달리면서 설반이 자기를 강간하려 한다는 둥 원망을 늘어놓았다.

설반은 간신히 보섬을 유혹해서 손에 넣으려던 찰나 향릉 때문에 물거품이 되자, 한창 올라 있던 흥이 향릉에 대한 미움으로 변할 수밖에 없었다. 그는 다짜고짜 쫓아나와 향릉에게 침을 뱉으며 욕을 퍼부었다.

"뒈져 마땅한 갈보 같으니! 뭐하러 눈 먼 귀신처럼 돌아다니는 게야!"

향릉은 일이 심상치 않게 돌아가자 걸음아 나 살려라 도망쳐버렸다. 설반은 다시 보섬을 찾았지만 벌써 종적을 감춘 뒤였다. 그는 화가 나서 그저 향릉에게 욕을 퍼부을 수밖에 없었다. 저녁을 먹고 이미 거나하게 취한 그가 목욕을 하려 했는데, 조금 뜨거운 물에 불쑥 발을 담갔다가 그만 데이고 말았다. 그는 향릉이 일부러 자신을 골리려 했다 생각하고 발가벗은 채 쫓아가 두어 번 걷어찼다. 향릉은 여태 이런 화풀이를 당해본 적이 없었는데, 막상 당하고 나니 어디 하소연할 데도 없어서 그저 혼자 슬퍼하고 원망하며 그 자리를 떠날 수밖에 없었다.

당시 금계는 이미 보섬에게 몰래 얘기해놓아서 이날 밤 향릉의 방에서 보섬과 설반이 동침하게 하고, 향릉은 자기 방으로 불러 함께 자자고 했다. 하지만 향릉이 싫다고 하자 금계는 자기가 지저분해서 싫으냐, 밤에 심부름을 시킬 것 같으니까 귀찮은 생각으로 그러느냐고 따졌다.

"세상 물정도 모르는 네 상전은 새 여자가 보일 때마다 거기 빠지고 말지. 내 사람까지 차지하고도 너를 보내주지 않는구나. 대체 무슨 심산이지?. 분명 나를 핍박해 죽여야 직성이 풀릴 모양이구나!"

설반은 그 소리를 듣자 또 일을 그르칠까 싶어서 황급히 달려가 향릉을 꾸짖었다.

"시체를 높여준 은혜도 모르는 것! 낭상 가시 않으면 맞을 줄 알아!"

향릉은 어쩔 수 없이 이부자리를 싸안고 건너갔다. 금계가 그녀에게 마루에서 자라고 하니 명대로 따를 수밖에 없었다. 그런데 그녀가 막 자리에 눕자 금계는 차를 가져오라 하고, 잠시 후에는 다리를 주무르라고 했다. 이렇게 밤새 일고여덟 번 일을 시키니 향릉은 한시도 편히 누워 있을 수 없었다. 설반은 보섬을 얻자 보배라도 얻은 것처럼 다른 것은 일체 돌아보지 않았다. 금계는 속으로 이를 갈았다.

'그래, 며칠 잘 놀아봐라. 내가 천천히 조치를 취할 테니, 그때 가서 원망이나 하지 말고!'

금계는 그렇게 참고 견디면서 다른 한편으로 향릉을 처치할 계책을 세웠다.

보름쯤 지나자 금계는 갑자기 꾀병을 부려 드러눕더니 가슴이 참을 수 없이 아프고 사지를 움직일 힘이 없다고 했다. 의원을 불러도 소용이 없자 다들 향릉이 속을 썩여서 그럴 거라고 쑤군거렸다. 그렇게 한 이틀 난리를 피우는데, 갑자기 금계의 베개 밑에서 종이인형이 발견되었다. 그 위에는 금계의 사주팔자가 적혀 있고, 다섯 개의 바늘이 심장과 사지의 뼈마디에 박혀 있었다. 그러자 사람들이 들고 일어나 소문을 퍼뜨렸고, 설씨 댁 마님에게도 알렸다.

설씨 댁 마님은 당황하여 어쩔 줄 몰라 했고, 설반은 당연히 더욱 법석을 떨며 당장 사람들을 매질하여 범인을 밝혀내려고 했다. 그러자 금계가 웃으며 말했다.

"무고한 사람들을 괴롭힐 필요 있나요? 아마 보섬이가 술수를 부린 것일 테지요."

"그 아이는 요즘 당신 방에 있을 시간이 없었는데 왜 괜한 사람한테 죄를 뒤집어씌우고 그래?"

"흥! 그 아이 말고 누가 그러겠어요? 설마 제 스스로 그랬을까요! 설령 다른 사람이 있다 한들 누가 감히 제 방에 함부로 드나들 수 있겠어요?"

"요즘 향릉이가 매일 당신과 지내잖아? 당연히 그 아이가 알 테니 먼저 그 아이를 족쳐보면 알게 되겠지."

"흥! 족친다고 자백하려 하겠어요? 내 생각에는 모르는 체하고 모두 잊어버리는 게 좋겠어요. 설령 저를 죽게 만든들 별 문제도 아니잖아요? 당신이야 좋다며 더 좋은 사람한테 새장가 들 텐데요! 솔직히 당신들 셋 말고 저를 싫어할 사람이 어디 있나요?"

그러면서 통곡하기 시작했다. 설반은 그 말에 더욱 화가 치밀어 손에 잡히는 대로 대문 빗장을 집어 들고 그대로 향릉에게 달려가 닥치는 대로 머리며 얼굴을 때리면서 "네 짓이지!" 하고 꾸짖었다. 향릉이 억울하다고 소리치자 설씨 댁 마님이 달려와 말리면서 호통을 쳤다.

"제대로 알아보지도 않고 매질부터 하느냐! 저 아이가 몇 년 동안 내 시중을 들었어도 어디 하나 정성을 다하지 않은 적이 있더냐? 어찌 그런 양심 없는 짓을 저질렀겠어? 흑백부터 가리고 나서 그 따위 포악한 짓을 하란 말이다!"

금계는 시어머니의 말에 줏대 없는 설반의 마음이 흔들릴까 싶어서 더욱 소리 높여 통곡하며 악을 썼다.

"보름 동안 우리 보섬이를 차지하고 내 방에 들어오지 못하게 해서 추릉이만 저와 함께 잤어요. 제가 보섬이를 추궁해보자고 하니까 당신이 감싸고 나서더니, 이젠 또 그 아이한테 화풀이를 하는군요! 제가 죽으면 부귀한 집안의 예쁜 규수한테 새장가를 가면 되지, 굳이 이 따위 연극을 할 필요 있나요!"

설반은 그 말을 듣고 더욱 화가 치밀었다. 설씨 댁 마님은 금계가 말끝마다 설반을 쥐고 흔들면서 온갖 추태를 부리자 무척 괘씸했다. 하지만 설반은 화조차 내지 못하고 이미 공처가가 되어 있었다. 이제 금계는 설반이 자기 하녀에게 손을 댄 것조차 패악을 부린 거라고 하면서, 자신은 오히려 온유한 현모양처의 자리를 차지하려고 했다. 결국 그 술법은 누가 만들어낸 것인지 알 수 없었다. 그야말로 '청렴한 관리도 자기 집안 송사는 재판

하지 못하는〔淸官難斷家務事〕' 격으로, 이 일은 시어머니도 아들의 침실 문제에 대해 재단하지 못하는 상황이었다. 설씨 댁 마님은 그저 홧김에 설반을 꾸짖을 수밖에 없었다.

"에라, 이 물러 터진 못난 놈아! 수캐도 너보다는 더 체면을 차릴 게다! 네놈이 쥐도 새도 모르게 종년까지 손을 대서 마누라한테 하녀를 빼앗겼다는 소리나 들을 줄 누가 알았겠느냐? 그래 놓고 무슨 낯짝으로 밖에 나가 사람들을 만나! 누가 부린 술책인지도 모르면서 다짜고짜 매질부터 하다니! 네놈이 새것만 좋아하고 옛것은 팽개치면서 길러준 내 마음을 저버릴 놈이라는 걸 진즉 난 알고 있었다. 저 아이가 잘못을 했다 해도 네놈은 때릴 자격도 없다. 당장 거간꾼을 불러다가 저 아이를 팔아버리면 네놈 속도 시원해지겠지!"

그러면서 향릉에게 "짐을 꾸려서 나를 따라오너라." 하고는 사람을 불러 이렇게 말했다.

"얼른 가서 거간꾼을 불러오너라. 은돈 몇 냥이라도 좋으니 살에 박힌 가시나 눈에 박힌 못을 빼버리면 다들 평안하게 살 수 있겠지!"

설반은 어머니가 화를 내자 일찌감치 고개를 숙이고 있었다. 금계는 그 말을 듣자 창 너머로 울며 말했다.

"어머님, 사람을 파실 거면 그냥 파실 일이지 이것저것 얘기를 덧붙여서 말씀하실 필요는 없잖아요? 그럼 우리가 투기가 심해 다른 이를 용납하지 못하는 사람이 돼버리잖아요. '살에 박힌 가시나 눈에 박힌 못을 빼버린다.'는 게 무슨 말씀인가요? 누구한테 박힌 가시며 못이라는 건가요? 제가 그 아이를 싫어했다면 제 하녀도 첩으로 들이려 하지 않았겠지요."

그 말에 너무 화가 난 설씨 댁 마님은 몸이 부들부들 떨리고 기가 막혔다.

"이건 어느 집 예법이더냐? 시어미가 얘기하는데 며느리가 창 너머로 나불대다니! 그러고도 네가 뼈대 있는 집안의 딸이란 말이냐! 고래고래 소리나 지르면서 대체 무슨 말을 하고 싶은 게냐?"

설반이 다급해서 발을 동동 구르며 말했다.

"됐어요! 그만하셔요! 남들이 들으면 비웃겠어요."

금계는 기왕 시작한 일이니 끝장을 봐야겠다 생각하고 더욱 악을 써댔다.

"비웃거나 말거나 상관없어요! 첩이 해치려고 했는데 내가 남의 웃음거리가 되는 걸 무서워하겠어요? 그게 아니라면 그 아이는 남겨두고 저를 파세요! 다들 잘 알고 있듯이, 설씨 집안에야 돈이 많으니까 걸핏하면 뇌물을 써서 일을 무마하고, 남을 억누를 때 필요한 훌륭한 친척도 있지요. 얼른 해치우지 뭘 또 기다려요? 내가 잘못했다는데! 누가 당신들더러 눈이 멀어서 서너 빈씩이나 우리 집에 달려와 청혼하라고 하던가요? 이세 사람도 왔고, 금은도 받았고, 얼굴 좀 번듯한 하녀도 빼앗았으니 나만 쫓아내면 되겠군요!"

그러면서 그녀는 울고불고 뒹굴면서 제 가슴을 쳤다. 안절부절못한 설반은 달래지도 못하고, 때리지도 못하고, 사정할 수도 없어서 그저 헛기침과 탄식을 번갈아 토해내며 자기 운수가 사납다고 투덜거릴 뿐이었다.

이때 설씨 댁 마님은 보차가 달래서 안으로 들어갔지만, 그래도 사람을 불러다 향릉을 팔아버리라고 계속해서 소리쳤다. 그러자 보차가 웃으면서 말했다.

"우리 집에선 여태 사람을 사오긴 했어도 팔아버렸다는 얘기는 못 들었어요. 어머니, 홧김에 정신이 흐려지셨나봐요. 남이 들으면 비웃지 않겠어요? 오빠와 새언니가 향릉을 싫어하니 저한테 주세요. 마침 저도 부릴 사람이 모자라잖아요."

"남겨놓아도 말썽이니까 내보내는 게 나아."

향릉이 설씨 댁 마님 앞으로 달려가 통곡하며 애원했다. 절대 이 집에서 나가고 싶지 않으니 제발 아가씨를 모시게 해달라는 것이었다. 그러니 설씨 댁 마님도 그러라고 하는 수밖에 없었다.

이후로 향릉은 보차를 따라가서 앞쪽과는 발길을 끊어버렸다. 그래도 그녀는 달을 보며 슬퍼하고 등불을 든 채 탄식할 수밖에 없었다. 본래 허약한 체질인 그녀는 설반의 방에서 몇 년을 보냈지만 매번 월경月經 중에 병이 생겨서 임신을 하지 못했다. 이제 다시 화기와 슬픔 때문에 안팎으로 시달리다 보니 결국 건혈증乾血症[1]에 걸려서 날이 갈수록 야위어가고, 몸에 열이 나면서 음식도 입에 대지 못했다. 의원을 불러 진맥하고 약을 써도 효험이 없었다.

이후로 금계는 또 몇 차례 난리법석을 피웠다. 설씨 댁 마님과 보차는 너무 화가 났지만 그저 남몰래 눈물 흘리며 팔자를 탓할 뿐이었다. 설반이 술기운을 빌려 두세 차례 몽둥이를 들고 때리려고도 해보았지만, 금계는 오히려 몸을 들이밀며 마음대로 때려보라 했고, 칼을 들고 치려 하면 오히려 목을 내밀었다. 그러니 설반도 더 이상 손을 쓸 수가 없어서 한바탕 난리만 피우고 마는 수밖에 없었다. 이제는 그게 으레 습관이 되어 금계는 갈수록 위세를 부리고 설반은 갈수록 풀이 죽었다. 향릉이 아직 있긴 하지만 없는 거나 마찬가지였으므로, 금계는 속이 아주 시원하지는 않았어도 향릉이 더 이상 눈엣가시로 여겨지지는 않았으니 잠시 그대로 내버려두기로 했다. 그래서 다시 점차 보섬에게 수작을 부릴 기회를 엿보았다.

보섬은 향릉과는 달리 성격이 마른 장작에 붙은 불같아서, 설반과 애정과 마음이 투합하자 금계를 안중에 두지 않았다. 근래에 금계가 자신을 짓밟으려 하지만 그녀는 전혀 굽히거나 양보하려 하지 않았다. 처음에는 서로 말씨름하는 정도였지만, 나중에는 화가 난 금계가 욕을 하고 손찌검을 하는 지경까지 이르렀다. 보섬은 비록 맞받아 욕을 하거나 되받아치지는 않았어도, 머리를 감싸고 나뒹굴며 성깔을 부렸다. 낮이면 가위를 들고 설치고 밤이면 밧줄을 들고 목을 매니 어쩌니 하면서 온갖 난리를 피웠다. 설반은 한몸으로 양쪽을 돌볼 수 없어서 그저 둘 사이를 배회하며 관망하는 수밖에 없었고, 도저히 어찌할 방법이 없을 때는 바깥사랑채로 몸을 피했다.

금계는 가끔 기분이 좋을 때면 사람들을 모아 놀음을 하거나 골패놀이를 했다. 또 그녀는 갈비를 뜯어먹기 좋아해서 매일 닭이나 오리를 잡으면 고기는 남들한테 나눠주고 자신은 살이 붙은 뼈를 기름에 튀겨서 술안주로 삼았다. 그것조차 싫증이 나면 성질을 부리면서 아무 데나 마구 욕을 퍼부었다.

"어떤 놈은 기생질도 잘하는데, 나라고 즐기지 못할 이유가 어디 있어?"

설씨 댁 마님과 보차는 아예 상대조차 하지 않았다. 설반도 달리 방법이 없어서 그저 밤낮으로 후회했다. 집안을 어지럽히는 이 요망한 여자와 결혼하지 말았어야 하는데 한순간 생각을 잘못했기 때문이다. 이렇게 되자 녕국부와 영국부의 사람들도 위아래를 막론하고 모두 그 일을 알고 탄식했다.

이때 보옥은 이미 백 일이 지나서 바깥출입을 할 수 있었기 때문에 설반의 집에 가서 금계를 만나본 적이 있었다.

'행동거지나 외모는 이상한 데가 없고 꽃처럼 아름답고 버들처럼 날씬한 것이 다른 자매들과 별 차이가 없는데, 어쩌다 그런 성격을 갖게 되었는지 정말 이상하기 짝이 없는 노릇이군.'

이런 생각 때문에 마음이 불편하던 참이었는데, 이날 왕부인에게 문안 인사를 하러 갔다가 우연히 인사온 영춘의 유모를 만났다. 그 유모 말이 손소조가 아주 못된 인간이라고 하는 것이었다.

"아가씨께서는 그저 남몰래 눈물만 흘리시니 친정에 모셔 와서 한 이틀 마음 편히 쉬다 가시게 해주셔요."

왕부인이 말했다.

"그렇지 않아도 며칠 내에 데리고 오려던 참이었는데, 이런저런 일들이 뜻대로 되지 않아 그만 잊고 있었구먼. 예진에 보옥이도 그 집에 다녀와서 그런 얘기를 한 적이 있지. 내일이 길일이니까 가서 데려오게 해야겠구먼."

그때 태부인이 사람을 보내 보옥을 찾았다.

"내일 아침 천제묘天齊廟²에 가서 기도를 올리고 오시랍니다."

그렇지 않아도 여기저기 놀러 다니고 싶어 하던 차에 그 말을 듣자 보옥은 너무 좋아서 밤새 잠을 이루지 못하고 날이 새기만을 갈망했다.

이튿날 아침, 세수하고 의관을 갖춰 입은 그는 두세 명의 할멈들을 거느리고 수레에 올라 서쪽 성문 밖 천제묘에 가서 향을 사르고 기도를 올렸다. 사당 안에는 어제부터 이미 모든 준비가 되어 있었다. 보옥은 천성적으로 겁이 많아 사나운 귀신의 조각상 앞에 가까이 가지 못했다. 이 천제묘는 이전 왕조 때 세운 것으로 규모가 대단히 크고 웅장했다. 하지만 지금은 세월이 많이 흘러서 무척 황량하게 변해 있었다. 안쪽의 진흙으로 빚은 조각상은 모두 흉악하게 생겨서 보옥은 서둘러 종이말[紙馬]과 지전을 태우고 도원道院*으로 돌아가 쉬었다. 잠시 후 밥을 먹고 나자 할멈들과 이귀李貴* 등이 그를 호위하고 곳곳을 돌아다니며 한참 동안 놀았는데, 피곤해진 보옥은 다시 정실靜室*로 돌아가 누웠다. 할멈들은 그가 잠이 들까 싶어서 사당을 관리하는 왕도사를 불러와 이야기를 나누게 했다.

왕도사는 오로지 강호를 돌아다니며 약을 파는 데 정신이 팔려 있었고, 해상방海上方³의 처방으로 약을 지어 병을 고쳐주고는 이득을 챙겼다. 사당 밖에 간판까지 걸어놓고 환약이며 가루약, 고약 등을 두루 갖춰놓고 있었는데 녕국부와 영국부에도 자주 드나들어 잘 아는 사이였기 때문에 모두들 그에게 '왕일첩王一貼'이라는 별명을 지어 불렀다. 이것은 그의 고약이 영험해서 한 번만 붙이면 무슨 병이든 다 낫는다는 뜻이었다.

왕일첩이 들어왔을 때 보옥은 구들에 비스듬히 누워 졸고 있었고, 이귀 등이 "도련님, 주무시면 안 됩니다!" 하며 깨우고 있었다. 그러다가 왕일첩이 들어오자 모두들 웃으며 말했다.

"마침 잘 오셨습니다! 왕사부님은 옛날이야기를 잘하시니까 우리 도련님께도 하나 들려주십시오."

"허허, 그러지요. 도련님, 주무시지 마십시오. 뱃속의 국수가 난리를 피울 겁니다."

그 말에 방 안의 모든 이들이 웃음을 터뜨렸다. 보옥도 웃으며 몸을 일으키고 옷매무새를 가다듬었다. 왕일첩은 서둘러 좋은 차를 진하게 우려 오라고 제자들에게 명했다. 그러자 명연茗烟*이 말했다.

"우리 도련님께선 여기 차는 안 마셔요. 방 안에 앉아 있어도 고약 냄새 때문에 머리가 아픈걸요?"

"허허, 그럴 리가! 이 방에 고약을 들여놓은 적이 없소이다. 오늘 분명 도련님께서 오실 줄 알고 사나흘 전부터 방에 향을 쐬었지요."

보옥이 말했다.

"그런가 보네요. 사부님 고약이 좋다는 얘기를 날마다 들었는데 대체 무슨 병을 고치는 건가요?"

"제 고약 말씀이시라면 얘기가 깁니다. 그 안의 자세한 내막은 한마디로 말씀드리기 어렵습니다. 모두 백이십 가지 약재를 섞어 만들었는데, 주요 성분과 보조 성분이 적절히 조화를 이루고, 따뜻한 기운의 약재와 차가운 기운의 약재를 함께 쓰지만 신분에 따라 처방이 다릅니다. 안으로는 원기를 조절해 보충하고, 위장을 튼튼하게 하고, 영양 흡수를 도우면서 삿된 기운의 침범을 막아줍니다. 또 심신을 안정시켜 주고, 추위와 더위를 물리쳐주고, 소화를 돕고 담을 녹여줍니다. 밖으로는 경혈을 조화롭게 해주고, 근육과 경락을 편안하게 해주며, 죽은 살을 배출하고 새살을 돋게 하고, 병독을 없애줍니다. 붙여본 사람이라면 그 신묘한 효험을 바로 알지요."

"고약 하나가 그런 병들을 고칠 수 있다는 게 믿기지 않네요. 그런데 이런 병도 그 고약을 붙이면 나을 수 있나요?"

"무슨 병에든 재난에든 붙이는 즉시 효험이 있습니다. 효험이 없다면 도련님께서 제 수염을 뽑으시고, 따귀를 치시고, 이 사냥을 허물어버리십시오. 그저 어쩌다 생긴 병인지만 말씀해주십시오."

"하하, 알아맞혀보세요. 사부께서 알아맞히신다면 붙여서 효험이 있겠지요."

왕일첩은 잠시 생각하더니 웃으며 말했다.

"이건 어렵군요. 아마 고약도 영험하지 못한 병이 있나 봅니다."

보옥이 이귀 등에게 말했다.

"다들 나가서 산책이라도 해요. 방 안에 사람이 너무 많아 땀 냄새 때문에 공기가 탁해요."

그러자 이귀 등이 모두 나가 각자 편히 쉬었고, 방 안에는 명연만 남았다. 명연은 몽첨향에 불을 붙여서 들고 있었다. 보옥은 그에게 자기 옆에 앉으라고 하더니 그의 몸에 기댔다.

왕일첩은 뭔가 낌새를 눈치채고 헤죽헤죽 웃으며 다가와 나직이 말했다.

"대충 알 수 있을 것 같습니다. 아마 도련님께서 요즘 방사房事 때문에 정력을 북돋는 약이 필요하신가 보군요?"

그 말이 끝나기도 전에 명연이 호통을 쳤다.

"무엄하군요! 스스로 따귀를 쳐요!"

보옥은 아직도 무슨 뜻인지 몰라 황급히 명연에게 물었다.

"무슨 말씀을 하신 거지?"

"괜한 헛소리를 한 겁니다."

왕일첩은 깜짝 놀라 감히 다시 묻지 못했다.

"도련님, 자세히 말씀해보십시오."

"여자의 질투 병을 고치는 처방도 있어요?"

왕일첩이 손뼉을 치며 웃었다.

"그건 안 됩니다. 그런 처방은 없을 뿐만 아니라 그런 게 있다는 얘기도 들어보지 못했습니다."

"하하, 그럼 고약도 별게 아닌 셈이군요."

"질투에 붙이는 고약은 만들어보지 못했지만 탕약으로는 고칠 수 있을

지 모르겠습니다. 다만 효험이 좀 늦게 나타납니다."

"무슨 탕약이고 어떻게 먹는 건가요?"

"이건 질투를 치료하는 '요투탕療妒湯'*이라고 합니다. 극상품의 배 한 개와 얼음사탕 두 전錢, 진피陳皮[4] 한 전을 물 세 사발에 넣고 배가 말랑말랑해질 때까지 푹 달여서 만듭니다. 매일 아침마다 이 배를 하나씩 계속 잡수시다보면 나아질 겁니다."

"별거 아니군요. 그런데 정말 효험이 있을까요?"

"한 제로 안 되면 열 제를 쓰고, 오늘 효험이 없으면 내일 또 먹고, 올해 효험이 없으면 내년까지 먹어야 합니다. 어쨌든 이 세 가지 약재를 넣은 탕약은 폐를 축여주고 위를 튼튼하게 해줄지언정 몸에 해롭지 않고, 맛도 달짝지근한데다 기침도 멎게 해주고 맛도 좋습니다. 백 살이 될 때까지 먹으면 그사이에 사람은 결국 죽고 말 텐데 죽은 뒤에 무슨 질투를 하겠습니까? 그때가 되면 효험이 나타나는 거지요!"

그 말에 보옥과 명연은 배꼽을 잡고 웃었다.

"이런, 말만 번지르르한 말코도사 같으니!"

"허허, 그저 낮잠이나 깨시라고 한 얘기일 뿐인데 뭐 어떻습니까? 여러분을 웃긴 이야기라면 돈이 되는 것이지요. 사실 고약도 가짜입니다. 진짜 그런 약이 있다면 제가 먹고 신선이 되었겠지요. 뭐하러 이런 데 와서 세월을 보내겠습니까?"

이야기를 나누는 사이에 길한 시각이 되어 왕도사는 보옥을 데리고 나가 지전을 사르고 제단에 올린 음식들을 사람들에게 나눠주게 했다. 보옥은 모든 일을 마치고 나서 성 안으로 들어가 집으로 돌아갔다.

그때 영춘은 집에 온 지 이미 반나절이나 되었다. 손씨 집안의 할멈들과 어멈들은 이미 저녁 대접을 받고 자기 집으로 돌아간 뒤였다. 영춘은 왕부인의 방에서 울고불고 억울함을 호소했다.

"그 사람은 여색만 밝히고 도박과 술에 빠져 지내는데, 집안의 모든 어멈들과 하녀들한테 모조리 손을 댔어요. 두세 차례 타일렀더니 저한테 '시기심 많은 여편네가 제 버릇 나왔군〔醋汁子老婆擰出來的〕!' 하면서 욕을 퍼붓더군요. 그리고 아버님께서 그 사람한테 오천 냥을 받으셨다는데 그건 받지 마셨어야 해요. 두세 번이나 찾아가 돌려달라고 했지만 받지 못했다면서 저한테 손가락질을 하며 말했어요. '내 부인이나 마님 행세 하지 마! 네 아비가 내 은돈 오천 냥을 써버리고 대신 널 팔아먹은 거니까 말이야. 어쨌든 한바탕 쥐어 패서 하녀들 방으로 쫓아버리겠어. 옛날 네 할아비가 살아 있을 때 우리 집의 부귀를 바라고 들러붙어 왕래했지. 따지고 보면 나하고 네 아비는 동년배인데, 내 머리를 억지로 눌러 한 연배 낮춰버렸어. 그리고 이 따위 혼인은 하지 말았어야 했어. 괜히 남 보기에 오히려 내가 권세 있는 집안에 들러붙어 이득이나 취하려는 꼴이 됐잖아!'"

그렇게 흐느껴 울면서 하소연하자 왕부인과 자매들도 모두 눈물을 흘렸다. 왕부인은 그저 좋은 말로 위로하는 수밖에 없었다.

"기왕 이렇게 물정 모르는 사람을 만났으니 어쩌겠냐? 예전에 네 숙부께서도 네 아버님께 이 혼사가 마뜩치 않다고 말씀드린 적이 있는데, 네 아버님이 고집을 부리며 한사코 우기시더니 결국 이런 일이 생기고 말았구나. 애야, 이 또한 네 팔자로구나."

영춘이 울며 말했다.

"제 팔자가 이렇게 사납다니 믿을 수 없어요! 어려서 어머니를 여의었지만, 다행히 숙모님 댁에 와서 몇 년 동안 평안하게 지냈지요. 그런데 지금 이런 꼴이 되고 말았네요!"

왕부인은 영춘을 위로하면서 편한 곳에서 쉬라고 하자 그녀가 말했다.

"갑자기 자매들과 헤어지고 그저 꿈속에서나 그리워했어요. 제가 있던 방조차 아직 기억이 생생해요. 대관원의 옛날 방에서 사나흘만 지낼 수 있다면 죽어도 여한이 없어요. 나중에 언제 또 그 방에서 묵을 수 있을지 모르잖아요?"

"그런 소리 마라! 젊은 부부지간에 별일 아닌 걸로 다투는 것도 누구나 겪는 일 아니더냐? 굳이 그런 불길한 얘길 할 필요 있어?"

그리고 하녀들에게 서둘러 자릉주의 방을 청소하게 하고, 자매들에게는 함께 있으면서 기분을 풀어주라고 했다. 또 보옥에게 당부했다.

"할머님 앞에서 이 일을 절대 흘리지 마라. 할머님께서 아시면 네가 고자질한 걸로 알겠다!"

보옥은 "예! 예!" 대답했다.

영춘은 이날 밤 옛 거처에서 잤다. 자매들은 예전보다 더 친절하게 대해주었다. 그녀는 그곳에서 사흘을 지낸 뒤에 형부인의 거처로 갔다. 먼저 태부인과 왕부인에게 작별 인사를 하고 나서 다시 자매들과 작별하려 하니 더욱 슬픔이 사무쳐 쉽게 헤어지지 못했다. 왕부인과 설씨 댁 마님 등이 위로하자 겨우 마음을 달래고 형부인의 거처로 갔다. 그리고 그곳에서 이틀쯤 지내고 있으니 손소조가 보낸 사람들이 데리러 왔다. 영춘은 가고 싶지 않았지만 손소조의 행패가 무서워서 억지로 참고 작별 인사를 해야 했다. 형부인은 본래 그녀에게 신경을 쓰지 않아서 부부지간에 화목한지, 집안일은 힘들지 않은지 따위도 묻지 않고 그저 겉으로 인사치레만 했다.

결국 어찌 되었는지는 다음 회를 보시라.

제81회

운수를 점치려고 네 미녀와 함께 낚시질을 하고
아버지의 엄명을 받들어 두 번째로 글방에 들어가다

占旺相四美釣游魚　奉嚴詞兩番入家塾

네 미녀가 운수를 점치며 낚시를 하다.

영춘이 돌아간 뒤 형부인은 그런 일이 없었다는 듯이 무심했지만, 왕부인은 한때 키웠던 정 때문에 가슴 아파하며 방 안에서 혼자 장탄식을 했다. 그때 보옥이 문안 인사를 하러 왔다가 왕부인의 얼굴에서 눈물 흔적을 발견하고는 감히 앉을 생각도 못하고 옆에 서 있었다. 왕부인이 앉으라 하고 나서야 그는 구들 위로 올라가 왕부인 옆에 앉았다. 멍하니 쳐다보며 무슨 말을 할 듯 말 듯 망설이는 그를 보고 왕부인이 물었다.

"왜 그리 멍하니 있어?"

"다른 게 아니라 어제 둘째 누나 이야기를 듣고 나서 너무 괴로워서요. 할머님께는 말씀드리지 못했지만 이틀 동안 잠도 제대로 못 잤어요. 우리 같은 이런 집안의 규수가 어디 그런 수모를 당해봤겠어요? 게다가 둘째 누나는 아주 유약한 사람이라서 여태 누구랑 말싸움도 해본 적이 없는데, 하필 양심도 없이 여자의 아픔 따위는 전혀 모르는 그런 놈한테 걸렸으니 말이에요."

그렇게 말하며 거의 눈물을 쏟을 뻔하자 왕부인이 말했다.

"어쩔 수 없는 일이지. '출가한 여자는 쏟아버린 물과 같다〔嫁出去的女孩兒潑出去的水〕.'는 속담도 있지 않니? 그러니 내가 무슨 방법이 있겠어?"

"어젯밤에 한 가시 방법을 생각해냈어요. 아예 할머님께 밀씀드려서 둘째 누나를 다시 데려와 자릉주에 살게 하는 게 어떨까요? 그러면 예전처럼 형제자매들과 함께 먹고 놀면서 그 못된 손가 놈한테 시달리지 않아도 되잖아요. 누나가 오면 우리가 절대 보내지 않을 거예요. 손가 놈이 백 번 데리러 오면 우리는 할머님의 분부라고 하면서 계속 보내지 않는 거예요. 이러면 되지 않겠어요?"

왕부인은 그 말이 우습기도 하고 화도 나서 이렇게 말했다.

"또 멍청하게 말도 안 되는 소리를 하는구나! 여자는 결국 시집을 가야 하는데, 시집을 가게 되면 친정에서 어떻게 돌봐주겠어? 다 자기 팔자인 게지. 좋은 사람 만나면 좋은 일이지만, 나쁜 사람을 만나도 방법이 없는 게야. '닭한테 시집가면 닭을 따르고, 개한테 시집가면 개를 따라야 한다〔嫁雞隨雞 嫁狗隨狗〕.'는 말도 못 들어봤어? 누구나 다 네 큰누나처럼 귀비마마가 될 순 없지 않겠니? 게다가 네 둘째 누나는 새색시인데 손서방도 젊은 사람이라 각자 자기 성격이 있을 게 아니냐? 이제 만난 지 얼마 되지 않았으니 자연히 충돌이 생길 수밖에! 몇 년 지나면 둘 다 서로의 성격을 알게 되고, 아들딸 낳고 살다보면 사이도 좋아지게 돼 있어. 너 절대 할머님 앞에서는 입도 벙긋해서는 안 된다. 내가 알면 가만두지 않을 거야! 여기서 헛소리하지 말고 가서 네 일이나 보거라."

보옥은 아무 말 못하고 잠시 앉아 있다가 풀이 죽어서 밖으로 나왔다. 하지만 가슴 가득한 번민을 풀 길이 없어 대관원에 도착하자 곧장 소상관으로 갔다.

하지만 소상관 대문을 들어서자마자 그는 대성통곡하기 시작했다. 대옥은 막 세수를 마친 참이었는데, 보옥의 그런 모습을 보자 깜짝 놀랐다.

"무슨 일이에요? 누구랑 싸웠어요?"

몇 번을 물었지만 보옥은 고개를 숙인 채 탁자에 엎드려 엉엉 꺼이꺼이 울어대느라 말을 하지 못했다. 대옥은 의자에 앉아 한참 동안 멍하니 쳐다보다가 다시 물었다.

"아무래도 누구랑 싸운 모양이군요. 아니면 제가 기분 나쁘게 한 일이라도 있나요?"

보옥이 손을 내저었다.

"아니야! 둘 다 아니야!"

"그럼 무엇 때문에 이리 슬퍼하는 거예요?"

"난 그저 우리 모두 조금이라도 일찌감치 죽는 게 낫겠다는 생각이 들었어. 산다는 건 너무 너무 재미없어!"

대옥은 더욱 놀랐다.

"아니, 그게 무슨 일이에요? 정말 미쳤나 보군요!"

"미친 게 아니야. 내 말 좀 들어봐. 그럼 누이도 가슴 아플 수밖에 없을 거야. 저번에 둘째 누나가 와서 보여준 모습과 들려준 이야기를 누이도 전부 보고 들었을 거 아냐? 그런데 여자는 왜 나이가 차면 시집을 가야 하는 거지? 시집가서 남한테 그런 고초를 당하다니! 우리가 처음 '해당사'를 결성했을 때가 지금도 생생해. 모두들 시를 읊고 돌아가며 잔치를 열고 그랬잖아. 그땐 얼마나 즐거웠어? 그런데 지금 보차 누나는 자기 집으로 가버렸고, 심지어 향릉조차 여기 올 수 없게 되었어. 그리고 둘째 누나는 시집을 가버렸어. 마음을 알아주던 사람들 몇 명이 모두 헤어지니 이런 꼴이 되어버렸잖아? 난 할머님께 말씀드려서 둘째 누나를 다시 데려오게 할 생각이었는데, 뜻밖에 어머니가 나더러 멍청하게 헛소리하지 말라시며 반대하시는 거야. 그러니 나도 더 이상 아무 말 못했지. 누이도 좀 봐. 시간이 얼마나 지났다고 대관원의 풍경이 벌써 이리 많이 변해버린 거지? 앞으로 몇 해만 더 지나면 또 어찌 되겠어? 그러니 생각할수록 마음이 괴로워 견딜 수가 없어!"

그 말을 들은 대옥은 고개를 점점 숙이고 뒤로 물러나 구들 위에 앉았더니, 말없이 한숨을 내쉬고는 곧 벽 쪽을 보고 누워버렸다. 자견이 차를 들고 들어왔다가 두 사람의 그런 모습을 보고 이러지도 저러지도 못하고 있었다. 마침 그때 습인이 와서 보옥을 보더니 이렇게 말했다.

"도련님, 여기 계셨군요. 노마님께서 부르셔요. 여기 계실 줄 알았지요."

대옥은 습인의 목소리가 들리자 몸을 일으키며 자리를 권했다. 그녀의 두 눈이 울어서 빨갛게 변한 것을 보자 보옥이 말했다.

"누이, 조금 전에 내가 한 말은 멍청한 소리니까 상심할 필요 없어. 내 말이 무슨 뜻인지 궁리하는 것보다는 몸 생각을 더 하는 게 좋아. 자, 그럼 좀 쉬고 있어. 난 할머님께서 부르신다니까 얼른 다녀올게."

그러면서 밖으로 걸음을 옮기자 습인이 대옥에게 나직이 속삭였다.

"두 사람 또 무슨 일 있었어요?"

"오빠는 영춘 언니 때문에 슬퍼한 거예요. 난 조금 전에 눈이 가려워 문질러서 이렇게 된 거예요. 전혀 다른 이유는 없어요."

습인도 더 이상 말하지 않고 황급히 보옥의 뒤를 따라 나갔다. 보옥이 태부인 거처에 도착해보니 태부인은 이미 낮잠을 자고 있었다. 그는 이홍원으로 돌아갈 수밖에 없었다.

오후가 되자 낮잠에서 깨어난 보옥은 너무 심심해서 손에 잡히는 대로 책을 한 권 집어 들었다. 습인은 그가 책 읽는 것을 보자 얼른 차를 따라 시중을 들었다. 그런데 하필 보옥이 집어 든 책은 『고악부古樂府』[1]였다. 무심히 책장을 넘기는데 마침 "술잔을 앞에 두고 노래를 불러야. 인생이 얼마나 되더냐〔對酒當歌 人生幾何〕?"[2]라는 조조曹操의 시였다. 그걸 보자 그는 가슴이 찌릿해서 그 책을 내려놓고 다른 책을 집어 들었다. 그것은 진晉나라 때의 문장[3]이었는데, 몇 장을 넘기더니 갑자기 책을 덮고는 손으로 턱을 괸 채 멍하니 앉아 있는 것이었다. 습인이 차를 따르다가 그런 모습을 보고 말했다.

"왜 안 읽으셔요?"

보옥은 아무 대답도 없이 찻잔을 받아 한 모금 마시더니 바로 내려놓았다. 습인은 순간적으로 어떻게 해야 할지 몰라 옆에서 멍하니 지켜보기만 했다. 갑자기 보옥이 자리에서 일어나더니 입속으로 중얼거렸다.

"정말 멋진 이야기로군! '육체의 바깥에서 마음껏 노닌다〔放浪形骸之外〕.'4라……"

습인은 그 말이 우스웠지만 감히 물어보지 못하고 그저 이렇게 타일렀다.

"이 책들을 읽기 싫으시면 대관원에서 산보라도 하세요. 그러면 갑갑해서 병이 생길 일도 없어지지 않을까요?"

보옥은 입속으로 "응!" 하고 대답하더니 넋이 나간 채 밖으로 걸어나갔다. 잠시 후 그가 심방정에 이르러 돌아보니 사람 떠난 빈집이 쓸쓸하기만 했다. 다시 형무원으로 가보니 향초는 예전처럼 무성하지만 방문과 창문들에는 빗장이 채워져 있었다. 몸을 돌려 우향사로 오니 멀리서 몇몇 사람이 요서蓼溆 근처의 난간에 기대 있었고, 몇몇 하녀들은 땅에 쪼그려 앉아 무언가를 찾고 있었다. 그는 살그머니 가산 뒤쪽으로 가서 무슨 얘기들을 하는지 들어보았다. 개중에 누군가가 말했다.

"그게 올라오는지 안 올라오는지 보자고요."

그건 이문의 목소리 같았다. 그러자 다른 하나가 말했다.

"호호, 좋아! 내려가버렸으니까 내가 보기엔 안 올라올 것 같아."

그건 탐춘의 목소리였다. 그러자 또 누군가가 말했다.

"그렇긴 하지요. 언니, 움직이지 마시고 계속 기다려보셔요. 어쨌든 다시 올라올 거예요."

또 누군가가 말했다.

"저것 봐! 올라왔어!"

이것은 이기와 수연의 목소리였다.

보옥은 참지 못하고 조그마한 벽돌 조각을 집어서 물에다 던졌다. '퐁당!' 하는 소리에 네 사람이 깜짝 놀랐다.

"누구야! 깜짝 놀랐잖아!"

보옥이 가산 뒤에서 낄낄대며 나왔다.

"재미가 좋으시군! 나는 왜 안 불렀어?"

탐춘이 말했다.

"오빠가 아니면 이런 장난할 사람이 없지! 딴 말 마시고 우리 물고기 물어내요! 조금 전에 한 마리가 올라와서 막 낚으려고 했는데 오빠 때문에 놀라 도망쳤잖아요!"

"다들 여기 와서 놀면서 나를 안 불렀으니까 오히려 내가 너희들한테 벌을 줘야지!"

그 말에 다들 한바탕 웃고 나자 보옥이 말했다.

"모두 낚시질을 해서 누구의 운수가 좋은지 보자. 물고기를 낚은 사람은 올해 운수가 좋고, 못 낚은 사람은 운수가 나쁘다는 거지. 누가 먼저 할래?"

탐춘이 이문에게 양보했지만 이문은 먼저 하려 하지 않았다. 탐춘이 웃으면서 말했다.

"그럼 내가 먼저 하지 뭐."

그리고 보옥을 돌아보며 말했다.

"오빠, 또 물고기를 쫓아버리면 가만두지 않을 거야!"

"아까는 너희들을 놀래주려고 그런 거였어. 이번엔 걱정 말고 낚아봐."

탐춘이 낚시를 던져놓고 열 마디 정도 얘기했을 무렵, 버들치 한 마리가 낚싯바늘을 물고 찌를 끌고 들어갔다. 탐춘이 낚싯대를 들어 땅에 내려놓자 버들치가 팔딱팔딱 뛰었다. 시서侍書[5]가 땅바닥을 이리저리 더듬어 버들치를 붙잡아 작은 항아리에 넣고 맑은 물을 부어놓았다. 탐춘이 낚싯대를 이문에게 건네자 이문도 낚시를 드리웠다. 줄이 살짝 당겨져서 얼른 채봤지만 빈 바늘이었다. 다시 드리우자 얼마 후에 줄이 당겨져서 또 챔질을 했지만 허탕이었다. 이문이 바늘을 잡아 살펴보니 바늘이 안으로 굽어 있었다.

"호호, 어쩐지 제대로 걸리지 않더라니!"

이문은 소운에게 바늘을 바꿔 달게 하고 미끼를 새로 달아 위쪽에 갈대

찌를 잘 달았다. 다시 낚시를 드리우고 얼마쯤 지나자 갈대 찌가 잠겨들어서 황급히 챔질을 했는데, 두 치 정도 되는 작은 붕어가 낚였다.

"호호, 이제 오빠가 낚아봐요."

"셋째 동생과 수연 동생 다음에 하지 뭐."

수연이 아무 대답도 하지 않자 이기가 말했다.

"오빠가 먼저 낚아봐요."

그때 수면에 거품이 하나 떠올랐다. 탐춘이 말했다.

"다들 양보만 하지 마세요. 저것 봐요. 물고기들이 전부 셋째 동생 쪽에 몰려 있잖아요. 그러니 셋째 동생부터 빨리 낚는 게 좋겠어요."

그러자 이기가 웃으며 낚싯대를 건네받았는데, 과연 찌가 잠겨서 그녀도 한 마리를 낚았다. 그다음에 수연도 한 마리를 낚고 나서 낚싯대를 다시 탐춘에게 건네자 탐춘이 보옥에게 넘겨주었다. 보옥이 말했다.

"나는 강태공姜太公[6]의 낚시를 해야지."

그러더니 물가 바위로 내려가 앉아 낚싯대를 드리웠는데, 뜻밖에 물속의 물고기들이 사람 그림자를 보고 모두 다른 곳으로 피해버렸다. 보옥은 한참 동안 낚싯대를 들고 있었지만 전혀 낚싯줄에 움직임이 없었다. 조금 전에 물고기 한 마리가 물가에서 거품을 토했지만, 보옥이 낚싯대를 흔들자 그 녀석마저 놀라 도망치고 말았다. 보옥이 초조해져서 말했다.

"난 성질이 급한 사람인데, 저놈의 물고기들은 느려 터졌으니 이걸 어쩌지? 자, 물고기야, 얼른 와라! 내 소원을 이루도록 도와다오!"

그 말에 네 여자들이 모두 웃었다. 그런데 그 말이 채 끝나기도 전에 낚싯대가 슬쩍 움직였다. 보옥은 무척 기뻐하며 힘껏 챔질을 했다. 하지만 너무 힘을 쓰는 바람에 낚싯대가 바위에 부딪혀 두 동강이 났고 줄도 끊어져 바늘은 어디론가 사라져버렸다. 그 모습에 모두들 배를 잡고 웃었다. 탐춘이 말했다.

"오빠처럼 덜렁대는 사람은 세상에 둘도 없을 거야!"

그때 사월이 허둥지둥 달려와 말했다.

"도련님, 노마님께서 깨셨으니 얼른 가보셔요."

다섯 사람은 모두 깜짝 놀랐다. 탐춘이 물었다.

"할머님께서 무슨 일로 오빠를 부르시는 거래요?"

"저도 몰라요. 무슨 일인지 들통 나서 도련님을 불러 물어보시겠다는 얘기만 들었어요. 그리고 희봉 아씨도 함께 불러서 조사하시겠다고 하셨어요."

보옥이 깜짝 놀라 잠시 멍하니 있다가 이렇게 말했다.

"또 어떤 하녀가 액운을 당하게 생겼군!"

탐춘이 말했다.

"무슨 일인지 모르니 얼른 가보셔요. 무슨 일 있으면 먼저 사월 언니를 통해 저희한테 얘기해주셔요."

그러면서 그녀는 이문과 이기, 수연과 함께 떠났다.

보옥이 태부인의 방에 도착하자 왕부인이 태부인과 함께 골패놀이를 하고 있었다. 그걸 보고 보옥은 별일 없으려니 생각하고 약간 마음을 놓았다. 태부인이 그를 보고 물었다.

"예전에 네가 많이 아팠을 때, 어느 미친 스님과 절름발이 도사 덕분에 나은 적이 있지? 그때 증세가 어떻더냐?"

보옥이 잠시 생각해보고 말했다.

"당시에 멀쩡히 서 있는데 마치 누군가 뒤에서 제 머리를 몽둥이로 때린 것처럼 아프면서 눈앞이 캄캄했어요. 그리고 온 방 안에 검푸른 얼굴에 송곳니가 나 있고 몽둥이나 칼을 든 악귀들이 우글거렸어요. 구들에 누워 있을 때는 머리에 테를 몇 개 채워서 조이는 것 같았어요. 나중에는 너무 아파서 정신도 없을 지경이었어요. 나아졌을 때는 제 방 안까지 금빛이 환히 비추자 그 귀신들이 전부 도망쳐 숨어버렸어요. 그러니까 금방 머리도 안 아프고 정신도 맑아졌어요."

그러자 태부인이 왕부인에게 말했다.

"그 상태도 비슷하구먼!"

그때 희봉이 들어와 태부인에게 인사하고 다시 왕부인에게 인사했다.

"할머님, 저한테 물어보실 게 있으세요?"

"예전에 네가 못된 병에 걸렸을 때 어땠는지 생각나냐?"

"호호, 제 기억력이 형편없어서요…… 하지만 몸을 마음대로 가눌 수 없었어요. 마치 무슨 귀신들이 저를 이리저리 잡아당겨 살인이라도 저지르게 만들려는 것처럼 말이에요. 뭐든 닥치는 대로 집어 들고 누구든 눈에 띄면 죽이고 싶었어요. 몸에는 힘이 전혀 없었지만 제 몸을 억제할 수가 없었어요."

"나을 때는 어떻더냐?"

"그때는 마치 허공 중에서 누군가 몇 마디를 하는 것 같았는데, 무슨 얘기였는지는 기억이 안 나네요."

"보아하니 분명 그것 짓이로군! 저 아이들이 아팠을 때 모습과 조금 전에 한 말과 똑같잖아? 그 늙은 것이 그런 못된 마음을 품고 있었는데 보옥이는 그것을 수양어미로 잘못 알고 있었어. 그나마 그 스님과 도사가 있었기에 보옥이의 목숨을 구할 수 있었어. 아미타불! 하지만 보답조차 제대로 못했구나."

희봉이 말했다.

"저희들이 앓았던 그 병을 왜 새삼스레 떠올리셨어요?"

"보옥이 어미한테 물어보아라. 난 말도 꺼내고 싶지 않다!"

그러자 왕부인이 말했다.

"조금 전에 나리께서 오셔서 보옥이 수양어미가 못된 인간이라 요사한 짓을 했다고 하셨어. 그게 들통이 나서 금의부錦衣府[7]에 붙들려가 형부刑部* 감옥에 갇혀서 죽을죄를 심문당하고 있지. 며칠 전에 누군가 고발했다는구나. 고발자는 반삼보潘三保*인가 하는 사람인데, 집을 한 채 팔려고 했다는구나. 그 집에서 대각선 방향으로 마주보고 있는 전당포에다 말이다. 그 집을 시세보다 몇 배 더 주겠다고 하는데도 반삼보가 더 달라고 하니, 전당포에서 어디 그 말대로 해주려 했겠느냐? 그러니까 반삼보가 그 할망구를 매수했다는구나. 그것이 전당포에 자주 드나드니까 전당포 점원들의 아낙과도 사이가 좋았기 때문이지. 그것이 술수를 부려 전당포 점원들의 아낙들이 사악한 병에 걸리게 하는 바람에 집안이 뒤집어지고 난리가 났다지 뭐냐? 그러니까 그것이 자기가 그 병을 고칠 수 있다면서 종이로 만든 신마神馬[8]와 지전을 몇 장 사르니까 과연 효험이 나타났다지. 그것이 또 아낙들한테 은돈 몇 십 냥을 걷어 챙겼단다. 그런데 부처님도 눈이 있으시니 일이 탄로 날 수밖에 없지. 그날 그것이 급히 돌아가느라 비단 주머니를 하나 떨어뜨리고 갔다는구나. 전당포 사람들이 주워서 살펴보니까 그 안에 수많은 종이인형과 향기로운 향이 네 알쯤 들어 있더란다. 그게 뭔가 이상하게 생각하고 있었는데, 그 늙은 것이 돌아와 그 비단 주머니를 찾았다는구나. 그러자 그곳 사람들이 즉시 그것을 붙들어놓고 몸을 수색했더니 상자가 하나 나오더란다. 그 안에는 상아로 조각한 일남일녀가 들어 있었는데, 몸에 실오라기 하나 걸치지 않은 마왕이었다는구나. 그리고 주홍빛 수놓는 바늘도 일곱 개나 있었단다. 그래서 즉시 금의부로 압송해서 심문했더니, 수많은 관리 집안과 대갓집의 마님과 아가씨들의 은밀한 사정들이 드러났다지. 그래서 치안을 담당하는 순포영巡捕營[9]에 알려서 그 늙은 것의 집안을 수색했더니, 진흙으로 만든 악귀들의 신상 여러 개와 요향鬧香[10]이 든 상자 몇 개가 나왔단다. 구들 뒤쪽의 빈 칸에는 칠성등七星燈[11]이 하나 걸려 있었고, 그 아래에 짚으로 만든 허수아비가 몇 개 있었는데, 머리에 테를 씌우거나 가슴에 못을 박아놓고, 목에 사슬을 걸어놓기도 했다는구나. 궤짝 안에는 무수한 종이인형이 있고, 그 아래 장부가 몇 권 있었는데, 거기에는 어느 집에서 효험이 있었고 사례비로 얼마를 받았다고 적혀 있었다지. 여기저기서 기름 값이니 향 값이니 하는 핑계로 받은 것도 액수를 헤아릴 수 없이 많다더구나."

희봉이 말했다.

"저희들 병은 분명 그 할멈 짓이군요. 저희가 앓고 난 뒤에 그 늙은 요괴가 조씨 방을 몇 차례 드나들었던 것으로 기억하는데, 아마 돈을 달라고 했던 모양이네요. 저를 보니 낯빛이 변하고 눈깔이 닭처럼 까맣게 되더라니까요? 저도 처음엔 이상하게 생각했지만 끝내 이유를 몰랐어요. 지금 말씀을 듣고 보니 다 이유가 있었군요. 하지만 저야 살림살이를 맡다보니 자연히 남들한테 원한도 샀을 테고, 그러니 누가 저를 해코지한다 해도 이상할 게 없는데 누구한테 원한 살 일이 없는 도련님에게 왜 그런 독한 술수를 부렸을까요?"

태부인이 말했다.

"내가 보옥이만 예뻐하고 환이는 예뻐하지 않으니까 너희들한테 그런 독수를 썼을지도 모르지."

왕부인이 말했다.

"그 늙은 것은 이미 죄를 추궁당하고 있으니 불러다 캐물을 수도 없어요. 증거가 없는데 조씨가 죄를 인정할 리 없지요. 게다가 보통 사건이 아니니 소문이 퍼지면 밖에서 보기에도 안 좋을 거예요. 모든 일은 자업자득이기 마련이니까 기다리다 보면 결국 스스로 잘못을 폭로하고 말 거예요."

태부인이 말했다.

"네 말도 맞다. 이런 일은 증거가 없으면 처벌하기 어려워. 하지만 부처님과 보살님들이 제대로 보살피셔서 저 아이들이 이젠 누구보다도 훌륭하게 자랐지 않느냐? 됐다. 이미 지난 일이니까 희봉이 너도 더 이상 거론하지 마라. 오늘은 너와 보옥이 어미도 나와 저녁을 먹고 가도록 해라."

그리고 원잉과 호박 등에게 저녁을 차리라고 지시했다. 희봉이 얼른 웃으면서 말했다.

"어떻게 된 게 할머님께서 마음을 더 졸이시네요!"

왕부인도 웃었다. 그때 밖에서 몇몇 어멈들이 분부를 기다리고 있는 걸 보자 희봉이 얼른 하녀들에게 상을 차리라고 지시했다.

"나와 마님도 할머님과 함께 먹겠다."

그때 옥천이 와서 왕부인에게 말했다.

"나리께서 무슨 물건을 찾으십니다. 노마님 식사 시중을 들어드리고 나서 좀 찾아달라고 하셨어요."

그러자 태부인이 말했다.

"가봐라. 무슨 중요한 일이 있는지도 모르니까 말이다."

왕부인은 "예!" 하고 나서 희봉에게 식사 시중을 맡기고 물러갔다.

그리고 방에 돌아가서 가정과 한담을 나누며 물건을 찾았다. 가정이 물었다.

"영춘이는 벌써 돌아갔다던데, 시집살이가 어떻다고 합디까?"

"내내 울고만 있답니다. 사위가 말도 못하게 흉폭하대요."

그러면서 영춘의 이야기를 죽 들려주자 가정이 탄식하며 말했다.

"나도 진즉 영춘이와 어울리지 않는 놈이라는 걸 알았는데 형님이 벌써 혼사를 정해버렸다니 방법이 없었소. 영춘이만 억울하게 고생을 하겠구면."

"아직 새색시니까 이후로 나아지기만 바랄 뿐이지요."

그러다가 왕부인이 "킥!" 웃었다.

"왜 웃소?"

"보옥이 때문에요. 오늘 아침에 일부러 이 방에 왔는데, 하는 애기들이 전부 철부지 같아서 말이에요."

"뭐라고 했는데?"

왕부인이 보옥의 이야기를 들려주자 가정도 웃음을 참지 못했다. 그러다가 또 이렇게 말했다.

"보옥이 얘기를 하니까 한 가지 생각나는 게 있소. 이 녀석을 매일 대관원 안에 두는 것은 잘못인 것 같소. 계집애 같으면 어쩔 수 없겠지. 어쨌든 남의 집에 보낼 아이니까 말이오. 하지만 아들이 잘못되면 보통 문제가 아니오. 예전에 어떤 양반이 나한테 선생을 한 분 추천하던데, 학문이나 인품이 다 아주 훌륭하고 또 남방 사람이라고 합다다. 하지만 남방 사람은 성품이 너무 온화해서 마음에 걸립니다. 여기 같은 대도시 아이들은 다들 장난이 아주 심한데다 영리하기까지 해서 대충 때워 넘길 만하면 바로 그렇게 해버린단 말이오. 게다가 대담하기까지 해서 훈장이 체면을 잃지 않으려고 하루라도 도련님 대하듯이 해주면 괜히 아이들을 망치는 결과만 생기지 않겠소? 그래서 어른들은 외부에서 훈장을 들이려 하지 않고, 집안에서 연세도 있고 학문도 있는 분을 골라 서당에 모신 거요. 지금 대유代儒 어르신은 학문이야 중간 정도밖에 안 되지만, 그래도 이 아이들을 다잡아서 사리분별 정도는 하게 해주실 수 있소. 내 생각에는 보옥이가 저렇게 빈둥거리며 노는 건 좋지 않으니까 차라리 예전처럼 서당에 나가 공부를 하게 하는 게 좋을 것 같소."

"옳은 말씀이에요. 당신이 외지로 부임해 나가신 뒤로 그 아이가 늘 병에 시달리다가 결국 몇 년을 허비해버렸어요. 이제라도 서당에 보내서 복습을 시키는 것도 좋겠네요."

가정은 고개를 끄덕이며 또 몇 마디 한담을 나누었는데, 이에 대해서는 더 이상 이야기하지 않겠다.

한편, 이튿날 보옥이 일어나 세수를 마치자 심부름꾼들이 들어와 전갈했다.

"나리께서 하실 말씀이 있다고 부르십니다."

보옥은 서둘러 옷을 차려 입고 가정의 서재로 가서 문안 인사를 올리고 서 있으니, 가정이 말했다.

"요즘 무슨 공부를 하느냐? 글을 몇 편 지었다 한들 별게 아니다. 요즘 네 모양을 보니 예전보다 더 흐트러져 놀고, 게다가 매일 병을 핑계로 공부를 하지 않는다고 들었다. 이제 다 나았는데도 매일 대관원에서 자매들과 시시덕거리고, 심지어 하녀들과도 어울려 놀면서 해야 할 일은 죄다 뒷전으로 팽개쳐두고 있다 하더구나! 시 몇 구절쯤 지을 줄 안다 한들 아무 것도 아닌데 그게 뭐 대단하다는 게냐! 과거에 급제하려면 결국 문장[12]이 중요한데, 너는 여기에 대해서는 전혀 공부가 되어 있지 않아. 그러니 당부하마. 오늘부터는 절대 시나 대구對句 따위는 짓지 말고 오로지 팔고문만 연습해야 한다. 일 년 동안 발전이 없으면 너도 공부할 필요가 없고, 나도 그런 자식은 필요 없다!"

그리고 이귀를 불러 말했다.

"내일 아침에 배명焙茗[13]이한테 보옥이가 읽어야 할 책들을 전부 꾸려서 나에게 가져오라고 해라. 내가 직접 저 아이를 서당에 데려다주겠다."

이어서 보옥에게 호통쳤다.

"가라! 내일 아침 일찍 나에게 오너라!"

보옥은 한참 동안 아무 대답도 못하고 있다가 이홍원으로 돌아갔다.

습인은 무슨 일인가 싶어 초조하게 소식을 기다리고 있었는데, 책을 챙기라는 얘기를 듣자 오히려 기뻐했다. 하지만 보옥은 당장 태부인에게 사람을 보내 이 일을 막아달라고 했다. 태부인은 즉시 보옥을 불러 이렇게 얘기했다.

"걱정 말고 일단 가라. 네 아비가 화내지 않게 말이다. 어떤 힘든 일이 생기더라도 내가 있지 않니?"

보옥도 달리 방법이 없어서 돌아가 하녀들에게 분부했다.

"내일 아침 일찍 깨워줘. 아버님께서 날 서당에 데려가려고 기다리고 계시겠대."

습인은 "예!" 하고 그날 밤은 사월과 교대로 잠을 잤다.

이튿날 아침 습인이 보옥을 깨워 세수를 하게 하고 옷을 갈아입힌 다음, 하녀를 시켜 배명에게 중문에서 기다리고 있다가 책이며 필요한 물건을 갖고 가라고 했다. 습인이 두어 번 재촉하자 보옥은 어쩔 수 없이 가정의 서재로 갔고, 먼저 가정이 와 있는지 물었다. 서재의 심부름꾼이 대답했다.

"조금 전에 문객 한 분이 나리께 드릴 말씀이 있다고 하니까 안쪽에서 얘기하기를, 나리께서 세수하고 계시니 그 문객더러 나가서 기다리라고 하셨어요."

그 말에 보옥은 조금 안심이 되어 얼른 가정의 거처로 갔다. 마침 가정도 그를 부르러 사람을 보내려던 참이라 보옥은 그 심부름꾼과 함께 안으로 들어갔다. 가정은 또 몇 마디 당부한 후 보옥을 데리고 수레에 올랐다. 그리고 배명에게 책을 들고 따라오게 하고 곧장 서당으로 갔다.

심부름꾼이 먼저 달려가 가대유賈代儒*에게 알렸다.

"나리께서 오십니다."

가대유가 자리에서 일어나는데, 가정이 벌써 안으로 들어와 인사를 했다. 가대유도 그의 손을 맞잡고 인사하면서 물었다.

"노마님께서도 요즘 평안하시지요?"

보옥도 다가가 문안 인사를 했다. 가정은 선 채로 가대유에게 자리를 권한 뒤 자기도 앉았다.

"오늘 제가 직접 저 아이를 데려온 것은 부탁드릴 게 있어서입니다. 저 아이가 나이도 적지 않으니, 어쨌든 사람 노릇을 할 만한 과거공부를 해야 일생 동안 입신양명할 수 있지 않겠습니까? 지금 집에서 그저 아이들과 어울려 놀기만 해서, 시나 사 몇 구절 지을 줄은 알지만 그나마 입에서 나오는 대로 지껄인 것일 뿐입니다. 설령 잘 짓는다 해도 그저 풍월이나 읊조릴 뿐, 평생의 올바른 일과는 전혀 관련이 없지 않습니까?"

"제가 보기에 아드님이 생김새도 짐짓고 머리도 좋은 것 같은데 왜 공부를 안 하고 멋대로 놀기만 하는지 모르겠습니다. 시사라는 건 배우면 되는 것이지만, 출세한 뒤에 배워도 늦지 않지요."

"지당하신 말씀입니다. 이제 저 아이한데 책을 읽고 해설하고 팔고문 짓는 법만 가르쳐주십시오. 혹시 가르침을 잘 따르지 않으면 엄격히 훈계하여 저 아이가 유명무실하게 일생을 허비하지 않도록 해주십시오."

가정은 일어서서 공손히 읍揖한 뒤에 잠시 한담을 나누고 헤어졌다. 가대유가 문앞까지 배웅하며 말했다.

"노마님께도 안부 여쭙더라고 말씀드려 주십시오."

가정이 그러겠노라 하고 수레에 올랐다.

가대유가 돌아와 보니, 보옥은 서남쪽 창가에 화리목花梨木으로 만든 책상을 놓고, 오른편에 낡은 책 두 질〔套〕과 얄팍한 문장집을 한 권 쌓아놓은 채 배명에게 종이와 먹, 붓과 벼루를 모두 서랍에 넣어두라고 했다. 가대유가 말했다.

"애야, 전에 몸이 아프다는 얘기를 들었는데 이제 다 나았느냐?"

보옥이 일어서서 대답했다.

"다 나았습니다."

"따지고 보면 이제 너도 공부를 열심히 할 때가 되었다. 네 부친께서는 네가 훌륭한 사람이 되길 간절히 바라고 계시니, 전에 공부했던 책을 처음부터 한 번 복습하도록 해라. 매일 아침에 일어나면 책을 읽고, 아침을 먹은 후에는 글씨 연습을 하고, 점심때는 책을 해설해라. 그리고 팔고문 몇 편을 읽으면 된다."

보옥은 "예!" 대답하고 자리에 앉으면서 사방을 둘러보았다. 예전에 함께 공부하던 김영金榮˚ 또래의 아이들은 몇 명 보이지 않았고, 어린 학생들이 몇 명 더해지긴 했지만 다들 좀 꾀죄죄해 보였다. 그러자 갑자기 진종秦鍾˚이 생각났다. 지금은 반 마디라도 흉금을 털어놓을 수 있는 사람이 없으니 마음이 처연했지만, 아무 말도 못하고 답답하게 책만 읽었다. 가대유가 말했다.

"오늘은 첫날이니 좀 일찍 돌아가도록 해라. 내일은 책을 해설하라고 할 게야. 하지만 너도 그다지 우둔한 아이가 아니니까 내일은 한두 장만 해설하면 된다. 요즘 공부를 얼마나 했는지 시험해봐야 네 공부를 어디서부터 시작할지 알 수 있을 게 아니냐?"

그 말에 보옥의 마음이 어지럽게 뛰었다.

이튿날 그가 문장을 어떻게 해설하는지는 다음 회를 보시라.

제82회

노선생은 글 뜻을 해설하여 어리석은 마음 경계하고
병 많은 임대옥의 영혼은 악몽에 놀라다

老學究講義警頑心　病瀟湘癡魂驚惡夢

병약한 임대옥이 소상관에서 악몽을 꾸다.

보옥이 서당에서 돌아와 태부인을 만나자, 태부인이 웃으면서 말했다.

"잘됐구나! 이제 야생마에 굴레가 씌워졌구나. 가서 네 아비한테 인사하고 와서 좀 쉬었다 가도록 해라."

보옥이 "예!" 하고 가정에게 가자, 가정이 말했다.

"이렇게 빨리 파했느냐? 그래, 훈장님이 과목을 정해주시더냐?"

"예. 아침에 책을 읽고, 아침 먹은 뒤에 글씨 연습을 하고, 오후엔 책을 해설하고 팔고문八股文을 외우라고 하셨습니다."

가정이 고개를 끄덕이며 말했다.

"가서 할머님께 말벗이나 해드리고 가도록 해라. 너도 이제 제대로 된 사람의 도리를 공부해야지, 노는 일에만 정신 팔리면 안 된다. 저녁에 일찍 자고, 매일 서당에 가야 할 테니 일찍 일어나야 한다. 알겠느냐?"

보옥은 연신 "예! 예!" 대답하고 물러나 황망히 왕부인에게 인사하고, 다시 태부인의 거처로 가서 잠시 앉아 있었다. 그리고 금방 그곳에서 물러나와 한달음에 소상관으로 달려갔다. 대문을 들어서자마자 그는 손뼉을 치며 웃었다.

"내가 다시 돌아왔다!"

그러면서 갑자기 들이닥치자 대옥은 깜짝 놀랐다. 자견이 발을 걷어주자 보옥은 안으로 들어가 자리에 앉았다. 대옥이 물었다.

"얼핏 듣자 하니 공부하러 가셨다던데 어떻게 이리 빨리 오셨어요?"

"아이고! 끔찍했지! 오늘 아버님한테 끌려서 서당에 갔지 뭐야. 속으로는 이제 너희들과 만날 시간이 없어졌다고 생각했거든. 간신히 하루를 버티고 나서 이제 너희들을 보니까 그야말로 죽었다가 다시 살아난 기분이야. 정말 '일각一刻이 여삼추如三秋'라는 옛말이 전혀 틀리지 않더라니까!"

"어른들께는 인사드렸어요?"

"전부 다녀왔지."

"다른 데는요?"

"아직."

"다른 분들한테도 가보셔야지요."

"지금은 돌아다니기 싫어. 그냥 누이하고 앉아 잠깐 얘기나 하지 뭐. 아버님께서 일찍 자고 일찍 일어나라고 하셨으니까 다른 사람들한테는 내일 찾아가야지."

"그럼 앉아 있다 가셔요. 하지만 방에 돌아가서 제대로 쉬는 게 낫지 않겠어요?"

"몸이 피곤할 리 있겠어? 그저 속이 답답했을 따름이지. 같이 앉아서 기분이나 풀까 했는데 또 가라고 재촉하는군!"

대옥이 슬며시 웃으며 자견을 불렀다.

"내 용정차龍井茶*를 한잔 따라드려. 도련님도 이제 공부를 하시니까 예전과는 다르거든."

자견이 웃으며 "예!" 하고 찻잎을 가져와 하녀에게 차를 내라고 했다. 보옥이 이어서 말했다.

"공부는 무슨 공부! 나는 그런 도학道學[1] 같은 걸 제일 싫어해. 더 웃기는 건 팔고문이야. 그걸로 벼슬살이를 하고 밥벌이를 하는 거야 그렇다 치겠지만, 그걸로 '성인을 대신해 언론을 세운다〔代聖立言〕.'느니 어쩌니 하는 게 말이나 돼? 기껏해야 경전의 구절 몇 개를 짜맞추는 정도지. 그보다 더 가소로운 건 뱃속에 든 것은 별로 없는데 여기저기 억지로 꿰맞춰서 도깨비처럼 이상한 걸 만들어놓고 오히려 박식하고 심오하다고 자부하는 거지. 이게 어떻게 성현의 도리를 풀어 밝히는 거냔 말이야! 지금은 아버님께서 말끝마다 나더러 이걸 배우라고 하시니까 나도 감히 분부를 거역하지 못하는 것뿐인데, 이제 너까지 공부 얘기를 하는구만."

"우리 같은 여자들한테는 그게 필요 없지만, 어렸을 때 오빠랑 같이 우촌 선생님 밑에서 공부할 때 저도 본 적이 있어요. 그 안에도 정리情理에 근접하면서 맑고 고상한 내용이 들어 있었어요. 당시는 그다지 잘 이해하지 못했지만 그래도 괜찮은 느낌이었어요. 그러니 싸잡아 내쳐서는 안 될 것 같아요. 게다가 오빠도 벼슬길에 나아가 공명功名을 성취하려면 그런 것도 괜찮다고 여기셔야지요."

그 말이 그다지 달갑지 않았던 보옥은, 대옥이 예전에는 이렇지 않았는데 왜 이렇게 권세욕에 물이 들었을까 생각했다. 하지만 대놓고 반박하지는 못하고 그저 콧방귀만 뀔 뿐이었다. 그때 바깥에서 두 사람의 목소리가 들려왔는데, 다름 아니라 추문과 자견이었다. 먼저 추문의 목소리가 들렸다.

"습인 언니가 나한테 노마님 거처에 가서 모셔 오라고 했는데 여기 계실 줄이야."

"조금 전에 차를 따랐으니까 마시고 나면 모셔 가."

이어서 둘이 함께 들어오자 보옥이 추문에게 웃으며 말했다.

"금방 가려고 했는데 수고스럽게 찾으러 왔네?"

추문이 대답하기도 전에 자견이 말했다.

"빨리 마시고 가셔요. 다들 하루 종일 보고 싶어 했을 거 아니에요?"

추문이 핀잔을 주었다.

"쳇! 못된 계집애 같으니!"

그 말에 다들 한바탕 웃음을 터뜨렸다. 보옥이 일어나 작별 인사를 하자 대옥이 방문 입구까지 배웅했다. 자견은 계단 아래 서 있다가 보옥이 나간 뒤에 방으로 돌아갔다.

한편, 보옥이 이홍원에 도착하여 방에 들어가니 습인이 안방에서 나와 맞이하며 물었다.

"오셨어?"

추문이 대답했다.

"벌써 돌아오셔서 대옥 아가씨 거처에 계시대요."

보옥이 습인에게 말했다.

"오늘 무슨 일 없었지?"

"별일이야 없었지요. 하지만 방금 마님께서 원앙 언니를 통해 저희한테 이렇게 분부하셨어요. 지금 나리께서 도련님께 공부하라 다그치고 계시니까 혹시 하녀들이 도련님께 장난을 걸면 모두 청문이나 사기처럼 처벌하신다고 말이에요. 여태 도련님을 잘 모셔왔는데 이런 소리나 듣게 되니 기분이 별로 안 좋네요."

그러면서 슬퍼하자 보옥이 황급히 말했다.

"누나, 걱정 마. 내가 열심히 공부하면 어머님도 누나들한테 뭐라 하시지 않을 거야. 오늘 저녁에도 책을 봐야 돼. 내일 사부님께서 책 해설을 시킬 거라고 하셨거든. 심부름 시킬 게 있으면 사월이나 추문을 시킬 테니까 누나는 가서 좀 쉬어."

"정말 열심히 공부하신다면 저희도 기꺼이 시중을 들어드리지요."

보옥은 서둘러 저녁을 먹고, 등불을 켜도록 한 다음 예전에 읽었던 '사서四書'를 다시 펼쳤다. 하지만 어디서부터 시작해야 좋을지 몰랐다. 한 권을 펼쳐보니 각 장의 내용을 잘 알 것도 같았지만, 자세히 살펴보니 그다지 잘 아는 것 같도 않았다. 주석을 보고 다시 본문을 해석하다 보니 초경을 알리는 딱따기 소리가 들려왔다.

'시사는 아주 쉬운 것 같은데 이런 것에는 도무지 머리가 돌아가지 않는군.'

그가 멍하니 생각에 잠겨 있자 습인이 말했다.

"잠깐 쉬셔요. 공부를 오늘만 하는 건 아니잖아요?"

보옥이 입속으로 대충 "응!" 하고 대답하자 습인과 사월이 그의 잠자리를 봐주고 자기들도 자리에 누웠다. 그러다 습인이 얼핏 잠에서 깨었는데 구들에서 보옥이 아직 뒤척거리는 소리가 들렸다.

"아직 안 주무셔요? 쓸데없는 생각 마세요. 심신의 피로를 풀어야 내일 공부를 잘하실 수 있잖아요."

"나도 그러고 싶지만 잠이 안 와. 와서 이불 한 겹만 벗겨줘."

"덥지도 않은데 그냥 덮고 계셔요."

"너무 답답해서 그래."

그러면서 그는 이불을 발로 차려고 했다. 습인이 황급히 구들에 올라가 다시 덮어주고 그의 머리를 손으로 만져보니 약간 열이 있는 것 같았다.

"그대로 계셔요. 열이 좀 있어요."

"그렇겠지."

"그게 무슨 말씀이셔요?"

"걱정 마. 내가 마음이 답답해서 그럴 거야. 괜히 소란 피워서 아버님이 아시게 하면 곤란해. 틀림없이 내가 공부하기 싫어서 꾀병 부리는 것이지, 안 그러면 하필 이때 아프겠냐고 하실 거야. 내일 나아져서 서당에 다녀오면 되지 뭐."

습인은 그가 불쌍한 생각이 들었다.

"제가 옆에서 자드릴게요."

그녀는 잠시 보옥의 등을 주물러주었는데 그러다가 어느새 모두 잠이 들었다.

해가 중천에 떠서야 잠이 깬 보옥이 소리쳤다.

"이런! 늦었다!"

그는 황급히 세수하고 문안 인사를 마친 다음 곧장 서당으로 갔다. 하지만 가대유는 벌써 안색이 변해 있었다.

"어쩐지 네 부친께서 싹수가 노랗다고 화를 내시더라니! 겨우 둘째 날부터 게으름을 피우다니. 지금이 몇 시인데 이제 와!"

보옥이 간밤에 열이 났다고 얘기하자 겨우 넘어가서 원래대로 공부를 시켰다. 저녁 무렵이 되자 가대유가 말했다.

"보옥아, 이 장을 해설해봐라."

보옥이 다가가서 보니 '후배는 두려워할 만하다〔後生可畏〕'[2]라는 부분이었다.

'이건 그나마 다행이네. 『대학大學』이나 『중용中庸』이 아니니까 말이야.'

이렇게 생각하며 물었다.

"어떻게 해설하면 됩니까?"

"이 장의 전체적인 대의大意를 자세히 해설해봐라."

보옥은 먼저 그 장을 죽 낭송하고 나서 이렇게 말했다.

"이 장은 성인께서 후생을 격려하시면서 때에 맞춰 노력해야지 그렇지 않으면……"

거기까지 얘기하고 그는 슬쩍 가대유를 쳐다보았다. 가대유가 눈치를 채고 웃으며 말했다.

"계속해봐라. 경서를 해설할 때는 꺼리거나 기피할 필요 없다. 『예기禮記』에서도 '글 앞에서는 휘諱를 피하지 않는다〔臨文不諱〕.'[3]라고 하지 않았느냐? 그래 '그렇지 않으면' 어쩐다는 얘기냐?"

"그렇지 않으면 나이가 들어도 이루어놓은 게 없다는 말씀입니다. 먼저 '두려워할 만하다.'라는 말씀으로 후생들의 의지와 기개를 격발하신 뒤에 '두려워하기에 부족하다.'라는 말씀으로 후생들의 장래에 대해 경계해주셨습니다."

그가 말을 마치고 가대유를 쳐다보자 그가 말했다.

"그런대로 괜찮구나. 이제 대의를 말해봐라."

"성인께서는 젊었을 때는 생각이나 재능이 모두 총명하고 뛰어나니 실로 두려워할 만하다고 하셨습니다. 하지만 후생의 장래가 지금의 나보다 나을 것이라고 어찌 장담할 수 있겠습니까? 만약 빈둥빈둥, 하는 일 없이 마흔 살이 되고 또 쉰 살이 되면 출세도 할 수 없을 뿐만 아니라, 그런 사람이 후생이었을 때는 촉망받는 것처럼 보였어도 그 나이가 되면 아무도 그를 두려워하지 않게 된다는 말씀입니다."

"허허, 대의에 대한 해설은 그런대로 분명하구나. 그런데 구절의 해설에는 약간 어린애 티가 나는구나. '들리는 게 없다〔無聞〕.'라는 말은 출세해서 벼슬살이를 하지 못한다는 뜻이 아니다. '들린다'는 것은 스스로 도리와 이치를 분명히 알 수 있다면 벼슬살이를 하지 않아도 이름을 날리게 된다는 뜻이다. 옛 성현들 가운데 '세상을 피해 살아서 명성이 알려지지 않은〔遁世不見知〕'[4] 분들도 계시는데, 그분들이 어디 벼슬살이를 하신 분들이더냐? 그런데 그분들도 명성이 알려지지 않았다고 할 수 있겠느냐? '두려워하기에 부족하다.'라는 것은 사람들로 하여금 분명히 이해하게 하려는 것으로서 '어찌 알겠느냐〔焉知〕?'라는 말의 '안다'는 말과 대비시키려고 한 것이지 '두렵다'라는 의미는 아니다. 이렇게 보아야 깊은 의미까지 이해할 수 있는 법이다. 알겠느냐?"

"예."

"그럼 이 장을 해설해봐라."

가대유가 앞쪽으로 넘겨 펼쳐서 보옥에게 내민 것은 "나는 덕을 좋아하기를 미색만큼 좋아하는 사람을 본 적이 없다〔吾未見好德如好色者也〕."[5]라는 구절이 들어 있는 장이었다. 보옥은 그걸 보자 속이 뜨끔해서 곧 웃으며 말했다.

"이 구절은 해설할 게 없는 것 같습니다."

"무슨 소리! 시험장에서 이런 제목이 나와도 해설할 게 없다고 할 셈이더냐?"

보옥이 어쩔 수 없이 해설했다.

"성인께서는 사람들이 덕을 좋아하지 않고 미색을 보면 아주 좋아한다는 것을 지적하신 것입니다. 이것은 덕이라는 것이 원래 본성에 들어 있는 것임을 모르고 다들 좋아하려 하지 않는다는 뜻이지요. 미색으로 말하자면 선천적으로 타고나는 것으로 누구나 좋아합니다. 하지만 덕은 하늘의 이치인데 비해 미색은 인간의 욕망에 해당합니다. 그런데 사람이 어찌 하늘의 이치를 인간의 욕망만큼 좋아하려 하겠습니까? 그러니 그것은 공자께서 탄식하며 하신 말씀이긴 하지만, 또한 사람들이 마음을 돌리기를 바라시는 뜻이 담겨 있습니다. 게다가 덕을 좋아하는 사람이 있긴 하지만 결국 좋아하는 정도가 약하니, 미색을 좋아하는 것만큼 덕을 좋아한다면 정말 좋지 않겠냐는 말씀이지요."

"그만 하면 되겠다. 그나저나 한 가지 물어보자. 네가 성인의 말씀을 이해하고 있다면, 왜 그 두 가지 병폐를 범하는 것이냐? 내가 집안에서 함께 지내지는 않고 네 부친께서도 나한테 말씀하신 적은 없지만, 사실 네 병폐는 나도 다 알고 있다. 사람으로 태어나 장래 전망이 없으면 되겠느냐? 지금 너야말로 '두려워할 만한 후생'의 때인데 '이름이 알려지거나〔有聞〕', '두려워할 만하지 않게' 되는 것은 모두 네 스스로 하기에 달린 것이다. 앞으로 한 달을 주마. 그사이에 예전에 읽었던 책들을 모두 복습하고, 그다음에 한 달 동안 팔고문을 읽어라. 그 뒤에 내가 문제를 내서 팔고문을 지어보라고 하겠다. 게으름을 피우면 내 절대 그냥두지 않을 테다! 옛말에 '어른이 되려면 그만한 고생을 해야 한다〔成人不自在 自在不成人〕.'라고 했다. 내 말을 명심해라!"

보옥은 "예!" 하고 매일 정해진 과목을 공부할 수밖에 없었다. 이 이야기는 그만하자.

한편, 보옥이 서당에 나가기 시작한 뒤로 이홍원은 무척 조용하고 한가로워졌지만, 그래도 습인은 이런저런 살림살이로 바빴다. 그녀는 반짇고리를 들고 앉아 빈랑檳榔* 주머니에 수를 놓으려다가, 이제 보옥이 공부를 하게 되었으니 하녀들도 난처해질 일이 없어졌다는 생각이 들었다. 진즉 이랬더라면 청문이 죽는 일도 생기지 않았을 게 아닌가? 그녀는 토끼가 죽으면 여우가 슬퍼하듯이 자기도 모르게 눈물을 흘렸다. 그러다가 문득 자신이 평생 보옥의 정실이 아니라 첩의 신분일 수밖에 없다는 사실이 떠올랐다. 보옥의 사람됨에 대해서는 그래도 파악할 수 있지만, 사나운 부인을 얻게 되면 자신도 곧 이서나 향릉 같은 신세가 될 것 같았다. 평소 대부인과 왕부인의 표정을 보거나 희봉이 종종 내비치는 말로 보건대, 보옥의 부인은 당연히 대옥이 될 것 같았다. 그런데 대옥은 쓸데없는 의심이 많은 사람이 아닌가! 여기까지 생각하자 그녀는 얼굴이 달아오르고 가슴이 뜨거워져서 바늘을 어디에다 찌르는지도 모를 지경이었다. 그녀는 곧 일거리를 내려놓고 눈치를 떠보려고 대옥의 거처로 갔다. 대옥은 서재에서 책을 읽고 있다가 습인이 오자 허리를 슬쩍 숙여 인사하면서 자리를 권했다. 습인도 얼른 다가가서 물었다.

"아가씨, 요즘 몸은 많이 좋아지셨어요?"

"그럴 리 있나요? 그저 좀 가뿐해진 정도에요. 언니는 집에서 뭐하고 있었어요?"

"요즘 도련님이 서당에 나가시니까 할 일이 없어서 아가씨한테 인사도 드릴 겸 이야기나 나누려고 왔지요."

그러는 사이에 자견이 차를 가져오자 습인이 얼른 일어나서 말했다.

"동생, 앉아."

그리고 또 웃으며 말했다.

"저번에 추문이 그러는데 동생이 우리 뒤에서 뭐라고 했다며?"

"호호, 언니, 그 말을 믿어요? 도련님께선 서당에 나가시고 보차 아가씨도 격조하시고 향릉이도 오지 않으니까 당연히 따분할 거라고 했을 뿐이에요."

"또 이 얘기를 하네. 정말 고생이 많지. 야차 같은 마님을 만났으니 어떻게 살아갈지 원!"

그리고 손가락 두 개를 펼쳐 보이며 말했다.

"말하자면 이 사람보다 더 지독한 처지지 뭐야. 심지어 남들 눈도 아랑곳하지 않잖아."

대옥이 말을 받았다.

"그 언니도 고생 많았지요. 우이저 아씨가 어떻게 돌아가셨어요?"

습인이 말했다.

"누가 아니래요! 생각해보면 다 똑같은 사람인데, 고작 신분이 좀 다르다고 굳이 그렇게 모질게 하실 필요가 있었을까요? 밖에서 평판도 안 좋잖아요."

대옥은 지금까지 습인이 남의 뒷이야기를 하는 것을 보지 못했는데, 지금 이런 말을 하는 데에는 무슨 이유가 있을 거라고 생각했다.

"그건 쉽게 말하기 어려워요. 가정사는 동풍이 서풍보다 세지 않으면 서풍이 동풍을 누르게 되는 것과 마찬가지니까요."

"첩이 되면 우선 마음이 약해지는 법인데, 어디 감히 남을 깔볼 수 있겠어요?"

그때 할멈 하나가 뜰에서 물었다.

"여기가 대옥 아가씨 방인가요? 아가씨 안에 계신가요?"

설안이 나가보니 어렴풋이 기억나길 설씨 댁 마님 밑에 있는 사람인 것 같아서 물었다.

"무슨 일인가요?"

"우리 아가씨께서 여기 대옥 아가씨께 물건을 보내셨어요."

"잠깐만 기다리셔요."

설안이 들어와서 알리자 대옥은 그 할멈을 들여보내라고 했다. 할멈이 들어와서 인사를 하더니 무슨 물건을 보냈는지는 말하지 않고 대옥의 얼굴만 뚫어지게 쳐다보았다. 기분이 나빠진 대옥이 물었다.

"보차 언니가 뭘 보냈지요?"

"호호, 꿀에 절인 여지荔枝*를 한 병 보내셨어요."

그러더니 습인을 돌아보며 물었다.

"혹시 보옥 도련님 방에 계신 화花아가씨가 아니신가요?"

"호호, 저를 어찌 아셔요?"

"호호, 저희는 마님 방 안에서만 시중을 들기 때문에 마님이나 아씨와 함께 외출하는 일이 드물어서 아는 아가씨들이 별로 없어요. 하지만 아가씨들이 우연히 저희 집에 오곤 하니까 어렴풋이 기억하고 있지요."

그러면서 설안에게 병을 하나 건네고, 다시 고개를 돌려 대옥을 보더니 습인에게 웃으면서 말했다.

"어쩐지 우리 마님께서 대옥 아가씨가 보옥 도련님한테 잘 어울릴 거라 하시더라니! 알고 보니 정말 하늘에서 내려온 선녀 같군요."

습인은 할멈이 말실수하는 것을 보자 얼른 끼어들어 말머리를 돌렸다.

"할머니, 피곤하실 텐데 앉아서 차나 좀 마셔요."

그 할멈이 해죽거리며 말했다.

"집에 바쁜 일이 있어서요. 다들 보금 아씨 일을 준비하느라 말이에요. 우리 아가씨께서 보옥 도련님께도 여지 두 병을 보내셨어요."

그러면서 그 할멈은 인사를 하고 휘적휘적 떠났다. 대옥은 그 할멈의 무례한 짓에 화가 났지만 보차의 심부름을 온 사람이라 어찌하기도 곤란했다. 그러다가 할멈이 나가자 한마디 했다.

"보차 언니께 고맙다고 전해줘요."

그 할멈은 여전히 입속으로 웅얼거렸다.

"저렇게 고운 아가씨에게 보옥 도련님 아니면 누가 어울리겠누?"

대옥이 못 들은 척하자 습인이 웃으며 말했다.

"어떻게 늙으면 저리 헛소리를 해대는지 모르겠어요. 듣고 있자니 화도 나고 우습기도 하네요."

잠시 후 설안이 병을 가져와서 대옥에게 보여주자 대옥이 말했다.

"먹고 싶지 않으니, 갖다 넣어둬."

습인은 잠시 이야기를 나누다가 돌아갔다.

잠시 후 날이 저물자 대옥은 치장을 풀고 안쪽의 작은 방으로 들어갔다. 우연히 고개를 들다가 여지 병을 발견하자 낮에 할멈이 했던 황당한 이야기가 떠올라 가슴이 뜨끔했다. 황혼의 고요 속에서 온갖 생각이 떠올랐다. 자신은 몸도 건강하지 못하고 나이도 찼는데, 보옥의 눈치를 보면 다른 이를 마음에 두고 있는 것 같지는 않지만, 태부인과 왕부인은 자기에게 전혀 마음이 없는 것 같았다. 부모님께서 살아 계실 때 미리 보옥과 정혼해놓지 않은 게 너무 안타까웠다. 그러다가 다시 생각을 돌렸다.

'부모님께서 살아 계셔서 다른 곳에 정혼해버리셨다면, 그 사람은 인물이나 마음씨가 보옥 도련님보다 훨씬 못하겠지. 차라리 지금은 희망이라도 있으니 더 낫지.'

마음속의 생각이 오르락내리락 마치 도르래처럼 쉼 없이 돌았다. 그녀는 한숨을 내쉬고 몇 방울 눈물을 흘리다가 기분이 가라앉아서 옷을 입은 채로 자리에 누웠다. 그런데 갑자기 하녀가 뛰어와서 이렇게 말했다.

"밖에서 우촌 나리가 좀 뵙자고 하십니다."

그 소리를 듣고 대옥은 혼자 중얼거렸다.

"내가 그분한테 글을 배우긴 했지만 남자 제자와는 다른데 뭐하러 보자고 하시는 거지? 게다가 그분은 외삼촌과 왕래하시면서도 여태 내 얘기를 하신 적이 없으니 만나 뵙기가 불편하구나."

그래서 하녀에게 이렇게 분부했다.

"가서 몸이 안 좋아 나갈 수 없다고 말씀드려라. 그리고 내 대신 인사를 여쭈도록 해라."

"아마 아가씨께 기쁜 소식을 전하려는 모양입니다. 남경에서 아가씨를 모시러 사람이 와 있거든요."

그때 희봉과 형부인, 왕부인, 보차 등이 함께 와서 모두 싱글거리며 말했다.

"기쁜 소식도 전할 겸 배웅하러 왔어!"

"아니, 그게 무슨 말씀이셔요?"

희봉이 말했다.

"모르는 체하긴! 설마 아버님께서 호북湖北* 땅 양도6로 승진하신 줄도 모르는 거야? 후실도 얻으셨는데 아주 금슬이 좋으시대. 이제 너를 여기에 두는 건 사리에 맞지 않다 생각하시고 가우촌賈雨村* 어른께 중매를 부탁해서 너를 계모의 어느 친척한테 시집보내신대. 그런데 거기도 후실 자리라더라. 그래서 너를 데려가려고 사람을 보내셨어. 아마 집에 도착하면 바로 시댁으로 보내실 모양이야. 이게 다 네 계모가 주선한 일이래. 다만 가는 도중에 보살펴줄 사람이 없어서 우리 서방님이 집까지 데려다주시기로 하셨어."

그 말을 듣자 대옥은 온몸에 식은땀이 났다. 그녀는 몽롱한 가운데 정말 자기 아버지가 거기서 벼슬살이를 하는 것처럼 믿고, 다급하게 말했다.

"그럴 리가 없어! 전부 언니가 엉터리로 꾸며낸 말이지?"

그러자 형부인이 왕부인에게 눈짓을 했다.

"아직 안 믿는 모양이니 우린 그만 갑시다."

대옥이 눈물을 머금고 말했다.

"숙모님들, 잠시 앉아 있다 가셔요."

하지만 모두들 아무 말도 없이 쌀쌀하게 웃으며 떠나버렸다. 대옥은 너무 다급했지만 말도 못하고 그저 훌쩍훌쩍 울기만 할 뿐이었다.

그런데 갑자기 태부인과 한자리에 있게 되었다.

'할머님께 간청하는 수밖에 없어. 그럼 혹시 구해주실지 몰라.'

그녀는 태부인 앞에 무릎을 꿇고 허리를 부둥켜안으며 말했다.

"할머니, 구해주셔요! 저는 남방으로는 죽어도 안 가요! 게다가 계모까지 생겼다고 하잖아요. 제 친어머니도 아니란 말이에요. 저는 할머니 곁에 있고 싶어요!"

하지만 태부인이 멍한 얼굴로 웃으며 말했다.

"이건 내가 관여할 수 있는 일이 아니다."

"흑흑! 할머니, 이게 무슨 일이래요?"

"후실 자리도 괜찮지 뭐. 그래도 혼수는 많이 챙겨주는 모양이더구나."

"할머니 곁에만 있게 해주신다면 앞으로 절대 용돈을 과하게 쓰지 않을게요. 제발 구해주셔요!"

"그래 봐야 소용없다. 여자는 결국 출가하기 마련이야. 네가 어려서 잘 모르는 모양인데 여기는 결국 일생을 마칠 곳이 아니란다."

"여기 있을 수만 있다면 노비 노릇이라도 하겠어요. 제 힘으로 먹고 살아도 돼요. 할머니, 제발 나서서 말씀 좀 해주셔요!"

하지만 태부인은 끝내 아무 말도 하지 않았다. 대옥은 태부인의 허리를 부둥켜안고 통곡했다.

"할머님, 이제까지 아주 자비로우시고 저를 무척 아껴주시더니 긴급한 때가 되니까 왜 모르는 체하셔요? 제가 외손녀라서 친손녀보다 거리가 멀다는 건 말할 필요도 없지만, 제 어머님은 할머님의 친딸이잖아요? 제 어머님을 봐서라도 절 좀 도와주셔요!"

그러면서 태부인의 품에 쓰러져 통곡하자, 태부인이 말했다.

"원앙아, 대옥이 좀 데려다 재워라. 얘 때문에 너무 피곤하구나!"

대옥은 이미 일이 틀어져서 애원해봐야 소용없다는 걸 알고, 차라리 스스로 목숨을 끊는 게 낫겠다 싶어서 일어나 밖으로 나갔다. 그녀는 친어머니가 안 계신다는 사실이 너무 슬펐다. 외할머니나 숙모, 자매들이 있긴 하지만, 평소에 그렇게 잘 대해주었던 것이 알고 보니 전부 거짓이었다는 생각이 들었다.

'그런데 오늘은 왜 보옥 도련님이 보이지 않지? 혹시 만나면 도련님한테 무슨 방법이 있을지도 모르는데……'

그 순간 보옥이 눈앞에 나타나 히죽히죽 웃으며 말했다.

"누이, 축하해!"

대옥은 그 말에 더욱 화가 치밀어 다짜고짜 그의 팔을 단단히 붙들고 말했다.

"좋아요, 오빠! 오늘에야 오빠가 무정하기 그지없고 의리도 없는 사람이라는 걸 알겠군요!"

"내가 왜 무정하고 의리가 없다는 거야? 너한테는 이미 정혼자가 생겼으니 우리는 각자 자기 길을 가면 되는 거야."

대옥은 들을수록 더욱 화가 나고 어쩔 방법이 없어서 그를 붙들고 통곡했다.

"오빠, 저를 누구한테 보내려는 거예요?"

"가기 싫으면 그냥 여기서 살아. 넌 원래 나랑 혼인하기로 되어 있어서 여기에 온 거잖아? 내가 어떻게 너를 대했는지 생각해보라고."

대옥은 문득 자신이 정말 보옥과 정혼한 사이였던 것 같은 생각이 들어 슬픔이 갑자기 기쁨으로 바뀌었다.

"저는 확실히 마음을 굳혔어요. 그나저나 오빠는 대체 저를 보낼 건가요, 말 건가요?"

"여기 있으라고 했잖아. 못 믿겠거든 내 마음을 봐!"

그러면서 보옥이 작은 칼로 자기 가슴을 획 긋자 붉은 선혈이 주르르 흘러내렸다. 대옥은 혼비백산해서 황급히 손으로 보옥의 가슴을 눌러 막으며 통곡했다.

"왜 이런 짓을 해요? 차라리 저를 먼저 죽여요!"

"괜찮아. 내 마음을 보여줄게."

그는 찢어진 상처에 손을 넣어 여기저기를 더듬었다. 대옥은 벌벌 떨면서 울다가 누구한테 부딪쳐 그의 심장이 터지지나 않을까 무서워서 보옥을 꽉 끌어안고 엉엉 울었다. 그러자 보옥이 말했다.

"이런! 내 심장이 없어져버렸네? 이제 살긴 틀렸구나!"

그러더니 눈을 홱 뒤집고는 그대로 털썩 쓰러져버렸다. 대옥은 죽을 둥 살 둥 목 놓아 통곡했다. 그때 자견의 목소리가 들렸다.

"아가씨! 아가씨! 어쩌다 가위에 눌리셨어요? 얼른 일어나서 옷 벗고 주무셔요."

대옥이 벌떡 일어나보니 모든 것이 한바탕 악몽이었다. 목은 아직 꽉 막혀 있고 가슴도 여전히 정신없이 두근거렸다. 베개는 이미 흥건히 젖어 있었지만 어깨와 등, 가슴은 얼음처럼 차가웠다.

'아버님은 오래전에 돌아가셨고 오빠하고 정혼도 하지 않았는데 대체 왜 이런 꿈을 꾸었지?'

또 꿈속의 장면을 떠올려보니, 자신은 의지할 데 없는 몸인데 정말 보옥까지 죽어버린다면 어쩐단 말인가 하는 생각이 들었다. 갑자기 가슴 아팠던 꿈속의 장면을 돌이켜 생각하노라니 정신이 너무 혼란스러웠다. 또 한바탕 울고 나니 온몸에 땀이 조금 났다. 그녀는 간신히 일어나 겉옷을 벗고, 자견에게 이불을 덮어달라고 해서 자리에 누웠다. 하지만 잠이 오지 않아 계속 이리저리 뒤척였다. 밖에서는 바람 소리인 듯 빗소리인 듯 '쏴아' 하는 소리가 들려왔다. 그 소리가 그치고 잠시 뒤에는 멀리서 쌔근쌔근 숨소리가 들려왔는데, 아마 자견이 벌써 잠들어서 내는 숨소리인 것 같았다. 그녀는 힘겹게 몸을 일으켜 이불을 두른 채 한참 동안 앉아 있었다. 창틈으로 한줄기 차가운 바람이 스며들자 온몸의 털이 곤두서도록 으스스해진 그녀는 다시 자리에 누웠다. 어렴풋이 잠이 들려고 하는데 대나무 가지 위에서 수많은 참새들이 계속해서 짹짹거렸다. 창을 바른 종이에는 창

덮개 너머로 점점 밝은 햇살이 스며들고 있었다. 이때 이미 잠에서 깨어 있던 대옥은 눈을 말똥말똥 뜨고 한참 동안 기침을 해댔다. 그 바람에 자견까지 잠에서 깼다.

"아가씨, 여태 안 주무셨어요? 또 기침을 하시다니 감기에 걸리신 모양이에요. 창이 훤해지는 걸 보니까 곧 날이 밝을 것 같아요. 좀 주무셔요. 잡다한 생각일랑 끊어버리고 정신을 좀 쉬도록 하셔야지요."

"나도 자고 싶었는데 잠이 안 와. 언니나 마저 자도록 해."

그러면서 다시 기침하기 시작하자, 그 모습이 애처로운 자견도 잠을 이루지 못했다. 그리고 대옥의 기침 소리가 들리자 황급히 일어나서는 타구를 갖다주었다. 날은 이미 밝아 있었다.

"안 잤어?"

"호호, 날도 밝았는데 아직 자고 있으면 되겠어요?"

"그럼 타구나 바꿔줘."

자견은 "예!" 하고 얼른 나가서 새 타구를 가져오더니 손에 들린 것을 탁자에 놓았다. 그리고 원래 있던 타구를 들고 침실에서 나와 바로 문을 닫고 꽃무늬 휘장을 내린 다음 설안을 불러 깨웠다. 자견이 방문을 열고 나가 타구를 쏟는데, 그 안에 가득한 가래에 피가 많이 섞여 있었다. 그녀는 깜짝 놀라 자기도 모르게 중얼거렸다.

"에구머니! 이걸 어째!"

대옥이 안에서 무슨 일이냐고 묻자 자견은 실언했다는 걸 깨닫고 얼른 얼버무렸다.

"손이 미끄러워서 하마터면 타구를 떨어뜨릴 뻔했어요."

"가래에 뭐가 섞여 있는 건 아니야?"

"아무것도 없어요."

그렇게 말하는 순간 마음이 쓰린 그녀의 눈에서 저절로 눈물이 흘러내렸고 목소리도 벌써 갈라져 있었다. 대옥은 목 안이 약간 비릿해서 진즉부터 이상하게 생각하고 있었는데, 조금 전에 자견이 밖에서 깜짝 놀라는 소리가 들렸고, 또 지금 자견의 목소리에 슬픈 기색이 담겨 있었기 때문에 대충 짐작이 갔다.

"얼른 들어와. 밖에 있으면 감기 걸려."

자견은 "예!" 하고 대답했지만 그 목소리는 이전보다 더 슬픔에 차서 결국 코맹맹이 소리로 변해 있었다. 그 소리를 듣자 대옥은 소름이 오싹 끼쳤다. 자견이 문을 열고 들어오면서 손수건으로 눈물을 닦고 있었다. 대옥이 말했다.

"아침부터 왜 울고 그래?"

자견이 억지로 웃음을 지었다.

"누가 울었다고 그래요? 좀 일찍 일어났더니 눈이 좀 불편해서 그래요. 아가씨, 간밤엔 평상시보다 늦게까지 안 주무셨나봐요? 거의 새벽까지 기침 소리가 들리던데……"

"그러게 말이야. 잠을 자려고 하면 할수록 더 잠이 안 오더라고."

"몸도 별로 안 좋으시잖아요. 제 말대로 제발 스스로 마음을 좀 편하게 하셔요. 몸은 인생의 근간이 아닌가요? 속담에도 '청산이 남아 있어야 땔감도 있는 법〔留得靑山在 依舊有柴燒〕'이라고 하잖아요. 게다가 이 댁에서 노마님뿐 아니라 마님 아래에 있는 누구나 다 아가씨를 사랑하시는걸요."

그 말에 대옥은 다시 꿈속의 일이 떠올랐다. 그녀는 가슴이 탁 막히면서 눈앞이 캄캄해져 안색까지 변했다. 자견이 황급히 타구를 받쳐들었고, 설안이 등을 두드리자 한참 만에 가래를 탁 뱉어냈다. 가래 안에는 한줄기 선혈이 어지럽게 섞여 돌아가고 있었다. 자견과 설안은 모두 놀라서 얼굴이 노래졌다. 두 사람이 양쪽에서 부축하는 사이에 대옥은 그대로 의식을 잃고 쓰러져버렸다. 자견은 사태가 심상치 않다 싶어서 황급히 설안에게 입을 쫑긋거려 사람을 불러오라고 시켰다.

설안이 막 방문을 나서는데 취루와 취묵이 해실해실 웃으며 왔다. 취루가 말했다.

"대옥 아가씨는 왜 여태 집 안에만 계셔요? 우리 아가씨랑 탐춘 아가씨는 석춘 아가씨 방에서 석춘 아가씨가 그린 대관원 풍경을 감상하고 계시는데……"

설안이 황급히 손을 내젓자 취루와 취묵이 깜짝 놀랐다.

"무슨 일이야?"

설안이 조금 전의 일을 자세히 들려주니 둘은 놀라서 혀를 내둘렀다.

"이거 장난이 아니잖아! 왜 노마님께 말씀드리지 않았어? 이걸 어째! 왜 그리 정신이 없어!"

"지금 막 말씀드리러 가려던 참인데 너희들이 온 거야."

그때 자견이 부르는 소리가 들렸다.

"밖에 누가 있니? 아가씨께서 물으셔."

셋은 황급히 안으로 들어갔다. 취루와 취묵이 이불을 덮고 침상에 누워 있는 대옥에게 인사하자 대옥이 말했다.

"누가 너희한테 얘기하디? 별것도 아닌 일로 왜 이리 소란이야?"

취묵이 말했다.

"저희 아가씨와 상운 아가씨가 조금 전에 석춘 아가씨 방에서 아가씨가 그린 대관원 풍경을 감상하시면서, 저희더러 아가씨를 모셔 오라고 하셨어요. 하지만 아가씨께서 또 몸이 안 좋으신 줄은 몰랐어요."

"별거 아니야. 그냥 몸이 좀 나른한 것뿐이니까 좀 누워 있으면 곧 괜찮아질 거야. 가서 탐춘 아가씨와 상운 아가씨한테 전해줘. 밥 먹고 나서 별일 없으면 여기 와서 좀 놀다 가시라고 말이야. 그런데 보옥 도련님은 거기 안 오셨어?"

"안 오셨어요."

둘이 함께 대답하고 나서 취묵이 또 말했다.

"보옥 도련님은 요새 서당에 나가시는데 나리께서 매일 공부하신 걸 검사하셔요. 그러니 예전처럼 마음대로 돌아다니실 수 없지요."

그 말을 들은 대옥이 아무 말도 없자 둘은 잠시 서 있다가 조용히 물러났다.

한편, 탐춘과 상운은 석춘의 방에서 그녀가 그린 대관원 풍경도에 대해 이런저런 평을 하고 있었다. 여긴 손이 좀 과하게 들어갔고 저긴 좀 모자라다느니, 여긴 너무 성긴데 저긴 너무 빽빽하다느니 하는 얘기였다. 그리고 다들 제시題詩*를 어떻게 쓸까 상의하다가 대옥을 불러오라고 사람을 보냈던 것이다. 그들이 한창 얘기를 나누고 있는데 취루와 취묵이 다급한 표정으로 돌아왔다. 그걸 보고 상운이 먼저 물었다.

"대옥 언니는 왜 안 오고?"

취루가 대답했다.

"엊저녁에 또 병이 도지셔서 밤새 기침을 하셨대요. 설안이 그러는데 피가 섞인 가래를 한 사발이나 토하셨답니다."

탐춘이 깜짝 놀라 물었다.

"그게 정말이야?"

"제가 어떻게 거짓말을 하겠어요?"

그러자 취묵이 거들었다.

"조금 전에 저희가 들어가보니 안색도 말이 아니고 말씀하시는 것도 기운이 없어 보였어요."

상운이 말했다.

"그런 지경인데 어떻게 아직 말을 할 수 있지?"

탐춘이 말했다.

"무슨 바보 같은 소리야? 말조차 못한다면 벌써……"

그녀는 급히 입을 다물어버렸다. 석춘이 말했다.

"대옥 언니가 총명한 사람이긴 하지만, 내가 보기엔 좀 답답한 데가 있어요. 사소한 것조차 아주 진지하게 생각한다니까요? 세상에 그렇게 진지

할 일이 얼마나 되겠어요?"

탐춘이 말했다.

"그럼 우리 함께 가보자. 병세가 심하면 큰언니를 통해 할머님께 말씀드려서 의원을 모셔 와야 할 거 아냐?"

상운이 말했다.

"그래야지!"

석춘이 말했다.

"언니들 먼저 가요. 난 나중에 갈게요."

탐춘과 상운은 하녀들을 데리고 소상관으로 갔다. 방으로 들어오는 그들을 보자 대옥은 또 마음이 아팠다. 그녀는 꿈속의 일이 떠올라, 태부인도 그랬는데 저 두 사람이야 어떠하랴 하는 생각이 들었다. 게다가 자신이 부르지 않았더라면 두 사람은 오지도 않았을 것 같았다. 하지만 표정에는 이런 생각을 나타내지 않고 억지로 자견에게 부축해 일으키라고 하면서 두 사람에게 자리를 권했다. 탐춘과 상운은 침대 가장자리에 한쪽씩 나누어 앉았다. 그들은 대옥의 모습을 보고 가슴이 아팠다. 탐춘이 말했다.

"언니, 왜 또 몸이 안 좋아졌어요?"

"별거 아냐. 그저 몸이 아주 나른한 것뿐이야."

자견이 대옥의 뒤쪽에서 몰래 타구를 향해 손가락질을 해보였다. 나이도 어리고 성격도 솔직한 상운은 곧 타구를 들고 살펴보더니 깜짝 놀라며 말했다.

"이거 언니가 토한 거야? 이걸 어째!"

처음에는 대옥도 정신이 흐릿해서 가래를 토해놓고도 자세히 살펴보지 않았는데, 상운의 말을 듣고 다시 들여다보고는 맥이 탁 풀렸다. 탐춘은 상운이 눈치 없는 짓을 하자 얼른 위로했다.

"이건 그저 폐에 화기가 치민 것에 지나지 않아. 그럴 경우 피가 조금 섞여 나오기 마련이야. 상운이는 너무 조심성이 없어. 별것도 아닌 걸 갖고 왜 이리 난리야!"

상운은 얼굴이 빨개져서 실언한 것을 후회했다. 탐춘은 대옥의 정신이 흐릿하고 피곤한 기색이 보이자 얼른 일어서며 말했다.

"언니, 차분하게 좀 쉬어요. 저희는 다음에 또 뵈러 올게요."

"괜히 두 사람한테 걱정만 끼쳤네."

탐춘이 자견에게 정성껏 시중들라고 당부하자 자견도 웃으며 그러겠노라고 대답했다. 탐춘이 막 떠나려는데 갑자기 밖에서 누군가 고래고래 악을 썼다. 그게 누구인지는 다음 회를 보시라.

제83회

궁궐에 들어가 귀비에게 병문안을 하고
규방의 소동에 설보차는 말을 삼키다
省宮闈賈元妃染恙　鬧閨閫薛寶釵吞聲

태부인 등이 궁궐에 들어가 가원춘을 병문안하다.

 탐춘과 상운이 막 떠나려 할 때, 갑자기 밖에서 누군가 고래고래 악을 썼다.
 "이런 못된 계집애 같으니! 네가 대체 뭔데 이 대관원에 와서 말썽을 피우는 거야!"
 대옥이 그 소리를 듣고 버럭 소리를 질렀다.
 "여기선 더 살 수 없겠구나!"
 그녀는 한 손으로 창밖을 가리키며 두 눈초리를 추켜올렸다. 대옥은 대관원에서 지내며 태부인의 사랑을 받고 있긴 하지만, 다른 사람들의 시선에 대해서도 언제나 신경이 쓰였다. 그래서 창밖에서 할멈이 저렇게 퍼붓는 욕도 다른 사람이라면 한마디도 신경 쓰지 않았을 테지만, 그녀는 그게 오로지 자신을 향한 것처럼 여겨졌던 것이다. 대갓집 귀한 딸로 태어났지만 부모도 없는 신세이기 때문에, 누군가 저 할멈을 시켜 그런 악담을 퍼부은 거라는 생각에 너무나 가슴이 답답했다. 이 때문에 그녀는 간장이 무너져 찢기는 듯 괴로워서 울다가 정신을 잃고 말았다. 자견이 통곡했다.
 "아가씨, 어떻게 된 거예요? 어서 정신을 차리셔요!"
 탐춘도 대옥의 이름을 부르면서 깨웠다. 한참 후에야 대옥의 숨결이 돌아왔지만 여전히 아무 말도 하지 못했다. 그녀의 손은 여전히 창밖을 가리키고 있었다.

눈치를 챈 탐춘이 방문을 열고 나가보니, 할멈이 손에 몽둥이를 들고 꾀죄죄한 계집애를 쫓아가며 소리를 지르고 있었다.

"나는 대관원의 화초랑 나무에 손을 보러왔는데 넌 뭐하러 왔어? 집에 가면 아주 단단히 패줄 테다!"

그 계집애는 고개를 비틀고 손가락을 입에 문 채 할멈을 쳐다보면서 웃었다. 탐춘이 호통을 쳤다.

"이제 갈수록 무법천지로 날뛰는군! 여기가 할멈이 누굴 욕하고 떠들어도 되는 곳인 줄 알아?"

할멈이 탐춘을 보자 얼른 웃는 얼굴로 말했다.

"제 외손녀가 저를 따라 들어온 모양입니다. 저 아이가 말썽을 피울까봐 호통을 쳐서 돌려보내려는 거였습니다. 제가 감히 여기서 누구한테 욕을 하겠습니까?"

"여러 말 말고 얼른 모두 나가요. 여기 대옥 아가씨 몸이 별로 안 좋으니까 당장 나가란 말예요!"

할멈은 "예! 예!" 하면서 바로 물러났다. 그 계집애도 곧 줄행랑을 놓아버렸다.

탐춘이 돌아와보니 상운이 대옥의 손을 잡고 울고 있었고, 자견은 한 손으로 대옥을 안고 다른 한 손으로 가슴을 문질러주고 있었다. 그러자 대옥의 눈빛이 점차 살아나기 시작했다. 탐춘이 웃으면서 말했다.

"할멈이 하는 얘기를 듣고 쓸데없는 생각을 했나 보군요?"

대옥이 그저 고개만 내저으니 탐춘이 말했다.

"그 할멈이 자기 외손녀를 꾸짖는 소리였는데 저도 들었어요. 그것들이 하는 얘기에 무슨 의미가 있겠어요? 그저 아무 거리낌 없이 지껄여댄 것뿐이지요."

대옥이 듣고 고개를 끄덕이더니 탐춘의 손을 잡고 말했다.

"동생……"

하지만 그녀는 더 이상 아무 말도 하지 않았다. 탐춘이 말했다.

"걱정 말아요. 제가 온 건 자매지간에 마땅히 해야 할 일이고, 또 언니한테는 시중드는 사람도 부족하잖아요. 걱정 말고 약이나 잘 먹고, 마음속으로는 즐거운 일을 생각해요. 그럼 나날이 좋아질 테니까, 모두 함께 예전처럼 시 짓는 모임을 열자고요. 그럼 얼마나 좋겠어요!"

상운이 말했다.

"탐춘 언니 말이 맞아요. 그러면 좋지 않겠어요?"

대옥이 목이 메어 말했다.

"다들 내 기분을 맞춰주려고 하지만, 애석하게도 내가 그때까지 어떻게 견딜까? 그럴 수 없을 것 같아!"

탐춘이 말했다.

"무슨 그리 심한 말을! 병이나 재앙 하나 겪어보지 않은 사람이 어디 있겠어요? 하지만 누구도 그런 생각은 하지 않아요. 언니, 제발 편히 쉬기나 하세요. 저희는 할머님께 들렀다가 다시 올게요. 필요한 게 있으면 자견 언니를 통해 저한테 말씀하셔요."

대옥이 눈물을 흘리며 말했다.

"동생, 할머님께 내 대신 문안 인사 여쭈어줘. 몸이 안 좋지만 큰 병은 아니니까 걱정하실 필요 없다고 말씀드려."

"알았어요. 걱정 말고 몸조리나 잘해요."

탐춘은 곧 상운과 함께 떠났다.

자견은 대옥을 부축해서 침상에 눕혔다. 마루의 자잘한 일들은 설안이 알아서 처리했기 때문에 자신은 대옥 옆에 앉아서 간호했다. 그녀는 마음이 아팠지만 감히 소리내어 울지 못했다. 대옥은 눈을 감고 한참 동안 누워 있었지만 도무지 잠을 이루지 못했다. 평소에는 대관원이 적막하다고 느꼈는데, 지금 침상에 누워 있자니 바람 소리, 풀벌레 소리, 새소리, 사람들의 발걸음 소리가 다 들리고, 또 멀리서 아이들 우는 소리까지 시끄럽게 들려왔다. 그녀는 자견에게 휘장을 내려달라고 했다. 설안이 연와탕*을 한 그릇 가져와서 자견에게 건네자, 자견이 휘장 너머에서 나직하게 물었다.
"아가씨, 연와탕 한 모금 드시겠어요?"
대옥이 힘없는 목소리로 그러겠다고 하자, 자견은 연와탕을 다시 설안에게 주고 침상으로 다가가 대옥을 부축해서 일으켜 앉혔다. 그리고 다시 연와탕을 받아 슬쩍 입에 대고 뜨거운지 살펴보았다. 그리고 한 숟갈씩 떠 넣어주며 다른 한 손으로 대옥의 어깨와 팔을 주물러주었다. 대옥은 간신히 눈을 뜨고 두세 모금 마시더니 곧 고개를 내저었다. 자견은 설안에게 그릇을 건네주고, 조심스럽게 다시 대옥을 자리에 눕혀주었다.
잠시 조용한 시간이 지나고 대옥은 조금 안정되는 듯했다. 그때 창밖에서 누군가 나직이 물었다.
"자견이 방에 있어?"
설안이 급히 나가보니 습인이었다.
"방 안에 있어요."
그녀가 낮은 목소리로 말하자 습인도 소곤소곤 물었다.
"아가씨는 어때?"
설안은 걸으면서 엊저녁과 방금 있었던 일들을 얘기해주었다. 그 말에 습인도 놀랐다.
"어쩐지 조금 전에 취루가 우리 방에 와서 대옥 아가씨가 아프다고 하더라니! 보옥 도련님이 놀라서 나더러 황급히 가보라고 하셨어."
그때 자견이 안쪽에서 주렴을 걷고 밖을 내다보다가 습인을 발견하고 고개를 끄덕이며 불렀다. 습인이 조용조용 다가가 물었다.
"아가씨는 주무셔?"
자견이 고개를 끄덕이며 물었다.
"언니는 조금 전에야 들은 모양이네?"
습인도 고개를 끄덕이며 눈살을 찌푸린 채 말했다.

"이걸 어째! 도련님도 어제 반쯤 죽을 정도로 나를 놀라게 하셨거든."

자견이 황급히 무슨 일이냐고 묻자 습인이 말했다.

"엊저녁에 주무실 때까지는 아무 일 없었는데 갑자기 한밤중에 가슴이 아프다고 고함을 지르시면서 계속 헛소리를 해대시는 거야. 가슴이 칼에 베인 것 같다고 하시면서 말이야. 새벽에 딱따기가 울릴 때까지 계속 그러시다가 겨우 좀 괜찮아지셨어. 그러니 놀라지 않았겠어? 오늘은 서당에도 못 나가시고 의원을 불러 약을 잡숴야 할 지경이야."

그때 대옥이 휘장 안에서 또 기침을 하기 시작했다. 자견이 황급히 타구를 받쳐들고 가래를 받았다. 대옥이 눈을 가늘게 뜨며 물었다.

"누구랑 얘기하고 있었어?"

"습인 언니가 아가씨를 뵈러 왔어요."

그러는 사이에 습인이 침대 앞으로 다가왔다. 대옥은 자견에게 부축해 일으켜달라고 하더니, 한 손으로 침대 가장자리를 가리키며 습인에게 앉으라고 했다. 습인은 몸을 살짝 돌려 공손히 앉아서는 얼른 웃음을 지으며 위로했다.

"아가씨, 좀 더 누워계시지 않고요."

"괜찮아. 별일 아니니까 너무 소란 떨지 마. 그런데 조금 전에 누가 한밤중에 가슴이 아팠다고 하는 것 같던데?"

"보옥 도련님이 어쩌다 가위에 눌리신 모양이에요. 별로 심각한 일은 아니었어요."

대옥은 습인이 자기도 걱정할까봐 염려해서 그렇게 말했다는 걸 알고, 감격스러우면서도 마음이 아팠다.

"그나저나 가위에 눌려서 무슨 말을 하셨어?"

"별거 아니었어요."

대옥은 고개를 끄덕이더니 한참 후에 갑자기 한숨을 내쉬며 말했다.

"오빠한테는 내 몸이 안 좋다는 얘긴 하지 마. 괜히 공부하는 데 방해만 돼서 또 숙부님이 화 내시면 안 될 테니까 말이야."

습인은 그러겠다고 하면서 또 위로했다.

"아가씨, 누워서 좀 더 쉬셔요."

대옥이 고개를 끄덕이며 자견에게 자기를 부축해서 비스듬히 눕혀달라고 했다. 습인은 옆에 앉아 몇 마디 위로를 더 해주고 나서 인사하고 이홍원으로 돌아갔다. 그리고 보옥에게는 대옥이 몸은 좀 불편하지만 큰 병은 아니라고 전했다. 보옥은 그제야 안심했다.

한편, 소상관을 나온 탐춘은 그 길로 상운과 함께 태부인의 거처로 가면서 상운에게 당부했다.

"동생, 할머님 앞에서는 조금 전처럼 그렇게 생각 없는 짓을 하면 안 돼."

상운이 고개를 끄덕였다.

"호호, 알았어요. 아까는 너무 놀라 정신이 나갔었나 봐."

그러는 사이에 태부인의 거처에 도착했다. 탐춘이 태부인에게 대옥이 아프다고 하자 태부인이 걱정하면서 말했다.

"하필 이름에 '옥' 자가 들어가는 그 두 아이만 병도 많고 탈도 많구나. 대옥이는 점점 나이가 들어가는데 몸도 중요하지. 내가 보기에 그 아이는 너무 자잘한 일에 마음을 많이 써."

모두들 아무 대답도 못하자 태부인이 원앙에게 말했다.

"가서 일러라. 내일 의원이 보옥이를 보러 오거든 대옥이 방에도 가보라고 말이다."

원앙이 "예!" 하고 나가 할멈들에게 이르자, 할멈들이 전갈하러 갔다. 탐춘과 상운은 태부인과 저녁을 먹고 함께 대관원으로 돌아갔다. 그 이야기는 그만하겠다.

이튿날 의원이 왔다. 그는 보옥을 진찰해보더니 소화불량에 감기가 걸린 것뿐이라 별것 아니니 땀을 좀 내면 괜찮아질 거라고 말했다. 왕부인과 희봉은 약방문을 들고 가서 태부인에게 보고하는 한편, 소상관으로 사람을 보내 의원이 곧 도착할 거라고 전했다. 자견이 알았다고 하고는 대옥에게 이불을 잘 덮어주고 휘장을 내렸다. 설안도 서둘러 방 안의 물건들을 정리했다. 잠시 후 가련이 의원과 함께 들어왔다.

"이분은 늘 오시는 분이니까 누이들도 자리를 피할 필요 없어."

할멈이 휘장을 들자, 가련이 의원을 안내하여 방 안으로 들어가 자리를 권했다. 그리고 자견에게 말했다.

"누님, 우선 아가씨 병세를 왕선생님께 설명드려."

그러자 왕의원이 말했다.

"잠시만요. 제가 진맥을 해보고 얘기하면 맞는지 보시구려. 내 얘기에 틀린 데가 있으면 아가씨들이 다시 얘기해주구려."

자견이 휘장 안에서 대옥의 한 손을 들어 휘장 밖으로 내밀어, 진맥할 때 쓰는 작은 베개에 올려놓았다. 그리고 팔찌와 소매를 살짝 걷어서 맥이 눌리지 않게 해주었다. 왕의원은 한참 동안 맥을 짚어보더니 다시 다른 팔을 진맥했다. 그리고 가련에게 바깥방으로 나가자고 해서 이렇게 말했다.

"여섯 개의 맥이 모두 빠르면서 센데[1], 이건 평소 기혈이 맺혀 있었기 때문에 생긴 증상입니다."

그때 자견도 나와서 바깥방 입구에 서 있었다. 왕의원이 자견에게 말했다.

"이 병은 늘 머리가 어지럽고, 식욕이 줄고, 꿈을 많이 꾸고, 새벽이 될 때까지 여러 번 잠에서 깨곤 하네. 낮에 보고 들은, 자기와는 무관한 일들에도 화를 내고 또 의심하거나 두려워하는 경우가 많지. 모르는 사람들은 성격이 괴팍하다고 여기겠지만, 사실 간음肝陰이 손상되어[2] 심기心氣가 쇠약해졌기 때문일세. 이게 모두 이 병이 부린 농간이지. 어떤가, 내 말이 맞는가?"

자견이 고개를 끄덕이며 가련에게 말했다.

"말씀하신 그대로예요."

왕의원이 말했다.

"그렇다면 됐네."

왕의원은 자리에서 일어나 가련과 함께 서재로 가서 약방문을 썼다. 심부름꾼들이 미리 연한 붉은색의 한 장짜리 종이를 준비해놓고 있었다. 왕의원은 차를 마시고 나서 붓을 들고 먼저 이렇게 썼다.

여섯 개 맥이 빠르면서 세거나 느린 것은 평소 울결鬱結*이 쌓였기 때문이다. 왼팔의 촌맥寸脈*이 무력하니 심기가 이미 쇠약해졌다는 뜻이다. 관맥關脈*만이 홀로 세차니 간이 잘못되어 한쪽만 왕성하기 때문이다. 간의 기운인 목기木氣가 원활히 통하지 못하니 그 기세가 반드시 비장脾臟의 토기土氣를 침범하여 음식의 맛을 모르게 하고, 심지어 이겨야 할 때 이기지 못하면 폐의 금기金氣가 그 재앙을 받게 된다. 기氣가 정精을 흐르게 하지 않으면 뭉쳐서 가래[痰]가 되고, 피가 기를 따라 치솟으니 당연히 기침과 구토를 하게 된다. 그러므로 간을 소통시키고 폐를 보호하여 심장과 비장을 보양해야 한다. 보양제가 있지만 너무 급하고 과하게 쓰면 안 된다. 그러니 잠시 흑소요黑逍遙³로 그 앞길을 열고, 다시 귀폐歸肺와 고금固金의 처방⁴으로 그 뒤를 이어야 한다. 고루한 지식으로 쓴 처방이니 고명한 이를 기다려 약을 지어 복용하시라.

그리고 일곱 가지 약과 보조약[引子]을 썼다. 가련이 그걸 읽어보고 물었다.

"혈기가 위로 치솟는데 시호를 써도 됩니까?"

왕의원이 웃으면서 말했다.

"서방님께서는 시호가 기운을 끌어올리는 승제升提 작용을 하는 약제이기 때문에 피를 토하거나 코피가 날 때는 기피해야 한다는 것만 아시는군요. 하지만 자라 피와 섞어서 볶을 때는 시호가 아니면 소양少陽 경락[5]의 담膽 기운을 펼칠 수 없습니다. 자라 피로 억제하면 승제 작용을 일으키지 못할 뿐만 아니라 간의 진액을 배양하여 나쁜 화기가 침입하지 못하도록 막아줍니다. 그래서 『황제내경黃帝內經』*에서도 '통하는 증세에는 통한 것에 따라 약을 쓰고, 막힌 증세에는 막힌 것에 따라 약을 쓴다〔通因通用 塞因塞用〕.'[6]라고 했습니다. 시호에 자라 피를 섞어 볶는 것은 바로 '주발의 힘을 빌려 유씨 천하를 안정시키는〔假周勃以安劉〕'[7] 방법인 것입니다."

가련이 고개를 끄덕였다.

"그런 거였군요. 그럼 됐습니다."

또 왕의원이 말했다.

"먼저 두 첩을 복용하시고, 약재를 가감하거나 처방을 바꾸도록 하십시다. 저는 다른 일이 있어서 오래 있을 수 없으니 훗날 다시 와서 인사드리겠습니다."

가련이 배웅하며 말했다.

"제 동생한테 쓸 약도 그대로 쓰면 되겠습니까?"

"보옥 도련님은 무슨 큰 병이 아니니까 아마 한 첩만 더 잡수시면 나아질 겁니다."

왕의원은 그렇게 말하면서 수레를 타고 떠났다.

가련은 사람을 시켜서 약을 짓게 하는 한편, 방으로 돌아가 희봉에게 대옥의 병이 생긴 원인과 의원의 처방에 대해 설명해주었다. 그때 주서댁이 와서 몇 가지 자잘한 일들에 대해 보고했다. 가련은 반쯤 듣다가 이렇게 말했다.

"그건 아씨한테 얘기하시구려. 난 또 다른 일이 있소이다."

그렇게 말하고 나가버리자 수서댁이 희봉에게 마저 보고하고 나서 이렇게 말했다.

"조금 전에 대옥 아가씨 거처에 다녀왔는데, 보아하니 그 병은 결국 낫지 않겠더군요. 얼굴엔 핏기가 전혀 없고, 몸을 만져보니 뼈밖에 없었어요. 뭘 여쭤봐도 대답은 하지 않고 그저 눈물만 흘리시더라니까요? 나중에 자견이 저한테 '아가씨께서 앓고 계시는데, 필요한 게 있어도 달라고 하시지 않아요. 제 생각에는 희봉 아씨께 한두 달 용돈을 먼저 주실 수 없는지 여쭤보면 어떨까 싶어요. 지금 잡수시는 약이 공금에서 나가는 것이기는 하지만, 달리 쓸 돈이 조금 필요하거든요.'라고 하길래 제가 알겠다고 우선 대답해주고 이렇게 아씨께 말씀드립니다."

희봉은 한참 동안 고개를 숙이고 생각하더니 이렇게 말했다.

"그럼 이렇게 하세. 내가 은돈 몇 냥을 보내줄 테니 대옥 아가씨한테는 얘기하지 말라고 하게. 용돈을 미리 주기는 곤란해. 한 사람이 선례를 만들면 다들 미리 달라고 할 텐데, 그럼 어떻게 되겠어? 자네도 기억하잖아? 조씨와 탐춘 아가씨가 다툰 것도 바로 용돈 때문 아니었어? 게다가 자네도 알다시피 요즘 나가는 건 많고 들어오는 건 적으니 융통성을 발휘할 수도 없네. 사정을 모르는 사람들은 내가 계산을 잘못한다 하고, 게다가 주둥이질 잘하는 것들은 내가 친정으로 돈을 빼돌린다고까지 한단 말일세. 자네야 거기서 일하는 사람이니까 물론 상황을 알겠지만 말이야."

"정말 억울하기 짝이 없군요! 이런 대갓집에서 그나마 아씨같이 이런 마음 씀씀이를 가진 분이 살림을 맡으시니 정말 다행이지요. 보통 여자는 말할 것도 없고 머리 셋에 팔이 여섯 개 달린 남자라 해도 감당하지 못할 겁니다. 그런데도 그따위 못된 소리를 하다니요!"

주서댁이 다시 헛웃음을 짓고 말을 이었다.

"그나저나 아씨께선 아직 못 들으셨지요? 바깥사람들은 더 멍청한 소리들을 해대고 있어요. 예전에 제 남편이 돌아와서 하는 말이, 바깥사람들은 우리 집안에 돈이 어마어마하게 많다고 생각하는 것 같답니다. 그래서 '가씨 집안에는 은 창고가 몇 개, 금 창고가 몇 개나 되고 가재도구들은 모두

금에다 옥을 박은 것들이다.' 이러거나 '아가씨께서 왕비가 되셨으니 당연히 황제께서 재물의 절반을 친정에 내려주셨겠지. 저번에 귀비마마께서 친척들한테 인사하러 오셨을 때 수레 몇 대에다 금과 은을 실어오시는 걸 우리가 직접 봤다니까? 그래서 집안이 마치 수정궁처럼 꾸며져 있지. 전에 사당에서 치성을 드릴 때에는 은돈을 몇 만 냥이나 썼는데, 그래봐야 소 몸뚱이에서 터럭 하나 뽑은 정도밖에 안 돼!' 이런답니다. 또 어떤 이들은 '그 집 대문 앞에 있는 사자는 아마 옥석으로 만들었을 거야. 대관원 안에는 금으로 만든 기린이 있는데, 하나는 도둑을 맞아서 지금은 하나만 남아 있대. 집안의 아씨들과 아가씨들은 물론이고 심부름하는 하녀들까지 손발 하나 까딱하지 않고 술 마시고, 바둑 두고, 거문고 타고, 그림이나 그리고 그런다지. 어쨌든 시중들어 주는 사람들이 있으니까 말이야. 옷은 비단옷만 입고, 먹는 것이나 장식들도 보통 사람들은 이름도 모르는 것들뿐이라고. 도련님들과 아가씨들은 더 말할 것도 없지. 하늘의 달을 따달라고 해도 갖고 놀라고 따다줄 사람이 있을 거야!' 이런 소리까지 한답니다. 게다가 이런 노래도 있답니다."

    녕국부와 영국부에선
    금은보화를 분토처럼 여긴다네.
    아무리 먹고 입어도 바닥나지 않아
    따져 보면……
    寧國府榮國府
    金銀財寶如糞土
    吃不窮穿不窮
    算來……

그녀는 거기까지 얘기하다가 황급히 입을 다물었다. 원래 그 유행가의 마지막 구절이 "따져보면 결국 한바탕 공허한 꿈일 뿐〔算來總是一場空〕"이었기 때문이다. 주서댁이 신나게 나불거리다가 갑자기 이 말이 불길하다는 생각이 들어 얼른 입을 다물었던 것이다. 희봉도 분명히 별로 안 좋은 내용일 거라 짐작하고 더 이상 캐묻지 않았다.

"전부 쓸데없는 얘기들이지. 그나저나 금으로 만든 기린 얘기는 어디서 나온 거래?"

"호호, 바로 저 사당의 늙은 도사가 보옥 도련님께 드린 자그마한 금 기린 얘기지요. 나중에 잃어버렸는데 며칠 뒤에 상운 아가씨가 주워서 돌려드렸잖아요. 그 바람에 바깥에 이런 요상한 소문이 만들어진 거랍니다. 아씨, 그 사람들 정말 웃기지 않아요?"

"그런 말들은 우스운 게 아니라 무서운 거지. 우리 형편은 날이 갈수록 어려워지는데, 밖에서는 아직 그렇게들 얘기하고 있으니 원! 속담에도 '사람은 이름나는 것을 무서워하고 돼지는 살찌는 것을 무서워한다〔人怕出名 豬怕壯〕.'고 하잖아? 게다가 그게 허명虛名이라면 결국 어떻게 되겠어?"

"아씨께서 걱정하시는 것도 당연하지요. 다만 온 시내의 찻집이며 술집, 그리고 골목에서 다들 그렇게 얘기하고 있답니다. 게다가 그런 게 한두 해가 아니라니, 그 많은 사람들 입을 어떻게 틀어막겠어요?"

희봉이 고개를 끄덕이더니 평아를 불러 은 두 냥을 달아오라고 해서 주서댁에게 건네주었다.

"우선 이걸 자견에게 갖다주게. 그냥 물건 살 때 보태 쓰라고 하면서 내가 주는 거라고만 하게. 공금이라면 얼마든지 청구해도 되지만, 용돈을 미리 달라는 얘기는 꺼내지도 말라고 하게. 그 아이도 영리하니까 당연히 내 말뜻을 이해할 거야. 나도 짬이 나면 아가씨한테 문병 가겠다고 하게."

주서댁이 은돈을 받아들고 심부름하러 갔다. 이 이야기는 그만하겠다.

한편, 가련이 밖으로 나가자 맞은편에서 심부름꾼 하나가 오더니 이렇게 아뢰었다.

"큰나리께서 하실 말씀이 있다고 부르십니다."

가련이 서둘러 찾아가자 가사가 말했다.

"조금 전에 궁궐에서 태의원의 어의와 이목吏目[8] 두 명에게 진맥하러 입궁하라는 명을 내리셨다고 하던데, 아무래도 궁녀 같은 아랫사람은 아닌 것 같다. 최근에 귀비마마 쪽에서 무슨 소식이 없었느냐?"

"없었습니다."

"가서 네 숙부와 진이한테 물어봐라. 그렇지 않으면 태의원에 사람을 보내 알아봐야겠지."

가련이 "예!" 하고 나와서 태의원에 사람을 보내는 한편, 황급히 가정을 찾아갔다. 가정이 그의 말을 듣고는 물었다.

"어디서 난 소문이냐?"

"조금 전에 아버님께서 말씀하셨습니다."

"차라리 네가 진이와 같이 궁에 들어가서 알아보고 오너라."

"벌써 소식을 알아보러 태의원에 사람을 보냈습니다."

가련은 곧 물러나서 가진을 찾아갔다. 마침 맞은편에서 오고 있던 가진과 만나 상황을 설명하자, 가진이 말했다.

"나도 막 그 얘기를 듣고 두 분 숙부님들께 말씀드리러 가는 중일세."

둘이 함께 찾아가자 가정이 말했다.

"만약 원비元妃[9]의 일이라면 결국 소식이 올 게다."

그러는 사이에 가사도 건너왔다.

점심 무렵이 되었는데도 소식을 알아보러 간 사람은 아직 돌아오지 않고 있었다. 그때 문지기가 들어와서 전갈했다.

"내관 두 분이 두 분 나리를 뵈러 밖에서 기다리고 계십니다."

가사가 말했다.

"안으로 모셔라."

문지기가 태감들을 안내하여 들어왔다. 가사와 가정은 중문 밖까지 나와 맞이하면서 먼저 귀비의 안부를 묻고, 곧 그들과 함께 대청으로 들어가서 자리를 권했다. 그러자 태감 하나가 말했다.

"그제 귀비마마께서 몸이 좀 불편하셔서 어제 폐하께서 성지를 내리셨습니다. 친족 네 분이 궁에 들어와 문병을 하라는 말씀이셨습니다. 각기 하녀 한 명만 데려갈 수 있고, 그 외에는 허용되지 않습니다. 남자 친족들은 궁문 밖에서 명첩을 제출하고 문안하면서 소식을 묻되 안으로는 함부로 들어가지 말라고 하셨습니다. 내일 진시辰時(오전 7~9시)에서 사시巳時(오전 9~11시)로 넘어갈 때 입궁하여 신시申時(오후 3~5시)에서 유시酉時(오후 5~7시) 사이에 출궁하라고 하셨습니다."

가정과 가사는 선 채로 어명을 듣고 나서 다시 자리에 앉아 태감들에게 차를 권했다. 태감들은 차를 마시고 떠났다. 가사와 가정은 대문 밖까지 전송하고 돌아와서 우선 태부인에게 알렸다. 태부인이 말했다.

"친족 네 명이라면 나와 자네들 두 사람의 안사람이 포함되겠지만, 나머지 한 사람은 누굴 데려가지?"

다들 섣불리 대답하지 못하자 태부인이 잠시 생각하다가 이렇게 말했다.

"아무래도 희봉이를 데려가야겠구먼. 그 아이가 만사를 잘 보살피니까 말이야. 자네들 남자들은 알아서 의논하도록 하게."

가사와 가정은 "예!" 하고 물러났다. 그리고 가련과 가용에게는 집을 보라 하고, 이름자에 둥글월문〔攵, 女〕이 들어간 항렬에서부터 초두〔艹〕가 들어간 항렬까지 친족들은 모두 가기로 했다. 이에 하인들에게 녹교綠轎[10] 네 대와 커다란 수레 십여 대를 준비해서 이튿날 새벽에 대기하라고 분부를 내렸다. 하인들이 "예!" 하고 떠나자, 가사와 가정은 다시 들어가 태부인에게 보고했다. 그러면서 내일 진시와 사시 무렵에 입궁했다가 신시와 유시 무렵에 출궁해야 하니 오늘은 좀 일찍 잠자리에 들고, 내일 아침 일찍 채비를 서둘러서 입궁하자고 했다.

"알았으니 가보게."

가사와 가정이 물러가자 형부인과 왕부인, 희봉 등도 모두 원비의 병에 대해 잠시 얘기하고 또 잠시 한담을 나누다가 각자 거처로 돌아갔다.

이튿날 새벽, 각처의 하녀들이 일제히 등불을 밝힌 가운데 마님들은 각자 세수하고 단장을 했고, 남자들도 의관을 단정히 차려입었다. 묘시卯時(오전 5~7시) 초가 되자 임지효와 뇌대가 들어와 중문 입구에서 보고 했다.

"가마와 수레가 모두 준비되어 대문 밖에 대령하고 있습니다."

잠시 후 가사와 형부인이 건너왔다. 모두 아침을 먹고 나서 희봉이 태부인을 부축하고 나오자, 사람들이 각자 하녀를 한 명씩 거느린 채 옹위하고 천천히 나갔다. 그리고 이귀 등 두 사람에게 먼저 말을 타고 가서 외궁문外宮門에서 대기하게 했다. 나머지는 각자 자기 주인을 따라갔다. 둥글월문이 들어간 항렬과 초두가 들어간 항렬의 친척들은 각자 수레와 말에 올라 사람들을 따라 일제히 출발했다. 가련과 가용은 집에 남아 있었다.

가씨 집안의 수레와 가마는 모두 바깥의 서쪽 담장으로 난 대문 입구에서 기다리고 있었다. 잠시 후 두 명의 태감이 나와서 말했다.

"가씨 집안 마님들과 아씨들께서는 궁으로 들어가셔서 문병하시고, 나리들께서는 내궁 문밖에서 문안하시되 안으로 들어가실 수는 없습니다."

문지기가 들어오라고 하자 네 대의 가마가 태감들을 따라 나갔고, 가씨 집안의 남자들은 하인들에게 밖에서 기다리라 하고 가마를 따라 걸어갔다. 궁문 입구에 이르자 태감 몇 명이 문가에 앉아 있다가 그들을 보고 일어났다.

"가씨 집안의 나리들은 여기까지입니다."

가사와 가정은 곧 친족들을 서열대로 서게 했다. 가마가 궁문 입구에 이르자 안에 탄 사람들이 모두 내렸다. 태부인 등은 태감들이 안내를 받아 각기 하녀의 부축을 받으며 걸어 들어갔다. 원비의 침궁에 이르러 둘러보

제83회 359

니 하얀 옥과 유리가 휘황찬란하게 번쩍거렸다. 이어서 두 명의 궁녀가 나와서 귀비의 명을 전했다.

"일체의 의례는 면하고 그냥 문안만 하라 하셨습니다."

태부인 등이 배려에 감사하고 침상에 다가가 문안 인사를 하자, 원비가 모두에게 자리에 앉으라고 했다. 태부인 등이 다시 예를 올리고 자리에 앉자 원비가 태부인에게 말했다.

"요즘 몸은 괜찮으시지요?"

태부인은 하녀의 부축을 받아 비틀비틀 일어나 대답했다.

"마마의 큰 복 덕택에 아직 건강하게 지내고 있사옵니다."

원비가 또 형부인과 왕부인에게 문안 인사를 하자 두 사람이 일어나 답례했다. 원비가 희봉에게 집안 형편에 대해 묻자 희봉이 일어나 아뢰었다.

"아직 그럭저럭 지낼 만합니다."

원비가 말했다.

"근래에 마음고생이 많았겠군요."

희봉이 일어서서 대답하려는데, 궁녀 하나가 수많은 명첩을 들고 들어와 원비에게 살펴보라고 했다. 원비는 가사와 가정 등 몇몇 가족들의 명첩을 보더니 눈시울이 붉어져서 하염없이 눈물을 흘렸다. 궁녀가 손수건을 건네자 원비는 눈물을 닦으면서 이렇게 분부했다.

"오늘은 좀 나아졌으니, 이분들께 밖에서 좀 쉬시라고 전하라."

태부인 등이 일어나 은혜에 감사하자 원비가 눈물을 머금고 말했다.

"부모형제라고는 하지만, 늘 가까이 지내는 보통 집안의 가족들보다 못하군요."

태부인 등이 모두 눈물을 참으며 말했다.

"마마, 슬퍼하지 마시옵소서. 집안사람들은 마마 덕분에 복을 누리고 있사옵니다."

"보옥이는 요즘 어떻게 지냅니까?"

태부인이 대답했다.

"제 아비가 엄히 다그치는지라 공부를 열심히 하고 있사옵니다. 요즘은 글도 제법 지을 줄 아는 모양입니다."

"다행이군요."

귀비는 곧 외궁에 연회를 베풀라고 지시했다. 잠시 후 두 명의 궁녀와 네 명의 태감이 일행을 어느 궁전 안으로 안내했는데, 그곳에는 음식이 이미 가지런히 차려져 있었다. 모두들 서열에 따라 정해진 자리에 앉았고, 이후의 일은 자세히 설명할 필요 없겠다.

잠시 후 식사를 마치고 나서 태부인은 며느리와 손자며느리를 데리고 가 연회를 베풀어주신 데 감사하고 잠시 한담을 나누며 시간을 보냈다. 그러다가 어느덧 유시가 가까워지자 더 이상 머물러 있지 못하고 모두들 작별 인사를 하고 나왔다. 원비는 궁녀에게 내궁 문까지 배웅하게 했고, 문밖에서는 네 명의 태감들이 가족들을 배웅했다. 태부인 등이 다시 가마를 타고 나오자 가사가 맞이했다. 이후 모두 함께 집으로 돌아갔고, 이튿날과 그 다음 날 입궁 준비를 해놓고 모두 오늘처럼 명을 기다리라고 했다. 그 이야기는 그만하겠다.

한편, 설씨 집안의 금계는 설반을 내쫓은 뒤로 낮에는 말싸움할 상대가 없어졌다. 추릉 또한 보차의 거처에 가 있었기 때문에 같이 있는 이는 보섬뿐이었다. 보섬은 설반의 첩이 된 뒤로 기세가 예전과는 비교할 수 없이 달라져 있었다. 그녀가 더 강적이라는 것을 깨달은 금계는 스스로 저지른 일에 대해 후회막급이었다.

하루는 홧김에 술을 몇 잔 마시고 구들에 누워 있다가, 보섬을 해장국 삼아 괴롭힐 요량으로 이렇게 물었다.

"서방님께서 며칠 전에 외출을 하셨는데 대체 어디 기신 기냐? 당연히 너는 알겠지?"

"제가 어떻게 알아요? 아씨께도 말씀하지 않으셨는데 그분 일을 누가 알겠어요!"

"흥! 이제 와서 무슨 아씨니 마님이니 할 거 있어? 다 너희들 세상이지! 다른 것은 감싸주는 사람이 있어서 나도 건들지 못해. 호랑이 머리에서 이를 잡으려 들 수는 없으니까 말이야. 그래도 넌 내 하녀가 아니냐? 그래서 한마디 물었더니 안면몰수하고 얼렁뚱땅 넘어가려고 하는구나. 그렇게 기세등등할 거면 내 목을 졸라 죽이고, 너나 추릉이 가운데 아무나 아씨 노릇을 하는 게 깔끔하지 않겠냐? 하필 내가 죽지 않아서 너희들 길을 막고 있구나?"

그 말을 듣고 가만있을 보섬이 아니었다. 그녀는 금계를 똑바로 쏘아보며 대들었다.

"아씨, 그런 쓸데없는 말은 다른 사람한테나 하셔요! 제가 아씨한테 뭐라 했다고 이러시는 거예요? 다른 사람은 건드리지 못하면서 왜 하필 우리처럼 힘없고 약한 사람들한테 화풀이를 하는 거예요? 바른 말은 못 들은 체하면서 괜한 사람만 걸고넘어지는군요!"

그러면서 대성통곡하기 시작했다. 금계는 더욱 화가 치밀어 구들에서 내려와 보섬을 때리려고 했다. 하지만 보섬도 하씨 집안의 기풍이 배인 몸인지라 전혀 물러서려 하지 않았다. 금계는 탁자며 의자, 잔이며 그릇 등을 닥치는 대로 뒤집어엎었지만, 보섬은 그저 억울하다면서 고래고래 소리를 지르며 그녀를 상대해주지 않았.

보차 방에 있던 설씨 댁 마님이 그렇게 싸우는 소리를 듣고 향릉을 불렀다.

"가서 보고 좀 말려봐라."

그러자 보차가 말했다.

"소용없으니까 보내지 마셔요. 향릉이 어떻게 말리겠어요? 불에 기름을 끼얹는 꼴만 될 텐데요."

"그럼 내가 가봐야겠다."

"제가 보기에는 어머님이 가셔도 소용없을 것 같으니 그냥 자기들 맘대로 난리 피우게 내버려두는 게 좋겠어요. 별 방법이 없잖아요."

"이래서야 되나!"

설씨 댁 마님은 하녀의 부축을 받아 금계의 방으로 갔다. 보차는 어쩔 수 없이 따라가면서 향릉에게 당부했다.

"너는 여기 있어."

모녀가 함께 금계의 방문 어귀에 이르니 안에서는 아직 소리 지르며 울고불고 난리가 벌어지고 있었다. 설씨 댁 마님이 말했다.

"너희들 왜 또 이 난리를 피워대고 있는 것이냐? 이래서야 어디 사람 사는 집이라고 할 수 있겠느냐! 밖에서도 다 들릴 텐데 친척들이 듣고 비웃을까 걱정도 안 되느냐!"

그러자 방 안에서 금계가 되받았다.

"제가 남들 비웃는 걸 무서워할 줄 아세요? 여긴 빗자루가 거꾸로 선 집안이라 상전도, 노비도, 정실부인도, 첩도 구별 없는 난장판이에요. 우리 하씨 집안에서는 이 따위 예의범절을 보지 못했기 때문에 이 집에서 이런 수모를 당하니 정말 참을 수가 없네요!"

그러자 보차가 말했다.

"언니, 어머님은 소란 때문에 놀라서 와보신 거예요. 좀 다급하게 묻느라 '아씨'와 '보섬'을 분명히 구별하지 않으셨을 뿐이지, 달리 무슨 이유가 있었던 건 아니에요. 지금은 우선 사정을 설명해봐요. 다들 화목하게 살면 어머님도 우리 때문에 날마다 속 태우실 일이 없을 게 아니에요?"

설씨 댁 마님도 거들었다.

"그래. 우선 사정 설명부터 하고 내 잘못을 따져도 늦지 않잖아?"

금계가 말했다.

"아이고, 아가씨, 정말 어질고 덕성도 크시네요! 나중에 제발 훌륭한 사람, 좋은 남편 만나서 절대로 나처럼 이 모양으로 살지 마셔요. 생과부처럼 지내면서 사방을 둘러봐도 친척 하나 없는데, 남들은 머리 꼭대기에 올라타고 저를 무시하네요. 나야 보는 눈이 없는 사람이니, 제발 나한테 말씀하실 때 꼬치꼬치 따지지 말아주셔요. 어릴 적부터 지금까지 부모님께 제대로 가르침을 받지 못했거든요. 게다가 내 방에 있는 여편네와 사내, 본처와 첩의 일에 관해서는 아가씨도 간섭할 수 없어요!"

보차는 그 말을 듣자 부끄럽기도 하고 화도 났으며, 또 자기 어머니의 그런 모습을 보자 너무나 애처로운 마음이 들었다. 그래서 그녀는 화를 꾹 누른 채 말했다.

"언니, 말씀 좀 삼가는 게 좋겠네요. 누가 언니한테 꼬치꼬치 따졌다는 건가요? 또 누가 언니를 무시해요? 언니뿐만 아니라 추릉이한테도 저는 여태 화내는 소리 한 번 하지 않았어요."

금계는 그 말을 듣자 구들을 두드리며 통곡했다.

"아이고, 어떻게 추릉이한테 비교해요? 나는 그년 발바닥의 때만도 못하군요! 그년은 이 집에 온 지 오래되었고 아가씨 심사를 잘 알고 비위도 맞출 줄 알지만, 나는 온 지 얼마 안 되고 비위 맞출 줄도 모르는데 어떻게 나를 그년하고 비교해요? 굳이 그럴 필요 있나요? 세상에 귀비가 될 팔자를 타고난 사람이 몇이나 된다고 그래요? 제발 제대로 사셔요! 나처럼 멍청이 만나서 생과부 노릇은 하지 말고요. 바로 여기 산 증인이 있잖아요!"

여기까지 듣자 설씨 댁 마님은 너무나 화가 치밀어 벌떡 일어서며 말했다.

"내가 내 딸을 옹호해서 하는 말은 아니지만, 저 아이는 계속 좋은 말로 권하는데 너는 말끝마다 염장을 지르는구나! 못마땅한 일이 있으면 저 아이한테 뭐라 하지 말고 아예 내 목을 졸라 죽여라! 차라리 그게 속 시원하지 않겠니?"

보차가 황급히 만류했다.

"어머니, 노여워하실 필요 없어요. 말리러 온 우리가 화를 내버리면 오히려 감정만 더 상하게 만드는 꼴이잖아요. 차라리 잠시 돌아갔다가 언니가 좀 쉬고 난 뒤에 다시 얘기하도록 해요."

그러면서 보섬에게 당부했다.

"너도 더 이상 주둥이 나불대지 마라!"

그리고 그녀는 설씨 댁 마님과 함께 방을 나와버렸다.

그들이 마당에 들어서자 맞은편에서 태부인을 모시는 하녀가 추릉과 함께 걸어왔다. 설씨 댁 마님이 물었다.

"어디서 오는 길이냐? 노마님께서는 안녕하시냐?"

하녀가 내답했다.

"예. 저한테 마님께 문안 인사 올리고, 예전에 보내주신 여지 감사하다 전하라고 하셨어요. 그리고 보금 아가씨 경사에 대해서도 축하 인사 올리라고 하셨어요."

보차가 말했다.

"넌 언제 왔어?"

"한참 전에 왔어요."

설씨 댁 마님은 그녀도 상황을 알고 있겠구나 싶어서 얼굴이 붉어졌다.

"지금 우리 집안에 난리가 나서 사람 사는 집 같지 않게 되었으니 저쪽 댁에서 들으시면 비웃으시겠구나."

"마님, 무슨 말씀을! 접시랑 그릇이 부딪쳐 깨지지 않는 집이 어디 있나요? 마님께서 괜한 걱정을 하시는 거예요."

그러면서 그 하녀는 함께 설씨 댁 마님의 방으로 가서 잠시 앉아 있다가 떠났다. 보차가 향릉에게 몇 가지 당부를 하고 있는데, 갑자기 설씨 댁 마님이 비명을 질렀다.

"아이고! 왼쪽 옆구리가 너무 아프구나!"

그러면서 구들에 쓰러지시자 보차와 향릉은 너무 놀라 어찌할 바를 몰랐다. 뒷일이 어찌 되었는지는 다음 회를 보시라.

제83회 **365**

제84회

문장을 시험 친 후 처음으로 가보옥의 혼담이 오가고
경기 일으킨 가교저를 보러 간 가환은 또 원한을 맺다

試文字寶玉始提親　探驚風賈環重結怨

태부인 등이 가보옥의 혼사를 논의하다.

　설씨 댁 마님은 금계 때문에 갑자기 화가 치미는 바람에 간장의 기운이 거꾸로 치솟아 왼쪽 옆구리가 아팠다. 보차는 그 이유를 잘 알고 있었고 또 의원을 불러올 겨를도 없었기 때문에 우선 사람을 보내 구등鉤藤[1]을 몇 전錢 사오라고 해서 진하게 달인 후, 어머니에게 한 사발을 마시게 했다. 그리고 향릉과 함께 설씨 댁 마님의 다리를 주무르고 가슴을 문질러주었다. 그렇게 한참이 지나자 설씨 댁 마님은 조금 안정이 되었다.
　그녀는 슬프기도 하고 화도 났다. 화가 난 것은 금계가 난동을 부린 것 때문이고, 슬픈 것은 보차의 어진 품성이 오히려 가련하게 느껴졌기 때문이었다. 보차가 다시 한참 동안 위로하자 그녀는 자기도 모르게 잠이 들었다. 잠시 자고 나니 가슴앓이도 점차 가라앉았다. 그러자 보차가 말했다.
　"어머니, 쓸데없는 일에 괜히 신경 쓰지 마셔요. 며칠 후에 움직일 만하시거든 저쪽 댁 할머님이나 이모님께 가셔서 얘기라도 나누시며 기분 푸셔요. 집에는 어쨌든 저하고 향릉이가 있잖아요? 아마 언니도 감히 어쩌지 못할 거예요."
　설씨 댁 마님이 고개를 끄덕였다.
　"한 이틀 뒤에 생각해보자꾸나."

　한편, 원비의 병이 낫자 집안사람들은 모두 기뻐했다. 며칠 후 태감 몇 명이 몇 가지 물건과 은돈을 가지고 와서는 귀비마마의 명을 전하면서, 가족들 모두 문병하느라 고생했다면서 모두에게 상을 내리셨다고 말했다. 태감들이 물건과 은돈을 하나하나 설명하며 전달하고 나자 가사와 가정은 태부인에게 이를 알렸다. 그리고 모두 함께 귀비의 은혜에 감사했다. 태감들이 차를 마시고 돌아가자 모두들 태부인의 방에서 잠시 담소를 나누었다. 그때 바깥에 있는 할멈이 들어와서 전갈했다.

"심부름꾼들이 와서 전해달랍니다. 저쪽 댁에 손님이 오셨는데 나리께 긴히 드릴 말씀이 있답니다."

태부인이 곧 가사에게 말했다.

"자네가 가보게."

가사는 "예!" 하고 물러나 녕국부로 갔다.

태부인은 갑자기 생각나는 것이 있어서 가정을 보고 웃으며 말했다.

"마마께서 보옥이를 여간 아끼며 생각하시는 게 아니더구먼. 지난번에도 특별히 그 아이에 대해 물으셨어."

"하하, 그 녀석이 공부를 제대로 하려고 들지 않아서 마마의 기대를 저버리니 문제지요."

"그래도 내가 잘 말씀드렸네. 그 아이가 요즘 글도 제법 쓸 줄 알게 되었다고 말이야."

"하하, 그게 어디 어머님 말씀대로 될 수 있겠습니까?"

"자네들이 늘 그 아이를 불러내서 시와 글을 짓게 하는 모양이던데 설마 그 아이가 전혀 못 짓는 건 아니겠지? 아이들이란 천천히 가르쳐야 하는 법일세. 다들 그러지 않던가? '뚱보도 한입만 먹고 그렇게 된 게 아니다〔胖子也不是一口兒吃的〕.'라고 말일세!"

가정이 얼른 웃는 얼굴로 말했다.

"어머님 말씀이 지당하십니다."

"보옥이 얘기가 나왔으니 말인데, 자네와 상의할 일이 한 가지 더 있네.

이제 그 아이도 나이가 찼으니 신경을 써서 좋은 배필을 정해놓아야 하지 않겠는가? 이건 종신대사이니 혈연의 멀고 가까움이랄지 집안 살림살이의 부유하고 궁핍함 같은 건 따지지 말고, 그저 성격 좋고 생김새 단정한 아가씨인지만 잘 살피면 되네."

"지당하신 말씀입니다. 다만 규수도 좋아야 하겠지만 무엇보다도 그 아이 스스로 공부를 잘하는 것이 중요합니다. 그렇지 않고 쭉정이만도 못하게 재목이 되지 못한다면 괜히 남의 집 딸자식만 망쳐놓게 될 테니, 애석한 일이 아니겠습니까?"

태부인은 그 말에 기분이 조금 상했다.

"따지고 보면 부모인 자네들이 있으니 내가 참견할 필요 없겠지. 하지만 보옥이는 어릴 때부터 내 곁에서 자랐으니 다른 아이들보다 조금 더 귀여워할 수밖에 없네. 그 바람에 사람 노릇에 필요한 공부에 지장을 준 것도 사실일세. 다만 내가 보기에 그 아이는 타고난 생김새도 반듯하고 마음씨도 착실하니, 그렇게 장래성 없고 남의 집 딸자식을 망쳐놓는 지경에는 이르지 않을 게야. 편애해서 그런지 모르지만 내가 보기에는 그래도 환이보다는 나은 것 같네. 자네들은 어찌 생각하는지 모르겠지만 말이야."

그 말에 가정은 마음이 무척 불안해졌지만, 그래도 얼른 웃음을 머금고 말했다.

"어머님이야 많은 사람을 보셨으니까 그 아이 운이 좋다고 말씀하신 게 아마 틀리지 않을 겁니다. 다만 그 아이가 잘됐으면 하는 제 마음이 너무 조급해서 어쩌면 옛사람 말과 반대로 처신했는지도 모르겠습니다. 그 바람에 오히려 '제 사식 훌륭한 술은 모르는[莫知其子之美]'[2] 격이 되고 말았습니다."

그 말에 태부인이 웃음을 터뜨리자 모두 따라 웃었다. 태부인이 말했다.

"자네도 이제 나이가 제법 들었고 벼슬살이까지 하고 있으니, 자연히 경험도 많아지고 노련해졌구먼!"

그리고 형부인과 왕부인을 돌아보고 미소를 지으며 말했다.
"저 사람 어렸을 때는 괴팍한 성미가 보옥이보다 배는 더했어. 그러다가 장가를 들고 나서야 세상 물정을 조금씩 알게 되더구나. 지금 보옥이한테 뭐라 하는데, 내가 보기엔 보옥이가 그 나이 때 저 사람보다는 그래도 세상 물정을 조금 더 아는 것 같아."
그러자 형부인과 왕부인이 모두 웃음을 터뜨렸다.
"어머님께서 또 우스갯소리를 하시네요."
그때 하녀들이 들어와서 원앙에게 말했다.
"노마님께 말씀드려 주셔요. 저녁 준비가 다 되었어요."
그러자 태부인이 물었다.
"너희들, 또 무슨 쑥덕공론을 하는 게냐?"
원앙이 웃으며 식사 준비가 되었다고 하자 태부인이 말했다.
"그럼 너희들도 모두 가서 식사를 하도록 해라. 희봉이와 진이네는 남아서 나랑 같이 먹자꾸나."
가정과 형부인, 왕부인은 모두 "예!" 하면서 상 차리는 것을 돕다가 태부인이 다시 재촉하자 비로소 물러나 각자 방으로 돌아갔다.

형부인이 자기 방으로 가자, 가정은 왕부인과 함께 방으로 들어가서 조금 전에 태부인이 한 이야기를 다시 꺼냈다.
"어머님께서 보옥이를 이렇게 아끼시니, 어쨌든 그놈에게 실질적인 학문을 시켜서 나중에 어떻게라도 과거에 급제할 수 있게 해야겠소. 그래야 어머님께서 아끼신 보람이 있을 테고 또 남의 집 딸자식을 망치는 일도 없지 않겠소?"
"물론 지당하신 말씀이에요."
가정은 하녀를 통해 이귀에게 명을 전했다.
"보옥이가 서당에서 돌아오면 밥을 먹은 후 이리로 데려오도록 해라. 내가 물어볼 말이 있다고 말이다."

이귀는 "예!" 하고 대답했다. 그리고 보옥이 서당에서 돌아와 문안 인사를 가려고 하자, 이귀가 말했다.

"도련님, 다녀오실 필요 없어요. 식사하고 오시라고 나리께서 분부하셨거든요. 무슨 물어볼 말씀이 있다고 하시는 것 같았어요."

그 말을 들은 보옥은 또 날벼락을 맞은 것처럼 고민이 생겼다. 그는 어쩔 수 없이 태부인에게 인사하고 대관원으로 돌아가 밥을 먹었지만, 먹는 둥 마는 둥 하고 서둘러 양치질을 하고는 가정의 거처로 갔다.

보옥은 서재에 앉아 있던 가정에게 들어가 문안 인사를 하고 한쪽에 서 있었다. 가정이 물었다.

"요 며칠 내가 바쁜 일이 있어서 너한테 물어본다는 걸 잊고 있었다. 저번에 네가 그랬지? 네 사부가 한 달 동안 책을 해설하게 하고 나서 문장 연습을 시키겠다고 하셨다면서? 지금 따져보니 곧 두 달이 되어 가는데, 그래 문장 연습은 시작했느냐?"

"이제 겨우 세 번을 썼습니다. 사부님께서는 당분간 아버님께 말씀드리지 말고 좀 나아진 뒤에 말씀드리라고 하셨습니다. 그래서 요 며칠 아무 말씀도 드리지 않았던 겁니다."

"제목이 뭐였더냐?"

"하나는 '나는 열다섯 살에 배움에 뜻을 두었다〔吾十有五而志於學〕'라는 것이고, 하나는 '남들이 알아주지 않아도 노여워하지 않는다〔人不知而不慍〕'라는 것입니다.³ 또 다른 하나는 '곧 묵적墨翟*에게로 돌아간다〔則歸墨〕'⁴였습니다."

"원고는 모두 남아 있느냐?"

"전부 정서正書해서 드렸더니 사부님께서 고쳐주셨습니다."

"집에 가져 왔느냐, 아니면 서당에 두고 왔느냐?"

"서당에 두었습니다."

"누굴 보내서 가져오라고 해라. 내가 좀 보자."

보옥은 황급히 사람을 보내 배명에게 명을 전했다.

"서당에 가서 내 책상 서랍 속에 있는 얄팍한 죽지 공책〔竹紙本〕5을 가져와라. 표지에 「창과窓課」6라고 적혀 있는 것이야. 얼른 가져와."

잠시 후 배명이 공책을 가져와서 보옥에게 건네주었다. 보옥이 다시 가정에게 바치자, 가정이 펼쳐보니 첫 편의 제목은 '나는 열다섯 살에 배움에 뜻을 두었다' 였다. 보옥은 원래 파제破題*를 이렇게 썼다.

성인 공자께서 배움에 뜻을 두신 것은 어렸을 때부터 이미 그러했다.
聖人有志於學 幼而已然矣.

그런데 가대유는 '어리다〔幼〕'는 글자를 지우고 '열다섯 살〔十五〕'이라고 분명히 썼다. 그걸 보고 가정이 말했다.

"네 원고의 '어리다'는 표현은 제목을 명확하게 해석한 게 아니다. '어리다'는 것은 아이 때부터 열여섯 살 이전까지를 모두 가리키는 말이다. 이 장章은 성인께서 스스로 학문 연구가 나이와 더불어 진보했음을 말씀하신 것이지. 그러니 열다섯 살, 서른 살, 마흔 살, 쉰 살, 예순 살, 일흔 살을 모두 분명히 밝혀야 몇 살에 어떠하셨는지, 또 몇 살에는 어떠하셨는지를 알 수 있는 게야. 네 사부께서 네가 쓴 '어리다'는 표현을 '열다섯 살'로 고쳐놓으니 상당히 분명해지지 않았느냐?"

이어서 승제承題를 보니, 가대유가 지워버린 보옥의 원문은 다음과 같았다.

배움에 뜻을 두지 않는 것은 사람들에게 흔히 있는 일이다.
夫不志於學 人之常也.

가정이 고개를 내저었다.
"유치할 뿐만 아니라 네 본성이 학자의 기질과 맞지 않다는 걸 알 수 있겠구나."
그다음 구절은 이랬다.

성인께서는 열다섯 살에 거기에 뜻을 두셨으니 또한 어려운 일이 아닌가!
聖人十五而志之 不亦難乎.

가정이 말했다.
"이건 더욱 말이 안 되는구나."
그런 다음 가대유가 고쳐놓은 것을 보니 이렇게 적혀 있었다.

누군들 배우지 않는 이가 있겠는가? 하지만 배움에 뜻을 두는 이는 결국 드물다. 이것을 성인께서는 열다섯 살에 스스로 믿으셨던 것이다!
夫人孰不學 而志於學者卒鮮. 此聖人所爲自信於十五時歟.

가정이 물었다.
"고쳐놓은 뜻을 알겠느냐?"
"예."
두 번째 글은 제목이 '남들이 알아주지 않아도 노여워하지 않는다'였는데, 먼저 가대유가 고쳐놓은 것을 보니 이렇게 적혀 있었다.

알아주지 않는다고 해서 노여워하지 않는다면, 결국 그 즐거움을 고치는 일이 없을 것이다.
不以不知而慍者 終無改其說樂矣.

그제야 지워진 보옥의 원문을 보더니 이렇게 말했다.
"너는 뭐라고 썼더냐?"

남에게 노여워하지 않는 마음을 가질 수 있다면 배움에 순수한 사람이다.
能無慍人之心 純乎學者也.

"음! 위 구절은 제목 중 그저 '그래도 노여워하지 않는다〔而不慍〕'라는 부분만 놓고 쓴 것 같고, 아래 구절은 다음 문장에서 얘기하는 '군자君子'의 경계를 침범했구나. 아무래도 네 사부께서 고쳐주신 대로 해야 제목의 뜻에 부합되겠어. 그리고 아래 구절로 위 구절의 부족한 점을 보충하여 분명하게 해주는 것이 글을 짓는 이치니라. 단단히 신경을 써서 알아두어야 할 게야!"

보옥이 "예!" 하고 대답하자 가정은 다시 다음 구절을 읽었다.

남들이 알아주지 않아도 노여워하지 않는 이가 아직 없었지만, 결국 그렇지는 않다. 그러니 기꺼워 즐기는 이가 아니라면 어찌 이런 경지에 이를 수 있겠는가!
夫不知 未有不慍者也 而竟不然. 是非由說而樂者 曷克臻此.

보옥의 원문 마지막 구절은 "순수한 학자가 아니겠는가〔非純學者乎〕!"로 끝나고 있었다. 가정이 그걸 보고 말했다.
"이 또한 파제와 같은 병폐가 보이는구나. 고친 것도 그럴듯하긴 하다. 그저 의미가 분명한 정도에 지나지 않지만 그래도 말은 되는구나."

세 번째 문장은 "곧 묵적에게로 돌아간다"였다. 가정은 그 제목을 보고는 고개를 젖히고 잠시 생각하더니 이렇게 물었다.
"책을 여기까지 해설했더냐?"

"사부님 말씀이 이해하기 쉬운『맹자』부터 하자고 하셔서 사흘 전에 끝내고 지금은『논어』상편을 해설하고 있습니다."

가정이 보니 이 글에서는 파제와 승제에 크게 고친 곳이 없었다. 파제는 다음과 같았다.

언론은 양주 외에 달리 돌아갈 곳이 없는 듯하다.
言於舍楊之外 若別無所歸者焉.

"둘째 구절은 제법 잘 썼구나. 그다음은……"

묵적의 사상은 돌아가려는 곳이 아니다. 그런데 묵적의 언론이 이미 천하의 태반을 차지하고 있으니, 양주楊朱*를 버리고 나서 묵적으로 돌아가려 하지 않는 게 가능하겠는가?
夫墨 非欲歸者也. 而墨之言已半天下矣 則舍楊之外 欲不歸於墨 得乎.

이건 네가 쓴 것이냐?"

보옥이 "예!" 하고 대답하자 가정이 고개를 끄덕이며 말했다.

"이 부분도 그다지 뛰어난 곳은 없다만, 처음 써본 것이 이 정도라면 그래도 괜찮은 편이구나. 예전에 내가 학정學政*에 부임했을 때 '오직 선비만이 할 수 있다〔惟士爲能〕'[7]라는 제목을 낸 적이 있느니라. 동생童生[8]들은 모두 이전 사람들이 이 세목으로 쓴 글을 읽었기 때문에 자기만의 창의적인 생각을 해내지 못하고 대부분 예전 글을 따라 썼지. 너도 이전 사람의 글을 읽어본 적이 있느냐?"

"예. 저도 읽어본 적이 있습니다."

"그럼 생각을 달리 해서 한번 지어봐라. 이전 사람의 글을 따라하지 말고 말이다. 그냥 파제만 하나 지어도 괜찮다."

보옥은 어쩔 수 없이 "예!" 하고는 고개를 숙인 채 머리를 굴렸다. 가정도 뒷짐을 진 채 문어귀에 서서 생각에 잠겼다. 그때 심부름꾼 하나가 밖에서 헐레벌떡 달려오다가 가정을 발견하고 황급히 멈춰서 몸을 비스듬히 돌린 채 손을 공손히 늘어뜨리고 섰다. 가정이 물었다.

"무슨 일이냐?"

"노마님 거처에 설씨 댁 마님께서 오셨습니다. 그래서 둘째 아씨에게 식사 준비를 하시라는 말씀을 전하러 가는 길입니다."

가정이 아무 말 않자 심부름꾼은 가던 길을 계속 갔다.

보옥은 보차가 자기 집으로 옮겨 간 뒤부터 무척 보고 싶었는데, 설씨 댁 마님이 왔다고 하자 그녀도 함께 왔을 거라 생각하곤 마음이 조급해져서 곧 큰맘 먹고 이렇게 말했다.

"파제를 하나 짓긴 했습니다만, 제대로 했는지 모르겠습니다."

"어디 소리 내어 읽어봐라."

　　세상 사람들이 모두 선비인 것은 아니며, 산업이 없을 수 있는 이도 많지 않을 것이다.
　　天下不皆士也 能無産者亦僅矣.

가정이 고개를 끄덕였다.

"그런대로 괜찮구나. 이후로 문장을 지을 때는 항상 경계를 분명히 나누어서 정신과 이치를 분명하게 생각한 후에 써야 하느니라. 그나저나 여기 오면서 할머님께 말씀드렸느냐?"

"예."

"그럼 할머님께 가봐라."

보옥은 "예!" 하고 공손하게 천천히 물러났다. 하지만 천랑穿廊*의 월동

문월동문文月洞門* 앞에 세워진 가림벽을 지나자마자 연기처럼 내달려 태부인의 거처로 갔다. 당황한 배명이 뒤에서 쫓아오며 소리쳤다.

"조심하셔요! 넘어져요! 나리께서 오십니다!"

보옥의 귀에 그 말이 들어올 리 없었다. 그가 대문 안으로 들어서자 왕부인과 희봉, 탐춘 등이 웃으며 대화하는 소리가 들렸다.

하녀들은 보옥이 들어오자 황급히 발을 걷어주며 나직이 일러주었다.

"설씨 댁 마님께서 와 계셔요."

보옥은 서둘러 안으로 들어가 설씨 댁 마님에게 인사를 하고, 다시 태부인에게 다가가 인사를 올렸다. 태부인이 물었다.

"오늘은 서당에서 왜 이리 늦게 끝났느냐?"

가정이 문장을 살펴보고 과제를 지어보게 했다는 이야기를 죽 들려주자 태부인이 만면에 함박웃음을 지었다. 보옥이 사람들에게 물었다.

"보차 누나는 어디 있어요?"

설씨 댁 마님이 웃으며 말했다.

"그 아이는 오지 않았다. 집에서 향릉이와 바느질하고 있겠지."

보옥은 무척 실망했지만 금방 자리를 뜨기도 곤란했다. 이야기를 나누고 있는데 식사가 준비되었다. 당연히 태부인과 설씨 댁 마님이 상석에 앉았고, 탐춘 등이 배석해 앉았다. 설씨 댁 마님이 말했다.

"보옥이는?"

태부인이 얼른 웃으며 말했다.

"보옥이는 내 옆에 앉아라."

그러자 보옥이 일른 내답했나.

"서당에서 올 때 이귀가 전하기를, 식사하고 건너오라는 아버님의 분부가 있었다고 했어요. 그래서 급히 요리 한 접시에 밥을 찻물에 말아 먹고 건너왔어요. 할머니, 이모님과 누이들이랑 같이 잡수세요."

"그럼 희봉이가 내 옆에 앉아라. 보옥이 어미는 오늘 정진결재精進潔齋*

를 한다니까 자기들끼리 먹으라고 하지."

왕부인도 말했다.

"그래, 할머님, 이모님과 함께 먹어라. 나는 정진결재를 해야 하니까 기다릴 필요 없다."

희봉이 인사하고 자리에 앉자 하녀가 술잔과 수저를 갖다 놓았다. 희봉이 일어서서 술 주전자를 들고 모두에게 한잔씩 따른 다음 자리에 돌아가 앉았다.

모두 함께 술을 마시는데 태부인이 물었다.

"그나저나 조금 전에 향릉이 얘기가 나와서 말인데, 전에 하녀들끼리 얘기하면서 '추릉'이가 어쩌고저쩌고 하기에 누군지 물라 물었더니 바로 그 아이라고 하더구먼. 그런데 왜 멀쩡한 이름을 바꿨을까?"

설씨 댁 마님이 얼굴이 빨개져서 한숨을 내쉬었다.

"그 애긴 묻지 말아주세요. 반이가 그 사리 분별도 못하는 사람을 맞아 들인 뒤로 매일 시끌시끌하더니, 요즘은 도무지 사람 사는 집 같지도 않고 난장판입니다. 저도 몇 번 타일러봤지만 쇠귀에 경 읽기예요. 저도 그것들과 싸울 만큼 정신이 맑지 못해서 그저 저희들 멋대로 하라고 내버려두고 있습니다. 아마 그 아이 이름도 며느리가 마음에 들지 않는다고 바꾼 모양입니다."

"이름이 뭐가 중요하다고 그랬을까?"

"얘기하자면 저도 창피합니다. 사실 노마님과 이쪽 분들도 다 아시는 얘기입니다만, 그게 어디 이름이 안 좋아서 그랬겠습니까? 그 이름을 보차가 지었다는 소리를 듣자, 며느리가 바꾸고 싶은 생각이 들었던 게지요."

"그건 또 무슨 이유 때문이래?"

설씨 댁 마님은 손수건으로 쉴 새 없이 흐르는 눈물을 닦으며 한참 동안 말을 못하다가, 다시 한숨을 내쉬며 입을 열었다.

"노마님께선 아직 모르시겠지만, 며느리는 그저 보차를 들볶을 생각만

합니다. 예전에 노마님께서 제게 사람을 보내 위문하셨을 때도 저희 집안에서는 한창 싸움이 벌어지고 있었습니다."

태부인이 다급히 말했다.

"어쩐지! 저번에 가슴앓이를 하신다는 소식을 듣고 사람을 보내려다가 나중에 괜찮아졌다는 소식을 듣고 그만둔 적이 있지. 내 생각에는 그 아이들 일을 마음에 담아두지 않는 게 좋을 것 같구먼. 게다가 그 아이들은 신혼이니까 시간이 좀 지나면 자연히 괜찮아질 걸세. 내가 보기에 보차는 성격이 온순하고 차분해서, 나이는 어리지만 어른보다 몇 배는 훌륭하네. 예전에 하녀가 돌아와서 하는 말을 듣고 우리도 모두 한바탕 그 아이 칭찬을 했지. 보차 같은 용모와 마음씨, 성격을 가진 아이는 정말 백에 하나도 없을 걸세. 이런 말을 하면 실례인지 모르겠지만, 시집을 가더라도 시부모가 귀여워할 뿐만 아니라 집안사람들이 위아래를 막론하고 다들 좋아하며 따를 걸세."

보옥은 지루해서 핑계를 대고 나가려다가, 그런 이야기를 듣자 다시 넋을 잃고 앉아서 귀를 기울였다. 설씨 댁 마님이 말했다.

"그래봤자 아무 쓸데없지요. 아무리 훌륭하다 해도 결국 딸애가 아닙니까? 아들이라고는 등신 같은 반이 놈밖에 없으니 정말 마음이 놓이지 않습니다. 그저 밖에서 술 마시고 사고나 치지 않을까 걱정입니다. 다행히 노마님 댁 첫째, 둘째 서방님들이 늘 그 아이와 함께 있어주기 때문에 그나마 조금 안심이 됩니다."

그 말을 듣자 보옥이 끼어들었다.

"이모님, 걱정하실 필요 없습니다. 형님과 가까이 지내시는 분들은 모두 착실한 큰 상인들이라서 체면을 차릴 줄 아실 텐데, 무슨 말썽을 일으킬 리 있겠습니까?"

"호호, 그 말이 사실이라면 내가 걱정할 필요 없겠지."

그러는 사이에 식사가 끝났다. 보옥은 저녁에 또 공부를 해야 한다면서 먼저 일어났고, 곧 다른 사람들도 각자의 거처로 돌아갔다.

하녀들이 막 차를 따라 올리고 나자 호박이 태부인에게 다가가 귓속말로 몇 마디 했다. 그러자 태부인이 희봉에게 말했다.

"어서 가봐라. 가서 교저를 봐야지."

희봉은 무슨 영문인지 몰랐고, 다른 이들도 어리둥절한 표정이었다. 그러자 호박이 희봉에게 다가가 말했다.

"조금 전에 평아 언니가 하녀를 보내서 교저 아가씨 몸이 안 좋으니까 아씨더러 좀 서둘러서 오시면 좋겠다고 했거든요."

태부인이 말했다.

"어서 가봐라. 고모님도 남이 아니니까 괜찮다."

희봉은 황급히 "예!" 하고 설씨 댁 마님에게 인사를 했다. 그러자 왕부인도 말했다.

"먼저 가라. 나도 곧 가마. 어린 아이들은 아직 혼이 온전하지 않으니 하녀들에게 별것 아닌 걸로 호들갑 떨지 말라 하고, 방 안의 고양이와 개도 단속을 잘하라고 일러라. 하필 아이가 귀한 집에 꼭 이런 자잘한 일들이 생긴다니까!"

희봉은 "예!" 하고 하녀를 데리고 방으로 돌아갔다.

또 설씨 댁 마님이 대옥의 병에 대해 묻자 태부인이 말했다.

"그 아이는 괜찮기는 한데, 다만 마음이 너무 무거워서 몸이 그다지 건실하지 못해. 영리한 걸로 따지면 보옥이와 별 차이 없지만, 사람들에게 너그러운 면으로 따지면 관대하고 양보심 많은 보차한테 미치지 못하지."

설씨 댁 마님이 또 몇 마디 이야기를 하다가 이렇게 말했다.

"노마님, 쉬셔야지요. 저도 집에 돌아가봐야겠네요. 보차와 향릉이만 남겨두고 왔거든요. 가는 길에 언니와 함께 교저에게도 들러보겠습니다."

"그렇구먼. 자네도 그 정도 나이가 되었으니, 가보고 어디가 안 좋은지 얘기해주면 도움이 될 걸세."

설씨 댁 마님은 작별 인사를 하고 왕부인과 함께 나와서 희봉의 거처로 갔다.

한편, 가정은 보옥을 시험해보고는 기분이 좋아져서 밖에 나가 문객들과 담소를 나누었다. 그러다가 조금 전 일에 대한 이야기가 나오자 최근에 온 바둑 잘 두는 문객으로, 이름이 왕매王梅●이고 자字가 이조爾調인 이가 이렇게 말했다.

"저희가 보기에 보옥 도련님의 학문이 이미 상당한 수준인 것 같습니다."

가정이 말했다.

"늘었다니 말도 안 되지요. 그저 약간 아는 정도밖에 안 됩니다. '학문'이라고 말하기엔 한참 멀었습니다!"

첨광詹光●이 말했다.

"그건 어르신께서 너무 겸양하시는 말씀입니다. 왕형뿐만 아니라 저희가 보기에도 보옥 도련님은 분명 과거에 급제하실 것 같습니다."

"하하, 이 또한 여러분께서 그 아이를 과분하게 아끼셔서 하시는 말씀이겠지요."

왕매가 다시 말했다.

"제가 한 말씀 더 올리겠습니다. 외람된 말씀인지 모르겠습니다만, 어르신께 상의할 일이 있습니다."

"무슨 일인지요?"

"하하, 제가 교유하는 분 가운데 남소도대南韶道臺9를 지내신 장나리가 계십니다. 그 댁에 따님이 한 분 계신데, 듣자 하니 재덕才德과 언사言辭, 용모, 바느질까지 네 가지 덕이 모두 뛰어난데 아직 혼처를 정하지 않았답니다. 그 댁에는 아들이 없고 재산은 엄청나게 많답니다. 그래서 부유하면서도 신분 높은 집안 출신의 출중한 사윗감이라야 정혼할 생각이랍니다.

제가 여기 온 지 두 달 동안 보옥 도련님의 인품과 학업을 유심히 보았는데 분명 큰 인물이 되실 것 같습니다. 이 댁의 가문이야 말할 필요도 없지요. 제가 중매한다면 바로 성사되리라고 보증할 수 있습니다."

"보옥이도 혼사를 생각할 나이가 되긴 했지요. 게다가 제 어머님도 늘 그 말씀을 하시니까요. 다만 제가 그 어른을 잘 모르는지라……"

첨광이 말했다.

"왕형이 말씀하신 장씨 집안은 저도 알고 있습니다. 게다가 큰나리 댁과 친척이시니, 그쪽에 여쭤보시면 곧 아실 수 있을 겁니다."

가정이 잠시 생각해보고 말했다.

"형님 댁에 그런 친척이 있다는 얘기는 들어보지 못했는데……"

"어르신께선 모르실 겁니다. 그 장씨 댁은 원래 형邢씨 집안의 친척이기 때문이지요."

가정은 그제야 형부인의 친척이라는 걸 알았다. 그는 잠시 앉아 있다가 안으로 들어갔다. 그리고 왕부인에게 얘기해서 형부인에게 물어보도록 하려고 했다. 하지만 뜻밖에도 왕부인은 설씨 댁 마님과 함께 교저를 보러 희봉의 거처에 갔다는 것이었다. 그날 왕부인은 날이 저물 무렵에야 설씨 댁 마님을 보내고 돌아왔다. 가정이 왕매와 첨광이 한 이야기를 들려주면서 또 교저의 병세가 어떤지도 물었다.

"아마 경기를 일으킨 모양이에요."

"심하지는 않은 모양이구려?"

"보아하니 경련이 생길 것 같기는 한데 아직 그런 증세는 없어요."

가정은 더 이상 아무 말도 하지 않았고 각자 잠자리에 들었다. 밤새 있었던 일에 대해서는 더 이상 이야기하지 않겠다.

이튿날 형부인이 태부인에게 문안 인사를 하러 오자, 왕부인은 장씨 집안의 일에 대해 태부인에게 알리는 한편, 형부인에게 물었다.

"장씨 집안과 친척이긴 하지만, 최근까지 오랫동안 소식을 주고받지 않아서 그 집 따님이 어떤지는 모르겠네. 이번에 영춘이 시어머니가 할멈을 보내 문안 인사를 하면서 장씨 집안 얘기를 하더군. 자기 집에 딸이 있는데 사돈댁에 적당한 사윗감이 있으면 좀 구해달라고 했다네. 듣자 하니 이 규수는 애지중지 기른 무남독녀이고 글도 제법 읽었는데, 바깥에 모습을 드러내지 않고 늘 규방에서만 지냈다고 하더구먼. 장어르신은 외동딸을 시집보냈다가 엄한 시어머니 밑에서 고생할까 싶어서 반드시 데릴사위를 맞아다가 집안일을 맡아보게 할 요량이라고 했다더군."

그러자 태부인이 끼어들었다.

"그건 절대 안 될 일이지. 우리 보우이는 남한테 시중을 받아도 부족한 아이인데 도리어 남의 집 살림살이를 맡게 할 수 있겠나?"

형부인이 말했다.

"그렇고말고요!"

태부인이 왕부인에게 말했다.

"아범한테 내 얘기를 전해라. 그 장씨 집안과는 혼사를 맺어서는 안 된다고 말이다."

왕부인이 "예!" 하고 대답하자 태부인이 물었다.

"어제 교저를 보니 어떻더냐? 처음에 평아가 전한 얘기로는 그 아이 몸이 아주 안 좋다고 해서 나도 가볼까 하고 있다."

형부인과 왕부인이 함께 말했다.

"어머님께서야 그 아이를 아끼셔서 그러고 싶으시겠지만, 아이가 너무 부담스러워할 거예요."

"그 아이 때문만이 아니라 나노 몸을 좀 움직여 근력을 키워야 하지 않겠느냐? 가서 식사하고 오너라. 나와 같이 가보자꾸나."

형부인과 왕부인은 "예!" 하고 물러나 각자 자기 방으로 갔다. 식사 후 태부인의 방으로 가서 함께 희봉의 방으로 갔다. 희봉이 황급히 나와 맞이하자 태부인은 교저의 상태가 어떤지 물었다.

"경련이 오려는 것 같습니다."

"그런데도 아직 의원을 부르지 않았단 말이냐!"

"벌써 모시러 사람을 보냈습니다."

태부인이 형부인, 왕부인과 함께 방으로 들어가니 유모가 분홍색 비단 포대기에 아이를 감싸 안고 있었다. 교저는 안색이 새파랗고 눈썹 끝과 콧구멍이 약간 움찔거리는 것 같았다. 태부인은 잠시 살펴보고 바깥방으로 나가 자리에 앉았다. 한참 이야기하고 있는데 하녀가 희봉에게 물었다.

"나리께서 사람을 보내 교저 아가씨가 어떤지 물으셨어요."

희봉이 말했다.

"가서 이렇게 말씀드려라. 의원을 모시러 사람을 보냈으니 조금 있다 처방전이 나오면 바로 가져가 보여드리겠다고 말이다."

태부인은 문득 장씨 집안의 일이 떠올라 왕부인에게 물었다.

"너도 가서 아범에게 전해라. 중매쟁이를 보냈다가 나중에 다시 물러야 하는 일이 없어야 할 게 아니냐?"

그리고 다시 형부인에게 물었다.

"너희 집안은 왜 요즘 장씨 집안과 왕래를 하지 않느냐?"

"그 집안의 행사를 보면 아무래도 우리 집안과 친척이 되기는 어려워요. 너무 인색하거든요. 그러니 보옥이에게 모욕만 주는 일을 할 수는 없지요."

희봉은 그 말을 듣자 사정을 대충 짐작했다.

"어머님, 보옥 도련님의 혼사 얘기를 하고 계시는 건가요?"

"그게 아니면 무슨 얘기겠어?"

태부인이 조금 전에 있었던 일을 말해주자 희봉이 웃으면서 이야기했다.

"어른들 앞에서 함부로 드리는 말씀이 아니라, 지금 천생배필이 눈앞에 있는데 다른 곳에서 찾을 필요 있나요?"

태부인이 웃으며 물었다.

"어디 있단 말이냐?"

"할머니, 그 얘기를 잊으셨어요? 하나는 '보배로운 구슬〔寶玉〕'이요, 하나는 '황금 목걸이〔金鎖〕'라고 했잖아요!"

"호호, 어제 보차 어미가 여기 왔을 때 그 얘기를 하지 그랬어?"

"할머님과 어머님, 숙모님까지 계신데 저희 같은 아랫것들이 감히 끼어들 수 있나요? 게다가 이모님께선 할머님을 뵈러 오신 건데 어떻게 그런 얘기를 꺼내요? 또 그런 얘기는 어머님이나 숙모님께서 찾아가셔서 말씀드려야 마땅하지요."

태부인이 웃자 형부인과 왕부인도 따라 웃었다. 태부인이 말했다.

"어쨌든 나도 기억력이 흐려졌구나."

그때 하녀가 와서 아뢰었다.

"의원이 왔습니다."

그러자 태부인은 바깥방에 그대로 앉아 있고 형부인과 왕부인은 자리를 피했다. 가련과 함께 들어온 의원은 태부인에게 인사를 하고 방으로 들어갔다. 그리고 잠시 후 밖으로 나와 마루에서 허리를 굽히고 선 채 태부인에게 말했다.

"아기씨는 속에 열도 차고 경기도 일으켰습니다. 먼저 경기와 가래를 해소하는 약을 한 첩 쓰고 나서 추가로 사신산四神散[10]을 써야겠습니다. 병세가 가볍지 않습니다. 지금 시중의 우황은 전부 가짜이므로 진짜 우황을 구해야 합니다."

태부인이 수고했다고 치하하자 그 의원은 가련과 함께 밖으로 나가 처방전을 써놓고 떠났다. 희봉이 말했다.

"인삼이야 집에 항상 있지만 우황은 아마 없을지도 모르겠습니다. 밖에서 사더라도 진짜를 구해야 할 텐데요."

왕부인이 말했다.

"내가 보차 집에 사람을 보내 알아보마. 그 집 반이가 예전에 서역에서 장사하는 이들과 거래를 했으니 혹시 진짜를 갖고 있을지도 모르지. 내가 사람을 보내 물어보마."

그렇게 말하고 있는데 자매들이 문병을 왔다. 그들은 잠시 앉아 있다가 태부인을 따라 떠났다.

희봉이 방에서 약을 달여 교저에게 먹였다. 하지만 교저는 "콜록!" 하면서 약과 가래를 함께 토했다. 희봉은 그제야 조금 안심했다. 그때 왕부인 방의 하녀가 붉은 종이로 싼 조그마한 물건을 들고 와서 이렇게 말했다.

"아씨, 우황을 구했어요. 마님 말씀이, 아씨께서 직접 양을 맞춰 쓰시랍니다."

희봉이 알겠다 대답하고 받아, 평아를 불러서 진주와 용뇌향龍腦香*, 주사朱砂*를 잘 섞어 달이라 하고는, 자신은 처방전에 따라 저울로 우황을 달아서 거기에 섞었다. 교저가 깨면 약을 먹일 생각이었다. 그때 가환이 발을 걷고 들어왔다.

"형수님, 교저는 어때요? 어머니가 가보라고 하셔서요."

그들 모자가 마음에 들지 않은 희봉은 건성으로 대답했다.

"좀 나아졌어요. 가서 생각해줘서 고맙다고 말씀드려줘요."

가환은 그러겠다고 대답하면서 여기저기를 한참 동안 둘러보더니 희봉에게 물었다.

"여기 우황이 있다고 하던데 어떻게 생겼는지 궁금해요. 좀 보여주셔요."

"여기서 떠들면 안 돼요. 아이가 이제 겨우 좀 나아지고 있어요. 그리고 그 우황은 전부 약에 넣어버렸어요."

가환이 불쑥 손을 내밀어 약탕관을 들었는데, 그만 실수를 해서 '철퍽!' 하는 소리와 함께 엎어버리고, 이에 불도 반쯤 꺼져버렸다. 가환은 큰일이다 싶어 잽싸게 도망쳐버렸다. 희봉은 화가 머리끝까지 치밀어 욕을 퍼부었다.

"정말 전생의 원수가 따로 없구나! 왜 굳이 찾아와서 해코지를 해! 전에는 제 어미가 날 해치려 하더니, 이젠 내 딸까지 해치려고 하는구나. 네놈은 대대손손 내 원수야!"

그러면서 평아에게 한눈을 팔았다고 나무랐다. 한참 꾸짖고 있는데 하녀가 와서 가환을 찾았다. 희봉이 말했다.

"가서 조씨에게 전해라. 신경 쓰느라 고생이 많았다고 말이다. 교저는 분명 죽게 될 테니까 앞으로는 걱정할 일 없을 거라고 해!"

평아는 황급히 약재를 섞어 다시 달이고 있었다. 그 하녀는 무슨 영문인지 몰라 평아에게 슬그머니 물었다.

"아씨께서 왜 화를 내시지요?"

평아가 가환이 저지른 일을 일러주자 하녀가 말했다.

"그래서 도련님이 집에 돌아오지 못하고 어디로 숨어버린 거로군요. 환 도련님은 나중에 어찌 될지 걱정이네요. 언니, 제가 도와드릴게요."

"그나마 다행이야. 아직 우황이 조금 남아 있어서. 이제 다 섞었으니까 넌 그만 돌아가봐."

"돌아가면 꼭 우리 아씨께 말씀드릴게요. 그러면 날마다 잔소리하는 일이 없어지겠지요."

그 하녀가 정말 조씨에게 그 말을 전하니, 조씨가 화를 버럭 내며 소리쳤다.

"빨리 환이를 찾아와!"

바깥방에 숨어 있다가 하녀에게 발각된 가환에게 조씨가 욕을 퍼부었다.

"이 빌어먹을 것! 남의 약은 왜 엎어서 욕을 얻어먹게 했어? 가서 문병민 하고 안에는 들어가시 말라고 했잖아! 그리고 굳이 들어갔으면 바로 나올 일이지, 왜 또 호랑이 머리의 이를 잡는다고 설쳤어? 내가 나리께 일러바칠 테니 두고 봐라. 단단히 매 맞을 각오해!"

조씨가 이렇게 욕을 퍼붓고 있을 때, 바깥방에 있던 기환이 혼비백산할 만큼 놀라운 말을 했다. 그게 무슨 말인지는 다음 회를 보시라.

제85회

가정은 승진하여 낭중 벼슬을 받고
설반은 죄를 지어 유배형에 처해지다
賈存周報升郞中任　薛文起復惹放流刑

설반이 다시 죄를 지어 옥에 갇히게 되다.

조씨가 방 안에서 가환에게 욕을 퍼붓고 있을 때, 가환이 바깥방에서 이렇게 말했다.

"난 그저 약탕관을 엎어서 약을 조금 쏟은 것뿐이야. 그 계집애가 죽지도 않았는데, 그게 형수도 엄마도 나를 욕할 일이야? 나를 나쁜 놈으로 만들어 사지로 몰아넣으려고 하는데, 두고 봐. 내일 내가 그 계집애를 죽여버릴 테야! 그땐 당신들이 어쩌는지 보자고! 그것들한테 조심하라고 해!"

그 말에 조씨가 황급히 뛰쳐나와 가환의 입을 틀어막았다.

"그래도 아직 말도 안 되는 소리를 멋대로 지껄이고 있구나! 그러다 네가 먼저 죽는다, 이놈아!"

모자는 이렇게 한참 동안 옥신각신 싸웠다. 조씨는 희봉이 했다는 말을 듣고는 생각할수록 화가 치밀어 희봉에게 사람을 보내지도 않고 위로하지도 않았다. 며칠 뒤에 교저의 병도 나았지만, 이 일로 인해 양쪽의 원한은 이전보다 더욱 깊어졌다.

하루는 임지효가 들어와 가정에게 물었다.

"나리, 오늘이 북정군왕의 생신인데 어떻게 하면 좋겠습니까?"

"예년의 예에 따라 준비하되 형님께 말씀드리고 예물을 보내도록 하게."

임지효는 "예!" 하고 일을 처리하러 갔다. 잠시 후 가사가 건너와서 가정과 상의한 후 북정왕의 생일을 축하하기 위해 가진, 가련, 보옥을 데리고 가기로 했다. 다른 사람은 말할 필요 없이, 보옥은 평소 북정왕의 용모와 위엄을 흠모하고 있었던 터라 늘 만나고 싶어 했기 때문에 서둘러 옷을 갈아입고 북정왕부로 따라갔다. 가사와 가정은 명첩을 넣고 기별을 기다렸다. 얼마 후 안쪽에서 태감 하나가 손에 구슬을 몇 알 만지작거리며 나와 가사와 가정을 보고는 헤헤 웃으며 말했다.

"두 분 나리, 안녕하십니까?"

가사와 가정도 얼른 인사했고, 가진과 가련, 보옥도 다가가 인사했다. 태감이 말했다.

"왕야王爺* 께서 안으로 모시라 하셨습니다."

가사 일행은 태감을 따라 안으로 들어갔다. 두 개의 문을 지나 전각을 하나 돌아가니, 그 안쪽은 내궁이었다. 대문 앞에 이르자 모두들 걸음을 멈추었고, 태감이 먼저 들어가 북정왕에게 보고했다. 문을 지키던 태감들도 모두 가사 일행에게 인사를 했다. 잠시 후 그 태감이 다시 나와 "드시지요!" 하고 말하자 가사 일행은 공손히 따라 들어갔다. 북정왕은 예복을 차려입고 대전 문으로 통하는 회랑에 나와 그들을 맞이했다. 가사와 가정이 먼저 나가 인사하고, 이어서 가진과 가련, 보옥이 차례로 인사했다. 북정왕은 유독 보옥의 팔을 붙들고 웃으면서 말했다.

"오랫동안 보지 못해 무척 궁금했구나. 그래, 그 구슬은 잘 있느냐?"

보옥은 허리를 굽히고 한쪽 무릎을 꿇고 대답했다.

"왕야의 보살핌 덕분에 잘 있습니다."

"오늘 별로 차린 건 없고, 그저 함께 이야기나 나누도록 합시다."

그러는 사이에 몇몇 태감들이 발을 걷었다. 북정왕이 "드십시다!" 하고 먼저 들어가자, 가사 등도 공손히 허리를 숙이고 따라 들어갔다. 먼저 가사와 가정이 축수의 절을 받으라고 권했지만, 북정왕은 몇 마디로 사양했다. 하지만 가사는 이미 무릎을 꿇고 절을 올리고 있었다. 이어서 가정 등이 순서대로 절을 올렸다.

가사 등이 다시 공손히 물러나자 북정왕은 태감에게 그들을 친척들과 한자리에 모시고 잘 대접하라고 명했다. 하지만 보옥에게는 남아서 애기나 하자고 하더니, 그에게 자리를 권했다. 보옥은 고개를 숙여 은혜에 감사하고, 문가에 놓인 비단 방석에 몸을 비스듬히 돌리고 앉아 한참 동안 책을 읽고 문장을 지은 일들에 대해 이야기했다. 북정왕은 무척 귀여워하며 차를 권했다.

"어제 순무巡撫* 오대인吳大人이 조회할 때 네 부친께서 학정으로 계실 때의 일을 폐하께 아뢰는데, 네 부친께선 일처리가 아주 공정하셔서 생원生員*들이나 동생들이 무척 감복했다고 하더구나. 당시 폐하께서도 네 부친에 대해 물으시니 오대인吳大人*이 네 부친을 적극 천거했단다. 그러니 네 부친께 기쁜 일이 있을 징조가 아니겠느냐?"

보옥은 얼른 일어서서 그 말을 마저 듣고 이렇게 말했다.

"이 모두 왕야의 은혜와 오대인의 두터운 정 때문입니다."

그때 태감이 와서 아뢰었다.

"여러 대인들과 어르신들이 전전前殿에 모여 연회를 베풀어주신 왕야의 은혜에 사의를 표하였나이다."

그러면서 연회에 대한 감사 인사와 오후의 문안을 묻는 내용이 담긴 명첩들을 올렸다. 북정왕은 대충 훑어보고 다시 태감에게 명첩을 건넨 다음 미소를 지으며 말했다.

"알겠다. 모두들 고생 많았다고 전하라."

태감이 다시 아뢰었다.

"이분 보옥 도련님께 왕야께서 단독으로 하사하시는 식사도 준비되었습니다."

북정왕은 그 태감에게 보옥을 안내하라고 했다. 보옥은 대감을 따라 아주 아담하고 아기자기하게 꾸며진 정원으로 가서 시중을 받으며 식사를 하고, 다시 북정왕에게 가서 사례했다. 북정왕은 다시 몇 마디 친절하게 이야기하다가 갑자기 웃으며 말했다.

"저번에 네 구슬을 보고 재미있어서, 돌아와서는 사람들에게 그 모양을 설명해주고 하나 만들어달라고 했다. 오늘 마침 네가 왔으니 갖고 가서 노리개로나 삼도록 해라."

그리고 태감에게 그 구슬을 가져오라 하고는 몸소 보옥에게 건네주었다. 보옥은 두 손으로 받들어 받고 또 사례한 후 물러났다. 북정왕은 두 명의 태감에게 그를 전송하게 했다. 보옥은 곧 가사 등과 함께 집으로 돌아왔고, 가사는 바로 자기 집으로 돌아갔다.

가정은 가진과 가련, 보옥을 데리고 태부인에게 찾아가 인사하면서, 북정왕부에서 만난 사람들에 대해 이야기했다. 또 보옥은 가정에게 오대인이 조회에서 그를 천거한 일에 대해 전했다. 그러자 가정이 말했다.

"오대인은 본래 우리와 사이가 좋은 분이고 또 나와 같은 연배인데 아주 기개가 있는 사람이지."

그리고 몇 마디 더 한담을 나누다 태부인의 "가서 쉬게!"라는 말에 가정이 물러나자 가진과 가련, 보옥은 모두 문간까지 따라가 배웅했다.

"너희들은 돌아가서 할머님께 말동무나 해드려라."

가정이 자기 방에 돌아가 막 자리에 앉으니 하녀가 와서 아뢰었다.

"밖에서 임지효 집사가 여쭐 말씀이 있다고 합니다."

그러면서 붉은색 명첩을 전했는데, 거기에는 오순무의 이름이 적혀 있었다. 가정은 오순무가 찾아왔다는 것을 알고 하녀에게 임지효를 불러들이라고 했다. 가정이 회랑 처마로 나가자 임지효가 들어와 말했다.

"오늘 순무 오대인께서 찾아오셨기에 나리께서 외출 중이시라고 말씀드렸습니다. 그분께 들으니 지금 공부工部* 에 낭중郎中* 자리가 하나 비었는데, 안팎에서 모두 나리를 임명해야 한다고 청하고 있답니다."

"글쎄, 두고 봐야지."

임지효는 몇 마디 더 전하고 나서 물러갔다.

한편, 가진과 가련은 집으로 돌아갔고 보옥은 태부인 거처로 가서 북정왕이 접대해준 이야기를 들려주면서 선물로 받은 옥을 꺼내 보였다. 그러자 모두 한바탕 웃었다. 태부인이 하녀에게 지시했다.

"잃어버리지 않도록 잘 간수해두어라."

그리고 보옥에게도 말했다.

"네 구슬도 잘 걸고 있지? 헷갈리지 않게 조심해라."

보옥이 목에 걸린 구슬을 벗어 보이며 말했다.

"제 건 여기 있어요. 잃어버릴 리가 있나요? 두 개를 비교해보면 차이가 많이 나니까 헷갈릴 일도 없어요. 그런데 할머니, 예전에 제가 밤에 잘 때 옥을 벗어서 휘장에 걸어두었더니, 옥에서 빛이 뿜어나와 방 안이 온통 빨갛게 변했어요."

"또 황당한 소리를 하는구나. 휘장 걸이가 붉으니까 불빛이 비치면 당연히 붉게 보일 수도 있겠지."

"아니에요. 그때는 등불도 꺼져 있어서 방 안이 칠흑같이 어두웠는데도 구슬이 또렷하게 보이더라니까요?"

형부인과 왕부인이 입을 삐죽거리며 웃자 희봉이 말했다.

"그래서 경사가 생긴 모양이군요!"

"경사라니, 그게 무슨 소리예요?"

태부인이 말했다.

"너는 모르지. 오늘은 종일 힘들었을 테니 여기서 엉뚱한 소리나 늘어놓지 말고 가서 자도록 해라."

보옥은 잠시 서 있다가 대관원으로 돌아갔다.

그가 떠나자 태부인이 물었다.

"맞다! 너희들, 보차 어머니한테 가서 그 일에 대해 얘기해봤느냐?"

왕부인이 말했다.

"바로 가볼 생각이었는데 희봉이가 교저 때문에 한 이틀 붙들려 있어서 오늘에야 다녀왔어요. 저희 둘이 그 얘기를 했더니 보차 어미도 아주 좋아하더군요. 다만 반이가 지금 집에 없다는데요. 그 아이 아버지가 돌아가셨기 때문에 반이와 상의하고 나서 결정해야 한답니다."

"그것도 일리가 있는 말이지. 그럼 다들 미리 얘기하지 말고, 저쪽에서 결정이 나거든 다시 얘기하자꾸나."

태부인 방에서 혼사가 오간 것은 접어두고, 보옥의 이야기를 해보자. 그는 자기 방에 돌아와서 습인에게 이렇게 말했다.

"조금 전에 할머니와 희봉 형수가 애매모호한 이야기를 하시던데 무슨 뜻인지 모르겠어."

습인이 잠시 생각하다가 웃으며 말했다.

"그건 저도 모르겠네요. 그런데 조금 전 그 이야기를 하실 때 대옥 아가씨도 곁에 있었나요?"

"대옥이는 얼마 전부터 몸이 안 좋아 요즘 할머니 방에 가지 못하고 있잖아?"

그때 바깥방에서 사월과 추문이 다투는 소리가 들려 습인이 물었다.

"너희들, 또 무슨 일이야?"

사월이 말했다.

"둘이 골패놀이를 하는데, 자기가 이기면 내 돈을 가져가면서 질 때는 돈을 내놓으려 하지 않잖아요. 그건 그렇다 치고, 쟤가 제 돈을 몽땅 따갔어요."

보옥이 웃으며 말했다.

"그깟 돈 몇 푼이 뭐 그리 중요하다고 그래? 바보 같으니! 싸우지 마!"

그러자 사월과 추문이 모두 투덜거리며 자리에 앉았다. 습인은 곧 보옥의 잠자리를 챙겨주었는데, 그 이야기는 그만하겠다.

　습인은 조금 전에 보옥이 한 말을 듣자 틀림없이 보옥의 혼담이라는 것을 눈치챘다. 하지만 보옥이 종종 황당한 상상을 하기 때문에 그 이야기를 하면 또 무슨 말도 안 되는 소리를 할지 몰라서 모르는 척했다. 하지만 속으로는 제일 중요한 일이라고 생각했다. 밤에 누워서 생각해보니 자견을 만나보는 게 좋을 것 같았다. 거기서 무슨 낌새가 보이면 자연히 알게 될 것이기 때문이었다. 그래서 이튿날 아침 보옥을 서당에 보내고 나서 세수를 하고 어슬렁어슬렁 소상관으로 갔다. 자견은 꽃을 따고 있다가 습인이 오자 환하게 웃으며 말했다.

　"언니, 안으로 들어가요."

　"그래. 꽃을 따고 있었구나? 아가씨는?"

　"조금 전에 세수를 마치고 약이 데워지기를 기다리고 있어요."

　그렇게 말하면서 자견은 습인과 함께 방으로 들어갔다. 대옥은 책을 한 권 펼쳐들고 읽고 있었다. 습인이 생글거리며 말했다.

　"아가씨, 아니나 다를까 골치 아픈 일을 하고 계시네요? 우리 도련님도 아가씨처럼 열심히 공부하신다면 얼마나 좋을까요!"

　대옥이 웃음을 지으며 책을 내려놓았다. 설안이 작은 차 쟁반에 약 한 그릇과 물 한 그릇을 받쳐 들고 들어오자, 뒤쪽에서 하녀 하나가 타구와 양치할 그릇을 들고 따라왔다. 습인은 무슨 낌새가 없는지 알아보려고 찾아왔지만, 한참 동안 앉아 있어도 말조차 꺼낼 기회를 잡지 못했다. 또 생각해보니 의심이 많은 대옥인지라 소식도 알아내지 못하고 괜히 기분만 상하게 하면 곤란할 것 같았다. 그래서 잠시 앉아 있다가 얼렁뚱땅 인사를 하고 나왔다.

　습인이 이홍원 입구에 이르니 그곳에 두 사람이 서 있었다. 계속 가기 곤란하여 망설이고 있는데, 둘 중 하나가 습인을 발견하고 황급히 달려왔다. 그는 다름 아니라 보옥의 하인 서약*이었다.

제85회　399

"무슨 일이야?"

"조금 전에 운 도련님이 명첩을 들고 와서 보옥 도련님께 보여드려야 한다고 해서 회신을 기다리고 있어요."

"도련님께선 매일 서당에 나가시는데, 몰랐어? 그런데도 회신을 기다린다고?"

"하하, 제가 그렇게 말씀드렸는데도 누나에게 얘기하고 답변을 듣고 오라고 하시더라고요."

습인이 무슨 말을 하려는데 다른 한 명도 느릿느릿 걸어왔다. 자세히 보니 바로 가운이 슬금슬금 이쪽으로 오고 있었다. 습인은 그를 보자 황급히 서약에게 말했다.

"가서 말씀드려. 알았으니까 나중에 보옥 도련님에게 보여드린다고 말이야."

사실 가운은 습인에게 다가가 직접 말하려고 했다. 그는 습인에게 친근하게 대하려는 마음이 없지 않았지만, 함부로 나서지 못하고 천천히 머뭇거리며 걸어올 수밖에 없었다. 그런데 거리가 얼마 떨어지지 않았을 때 갑자기 습인이 그렇게 말하자, 그도 더 다가가기 곤란해서 그 자리에 멈춰 설 수밖에 없었다. 벌써 습인은 홱 돌아 안으로 들어가버린 뒤였다. 가운은 어쩔 수 없이 풀이 죽은 채 서약과 함께 떠났다.

저녁에 보옥이 돌아오자 습인이 말했다.

"오늘 회랑 아래쪽의 운 도련님이 왔다 가셨어요."

"무슨 일이래?"

"편지도 하나 갖고 왔어요."

"어디 있어? 가져와봐."

사월이 안방 책장 위에 놓인 편지를 가져오자 보옥이 받아보았다. 편지 봉투에는 "숙부 어르신 귀하〔叔父大人安稟〕"라고 적혀 있었다.

"이 녀석이 왜 나를 아버지라고 하지 않는 거지?"

습인이 물었다.

"무슨 말씀이에요?"

"재작년에 해당화를 보낼 때는 나한테 '아버님〔父親大人〕'이라고 했는데, 오늘 이 편지 봉투에는 '숙부'라고 썼으니까 하는 말이지."

"그분이나 도련님이나 모두 창피한 줄도 모르시는군요! 그 나이에 도련님을 아버지라고 하다니, 그게 창피한 줄도 모르는 게 아닌가요? 그리고 도련님은 심지어 정식으로……"

거기까지 말하고 습인은 얼굴을 붉히며 보일 듯 말 듯 웃었다. 보옥도 눈치를 채고 말했다.

"꼭 그렇게 말하기도 어렵지. '중한테 자식은 없어도 보시하는 신도는 많다〔和尙無兒 孝子多〕.'는 속담도 있잖아? 나는 걔가 영리해서 남의 비위를 잘 맞춘다고 생각해 그렇게 한 거야. 걔가 싫다고 해도 내가 아쉬울 건 없지."

그러면서 편지를 펼쳐보자 습인도 웃으며 말했다.

"운 도련님도 좀 음흉해요. 아무때나 사람을 만나려 하고 또 언제는 슬금슬금 피하기도 하니, 마음 씀씀이가 바르지 않은 사람이란 걸 알 수 있어요."

보옥은 편지 읽는 데 정신이 팔려 있어서 습인의 말을 제대로 듣지 못했다. 편지를 보면서 보옥은 눈썹을 찡그렸다가 피식 웃기도 하고 또 고개를 내젓기도 하더니, 나중에는 도저히 짜증을 참을 수 없다는 듯한 표정을 지었다. 그가 편지를 다 읽고 나자 습인이 물었다.

"무슨 일이래요?"

보옥은 아무 대답 없이 그 편지를 갈가리 찢어버렸다. 그 모습을 보자 습인도 다시 묻기 곤란하여 그냥 밥을 먹고 나서 또 공부를 할 건지 물었다.

"가소롭게도 운이 이 자식은 정말 이 따위로 못된 놈이었구만!"

습인은 그가 엉뚱한 대답을 하자 슬며시 웃으며 물었다.

제85회 **401**

"대체 무슨 일인데 그러셔요?"

"그런 건 묻지마. 밥이나 먹자! 그러고 좀 쉬어야겠어. 속에서 열불이 나서 말이야."

그러면서 하녀에게 불을 피우게 하여 그 찢어진 편지를 태워버렸다.

잠시 후 하녀들이 상을 차렸지만 보옥은 그저 멍하니 앉아만 있었다. 습인이 몇 번씩 달래며 재촉하자 한두 입 먹더니 바로 물려버리고 울적한 표정으로 침상에 누웠다. 그러더니 조금 후에는 갑자기 눈물을 줄줄 흘리는 것이었다. 습인과 사월은 모두 영문을 알 수 없었다. 사월이 말했다.

"갑자기 또 무슨 일이래? 이게 다 '운芸'인지 '우雨'인지 하는 그 물건 때문이야! 대체 무슨 짓을 저지르고 그런 이상한 편지를 보냈기에 도련님을 저렇게 바보처럼 만들어버린 거야? 한참 울다가 또 한참 웃고 난리를 치시니 말이야. 허구한 날 이렇게 아리송한 일들이 일어나니 어떻게 견뎌내겠어요!"

그러면서 자기가 더 속상해하자 습인은 자기도 모르게 웃음이 나왔다.

"동생, 너까지 왜 이래? 도련님 한 분만 해도 감당하기 어려운데 말이야. 설마 그 편지에 적힌 일이 너랑 무슨 관련이 있는 건 아니겠지?"

"말도 안 되는 소리 하시네! 그 편지에 적힌 게 무슨 빌어먹을 일인 줄 알고 남한테 갖다 붙이는 거예요? 그런 식으로 얘기하자면 그 편지에 적힌 게 언니랑 관련된 일이라 해도 되겠네요!"

습인이 미처 대답하기도 전에 갑자기 보옥이 "키득!" 웃더니 침상에서 벌떡 일어나 옷을 벗어던졌다.

"떠들지 말고 잠이나 자자! 내일도 일찍 일어나서 책을 읽어야 하니까!"

그러면서 그대로 자리에 누워버렸다. 그날 밤은 별일 없이 지나갔다.

이튿날 보옥은 일어나서 세수를 하고 바로 서당으로 갔다. 그런데 대문을 나서다가 갑자기 무언가 생각이 난 듯 배명에게 잠시 기다리라 하고 황급히 돌아와서 소리쳤다.

"사월 누나, 어디 있어?"

사월이 "예!" 하고 나와서 물었다.

"왜 다시 돌아오셨어요?"

"오늘 운이가 오거든 여기서 소란 피우지 말라고 해. 또 그러면 내가 할머니와 아버지께 일러바친다고 해."

사월이 "예!" 하고 대답하자 보옥은 다시 돌아서 나갔다. 그런데 막 밖으로 걸어나가는데 가운이 허둥지둥 들어오다가 보옥을 발견하고 다급히 인사했다.

"숙부님, 축하드립니다!"

보옥은 어제 그 일일 거라 생각하고 핀잔을 주었다.

"왜 그리 주책이 없어! 남의 속도 헤아리지 않고 계속 찾아와서 귀찮게 하면 어떡해?"

"하하, 못 믿으시겠거든 가보셔요. 사람들이 다 대문 입구에 와 있어요."

보옥은 더욱 다급해졌다.

"대체 그게 무슨 말이야!"

그때 밖에서 시끌벅적한 소리가 일어났다.

"숙부님도 저 소리 들리시지요?"

보옥은 더욱 갈피를 잡을 수가 없었다. 그때 누군가 호통을 쳤다.

"너희들은 도무지 예의범절을 모르는구나! 여기가 어디라고 이렇게 함부로 떠들어대는 게야!"

그러자 누군가 대답했다.

"나리께서 승진하셨는데 우리가 축하 인사[吵喜][1]도 못하게 하시면 되나요? 다른 집에서는 하고 싶어도 하지 못하는 일 아닙니까!"

보옥은 그제야 가정이 낭중으로 승진해서 사람들이 축하 인사를 하러 왔다는 걸 알고 속으로 무척 기뻐했다. 그가 시둘러 가보려고 하자 가운이 쫓아오면서 말했다.

"숙부님, 기쁘시지요? 이제 숙부님 혼사만 성사된다면 더 말할 것도 없이 겹경사가 되는 거예요."

보옥이 얼굴이 빨개져서 쏘아붙였다.

"체! 낯 두꺼운 놈 같으니라고! 얼른 꺼져!"

가운도 얼굴이 붉어진 채 말했다.

"그게 뭐 별거라고 그러셔요? 제가 보기엔 숙부님께서 아마……"

보옥이 굳은 표정으로 물었다.

"아마 어쨌다는 거냐?"

가운은 미처 말을 마치지 못했지만, 더 이상 이야기하지도 못했다. 보옥이 서둘러 서당에 도착하자 가대유가 웃으며 말했다.

"조금 전에 네 부친께서 승진하셨다는 소식을 들었는데, 넌 오늘도 공부하러 왔느냐?"

"하하, 사부님을 뵙고 나서 아버님께 가보려고요."

"오늘은 하루 휴가를 주마. 하지만 대관원에 돌아가서 놀면 안 된다. 너도 나이가 적지 않으니 무슨 일을 하지는 않는다 해도 형님들 곁에서 이것저것 배워둬야지."

보옥이 "예!" 하고 돌아와서 막 중문 앞에 이르니 맞은편에서 이귀가 마중 나와 그의 옆에 서서 생글대며 말했다.

"도련님, 오셨군요. 제가 막 서당으로 모시러 가려던 참이었는데요."

"하하, 누가 시켰어?"

"노마님께서 이홍원에 사람을 보냈는데 서당에 가셨다고 했답니다. 그래서 조금 전에 노마님께서 저한테 사람을 보내셔서, 서당에 가서 도련님께 며칠 휴가를 달라고 부탁드리라고 하셨지요. 그리고 극단을 불러 연극도 하면서 축하 잔치를 벌인다고 하던데, 마침 도련님께서 오신 겁니다."

보옥은 그 말을 들으면서 중문에 들어섰다. 뜰 안에는 하녀들과 할멈들이 가득 모여 모두들 만면에 함박웃음을 짓고 있다가, 그를 보고 싱글벙글

하면서 말했다.

"도련님, 이제야 오시네요. 어서 들어가셔서 노마님께 축하 인사를 올리셔야지요."

보옥이 웃으며 방으로 들어서니 대옥이 태부인 왼편에 앉아 있었고, 오른편에는 상운이 앉아 있었다. 마루에는 형부인과 왕부인이 있었다. 탐춘과 석춘, 이환, 희봉, 이문, 이기, 수연 등의 자매들도 모두 방 안에 있었지만 보차와 보금, 영춘은 보이지 않았다. 이때 보옥은 말할 수 없이 기쁜 나머지 서둘러 태부인과 형부인, 왕부인에게 차례로 축하 인사를 하고 또 자매들과 일일이 인사를 나누었다. 그런 다음 대옥에게 웃으며 말했다.

"몸은 다 나았어?"

대옥도 미소를 지으며 말했다.

"많이 좋아졌어요. 오빠도 몸이 안 좋다던데 괜찮아졌어요?"

"그랬지. 저번에 갑자기 밤에 가슴이 아프기 시작했는데, 며칠 사이에 나아서 이젠 서당에 다니고 있어. 그 바람에 너한테도 가보지 못했네."

하지만 그의 말이 채 끝나기도 전에 대옥은 탐춘에게 고개를 돌리고 말을 걸었다. 희봉이 마루에 서서 생글거리며 말했다.

"둘은 매일 같이 지내면서도 손님 대하듯이 상투적으로 인사하네? 이게 바로 사람들이 얘기하는 '손님처럼 서로 공경하는〔相敬如賓〕'[2] 상황이로군요!"

그 말에 모두 폭소를 터뜨렸다. 대옥은 얼굴이 온통 빨갛게 달아오른 채 뭐라 말을 하기도 그렇고 가만있기도 곤란하여 한참 머뭇거리다 겨우 이렇게 말했다.

"언니, 뭘 알고 하시는 말씀이에요?"

그러자 모두들 더 크게 웃었다. 희봉은 잠깐 자기 말을 돌이켜 생각하다가 곧 자기가 실언을 했다는 걸 깨닫고 화제를 돌리려고 했는데, 갑자기 보옥이 대옥에게 말했다.

"누이, 그 주책없는 운이 녀석이 말이야……"

그렇게 말해놓고 그는 뭔가 생각나는 게 있어서 입을 다물었다. 그 바람에 사람들이 다시 폭소를 터뜨렸다.

"이건 또 무슨 소리야?"

대옥도 영문을 몰라 사람들을 따라 웃었다. 보옥은 뭐라 대꾸할 말이 없어서 딴소리를 했다.

"조금 전에 들으니까 누가 연극을 보여준다고 하던데, 언제 하나요?"

모두들 그를 쳐다보며 웃자 희봉이 말했다.

"밖에서 듣고 우리한테 얘기하는 거잖아요? 그런데 우리한테 물으면 어쩌라고요?"

"밖에 나가 물어보고 올게요."

태부인이 말했다.

"밖에까지 가진 마라. 축하 인사하러 온 사람들한테 놀림이나 당할 테고, 또 오늘은 네 아비한테 경사스러운 날인데 도중에 만나기라도 하면 또 화를 낼 게 아니냐?"

보옥은 "예!" 하고 밖으로 나갔다. 태부인이 희봉에게 누가 극단을 불렀느냐고 물었다.

"제 외숙 댁에서 나온 말이예요. 모레가 길일이니 새로 만든 작은 극단을 보내서 할머님과 숙부님, 숙모님께 축하 인사를 올리겠다고 하셨어요."

또 웃으면서 말했다.

"날짜도 길일이고, 경사스러운 날이기도 하잖아요."

그러면서 대옥을 보며 웃자 대옥도 슬쩍 웃어 보였다. 그러자 왕부인이 말했다.

"맞아! 모레가 외조카딸 생일이기도 하지."

태부인도 잠시 생각해보더니 웃으면서 말했다.

"나도 이제 늙었나 보구나. 매사에 정신이 흐리다니까! 다행히 희봉이가 내 '급사중給事中'³ 노릇을 해주는구나. 그럼 아주 잘됐다. 희봉이 외가에서는 매형 승진을 축하해주니, 대옥이 외가에서는 대옥이 생일잔치를 마련해주면 좋지 않겠느냐?"

그 말에 다들 웃으면서 말했다.

"할머님 말씀은 전부 출처가 확실한 것들이니 이런 큰 복을 누리시는 것도 당연하시지요!"

마침 보옥이 들어오다가 이런 말들을 듣자 더욱 신이 나서 덩실덩실 춤이라도 추고 싶을 지경이었다. 잠시 후 모두 태부인과 함께 식사를 하고 아주 떠들썩하게 놀았던 것은 두 말할 필요도 없다. 밥을 먹고 나자 황제의 은혜에 감사하러 갔던 가정이 돌아와 집안 사당에 절을 하고 나서 다시 태부인에게 인사하러 왔다. 그는 선 채로 몇 마디를 나누고 곧 다른 곳에 인사하러 나갔다. 가씨 집안에는 일가친척들이 줄줄이 오가면서 수레와 말이 시끌벅적 하게 대문을 메우고 고관대작들이 자리를 가득 채웠으니, 그야말로 이런 풍경이었다.

꽃이 한창이라 벌과 나비 다투어 날아들고
달은 보름이라 바다와 하늘 드넓구나!
花到正開蜂蝶鬧
月逢十足海天寬

이렇게 이틀이 지나자 어느새 경사를 축하하는 날이 되었다. 이날 아침 왕자등과 친척들은 극단을 보내 태부인의 내정 앞에 무대를 설치했다. 바깥에서는 예복을 차려 입은 남자들이 모두 시립했고, 축하하러 온 친척들은 십여 개의 탁자에 마련된 술상 앞에 앉았다. 안에서는 새로운 연극이 공연되고 태부인의 기분도 좋았기 때문에, 유리 병풍으로 뒤쪽을 가려서 그 안쪽에도 술상을 차렸다. 맨 윗자리는 설씨 댁 마님이 앉고 왕부인과 보금이 배석했으며, 맞은편에 마련된 태부인의 자리에는 형부인과 수연이 배석했다. 아래쪽의 두 상은 비어 있어서 태부인이 모두들 빨리 오라고 재촉했다.

잠시 후 희봉이 하녀들과 함께 대옥을 옹위하고 들어왔다. 새 옷을 입고 달나라에서 내려온 선녀처럼 치장한 대옥이 수줍은 미소를 지으며 사람들에게 인사했다. 상운과 이문, 이환이 모두 그녀에게 상석에 앉으라고 했지만 대옥은 한사코 거절했다. 그러자 태부인이 인자하게 웃으며 말했다.

"오늘은 네가 거기 앉아라."

설씨 댁 마님이 일어나서 물었다.

"오늘 대옥이한테 무슨 경사스러운 일이라도 있나요?"

"호호, 저 아이 생일이라오."

"어머! 전 깜박 잊고 있었네요!"

그리고 대옥에게 다가가서 말했다.

"미안하구나, 내가 건망증이 있어서…… 나중에 보금이더러 생일 축하 인사하러 가라고 하마."

"호호, 황송합니다."

이어서 모두들 자리에 앉았다. 보차가 보이지 않자 대옥이 물었다.

"보차 언니는 안녕하셔요? 왜 안 왔대요?"

설씨 댁 마님이 대답했다.

"왔어야 하는데 집 볼 사람이 없어서 오지 못했단다."

대옥이 얼굴을 붉히면서 의아하다는 듯 미소를 지으며 말했다.

"댁에 며느님이 들어왔는데 왜 언니가 집을 봐야 해요? 아마 사람들이 많아 시끌벅적한 게 싫어서 오지 않았나 보네요. 그래도 전 너무 보고 싶었는데……"

"호호, 생각해주니 고맙구나. 그 아이도 늘 너희 자매들을 생각하고 있단다. 내일쯤 보낼 테니 다들 회포를 풀도록 해라."

그사이에 하녀들이 술을 따르고 요리를 날랐다. 밖에서는 이미 연극이 시작되었다. 처음 두 대목은 당연히 경사를 축하하는 내용이었고, 셋째 대목에 이르자 귀엽고 예쁜 소년과 소녀가 비단 깃발을 들고 예상우의霓裳羽衣*를 입은 소단小旦*을 인도해 나왔다. 소단은 머리에 검은 두건을 쓰고 잠시 노래를 부른 후 들어가버렸다. 모두들 무슨 영문인가 싶었는데, 밖에서 누군가의 목소리가 들려왔다.

"이건 새로 만든 『예주기蕊珠記』⁴라는 작품의 「명승冥升」이라는 장면이지. 소단이 분장한 것은 항아嫦娥야. 예전에 죄를 지어 인간 세상에 떨어져서 다른 사람에게 시집갈 뻔했는데, 다행히 관음보살의 보살핌으로 시집가기 전에 죽었지. 이제 이 장면에서는 그녀를 월궁月宮*으로 인도할 거야. 다들 들었잖아. 아까 노래할 때 이러지 않았어?

> 인간 세상에서는 그저 사랑이 좋다고 하는데
> 어찌 알랴, 가을 달과 봄꽃이 쉬이 떠나버리는 것을?
> 하마터면 광한궁을 잊을 뻔했구나!
> 人間只道風情好
> 那知道秋月春花容易抛
> 幾乎不把廣寒宮忘卻了

라고 말이야!"

넷째 대목은 「끽강喫糠」⁵이었고, 다섯 째 대목은 달마達磨*가 제자를 데리고 강을 건너 돌아가는 장면⁶으로시 마침 신기루 상면을 연출하고 있어 아주 다채로웠다.

다들 한창 신나게 구경하고 있는데, 갑자기 설씨 집안의 하인이 이마에 땀을 뻘뻘 흘리며 달려 들어와 설과에게 말했다.

"도련님, 빨리 돌아가보세요! 그리고 안쪽에도 마님께 속히 돌아가시라고 말씀드리세요. 집안에 급한 일이 생겼습니다!"

"무슨 일인데?"

"집에 가서 말씀드리겠습니다."

설과는 작별 인사도 제대로 못하고 나왔다. 설씨 댁 마님은 하녀가 전하는 말을 듣고 깜짝 놀라 안색이 흙빛이 되어 황급히 일어나더니 간단히 인사만 한 후에 즉시 보금을 데리고 수레에 올라 돌아갔다. 그 바람에 안팎의 사람들이 모두 깜짝 놀랐고, 태부인도 걱정했다.

"사람을 보내서 대체 무슨 일인지 알아보라고 해라. 다들 걱정하고 있지 않느냐?"

모두들 "예!" 하고 대답했다.

가씨 집안에서는 여전히 연극 공연을 했는데, 그 이야기는 그만하자.

한편, 설씨 댁 마님이 집에 돌아가자 대문 앞에 포졸 두 명이 서 있었고, 전당포의 점원들이 그들을 상대하고 있었다.

"마님께서 돌아오시면 무슨 방법이 생길 겁니다."

그사이에 설씨 댁 마님이 들어섰다. 포졸들은 수많은 남녀들의 옹위를 받으며 들어오는 나이 지긋한 마님을 보자 곧 설반의 어머니라는 걸 알아챘다. 그들은 그 위세에 눌려 어쩌지도 못하고 그저 손을 늘어뜨린 채 공손히 서서 길을 비켜줄 수밖에 없었다.

설씨 댁 마님이 대청 뒤에 이르니 누군가 곡하는 소리가 들렸는데, 다름 아니라 금계의 목소리였다. 설씨 댁 마님이 황급히 들어가자 얼굴에 눈물이 뒤범벅된 보차가 나왔다.

"어머니, 놀라시면 안 돼요. 일을 처리하는 게 우선이니까요."

설씨 댁 마님은 보차와 함께 방으로 들어갔다. 그녀는 이미 대문을 들어서면서 하인들이 하는 말을 들었기 때문에 너무 놀라 몸을 부들부들 떨며 울음 섞인 목소리로 물었다.

"대체 누구를 그랬다더냐?"

그러자 하인이 대답했다.

"마님, 지금은 자세한 사정을 따져 물으실 때가 아닙니다. 그게 누구든지 간에 살인을 했으면 자기 목숨으로 갚아야 하는 법이니, 우선 어떻게 해야 할지부터 의논해야 합니다."

설씨 댁 마님이 통곡하면서 말했다.

"이렇게 된 마당에 또 무슨 상의를 한단 말인가!"

"소인들 생각에는 오늘 밤에 은돈을 좀 마련하여 작은도련님과 함께 가서 큰도련님을 만나야 할 것 같습니다. 그리고 거기서 사정에 밝은 도필선생刀筆先生[7]을 찾아 은돈을 좀 쥐여주어 우선 사형을 면하게 하고, 나중에 가씨 집안에 부탁해서 상부 관아에 청탁하십시오. 그리고 밖에 있는 포졸들에게는 우선 은돈을 몇 냥 주어서 보내버리십시오. 그래야 우리도 늦지 않게 일처리를 할 수 있습니다."

"자네들은 피해자를 찾아 장례비를 좀 주고 또 생활비도 좀 쥐여주게. 원고가 따지고 들지 않으면 일이 좀 가벼워질 수 있으니 말일세."

보차가 주렴 안에서 말했다.

"어머니, 그러면 안 됩니다. 이런 일은 돈을 쓰면 더 악화될 수 있으니 아무래도 조금 전에 하인이 말한 대로 하는 게 좋겠어요."

설씨 댁 마님이 또 울면서 말했다.

"나도 살기 싫다! 한시 바삐 그 아이를 만나보고 같이 죽어버리면 모든 게 끝나겠지!"

보차는 다급히 어머니를 위로하는 한편, 주렴 안에서 하인에게 지시했다.

"어서 둘째 도련님과 가서 처리하도록 하게."

하녀들이 설씨 댁 마님을 부축해서 안으로 들어가자 밖으로 나가려는 설과에게 보차가 말했다.

"무슨 소식 있으면 즉시 사람을 보내 알리고, 바깥일을 잘 처리해주세요."

설과가 "알았어!" 하면서 떠났다.

보차가 막 어머니를 위로하려는데, 그 틈에 저쪽에서 금계가 향릉을 붙들고 욕을 퍼부었다.

"평소 이 집에서는 사람을 때려죽이고도 멀쩡하게 경사로 들어올 수 있다고 자랑하는 바람에, 이제 정말 그렇게 되어버렸구나! 평소에는 그저 돈도 있고 권세도 있고 잘난 친척도 있다고 떠들어대더니, 지금 보니까 놀라서 허둥대기만 하잖아! 나중에 서방님이 못 돌아오시게 되면 너희들은 각자 제 길로 가버리고 나만 남아서 죄를 뒤집어쓰게 되는 거 아냐?"

그러면서 또 대성통곡하기 시작했다. 설씨 댁 마님은 그 소리에 더욱 화가 치밀어 쓰러지고 말았다. 보차는 속이 탔지만 달리 방법이 없었다. 그때 가씨 집안에서 왕부인이 보낸 하녀가 사정을 알아보러 왔다. 보차는 자신이 가씨 집안사람이 될 거라는 걸 알고 있었지만 아직 공표된 것도 아니고 또 사정이 급했기 때문에 그 하녀에게 이렇게 말했다.

"지금은 사건의 전말이 아직 분명하지 않지만, 듣자 하니 오빠가 밖에서 사람을 때려죽여서 현청縣廳*에 붙들려갔는데 아직 어떤 판결이 내려졌는지는 모르고 있어. 조금 전에 둘째 오빠가 알아보러 갔으니 한나절쯤 뒤면 정확한 소식을 알게 될 거야. 그러면 바로 그쪽 마님께도 알려드리겠다고 말씀드려. 너는 우선 돌아가서 마님께 걱정해주셔서 감사하다 전하고, 앞으로 그 댁 나리들의 힘을 빌려야 할 일이 제법 있을 거라고도 말씀드려줘."

그 하녀가 떠난 뒤에도 설씨 댁 마님과 보차는 안절부절 못하고 소식만 기다렸다.

이틀 후 심부름꾼이 돌아와서 하녀를 통해 편지를 한 통 전했다. 보차가 열어보니 이런 내용이었다.

형님께서 실수로 타인의 목숨을 상하게 하셨는데 고의로 살해한 것은 아닙니다. 오늘 제 이름으로 청원서를 써서 제출했지만 아직 회신이 없습니다. 앞서 형님이 구두 진술한 것이 무척 불리했지만, 이번 청원서가 접수된 뒤에 다시 심사하면 구두 진술을 뒤집어서 목숨은 구할 수 있을 것입니다. 속히 전당포에서 은돈 오백 냥을 더 보내주시기 바랍니다. 부디 늦지 않게 보내주십시오! 큰어머님께선 안심하시고, 나머지 일은 심부름꾼에게 물어보시기 바랍니다.

보차가 그대로 읽자 설씨 댁 마님이 눈물을 훔치며 말했다.
"그럼 아직 죽을지 살지 모른다는 게로구나."
"어머니, 상심하시지 마셔요. 우선 심부름꾼을 불러서 자세히 물어보고 다시 얘기해요."
그러면서 하녀에게 그 심부름꾼을 불러오라고 했다. 설씨 댁 마님이 물었다.
"사건을 자세히 얘기해봐라."
"그날 저녁에 두 분 서방님들께서 나누시는 말씀을 듣고 저는 너무 놀라서 정신이 없었습니다."
그 심부름꾼이 무슨 이야기를 했는지는 다음 회를 보시라.

제86회

뇌물을 받은 관리는 판결을 뒤집고
한가한 정취 실어 숙녀는 악보를 해석하다
受私賄老官翻案牘　寄閑情淑女解琴書

임대옥이 『금보琴譜』를 해석하다.

설씨 댁 마님은 설과의 편지 내용을 듣고, 심부름꾼을 불러들여 물었다.
"큰서방님이 대체 어쩌다가 사람을 때려죽였다고 하더냐?"
"저도 제대로 듣지는 못했습니다. 그날 큰서방님께서 둘째 도련님께 말씀하시기를……"
그는 주위를 둘러보고 다른 사람이 없는 것을 확인하고는 뒤를 이었다.
"큰서방님은 집이 너무 시끄러워 기분이 상하셔서 남쪽으로 물건이나 구하러 가실 생각이었다고 합니다. 그날 누구를 만나서 함께 가기로 하셨다는데, 그 사람은 여기 경사에서 남쪽으로 이백 리 남짓 떨어진 곳에 살고 있다고 합니다. 서방님께서 그 사람을 찾아가시다가 예전에 친하게 지내시던 장옥함蔣玉菡*이라는 분을 만나셨답니다. 그분은 광대들을 데리고 경사로 들어오던 참이었다고 합니다. 서방님께서는 그분과 함께 어느 가게에서 진지를 잡수시면서 반주도 하셨는데, 그 가게의 점원이 계속 장옥함에게 눈짓을 보내서 서방님이 화가 좀 나셨답니다. 나중에 장옥함이라는 분은 떠나셨답니다. 다음 날 서방님이 그 가게에 다시 가서 만나기로 한 분과 함께 술을 마시는데, 어제 일이 생각나 그 점원을 불러서 술을 바꿔달라고 하셨답니다. 그런데 그 점원이 늦게 와서 서방님이 나무라셨는데도 그놈이 그 말을 듣지 않더랍니다. 그래서 서방님이 술잔을 들어 때리려 하니까 뜻밖에도 그놈이 행패를 부리면서 때려보라고 대가리를 들이밀었답니다. 그래서 서방님이 그릇으로 그놈 대가리를 한 대 쳤더니만 그만 피를 철철 흘리며 자빠져버렸답니다. 그러고도 그놈이 처음엔 계속 욕을 해댔는데 결국 아무 말도 못하게 되었답니다."

"왜 아무도 말리지 않았다더냐?"

"거기에 대해서는 아무 말씀이 없으셨으니 소인도 함부로 말씀드릴 수 없습니다."

"알았다. 가서 쉬도록 해라."

심부름꾼이 나가자 설씨 댁 마님은 왕부인을 찾아가 가정에게 말해달라고 부탁했다. 전후 사정을 물어본 가정은 애매하게 대답하면서 설과가 청원서를 제출한 뒤에 해당 지역의 현령이 어떻게 판결하는지 보고 다시 대책을 강구하자고 했다.

설씨 댁 마님은 전당포에서 은돈을 가져다가 심부름꾼에게 들려 보냈고, 그로부터 사흘 후에 답장이 왔다. 설씨 댁 마님은 편지를 받자마자 하녀를 보내 보차를 불렀다. 보차가 급히 건너가 펼쳐보니 이렇게 적혀 있었다.

보내주신 은돈은 현청의 위아래 관리들에게 건네주었습니다. 형님은 감옥 안에서도 별로 고생하지 않고 있으니 큰어머님께선 걱정 마십시오. 다만 이곳 사람들이 아주 고약해서 유족들이 증거도 믿지 않을 뿐만 아니라, 심지어 형님께서 술자리에 모신 그 친구분까지 저쪽 편을 들고 있습니다. 저와 이상李祥*은 모두 타지 사람이지만 다행히 좋은 도필선생을 만났습니다. 그 분에게 돈을 써서 겨우 대책을 마련했는데, 형님과 함께 술을 마셨던 오양을 끌어들여 보증을 서라고 설득하면서 은돈을 쥐여주어 중재하게 해야 한다고 합니다. 만약 그 사람이 말을 듣지 않으면 그 사람이 장삼張三을 때려죽여 놓고 타향 사람에게 덮어씌웠다고 협박하자는 것입니다. 그러면 그 사람도 견디지 못하고 하자는 대로 해줄 거라고 했습니다. 그 말대로 했더니 과연 오양이 우리 편에 섰습니다. 지금은 유족들에게 증거를 인정하도록 매수하고, 또 청원서를 한 장 더 썼습니다. 그저께 제출했는데 오늘 판결이 나왔습니다. 청원서 사본을 보시면 상세한 내용을 아실 수 있을 것입니다.

계속해서 보차는 그 청원서 사본을 읽었다.

청원인 아무개는 갑작스러운 재앙을 당한 형님을 대신하여 억울함을 하소연하는 바입니다. 제 형님 설반은 본적이 남경이지만 지금 서경西京*에 살고 있습니다. 모년 모월 모일에 자본을 준비하여 남쪽으로 물건을 구입하러 떠났사온데, 며칠도 되지 않아 집안 하인이 집에 편지를 보내 목숨이 걸린 문제에 부딪쳤다고 알렸습니다. 제가 즉시 관아로 달려가 알아보니 형님이 실수로 장 아무개의 목숨을 해쳐서 감옥에 갇혀 있음을 알게 되었습니다. 제 형님이 흐느끼며 알려준 바에 따르면, 형님은 사실 장 아무개와 아는 사이도 아니었고 원수진 일도 없다고 합니다. 우연히 술을 바꿔 달라고 했다가 말싸움이 일어나서 제 형이 그에게 술을 뿌렸는데, 하필 장삼이 물건을 주우려고 머리를 숙였다고 합니다. 그 바람에 순간적인 실수로 술잔이 그의 정수리에 맞아서 죽음에 이르게 된 것이라고 합니다. 심문을 받을 때는 고문이 두려워서 싸우다 때려서 죽였다고 자백했다고 합니다. 다행히 인자하신 현령께옵서 그 억울함을 아시고 아직 판결을 내리지 않고 계십니다. 제 형님은 구금된 상태라서 청원서를 제출하여 해명하는 것이 법에 어긋나는 일입니다. 이에 제가 형제간의 정을 생각하여 죽음을 무릅쓰고 대신 청원서를 올리오니, 자비로운 현령께오서 은혜를 베푸시어 증인을 불러 심문해주시옵소서. 그렇게 말할 수 없이 큰 은혜를 베풀어주신다면 저를 비롯한 온 가족은 그 크나큰 은혜를 영원히 잊지 않을 것입니다. 간절히 바라며 삼가 청원하는 바입니다.

현령의 판결은 다음과 같았다.

현장을 검증해보니 증거가 명확하다. 또한 고문을 하지 않았는데도 그대의 형은 스스로 싸우다가 죽인 사실을 인정하여 진술서에 서명했다. 그런데 멀리서 온 그대가 직접 목격하지도 않았는데, 어찌 사실을 날조하여 함부로 청원하는가! 그대 역시 죄를 다스려야 마땅하나 형제간의 절실한 정을 감안하여 잠시 용서하노라. 청원은 기각한다.

거기까지 듣고 설씨 댁 마님이 말했다.
"그럼 구하지 못했다는 게 아니냐? 이걸 어쩌면 좋단 말이냐!"
"편지가 아직 끝나지 않았잖아요. 뒤에 다른 말이 더 있어요."
보차가 계속해서 읽었다.

급한 일이 있으니 심부름꾼에게 물어보시기 바랍니다.

설씨 댁 마님이 심부름꾼에게 묻자, 그가 이렇게 대답했다.
"현청에서는 우리 집 살림이 풍족하다는 걸 알고 있으니, 경사에서 손을 써서 사정을 봐달라 하고 또 현령에게도 든든히 사례한다면 다시 심사하여 가볍게 판결할 수 있을 겁니다. 마님, 지금 신속하게 처리하지 않으시면 서방님께서 고초를 겪으실 겁니다."
설씨 댁 마님은 심부름꾼을 내보내고, 즉시 가씨 집안으로 가서 왕부인에게 사정을 전하며 가정에게 청탁을 해달라고 간곡히 부탁했다. 가정은 사람을 통해 현령에게 인정을 베풀어달라고 하겠다고만 하면서 뇌물에 대해서는 언급하려 하지 않았다. 설씨 댁 마님은 일이 제대로 될 것 같지 않아 희봉과 가련에게 이야기했다. 그리고 몇 천 냥의 은돈을 써서 겨우 현령을 매수했다. 설과도 현지에서 수단을 썼다. 그런 뒤에야 현령은 동헌東軒*에 등청하여 이웃과 증인, 피살자의 유가족들을 출두시키는 한편, 감옥에 갇혀 있던 설반을 불러냈다. 형방刑房*의 서기는 하나하나 이름을 불러

참석자들을 점검했다. 현령은 곧 지보地保[1]로 하여금 최초의 진술을 대질 심문하여 확인하게 한 다음, 피살자의 어머니 왕씨와 피살자의 숙부인 장이張二를 심문했다. 그러자 왕씨가 울면서 말했다.

"소인의 남편 장대張大는 남향南鄕에 살았는데 십팔 년 전에 죽었습니다. 큰아들과 둘째 아들도 죽고 이번에 죽은 셋째인 장삼만 남았는데 올해 스물세 살로 아직 장가도 들지 않았습지요. 저희 집이 가난해서 먹고살 길이 없어 이씨 가게에서 점원 노릇을 하고 있었습니다. 그날 점심때 그쪽 가게에서 저한테 사람을 보내 '댁의 아들이 맞아죽었소.' 이러지 뭡니까? 하늘같이 높고 공정하신 현령 나리, 그 말에 저는 놀라 죽는 줄 알았습니다. 거기로 달려가보니 제 아들이 머리에 피를 철철 흘리며 땅바닥에 쓰러져 헐떡이고 있었는데, 무슨 일인지 물어도 대답조차 못하다가 얼마 후에 죽고 말았습니다. 그래서 소인은 저 잡종 놈을 붙들고 목숨 값을 내놓으라고 다그쳤습니다."

포졸들이 호통을 치자 왕씨가 머리를 조아리며 애원했다.

"하늘같이 높고 공정하신 현령 나리, 제발 억울함을 풀어주시옵소서! 소인한테는 이 아들놈밖에 남은 게 없습니다!"

현령은 곧 물러가라 호통을 치고, 다시 이씨 가게의 주인을 불러 물었다.

"장삼이 너희 가게의 점원이었더냐?"

"정식 점원은 아니고 심부름이나 하는 사람이었습니다."

"그날 현장에서 너는 장삼이 설반의 그릇에 맞아죽었다고 했는데 그걸 네가 직접 목격했느냐?"

"소인이 계산대에 있는데 객실에서 술을 달라는 소리를 들었습니다. 그런데 얼마 후에 '큰일났다! 사람이 다쳤어!' 하는 소리가 들리기에 뛰어 들어가보니, 장삼이 바닥에 쓰러진 채 말도 못하고 있었습니다. 소인은 곧 지보 어른께 알리고, 장삼의 어미에게 알리러 갔습니다. 저는 사실 이렇게 싸웠는지는 모르오니 함께 술을 마신 사람한테 물어보시기 바랍니다."

제86회 **421**

"이놈! 처음 진술할 때는 네가 직접 목격했다고 하지 않았느냐? 그런데 왜 이제 와서 못 봤다고 하는 게냐!"

"소인이 그날 너무 놀라 말이 헛나왔나 봅니다."

포졸들이 또 호통을 치자 현령은 곧 오양을 불러 물었다.

"너는 함께 술을 마셨지? 설반이 어떻게 때렸는지 사실대로 말해봐라."

"그날 제가 집에 있는데 이 설서방님이 저한테 술을 마시러 가자고 하셨습니다. 서방님은 술맛이 안 좋다며 바꿔달라고 했는데, 장삼이 말을 듣지 않았습니다. 서방님이 화를 내시며 장삼의 얼굴에 술을 뿌렸는데, 어찌 된 영문인지 술잔이 장삼의 머리에 맞아버렸습니다. 제가 직접 목격한 상황은 이러했습니다."

"허튼소리! 저번에 현장을 검증할 때 설반은 자기가 그릇을 들어 때려죽였다고 했고, 너도 직접 목격했다고 하지 않았느냐? 그런데 왜 오늘은 말이 다르단 말이냐! 여봐라, 저놈의 따귀를 쳐라!"

포졸들이 "예!" 하고 따귀를 치려 하자 오양이 간청했다.

"사실 설반이 장삼과 싸운 게 아닙니다. 술잔이 실수로 장삼의 머리에 맞았을 뿐입니다. 나리, 제발 은혜를 베푸시어 설반에게 물어보시기 바랍니다!"

그러자 지현知縣*이 설반을 불러 물었다.

"도대체 너와 장삼 사이에 무슨 원한이 있으며, 대체 어떻게 죽었느냐? 이실직고해라!"

"나리, 제발 은혜를 베풀어주십시오! 소인은 정말 그놈을 때리지 않았습니다. 그놈이 술을 바꿔주지 않기에 술을 끼얹으려 했을 뿐이온데, 순간적인 실수로 술잔이 머리에 맞아버린 겁니다. 소인이 황급히 지혈을 했지만 도무지 멈추지 않았습니다. 결국 피를 너무 많이 흘려서 얼마 후에 죽어버린 겁니다. 저번에 현장 검증할 때는 나리께서 매질을 하실까 무서워서 술잔으로 때렸다고 진술했던 것입니다. 나리, 제발 은혜를 베풀어주십시오!"

"참으로 어리석은 놈이로다! 본관이 네놈한테 어떻게 때렸느냐고 물었을 때, 그놈이 술을 바꿔주지 않아서 홧김에 때렸다고 하지 않았느냐? 그런데 오늘은 실수로 때렸다고 한단 말이냐?"

지현은 일부러 허세를 부리며 고문을 하려 했지만 설반은 계속 우겼다. 지현은 검시관〔仵作〕[2]에게 예전에 현장 검증할 때 기록한 상처의 흔적에 대해 사실대로 보고하라고 했다.

"장삼의 시신을 검사했을 때 다른 상처는 없었고, 정수리에 사기그릇에 맞은 듯한 상처가 길이 한 치 일곱 푼, 깊이 다섯 푼으로 나 있었습니다. 피부는 찢어지고 정수리 뼈가 세 푼 정도 깨져 있었습니다. 이로 보건대 타박상이 확실합니다."

지현은 그 말이 검시보고서와 들어맞자, 이미 서기가 슬쩍 고쳐놓았다는 것을 알았지만 더 이상 캐묻지 않고 얼렁뚱땅 서명을 하라고 설반을 다그쳤다. 그러자 왕씨가 통곡하며 소리쳤다.

"하늘같이 높고 공정하신 현령 나리, 저번에 듣기로는 그것 말고도 상처가 많이 있다고 했는데 오늘은 어떻게 다 없어졌단 말입니까?"

"이 아낙네가 무슨 헛소리를 하는 게냐? 여기 검시보고서가 있는데도 모르겠느냐?"

그러면서 피살자의 숙부인 장이에게 물었다.

"네 조카의 시체에 상처가 몇 군데 있었는지 너는 아느냐?"

"머리에 하나 있었습니다."

"그것 봐라!"

그러면서 서기를 시켜 검시보고서를 왕씨에게 보여주라 하고, 지보와 장이로 하여금 왕씨에게 현장에서 직접 압수한 증거를 보여주라고 한 다음에, 아울러 그 자리에서 결코 싸움이 없었으니 그 때문에 때린 것이 아니라고 분명히 말하게 했다. 그리고 그저 실수로 죽인 것이라는 내용의 진술서에 서명하게 했다. 설반은 상부의 지시가 내려올 때까지 감옥에 가둬두고, 나머지 사람들은 원래 보증인에게 신병을 확보하여 데리고 나가라고 지시한 후 퇴청했다. 왕씨가 울고불고 난리를 치자 지현은 포졸들에게 그녀를 끌어내라고 명령했다. 장이도 왕씨를 달랬다.

"정말 실수로 죽인 건데 왜 죄를 뒤집어씌우려 합니까? 이제 사또께서 현명하게 판결하셨으니 소란을 피우시면 안 됩니다."

설과는 밖에서 소식을 알아보고 속으로 좋아하며 집으로 심부름꾼을 보내 기별했다. 그리고 상부에서 회신이 오면 벌금을 내야 하므로 잠시 그곳에서 대기하기로 했다. 그런데 거리에서 사람들이 삼삼오오 모여 하는 말이, 어느 귀비마마가 돌아가셔서 황제 폐하께서 사흘 동안 조회를 중지하셨다는 것이었다. 설과가 있는 곳은 황실의 묘지와 멀지 않은 곳이라서 지현은 도로를 정비하는 일로 갑자기 바빠졌기 때문에, 거기 있어봐야 아무 도움이 되지 않을 것 같았다. 차라리 감옥에 있는 설반에게 가서 걱정 말고 기다리라 일러준 후 떠나는 게 나을 것 같았다.

"저는 집에 돌아갔다가 며칠 뒤에 다시 오겠습니다."

설반도 어머니가 마음고생을 하고 계실까 걱정스러워 이런 내용의 편지를 적어 보냈다.

저는 무사히 지내고 있습니다만, 관청에 두어 번 돈을 더 써야 집에 돌아갈 수 있을 것 같습니다. 부디 돈을 아끼지 마시기 바랍니다.

설과는 이상에게 그곳에 남아 뒷바라지를 하도록 하고, 곧장 집으로 돌아가 설씨 댁 마님을 만났다. 그리고 현령이 사정을 봐주어서 과실치사로 판결했으니 나중에 유족들에게 돈을 좀 더 쓰고 벌금을 내면 아무 일 없을 거라고 설명했다. 설씨 댁 마님은 그 말을 듣고 잠시 마음을 놓았다.

"그렇지 않아도 네가 돌아와 집안일을 봐주었으면 하고 기다리고 있었다. 가씨 댁에도 인사하러 가야 하고, 게다가 주周귀비마마께서 돌아가셔서 매일 입궁하시는 바람에 집안도 텅 비어 있단다. 내가 가서 언니 일도 좀 봐드리고 말동무라도 해드리고 싶은데 우리 집에 사람이 없어서 말이다. 그러니 네가 마침 잘 왔다."

"밖에서 듣기로는 가귀비마마께서 돌아가셨다고 해서 이렇게 서둘러 돌아온 겁니다. 우리 귀비마마께선 잘 계시는데 왜 돌아가셨다는 얘기가 나돌까요?"

"작년에 한 번 앓으신 적이 있는데 금방 쾌차하셨지. 지금은 어디가 편찮으시다는 얘기는 못 들었구나. 다만 저 댁의 노마님께서 며칠 몸이 안 좋으셔서 눈만 감으면 귀비마마가 보인다고 하셨다지. 다들 마음이 놓이지 않아 얼른 알아보았지만 아무 일 없었다 하더구나. 그런데 그제 밤에 노마님께서 '웬일로 귀비마마께서 혼자 저를 찾아오셨는지요?' 하시더란다. 모두들 병중에 한 헛소리인 줄로 여기며 믿지 않았지. 그런데 노마님께서 이러시더란다. '너희들이 못 믿는 모양인데, 귀비마마께서 나에게 부귀영화는 쉽게 끝나기 마련이니 얼른 몸을 빼야 한다는 말씀까지 하셨어.' 그래서 다들 이렇게 말씀드렸단다. '그런 생각이야 누구나 하지요. 연세 많으신 분께서 앞뒤 일을 걱정하시다가 그런 꿈을 꾸신 모양이네요.' 그래서 별일 아닌 걸로 여겼다는구나. 그런데 공교롭게도 이튿날 궁에서 급한 연락이 왔는데, 귀비마마께서 병이 중하니 모든 대관들의 부인들은 입궁해서 문안을 드리라고 했다는 거야. 그래서 너무 놀라 황급히 입궁했지. 하지만 그분들이 돌아오기도 전에 우리는 주귀비마마께서 돌아가셨다는 소문을 집에서 들었지. 그러니 생각해봐라. 밖에서 떠도는 잘못된 소문과 지 댁에서 의심하던 일이 하필 한꺼번에 벌어졌으니 정말 이상하지 않느냐!"

그러자 보차가 말했다.

"밖의 소문도 틀렸을 뿐만 아니라 집에서도 '귀비마마'라는 소리만 듣고 다들 허둥지둥하다가 나중에야 진상을 알게 되었지요. 요 이틀 동안 저쪽 댁의 하녀들과 할멈들이 와서는 자기들은 진즉 우리 마마가 아니라는 걸 알았다고 하대요. 제가 그걸 어떻게 알았냐고 하니까 '몇 년 전 정월에, 외지에서 온 어느 점쟁이가 아주 점을 잘 친다기에 노마님께서 귀비마마의 사주팔자를 하녀들 것에 섞어서 그 점쟁이한테 보여주라고 하셨대요. 그런데 그 사람 말이 정월 초하루에 태어난 그 아가씨는 생신 날짜를 잘못 쓴 것 같다고 하더래요. 그게 아니면 정말 귀하신 분인데 이 댁에 계실 리 없다고요. 나리와 여러 사람들이 맞든 틀리든 상관 말고 그대로 점을 쳐보라고 하시니까 그 점쟁이가 이랬답니다.

갑신甲申년 정월 병인丙寅 가운데는 벼슬살이에 해를 끼치고 재산을 날리는 운세가 들었는데, 다만 신申 안에 제대로 된 벼슬과 복록이 들어 있으니, 이런 사람은 집에서 키울 수도 없고 키운다 해도 좋을 게 없습니다. 이 날짜는 을묘乙卯인데, 이때는 초봄이라 목木의 기운이 왕성해서 비록 들어맞기는 하지만 들어맞을수록 더 좋은 줄 어찌 알겠습니까? 마치 좋은 재목은 깎을수록 큰 기물器物이 되는 것과 마찬가지입니다. 특히 기쁘게도 태어난 시각에 신금辛金이 들어 있으면 귀인이 될 징조이고, 사巳에는 제대로 된 벼슬과 복록이 유독 왕성한 운수가 들어 있으니, 이런 걸 일컬어 비천록마격飛天祿馬格*이라고 합니다. 또 태어난 날짜의 복록이 시각으로 귀결되니 아주 귀중합니다. 하늘과 달의 두 덕德이 본래의 운명과 연결되어 있으니 아주 높은 집안의 규방에서 총애를 받게 될 것입니다. 이 아가씨의 사주팔자 여기 적힌 대로라면 분명 어느 귀비마마일 것입니다.

정말 기가 막히게 맞히지 않았나요! 그리고 이런 말도 했던 걸로 기억해요.

애석하게도 부귀영화가 오래 가지 않으니, 아마 '인寅'자가 들어간 해의

'묘卯' 자가 들어간 달을 만나게 되면 이건 들어맞는데다 또 들어맞는 것이고, 겁劫에 또 겁이 겹치는 것입니다. 그러니까 좋은 재목이라도 너무 화려하게 투각透刻*을 하다 보면 본바탕이 약해져버리는 법이라는 말씀입니다.

사람들이 그 말을 까맣게 잊고 있었기 때문에 괜히 당황했던 거예요. 제가 조금 전에 그 말이 생각나서 우리 큰아씨께 말씀드렸어요. '올해는 인 자가 들어간 해도 아니고 묘 자가 들어간 달도 없잖아요?' 그러니까……"
보차가 말을 마치기도 전에 설과가 황급히 끼어들었다.
"남의 집 얘기는 상관하지 말지요. 그렇게 신통한 점쟁이가 있다면 우리도 형님 사주팔자를 갖고 가서 그 사람한테 점을 쳐보도록 하는 게 어떻습니까? 형님이 올해 무슨 액운이 끼어서 갑작스럽게 이런 재앙을 만난 것 같으니 점을 쳐보게 사주팔자를 써주십시오. 무슨 저해하는 게 있는지 알아봐야지요."
보차가 말했다.
"그 사람은 외지에서 왔다던데, 지금도 경사에 있는지 모르겠네요……"
그러면서 가씨 집안으로 가려고 채비하는 설씨 댁 마님을 거들었다.
설씨 댁 마님이 도착해보니 이환과 탐춘만이 맞아주었다.
"서방님 일은 어찌 되었어요?"
"상부의 회신이 와야 알겠지만, 사형까지는 이르지 않을 것 같구나."
그제야 모두 안심했다. 탐춘이 말했다.
"엊저녁에 마님께서 이모님 생각을 하시고 '예전에 집에 무슨 일이 있을 때는 늘 네 이모 힘을 빌렸는데, 이제 자기 집에 일이 생겼으니 얘기를 꺼내기도 곤란하겠구먼.' 이러시면서 무척 걱정하셨어요."
"나도 집에서 무척 힘들었단다. 큰아이가 일을 당했으니 사촌동생이라도 일을 처리해야 해서 떠나는 바람에 보차 혼자 집에 있었으니 어찌겠냐? 게다가 우리 며느리도 세상 물정을 잘 모르니 내가 몸을 빼서 여기 와볼 겨를이 없었구나. 이제 그곳 현령도 주귀비의 장례 때문에 일을 맡아 사건을 매듭지을 수 없게 되어서 그 아이 사촌동생도 집에 돌아왔단다. 그래서 겨우 여기 와볼 짬이 생겼단다."

이환이 말했다.

"이모님께서 여기 며칠 계시면 좋겠어요."

설씨 댁 마님이 고개를 끄덕였다.

"나도 여기서 자네들과 말동무나 되어주고 싶지만, 그럼 보차가 쓸쓸할 것 같아서 말일세."

석춘이 말했다.

"걱정스러우시면 보차 언니도 데려오시지 그래요?"

"호호, 그건 안 되지."

"왜요? 예전에는 여기서 지내기도 했잖아요."

이환이 말했다.

"아가씨, 모르시는 말씀 마셔요. 집에 일이 생겼는데 어떻게 와요?"

석춘도 그러려니 하고 더 이상 묻지 않았다.

그때 태부인 등이 돌아왔다. 그들은 설씨 댁 마님을 보자 인사는 젖혀놓고 설반의 일부터 물었다. 설씨 댁 마님은 일의 전말을 자세히 들려주었다. 보옥은 옆에서 장옥함 어쩌고 하는 얘기를 듣자 사람들 앞이라 물어보지는 못했지만 속으로는 의아한 생각이 들었다.

'경사에 돌아왔다면 왜 나를 찾아오지 않았지?'

그리고 보차도 오지 않았는지라 무슨 까닭인지 알 수 없었다. 그가 속으로 멍하니 생각에 잠겨 있는데 마침 대옥도 문안 인사를 하러 왔다. 보옥은 그제야 마음이 조금 풀려서 보차를 생각하던 마음을 끊어버리고, 자매들과 함께 태부인의 거처에서 저녁을 먹었다. 그런 다음 다들 자리에서 일어났고, 설씨 댁 마님은 태부인의 옆방에서 잤다.

자기 방으로 돌아온 보옥은 옷을 갈아입다가 갑자기 옥함이 준 허리띠가 생각나 습인에게 물었다.

"예전에 누나가 매지 않겠다고 했던 그 분홍색 허리띠 아직 있어?"

"넣어두었어요. 그런데 그건 왜 물으셔요?"

"그냥 한번 물어봤어."

"도련님, 못 들으셨어요? 설씨 댁 서방님께서 그런 못된 인간들과 어울리다가 목숨이 걸린 일에 말려들었다고 하잖아요. 그런데도 그런 얘기를 꺼내시면 어떡해요? 괜히 쓸데없는 데 신경 쓰지 마시고, 차라리 조용히 책이나 읽으면서 그런 하잘것없는 일들은 잊어버리세요."

"내가 무슨 사고를 치려는 게 아니라 우연히 생각이 났을 뿐이야. 있든 없든 상관없고 그냥 물어봤어. 그런데 바로 이렇게 잔소리를 해대는군."

"호호, 잔소리가 아니네요. 사람이 책을 읽고 이치에 통달하면 위를 향해 발전하려고 노력해야 마땅해요. 그래야 마음으로 좋아하는 사람이 와서 보더라도 기뻐하며 존경하지 않겠어요?"

그 말에 보옥은 문득 생각나는 게 있어서 물었다.

"이런! 조금 전에 할머니 방에 사람들이 너무 많아서 대옥이와 얘기도 못했구나! 대옥이도 아는 체 않고 있다가 자리에서 일어날 때 먼저 가버렸지. 지금 방에 있을 테니 가봐야겠어."

그러면서 바로 나가자 습인이 말했다.

"일찍 돌아오셔요. 제가 괜히 그 얘기를 꺼내서 도련님만 신이 나게 해드렸네요."

보옥은 대답도 없이 고개를 숙인 채 곧장 소상관으로 갔다. 대옥은 책상에 기대어 책을 읽고 있었다. 보옥이 다가가 생글거리며 말했다.

"누이, 일찍 돌아왔네?"

"호호, 오빠가 상대해주지 않는데 거기 있으면 뭐 해요!"

"하하, 사람들이 하도 말이 많아서 내가 끼어들 틈이 없었어. 그래서 니랑 얘기하지 못한 거야."

그러면서 대옥이 보고 있는 책에 눈길을 주었다. 그런데 책에 적힌 글자를 하나도 알아볼 수가 없었다. 어떤 것은 '작芍' 자 같기도 했고, 어떤 것은 '망茫' 자 같기도 했고, 또 '대大' 자 옆에 '구九' 자가 있고, 그 위에 갈고리를 더한 다음 그사이에 또 '오五' 자를 끼워넣은 것, 위에는 '오五' 와 '육六' 이 있고, 거기에 '목木' 자를 덧붙인 다음 그 아래에 또 '오五' 자를 쓴 것도 있었다. 그걸 보자 이상하기도 하고 궁금하기도 해서 중얼거렸다.

"누이는 요즘 공부가 더 늘어서 천서天書* 까지 보기 시작했나보네."

대옥이 "킥!" 웃으면서 말했다.

"공부한다는 사람이 금보琴譜3도 보지 못했나요?"

"금보야 당연히 알지만 위쪽의 글자를 하나도 알아보지 못하겠어? 누이는 알아?"

"모르면 뭐하러 이걸 보고 있겠어요?"

"못 믿겠는데? 여태 누이가 거문고 타는 걸 들어보지 못했잖아. 우리 서재에 좋은 거문고가 몇 개 걸려 있는데, 재작년에 무슨 혜호고嵇好古* 라는 손님이 왔을 때 아버님께서 한 곡 타달라고 청하셨어. 그 양반이 거문고를 꺼내려 보더니 하나도 쓸 만한 게 없다고 하면서 이러더라고. '어르신께서 흥미가 있으시다면 나중에 제 거문고를 가져와서 가르침을 청하겠습니다.' 하지만 아마 우리 아버님도 거문고를 모른다고 생각했는지 다시는 오지 않았어. 그런데 누이는 어떻게 그런 재주를 숨기고 있었어?"

"제가 정말로 탈 줄 알겠어요? 예전에 몸이 좀 좋아져서 책장을 뒤적이다가 금보를 하나 발견했는데 아주 고상한 맛이 있더군요. 또 여기 설명하고 있는 거문고의 이치가 아주 조리 있고, 손 놀리는 법도 분명하게 설명되어 있어서 정말 마음을 다스리고 성정을 기르던 옛사람의 노력이 느껴지더라고요. 제가 양주에 있을 때는 강의도 들어보고 익혀보기도 했지만 손을 대지 않았더니 금방 잊어버렸어요. 그야말로 '사흘만 타지 않으면 손에 가시가 난다〔三日不彈 手生荊棘〕.' 는 격이지요. 그런데 저번에 보니까

이 책에 가사는 없고 곡조 이름[操名]⁴만 있더군요. 그래서 또 다른 곳에서 가사가 있는 걸 찾아보았더니 재미있었어요. 그런데 거문고를 잘 탈 수 있는 방법을 알기란 정말 어려워요. 책에서는 사광師曠*이 거문고를 타면 바람과 우레를 일으키고 용과 봉황이 춤추게 만들 수 있고⁵, 사양師襄*에게 거문고를 배운 공자께서도 한 곡만 듣고 그게 주나라 문왕文王이 만든 것임을 아셨다고 해요.⁶ 연주의 뜻이 고산高山과 유수流水에 있음을 알아준다면 지음知音을 만난 것이라……⁷"

여기까지 말하고 그녀는 눈꺼풀이 슬쩍 흔들리는가 싶더니 천천히 고개를 숙였다. 보옥은 그 이야기에 흥이 일었다.

"누이, 정말 재미있는 얘기였어. 하지만 조금 전에 본 글자들을 하나도 모르겠으니 몇 가지만 가르쳐줘."

"가르치고 말고 할 것도 없어요. 한 번만 들으면 바로 알 수 있거든요."

"난 머리가 나빠서 말이야. 저기 '대大' 자 옆에 '구九' 자가 있고 그 위에 갈고리를 더한 다음 그사이에 또 '오五' 자를 끼워 넣은 것은 뭐야?"

"호호, '대大' 자와 '구九' 자는 왼손 엄지로 거문고의 아홉 번째 표지[徽]⁸를 누르라는 뜻이고, 갈고리에 '오五' 자를 끼워 넣은 것은 오른손으로 다섯 번째 줄을 당기라는 뜻이에요. 그건 글자가 아니라 하나의 음을 가리키는 거예요. 아주 쉽지요? 그리고 음吟, 유揉, 작綽, 주注, 당撞, 주走, 비飛, 추推 등의 방법이 있는데, 그건 모두 손가락 놀리는 법을 말하는 것이지요."

보옥이 뛸 듯이 기뻐하며 말했다.

"누이가 서문고의 이치를 그리 잘 아니 우리 배워보는 게 어때?"

"거문고를 나타내는 '금琴' 자는 금지한다는 뜻의 '금禁' 자와 통하지요.⁹ 옛사람들이 거문고를 만든 것은 원래 그걸로 자신을 다스리고 성정을 함양하여, 법도를 넘어서는 것을 억제하고 사치를 물리치기 위해서였어요. 거문고를 타려면 반드시 조용한 방이나 고상한 서재 또는 높은 누각이나

제86회 **431**

숲 속 바위, 산꼭대기나 물가로 가야 해요. 게다가 천지가 맑고 화창할 때, 시원한 바람과 밝은 달빛 아래에서 향을 피워놓고 차분히 앉아, 마음에 잡념이 없고 기혈이 평온한 상태에서만 신령이 합치되고 도리와 묘술妙術이 합치될 수 있지요. 그래서 옛사람들이 '지음知音은 만나기 어렵다.' 라고 했던 거예요. 음을 알아주는 사람이 없다면 차라리 청풍명월이나 푸른 소나무, 기암괴석, 들판의 원숭이나 학을 상대로 홀로 연주해서 흥취를 기탁해야 비로소 이 거문고의 의미를 저버리지 않게 되지요. 게다가 손가락 놀리는 법을 잘 알아야 좋은 음을 낼 수 있어요. 거문고를 타려거든 꼭 먼저 의관을 정제해야 해요. 학창의鶴氅衣나 심의深衣[10]를 입어서 옛사람의 표상과 비슷하게 갖춰야만 성인처럼 악기를 다룬다고 말할 수 있지요. 그런 다음 손을 씻고 향을 피워놓은 뒤에야 비로소 침대 옆으로 가서 상 위에 거문고를 올려놓고, 다섯 번째 표지[徽]가 있는 곳이 자기 몸의 중심에 오도록 앉아 두 손을 느긋이 들어야 해요. 그래야 몸과 마음이 모두 바르게 되는 거예요. 그리고 음을 가볍거나 무겁게, 빠르거나 느리게 연주하는 법을 알아서 손가락을 굽히고 펴는 것을 자유자재로 해야 해요. 자세 또한 정중해야 하지요."

"재미 삼아 배우려는 건데 그렇게 따지고 든다면 배우기 어렵겠군."

그때 자견이 들어와서 보옥을 보고 싱글거리며 말했다.

"도련님, 오늘은 왜 이리 기분이 좋으신가요?"

"하하, 누이의 강의를 들으니까 막힌 게 갑자기 확 트여서 자꾸 더 듣고 싶어지네."

"그게 아니라, 무슨 바람이 불어 여길 와주셨느냐는 말씀이지요."

"이전에는 누이 몸이 편찮아서 오면 방해만 될 것 같아 오지 못했지. 거기다 내가 서당에 나가는 바람에 좀 소원해진 것처럼 보였을 뿐이야."

보옥의 말이 다 끝나기도 전에 자견이 말했다.

"아가씨도 얼마 전에야 몸이 좋아지셨고 도련님께서도 그리 말씀하시니, 앉아 계시더라도 아가씨를 쉬게 해드려야지요. 그렇게 신경 쓰이는 강의를 하게 하시면 되나요?"

"하하, 내 생각만 하고 누이가 피곤하다는 걸 까맣게 잊었군."

대옥이 웃으며 말했다.

"이런 얘기는 나름 재미있고 정신이 피곤할 것도 없지요. 하지만 제가 아무리 얘기해도 오빠는 알아듣지 못할 거예요."

"어쨌든 천천히 듣다 보면 자연히 이해할 수 있게 되겠지."

그러면서 보옥이 일어나며 말했다.

"누이, 이제 좀 쉬어. 내일 탐춘이와 석춘이에게 얘기해서 누이에게 거문고 타는 법을 배워오라고 할게. 그런 다음에 나한테 좀 들려달라고 해야겠어."

"호호, 오빤 너무 속 편한 사람이에요. 만약 모두 배워서 거문고를 탈 줄 안다 해도 오빠가 이해하지 못하면 그야말로 쇠귀에……"

그녀는 거기까지 말하고 갑자기 무슨 생각이 났는지 입을 다물어버렸다. 보옥이 웃으면서 말했다.

"너희들이 배우기만 하면 나는 소가 되는 말든 열심히 들을게."

대옥이 얼굴을 붉히며 피식 웃자 자견과 설안도 따라 웃었다.

보옥이 문을 나서는데 추문이 작은 난초 화분을 받쳐든 하녀들을 데리고 왔다.

"마님께서 난초 화분 네 개를 선물 받으셨는데, 바쁜 마당에 그걸 감상할 틈이 어디 있냐고 하시면서 도련님과 대옥 아가씨께 하나씩 갖다드리라고 하셨어요."

대옥은 몇 개의 가지에 쌍쌍이 피어 있는 꽃을 보자 갑자기 마음이 흔들렸는데, 기쁨인지 슬픔인지도 모른 채 그저 멍하니 쳐다보고만 있었다. 이때 보옥은 오로지 거문고 생각만 하고 있었기 때문에 불쑥 이렇게 말했다.

"누이, 난초가 생겼으니「의란조猗蘭操」[11]를 탈 수 있겠네?"

대옥은 그 말을 듣자 오히려 마음이 불편해졌다. 방으로 돌아가 그 난초를 보고 있노라니 이런 생각이 들었다.

'초목도 봄이라 꽃을 피우고 잎이 무성한데, 나는 나이도 어린데 늦가을 창포나 버들 같구나. 소망이 이루어진다면 혹시 차츰 몸이 좋아질 수도 있겠지만, 그렇지 않으면 저무는 봄날 시드는 꽃과 버들 신세가 될 테니 비바람을 어떻게 견뎌낸단 말인가!'

이런 생각이 들자 자기도 모르게 눈물이 흘렀다. 옆에 있던 자견은 그런 대옥의 모습을 보면서도 도무지 이유를 알 수가 없었다.

'조금 전에 도련님이 계실 때는 그리 즐거워하시더니, 지금은 멀쩡히 꽃을 구경하시다가 왜 갑자기 상심하시는 거지?'

자견이 위로할 방도가 없어서 고민하고 있는데, 보차가 보낸 심부름꾼이 왔다. 무슨 일인지는 다음 회를 보시라.

(6권에서 계속)

| 역자 주석 |

제70회

1. '정충증'은 공연히 가슴이 울렁거리고 불안해하며 무언가를 두려워하는 증세를 가리키는 한의학 용어이다.
2. 이 구절은 두보의 시「가을의 흥취〔秋興〕」8수 중 제1수의 경련頸聯에 들어 있는 것으로, 전체 대구對句는 다음과 같다. "국화 떨기는 두 번이나 피어 지난날 눈물 뿌리고, 외로운 배에는 한결같이 고향 그리는 마음 묶여 있네〔叢菊兩開他日淚 孤舟一繫故園心〕."
3. 이 구절은 두보의 시「정광문을 모시고 하장군의 산림에서 노닐다〔陪鄭廣文遊何將軍山林〕」의 함련頷聯에 들어 있는 것으로서 전체 대구는 다음과 같다. "푸르게 처진 것은 바람에 꺾인 죽순이요, 붉게 터진 것은 비에 살찐 매실이지〔綠垂風折笋 紅綻雨肥梅〕."
4. 이 구절은 두보의 시「곡강에서 비를 맞으며〔曲江對雨〕」의 함련에 들어 있는 것으로, 전체 대구는 다음과 같다. "비에 젖은 숲 속의 꽃은 연지 빛으로 촉촉하고, 바람에 끌린 물 마름 푸른 띠처럼 길게 늘어섰네〔林花著雨燕支濕 水荇牽風翠帶長〕."
5. 바다 밑에서 일어난 지진 등의 원인으로 바닷물이 뭍으로 범람하는 것을 가리킨다.
6. 사詞 가운데 길이가 짧은 것을 가리키는 명칭이다. 일반적으로 58자字 이내의 작품을 '소령小令', 59자에서 90자까지의 작품을 '중조中調', 90자 이상을 '장조長調'라고 부른다.
7. 원문의 '수융繡絨'은 수를 놓다가 실을 바꾸려고 이빨로 끊었을 때 입안에 남는 부스러기를 기리킨다.
8. 원래 당나라 때 교방敎坊에서 연주하던 곡조 이름으로서 쌍조雙調로 된 소령小令인데

435

「사신은謝新恩」,「안후귀雁後歸」,「화병춘畵屛春」,「정원심심庭院深深」,「채련회採蓮回」,「상빙정상娉娉」,「서학선령瑞鶴仙令」,「원앙몽鴛鴦夢」,「옥련환玉連環」 등의 별칭으로도 불리며, 훗날 사패詞牌로 사용되었다. 둔황[敦煌]에서 발견된 곡조는 모두 58자로 이루어진 작품인데, 상편과 하편에 각기 세 개의 평운平韻을 쓰고, 대략 3개의 격률이 있다. 송나라 때 유영柳永은 그것을 늘려 93자의 '만곡慢曲'으로 만들었다. 일반적으로 사詞에 사용되는 「임강선」은 60자인데, 지금까지 영향이 가장 큰 작품은 명나라 때 양신楊慎이 『삼국지연의三國志演義』를 주제로 쓴 것이다.

9. 당나라 때 교방에서 연주되던 곡조 이름으로서 「백평향白苹香」,「보허사步虛詞」,「만향시후晩香時候」,「옥로삼간설玉爐三澗雪」,「강월령江月令」,「서강월만西江月慢」 등의 별칭으로도 불리며, 훗날 사패로 사용되었다.「서강월」이라는 명칭은 이백李白의 시 「소대람고蘇臺覽古」에 들어 있는 "只今唯有西江月 曾吳王宮裏人"이라는 구절에서 비롯된 것이다. 송나라 때 유영柳永의 작품을 기준으로 보면, 이 곡조의 사는 50자로 되어 있으며, 상편과 하편에 각기 두 개의 평운을 쓰고, 마지막 구절에서 각 부분에 하나의 측운을 쓰는 것으로 되어 있다.

10. 당나라 때 교방에서 연주하던 곡조 이름으로서 「춘소곡春宵曲」,「십애사十愛詞」,「남가자南歌子」,「수정렴水晶簾」,「풍접령風蝶令」,「연제산宴齊山」,「오남가梧南柯」,「망진천望秦川」,「벽창몽碧窗夢」 등의 별칭으로도 불리며, 훗날 사패詞牌로 사용되었다. 여기에는 단조單調와 쌍조雙調가 있다. 단조는 26자를 기본으로 하는데 온정균溫庭筠의 「춘소곡」에서 시작되었다고 한다. 52자를 기본으로 하는 쌍조는 평운체平韻體와 측운체仄韻體가 있는데, 전자는 모희진毛熙震에게서 시작되었고 후자는 「악부아사樂府雅詞」에서 시작되었다고 알려져 있다.

11.「당다령糖多令」이라고도 쓰며 「남루령南樓令」이라고도 부른다. 이 곡조는 쌍조로서 모두 60자로 되어 있는데, 상편과 하편에 각기 4개의 평운을 쓰며, 전편前片의 제3구에 하나의 친자襯字를 덧붙인 것도 있다.

12.「접련화」는 상하 2결闋로 구성되는, 모두 60자로 된 사의 곡조이다. 송나라 이래 유영柳永과 소식蘇軾, 안수晏殊 등이 이 곡조로 빼어난 걸작들을 많이 남겼다.

13. '백화주'는 옛날 고소성姑蘇城(지금의 쑤저우 시) 안에 있는 것으로, 전설에 따르면 오나라 왕 부차夫差가 종종 서시를 데리고 이곳에 놀러왔다고 한다.

14. '연자루'는 지금의 장쑤성[江蘇省] 쉬저우[徐州] 서북쪽에 있던 누대이다. 당나라 태종의 정관貞觀 연간에 상서尚書 장음張愔이 아끼던 기생 반반盼盼이 이곳에서 살았

는데, 장암이 죽은 뒤 반반은 옛정을 잊지 못해 다른 곳에 시집가지 않고 이 누대에서 10여 년 동안 살았다고 한다.
15. 한나라 궁전에는 장류궁長柳宮 같은 건물이 있었기 때문에 이렇게 묘사한 것이다. 수나라 제방은 그보다 규모도 크고 버들이 많이 심어져 있었다고 한다. (수나라 제방에 대해서는 제51회의 「광릉 회고廣陵懷古」에 대한 주석을 참조할 것.)
16. 원문의 '교홍嬌紅'을 '언홍嫣紅'으로 쓴 판본도 있다.
17. 여기서 '밥'은 연이 공중에 떠오른 뒤에 연줄에 걸어서 바람을 타고 연 근처까지 올라가게 하는 물건들을 가리킨다. 여기에 쓰는 것들 중에는 폭죽이 매달려 있어서 공중에서 터지도록 하는 것도 있고, 갖가지 화려한 장식이 달린 것들도 있다.

제71회

1. 국군國君과 태군太君, 부인夫人은 모두 고위 관료들의 모친과 부인에게 내려주는 봉호封號이다.
2. '각하'는 내각內閣에 들어가 사무를 보는 대학사大學士를 가리킨다.
3. '도부'는 군대 장수의 부서府署를 관장하는 우두머리를 가리킨다.
4. '독진'은 각 지방[省]의 독무督撫나 총병總兵 같은 장관이나 장수들을 가리킨다.
5. '고명'은 황제가 특별히 벼슬을 내려주는 조령詔令, 또는 그것을 받아 봉호를 받은 부녀자로서, 후자는 대개 '고명부인誥命夫人'이라고 부른다.
6. '녹정'은 동서쪽 곁채[廂房]의 지붕이 잇닿은 곳에 있는, 지붕이 평평한 작은 방을 가리킨다.
7. '비단의 짜는 기법 중 하나로서 '각사刻絲'라고도 한다. 비단을 짤 때 가는 실로 세로 줄을 삼고, 채색이 들어간 실로 가로 줄을 삼아 꽃무늬 따위가 나타나도록 짜는 것을 가리킨다.
8. '월해粤海'는 중국 남부 광동廣東 일대의 해역海域을 가리키는데, 종종 광동廣東 또는 광주廣州의 대칭代稱으로도 쓰이곤 한다.
9. 4월 8일 석가탄신일에 녹두綠豆를 뿌리는 풍속을 본떠서 생일에는 가족에게 염불을 외우며 콩알을 하나 골라 장수를 기원하게 하는 풍속이 있다. 이때 고른 콩알을 '불두佛豆'라고 한다. 이렇게 고른 콩은 삶아서 거리에 들고 나가 행인들에게 나눠 주며 장수를 기원하는데, 이것을 '결수연結壽緣'이라고 한다.

제72회

1. '혈산붕'은 부녀자들의 월경 기간에 질 안에 출혈이 너무 많거나 월경이 끝난 후에도 하혈이 계속되는 '붕루崩漏' 현상의 하나를 가리키는 한의학 용어이다. 특히 출혈의 양이 많고 그 기세가 심한 경우를 '혈붕血崩' 또는 '혈산붕'이라고 한다.

2. 석숭(249~300)의 자는 계륜季倫으로, 발해渤海 남피南皮(지금의 허베이성 창저우시 滄州市 난피현南皮縣) 사람이다. 서진西晉 때에 형주자사荊州刺史를 지내며 막대한 부를 쌓고 화려한 생활을 누렸으나, 훗날 정치적 모함을 당해 반악潘岳, 구양건歐陽建 등과 더불어 일족이 몰살당하고 재산을 모두 몰수당했다.

3. '등통'은 촉군蜀郡 남안南安(지금의 쓰촨성四川省 러산樂山) 사람으로 문제文帝의 총애를 받아 상대부上大夫 벼슬까지 지냈다. 또한 문제의 배려로 동전을 주조하는 일을 맡아 부를 축적하기도 했다. 하지만 결국 주조한 돈을 몰래 빼돌린 혐의로 처형당하고 재산을 몰수당했다.

4. 옛날에 장례를 치를 때 죽은 이의 입에 진주나 옥, 곡식 따위를 물려주는 것을 '함구銜口'라 하고, 죽은 이가 깔고 누운 요 아래에 돈이나 재물 따위를 놓아두는 것을 '점배墊背'라고 했다.

5. '연경첩자年庚帖子' 또는 '팔자첩八字帖', '팔자八字', '매첩媒帖', '소첩小帖' 등으로도 불린다. 옛날에 정혼할 때 남녀 집안 쌍방에서 교환하던 붉은색 쪽지〔東帖〕로, 거기에는 정혼자의 성명과 관적貫籍, 생신팔자生辰八字 및 위로 3대까지 조상의 성명 등이 적혀 있었다.

제73회

1. 춘화春畵가 수놓아진 주머니를 가리킨다.

2. '팔고문'은 대개 파제破題와 승제承題, 기강起講, 입수入手, 기고起股, 중고中股, 후고後股, 속고束股의 여덟 부분과 결속어結束語로 이루어져 있으며, 각 부분마다 1~2구절에서 4~5구절까지 대장對仗을 이루는 문장을 써서 표현해야 했다.

3. 문맥상으로 보면 앞서 밝힌 것처럼 '바보 언니〔優大姐〕'라고 해야 할 듯하지만, 여기서는 원문의 표기를 그대로 살려두었다.

4. 진晉나라 때 갈홍葛洪이 도교의 시조인 태상노군太上老君의 이름을 빌려 쓴 책으로, 권선징악과 인과응보 사상을 선전하는 내용이 담겨 있다.

5. 『손자孫子』「구지九地」에 "처음에는 처녀처럼 조용히 움직여 적이 안심하고 문을 열게 하고, 나중에는 도망치는 토끼처럼 민첩하게 움직여 적들이 미처 항거할 틈을 주지 않는다〔始如處女 敵人開戶 後如脫兎 敵不及拒〕."라는 말이 있다.
6. 원래 제왕이 불교나 도교를 믿어서 나라와 백성에게 재앙이 초래된다는 뜻이다. 남조 양나라 때 반란군 장수 후경侯景의 군대가 수도를 포위했을 때도 무제武帝 소연蕭衍은 오로지 불교를 믿으며 한가롭게 인과응보에 대해 이야기하고 있었다고 한다. 여기서는 자신의 생사가 걸린 문제인데 들은 체 만 체하는 가영춘의 태도를 비꼬는 뜻으로 쓰였다.

제74회

1. 허리띠에 염낭 등 장식물을 걸기 위해 만든 장치로, 보통 양쪽에 하나씩 달려 있다.
2. 종이를 접어 2개의 '여의如意'가 서로 교차하는 모양으로 만든 것이며, 젊은 남녀가 서로의 사랑을 확인하는 증표로 주고받는 것이다.
3. 옛날에 국가의 승인을 받아 운영되던 염전에서 나온 소금을 '관염'이라 하고, 세금을 피해 사적으로 운영되던 염전에서 나온 소금을 '사염'이라고 하는데, 후자는 법으로 금지되어 있었다. 여기서는 합법적인 물건을 몰래 들여오는 바람에 불법적인 물건이 되었음을 비유하고 있다.
4. 명나라 때 과거시험에서 정시廷試의 일갑一甲 제1등으로 급제한 사람을 장원壯元, 2등을 방안榜眼, 3등을 탐화探花라고 불렀다.

제75회

1. 밀가루를 볶은 것으로 뜨거운 물에 개어 먹는데, 이때 각종 양념 따위를 섞어 먹을 수도 있다.
2. 눈 주위가 까만 닭이며 싸우기 좋아하는 습성이 있다고 한다. 이것은 종종 사람들이 서로 화내며 노려보고 싸우는 것을 비유할 때 쓰인다.
3. '계수순'은 져쟝浙江 톈무산天目山에서 나는 죽순의 이름, 또는 그걸 주요 재료로 만든 요리를 가리킨다. 이 요리는 닭다리의 살을 제거하고 남은 뼈를 부수어 골수를 뺀 후, 쟁반에 가지런히 잘라놓은 신선한 죽순에 찍어 장식한 것인데 상큼하고 영양이

풍부한 고급 요리이다.
4. 붉은 찹쌀〔紅糯米〕인데 '혈유미血糯米', '홍도곡紅稻谷'이라고도 부른다. 이 쌀은 하얀 찹쌀에 비해 찰기는 덜하지만 영양이 풍부하고 보혈補血의 효능이 있어서 옛날에는 황제나 귀족들만 먹을 수 있는 것이었다.
5. 진귀한 요리 이름이다. '과자리'는 '화면리花面狸'라고도 부르는 살쾡이의 일종으로서 고양이처럼 자그마한 짐승인데, 곡물이나 과일 따위를 좋아하여 고기 맛이 신선하다. '풍엄'이란 고기를 포로 떠서 바람에 말렸다는 뜻이다.
6. 이것은 역사서에 기록된 이야기가 아니다. 『고본원명잡극孤本元明雜劇』에 수록된 『임동투보臨潼鬪寶』에 춘추시대 진秦나라 목공穆公이 17개 나라 제후들에게 임동에서 모여 각기 자기 나라에 전해지는 보물을 가져와 겨루기를 하자고 제의한 이야기가 들어 있다.
7. '투엽'은 일종의 포커카드와 같은 종이 패를 써서 하는 도박의 일종으로 '엽자희葉子戱'라고도 부른다.
8. '창신쾌'는 6개의 주사위로 하는 놀이이다. 일정한 수의 점과 색을 조합하여 나온 숫자가 많은 사람이 이기는 놀이이며, 대개 도박에서 많이 쓰인다.
9. 골패놀이의 일종인 듯하지만, 정확한 놀이 방법은 자세히 알려져 있지 않다. 이 부분을 다른 판본에서는 '간장양趕場羊'이라고 표기하기도 했는데, 역시 정확한 놀이 방법은 알려져 있지 않다.
10. 골패놀이의 일종으로, 12개의 점이 있는 천패天牌와 9개의 점이 있는 구패九牌를 맞추면 최고 점수가 된다.
11. 여자로 간주하고 희롱하는 미남자를 가리키는데, 대개 동성애의 대상자를 가리킨다.
12. '토끼 새끼〔兎子〕'는 연동孌童 즉 남창男娼 노릇을 하는 어린 미남자들을 가리키는 속어이다. 토끼는 음陰의 정화인 달에 산다는 전설이 있고, 또 토끼가 암수 한몸이라서 달을 바라보아야 새끼를 잉태한다는 전설도 있기 때문에 '토끼'는 암컷으로 변한 수컷 즉, 남자도 여자도 아니고 두 성性을 모두 갖고 있는 변태적인 체질이나 성격을 비유하는 뜻으로 자주 쓰인다. '윗물로만 헤엄친다'는 것은 권세 높은 이에게 들러붙는다는 것을 비유하는 말이다.
13. '두향'은 길쭉한 향을 묶어 탑처럼 쌓은 것으로, 맨 위쪽의 향에 불을 붙이면 아래로 층층이 타내려가게 된다. 두향 하나는 하룻밤 내내 탈 수 있다고 한다. 『금릉세시기金陵歲時記』「중추두향中秋斗香」에 따르면, 중추절에 달에 제사지낼 때 향을 탑처럼

쌓고 그 위에 북두칠성 모양으로 오린 종이[紙斗]를 얹기 때문에 '두향'이라고 부른다고 했다.

14. 『세설신어世說新語』「덕행德行」에 따르면, 동한 때 진식陳寔의 큰아들은 진원방陳元方이고 막내아들은 진계방陳季方이라고 한다. 어느 날 진원방의 아들과 진계방의 아들이 각기 자기 아버지의 공덕을 자랑하며 다투다가 결판이 나지 않아 할아버지한테 물었다. 이에 진식이 이렇게 대답했다. "원방이는 형 노릇하기 어렵고 계방이는 동생 노릇하기 어렵지." 이것은 두 형제가 재주와 덕이 모두 뛰어나서 우열을 가리기 어렵다는 뜻이다. 그러나 여기서 가정은 이 말을 반대의 뜻으로 사용했다.

15. 조당(?~?)의 자는 요빈堯賓이며 계주桂州(지금의 광시성[廣西省] 궤이린[桂林]) 사람이다. 그는 처음에 도사 노릇을 하다가 나중에 과거에 응시했으나 급제하지 못했다. 그러나 함통咸通(860~874) 연간에 사부종사使府從事를 지내기도 했다. 유선시遊仙詩에 뛰어나 명성이 높았던 그는 『조종사시집曹從事詩集』(1권)을 남겼다.

제76회

1. 다른 판본에서는 '20년 남짓'으로 되어 있는데, 사실 우씨가 가용의 어머니라는 점을 고려하면 '20년 남짓'이라고 하는 게 더 타당할 듯하다. 그러나 일부 학자들은 우씨가 계실이라고 주장하는데, 이 설에 따르면 10년 남짓이라고 해도 문제가 되지 않는다.

2. 자신의 세력 범위에 다른 사람이 발을 들여놓는 것을 허락하지 않는다는 뜻이다. 『송사기사본말宋史紀事本末』「평강남平江南」에 따르면, 남당南唐의 후주後主 이욱李煜이 서현徐鉉을 보내 송 태조에게 구원병을 보내달라고 하자, 태조가 칼 손잡이를 잡으며 이렇게 호통을 쳤다고 한다. "여러 말할 것 없다! 강남의 주인이 또 무슨 죄가 있다는 게냐? 하지만 천하가 한 집안이라 해도 내 침대 옆에서 남이 코를 골며 자게 할 수는 없지!" 여기서는 대관원에서 시를 짓는 고상한 일이 예전에는 사매들끼리 재주를 과시하던 일이었는데, 어떻게 가씨 집안의 부자, 숙질 같은 남자들이 마음대로 하게 내버려둘 수 있겠느냐는 뜻으로 쓰였다.

3. 이것은 송나라 육유陸游의 시 「서재가 밝고 따뜻하여 종일 그곳에서 노닐다가 무료히여 지팡이 짚고 작은 뜰에 나가 상난삼아 지은 시[書室明暖終日婆娑其間倦卽扶杖至小園戲作長句]」(제2수)에 들어 있는 구절이며, 전체 작품은 다음과 같다.

美睡宜人勝按摩	단잠은 안마받는 것보다 몸에 좋고
江南十月氣猶和	시월이나 강남은 아직 공기가 따뜻하네.
重簾不卷留香久	무거운 주렴 걷지 않아 향기 오래 머물고
古硯微凹聚墨多	오래된 벼루 얕게 파인 곳에 먹물 가득 고였네.
月上忽看梅影出	달 뜨자 홀연 매화 그림자 나타나고
風高時送雁聲過	바람 높아 이따금 기러기 소리 지나가네.
一杯太淡君休笑	한잔 술 너무 묽다 비웃지 마오
牛背吾方扣角歌	나는야 소 등에 앉아 뿔 두드리며 노래하리니!

서한 유향劉向이 편찬한 『신서新序』「잡사雜事·오五」에 따르면 춘추시대 위나라의 영척寧戚은 집이 가난하여 제나라에 있을 때 소가 끄는 수레 아래에서 밥을 먹었는데, 마침 환공桓公을 만나자 소 뿔을 두드리며 노래를 불렀다. 환공이 그 노래를 듣고 훌륭하다고 여겨 그를 수레 뒤에 태우고 돌아가 상경上卿에 임명했다고 한다. 훗날 이것은 종종 벼슬을 구한다는 뜻을 나타내는 전고典故로 사용되곤 했다.

4. 강엄(444~505)의 자는 문통文通이고 남조 제양濟陽 고성考城(지금의 허난성 민취앤〔民權〕에 속함) 사람이다. 그는 송·제·양, 세 왕조에서 두루 벼슬살이를 했고, 특히 양나라 때는 금자광록대부金紫光祿大夫까지 지내면서 예릉후醴陵侯에 봉해지기도 했다. 시호는 헌백憲伯이다. 그의 저작의 원본은 현재 남아 있지 않고, 명나라 때 호지기胡之驥가 편찬한 『강문통집휘주江文通集彙注』가 있다. 강엄의 「청태부靑苔賦」에는 "悲凹險兮 唯流水而馳騖"이라는 구절이 들어 있다.

5. 동방삭(기원전 161?~기원전 93)의 자는 만천曼倩이고 평원平原 염차厭次(지금의 산둥성 링현〔陵縣〕 선터우진〔神頭鎭〕에 해당) 사람이다. 한나라 무제武帝 때 상시랑常侍郎, 태중대부太中大夫 등을 지낸 그는 뛰어난 말솜씨로 우스갯소리를 잘해서 황제의 총애를 받았다. 그는 「답객난答客難」, 「비유선생론非有先生論」, 「봉태산封泰山」, 「책화씨벽責和氏璧」, 「시자시試子詩」 등의 많은 문장을 남겼는데, 후세 사람들이 모아서 『동방태중집東方太中集』으로 엮었다. 그의 이름으로 편찬된 『신이경神異經』에는 "北方荒中有石湖 方千里 …… 其湖無凹凸 平滿無高下"라는 문장이 들어 있다.

6. 당나라 때 장언원張彥元이 편찬한 『역대명화기歷代名畵記』를 가리킨다.

7. 장승요(?~?)는 남조 양나라 때 오흥吳興(지금의 저장성〔浙江省〕 후저우〔湖州〕) 사람으로 양나라 무제武帝 천감天監(502~519) 연간에 오흥태수吳興太守를 지냈다. 뛰어난 화가였던 그는 고개지顧愷之, 남조 송나라의 육탐미陸探微, 그리고 당나라 때의 오

도자吳道子와 더불어 '화가사조畵家四祖'로 불린다. 특히 인물화에 뛰어났던 그의 작품들은 원작은 남아 있지 않고『선화화보宣和畵譜』,『역대명화기歷代名畵記』,『정관공사화사貞觀公私畵史』등에 수록된 형태로 전해지고 있다.『건강실록建康實錄』에 따르면 그는 옛 인도에서 전래된 기법으로 '요철화凹凸花'를 그렸는데, 멀리서 바라보면 입체감 있는 조각처럼 보이지만 가까이서 보면 평평해서 세상 사람들이 특이하게 여겼다고 한다. 또 그는 윤곽선이 없이 그리는 기법인 '몰골법沒骨法'을 창시한 것으로 알려져 있다. 그의 저작으로는『화룡점정畵龍點睛』이 있다.

8. 혹자는 이 구절이 당나라 희종僖宗이 궁궐 주방에 명하여 붉은 능라로 싼 월병을, 곡강曲江에서 놀고 있던, 새로 진사에 급제한 선비들에게 하사하도록 했다는 이야기와 관련 있다고 여긴다. 당시 이 일로 인해 서연徐演은 "늙어 이 빠졌다고 무시하지 마오, 예전엔 붉은 능라에 싼 월병 먹은 적 있다오〔莫欺老缺殘牙齒 曾喫紅綾餠餡來〕."라는 내용이 들어 있는 시를 지었다고 한다. 여기에 대해서는 송나라 때 진재사秦再思가 편찬한『낙중기이洛中記異』를 참조하면 된다.

9.『연경세시기燕京歲時記』에 따르면 8월 15일에는 달에 제사를 지내는데, 그 제사에 사용되는 과일과 월병은 반드시 둥근 것이어야 하고, 수박은 마치 연꽃처럼 가장자리를 울퉁불퉁하게 잘라야 한다고 했다.

10. '원추리'는 망우초忘憂草, 의남초宜男草, 녹총鹿葱이라고도 하며, 속칭 금침채金針菜 또는 황화채黃花菜라고도 불린다. 옛날에는 '훤당萱堂'이라고 하면 대개 어머니를 대신하는 호칭으로 쓰였다. 여기서 임대옥이 원추리를 거론한 것은 가씨 집안의 태부인과 왕부인, 형부인, 그리고 귀비가 된 가원춘 등 모계 존장들을 암시하기 위한 것이다. 그렇기 때문에 사상운이 평을 하면서 아부하지 말라고 비꼰 것이다.

11. '자귀나무'는 합환수合歡樹 또는 마영화馬纓花, 야합화夜合花라고도 부르는데, 그것은 밤이 되면 잎사귀들이 짝을 이루어 서로 붙기 때문이다.

12. '구름발치〔雲根〕'는 산 위의 바위를 가리킨다. 옛사람들은 산간의 구름이 바위에서 피어난다고 생각했기 때문에 바위를 이렇게 불렀다.

13. 원문의 '무녀婺'는 무녀婺女 또는 수녀孀女라고도 부르는 여수성女須星을 가리키는데, 여기서는 가을의 별자리라는 뜻으로 쓰였다.

14. 원문의 '제손帝孫'은 '천손天孫'이라고도 하며, 천제天帝의 손녀인 직녀織女를 가리킨다.

15. '비흥比興'은 원래『시경』의 창작 방식을 설명하는 이른바 '육의六義'라는 것에 속

한 것이다. 일반적으로 '비比'는 다른 사물을 빌려 묘사하고자 하는 사물을 비유하는 것이고, '흥興'은 먼저 다른 사물을 얘기하고 그걸 통해 노래하고자 하는 내용을 이끌어내는 방식을 가리킨다고 설명된다. 이것들은 전통적으로 중국 고전시 창작에서 기본적인 표현 수법으로 인식되어 왔다.

16. 원문의 '백백魄'은 '월백月魄' 즉 달의 실체를 가리킨다.
17. 이 구절은 두보의 시「배적과 함께 신진사에 갔다가 왕 시랑에 부침〔和裴迪登新津寺寄王侍郎〕」에 들어 있는 '새 그림자 차가운 못을 건너네〔鳥影渡寒塘〕.'라는 구절에서 착안하여 변용한 것으로 보인다.
18. 이 구절은 이하李賀의 시「가을이 왔다〔秋來〕」에 들어 있는 "가을 무덤에서 귀신이 포조의 시를 노래하네〔秋墳鬼唱鮑家詩〕."라는 구절의 의경意境을 빌려서 지은 것이라고 설명하기도 하고, 원나라 때 교몽부喬夢符의 산곡散曲「홍수혜紅繡鞋—서소견書所見」에 들어 있는 "찬바람은 취한 눈 깨우고, 밝은 달은 시인의 혼을 깨어나게 하네〔涼風醒醉眼 明月破詩魂〕."라는 구절에서 착안하여 변용한 것이라고 설명하기도 한다.
19. 원문의 '지빙脂氷'은 원래 엉겨붙은 연지라는 뜻이지만, 여기서는 응고된 촛농을 비유하고 있다.
20. 이 구절은 소식蘇軾의「적벽부赤壁賦」에 들어 있는 묘사를 염두에 두고 표현한 것이다. 해당 부분의 내용은 다음과 같다. "손님 가운데 퉁소를 부는 이가 있어서 노래에 맞춰 화답하니 삘릴리 울리는 그 소리는 원망하듯, 흠모하듯, 흐느끼듯, 하소연하듯 여운이 가늘고 길게 명주처럼 이어져서 깊은 골짝에 숨은 용을 몸부림치게 만들고 외로운 배의 과부를 흐느끼게 만들 정도였다〔客有吹洞簫者 倚歌而和之 其聲嗚然 如怨如慕 如泣如訴 餘音嫋嫋 不絶如縷 舞幽壑之潛蛟 泣孤舟之嫠婦〕."
21. 이 구절은 소식蘇軾의「석종산기石鐘山記」에 들어 있는 묘사를 염두에 두고 표현한 것이다. 해당 원문은 다음과 같다. "천 자나 되는 큰 바위가 맹수나 기괴한 귀신처럼 비스듬히 서 있는데 사람에게 덤벼들 듯 으스스한 분위기를 연출한다〔大石側立千尺 如猛獸奇鬼 森然欲搏人〕."
22. 원문의 '비희贔屓'는 전설상의 큰 거북으로서 힘이 좋아 무거운 것을 등에 질 수 있다고 하기 때문에 종종 큰 비석의 기단에 그 모습을 장식하곤 했다. 여기서는 돌비석을 대신하는 뜻으로 쓰였다.
23. 부시罘罳는 고대 궁궐 대문이나 성 모퉁이에 설치한 여러 개의 구멍이 뚫린 가림막을 가리키는데, 이것은 먼 곳을 조망하거나 적의 공격에 방어하는 용도로 쓰였다. 일

설에는 새들이 앉지 못하도록 처마에 걸어두는 그물을 가리킨다고도 한다.

제77회

1. 『치료전서治疹全書』(하)에 따르면 조경양영환調經養榮丸은 생지황, 단피丹皮, 백복령白茯苓, 산약山藥, 수유, 백당귀白當歸, 대추, 천궁川芎 등의 약재를 섞어 만드는데, 먼저 가루를 만들어 꿀에 갠 다음 오동나무 열매만 한 크기로 만든 환약이다. 이 약은 열을 가라앉히고 기혈을 북돋는 효용이 있어서 여자들이 월경을 하고 5, 6일 뒤에 열이 나고 발진이 생기거나, 증세가 심해서 헛것을 보고 헛소리를 하는 경우에 효험이 있다고 한다.
2. 송나라 때 어느 고을의 원님으로 있던 전등田登이라는 사람이 자신의 이름자인 '등登'과 발음이 같은 글자를 쓰지 못하도록 백성들에게 '등燈'을 '화火'로 바꾸어 부르도록 했다. 그리고 정월 대보름이면 관청이 방문榜文에 '방등放燈'이라는 말을 '방화放火'라고 썼다. 이에 백성들이 그걸 비꼬며 이렇게 말했다. "원님은 불을 놓아도 되고, 백성은 등불도 켜지 못하게 하는구먼!" 이 이야기는 나중에 자기는 잘못을 저질러도 되고 남은 정당한 행동만 하라는 것을 비유하는 뜻으로 쓰이게 되었다.
3. 공자 사당 앞의 노송나무는 공자가 살아 있을 때 심은 것이라고 하는데 진晉나라 영가永嘉(307~312) 연간의 혼란기에 갑자기 말라죽었다가 수나라가 천하를 통일하자 다시 살아났다고 한다. 시초는 옛날에 점을 칠 때 사용하던 풀인데, 공자 사당 앞의 시초가 제일 영험하다고 알려져 있다.
4. 제갈량의 사당 앞에 있는 측백나무는 당나라 말엽에 시들었다가 송나라 초기에 다시 살아났다고 한다.
5. 악비의 사당 앞에 있는 소나무는 악비의 영혼에 감응을 받아 가지들이 모두 남쪽을 향해 자라서 남송南宋을 위한 그의 마음을 잘 나타낸다고 한다.
6. 당나라 현종玄宗이 양귀비와 함께 침향정 북쪽에서 모란을 감상한 적이 있다고 한다. 이백李白의 시 「청평조清平調」 제3장은 바로 그 일을 노래한 것이다.
7. 단정루端正樓는 여산驪山 화청궁華清宮에 있는 누각으로, 옛날 양귀비가 화장하던 곳이다. 상사수는 단정루 앞에 있는 기수琪樹를 가리키는데, 안·사安史의 난이 끝난 뒤에 당 현종이 그 나무를 보면서 마외역馬嵬驛에서 죽은 양귀비를 그리워했다고 한다. 일설에는 부풍扶風으로 가는 길가의 석남수石楠樹를 '단정수端正樹'라고 부른다고 한

445

다. 온정균은 「상사수〔題相思樹〕」라는 시를 지은 바 있다.
8. '공첨'은 밀공蜜供이라고도 부른다. 이것은 연말에 제수祭需로 쓰던 과자인데, 밀가루를 반죽하여 가늘고 길게 만들어서 기름에 튀긴 후 꿀을 발라 탑 모양으로 쌓아 제사상에 올린다.

제78회

1. 오후 2시 30분을 가리킨다.
2. 오후 2시 45분을 가리킨다.
3. 청나라 때 진유숭陳維崧이 편찬한 『부인집婦人集』과 왕사정王士禎의 『지북우담池北偶談』, 포송령蒲松齡의 『요재지이聊齋志異』에 따르면 임사낭林四娘은 본래 청주靑州(지금의 산동성에 속함) 형왕부衡王府의 궁녀였다고 한다. 형왕衡王(또는 항왕〔恒王〕이라고도 함)은 명나라 홍치弘治 12년(1499)에 청주에 주둔해 다스리던 주우휘朱祐樿를 가리킨다는 설도 있다.
4. 황건黃巾은 동한 말엽 장각張角이 이끌던 농민 기의군을 가리킨다. 그들은 모두 머리에 노란 두건을 썼기 때문에 '황건군'이라고 불렀다. '적미赤眉'는 서한 말엽에 번숭樊崇이 이끌던 농민 기의군을 가리킨다. 모두 눈썹을 붉게 물들였기 때문에 '적미군'이라고 불렀다.
5. 이 구절은 당나라 때 잠참岑參의 시 「문하성의 습유 두보에게 부침〔寄左省杜拾遺〕」에 들어 있는 것으로, 전문은 다음과 같다.

聯步趨丹陛	연이은 종종걸음으로 궁궐 계단 오르니
分曹限紫微	부서를 나누어 중서성에 소속되었네.
曉隨天仗入	새벽에 천자의 의장 따라 들어갔다가
暮惹御香歸	날 저물어 황제의 향냄새 배어 돌아오네.
白髮悲花落	늙으니 지는 꽃 슬퍼지는데
靑雲羨鳥飛	높은 하늘 나는 새 부럽다네.
聖朝無闕事	성스러운 왕조에는 빠뜨린 일 없어
自覺諫書稀	스스로 느끼기에도 간언할 일 드물다네.

6. 대완大阮과 소완小阮은 각기 삼국시대 위나라의 완적阮籍(210~263)과 그의 조카인 완함阮咸(?~?)을 가리킨다. 그들은 모두 '죽림칠현竹林七賢'의 하나로 꼽히는 뛰어난

시인이었다.
7. 원문의 '호장虎帳'은 옛날 군대의 원수元帥가 명령을 내리던 영채의 막사이다.
8. 이것은 『좌전』 「은공隱公 3년」에 나오는 말이다. 정성스러운 마음만 있으면 아무리 하찮은 것이라도 왕공 귀족이나 귀신에게 바치는 예물로 쓸 수 있다는 뜻이다.
9. '처음 선례를 만드는 것'이라고 번역한 부분의 원문은 '작용作俑'이다. 이것은 『맹자』 「양혜왕상梁惠王上」에 들어 있는 "처음으로 흙 인형을 만들어 무덤에 부장한 사람은 분명 후손이 끊겼으리라〔始作俑者 其無後乎〕!"라는 내용에서 비롯된 말로, 후세에는 대개 처음으로 선례를 만든다는 의미로 쓰이게 되었다.
10. 「대언부大言賦」 이하 「구변九辯」까지는 모두 전국시대 초나라 출신의 송옥宋玉과 굴원屈原이 쓴 작품들이다. 이 중 「초혼招魂」의 작자는 송옥이라는 설과 굴원이라는 설이 함께 있으며, 「이소離騷」는 굴원의 작품이다.
11. 「문난問難」은 정확히 무엇을 가리키는지 알 수 없지만, 어쩌면 동방삭東方朔의 「답객난答客難」이나 양웅揚雄의 「해난解難」 중 하나를 가리키는 것일 수도 있다.
12. 가의(기원전 200~기원전 168)는 서한 문제文帝 때 태중대부大中大夫까지 지냈으나 참소를 당해 장사왕長沙王의 태부太傅로 폄적되어 흔히 가장사賈長沙라고 불린다. 나중에 양회왕梁懷王의 태부로 옮겨 갔는데, 양회왕이 말을 타다 떨어져 죽자 가의는 자신의 직책을 다하지 못했다고 통곡하다가 한 해 남짓 뒤에 죽었다. 여기서는 억울하게 쫓겨난 청문의 신세를 참소당해 폄적된 가의의 신세에 비유하고 있다.
13. 곤鯀은 황하黃河의 홍수를 막았다는 전설 속의 인물이다. 『산해경山海經』 「해내경海內經」에 따르면 그는 상제上帝의 흙을 훔쳐 홍수를 막은 죄로, 상제가 축융祝融을 시켜서 그를 우산羽山의 교외에서 처형하게 했다고 한다.
14. 남조 양나라 때 임방任昉이 편찬한 『술이기述異記』에 따르면, 취굴주에는 반혼수反魂樹가 있어 그 뿌리의 심을 베어 옥으로 만든 솥에 삶아 우려낸 물을 다시 졸이면 환약 모양이 되는데, 그것을 경정향驚精香 또는 진령환震靈丸, 반생향反生香, 각사향却死香이라고 부르며, 시체가 그 향기를 맡으면 즉시 살아난다고 한다.
15. 『사기』 「봉선서封禪書」에 따르면, 발해渤海에 봉래蓬萊, 방장方丈, 영주瀛洲라는 3개의 신산神山이 있는데, 그 위에 불사약不死藥이 있어서 진시황이 그것을 구하러 사람을 파견했으나 배로 이르지 못하여 얻지 못했다고 한다.
16. 남조 송나라 범태范泰의 시 「난조鸞鳥」의 서문에 따르면 옛날 계빈국罽賓國의 왕이 난새 한 마리를 얻어 몹시 아꼈는데, 그 새가 3년 동안 울지 않자 왕비가 이렇게 말

했다고 한다. "듣자 하니 새는 동류를 보면 운다고 하던데, 그 새한테 거울을 비춰주면 어떨까요?" 왕이 그 말대로 했더니 난새가 거울을 보며 슬피 울다가 하늘 높이 날아 사라져버렸다고 한다. 또한 당나라 때 맹계孟棨가 편찬한『본사시本事詩』에 따르면 남조 진陳나라가 망할 때 서덕언徐德言이 부인 낙창공주樂昌公主와 헤어질 때 거울을 반으로 쪼개 각자 하나씩 지니고 있다가 정월 보름에 저자에서 만나 거울을 팔자고 약속했는데, 나중에 이 때문에 둘이 다시 만났다고 한다. 한편,『홍루몽』제20회에는 가보옥이 거울을 보며 사월의 머리를 땋아주다가 청문에게 놀림을 당한 이야기가 있는데, 이 때문에 가보옥은 사월의 화장품 갑을 볼 때마다 이 일이 떠올라 차마 그 거울이 들어 있는 화장품 갑을 열지 못한다고 한 것이다.

17. 앞 구절의 내용과 관련시켜 볼 때 이 부분도 원래『홍루몽』에 들어 있는 어떤 이야기와 관련이 있는 것 같은데, 지금 남아 있는 판본에는 이 내용을 확인할 수 있는 부분이 없다. 이것은 아마 해당 부분의 원고가 유실되었거나, 아니면 작자가 일부러 그 내용을 삭제해버렸기 때문일 것이라고 여겨지고 있다.

18. 안사의 난 때 양귀비가 마외역馬嵬驛에서 죽자 당 현종은 그녀의 장식품을 모두 풀밭에 묻어버렸다고 한다. 여기서는 현종과 양귀비의 비극적인 사랑을 통해 청문의 비참한 운명과 그녀를 잊지 못하는 가보옥의 마음을 우회적으로 묘사하고 있다.

19. 지작루鳷鵲樓는 서한 무제武帝 때 상림원上林苑에 지은 누대 이름이다. 후세에는 까치를 나타내는 '작鵲' 자 때문에 지작루를 칠월 칠석 때 행하는 걸교乞巧의 풍속과 연관시키게 되었다. 진晉나라 때 종름宗懍이 편찬한『형초세시기荊楚歲時記』에 따르면 칠월 칠석은 견우와 직녀가 만나는 밤인데, 이날 저녁에 부녀자들이 누각에 비단 띠를 장식하고 7개의 바늘을 꽂아둔다고 한다. 그 바늘은 간혹 금이나 은, 놋쇠〔鍮〕, 돌로 만들기도 한다. 그리고 마당에 오이와 과일 등을 차려놓고 걸교를 하는데, 거미가 오이 위에 내려앉으면 소원이 성취되는 징조로 여겼다고 한다.

20. 『서경잡기西京雜記』에 따르면 한나라 고조高祖가 총애하던 척부인戚夫人은 칠월 칠석에 오색실을 묶어서 그것을 '상련애相連愛'라고 불렀다고 한다.

21. 『시경』「진풍秦風」에 수록된「갈대〔蒹葭〕」는 사랑하는 사람을 그리는 노래인데, 제1장의 내용은 다음과 같다.

    蒹葭蒼蒼   갈대 잎 무성한데
    白露爲霜   흰 이슬 서리가 되었네.
    所謂伊人   나의 그이는

|在水一方　　강물 저쪽에 있지.
|溯洄從之　　물길 거슬러 찾아가자니
|道阻且長　　길은 험하고 멀구나.
|溯游從之　　물길 따라 찾아가면서
|宛在水中央　하염없이 앉아 강물 위를 살피네.

여기서는 갈대를 통해 청문을 그리워하는 가보옥의 마음을 대신 나타내고 있다.

22. 진晉나라 때 혜강嵇康과 여안呂安이 피살된 뒤에 그들의 친한 벗 상수向秀가 그들이 옛날에 살았던 집을 지나다가 이웃집에서 들리는 피리 소리를 듣고 「사구부思舊賦」를 지어 애도의 뜻을 나타냈다고 한다.

23. 송나라 때 곽무천郭茂倩이 편찬한 『악부시집樂府詩集』 권45 「벽옥가碧玉歌」의 제목에 달린 주석에는 다음과 같은 『악원樂苑』의 기록을 인용했다. 「벽옥가」는 여남왕이 지은 것인데, 벽옥은 그의 애첩 이름이다. 또 북주北周 유신庾信의 「젊은 시절 호걸과 사귐에 대한 노래〔結客少年場行〕」에는 "틀림없이 알겠네, 유벽옥이 몰래 여남왕에게 시집갔음을〔定知劉碧玉 偷嫁汝南王〕!"이라는 구절이 들어 있다.

24. 석숭의 별관別館인 금곡원金谷園의 별칭이다. 이 부분은 석숭과 기녀 녹주綠珠 사이의 사랑 이야기를 통해 청문을 향한 가보옥의 마음을 묘사한 것이다. 녹주가 손수孫秀에게 납치되자 다락에서 뛰어내려 자살했는데, 석숭이 그 죽음을 슬퍼했다고 한다.

25. 『처주부지處州府志』 권16에 따르면 당나라 개원開元 연간의 도사 섭법선이 당대에 문장력과 서예 솜씨가 뛰어나기로 유명한 처주자사處州刺史 이옹李邕에게 자기 조부 섭유도葉有道의 비문을 지어달라고 부탁했다. 이옹이 비문을 지어주자 그는 다시 그것을 잘 써달라고 했는데, 이옹이 거절하자 그가 술법을 부려서 이옹의 혼을 사로잡아 꿈속에서 쓰게 했다고 한다.

26. 당나라 때 이상은李商隱이 쓴 「이장길소전李長吉小傳」에 따르면 이하가 죽을 때 갑자기 붉은 옷을 입고 붉은 규룡虯龍을 탄 사람이 조서詔書를 들고 찾아와 천제天帝께서 백옥루를 짓고 나서 이하를 불러 그에 대한 기記를 쓰라 했다고 전했다고 한다.

27. 『장자』 「대종사大宗師」에 따르면 은나라 고종高宗의 재상을 지낸 부열傅說이 죽자 혼이 별로 변하여 기성과 미성 사이에 자리를 잡았다고 한다. 이 때문에 후세에는 사람이 죽는 것을 가리켜 '기성과 미성을 탄다〔騎箕尾〕.'라고 했다.

28. 옛날 장례식에 사용하던 의장儀仗의 일종으로, 막대 끝에 새의 깃털을 우산 모양으로 장식한 것이다.

29. 신화 속의 구름 신(雲神) 또는 벼락 신(雷神)이다.
30. 이 구절에 대해서는 달리 해석하기도 한다. 원문의 '망서望舒'는 신화에서 달에게 큰 수레를 준 신으로 등장하는데, 이 때문에 후세에는 달을 가리키는 의미로 쓰이기도 했다. 그러나 앞 구절과 연관시켜보면 여기서 '망望'은 바라본다는 뜻의 동사로 풀어야 할 듯하다.
31. 굴원의 「이소」에 "네 마리 옥룡이 끄는 수레를 몰고 예조를 탄다(駟玉虯而乘鷖)."라는 구절이 있는데, 이에 대한 왕일王逸의 주석에서는 '예鷖'가 봉황의 별명이라고 했다. 『산해경』「해내경海內經」에 따르면 북해北海의 사산蛇山에 오색의 새가 있는데 그것이 날면 고을 하나를 가릴 정도가 되며, 그 이름은 예조鷖鳥라고 했다.
32. 원문의 '한만汗漫'에 대해서는 대체로 2가지 뜻으로 풀이한다. 하나는 『회남자』「숙진훈俶眞訓」에 있는 "한없이 넓은 집에 가서 몸을 맡긴다(徙倚於汗漫之宇)."라는 구절처럼 끝없이 넓은 모양을 형용하는 말로 풀이하는 것이다. 다른 하나는 역시 『회남자』「도응훈道應訓」의 내용에 따라 '한만'을 신선의 이름으로 풀이하는 것이다. 이에 따르면 연나라의 노오盧敖가 몽곡산蒙谷山에서 약사若士라는 이를 만났는데, 그가 "나는 아홉 하늘 밖에서 한만과 만나기로 약속했소(吾與汗漫期於九垓之外)."라고 말했다고 한다. 본 번역에서는 후자를 따랐다.
33. 원문의 '풍렴風廉'은 바람의 신을 가리키는 '비렴飛廉'을 잘못 쓴 것인 듯하다.
34. 『사기』「봉선서」에 따르면 소녀素女는 거문고(瑟)를 잘 탄다는 선녀이다. 다만 여기서는 달 속의 선녀인 소아素娥를 가리킨다.
35. 복비宓妃는 복희宓羲의 딸로서 낙수落水의 신이다.
36. 명나라 때 동사장董斯張이 편찬한 『광박물지廣博物志』에 따르면, 춘추시대 진秦나라 목공穆公의 딸 농옥弄玉이 생황을 잘 불어서 봉황을 불러들여 춤을 추게 할 수 있었다고 한다. 그녀는 퉁소(籥)를 잘 부는 소사蕭史와 결혼했다고 한다. 한편, 한나라 때 유향劉向이 편찬한 것으로 알려진 『열선전列仙傳』에 따르면 두 사람은 나중에 신선이 되어 하늘로 날아갔다고 한다.
37. 명나라 때 섭소원葉紹袁이 편찬한 『속요문기續窈聞記』에 따르면, 한황寒簧은 서왕모西王母의 산화여사散花女史로 있다가 나중에 달나라 궁궐의 시녀가 되어 항아嫦娥에게서 「자운가紫雲歌」와 「예상무霓裳舞」를 배웠다고 한다.
38. 『상서尚書』「홍범洪範」에는 "하늘이 우에게 홍범구주를 하사하셨다(天乃賜禹洪範九疇)."라는 구절이 있다. 이에 대한 공안국孔安國의 주석(傳)에서는 신령한 거북들이

등에 글자를 얹은 채 나타났는데, 그 수가 아홉이었다고 했다.

39. '대함大咸'이라고도 부르는 악곡 이름이다. 『예기禮記』「악기樂記」에 대한 정현鄭玄의 주석에 따르면 그것은 원래 황제黃帝가 지은 것인데 요堯임금이 증수增修하여 사용했다고 했다.

40. 적수赤水는 신화 속의 강 이름이고, 주림珠林 역시 신화 속의 숲 이름으로서 '주수림珠樹林'이라고도 부른다. 『산해경』「해외남경海外南經」에 따르면 염화厭火의 북쪽 적수 물가에 세 그루 나무가 자라는데, 생김새는 측백나무〔柏〕와 비슷하고 잎은 모두 진주珍珠라고 했다.

41. '보簠'는 제사나 연회 때에 곡물穀物을 담던 직사각형의 그릇으로, 구리나 나무로 만든 것이다. '거筥'는 원형의 대나무 광주리이다.

42. 하성霞城은 신선이 사는 곳이다. 『태평어람太平御覽』에 인용된 『상청경上淸經』에 따르면, 원시천존元始天尊은 자운궐紫雲闕에 사는데 그것은 벽하성碧霞城 안에 있다고 한다. 현포玄圃는 현포懸圃라고도 하며 역시 신선이 사는 곳이다. 「이소」에 대한 왕일王逸의 주석에 따르면 현포는 곤륜산崑山 위에 있다고 한다.

43. 원문의 '운당簹'은 껍질이 얇고 마디가 길며 키가 큰 대나무를 말한다. 한나라 때 양부楊孚가 편찬한 『이물지異物志』에 따르면 그것은 물가에서 자라며 길이는 몇 길〔丈〕이나 되고 굵기는 1자〔尺〕 5치〔寸〕 남짓인데, 마디 길이가 6, 7자 또는 한 길에 이르며, 여릉廬陵 근처에 있고 한다. 또 진晉나라 때 고개지戴凱之가 편찬한 『죽보竹譜』에 따르면 그중 큰 것은 시루〔甑〕만 하고, 죽순 역시 화살 통으로 쓸 수 있다.

제79회

1. 원문의 '하동사河東獅'는 질투심 많고 사나운 부인을 가리킨다. 송나라 때 홍매洪邁가 편찬한 『용재삼필容齋三筆』 권3에 따르면 문객 모시기를 좋아하고 집에 기녀를 많이 두었으며, 불교에 관한 이야기를 좋아하던 진조陳慥는 자칭 용구선생龍邱先生이라 했는데, 그의 부인 유씨柳氏는 질투가 심했다고 한다. 이에 소식蘇軾이 다음과 같은 풍자시를 지었다.

   龍九居士亦可憐　용구거사는 가련하기도 하지.
   談空說有夜不眠　부질없는 공론으로 밤을 새우는데
   忽聞河東獅子吼　문득 하동의 사자후가 들려

挂杖落手心茫然 짚고 있던 지팡이 떨어뜨리고 마음이 망연해졌지.

하동河東은 명망 높은 유씨 가문이 대대로 살던 곳이기 때문에, 소식은 진조의 부인 유씨의 바가지를 '하동의 사자후'라고 풍자했던 것이다.

'중산의 이리〔中山狼〕'는 은혜를 원수로 갚는 양심 없는 사람을 가리킨다. 명나라 때 마중석馬中錫이 쓴 우언寓言「중산랑전中山狼傳」(일설에는 당나라 때 요합〔姚合〕이 지은 것이라고도 하고, 송나라 때 사양〔謝良〕이 지은 것이라고도 함)에 따르면, 조간자趙簡子가 산중에서 사냥을 할 때 화살을 맞고 도망치는 이리 한 마리를 동곽선생東郭先生이 구해주었다. 그런데 나중에 이리가 도리어 동곽선생을 잡아먹으려 했다는 것이다. 한편, 명나라 때 강해康海는 이 이야기를 바탕으로 잡극雜劇 『중산랑中山狼』을 창작하기도 했다.

2. 조아曹娥는 동한시대 회계會稽 상우上虞의 효녀이다. 그녀는 아버지가 강에 빠져 익사했는데 시신을 찾지 못하자 강가에서 통곡하다가 자신도 강에 몸을 던져 죽었다. 당시 상우현의 현령이 그녀의 의로움을 기려 비석을 세우고, 아울러 자신의 제자에게 애도문을 써서 그 비석에 새기게 했다. 이 내용은 『세설신어世說新語』「첩오捷悟」에 대한 유준劉峻의 주석과 『후한서後漢書』「조아전曹娥傳」에 대한 이현李賢의 주석에 인용된 『회계전록會稽典錄』에 들어 있다. 전하는 바에 따르면 동한의 저명한 문장가인 채옹蔡邕이 그 비문을 절묘하다고 칭찬한 이래 그것은 제문의 전범이 되었다고 하는데, 사실 그 비문은 후세 사람의 위작이다.

3. 『논어論語』「공야장公冶長」에서 자로子路는 "수레, 말, 옷, 갖옷을 친구와 함께 쓰고, 그것들이 해지더라도 섭섭해하지 않겠습니다〔願車馬衣裘與朋友共 敝之而無憾〕."라고 했다.

4. 관직 이름으로, 청나라 때 경사병마사京師兵馬司에 속한 지휘는 품계가 대략 육품에서 칠품 사이에 해당했다.

5. 면적을 세는 단위로서 1경은 100묘〔畝〕, 즉 2만 평 남짓 되는 면적이다.

6. 전설 속의 악랄한 도적 이름이다. 이에 관해서는 『사기史記』「백이열전伯夷列傳」에 대한 장수절張守節의 『정의正義』와 『장자莊子』「도척盜跖」에 기록이 있다.

제80회

1. 부인병의 일종으로서 '건혈로乾血勞'라고도 부른다. 이 병은 얼굴색이 검어지고 몸

이 야위면서 식은땀을 자주 흘리며, 입안이 마르고 광대뼈 근처의 볼이 붉어지면서 월경이 줄어들거나 순조롭지 않고, 심한 경우 폐경에 이르는 증세를 보인다.
2. 동악묘東嶽廟를 가리킨다. 당나라 때 동악東嶽 태산泰山의 신을 천제왕天齊王에 봉한 바 있다.
3. 약효가 영험하기로 유명한 전설 속의 해상선방海上仙方을 가리키는데, 후세에는 민간에 전해지는 영험한 비방秘方을 가리키는 뜻으로 쓰이게 되었다.
4. 말려 묵힌 귤껍질 따위로, 쓰고 매운 맛이 나는 약재이다. 위를 튼튼하게 하고 발한發汗 효과가 있다고 알려져 있다.

제81회

1. 원나라 때 좌극명左克明이 옛날 악부시樂府詩를 모아 편찬한 것으로, 총 10권으로 되어 있다.
2. 이 두 구절은 조조의 시「단가행短歌行」의 첫머리에 들어 있는 것들이다.
3. '진晉나라 때의 문장'이라고 한 것은 명나라 때 매정조梅鼎祚가 서진西晉시대의 문장을 모아 편찬한『서진문기西晉文紀』를 가리키는 것으로 보인다.
4. 이 구절은 진晉나라 때 왕희지王羲之가 쓴「난정집서蘭亭集序」에 들어 있는 것이다.
5. 80회까지는 가탐춘의 하녀 '시서侍書'를 '대서待書'라고 칭했는데, 정본程本에서는 갑진본甲辰本을 따라 뒤쪽 40회에서 '시서'라고 표기했다. 앞쪽 80회와 뒤쪽 40회는 이렇게 일치하지 않는 부분이 적지 않은데, 본 번역의 저본인 인민문학출판사 판본에서는 일부러 고치지 않고 그대로 두었다. 본 번역도 이를 따른다.
6. '강태공'은 여상呂尙을 가리킨다. 자는 자아子牙이고 본래 성은 강姜씨인데, 조상들이 대대로 여呂 땅에 봉해졌기 때문에 여씨를 쓰기도 했다. 그는 한때 위수渭水 강가에 은거하여 지냈는데 주나라 문왕文王이 사냥을 하러 나갔다가 그와 만나 이야기를 나눠보고 의기가 투합하여 자신이 오래도록 만나고 싶었던 사람이라는 뜻에서 대공망太公望이라는 호를 내려주었다. 전설에 따르면 그는 위수 강가에서 미늘이 없이 반듯한 낚시 바늘을 수면에서 석 자 높은 곳에 드리워놓고 "목숨을 버릴 녀석이라면 와서 물어라!" 하고 말했다고 한다.
7. 금의위錦衣衛라고도 하며 정식 명칭은 금의친군도지휘사사錦衣親軍都指揮使司이다. 이 부서는 명나라 홍무洪武 15년(1382)에 처음 설치되었다. 처음에는 황궁을 호위하

는 금의군錦衣軍을 관리하고 황궁의 출입 의장의장儀仗을 관장하던 부서였지만, 나중에는 점차 사건의 조사와 정찰 등의 특수 임무를 전담하는 조직으로 변했다.
8. 신마神碼 또는 월광마月光馬라고도 한다.『연경세시기燕京歲時記』「월광마아月光馬兒」에 그에 대한 기록이 있다.
9. 경사의 오성순포영五城巡捕營을 가리킨다. 이곳은 보군영步軍營의 보군통령步軍統領이 관할하는 곳으로 치안을 담당하는 관서이다.
10. 민향悶香이라고도 부르며, 사람이 쐬면 정신이 혼미해지게 만드는 향이다. '요鬧'는 약으로 쓰는 독을 가리킨다.
11. 여기서 칠성등七星燈은 불상 앞에 놓고 신에게 제사 지낼 때 쓰는 등잔을 가리키는데, 모두 7개를 밝히기 때문에 이렇게 부르는 것이다.
12. 여기서 '문장'은 과거시험을 보는 데 필요한 '팔고문八股文'을 가리킨다.
13. 배명焙茗은 80회 이전까지 '명연茗煙'으로 표기했던 가보옥의 하인을 가리킨다.

제82회

1. 여기서 '도학道學'은 '성리학性理學'을 가리킨다. 명나라와 청나라 때의 과거시험은 '사서四書'와 '오경五經'을 교과서로 삼아 주어진 문제에 따른 답을 팔고문으로 작성했다. 즉 성현의 사상에 의거하여 옛사람의 어투로 서술해야지, 자신의 생각이나 견해를 드러내서는 안 된다는 것이다. 당시 팔고문 신봉자들은 이것이 바로 뒤에서 언급되는 '성인을 대신하여 언론을 세우는(代聖立言)' 것이라고 강변했다.
2. 이 구절은『논어』「자한子罕」에 들어 있는 것으로, 공자가 제자들의 공부를 격려하기 위해 한 말이다.
3. 이것은『예기』「곡례曲禮」에 들어 있는 말이다. 봉건시대에는 군주나 존장尊長의 이름을 직접 언급하거나 글로 쓰는 것을 피해야 한다는 '피휘避諱'의 예법이 있었는데, 유가 경전을 베껴 쓰거나 해설할 때는 그런 예법에 구애될 필요가 없다는 뜻이다.
4. 이것은『예기』「중용」에 나오는 구절이다. 원문은 다음과 같다. "군자가 중용의 도리를 따르면 세상을 피해 살아 명성이 알려지지 않더라도 후회하지 않는데, 이것은 오직 성인만이 할 수 있는 것이다(君子依乎中庸 遯世不見知而不悔 唯聖者能之)."
5. 이 구절 역시『논어』「자한」에 들어 있다.
6. 독량도督糧道를 줄여 부른 것이다. 독량도는 남경 지구에서 경사로 운송하는 세금으

로 걷은 곡식인 조량漕糧의 운송을 감독하는 직책이다. 명나라 때는 각 성省에 하나씩 두어서 포정사布政司 좌우참정左右參政과 좌우참의左右參議로 나누어 담당하게 했고, 청나라 때는 조량이 있는 지역에 그 관서를 두었다.

제83회

1. 6개의 맥은 양손의 촌寸, 관關, 척尺에 대응하는 것으로, 이것들은 각기 특정한 장부臟腑의 기운을 나타낸다고 알려져 있다. 맥에는 떠 있고〔浮〕, 가라앉아 있고〔沈〕, 느리고〔遲〕, 빠르고〔數〕, 느리면서 약하고〔緩〕, 빠르면서 센〔弦〕 현상들이 있는데, 6개의 맥이 모두 빠르면서 세다는 것은 병세가 아주 심하다는 의미이다.
2. 음陰은 인체 내의 진액津液이나 정액精液 등을 가리키는 말이다. 간음이 손상되었다는 것은 간의 울결 때문에 화기가 침범하여 간의 진액이 지나치게 소모되었다는 의미이다.
3. '흑소요'는 한의학 처방제 명칭이다. 시호柴胡와 당귀, 작약, 백출白朮, 복령茯苓, 생강, 감초, 박하 등의 약재를 배합하는 처방을 소요산逍遙散이라고 부른다. 여기에 생지황이나 숙지황을 더하게 되면 지황의 색이 검기 때문에 '흑소요'라고 부르는 것이다. 이것은 몸의 진액〔陰〕을 풍성하게 해주고, 간을 소통시키고, 피를 보양해주고, 비장을 튼실하게 해주는 효용이 있다고 한다.
4. 한의학에서는 오행과 오장五臟을 대비하는데, 간은 목, 심장은 화, 비장은 토, 폐는 금, 신장은 수에 해당한다. 이것은 상생상극의 법칙에 따라 서로 제약하고 보양해주는 관계임을 말하는 것이다. 대개 병은 그런 관계가 흐트러졌을 때 생기는 것으로 간주된다. '흑소요'를 먹어서 간의 울결이 풀려 기가 소통되면 비로소 보양제를 먹을 수 있게 된다. 원문의 '귀폐歸肺'는 '귀비歸脾'를 잘못 쓴 것으로 보인다. '귀비'는 탕약의 처방인데 백출과 복신茯神, 황기黃芪, 용안육龍眼肉, 산조인酸棗仁, 인삼, 목향木香, 자감초炙甘草, 당귀, 원지遠志, 생강, 대추 등을 약제로 쓰며, 기혈을 보양하고 심장과 비장의 기운을 북돋는 약이다. '고금固金'은 '백합고금탕百合固金湯'을 가리키는 듯하다. 이 약은 생지황과 숙지황, 맥동麥冬, 백합, 백작약, 당귀, 패모貝母, 생감초, 현삼玄蔘, 질경이 등의 약재로 만드는데, 체내의 진액을 북돋고 폐에 윤기를 더해 기침을 멈추고 가래를 녹이는 효용이 있다.
5. 소양少陽 경락은 곧 담경膽經을 가리킨다.

6. 이것은 막힌 것을 통하게 하고, 너무 통하는 것을 막아주는 일반적인 치료법을 쓸 수 없는 병을 치료하는 특수한 방법을 말한 것이다. 예를 들어, 심장 아래 비장의 비대로 인한 덩어리가 생기는 병은 허증虛症에 속해서 그것을 없애고 기를 통하게 하는 방법을 쓸 수 없기 때문에 기를 보양하는 방법으로 치료한다. 이것이 바로 막힌 증세에 막히게 하는 약을 쓰는 예이다. 또한 열이 나는 이질痢疾의 경우에는 막는 방법으로 치료할 수 없기 때문에 설사를 유발하는 약으로 막힌 열을 빼내는 방법을 쓰는 수밖에 없다. 이것이 바로 통한 증세에 통하게 하는 약을 쓰는 예이다.
7. 『한서』「주발전周勃傳」에 따르면 유방劉邦은 유씨의 천하를 안정시키는 것은 틀림없이 주발이라고 했다.
8. 태의원 이목吏目은 팔, 구품에 해당하는 관직으로서 어의보다는 아래이고 일반 의사보다는 위에 해당하는 직책이다. 송나라 때는 태의국太醫局 교수教授라고 불렀고, 원나라 때는 태의원 경력經歷, 또는 도사都事라고 불렀으며, 명나라와 청나라 때는 태의원 이목이라고 불렀다.
9. '원비元妃'는 원래 군주나 제후의 적처嫡妻를 가리키는 말이다. 가원춘이 현덕비賢德妃에 봉해졌기 때문에 이렇게 부른 것이다.
10. 사각형 지붕이 달리고 녹색 또는 남색 휘장이 드리워진 가마로, 4명이 메도록 되어 있다.

제84회

1. '구등'은 꼭두서니〔茜草〕과에 속하는 상록 덩굴나무로, 보통 잎사귀와 자루가 만나는 부분에 화서花序 자루가 변하여 생긴 2개의 고리가 나 있기 때문에 이런 명칭이 붙었다. 한의학에서는 이 나무의 고리가 달린 가지를 넣어 달여 마시면 열을 내리고 간을 다스리고, 몸의 마비〔風〕를 막고 놀란 마음을 진정시키는 등의 효과가 있다고 한다.
2. 『대학』에는 "그렇기 때문에 속담에도 '제 자식 잘못을 아는 사람은 없다.'고 했다〔故諺有之曰 人莫知其子之惡〕."라는 구절이 들어 있다. 여기서 가정은 태부인의 마음을 기쁘게 해주려고 일부러 마지막 글자를 바꾸어 인용했다.
3. 이 두 구절은 각기 『논어』의 「위정爲政」과 「학이學而」에 들어 있다.
4. 이 구절은 『맹자』「등문공하 文公下」의 "천하의 언론은 양주楊朱에게 속하지 않으면

묵적墨翟에게 속한다(天下之言不歸楊 卽歸墨)."에서 나온 것이다. 이것은 맹자가 당시 세상에 유행하던 사상이 주로 양주와 묵가 사상이라는 현실을 비판하면서 유가 사상을 선양하려는 목적에서 한 말이다.

5. 여린 대나무로 만든 매끄러운 종이로 만든 공책을 가리킨다.
6. 명나라 때와 청나라 때 학자들의 작문 공책에는 종종 '창과窓課'라는 제목이 적혀 있었는데, 이것은 팔고문 습작임을 나타낸다.
7. 이것은『맹자』「양혜왕상梁惠王上」에 들어 있는 "항상된 산업이 없으면서도 항상된 마음을 가지는 것은 오직 선비만이 할 수 있다〔無恒産而有恒心者 惟士爲能〕."라는 구절에서 나온 것이다.
8. 과거시험 공부를 했지만 아직 수재秀才가 되지 못하여 부府나 주州의 학교에 들어가지 못한 이들을 가리킨다.
9. 도대道臺는 청나라 때 성省 이하 부府 이상의 1급 벼슬아치를 가리키는데, 주로 제동도濟東道처럼 지역에 따라 명칭을 붙이거나 염법도鹽法道처럼 직무에 따라 명칭을 붙여 불렀다. 원문의 남소南韶는 지명으로서 지금의 광둥성〔廣東省〕에 속한 곳이다.
10. 여기서 말하는 사신산四神散은『증치준승방證治準繩方』과 같은 일반 의약서에 기록된 여섯 종류의 '사신산'과는 다르다. 이어지는 설명에 따르면 이것은 우황과 진주, 용뇌향〔氷片〕, 그리고 주사朱砂까지 4가지 약재를 주성분으로 하는 처방전이다.

제85회

1. 여기서 '축하 인사'라고 번역한 '초희吵喜'는 경사스러운 일이 생긴 집안에서 일부러 시끌벅적하게 떠들어 돈이나 물건으로 선심을 베풀라고 독촉함으로써 축하의 뜻을 나타내는 관례를 가리킨다.
2. 이것은『좌전』「희공僖公 30년」에 들어 있는 구절로, 대개 부부 사이에 서로 공경하는 것을 비유할 때 쓰는 말이다.
3. 급간給諫이라고도 부르는 벼슬 이름이다. 청나라 때는 도찰원都察院에 소속되었으며, 어사御史와 더불어 간관諫官의 임무를 수행했다. 여기서는 일을 처리하고 수시로 옆에서 일깨워주는 조수라는 의미로 사용되었다.
4.『예수기』는 어떤 작품인지 알 수 없다.『녹귀부錄鬼簿』나『곡록曲錄』등의 문헌에는 원나라 때 유천석庾天錫이 쓴『추월예주궁秋月蕊珠宮』이라는 작품의 제목이 수록되어

있지만, 극본은 남아 있지 않다. 본문의 『예주기』는 어쩌면 이 작품을 각색한 것일 수도 있겠다.
5. 「끽강」은 원나라 때 고명高明이 지은 남희南戲 『비파기琵琶記』의 제21단락[齣]인 「조강자염糟糠自屬」을 가리킨다. 이 부분은 조오낭趙五娘이 가난하고 힘겨운 나날을 견디며 시부모를 모시는 이야기를 묘사하고 있다.
6. 이것은 명나라 때 장봉익張鳳翼이 지은 『축발기祝髮記』의 제24단락[齣]인 「달마도강達摩渡江」으로, 달마가 갈대를 꺾어 강을 건너가 서효극徐孝克을 감화시킨 이야기를 묘사하고 있다.
7. 종이와 붓이 발명되지 않았던 아주 옛날에는 칼로 죽간竹簡에 글자를 새겼다. 이 때문에 후세에는 공문서나 소송장을 도필刀筆이라 불렀고, 그런 것들을 대신 써주는 사람을 '도필선생'이라고 불렀다.

제86회

1. 청나라 때부터 중화민국 초기까지 지방에서 관부를 대신하여 일을 처리하던 사람으로, 진秦나라 때와 한나라 때의 정장亭長이나 수나라 때와 당나라 때의 이정里正, 송나라 때의 보정保正에 해당한다.
2. 오작仵作은 옛날 관청에서 시신의 상처를 검사하던 하급 관리를 가리키며, 또한 남의 장례를 대신 처리주는 것을 직업으로 하는 장의사를 가리키는 뜻으로도 쓰인다.
3. 옛날 거문고 악보이다. 각 음조를 나타낼 때는 특정한 부호와 숫자로 표시하는데, 그것들을 마치 사각형 모양의 틀 안에 함께 써넣는다. 위쪽에 적힌 것은 왼손으로 줄을 누르는 위치를 표시하고, 아래쪽에 적힌 것은 오른손의 손가락 놀림과 줄을 튕기는 법을 표시하는 것이다. 예를 들어 '⿱勺三'은 왼손 엄지로 아홉 번째 표지[徽]를 누르고 오른손으로 세 번째 줄을 당긴다는 의미이다.
4. 옛날의 거문고 곡조 이름을 '조操'라고 하는데, 유향劉向의 『별록別錄』에 따르면 그것은, 군자는 재해를 당하더라도 지조를 잃지 않는다는 의미라고 한다. 옛날 거문고 곡조에는 장귀조將歸操와 의란조猗蘭操, 귀산조龜山操, 월상조越裳操, 구유조拘幽操, 기산조岐山操, 이상조履霜操, 조비조朝飛操, 별학조別鶴操, 잔형조殘形操, 산선조山仙操, 양릉조襄陵操의 12가지가 있다.
5. 『한비자韓非子』「십과十過」에 따르면, 사광師曠은 춘추시대 진晉나라의 장님 악사로

서 음을 변별하는 능력이 대단히 뛰어났고, 칠현금七絃琴의 연주에 조예가 깊어서 그
가 연주를 하면 현학玄鶴을 불러올 수 있었다고 한다.
6. 사양師襄은 춘추시대 노나라의 악관樂官으로서 거문고와 경쇠 연주에 뛰어났다고 한
다. 『사기』「공자세가孔子世家」에 따르면 공자는 그에게 거문고 연주를 배운 바 있다
고 한다.
7. 『열자列子』「탕문湯問」에는 거문고를 잘 타는 백아伯牙와 연주를 잘 알아듣는 종자기
鍾子期의 이야기가 실려 있다. 즉 백아가 높은 산을 염두에 두고 연주하자 종자기는
"훌륭하도다! 태산처럼 높고 까마득하구나!" 하고 감탄했고, 흐르는 물을 염두에 두
고 연주하자 "훌륭하도다! 장강이나 황하처럼 드넓고 거침없이 흐르는구나!" 하고
감탄했다고 한다. 이 때문에 후세에는 '고산유수高山流水'라 하면 지음知音 또는 지
기知己를 가리키는 뜻으로 쓰이게 되었다.
8. 옛날 거문고는 삼분손익법三分損益法으로 13개의 음을 나누었는데, 각 음은 거문고
앞쪽 좌측에 금이나 옥, 자개로 만든 둥근 점으로 표기했다. 이것을 '휘徽'라고 한다.
하나의 줄에는 13개의 '휘'가 있다. 아홉 번째 '휘'는 거문고 머리 쪽에서 끝 쪽으로
세어 아홉 번째의 표지를 말한다.
9. 『백호통白虎通』「예악禮樂」에는 "거문고의 '금'자는 '금지한다'는 뜻이다. 삿된 것을
막아서 사람의 마음을 바로잡는 것이다."라는 구절이 들어 있다. 주나라 때는 예악
을 무척 중시하여 거문고가 도덕을 상징하는 악기이기 때문에 함부로 연주해서는 안
된다고 생각했다.
10. 학창의鶴氅衣는 학의 깃털로 만든 옷, 또는 하얀색의 장삼을 가리킨다. 심의深衣는
옛날 귀인貴人들이 입던 옷으로, 윗도리와 아랫도리가 연결되어 있다.
11. 옛날 거문고의 12곡조 중 하나로 「유란조幽蘭操」라고도 부른다. 『금조琴操』의 기록
에 따르면 이 곡은 뜻을 펼칠 때를 만나지 못한 공자가 위衛나라에서 노나라로 돌아
와 계곡에 은거해 있던 중에 난초가 무성한 걸 보고 지은 것이라고 한다.

| 가씨 가문 가계도 |

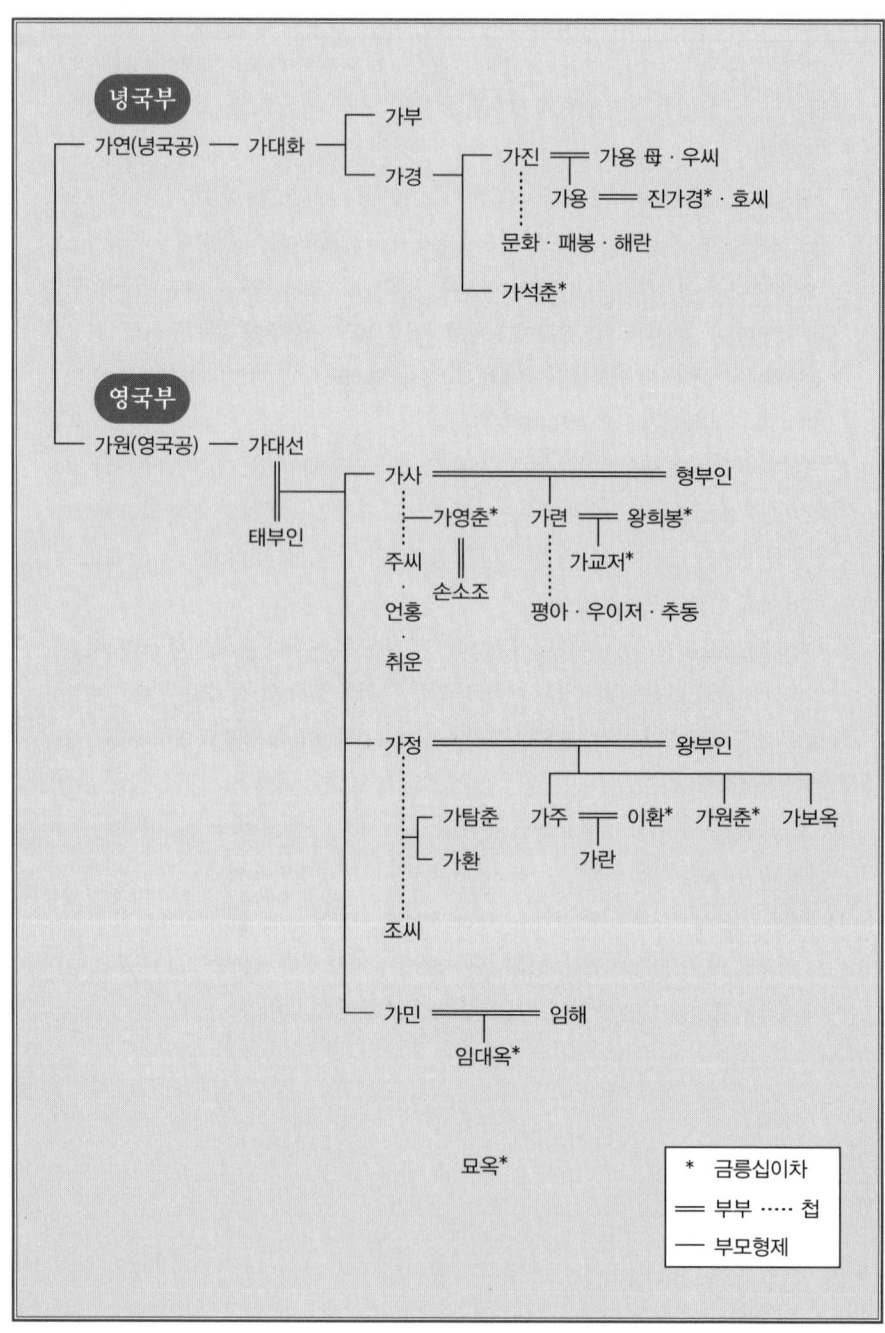

| 주요 가문 가계도 |

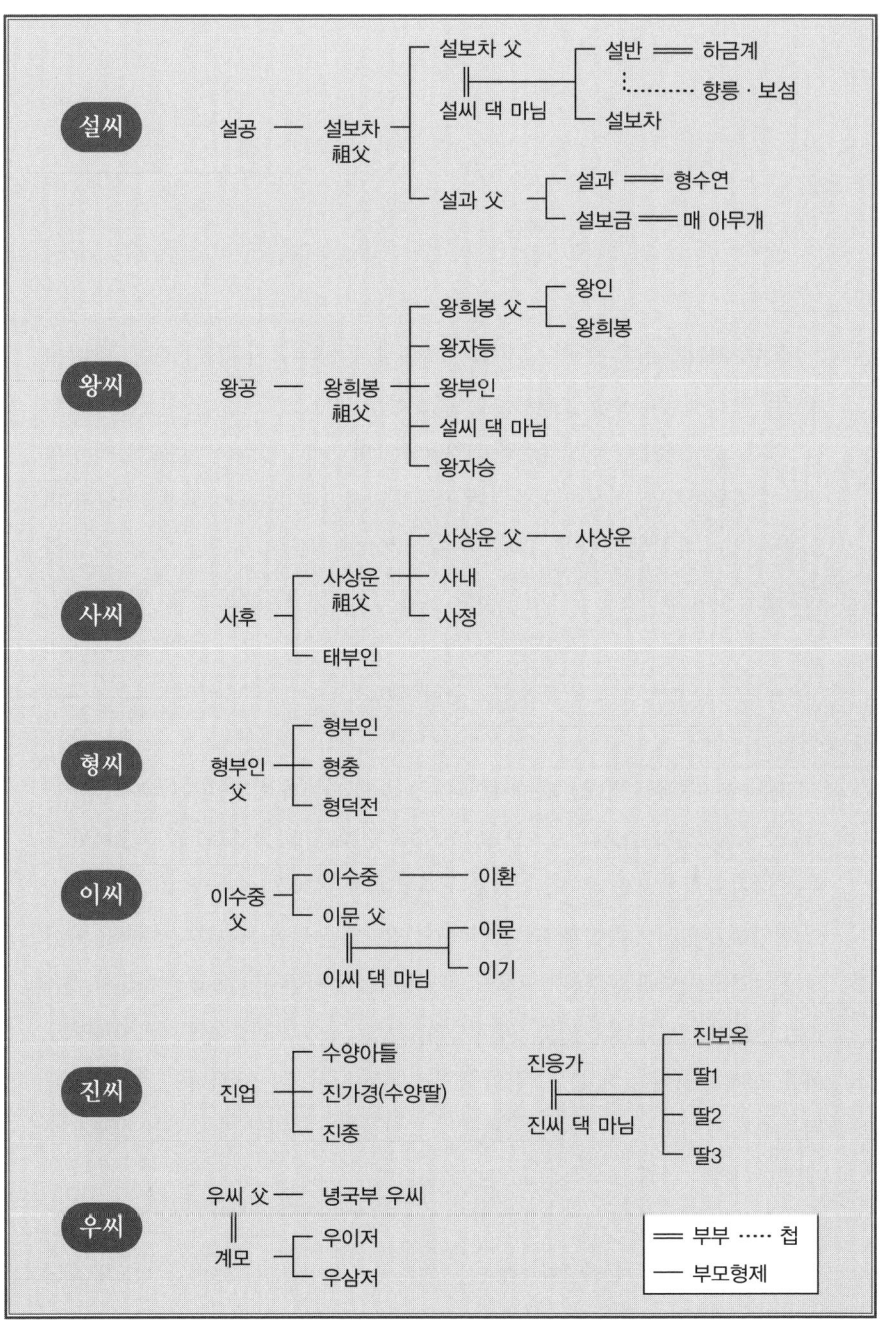

| 등장인물 소개 |

가대유賈代儒 영국부 태부인의 남편 가대선 및 녕국부 가대화와 같이 '대代' 자 돌림의 항렬에 속하지만 방계傍系의 친족으로서 별다른 벼슬을 하지 못한 인물이다. 다만 그 자신의 언행은 방정하며 인덕이 높아 가씨 가문의 서당[家塾]에서 학생들을 가르치지만, 사상이나 학문은 편협하고 완고한 편이다. 일찍이 아들과 며느리를 잃고, 유일한 희망인 손자 가서를 엄격하게 기른다. 하지만 가서마저도 왕희봉에게 집적거리다 결국 독심을 품은 그녀의 계략에 말려 일찍 죽고 만다. 한편, 가보옥은 어려서 그가 가르치는 서당에서 공부한 적이 있고, 나중에는 그에게서 사서四書와 팔고문八股文을 배우기도 한다(제82회).

가련賈璉 영국부 가대선과 태부인의 큰아들인 가사와 형부인 사이에서 태어난 아들로서 왕희봉의 남편이자 가사의 첩 주씨가 낳은 딸 가영춘의 이복오빠이다. 돈을 바치고 동지同知 벼슬을 얻었으나 관청 일에는 신경 쓰지 않고 숙부인 가정의 집안에 살면서 왕희봉과 함께 영국부의 집안일을 맡아 처리한다. 여색을 좋아하여 하인 포이댁과 통정하기도 하고, 왕희봉 몰래 사촌형인 녕국부 가진의 처제 우이저를 첩으로 들였다가 결국 왕희봉의 음모로 우이저를 죽음에 이르게 하기도 한다. 하지만 아버지 가사는 가련의 능력을 높이 사서 자신의 하녀인 추동을 그에게 첩으로 주기도 한다. 가련은 무능하고 방탕하기는 하지만 가씨 집안 전체의 살림을 유지하기 위해 그 나름의 노력을 기울인다.

가보옥賈寶玉 원래 태허환경에 있는 적하궁의 신영시자로서 인간 세상에 태어난 인물이며, 이 작품의 주인공이다. 영국부 가정의 아들로 입에 통령보옥을 물고 태어나며, 가씨 가문에서 가장 어른이라고 할 수 있는 태부인의 사랑을 독차지한다. 통령보옥과 가보옥은 사실상 제1회에서 제시된 대황산 무계애 청경봉 아래에 있던 신령한 돌이 영육靈肉으로 분화分化한 것이라고 할 수 있다. 신영시자로 있을 때 서방에 있는 영하 강가의 삼생석 옆에 자라던 강주초(훗날 임대옥으로 환생함)에 감로수를 뿌려줌으로써 '목석전맹'의 인연을 맺는다. 또한 승려로부터 받은 금목걸이를 가지고 있는 설보차와는 '금옥양연'의 인연이 있다. 이야기에서 주로 자신의 누이 가원춘의 친정 방문을 위해 조성한 대관원에서 여러 미녀들과 함께 살면서 다양한 에피소드를 만들어낸다. 순결한 여성에 대해 병적인 애착을 가지고 있으며 세속의 부귀공명을 혐오한다.

가빈賈贇 가씨 가문에서 가보옥, 가련 등과 같이 이름자에 '구슬 옥(玉, 王)'이 들어가는 항렬이지만 비교적 관계가 먼 친척으로 보인다. 제71회에서 어머니와 함께 태부인의 생일을 축하하기 위해 영국부에 들어온 그의 여동생 희란喜鸞은 태부인의 귀여움을 받아 대관원에 묵기도 하지만, 정작 그는 이야기 안에서는 별다른 역할을 하지 않고 그저 이름만 한 번 언급되는 정도이다.

가사賈赦 영국부 가대선와 태부인 사이의 큰아들로서 자는 은후恩侯이다. 아내 형부인과 사이에서 큰아들 가련을 낳았으며, 첩 주씨와 사이에서 가영춘을 낳았다. 또 형부인이 낳은 아들인지, 다른 첩이 낳은 아들인지는 분명하지 않으나, 둘째 아들로서 가련과 나이 차이가 많이 나는 가종賈宗이 있다. 아버지의 사후에 일등장군一等將軍의 작위를 세습하지만, 벼슬살이에 무능하고 탐욕스러우며 특히 주색을 밝힌다. 태부인의 시녀인 원앙에게 눈독을 들이지만 뜻을 이루지 못하고, 그 대신 열일곱 살의 여자아이를 사들여 첩으로 삼는다. 그런 그를 태부인은 별로 좋아하지 않으며, 그 자신도 이에 대해 불만을 가지고 있다.

가사저賈四姐 가경賈璜의 여동생이며, 제/1회에서 어머니와 함께 태부인의 생일을 축하하기 위해 영국부에 들어온다. 가보옥과도 마음이 맞아 종종 대화를 나누는 사이다.

가석춘賈惜春 금릉십이차. 녕국부 가경의 딸이자 가진의 여동생으로서 그림에 재능이 있다. 그녀는 가경이 신선술에 빠져 집안일에 신경 쓰지 않고, 모친도 일찍 세상을 떠나 혼자 자라는 바람에 쌀쌀한 성격을 갖게 되고, 올케인 우씨와도 사이가 나쁘다.

가영춘賈迎春 가정의 형인 가사와 첩 사이에서 태어난 딸로서, 가씨 집안의 딸들 가운데 둘째 서열에 해당한다. 착하지만 무능하고, 유약하면서 겁이 많은 그녀는 시사詩詞에 대한 재능도 다른 자매들보다 못하고, 무른 성격으로 인해 남에게 속는 일도 많다.

가용賈蓉 녕국부 가진의 아들로서, 원래는 감생監生이었지만 부인 진가경이 죽은 후 부친이 오품五品 용금위龍禁尉 벼슬을 사주었다. 나중에 호씨와 재혼한다. 그는 잘생기고 호리호리한 몸매를 갖고 있지만 부친과 마찬가지로 방탕한 생활을 일삼는다.

가용의 아내 녕국부 가진의 아들 가용의 아내를 가리킨다. 그의 아내는 원래 진가경이었으나 그녀가 죽은 후 호씨胡氏와 재혼했다. 제92회에서 풍자영과 가정이 주고받은 대화에 따르면 그녀는 경기도京畿道를 지낸 사람의 딸이라고는 하지만 그 집안은 그다지 내세울 만하지 않은 듯하다. 한편, 지연재脂硯齋 비평본에서는 그녀를 '허씨許氏'라고 표기했고, 번역의 저본인 '교주본校注本' 제58회의 원문에 "賈母 邢 王 尤 許婆媳祖孫等皆每日入朝隨祭"라는 내용이 들어 있기 때문에 '허씨'라고 하는 것이 맞을 수도 있다. 하지만 본 번역에서는 뒤쪽의 서술과 맞추기 위해 이 부분을 "태부인과 형부인, 왕부인, 우씨, 그리고 많은 고부姑婦와 조손祖孫들이 매일 조정에 들어가 제사에 참석했다."라고 조금 바꿔서 번역했다.

가우촌賈雨村 본래 호주胡州의 벼슬살이를 하던 집안 출신으로서 이름은 '가화'이며 '우촌'은 별호이다. 시와 문장에 뛰어났지만, 집안이 몰락한데다 식구들도 다 죽어 혼자만 남게 되었다. 훗날 진비의 도움으로 경사의 가씨 집안과 연을 맺고 출세가도를 달리다가 다시 좌절을 경험하고 진비를 따라 출가하게 된다. 이 작품에서 그는 진비와 함께 이야기의 처음을 열고 끝을 마무리하는 인물로 전체 이야기의 틀을 구성하는 데 중요한 역할을 한다.

가원춘賈元春 금릉십이차. 가정과 왕부인 사이에서 태어난 맏딸로서 어린 가보옥에게는 공부를 가르치고 보살펴준 어머니 같은 존재이다. 현숙하고 재덕을 겸비한 그녀는 궁녀로 선발되었다가 나중에 현덕비賢德妃에 봉해지고, 그녀가 친정에 인사하러 다녀올 때 가씨 가문에서는 그녀를 모시기 위해 대관원을 건축한다. 또한 그녀로 인해 가씨 가문은 극성의 영화를 누리지만, 결국 그녀가 요절함으로써 가씨 가문의 운명도 점차 기울어간다.

가정賈政 영국부 가대선과 태부인 사이의 둘째 아들이자 가사의 동생이며, 이 작품의 주인공 가보옥의 아버지이다. 완고한 유가 사상을 고수하는 위선적인 군자의 전형으로 묘사되어 있는 그는 태부인에겐 효성스러운 아들이지만, 자신과 다른 가치관을 가진 가보옥에게 불만을 가지고 무력으로 다스리려다가 종종 태부인에게 저지당한다. 벼슬살이에서는 무능하여 하인들이 그의 위세를 내세워 비리를 저질러도 묵인하며 자신의 안위만을 챙기고, 탐관오리인 가화와도 계속 왕래한다.

가진賈珍 녕국부 가경의 아들이며, 아버지가 신선술에 빠진 덕분에 젊은 나이에 작위를 물려받지만, 무능한데다 방탕한 성격으로 인해 가문의 몰락을 부추기는 인물이다. 심지어 자신의 며느리인 진가경의 장례를 지나치게 호사스럽게 치름으로써 둘이 불륜 관계였다고 의심을 받고 있으며(제13회), 처제인 우이저 및 우삼저 자매들과의 관계도 애매하다(제64, 65회).

가환賈環 영국부 가정과 그의 첩 조씨 사이에서 난 아들로서 가보옥의 이복동생이다. 행동에 조심성이 없고 이기적이며 잦은 말썽을 일으키는 소인배이므로 하녀들에게서도 평이 나쁘고, 왕희봉과는 원수지간이다. 또한 가보옥에 대해 질투심이 많아서 일부러 촛대를 쓰러뜨려 화상을 입히기도 하고, 금천이 우물에 뛰어들어 죽었을 때 모함을 하여 가보옥이 가정에게 심한 매질을 당하게 만들기도 한다.

가희란賈喜鸞 가빈의 여동생이며, 제71회에서 어머니와 함께 태부인의 생일을 축하하기 위해 영국부에 들어온다. 태부인은 그녀를 무척 귀여워하여 대관원에 묵게 한다. 가보옥과도 마음이 맞아 종종 대화를 나누는 사이다.

금향후錦鄕侯 작위 이름. 가씨 가문과 대대로 교문이 친밀한 집안 중 하나로 설정되어 있는데, 어떤 곳에서는 금향백錦鄕伯으로 쓰기도 한다. 그의 성명은 밝혀져 있지 않지만, 제14회에서 진가경의 장례식을 치를 때 그의 아들 한기韓奇가 조문을 하러 왔다고 했고, 제55회에서는 그 집에서 잔치가 열려 왕부인이 참석했다. 또 제71회에는 태부인의 생일잔치에 그의 고명부인誥命夫人이 찾아와 축하 인사를 하기도 한다.

김영金榮 녕국부 가황의 아내의 친정 조카이며 서당(家塾)의 말썽꾼이다. 인맥을 빌려 들어온 진종을 멸시하다가, 가보옥의 하인 명연 일행에게 몰매를 맞기도 하고, 나중에는 또 가균의 비위를 거스르는 바람에 매를 맞고 진종에게 사과해야 하는 상황에 처하기도 한다.

낙선군왕樂善郡王 제71회에서 태부인의 생일을 축하하러 찾아와 녕국부에 마련된 잔치에서 대접을 받는다.

남안군왕南安郡王 『홍루몽』에서는 동평군왕, 서녕군왕, 남안군왕, 북정군왕 등 4명의 가상적인 군왕이 등장하는데, 그중 하나이다. 특히 남안군왕은 북정군왕과 함께 제71회의 태부인의 팔순 생일잔치에 방문하는 등 가씨 가문과 밀접하게 교유한다.

남안왕비 남안군왕의 왕비로서 제71회에서 태부인의 생일에 초대되어 영국부에 마련된 잔치에서 대접을 받는다.

내왕來旺 **댁** 영국부의 하인 내왕의 아내로, 왕희봉이 시집올 때 데려온 하녀이며(이름은 밝혀지지 않음) 왕희봉의 심복이다. 왕희봉이 사채놀이를 할 때 돈을 빌려주고 이자를 받는 일을 전담하기도 한다. 내왕은 왕희봉이 뇌물을 받고 관청에 손을 써서 비리를 저지를 때 심부름을 다니기도 하고, 왕희봉을 위해 바깥의 소식을 알아보며 그녀의 지시에 따라 일을 처리하기도 한다.

내희來喜 가씨 가문의 하인으로서, 왕희봉이 시집올 때 데려왔던 하녀와 결혼했다. 그러나 이야기에서는 직접 등장하지 않고, 제74회에서 그의 아낙을 언급할 때 이름만 언급되는 정도이다. 다만 그 이름만 놓고 보면 왕희봉의 또 다른 심복 하녀와 결혼한 내왕來旺과 형제지간인 것으로 짐작된다.

뇌대賴大 가씨 가문에서 하녀로 사들인 뇌할멈〔賴嬤嬤〕의 아들이며, 태부인과 비슷한 연배로 오랫동안 이 집에서 일하며 상전들의 신임을 얻은 어머니 덕분에 영국부의 대총관을 맡아 모든 하인들을 통솔한다. 이에 따라 그 자신이 하인 신분임에도 불구하고 위세가 높아서 자기 집에 수많은 하인들을 두고 부린다. 그의 동생 뇌승은 녕국부의 도총관을 맡고 있다. 또한 그의 아들 뇌상영도 가정의 배려 하에 공부를 했으며, 돈을 바치고 지현知縣 벼슬을 산다.

단운檀雲 가보옥의 하녀 중 하나이다. 이야기에서 몇 차례 이름만 언급될 뿐 별로 중요한 역할을 하지 않고 있는데, 제78회에서 가보옥이 청문을 애도하며 지은 「부용꽃 소녀를 위한 애도의 글〔芙蓉女兒誅〕」에 "머리빗이 용 되어 날아가버리니 부러진 단운의 이를 볼 때마다 애절하다."라는 내용이 들어 있는 것으로 보건대, 작품의 판본이 전승되는 과정에서 그녀와 관련된 에피소드가 떨어져 나간 듯하다.

대서待書 가탐춘의 시녀로서 눈치가 빠르고 말솜씨가 훌륭하다. 제74회에서 왕선보댁이 대관원을 수색하면서 가탐춘에게 무례를 저질러 따귀를 맞았을 때, 그녀가 나서서 왕선보댁에게 쏘아붙여 할 말이 없게 만드는 장면은 그녀의 성격을 잘 보여준다. 한편, 그녀의 이름은 '시서侍書'와 '대서待書' 사이에 논쟁이 있다. 경진본庚辰本을 비롯하여 많은 판본들에서는 대서로 되어 있지만 갑진본甲辰本처럼 시서로 되어 있는 판본도 있으며, 120회본에서는 전반부와 후반부에서 표기가 다르게 되어 있다.

명연茗烟 영국부 섭葉어멈의 아들이며 가보옥의 서동이다. 제24~34회까지는 이름이 '배명焙茗'이라고 표기되었다가 제39회 이후로는 다시 '명연'으로 쓰고 있으나, 이름을 바꾼 이유에 대해서는 밝히지 않았다. 이는 『홍루몽』 판본이 전승되는 복잡한 과정에서 생긴 오류일 것이다. 다만 연변대학교에서 나온 한국어 번역본을 윤문한 국내의 기존 번역본(도서출판 예하, 1990 2쇄)에는 이 장면 다음에 배명과 가운賈芸의 대화 형식을 빌어 가보옥이 '연烟'자를 꺼려서 배명이라고 이름을 고쳐주었다는 내용이 들어 있다. 충직하기만 한 이귀와는 달리 말썽도 자주 피우고 상전의 분부를 무시할 때도 있지만, 가보옥의 반항적인 성격을 이해하고 비호해준다. 이 때문에 이야기 속에서 가보옥은 그를 대단히 신뢰하여 사적이고 은밀한 일을 할 때는 항상 그와 함께하고, 심지어 그가 만아卍兒와 통정한 사실을 알고도 눈감아 주기도 한다(제19회).

묘옥妙玉 소주蘇州의 벼슬아치 집안에서 태어났지만 어려서부터 병이 많아 결국 승려가 되어 머리를 기른 채 수행한다. 나중에 가씨 집안의 농취암에 초빙되어 가씨 집안의 여인들 및 대관원의 미녀들과 교유한다. 일부 다른 판본에서는 그녀가 나중에 자신을 희생하여 사상운과 가보옥이 결합할 수 있게 해준다고 서술되어 있기도 하다.

문화文花 녕국부 가진의 첩이다. 제75회에는 가진이 중추절에 처첩들을 거느리고 총록당叢綠堂에서 잔치를 벌일 때 그녀로 하여금 노래를 부르게 했는데, 듣는 이의 넋이 취해 날아갈 정도로 목소리가 맑고 아름다웠다고 했다.

반삼보潘三保 시정의 무뢰배인데, 전당포에 집을 비싸게 팔기 위해 가보옥을 기명寄名 양자로 삼은 여도사 마馬할멈을 매수하여 사악한 술법을 쓰게 한다. 그러나 결국 전당포 사람들에게 들통 나 마할멈은 금의부에 체포되어 벌을 받는다.

방관芳官 '웅노'와 동일인물이다. 원래 대관원에서 사들여 양성한 12명의 배우들 중 하나로, 원래 성은 화花씨이고 고향은 소주이다. 연극에서 정단正旦 배역을 연기했으며, 극단이 해체된 후에는 가보옥의 하녀가 된다. 영리하고 마음씨가 착하면서도 자존심이 강한 그녀는 유오아와 사이가 좋아서 많은 호의를 베풀기도 하며, 남성적인 기질이 있어서 한때 가보옥이 그녀에게 남장을 시키고 '야율웅노' 및 '온도리나'라는 별명을 붙여주기도 한다. 훗날 왕부인이 대관원을 수색하면서 그녀도 다른 배우들과 함께 내쫓기지만, 끝내 수양어미의 뜻에 따르지 않고 출가하여 수월암의 승려 지통의 제가로 평생 동안 성실하게 수행한다.

보섬寶蟾 하금계가 설반에게 시집올 때 데려온 하녀로서 얼마 후 하금계가 향릉을 견제하기 위해 그녀를 설반의 첩으로 들이게 한다. 질투심 많고 행실이 경박한 그녀는 오히려 상전인 하금계를 누르고 설반의 사랑을 독차지하려 하기도 하고, 나중에 설반이 감옥에 갇혀 있을 때는 하금계를 부추겨 설과를 유혹하게 하기도 한다.

북정왕北靜王 『홍루몽』에서는 동평군왕, 서녕군왕, 남안군왕, 북정왕(북정군왕) 등 4명의 가상적인 군왕이 등장하는데, 그중 하나이다. 북정군왕은 이름이 수용水溶이며 가보옥과는 열 살 차이도 나지 않는 젊은 인물이지만 겸손하고 온화한 성품을 지니고 있다. 가씨 가문과 대대로 교분이 깊기도 했고, 또 가보옥에게 많은 관심과 애정을 보여주며, 특히 녕국부의 재산이 몰수되고 가씨 가문이 위기에 처했을 때 적극적으로 도와준다.

북정왕비 북정군왕 수용의 왕비로서 제71회에서 태부인의 생일에 초대되어 영국부에 마련된 잔치에서 대접을 받는다.

비費 할멈 영국부 가사의 아내 형부인이 시집올 때 데려온 하녀로, 형부인이 태부인 눈 밖에 나는 바람에 덩달아 자신의 위세가 떨어지자 불만을 갖는다. 나이가 많다는 핑계로 거들먹거리면서 형부인의 위세를 믿고 술을 마실 때마다 함부로 욕을 퍼부으며 분풀이를 하곤 했는데, 태부인의 생일에 주서댁이 자기 사돈을 잡아들였다는 소리를 듣자 형부인에게 하소연하며 왕희봉을 비방한다. 이에 형부인은 많은 사람들 앞에서 왕희봉을 나무라며 창피를 준다.

사기司棋 가영춘의 하녀로, 형부인의 하녀인 왕선보댁의 외손녀이다. 키가 훤칠하고 활달한 그녀는 자신보다 지위가 낮은 하녀들에게 거침없이 위세를 부리기도 한다. 그러나 제74회에서 왕희봉과 왕선보댁 등이 대관원을 수색할 때 자신의 사촌오빠 반우안과 통정한 사실이 탄로나 내쫓기고 만다.

사상운史湘雲 금릉십이차. 태부인 사씨의 질손녀이다. 명문가에서 태어났지만 어려서 부모를 잃고 숙부 사내史鼐와 사정史鼎 밑에서 자라면서 두 숙모에게 냉대를 당한다. 명랑하면서 솔직하고 시원한 말투를 지녔으며 시 창작에 뛰어난 재능과 열정을 가지고 있다. 일부 다른 판본에서는 훗날 그녀가 가보옥과 부부가 되었다가 결국 가난 속에서 죽게 된다고 서술되어 있기도 하다.

사아四兒 '혜향' 항목 참조

사월麝月 가보옥의 하녀 중 하나로 직설적이고 반항적인 성격은 청문과 비슷한 데가 있다. 하지만 그녀는 화습인의 말을 잘 따르고, 청문과도 가끔 다투기도 하지만 금방 잊어버리고 다시 좋은 사이로 지내면서, 청문이 과격한 성격으로 인해 다른 사람과 다툼이 생길 때 나서서 도와주곤 한다.

서약鋤藥 가보옥의 몸종들 중 서열이 두 번째인데 장난기가 많은 인물이다. 그러나 이야기 전개에서 역할이 아주 소소한 보조 인물이다.

설반薛蟠 영국부 왕부인의 동생인 설씨 댁 마님에게서 태어난 아들이며 설보차의 오빠이다. 가보옥과는 이종사촌지간이다. 교만하고 무식하며 여색을 밝히는 인물로서 '멍청한 깡패〔獃覇王〕'라는 별명을 가지고 있다. 집안의 재산과 가씨 가문의 위세를 등에 업고 향릉을 차지하기 위해 풍연을 죽이기도 하고, 유상련에게 집적대다가 매를 맞기도 한다. 술집 종업원을 때려죽이는 바람에 사형 선고를 받고 옥에 갇히지만 설씨 댁 마님과 가정 등의 노력으로 사면을 받고 풀려나 개과천선한다.

설보금薛寶琴 설과의 동생이자 설씨 댁 마님의 질녀로, 설반 및 설보차와 고종사촌지간이다. 아주 아름답고 지혜로운 그녀는 태부인의 귀여움을 받으며 왕부인의 의붓딸이 되고, 또 태부인의 거처에서 함께 지내게 된다. 어려서부터 글공부를 하고 총명한 그녀는 사상운과 연구 대결에서도 지지 않으며, 자신이 예전에 둘러본 각 지역의 유적을 제재題材로 10수의 회고시懷古詩를 짓기도 한다(제50~51회). 이후 어릴 적에 정해진 혼약에 따라 한림학사翰林學士 매梅 아무개의 아들과 결혼하게 된다.

설보차薛寶釵 금릉십이차. 가보옥의 이모인 설씨 댁 마님〔薛姨媽〕의 딸이자 설반의 동생이다. 부유한 집안에서 태어난 그녀는 용모도 아름답고 행동거지도 예의 바르며, 처세에도 능하다. 또한 마음 씀씀이가 주도면밀하고 시사詩詞에도 뛰어난 재능을 보인다. '금릉십이차' 가운데 임대옥과 더불어 첫머리에 꼽히는 인물이다.

설씨 댁 마님 왕부인의 동생이자 경영절도사 왕자등의 동생으로서 황상皇商인 설薛 아무개에게 시집가서 설반과 설보차를 낳았다. 그러나 일찍이 남편을 잃고 왕부인에게 찾아와 잠시 의탁하는데, 못난 아들 설반과 막돼먹은 며느리 하금계로 인해 가세가 점점 기울지만 선량하고 성실한 조카 설과의 도움으로 가문을 유지시킨다.

설안雪雁 임대옥이 소주의 집에서 데려온 하녀이다. 또 다른 하녀인 자견과 친하게 지내면서 성심껏 임대옥의 시중을 든다. 그러나 자견의 역할이 커질수록 그녀의 존재감은 임대옥에게서 점점 멀어진다.

소운素雲 이환의 하녀인데, 제46회에서 원앙과 평아가 나누는 대화에 따르면, 그녀는 그 두 사람을 비롯하여 화습인, 호박 등의 지위가 높은 시녀들과 어릴 적부터 친한 사이였다고 한다. 이환 곁에서 시중을 들면서 주로 중요한 말을 전하거나 차나 음식을 나르는 등의 일을 한다.

소작小鵲 영국부 가정의 첩 조씨의 방에서 시중을 드는 하녀인데, 조씨가 가보옥에 대해 험담할 때면 몰래 이홍원에 들러서 소식을 전해주기도 한다.

소하小霞 채하의 여동생이며, 이야기 안에서는 제72회에서 언니의 심부름으로 영국부 가정의 첩 조씨를 찾아가 채하와 가환 사이의 혼사가 성사될 수 있는지 사정을 알아보았다는 사실만 언급되어 있다.

손소조孫紹祖 살림이 곤궁할 때 가씨 가문의 도움을 받았지만, 훗날 경사에서 병부의 벼슬을 얻음으로써 벼락출세를 한다. 이후 가씨 가문이 쇠락하자 영국부 가사에게 빚을 갚으라 독촉하고, 결국 그 대가로 가영춘과 결혼하여 모질게 학대하고 결국 비참한 죽음에 이르게 한다. 은혜를 저버린 비열한 행동으로 인해 작품에서는 그를 '중산의 이리〔中山狼〕'라고 묘사한다.

수귤繡橘 가영춘의 하녀로서 입심이 세고 호승심이 강한 인물이다. 주인에 대한 충성심이 강한 그녀는 제73회에서 가영춘의 유모가 노름 밑천을 마련하기 위해 금으로 된 봉황 머리장식을 훔쳐다가 전당포에 맡긴 일에 대해 유약한 상전이 묵인하고 넘어가려 하자, 유모의 며느리인 왕주아댁과 말다툼을 벌인다. 또 제77회에서는 사기司棋가 대관원에서 쫓겨날 때 쫓아가서 기념품을 담은 비단 보따리를 전해준다. 이후 그녀는 가영춘이 시집갈 때도 따라가 시중을 든 것으로 보인다.

시각時覺 여승으로, 이향원에서 우이저의 장례식에 참여했으며, 제70회에서는 가련의 부탁을 받고 우삼저의 무덤 위쪽에 무덤을 파고 우이저의 관을 매장한다.

언홍嫣紅 영국부 가사의 첩으로서, 제46회에서 가사가 원앙을 첩으로 들이려다 실패하자 은돈 팔백 냥을 들여 밖에서 사들인 여인이다. 당시 그녀는 갓 열일곱 살이었다고 한다. 제74회에서 왕희봉이 왕부인에게 한 말에 따르면 그녀와 가사의 또 다른 첩인 취운은 종종 형부인을 따라 대관원을 드나들었다고 했다.

영창부마永昌駙馬 제71회에서 태부인의 생일을 축하하러 찾아와 녕국부에 마련된 잔치에서 대접을 받는다.

예관蕊官 가씨 가문에서 사들여 양성한 12명의 배우 중 한 명으로 소단小旦 배역을 연기한다. 훗날 극단이 해체되고 나서는 가보옥의 하녀로 들어간다. 그녀는 방관, 우관 등과 친하게 지내면서 방관이 가정의 첩 조씨에게 모욕을 당할 때 셋이 합세하여 조씨에게 대들기도 한다. 이후 다른 배우들과 함께 대관원에서 쫓겨난 뒤에는 시집가기를 거부하고 우관과 함께 지장암의 승려 원심의 제자가 되어 출가한다.

오대인吳大人 순무巡撫 벼슬을 하고 있는 것으로 설정되어 있으나 이름은 밝혀지지 않았다. 제85회에 따르면 그는 가씨 가문과 친분이 깊은 편이고 가정과 같은 연배인데 아주 기개가 있는 인물이라고 했다. 조정의 조회에서 가정이 학정學政 임무를 훌륭히 수행했다고 칭송하며 적극 천거하여, 결국 가정이 공부낭중工部郎中에 임명되는 데 결정적인 기여를 한다.

왕매王梅 자는 이조爾調이며, 가정의 '청객상공淸客相公' 즉 문객이다. 바둑과 장기를 잘 두며, 가보옥과 남소도대南韶道臺를 지낸 장張 아무개의 딸 사이에 중매를 서려 하지만 성공하지 못한다.

왕부인王夫人 권세 높은 '4대가문四大家門'의 하나인 왕씨 가문에서 태어난 왕부인은 영국부 가정의 아내이자 경영절도사 왕자등의 동생, 설보차의 어머니인 설씨 댁 마님의 언니이다. 그녀는 가정과의 사이에서 가주와 가보옥, 가원춘을 낳았으나, 가주가 일찍 죽는 바람에 가보옥에게 애정을 쏟는다. 딸 가원춘은 궁녀로 선발되어 귀비에 책봉된다. 작품 속에서 왕부인은 말수가 그다지 많지 않지만 태부인에게 신임을 받고 있으며, 집안 살림에 대한 권한을 자신의 조카인 왕희봉에게 맡긴 채 그녀의 보고만 받는다. 왕부인은 종종 재계齋戒하고 염불을 하며 겉으로는 선한 인물처럼 보이지만, 가보옥과 한마디 농담을 나눈 자신의 시녀 금천을 내쳐서 자살하게 하고, 가보옥의 시녀 청문이 미모로 가보옥을 미혹한다 여기고 내쫓아 역시 죽음에 이르게 하는 냉혹한 면을 보인다. 또한 춘화가 수놓인 주머니가 발견된 일을 계기로 사기, 입화, 사아 등을 내쫓고 방관을 비롯한 12명의 배우들을 해산시키기도 한다.

왕선보王善保 **댁** 영국부 가사의 아내 형부인이 시집올 때 데려온 하녀로서, 가씨 가문의 하인인 왕선보와 결혼했으며, 가영춘의 하녀인 사기의 외조모이다. 형부인의 위세에 기대어 거들먹거리는 속좁은 인물로, 제74회에서는 대관원을 수색하는 데 앞장서서 설치다가 가탐춘에게 무례를 저질러 따귀를 맞고, 이어서 사기가 사촌오빠 반우안과 통정한 사실이 탄로나는 바람에 내쫓기게 되는 계기를 제공하고 만다.

왕신王信 영국부의 하인으로서 가련과 왕희봉 밑에서 일한다. 제68회에서 장화가 가련 등을 고발한 사건이 일어나자 왕희봉의 지시에 따라 도찰원 장관에게 찾아가 뇌물을 주고 사건을 적당히 무마하게 하고, 제70회에서는 그의 아내와 함께 우이저의 장례식에 참석한다.

왕자등王子騰 도태위통제현백都太尉統制縣伯 왕공王公의 후예로서 왕부인과 설씨 댁 마님의 오빠이자 왕자승의 형이다. 처음에는 경영절도사京營節度使를 지내다가 구성통제九省統制로 승진하여 변방의 업무를 감찰하고, 이어서 구성도검점

九省都檢點으로 승진한다. 또 제95~96회에서 내각대학사內閣大學士로 승진하는데, 경사로 돌아가는 도중에 병에 걸렸다가 약을 잘못 먹는 바람에 죽고 만다. 왕자등은 이야기에서 그다지 크게 부각되지 않지만 가씨 가문과 설씨 가문의 중요한 후원자 역할을 한다.

왕주아王住兒 가영춘의 유모에게서 태어난 아들이나 이야기에는 직접 등장하지 않는다. 다만 제73회에는 그의 어머니가 노름 밑천을 마련하기 위해 가영춘의 봉황 머리장식을 훔쳐다 전당포에 맡긴 일이 들통 나서 문제가 생기는데, 이때 그의 아내가 가영춘의 연약한 심성을 믿고 얼버무려 넘어가려다가 수귤에게 핀잔을 듣고 말다툼을 벌인다는 장면이 서술되어 있다.

왕희봉王熙鳳 금릉십이차. 영국부 가사의 아들 가련의 아내이자, 가보옥의 어머니인 왕부인의 친정조카이다. 영민하면서도 냉철하고 시기심이 강한 왕희봉은 영국부의 살림을 도맡아 하면서 태부인의 신임을 얻는다. 일처리가 원만하고 뛰어난 말솜씨로 사람들의 환심을 사는 데도 능숙하지만 재물을 탐하여 고리대금을 놓고, 시기심 때문에 가련이 첩으로 들인 우이저를 죽음으로 내몰기도 한다. 그러나 심신의 과로로 결국 젊은 나이에 병사한다.

우관藕官 가씨 가문에서 사들여 양성한 12명의 배우 중 한 명으로, 소생小生 배역을 연기한다. 소단小旦을 연기하는 적관䒴官과 늘 부부 연기를 하는 바람에 실제 부부 사이로 착각하여 적관이 죽은 후 지전紙錢을 사르며 애도하는데, 이 때문에 대관원의 하노파에게 발각되어 곤욕을 치를 뻔한 위기에 처했으나, 가보옥의 도움으로 무마되기도 한다. 또 방관, 예관 등과 친하게 지내면서 방관이 가정의 첩 조씨에게 모욕을 당할 때 셋이 합세하여 조씨에게 대들기도 한다. 훗날 극단이 해체되고 나서는 임대옥의 하녀로 있다가, 다른 배우들과 함께 대관원에서 쫓겨난 뒤에는 시집가기를 거부하고 예관과 함께 지장암의 승려 원심圓心의 제자가 되어 출가한다.

우삼저 尤三姐 녕국부 가진의 아내 우씨의 계모가 시집올 때 데려온 두 딸 중 동생으로, 아름다우면서도 호쾌한 풍류가 넘치는 인물이다. 가진과 가련, 가용 같은 호색한들의 유혹에 오히려 적극적 나서서 그들을 농락하며 자신의 순결을 지킨다. 언니인 우이저가 가련의 첩이 된 뒤에 그녀는 일편단심으로 유상련와 맺어지기만을 바란다. 하지만 녕국부에는 대문을 지키는 돌사자 외에 깨끗한 것이 없다고 믿는 유상련의 편견으로 인해 그들의 혼사가 무산되자, 유상련이 정혼의 증표로 주었던 원앙검을 뽑아 자신의 목을 그어 버린다.

우씨 尤氏 녕국부 가경의 아들 가진의 아내이며 가용의 어머니이다. '4대가문' 같은 위세 높은 집안 출신이 아닌 그녀는 명목상 녕국부의 살림을 맡고 있지만 실질적인 권력은 없이 그저 가진의 뜻에 순종하는 인물이다. 별다른 능력도 말주변도 없이 그저 남의 험담이나 일삼으며 자신의 이복동생인 우이저의 혼사에 대해서도 그저 가진의 뜻대로 따를 뿐이다. 이로 인해 왕희봉에게 억울한 수모를 당하기도 한다. 또한 시동생인 가석춘과 사이가 나빠서, 이 때문에 결국 훗날 가석춘이 출가하여 수행하려고 결심하게 된다.

우이저 尤二姐 녕국부 가진의 아내 우씨의 계모가 시집올 때 데려온 두 딸 중 언니이며, 아름다운 용모와 유순한 성격을 가진 인물이다. 형부인 가진에게 농락당한 후 가련의 첩으로 들어가는데, 왕희봉 모르게 진행되었던 이 일은 결국 탄로가 나고, 왕희봉은 계책을 써서 그녀를 자기 집안으로 데리고 들어간다. 이후 왕희봉은 다시 추동을 이용하여 '차도살인借刀殺人'의 계책을 쓰면서 교묘한 모략으로 태부인을 비롯한 집안 어른들이 우이저를 미워하도록 만든다. 결국 왕희봉의 사주를 받은 하녀들에게까지 박대를 당하며 힘겨운 나날을 보내던 우이저는 스스로 금덩어리를 삼키고 생을 마감한다.

웅노 雄奴 '방관' 항목 참조

원심 圓心 여승이며 지장암의 주지이다. 예관과 우관이 대관원에서 쫓겨난 후 그들을 제자로 거둬들인다.

원앙鴛鴦 태부인의 하녀로서 성은 김씨이다. 그녀의 아버지는 가씨 가문의 하인이었기 때문에 그녀도 자연히 이 집안의 하녀가 되었으며, 태부인에게 많은 신임을 얻는다. 태부인이 골패놀이를 할 때는 옆에서 도와주고, 술자리에서 주령놀이를 할 때면 항상 우두머리[令官]가 되어서 놀이를 재미있게 이끈다. 이 덕분에 그녀는 가씨 가문에서도 지위가 대단히 높지만, 그녀를 눈독 들인 가사가 첩으로 들이려 하자 한사코 거부하며 평생 결혼하지 않겠다고 맹세한다.

유상련柳湘蓮 원래 명문 집안의 후손이나 일찍이 부모를 여의어서 학업은 이루지 못했지만, 호탕한 성격에 무술에도 뛰어나며, 술과 도박을 좋아하고 기생집에서 지내기도 한다. 악기 연주에도 뛰어난 그는 빼어난 용모를 타고나서 가끔 연극 배우로도 활동하기도 한다. 이로 인해 그를 잘 모르는 사람은 배우로 오인하기도 한다. 그는 가보옥과 친한 사이고, 뇌상영과도 면식이 있다. 한편, 설반은 술김에 그를 유혹하다가 갈대밭에서 흠씬 매를 맞기도 하는데, 이 사건으로 유상련은 보복을 피해 먼 타향으로 도망친다. 이후 우연한 계기에 행상行商을 나선 설반을 구해 줌으로써 다시 화해하고 의형제가 되며, 가련의 중매로 우삼저와 정혼하지만 녕국부의 도덕적 문란함을 이유로 파혼을 결심한다. 그러나 이를 수치스럽게 여긴 우삼저가 자결해버리자 그도 도사를 따라 출가하여 행방이 묘연해진다.

유오아柳五兒 대관원의 주방을 관리하던 유어멈의 딸로, 남매들 중 다섯째이기 때문에 '오아五兒'라는 이름이 붙여졌다고 하는데, 특히 청문과 생김새와 기품이 비슷하다. 그녀의 어머니는 그녀를 이홍원에 넣으려고 백방으로 노력하고, 방관이 이를 도와준다. 그러나 제64회에서 방관의 호의로 장미즙을 얻지만, 이로 인해 도둑으로 몰려 고초를 치르기도 한다. 한편 제77회에서 왕부인이 한 말에 따르면 유오아는 이미 제64회의 이야기가 마무리되는 시점에서 '요절'했다고 되어 있는데, 제87회 이후에는 다시 살아 있는 모습으로 등장하고 있으니 이 또한 여러 판본이 뒤섞여 전해지는 과정에서 생긴 오류인 듯하다.

은접銀蝶 이환의 시녀 중 우두머리이다. 사실상 화습인이나 원앙 등과 지위가 비슷하지만, 상전인 이환이 영국부 안에서 그다지 높은 권세를 지니지 못하기 때문에 그녀 역시 비슷한 신세가 된다.

이귀李貴 가보옥의 유모 이씨의 아들로서 가보옥보다 나이가 많다. 이후 가보옥을 전담하는 몸종들의 우두머리가 되는데, 일자무식이긴 하지만 사리에 제법 밝아서 이런저런 말썽들을 잘 무마하는 능력을 보여주기도 한다.

이기李綺 이환의 숙모가 낳은 두 딸 중 작은딸이자 이문의 동생으로서 빼어난 미모를 지녔다. 어머니, 언니와 함께 대관원에 살면서 시 모임〔詩社〕에도 참여한다. 훗날 왕부인의 중매로 진보옥과 결혼한다.

이문李紋 이환의 숙모가 낳은 두 딸 중 큰딸이자 이기의 언니로서 역시 빼어난 미모를 지녔다. 어머니, 동생과 함께 대관원에 살면서 시 모임〔詩社〕에도 참여한다. 훗날 왕부인의 중매로 결혼하는 것으로 서술되어 있지만 남편에 대해서는 자세한 설명이 없다.

이상李祥 설씨 집안의 하인으로, 설반이 태평현에서 살인죄로 감옥에 갇혔을 때 설과와 함께 설반을 구하기 위해 그곳으로 가는데, 일이 꼬이는 바람에 설반이 풀려나지 못하게 되어 그 역시 줄곧 그곳에 남아 설반의 뒷바라지를 하게 된다.

이환李紈 금릉십이차. 가보옥의 형 가주의 아내로, 자는 궁재宮裁이며, 남편이 스무 살이 되기도 전에 요절하여 홀로 외아들 가란을 키운다. 국자좨주를 지낸 이수중李守中의 딸로서 어려서부터 "여자는 재주가 없는 것이 덕"이라는 봉건적 여성관을 주입받아 전형적인 현모양처로 살아간다.

임대옥林黛玉 금릉십이차. 전생에 삼생석 옆에 자라던 강주선초로서, 적하궁 신영시자가 감로수를 뿌려주어 영생을 얻는다. 훗날 신영시자가 인간 세상의 가보옥으로 환생하자 그 은혜를 눈물로 갚기 위해 인간으로 환생하여 임해와 가민 부부의 외동딸로 태어난다. 일찍이 어머니를 여의고 외가인 영국부로 가서 외할머니인 태부인 사씨史氏의 사랑을 받다가, 얼마 후 아버지마저 세상을 떠나자 그대로 영국부에서 살게 된다. 병약하지만 아름다운 용모와 순결한 심성을 갖춘 그녀는 금기서화琴棋書畵와 시사詩詞에도 뛰어난 재능을 보인다.

임지효林之孝 영국부에서 전답과 건물을 관리하는 일을 맡고 있는데, 말수도 적고 처세술도 영민하지 않은 인물이다. 일부 다른 판본에서는 그의 이름을 진지효秦之孝라고 하기도 했다. 그의 딸 임홍옥은 가보옥의 하녀로 있다가 왕희봉에 발탁되어 그녀의 수하로 들어간다.

입화入畵 가석춘의 하녀로서, 부모가 남쪽에 있는 관계로 오빠와 함께 작은아버지 집에서 지내다가 대관원으로 들어간다. 이후 그녀의 오빠는 술주정뱅이에 노름꾼인 작은아버지 내외를 피해 여기저기서 모은 재물을 그녀에게 맡기는데, 제74회에서 왕희봉과 형부인의 하녀인 왕선보댁 등이 대관원을 수색할 때 숨겨둔 물건들이 들통 나서 결국 녕국부로 쫓겨난다.

자견紫鵑 임대옥의 시녀이다. 현대의 연구자들 중에는 그녀가 원래 태부인 방에 있던 이등 하녀인 앵가와 동일인물일 가능성이 있다고 주장하는 이들이 많다. 총명하고 지혜로운 그녀는 임대옥의 처지를 동정하면서 성심으로 모시며, 아울러 임대옥과 가보옥의 사랑이 결실을 맺게 하기 위해 노력한다.

장옥함蔣玉菡 배우로서 소단小旦 연기를 잘하는 것으로 유명하며 예명은 기관琪官(기관棋官으로 쓴 판본도 있음)이다. 제28회의 서술에 따르면 풍자영이 마련한 술자리에서 가보옥과 처음 만난 그는 가보옥이 부채 손잡이에 달린 고리 모양의 옥을 떼어 예물로 주자 자신이 차고 있던 붉은 허리띠를 풀어서 답례로 준다. 한편, 가보옥은 그날 밤 허리띠를 화습인에게 매어주었는데, 이는 훗날 그녀가 장옥함과 결혼하게 될 것임을 암시하는 것이다.

장張 할멈 대관원의 후문을 지키며 허드렛일하는 하녀인데, 종종 각 방의 시녀들과 몰래 왕래하면서 사적인 물건을 전달해주기도 한다. 제74회에서는 사기와 그녀의 사촌오빠 반우안 사이의 연애편지를 몰래 전해주고 또 두 사람이 은밀히 만날 수 있도록 편의를 봐주기도 한다.

정화鄭華 가씨 가문의 하인으로서, 왕희봉이 시집올 때 데려왔던 하녀와 결혼했다. 그러나 이야기에서는 직접 등장하지 않고, 제74회에서 그의 아낙을 언급할 때 이름만 언급된다.

조씨〔趙姨娘〕 영국부 가정의 첩으로서 가탐춘과 가환의 생모이다. 그러나 영국부 안에서는 실질적으로 하녀와 다름없는 신분으로 생계를 위해 주럼을 짜기도 하고, 방석 따위를 나르는 일을 하기도 한다. 이 때문에 가보옥의 하녀인 방관 등이 공개적으로 그녀에게 대들기도 한다. 또한 지극히 속이 좁고 이기적이어서 가탐춘과 잦은 갈등을 일으키기도 하고, 못난 가환 때문에 왕부인과 태부인에게 수모를 당하기도 한다.

주서周瑞 댁 영국부의 집사 주서周瑞의 아내로 왕희봉이 시집올 때 데려왔다. 그들 부부 사이에는 딸이 하나 있어서 냉자흥冷子興을 사위로 삼았으며 하삼何三이라는 골칫덩어리 양자가 있다. 주서는 영국부에서 봄가을로 논밭을 관리하고 한가할 때면 가진 등이 외출할 때 수행하는 등 제법 지위가 높은 몸이며, 암암리에 왕희봉이 사채놀이를 돕기도 한다.

지통智通 수월암水月庵의 여승으로, 훗날 대관원에서 쫓겨난 방관을 제자로 맞이한다.

진종秦鍾 자는 경경鯨卿이며, 영선랑營繕郞을 지내고 있는 진업秦業이 쉰 살이 넘어서 얻은 외아들이고, 진업의 수양딸인 진가경의 동생이기도 하다. 준수한 용모를 타고났고 행동거지도 우아한 그는 가보옥과 함께 서당에서 공부하며 자주 어울리며, 작품에서는 둘 사이에 동성애를 의심할 만한 서술이 보이기도 한다. 훗날 진가경이 죽은 후 장례를 치르기 위해 철함사에 갔다가 왕희봉이 숙소로 정한 만두암에서 비구니 지능과 밀회를 즐긴다. 하지만 과로와 찬바람을 쐰 탓에 몸져눕게 되고, 그를 찾아왔던 지능을 내쫓은 아버지에게 매질을 당한다. 그로부터 며칠 후 그의 아버지는 갑자기 숙환이 도져 세상을 떠나고, 그 역시 병세가 깊어져 시름시름 앓다가 곧 숨을 거두고 만다(제15~16회).

채운彩雲 가씨 가문의 하인에게서 태어나 영국부 왕부인의 시녀 중 하나로서 왕부인의 물건을 관리하고 가정이 외출할 때 준비를 돕는 등 신임이 두터웠다. 그런데 가정의 첩 조씨가 낳은 아들 가환을 좋아하여, 조씨의 부탁에 따라 왕부인의 방에서 갖가지 물건들을 훔쳐다가 그들 모자에게 주기도 한다. 특히 왕부인의 방에서 장미즙을 훔쳐다 가환에게 준 일이 옥천에게 발각되어 문제가 생기기도 하는데, 가보옥이 나서서 자신이 장난삼아 저지른 일이라고 둘러대어 무마해주기도 한다. 그러나 가환은 그녀가 가보옥에게 마음이 있다고 의심하여 외면해버린다.

첨광詹光 자는 자량子亮이며, 가정의 '청객상공淸客相公' 즉 문객이다. 섬세한 누대樓臺를 그리는 데 재능이 있어서 대관원의 설계에도 참여한 바 있고, 가정이 대관원 곳곳에 이름과 대련을 지을 때도 논의에 참가하기도 했다. 평소 가정의 바둑 상대가 되어주기도 하고, 특히 가보옥을 만나면 온갖 아부를 떠는 추태를 보이기도 했다. 하지만 가씨 가문의 위세가 쇠락하자 미련 없이 그곳을 떠나 버린다. 지연재 비평에 따르면 그의 이름 '첨광詹光'은 그와 발음이 비슷한 '점광沾光' 즉 '남의 신세를 지는 사람' 임을 암시한다고 한다.

청문晴雯 가보옥의 하녀 중 하나로 아름다운 용모와 호리호리한 몸매를 가졌으며 눈과 눈썹이 임대옥을 닮았다. 총명하면서 개성적인 그녀는 직설적이고 반항적이면서 날카로운 언변을 지니고 있다. 하지만 왕부인의 눈 밖에 나서 병든 몸으로 내침을 당한 후 비극적으로 생을 마친다. 그녀가 죽은 후 가보옥은 「부용녀아뢰芙蓉女兒誄」를 지어 그녀의 영혼을 위로한다.

초두炒豆 이환의 시녀 중 하나로 주로 허드렛일을 맡아 한다.

추릉秋菱 '향릉' 항목 참조

춘연 春燕 가씨 가문의 하녀인 하何노파의 딸로서 가보옥의 이등 하녀이다. 총명하고 영리한 그녀는 임기응변에 능하며, 앵아가 자기 고모가 관리하는 제방의 버들을 꺾어 바구니를 엮은 일로 인해 소란이 일어나자, 이를 계기로 자기 어머니에게 가씨 가문의 법도를 알게 해주기도 한다.

취묵 翠墨 가탐춘의 하녀로 수완이 좋아 종종 중요한 일을 맡아 처리한다. 제46회에서 원앙과 평아가 나누는 대화에 따르면, 취묵은 그 두 사람을 비롯하여 화습인, 호박 등의 지위가 높은 시녀들과 어릴 적부터 친한 사이였다고 한다. 제60회의 일화는 그녀의 마음 씀씀이를 잘 보여주는 예이다. 여기서는 가탐춘의 생모인 조씨가 가탐춘에게 푸념을 늘어놓자 애관艾官이 가탐춘에게 하夏할멈 때문이라고 고자질한다. 이때 취묵은 하할멈의 외손녀인 선저에게 귀띔하여 다시 말썽이 생기지 않도록 조심하라고 전하게 한다.

취운 翠雲 영국부 가사의 첩이며, 성명을 비롯한 출신 내력과 생김새에 대한 자세한 설명은 없다. 다만 제74회에서 왕희봉이 왕부인에게 한 얘기를 통해 취운이 가사의 또 다른 첩인 언홍과 마찬가지로 나이가 젊은 여인임을 짐작할 수 있다. 그녀와 언홍은 종종 형부인을 따라 대관원을 드나들었다.

태부인 〔賈母〕 영국부 가대선의 부인 사史씨를 가리킨다. 금릉의 세도 높은 사씨 가문의 딸로서 가씨 가문의 증손 며느리로 들어와 그 자신이 증손 며느리를 들일 때까지 영민한 능력을 발휘하고 엄격한 법도를 세워 가씨 가문을 안정시키고 최고의 영화를 누리도록 이끈다. 노년에 들어서는 가보옥과 자매들에 둘러싸여 편안하게 지내지만, 무능하고 타락한 자손들로 인해 쇠락해가는 가문을 지켜볼 수밖에 없다.

패봉佩鳳 녕국부 가진의 첩으로, 평소 녕국부 밖을 잘 나가지 않지만, 이따금 가진의 아내 우씨가 영국부나 대관원에 나들이를 갈 때 데리고 가기도 한다. 젊고 활달한 성격이며, 소설 속의 묘사에서 가진은 또 다른 첩 해란보다는 패봉과 더 가까운 사이인 것으로 보인다. 특히 제75회의 묘사에 따르면 그녀는 자죽소紫竹簫 연주에 뛰어나다.

평아平兒 왕희봉이 결혼할 때 데려온 하녀이자 가련의 첩이다. 대단히 총명하고 선량한 그녀는 왕희봉을 도와 집안 살림을 처리하면서 냉혹한 왕희봉의 처사로 인해 생기는 문제들을 몰래 처리하고, 왕희봉의 계교로 인해 비참하게 죽어가는 우이저에게도 동정을 베푼다.

풍아豊兒 왕희봉의 하녀로 항상 곁에서 시중을 들며, 하녀들 중 지위도 평아보다 조금 낮다. 왕희봉이 죽은 후에 그녀는 휴가를 내고 자기 집으로 돌아가버린다.

하금계夏金桂 부유한 상인 집안에서 태어난 그녀는 일찍이 아버지를 여의고 홀어머니 밑에서 애지중지 자라서 독선적이고 교만하며 잔인한 성격을 가지고 있다. 설반과 결혼한 뒤에는 남편을 휘어잡고 시어머니에게도 함부로 대하며, 향릉의 이름을 추릉으로 바꾸게 하고 구박한다.

향릉香菱 소주 사람 진비甄費의 외동딸로서 원래 이름은 진영련甄英蓮이다. 기구한 팔자 때문에 세 살 때 유괴를 당해 풍연에게 팔렸으나 설보차의 오빠 설반이 풍연을 때려죽이고 강제로 사들여 첩으로 삼아 경사로 데려와서 영국부의 이향원에서 지내게 된다. 아름다운 용모를 타고난 데다 차분하고 온순한 성격으로 임대옥에게 끈질기게 시 짓는 법을 배우기도 하지만, 설반의 정실부인 하금계에게 모진 학대를 받아 이름까지 '추릉'으로 바뀌는 신세가 되고, 설반에게 억울하게 매질을 당하기도 한다.

형덕전邢德全 형부인의 동생이며 형수연의 숙부이다. 무식하기 그지없는 그는 술과 도박, 계집질로 재산을 탕진하며, '바보 아저씨〔傻大舅〕'라는 별명을 가지고 있다. 늘 가장이나 가환 같은 가씨 가문의 망종들과 어울리며, 자신에게 재산을 나눠주지 않는 누님에 대해 불만이 많다. 훗날 왕인이 가교저를 제후의 첩으로 팔아넘기려 할 때 끼어들어 잇속을 챙기려 하지만 결국 실패로 끝난다.

형수연 邢岫烟 형부인의 동생인 형충 부부의 딸이다. 집안이 가난한 그들 가족은 경사로 와서 형부인에게 의탁하는데, 태부인의 배려에 따라 대관원에 있는 가영춘의 거처에서 함께 지내게 된다.

혜향 蕙香 가보옥의 하녀로서 본래 이름은 '운향芸香'이었는데 화습인이 '혜향'으로 바꾸었다. 제21회에서는 화습인에게 화가 나 있던 가보옥이 혜향의 이름을 '사아四兒'로 바꿔버린다.

혜호고 嵇好古 거문고를 잘 타는 인물로 설정되어 있다. 이에 따라 그의 이름 역시 혜강嵇康을 연상시키도록 지어진 것이다. 혜강(224~263)의 자는 숙야叔夜이고 초군譙郡 질현銍縣(지금의 안훼이〔安徽〕 쑤이시현〔濉溪縣〕)에서 태어났다. 그는 위魏나라에서 중산대부中散大夫를 지냈기 때문에 혜중산嵇中散이라고도 불린다. 뛰어난 거문고 연주가이자 시인으로서 유가儒家 예법禮法이나 신분 질서에서 벗어나 자연과 교유하는 삶을 주장하여 죽림칠현竹林七賢의 정신적 지도자 중 하나가 되었고, 빼어난 미남자로서도 명성을 날렸다. 「성무애악론聲無哀樂論」, 「여산거원절교서與山巨源絶交書」, 「금부琴賦」, 「양생론養生論」 등의 글을 남겼다.

| 찾아보기 |

가음당嘉蔭堂 건물 이름. 대관원 안에 있는 곳으로서 비교적 큰 대청이 있어서 태부인의 생일잔치를 할 때에 손님들의 임시 휴식 장소로 쓰이기도 하며, 그 앞에는 월대月臺가 있어서 팔월대보름에는 거기에 제사상을 차려놓기도 한다.

가행체歌行體 고대 중국의 고체시古體詩 형식 중 하나. 이 형식은 남조南朝 송나라 때 포조鮑照(415?~470)가 한나라 때의 악부시樂府詩를 바탕으로 독자적인 기풍을 가미하여 한 구절이 일곱 글자로 된 칠언가행시七言歌行詩를 창시한 것으로 알려져 있다. 그러나 '가행歌行'이란 이것이 본격적인 시 형식으로 정립된 것은 당나라 초기에 유희이劉希夷(651?~?)의 「흰머리를 대신 슬퍼함〔代悲白頭吟〕」과 장약허張若虛(660?~720?)의 「춘강화월야春江花月夜」가 나타나면서부터라고 할 수 있다. 가행체는 작품의 구절 수에 제한이 없고 격률格律이 비교적 자유로우며, 한 구절에 들어가는 글자 수도 기본적으로 일곱 글자를 기본으로 하지만 중간에 세 글자나 다섯 글자, 아홉 글자로 된 구절을 삽입하기도 한다.

감실龕室 건축 용어. 벽 중간에 구멍을 파서 만든 작은 공간으로서 장식물을 넣어 두거나 불상 등의 신상을 모셔놓는 용도로 쓰인다.

결수연結壽緣 **의식** 불교 용어. 석가모니가 태어났다고 하는 음력 사월 초파일은 불교에서 불상을 목욕시키는 행사를 하기도 해서 '욕불일浴佛日'이라고도 하는데, 이 날은 목욕을 마친 불상을 하얀 코끼리 위에 싣고 거리를 행진하며 신도들에게 보여주는 행상行像 의식을 치른다. 그런데 북경의 사원들에서는 행상 의식을 치를 때 승려들이 대중들에게 삶은 콩을 나눠주는 '사연두舍緣豆' 의식을 함께 행했다. 이를 위해 승려들은 초파일이 되기 전에 콩을 고르면서 콩 하나를 고를 때마다 "나무아미타불!"을 외우고, 초파일에 나눠줄 때에 받는 사람도 반드시 "나무아미타불!"을 외웠다. 일부 불교 신자들 역시 이날에 삶은 콩을 대야에 담아 대문 앞이나 거리에서 사람들에게 한두 바가지씩 나눠주곤 했는데, 이때 나눠주는 사람이 "결연結緣!"이라고 주문을 외우면 받는 사람이 "유연有緣!"이라고 대답했다고 한다.『홍루몽』제71회에서는 태부인의 팔순 생일을 기념하기 위해 이와 비슷한 방식으로 네거리에서 사람들에게 삶은 콩을 나눠주면서 그것을 '결수연'이라고 부른 듯하지만, 작품 안에서는 구체적으로 어떤 식으로 콩을 나눠주었는지에 대해서는 설명되어 있지 않다.

경국공慶國公 작위 이름.『홍루몽』에 나오는 가상 인물의 작위이다. 작품에서는 해당 인물의 성명이 밝혀져 있지 않으며, 제78회에는 그가 가정 등과 계화桂花를 감상할 때 가보옥이 지은 시를 보고 단향목으로 만든 자그마한 호신불護身佛을 상으로 주었다는 내용이 서술되어 있다.

경사京師 지명. 원래 '경京'은 지명이고 '사師'는 도읍을 가리키는 말이었는데, 나중에는 나라의 도읍을 가리키는 일반적인 명사가 되었다.『홍루몽』에서는 그곳이 구체적으로 어디인지 명확히 밝히지 않고 있지만, 가보옥의 조상들이 남경을 떠나 북쪽으로 와서 '경사'에 정착했다고 되어 있으니 북경을 암시하고 있는 듯하다. 그러나 이 작품에서는 의도적으로 왕조와 연대를 명확히 밝히지 않고 있으므로, 그곳이 정말 북경을 가리키는 것인지는 알 수 없다.

고체시古體詩 고대 중국의 시 형식. 근체시近體詩에 비해 형식이 자유로운 것으로서 한 구절의 글자 수가 다섯 글자나 일곱 글자로 제한되어 있지도 않으며, 압운押韻도 비교적 자유롭다. 대개 고체시라고 하면 근체시가 형성되기 이전의 시와 근체시가 형성된 이후에도 예전의 형식을 따라 지은 시들을 모두 포괄하는 말이다.

곡량전穀梁傳 책 제목. 정식 명칭은『춘추곡량전春秋穀梁傳』이며, 유가儒家의 주요 경전 중 하나로서『춘추좌씨전春秋左氏傳』(『좌전左傳』),『춘추공양전春秋公羊傳』과 더불어 '춘추삼전春秋三傳'으로 꼽히는『춘추』의 해설서이다. 이 책은 공자孔子의 제자인 자하子夏가 곡량숙穀梁俶(또는 곡량적穀梁赤이라고도 함. 자는 원시元始)에게 구술口述해준 것을 곡량숙이 글로 적었다고 하나, 실제로는 서한西漢 무렵에 책의 형태로 만들어진 것으로 여겨지고 있다. 주로 어록체語錄體와 대화체로『춘추』의 의미를 풀이하면서 예악禮樂을 통한 교화教化와 종법제도宗法制度 당위성, 존왕尊王 사상 등을 주장하고 있다. 이 책의 해설서로는 진晉나라 때 범녕范寧이 편찬한『춘추곡량전집해春秋穀梁傳集解』와 청나라 때 종문증鍾文烝이 편찬한『곡량보주穀梁補注』등이 있다.

공부工部 관서官署 이름. 이부, 예부, 병부, 형부, 호부와 더불어 중앙 행정기구를 대표하는 육부 중 하나이다. 최고 책임자인 공부상서工部尙書는 정삼품의 벼슬로서 '동관冬官' 또는 '태사공大司空'이라고도 불렸다. 그 아래에는 정사품의 시랑侍郞이 전국의 산천과 호수, 둔전屯田, 광산, 각종 공예工藝, 건축과 토목 등을 관리하고 황실에서 필요한 수레와 책장, 제기祭器를 비롯한 각종 의례용품을 제작하는 등의 일을 담당했다.

공양전公羊傳 책 제목. 정식 명칭은『춘추공양전春秋公羊傳』이며, 유가儒家의 주요 경전 중 하나로서『춘추좌씨전春秋左氏傳』(『좌전左傳』),『춘추곡량전春秋穀梁傳』과 더불어 '춘추삼전春秋三傳'으로 꼽히는『춘추』의 해설서이다. 이 책의 저자는 공자孔子의 제자인 자하子夏의 제자라는 설도 있고, 전국戰國 시기 제나라 사람인 공양고公羊高라는 설도 있다. 이 책은 구전口傳되다가 서한西漢 경제景帝(기원전 156~기원전 141 재위) 때 공양수公羊壽와 호모자도胡母子都가 글로 기록했다. 이 책은『춘추』에 담긴 이른바 '미언대의微言大義'를 문답問答 형식으로 풀이하고 있는데, 서한시대 금문경학金文經學의 주요 경전이었다. 그러나 동한東漢 이후로는『좌전』에 밀려서 그다지 주목을 받지 못하다가 청나라 후기에 들어서 이 경전에 대한 연구를 통해 민족적 위기를 극복하는 대안을 찾으려는 이들이 나타남에 따라 한때 크게 성행했다. 이 책의 해설서로는 동한 때 하휴何休(129~182)가 편찬한『춘추공양해고春秋公羊解詁』와 청나라 때 진립陳立이 편찬한『공양의소公羊義疏』등이 있다.

관맥關脈 한의학 용어. 관부關部에서 잡히는 맥을 가리킨다. 손목의 맥을 짚을 때는 촌부寸部와 관부關部, 척부尺部의 3곳을 구별하는데, 대개 손과 연결된 팔목의 끝부분에 있는 요골橈骨(radius)에서 안쪽이 관부이고 관부의 앞쪽이 촌부, 뒤쪽이 척부이다.

광한궁廣寒宮 달의 별칭. 고대 중국이 전설에서 달에는 대음성군大陰星君(월신月神 또는 월광낭랑月光娘娘이라고도 함)과 오강吳剛, 항아嫦娥, 두꺼비, 토끼 등이 산다고 여겨졌으며, 달나라 궁전은 섬궁蟾宮이라고도 불렸다. 그중 특히 남편인 후예后羿에게서 불사약不死藥을 훔쳐 달나라로 도망친 항아가 살고 있는 곳을 광한궁이라고 부르기도 한다.

근체시近體詩 고대 중국의 시 형식. 한자漢字 성조聲調의 평측平仄과 대구對句(또는 대장對仗), 압운押韻의 규칙이 엄격한 시 형식이며, 대개 한 구절의 글자 수가 다섯 자 또는 일곱 자로 구성되어 있다. 또한 이 중 구절의 수가 4구절로 된 것을 절구絶句, 8구절로 된 것을 율시律詩, 10구절 이상으로 된 것을 배율排律이라고 구분한다. 이런 시 형식은 당나라 때 들어서 정립되었으며, 그 이전의 비교적 자유로운 시 형식을 가리키는 말인 고체시古體詩(또는 고시古詩)와 구별하기 위해 근체시 또는 금체시今體詩, 격률시格律詩라고도 부른다. 근체시 중 가장 형식적으로 완성되고 훌륭한 작품도 많다. 실질적으로 근체시의 대표적인 형식이라고 할 수 있는 율시는 두보杜甫에 의해 모범적인 격률格律이 완성되었다고 알려져 있다.

글씨첩 책의 한 종류. 옛날 유명한 서예가의 글씨를 모아 만든 책으로서 붓글씨를 배우는 사람들이 이것을 보고 연습하기 때문에 '법첩法帖' 또는 '서첩書帖'이라고도 부른다.

기명부寄命符 호신護身 부적의 일종. 옛날 중국에서는 자녀들이 부처나 신의 비호를 받아 무사히 잘 자랄 수 있도록 승려나 도사의 기명제자寄名弟子, 즉 명분상의 제자로 삼는 풍속이 있었는데, 이때 기명사부는 해당 제자에게 법명法名을 지어주고 또 그것을 적은 '기명부寄名符'('기명부寄命符'라고도 함)를 주어서 차고 다니거나 목에 걸고 다니게 했다. 기명寄名 의식을 치를 때 사부는 제자에게 승복僧服이나 도복道服 같은 물건을 주곤 하는데, 이것을 아울러 '법보法寶'라고 부른다. 그중 가장 유명한 것이 바로 기명부와 기명쇄寄名鎖, 또는 기명삭寄名索 같은 것들이다.

긴고아緊箍兒 **주문** 주문의 일종. 『서유기西遊記』에서 삼장법사가 손오공을 통제하기 위해 외우는 주문이다. 이것은 관음보살이 가르쳐준 것으로 설정되어 있는데, 손오공이 삼장법사의 뜻을 거역할 때 이 주문을 외우면 그의 머리에 뿌리박힌 테〔緊箍兒〕가 머리를 조여서 참을 수 없이 극심한 고통을 준다고 한다.

난향오暖香塢 건물 이름. 대관원 안의 서쪽 부분에 있는 건물로서 가석춘의 거처이다. 그 북쪽에는 이환의 거처인 도향촌이 있고, 남쪽으로는 설보차의 거처인 형무원이 있다.

낭중郎中 벼슬 이름. 낭중은 정원 외의 벼슬에 속하는 것으로서 각 부서〔司〕의 사무를 나누어 맡았는데, 그 직위는 상서尙書와 시랑侍郞, 승상丞相보다 약간 아래인 고위 관직이었다. 정식 관직 이름으로서 전국시대부터 있었으며, 당시는 제왕의 측근에서 호위하며 시중을 들며 자문을 해주던 벼슬아치를 통칭하는 말이었다. 진晉

나라 때 낭중은 상서대尙書臺에 속한 각종 조사曹司의 장관이었으며, 수·당에서 청나라 때까지는 모두 상서와 시랑을 보좌하는 직책이었으나, 청나라 말엽에 폐지되었다. 한편, 송나라 때부터는 특히 남방지역에서 의사를 낭중이라고 높여 부르는 경우가 많았는데, 이것은 당나라 말엽부터 오대五代 이후로 벼슬 직함이 범람하게 되면서 생겨난 관행이다.

농취사櫳翠寺 절 이름. 농취암을 가리킨다.

농취암櫳翠庵 암자 이름. 대관원에서 묘옥이 수행하는 곳이며, 산문山門과 동쪽의 선당禪堂, 곁채, 그리고 그 안에 자라는 홍매紅梅를 제외하고 자세한 설명이 없다. 제18회에서 가원춘이 친정을 방문했을 때는 이곳에 '고해자항苦海慈航'이라는 편액을 써주었다. 다만 그 암자의 이름이 확실히 거론된 것은 제41회에 이르러서 태부인이 유노파 등과 함께 차를 마시러 갔을 때 처음 나타난다. 제49회에서는 눈 속에 핀 홍매의 아름다운 모습이 묘사되어 있기도 하다.

달마達磨(?~536?) 인명. 범어梵語 'Bodhidharma'를 음역音譯한 보리달마菩提達摩(또는 보리달마菩提達磨)의 약칭이며, 의역意譯할 경우는 '각법覺法'이라고 한다. 인도 바라문족婆羅門族 향지왕香至王의 셋째 아들로 태어나, 출가한 뒤에는 대승불교大乘佛敎의 불법佛法을 공부했다. 이후 자칭 불교 선종禪宗의 제28대 조사祖師라고 칭하며 양나라(일설에는 남조南朝 송나라) 때 중국에 와서 선종 불교를 전파했다. 이 때문에 중국의 선종은 '달마종達摩宗'이라고도 하며, 그는 '동토제일대조사東土第一代祖師' 또는 '달마조사達摩祖師'라는 존칭으로 불린다. 전설에 따르면 양나라 무제武帝와 만나 이야기를 나누었으나 뜻이 맞지 않자 갈대를 타고 장강長江을 건너 북위北魏의 수도인 낙양洛陽으로 가서 포교 활동을 했으며, 숭산嵩山 소림사少林寺를 세우고 9년 동안 면벽面壁 수련을 한 후, 혜가慧可에게 의발衣鉢을 전수한 후 전국을 유랑하다가 낙수洛水 물가에서 입적入寂했다고 한다.

당서唐書 역사책 제목. 오대五代 후진後晉 왕조에서 유후劉昫, 장소원張昭遠 등이 편찬한 것으로서 당나라 고조高祖 무덕武德 1년(618)부터 애제哀帝 천우天佑 4년(907)까지의 역사를 기전체紀傳體 형식으로 쓴 200권의 책이다. 여기에는 「제기帝紀」 20권, 「지志」 30권, 「열전列傳」 150권이 포함되어 있다. 이후 북송北宋의 구양수歐陽脩, 송기宋祁 등이 『신당서新唐書』를 편찬한 바 있기 때문에, 유후 등이 편찬한 것은 『구당서舊唐書』로 구별하여 부르기도 한다.

당지唐志 역사책 제목. 『신당서新唐書』와 『구당서舊唐書』의 「지志」를 가리킨다. 고대 중국의 역사서에서 '지志'는 해당 왕조의 각종 지리와 학술, 문화 등을 정리하여 기록하는 것이다.

대구對句 문학 용어. 고대 중국의 시와 산문에서 특정한 2구절(또는 4구절)의 글자 수가 서로 같고 그 내용이 서로 짝을 이루도록 맞추는 기법을 가리키며, '대장對仗'이라고도 한다. 위·진 이래 중국의 문인들은 시나 산문을 지을 때 한자의 성조聲調가 아름답게 조화를 이루도록 노력함으로써 글쓰기의 형식에 격률格律이 강화되는 경향을 보였다. 특히 근체시가 완성된 이후에는 율시의 중간에 있는 두 연, 즉 함련頷聯과 경련頸聯에서는 반드시 대구를 맞춰야 하는 규칙이 생겼다. 산문에서는 변려문騈儷文이나 부賦 등에서 중간 중간에 대구를 자주 활용한다.

대동부大同府 지명. 지금의 산시〔山西〕 다퉁〔大同〕에 해당하는 지역이다. 원래 명칭은 승운주昇雲州였으나 요나라 때 대동부로 바뀌었다. 『홍루몽』에서는 가영춘의 못된 남편인 손소조의 관적貫籍으로 설정되어 있다.

도원道院 도사道士들이 거주하는 곳을 가리킨다.

도향노농稻香老農 이환의 호. 제37회에서 가탐춘의 주재로 해당사를 결성할 때, 이환은 자신의 거처인 도향촌稻香村의 이름을 따서 이와 같은 호를 지었다.

도향촌稻香村 정원 이름. 대관원 안의 서쪽에 위치한, 가산 발치에 있는 몇 칸의 초가집을 중심으로 한 곳이다. 이곳은 진흙으로 담을 둘렀고, 볏짚으로 대문을 만들었으며, 수백 그루의 살구나무가 심겨 있다고 묘사되어 있다. 또 그 바깥에는 뽕나무와 느릅나무, 석류나무 등이 심겨져 있다. 이곳은 훗날 이환의 거처가 된다.

도화사桃花社 시 모임〔詩社〕 이름. 가탐춘의 주도로 결성된 해당사가 사실상 해체된 후 임대옥이 다시 결성하면서 모임 이름을 도화사로 바꾸었다. 『홍루몽』의 등장인물들이 지은 시사詩詞는 대부분 이 모임과 관련이 있다.

동헌東軒 관청의 건물 이름. 지방 관아에서 고을 원員이나 감사監司, 병사兵使, 수사水使 및 그 밖의 수령守令들이 공사公事를 처리하던 중심 건물을 가리킨다.

두보杜甫(712~770) 인명. 자는 자미子美, 자호自號는 소릉야로少陵野老, 공현鞏縣(지금의 허난〔河南〕 공이〔鞏義〕) 사람이다. 이백李白과 더불어 성당盛唐 시기를 대표하는 시인으로서 '시성詩聖' 또는 '시사詩史'로도 불리며 근체시의 모범이 되는 율시와 당시의 시대적 아픔을 담은 1500수 가량의 시를 남겼다.

만상홀滿牀笏 청나라 때 연극〔傳奇〕 제목. 사실 이 작품은 2가지 판본이 있다. 하나는 강희康熙 연간(1662~1722)에 나온 12단락〔齣〕 분량의 작품으로서 작자는 알 수 없고, 그 내용은 당나라 때의 곽자의郭子儀(679~781)가 이백李白의 천거를 받아 벼슬길에 들어서 큰 공을 세우고 결국 황제의 부마駙馬가 되어 행복하게 산다는 것으로, 이야기는 곽자의가 60세의 생일잔치를 성대하게 치르는 데서 끝난다. 다른 하나는 이어李漁가 다듬은 8편의 연극 중 하나로서 『십초기十醋記』라고도 부른다. 이것은 모두 36단락 분량이며, 그중 10단락은 절도사節度使로 설정된 가상의 인물인 공경龔敬이 공처가로서 아내의 질투 때문에 시달림을 당한다는 내용이다. 나머지는 강희 연간의 판본에 담긴 내용과 크게 다르지 않다.

면차 麵茶 차 이름. 밀가루와 참깨, 땅콩, 두부 등을 갈아 만든 가루를 물에 타서 죽으로 끓인 것이다. 대개 겨울과 봄철에 많이 먹는다.

명개야합 明開夜合 자귀나무〔楷〕의 속칭. 자귀나무는 합환수合歡樹 또는 마영화馬纓花, 야합화夜合花라고도 부르는데, 밤이 되면 잎사귀들이 짝을 이루어 서로 붙기 때문이다.

몽첨향 夢甛香 향 이름. 제37회의 설명에 따르면 이것은 길이가 세 치에 굵기가 등잔 심지와 비슷한데, 시 모임〔詩社〕에서 제한된 시간 안에 시를 짓도록 시간을 재는 용도로 태웠다고 되어 있다.

묵적 墨翟(기원전 468~기원전 376) 인명. 춘추 말엽 전국戰國 초기의 송나라(지금의 허난〔河南〕 상치우〔商丘〕) 사람으로서(일설에는 노나라, 즉 지금의 산둥〔山東〕 텅저우〔滕州〕 이라고도 함) 묵가 사상의 창시자이다. 그의 저서 『묵자墨子』는 겸애兼愛를 바탕으로 전쟁에 반대하고 근검절약과 현인賢人에 대한 존중 등을 강조했다. 또한 그는 당시에 이미 기하학과 물리학, 광학光學 등의 과학 분야를 개척한 것으로도 유명하며, 당시에는 유가儒家와 더불어 '현학顯學'으로 불리며 사회적인 영향력이 컸다. 그러나 그가 죽은 후 묵가 학파는 상리씨相里氏, 상부씨相夫氏, 등릉씨鄧陵氏로 구별되는 3개의 학파로 분화되었고, 한나라 이후 중앙집권적인 통일국가 체제에서 종교적 색채가 강한 묵가의 집단성을 위협 요소로 간주하여 박해하고 자체의 내분으로 인해 급격히 소멸되었다.

배율 排律 고대 중국의 시 형식 중 하나. 대표적인 근체시인 율시의 한 종류이다. '배율'이라는 명칭은 원나라 때 양사홍楊士弘이 쓴 『당음唐音』에서 처음 사용되었으며, 명나라 이후로는 널리 사용되었나. 배율노 율시와 마찬가지로 한 구절에 들어가는 글자 수에 따라 오언배율과 칠언배율이 있는데, 그중 오언배율이 주류를 이른다. 배율은 보통 10구절 이상으로 이루어져 있으며, 대개 짝수 구절의 마지막 글자에 압운押韻을 하기 때문에 6운 12구, 8운 16구와 같이 구절의 수가 짝수가 되지만 그 수는 상한선이 없다. 다만 일반적인 율시와 마찬가지로 글자의 성조聲調에서 평측平仄과 대장對仗(또는 대구對句), 압운의 규칙은 엄격하게 지켜야 한다.

백거이 白居易(772~846) 인명. 자는 낙천樂天, 만년의 호號는 향산거사香山居士이며, 하남河南 신정新鄭(지금의 정저우[鄭州]에 속함) 사람이다. 쉽고 통속적인 언어로 다양한 주제를 여러 가지 형식의 시로 창작함으로써 '시마詩魔' 또는 '시왕詩王'이라는 별칭을 얻었고, 친한 벗인 원진元稹과 나란히 명성을 날렸다. 당나라 무종武宗(841~846 재위) 때 한림학사翰林學士, 좌찬선대부左贊善大夫를 지냈다. 유명한 「장한가長恨歌」와 「비파행琵琶行」을 비롯한 그의 작품들은 『백씨장경집白氏長慶集』에 수록되어 지금까지 널리 음송吟誦되고 있다.

백수도 百壽圖 모양이 다른 여러 개의 목숨 '수壽' 자를 이용한 도상圖像으로서, 전체적으로 원형이나 사각형 등의 모양을 이룬다. 어떤 경우에는 도상 전체의 윤곽을 나타내는 큰 '수' 자 안에 수십 내지 수백 개의 작은 '수' 자를 써서 채우는 경우도 있으며, 여기에 사용되는 글자체[書體]는 전서篆書와 예서隸書, 해서楷書뿐만 아니라 그것들을 변형하거나 혼합하여 만들기도 한다.

백제궁 白帝宮 건물 이름. 고대 중국의 민간신앙에서 가을을 관장하는 신神인 백제白帝의 궁궐을 가리킨다. 고대 중국의 오행사상에서 가을은 금金에 속하는데, 맛으로는 매운 맛[辛], 색깔로는 흰색[白]에 속한다.

보녕후 保寧侯 작위 이름. 『홍루몽』에서 설정한 가상의 작위이다. 이 작위를 지닌 인물의 성명은 밝혀져 있지 않으며, 제70회에는 경영절도사를 지낸 왕자등의 딸이 그의 아들과 결혼했다고 서술되어 있다.

보안연수경 保安延壽經 책 제목. 장수長壽를 기원하는 경전은 불교와 도교에 모두 있는데, 도교에서 대표적인 것은 『정일대화예수연수경록正一大黃豫修延壽經籙』이다. 제71회에서서 언급된 '보안연수경'은 일반적으로 불교의 『불설연수묘문다라니경佛說延壽妙門陀羅尼經』을 가리키는 것으로 알려져 있다. 이 경전은 송나라 때 인도에서 건너온 승려 법현法賢이 번역한 것으로, 부처가 금강수보살金剛手菩薩의 청에 따라 수명을 늘리는 오묘한 주문을 설법說法한 내용이다.

복수향 福壽香 향 이름. 복과 장수를 기원하며 태우는 향이라는 뜻인데, 향의 재료나 모양은 구체적으로 규정되지 않았다.

봉작封爵 역사 용어. 원래 제왕이 신하에게 봉토封土와 작위를 내리는 것, 또는 그 작위를 가리키는 말이다. 옛날에는 한 남자가 작위를 받으면 그 부모나 아내도 그에 상응하는 작위에 봉해졌다.

부마駙馬 중국과 조선 등에서 옛날 제왕의 사위를 가리키는 말이며, '국서國婿'라고도 부른다. 이 말은 한나라 때 황제의 수레를 끄는 말을 관리했던 부마도위駙馬都尉라는 벼슬 이름에서 유래했는데, 삼국시대 위나라의 하안何晏(?~249)이나 진晋나라 때의 두예杜預(222~285) 등이 모두 황제의 사위로서 부마도위에 임명되었기 때문에 이런 관행이 생겼다. 당시의 부마도위는 실질적인 직무를 담당하지는 않았으며, 이후로는 제왕의 사위를 나타내는 칭호가 되었다. 청나라 때는 제왕의 사위를 액부額駙라고 불렀다.

북주北周 왕조 이름. 남북조南北朝 시기 북조北朝에 속하는 왕조 중 하나로서 선비족鮮卑族 출신으로 서위西魏 조정의 권력을 장악하고 있던 우문태宇文泰(507~556)가 기틀을 잡았고, 이어서 그의 아들 우문각宇文覺(542~557)이 서위의 공제恭帝를 폐위시키고 정식으로 황제에 올라 주나라를 건립했다. 수도는 장안長安〔지금의 산시〔陝西〕 시안〔西安〕〕에 두었다. 이 왕조는 557년부터 581년까지 5명의 황제를 거치며 24년 동안 존속했는데, 역사에서는 북주北周라고 부른다.

불수감佛手柑 과일 이름. 광둥〔廣東〕과 광시〔廣西〕, 쓰촨〔四川〕, 저장〔浙江〕 등 중국 남방에서 자라는 운향과芸香科의 상록교목에서 딴 노란색의 과일 이름으로 '구과목九瓜木', '오지귤五指橘'이라고도 부른다. 특히 저장 진화〔金華〕에서 나는 것이 가장 유명하여 '금불수金佛手'라고도 불린다. 이것은 향기가 진하고 여러 개의 손가락이 붙은 것처럼 기이한 모양을 하고 있으며 관상용으로뿐만 아니라 약재로도 쓰인다.

비천록마격飛天祿馬格 명리학命理學 용어. '록祿'은 벼슬 운, '마馬'는 재물 운과 관련된 것인데, 사주팔자 중 경자庚子, 임자壬子, 신해辛亥, 계해癸亥 중 하나가 들어가는 것을 의미한다.

빈랑檳榔 과일 이름. 인도와 스리랑카, 말레이시아, 필리핀 등에서 자라는 종려과(Palmae)의 빈랑나무(Areca catechu) 열매이다. 대개 이 열매는 달걀 정도 크기이며 섬유질 속에 회갈색 반점이 있는 씨를 품고 있다. 8월에서 11월 사이 완전히 익기 전에 채취하여 껍질을 제거하고 쪄서 얇은 조각으로 썰아 햇볕에 말리면 짙은 갈색 또는 검정색의 조각이 되는데, 이것을 '낭옥榔玉'이라고도 부른다. 이것은 일종의 구충제인 아차兒茶(catechu)의 원료로 쓰기도 하고, 때에 따라서는 군 것질거리로 먹기도 한다.

사광師曠 인명. 춘추春秋 시기의 저명한 음악가로서 자는 자야子野이고, 진晉나라 양읍楊邑(지금의 산시〔山西〕홍동洪洞) 사람이다. 태어날 때부터 눈이 없어서 '맹신盲臣' 또는 '명신瞑臣'이라고도 불리며, 진나라에서 대부大夫를 지냈다. 특히 음악에 정통하고 거문고를 잘 연주했으며, 음률을 구별하는 청력이 뛰어났다고 한다.

사방침 베개의 일종. 팔꿈치를 괴고 비스듬히 기대어 앉을 수 있도록 만든 정육면체 또는 직육면체의 베개로, 일반적으로 안쪽에 판자로 틀을 짜고 바깥에는 다양한 무늬가 장식된 천을 씌운다.

사복射覆 놀이의 일종. 원래는 사발 같은 그릇에 어떤 물건을 덮어놓고 무엇이 들어 있는지 알아맞히게〔射〕하는 놀이였다. 나중에는 주령으로 발전하여 시나 글귀, 고사성어, 전고典故 등을 이용하여 어떤 사물을 암시하게 해놓고, 차례가 된 사람에게 알아맞히게 하는 방식으로 바뀌었다. 이때 답을 맞히는 사람도 그 사물을 암시하는 다른 시나 글귀, 고사성어, 전고 등을 제시해야 한다. 답을 맞히지 못하거나 문제를 잘못 낸 사람은 모두 벌주를 마셔야 한다.

사양師襄 인명. 춘추春秋 시기 노나라(일설에는 위나라)에서 음악을 담당하던 관리로, 경쇠〔磬〕연주에 뛰어나 '경양磬襄'이라고도 불린다. 또 거문고 연주에도 뛰어나서 공자가 그에게 거문고 연주를 배웠다고도 알려져 있다.

사주社主 시사詩社의 결성과 모임을 주관하는 사람이다.

생원生員 학위 이름. 당나라 때의 국학國學 및 주州, 현縣의 학교에 입학한 학생을 가리킨다. 명·청 시기에는 각급 시험에 합격하여 부府, 주, 현의 학교에 들어간 이들을 가리켰으며, 대개 '수재秀才' 또는 '제생諸生'이라고도 불렀다. 생원의 해당 지역의 교관教官(즉 교수教授, 학정學正, 교유教諭, 훈도訓導 등) 및 학정學政의 감독 하에 시험을 치러야 했다. 또 그 안에서는 늠선생廩膳生, 증광생增廣生, 부생附生으로 구분되었는데, 늠선생은 국가에서 보조하는 식량인 늠미廩米를 지급받았고, 증광생은 늠선생의 정원 외에 추가로 생원이 된 이를 가리키는 말이다.

생황笙簧 악기 이름. 아악雅樂에 쓰는 관악기 중 하나로서 큰 대로 판 통에 많은 죽관 竹管을 돌려 세우고, 주전자 귀때와 비슷한 부리로 불게 되어 있다.

서경西京 지명. 일반적으로 장안長安(지금의 산시〔陝西〕시안〔西安〕)을 가리키며 동경동京東인 낙양洛陽에 대비된다. 그러나 오대五代 후진後晉 때는 변주汴州를 동경 개봉부開封府로 삼고 동도東都 하남부河南府를 서경으로 삼았다. 또 요나라 때는 대동부大同府를 서경이라고 불렀으며, 이것은 원나라 때도 계속되었다. 명나라 때 장헌충張獻忠(1606~1647)은 사천四川의 성도成都를 서경으로 부르기도 했다. 『홍루몽』 제86회에 따르면 '서경'은 가씨 가문이 자리 잡고 있는 곳을 가리키는 듯하지만, 이 작품에서 그냥 '경사'로만 칭해지는 이곳의 지명이 구체적으로 밝혀져 있지는 않다. 다만 작품 전체에서 '경사'는 남경과 다른 곳이라고 구별되어 있기 때문에 북경을 암시하는 듯한 측면이 강하다. 그러므로 제86회에서 설과가 청원서에서 설반이 현재 살고 있는 곳이 '서경'이라고 한 것은 '북경'을 잘못 쓴 것이거나 일부러 다르게 쓴 것으로 보인다.

서시西施 인명. 춘추春秋 시기 월나라의 미녀로서 성이 시施씨이다. 고대 중국의 대표적인 미녀 중 하나로 꼽히는 그녀는 선시先施, 이광夷光, 또는 서자西子라고도 불리며 월나라 저라苧羅(지금의 저장[浙江] 주지[諸暨] 남쪽) 사람이다. 『오월춘추吳越春秋』 「구천음모외전句踐陰謀外傳」에 따르면, 월나라 왕 구천句踐이 오吳나라 왕 부차夫差에게 패해 수모를 당하고 돌아간 뒤 범려范蠡가 그녀를 이용하여 부차에게 미인계를 써서 결국 월나라가 오나라를 멸망시키게 했다고 한다. 이후 그녀는 범려와 함께 천하를 유랑했다 하기도 하고, 일설에는 오나라가 망한 후 강물에 몸을 던져 죽었다고도 한다.

소단小旦 중국 전통 연극의 배역. 일반적으로 중국 전통 연극에서 나이 어린 여자아이의 배역을 연기하는 배우를 가리킨다. 다만 월극越劇과 곤곡崑曲에서는 역시 여성 배역이긴 하지만 이야기에서 신분과 연기의 방식에 따라 비단悲旦(경극京劇에서는 '청의靑衣'라고 함), 화단花旦, 규문단閨門旦, 정단正旦, 무단武旦, 발단潑旦 등으로 나뉜다.

소상관瀟湘館 정원 이름. 『홍루몽』에 나오는 가상의 정원인 대관원 안에 있는 별도의 작은 정원이자 저택이다. 이곳은 원래 가보옥이 가정 등과 함께 막 완공된 대관원을 둘러보다가 '유봉래의有鳳來儀'라는 제사題詞를 지어서 임시로 붙여놓았던 곳인데, 정월 대보름에 가원춘이 친정을 방문한 후 '소상관'이라는 이름을 하사했다. 훗날 이곳은 임대옥의 거처로 사용되며, 이 때문에 항상 눈물이 많은 임대옥은 시 모임[詩社]에서 '소상비지瀟湘妃子'라는 호를 쓰게 된다.

소상비자瀟湘妃子 임대옥의 호. 제37회에서 '해당사'가 결성되었을 때 가탐춘이 임대옥에게 붙여준 호이다. 가탐춘은 옛날 순舜임금의 두 아내 아황娥皇과 여영女英이 뿌린 눈물이 대나무에 얼룩이 되었다는 전설 때문에 반죽班竹을 '상비죽湘妃竹'이라고도 부른다는 사실과 임대옥의 거처가 소상관인데다 또 그녀가 울기도 잘한다는 이유를 들어 이런 호를 지어주었다.

소지燒紙 종교 용어. 귀신에게 제사지낼 때 불에 태워 바치는 종이돈〔紙錢〕으로 '소지전燒紙錢'이라고도 한다. 옛날에는 장례식 때 실제 돈을 무덤에 함께 묻었는데, 한나라 이후로 점차 종이로 만든 가짜 돈을 태워 바치는 풍속이 생겼다고 한다.

수성壽星 별 이름. 본래 용골龍骨 자리(Carina)의 으뜸 항성인 커노퍼스(Canopus)를 가리키는 말이었지만, 고대 중국의 신화에서는 복성福星, 녹성祿星과 함께 장수와 복록을 상징하는 '삼성三星' 중 하나로 숭배되었으며, '남극노인성南極老人星' 또는 '남극선옹南極仙翁'이라고도 불린다. 이 별은 이미 진시황 때부터 사당에 모셔져서 숭배를 받았는데, 일반적인 그림에서 그는 하얀 수염에 지팡이를 짚고 이마가 높이 솟은 노인으로 묘사된다.

수월암水月庵 암자 이름. 『홍루몽』에 나오는 가상의 암자로서 철함사에 속한 암자이며 만두암이라고도 부른다. 이곳의 주지는 정허淨虛, 제자로 지선智善과 지능智能이 있다. 제77회에 따르면 이곳에는 지통智通이라는 비구니도 있어서 가씨 가문의 극단이 해체되었을 때 방관이 그의 제자가 되어 출가한다.

순무巡撫 벼슬 이름. 명 · 청 시기에 지방을 순시하며 군정軍政과 민정民政을 감찰하던 대신으로서 '무대撫臺'라고도 부른다. 이 관직은 명나라 초기인 1391년에는 임시로 설치된 것이었지만, 1421년부터는 정식 관직이 되었다. 당시의 순무는 대개 진사進士 출신이 담당했으며, 지방에 파견되면 승선포정사사承宣布政使司와 제형안찰사提刑按察使司, 도지휘사사都指揮使司의 업무를 총괄하면서 매년 조정에 들어가 업무를 보고했다. 청나라 때의 순무는 도찰원都察院 우부도어사右副都御史의 직함을 겸하게 되면 종이품이었지만, 병부시랑兵部侍郎의 직함을 겸하게 되면 정이품이 되었다.

순채 채소 이름. 수련과의 여러해살이 수초水草로, 줄기는 원뿔 모양이고 물에 잠겨 있으며 잎은 어긋나고 물 위에 떠 있다. 7월에서 8월 사이에 어두운 붉은 자주색 꽃이 긴 꽃대 끝에 하나씩 피고, 열매는 달걀 모양으로 물속에서 익는다. 순채의 어린잎은 나물이나 국의 재료로 쓰이기도 한다.

숭산嵩山 지명. 지금의 허난성〔河南省〕 서부에 위치한 산으로서 중국을 대표하는 5개의 산인 '오악五嶽' 중 중악中嶽에 해당한다. 사실 이 산은 태실산太室山과 소실산少室山이 합쳐진 것이며, 그중 가장 높은 봉우리인 연천봉連天峰은 해발 1512미터에 달한다. 이곳은 중국 문명의 발상지 중 하나이며 유명한 소림사가 있는 곳이기도 하다.

승제承題, **기강**起講 명·청 시대에 과거시험의 답안 작성에 사용되었던 팔고문의 체제 중 일부를 구분하여 가리키는 말이다. '승제'는 시험 제목의 뜻을 2구절의 운문으로 풀이한 '파제破題'의 뒤를 이어 부연 설명하는 부분이고, '기강'은 본격적인 논의를 시작하는 부분으로서 그 첫머리는 '의위意謂', '약왈若曰', '이위以爲', '차부且夫', '상사嘗思'와 같이 상투적인 두 글자의 단어로 시작한다.

시랑侍郎 벼슬 이름. 문하시랑門下侍郎을 줄여 부르는 호칭이다. 원래 진秦·한 때 군주의 측근에서 모시던 벼슬아치 중 황문시랑黃門侍郎이 있었는데, 당唐 현종玄宗 때 문하시랑으로 명칭이 바뀌었으며, 문하성門下省의 장관인 시중侍中의 보좌관으로 삼았다. 당나라와 송나라 때 시랑은 평장사平章事와 더불어 재상宰相으로 불렸으나, 원나라 이후로 이 벼슬은 없어졌다. 다만 청나라 때는 각 부원部院에 좌시랑左侍郎과 우시랑右侍郎이 있었는데, 이것은 태자소사太子少師, 태자소부太子少傅, 태자소보太子少保, 내무부총관內務府總管, 그리고 각 성省의 총독總督과 같이 정이품에 해당하는 고위 관직이었다.

시매猜枚 놀이의 일종. 수박씨나 연밥, 또는 검은색과 흰색의 바둑돌을 손에 감싸 쥐고 상대방으로 하여금 그 개수가 짝수인지 홀수인지, 또는 그 색깔이 무엇인지 알아맞히게 하는 놀이이다. 이 놀이는 대개 주령으로 많이 사용되어서 진 사람은 벌주를 마셨다.

시사詩社 시인들이 정기적으로 모여 시를 짓기 위해 결성한 단체를 가리킨다.

시선詩仙 이백李白의 별칭.

심방정沁芳亭 정자 이름. 대관원 정문에서 가장 가까운 다리이자 정자이다.

악비岳飛(1103~1142) 인명. 자는 붕거鵬擧, 북송北宋 상주相州 탕음湯陰(지금의 허난〔河南〕 안양시〔安陽市〕에 속함) 사람이다. 뛰어난 군사 전략가이자 애국지사로서 금나라에 대항하는 데 앞장섰던 그는 당시의 간신奸臣 진회秦檜에 의해 '막수유莫須有' 즉, 틀림없이 뭔가 있다는 애매한 죄목으로 녹살당했다. 이후 효종孝宗(1163~1189 재위) 때 무목武穆이라는 시호를 받았고, 이어서 영종寧宗

(1195~1224 재위) 때는 악왕鄂王에 추봉追封됨과 동시에 시호도 충무인忠武人으로 고쳐졌다. 그가 북벌北伐의 뜻을 이루지 못하고 비분에 찬 심정을 노래한 「만강홍滿江紅」은 천고千古의 절창絶唱으로 지금까지도 널리 음송吟誦되고 있다.

안혼환安魂丸 약 이름. 중국 고대소설에서 이 약은 신경안정제, 수면제, 마취제 등으로 다양하게 쓰이는데, 『홍루몽』제74회에서는 가정이 불시에 가보옥의 공부를 점검하려 할 때 청문이 계책을 내서 가보옥에게 꾀병을 부리도록 하고, 자신이 직접 왕부인의 거처로 가서 이 약을 가져오면서 가보옥이 무언가에 놀라 병이 났다고 소문을 낸다. 이로 보건대 여기서는 일종의 신경안정제를 의미하는 듯하다.

양각등羊角燈 등롱燈籠 이름. 등불 덮개에 양 뿔로 만든 판을 아교로 붙여서 반투명하고, 비바람을 막을 수 있게 한 것이며 '명각등明角燈'이라고도 부른다. 일반적으로 귀족 저택의 대문 앞에 걸어놓거나 밤에 외출할 때 길을 밝히기 위해 들고 다니는데, 대개 그 위에 주인의 성씨나 관직을 써놓는 경우가 많다.

양주楊朱(?~?) 인명. 전국戰國 시기 위나라(지금의 허난[河南] 카이펑[開封]) 사람으로 자는 자거子居이다. 유가儒家와 묵가墨家 특히, 묵가의 '겸애兼愛' 사상에 반대하며 생명과 자기 자신을 최우선적으로 귀중히 여겨야 한다는 극단적인 이기주의를 주장했다. 독자적인 저작을 남기지 않은 그의 견해는 『장자』와 『맹자』, 『한비자』, 『여씨춘추』등에 단편적으로 기록되어 있다.

여몽령如夢令 사패詞牌 이름. 오대五代 또는 송나라 때부터 사詞를 짓는 데 필요한 기본 가락의 하나로 전해진 것이며 「안도원晏桃源」또는 「비매比梅」라고도 부른다. 일반적으로 여섯 글자로 이루어진 구절이 중심을 이루며, 전체 33자로 되어 있다. 『홍루몽』제70회에서 사상운은 버들 솜이 날리는 걸 보고 이 가락에 맞춰 짧은 노래[小令]를 짓는다.

여산노모驪山老姥 신神 이름. 산시[陝西] 일대의 민간 전설에서 여와女媧를 가리키는 칭호이며, 무극노모無極老姥라고도 부른다. 여와는 중국 신화에서 무너진 하늘을 보수하고 인류를 창조한 신으로서 복희伏羲, 신농神農과 더불어 '삼황三皇'으로 불린다. 산시 지역, 특히 여산驪山 일대의 민간에서는 음력 6월 13일을 그녀의 탄신일로 규정하고 제사를 올린다.

여지荔枝 과일 이름. 중국 남부에서 자라는 아열대 상록교목常綠喬木의 열매로, 비늘 모양의 껍질이 울퉁불퉁하게 돌출되어 있고 익으면 붉은 색이 된다. 단단한 씨를 감싸고 있는 과육은 신선할 때 반투명한 흰빛을 띠며 독특한 향을 풍긴다. 다만 저장하기가 어렵다는 단점이 있다. 여지는 식용으로 쓰일 뿐만 아니라 진통제나 심장병, 소장小腸의 막힘을 치료하는 약재로도 쓰인다. 여지는 바나나와 파인애플, 용안과 더불어 남국의 4대 과일로 꼽힌다.

연구聯句 문학 용어. 옛날 중국에서 시를 짓는 방법 중 하나이다. 이것은 2명 혹은 그 이상의 사람들이 각자 한 구절 또는 몇 구절을 이어서 짓는 방식으로 한 편의 시를 완성하는 것이다. 전하는 바에 따르면 이런 방법은 한나라 무제武帝(기원전 140~기원전 87 재위)가 여러 신하들과 합작하여 「백량시柏梁詩」를 지은 데서 비롯되었다고 한다.

연와탕燕窩湯 음식 이름. 연와를 주원료로 하여 끓인 국이다. 연와는 바다제비〔金絲燕〕의 둥지로, 바다제비가 늦봄부터 가는 해초 및 부드러운 식물, 자기 몸의 털을 이용하여 입에서 나오는 침으로 반죽하여 지은 집을 가리킨다. 이것은 진귀한 요리 재료로 쓰이며 폐를 튼튼하게 하여 기침이나 토혈 등의 증상을 치료하고 여성의 피부를 윤택하게 하며, 정신을 맑게 해주는 효능이 있다고 알려져 있다.

염낭〔荷包〕 허리에 차는 작은 주머니 중 하나. 원형과 타원형, 사각형 등으로 모양이 다양하며 꽃이나 새, 짐승, 벌레, 산수山水, 인물을 비롯하여 여러 가지 상서로운 말이나 시사詩詞의 구절들로 장식되어 있고, 아래쪽에는 다양한 모양새의 수실이 장식되어 있다. 또 위쪽에는 이것을 여기에 허리에 찰 수 있도록 긴 끈이 매어져 있다. 일반적으로 염낭은 실제로 자잘한 물건을 넣고 다니는 용도로 쓰이기도 하지만 그에 못지않게 장신구로 간주되기도 한다.

영경당榮慶堂 건물 이름. 영국부 안 태부인의 거처에서 중심이 되는 건물이다. 부귀영화와 경사가 넘친다는 의미를 지닌 이 건물은 제3회에서 임대옥이 처음 태부인과 만난 곳이기도 하다. 이곳은 수화문垂花門을 통해 들어가 둥근 회랑과 천당穿堂의 삽병揷屛을 거쳐 세 칸짜리 작은 마룻방을 지나 나타나는 큰 정원의 정문에 자리 잡고 있는 다섯 칸짜리 건물인데, 기둥과 들보에는 모두 화려한 조각과 그림으로 장식되어 있고, 양쪽 복도에 딸린 행랑채에는 앵무새와 화미소畵眉鳥 같은 각양각색의 새들이 들어 있는 새장들이 걸려 있다고 묘사되어 있다.

예상우의霓裳羽衣 성어. 무지개〔雲霓〕로 만든 치마와 깃털로 만든 웃옷이라는 뜻으로, 여자들의 화려한 차림새를 비유하는 말이다.

오언배율五言排律 고대 중국의 시 형식 중 하나. 대표적인 근체시인 율시의 한 종류인 배율 중 한 구절이 다섯 글자로 이루어진 작품을 가리킨다. 일반적으로 배율은 오언배율이 주류를 이루는데, 이것은 보통 10구절 이상으로 이루어져 있다. 또한 오언배율은 대개 짝수 구절의 마지막 글자에 압운押韻을 하기 때문에 6운 12구, 8운 16구와 같은 형식을 이루게 된다.

오언시 五言詩 고대 중국의 시 형식 중 하나. 한 구절이 다섯 글자로 이루어진 시를 아울러 부르는 것인데, 그 안에는 다시 고시古詩와 근체시로 구별된다. 근체시는 율시와 절구가 있다.

오언율시 五言律詩 고대 중국의 시 형식 중 하나. 절구와 함께 근체시를 대표하는 형식으로서 오언율시와 칠언율시가 있다. 율시는 한 수, 즉 한 편의 작품이 모두 8개의 구절로 이루어져 있는데, 처음 2구절을 합쳐서 수련首聯, 다음 2구절은 함련頷聯, 세 번째는 경련頸聯, 마지막은 미련尾聯이라고 부른다. 오언율시는 당나라 초기에 형성된 것으로서 각 구절은 모두 다섯 글자로 되어 있으며, 줄여서 '오율'이라고도 부른다. 오언율시에서는 짝수 구절의 마지막 글자는 압운을 해야 하고, 첫 구절의 마지막 글자는 압운을 해도 되고 하지 않아도 된다. 운으로 쓰이는 글자는 일반적으로 평성平聲의 글자를 쓰며, 하나의 작품에는 한 가지 계열의 운자만을 써야 한다. 또한 모든 구절의 글자들은 일정한 규칙이 있어서, 가령 첫 구절이 '측성(또는 평성)-측성-측성-평성-평성'의 순서로 되어 있다면 둘째 구절은 반드시 '평성-평성-측성-측성-평성(압운)'의 형식으로 써야 하는 것처럼 복잡한 규칙이 있다. 게다가 함련과 경련은 반드시 대장對仗을 이루어야 한다는 규칙이 있다. 칠언율시의 경우는 이보다 규칙이 더 복잡하다.

온정균 溫庭筠(812?~866?) 인명. 본명은 기岐, 자는 비경飛卿이며 태원太原 기祁(지금의 산시[山西] 치현[祁縣] 동남쪽) 사람이다. 뛰어난 글 솜씨로 여덟 번 손을 모아 인사하는 사이에 8편의 시를 썼다고 해서 '온팔차溫八叉'라는 별명을 가지고 있기도 하다. 하지만 자신의 재능을 믿고 거리낌 없이 권세 높은 귀족들을 풍자했던 까닭에 평생 과거에 급제하지 못했다.

완적 阮籍(210~263) 인명. 자는 사종嗣宗이고, '건안칠자建安七子'의 한 명인 완우阮瑀의 아들로서 진류陳留 위씨尉氏(지금의 허난[河南]에 속함)에서 태어났다. 위나라에서 보병교위步兵校尉를 지낸 적이 있기 때문에 완보병阮步兵으로도 불렸다. 노장老莊 사상을 숭상하며 정치 참여에 소극적이었지만 혜강嵇康, 유영劉伶 등과 더불어 문학 창작에 공적을 남김으로써 '죽림칠현竹林七賢'으로 불렸다. 또한 특이한 인생관으로 인해 '백안시白眼視'라는 성어成語의 주인공이 되기도 했다. 대표작으로 연작시 「영회詠懷」와 산문 「대인선생전大人先生傳」 등이 있다.

왕소군王昭君(기원전 52~?) 인명. 본래 이름은 왕장王嬙, 자는 소군昭君으로 서한西漢 시기 남군南郡 자귀秭歸(지금의 후베이[湖北] 싱산[興山]) 사람이다. 원제元帝의 궁녀로서, 기원전 33년에 칙명을 받아 흉노의 호한야선우呼韓邪單于에게 시집가서 아들을 하나 낳았다. 이후 호한야선우가 죽은 후, 아버지가 죽으면 아들이 그 어머니를 아내로 삼는 흉노의 관례에 따라 호한야선우의 아들 푸주루선우復株累單于의 아내가 되어 다시 두 딸을 낳았다. 이후 그곳에서 죽어 지금의 후허하오터시[呼和浩特市] 남쪽의 교외에 묻혔는데, 그 무덤을 후세 사람들은 '청총青塚'이라고 부른다. 진晉나라 때 이르러 태조太祖 사마소司馬昭와 이름이 겹친다는 이유로 그녀의 자를 명군明君으로 바꾸었기 때문에 이후로는 흔히 명비明妃라고 불리게 되었다. 그녀의 애절한 사연은 예로부터 시인들이 자주 이용하는 소재가 되었다.

왕야王爺 작위 이름. 봉건왕조시대에 '왕'에 봉해진 이를 높여 부르는 호칭이다. 진秦나라 이전까지 '왕'은 제후諸侯와 주나라 천자天子에 대한 호칭이었는데, 진시황이 천하를 통일한 후 '왕'은 작위 중 하나가 되었다. 한나라 때부터는 황제의 아들이나 형제를 왕으로 봉하기 시작했으며, 위·진晉 시대부터는 친왕親王과 군왕郡王의 구별이 생기기 시작했다. 친왕은 황제의 아들이나 형제가 왕으로 봉해진 경우만을 가리키며, 군왕도 처음에는 같은 용도로 쓰였으나 나중에는 대개 절도사 등에 봉해진 황족 이외의 무관과 문관을 가리키게 되었다. 이후에는 또 왕의 칭호를 한 글자로 쓴 경우는 친왕을, 두 글자로 쓴 경우는 군왕을 가리키는 관행이 생겼다. 예를 들어, 당나라 예종睿宗은 천자에 즉위하기 전에는 상왕相王에 봉해져 있고, 곽자의郭子儀는 분양왕汾陽王에 봉해졌다.

왕희지王羲之(303~361 또는 321~379) 인명. 명문 가문인 낭야琅琊 왕씨 가문에서 태어났으며, 자는 일소逸少, 호는 담재澹齋이다. 이후 동진東晉 왕조에서 비서랑秘書郎, 녕원장군寧遠將軍, 강주자사江州刺史, 회계내사會稽內史, 영우장군領右將軍 등을 역임했기 때문에 흔히 '왕우군王右軍' 또는 '왕회계王會稽'로 불렸다. 뛰어난 서예가로서 '서성書聖'이라고 칭송되었고, 그의 아들 왕헌지王獻之도 서예에 뛰어나서 둘이 함께 '이왕二王'으로 불렸다. 대표작으로는 해서楷書로 쓴 『황정경黃庭經』과 『악의론樂毅論』, 초서草書로 쓴 『십칠첩十七帖』과 『초월첩初月帖』, 행서行書로 쓴 『이모첩姨母帖』과 『상란첩喪亂帖』, 「난정집서蘭亭集序」 등이 있다.

요정관凹晶館 건물 이름. 대관원 안쪽의 가산 발치 연못가의 우묵하게 들어간 곳에 세워진 곳으로, 가산 위에 세워진 철벽당과 짝을 맞추어 지어진 건물이다. 제76회에서 임대옥과 사상운이 나누는 대화에 따르면 이곳은 달구경을 하기에 좋은데, 이곳의 이름을 지은 이가 바로 임대옥이라고 했다. 이곳에서 임대옥과 사상운은 중추절 풍경을 주제로 서로 번갈아가며 22운의 연구를 짓는다.

요투탕療妒湯 약 이름. 천제묘天齊廟의 도사 왕일첩王一貼이 가보옥에게 질투를 치료하는 탕약이라며 장난삼아 가르쳐준 엉터리 약이다.

용뇌향龍腦香 향 이름. 빙편氷片, 서룡뇌瑞龍腦, 매화뇌梅花腦子, 매편梅片, 매빙梅氷, 갈포라향羯布羅香, 용연향龍涎香이라고도 불린다. 열대우림에서 자라는 교목인 아비통(Apitong)의 새로 난 가지와 잎에서 수지樹脂를 채취하여 가공한 것으로서 진한 향이 특징이다. 또 약용으로도 쓰이는데 대개 안질이나 두통, 치통, 중풍, 치질이나 부스럼의 치료제로 쓰인다.

용정차龍井茶 차 이름. 저쟝〔浙江〕 항저우〔杭州〕의 시후〔西湖〕 일대에서 나는 녹차로서 1200년 가까운 역사를 가진 유명한 차이다. 이 차는 선명한 초록색 잎과 진한 향기, 달콤한 맛, 아름다운 모양으로 유명하다. '용정'은 원래 시후 서북쪽 옹가산翁家山 서북쪽에 있는 마을 이름이지만, 용정차는 그 생산지에 따라 서호용정西湖龍井과 전당용정錢塘龍井, 월주용정越州龍井으로 나뉜다. 서호용정 외의 2가지는 일반적으로 절강용정浙江龍井이라고 부르기도 한다.

우산羽山 지명. 지금의 쟝쑤〔江蘇〕 동하이현〔東海縣〕과 산둥〔山東〕 린수현〔臨沭〕의 경계에 있는 산이다. 전설에 따르면 요堯임금이 곤鯀에게 황하黃河의 물길을 다스리라고 했는데 실패하자 순舜임금이 그를 이곳에서 죽이고, 곤의 아들 우禹에게 그 임무를 이어받게 했다고 한다.

우언寓言 문학 용어. 산문이나 운문의 형식을 통해 제시된 어떤 권계勸誡나 풍자의 의미가 담긴 이야기를 가리킨다. 여기에는 대개 권선징악이나 삶의 지혜를 가르쳐주는 철학적 이치 등이 포함된다. 최초의 우언은 민간에서 발생하여 유행하다가 문인과 학자들이 인용하기 시작했고, 이후로는 논증이나 변론을 위해 허구적으로 만들어 내기 시작했다. 우언이라는 단어 자체는 『장자莊子』 「우언寓言」에 처음 나타나는데, 그때의 의미는 외부의 사물을 빌려와 자신의 주장을 이해하기 쉽게 제시하는 기술을 의미했다.

우향사藕香榭 정자 이름. 『홍루몽』에 나오는 가상의 정원인 대관원 안에서 서쪽에 위치한 연못 안에 지어진 것으로, 사방으로 창이 나 있고 좌우로 구불구불한 회랑을 통해 육지와 연결된다고 묘사되어 있다. 우향사라는 이름은 정월 대보름에 가원춘이 친정을 방문한 후에 하사한 것이다. 이곳은 훗날 사상운이 계를 써서 잔치를 벌이며 해당사라는 시 모임〔詩社〕을 결성한 곳이기도 하고, 태부인이 철금각에서 술자리를 마련했을 때 배우들에게 노래 연습을 하게 한 곳이기도 하다. 해당사 모임에서 가석춘은 자신의 호를 '우향'이라고 지었다.

운자韻字 문학 용어. 시詩나 사詞를 지을 때 정해진 운각韻脚의 자리에 쓰도록 규정한 글자이다. 여기에 쓰는 글자들은 성조聲調에 따라서 부류를 구분해놓은 운보韻譜에 나열된 글자들만을 쓸 수 있다.

울결鬱結 한의학 용어. 기혈氣血이 한곳에 몰려서 흩어지지 않는 현상을 가리킨다.

원외랑員外郞 벼슬 이름. 원래는 정원 이외의 낭관郎官을 가리키는데, 수나라 때 상서성尙書省의 이십사사二十四司에 각기 원외랑을 한 명씩 두어 각 부서〔司〕의 차관次官으로서 업무를 담당하게 했다. 이 벼슬은 당나라 이후 청나라 때까지 이어져 낭중郎中과 원외랑이 육부六部의 각 부서에서 장관과 차관의 직책을 맡게 했으니, 비록 명칭은 '정원 외〔員外〕'였지만 사실상 정원 안에 포함되어 있었다.

월궁月宮 '광한궁' 항목 참조.

월동문月洞門 문 이름. 정원 안쪽의 담에 다양한 형태의 구멍을 뚫어 만든 문이다. 대체로 둥근 달 모양이 많으며, 주로 장식과 경관을 배려하여 만들기 때문에 열고 닫는 문은 달려 있지 않은 경우가 많다.

유신庾信(513~581) 인명. 자는 자산子山이고, 남양南陽 신야新野(지금의 허난성〔河南省〕에 속함) 사람이다. 처음에 양나라에서 상서탁지랑중尙書度支郎中 등을 지내다가 나중에 서위西魏에 의해 양나라가 망한 후 서위와 북주北周에서 벼슬살이를 계속하여 표기대장군驃騎大將軍, 개부의동삼사開府儀同三司 등을 지냈기 때문에 흔히 유개부庾開府라고도 불린다. 당시의 이른바 궁정문학宮廷文學을 대표하는 시인이기도 한 그는 「애강남부哀江南賦」와 「의영회擬詠懷」 등의 작품을 남겼다.

유지油紙 종이 이름. 비교적 질긴 종이 위에 오동나무 기름이나 기타 건성乾性의 기름을 발라 만든 종이다. 이 종이는 잘 접히지 않고 방수성 있어서 우산이나 창호지, 또는 방수가 필요한 각종 포장지 따위를 만드는 데 쓰인다.

육유陸游(1125~1210) 인명. 자는 무관務觀, 호는 방옹放翁이며, 월주越州 산음山陰

(지금의 저장[浙江] 사오싱[紹興]) 사람이다. 남송南宋 효종孝宗(1163~1189 재위) 때 진사출신進士出身의 자격을 받았으며, 나중에 보장각대제寶章閣待制 벼슬을 지낸 적도 있으나, 부패한 조정에서 자리를 찾지 못하고 만년에는 은퇴하여 고향에서 지냈다. 고대 중국의 대표적인 애국 시인으로 칭송받는 그는 평생 9000수가 넘는 시와 적지 않은 사詞 작품을 남겼다. 주요 저작으로 『검남시고劍南詩稿』와 『위남문집渭南文集』, 『남당서南唐書』, 『노학암필기老學庵筆記』가 있다.

의문儀門 대문 이름. 옛날 관아의 대문 안쪽에 위엄을 드러내기 위해 의례적으로 만들어놓은 문, 또는 관서官署의 옆문을 가리킨다.

이하李賀(790~816) 인명. 자는 장길長吉이고, 하남河南 복창福昌(지금의 허난[河南] 뤄양[洛陽]에 속함) 사람이다. 귀신을 소재로 한 신화적 상상력으로 독특한 풍격의 상징주의적인 시를 많이 창작하여 '귀재鬼才', '시귀詩鬼' 등의 별칭이 있었다. 그러나 당나라 때의 불합리한 피휘避諱 관습으로 인해 과거에 응시하지 못하고, 3년 동안 봉례랑奉禮郞이라는 종구품의 말단 관직을 지낸 후 27세의 나이에 병으로 죽었다.

이향원梨香院 정원 이름. 원래 영국공 가원이 만년에 정양靜養하던 곳으로, 제4회의 묘사에 따르면 작고 아기자기하게 10여 칸의 방과 앞뒤 청사가 모두 갖추어져 있다. 또한 거리로 통하는 별도의 문이 있고, 서남쪽에도 작은 문이 있어서 담 사이의 길을 통해 왕부인이 있는 본채의 동쪽으로 갈 수 있다. 설보차와 그녀의 어머니, 오빠 설반이 처음 가씨 가문에 찾아왔을 때 잠시 이곳에 머물렀다. 나중에 그들이 다른 곳으로 거처를 옮긴 후로는 소주에서 사 온 12명의 배우들이 이곳에 머물면서 선생에게서 노래와 연극을 배웠다. 훗날 배우들을 해산시키고 나서는 줄곧 비어 있다가 가련의 첩 우이저가 죽었을 때 잠시 영구를 안치하기도 했다.

인삼고人蔘膏 약 이름. 인삼과 백출白朮 정향丁香, 곽향藿香, 백편두白扁豆 등을 소재로 만든 환약으로서 주로 어린아이의 설사나 구토 증세 등을 치료하는 데 쓰인다.

자릉주紫菱洲 경관景觀 이름. 『홍루몽』에 나오는 가상의 정원인 대관원 안에서 서남쪽에 해당하는 요정화서蓼汀花漵 일대를 가리키며, 이곳에는 물가를 따라 건물들이 세워져 있다. 정월 대보름에 가원춘이 친정을 방문했을 때 이 안에 있는 철금각에 머물렀다.

자죽소紫竹簫 악기 이름. 자죽紫竹으로 만든 통소[洞簫]이다. 대개 9개의 마디가 있는 대나무를 이용하여 만드는데 등 쪽에 5개, 배 쪽에 1개의 구멍이 뚫려 있다. 또 입을 대고 부는 반대편 꽁지에 소리가 나오는 구멍이 2개 내지 4개가 뚫려 있다. 전체적인 길이는 대략 두 자〔尺〕한 치〔寸〕즉, 60센티미터 정도 된다.

장생위패長生位牌 위패의 한 종류. 자신에게 은혜를 베풀어준 사람의 복록과 장수를 기원하기 위해 만든 위패로, 죽은 이를 위해 제사지낼 때 쓰는 것과는 달리 살아 있는 이를 위해 세운 위패이다. 줄여서 '장생패長生牌'라고도 부른다.

저보邸報 신문의 일종. 조정의 문서와 정치적인 정보를 베껴 전하는 신문의 일종으로 '저초邸鈔' 또는 '조보朝報', '조보條報', '잡보雜報'라고도 한다. 이미 2000여 년 전인 서한西漢 초기부터 존재한 것으로 알려져 있다. 한나라 때의 지방 행정단위〔郡國〕와 당나라 때의 번진藩鎭들은 조정의 각종 소식을 알아보기 위해 수도에 일종의 출장소인 '저邸'를 설치해두었는데, 이곳 관리들이 수집하여 기록한 후 지방의 장관에게 알리는 소식지가 바로 '저보'이다.

전고典故 전제典制와 장고掌故를 합쳐서 칭하는 말로, 원래는 한나라 때 예악제도禮樂制度 등 역사적 사실을 담당하는 관리를 일컬었는데, 후세에는 일반적으로 역사적 인물이나 전장제도典章制度와 관련된 이야기, 또는 전설을 가리키는 뜻으로 쓰였다. 또한 시나 산문을 지을 때 고대의 역사적 사실이나 어떤 유래가 있는 어휘를 인용하는 것을 가리켜 '용전用典' 즉, 전고典故를 사용한다고 표현한다.

전국책戰國策 책 제목. 전국戰國 시기 종횡가縱橫家의 정치적 주장과 책략을 당시의 각 나라별로 기술한 책으로서 당시의 역사적 사실과 사회 분위기를 이해하는 데 중요한 자료를 제공하는 책이다. 기원전 490년에 지백智伯(?~기원전 453)이 범씨范氏를 멸망시킨 데서부터 기원전 221년에 고점리高漸離가 축筑으로 진시황을 공격했던 일까지 중요한 역사적 사실과 일화들을 기록하고 있다. 이 내용을 서한西漢 말엽에 유향劉向이 체제를 다듬어 12책 33권으로 만들면서 『전국책』이라는 제목을 붙였다.

전향篆香 향 이름. 당·송 시기에는 전서篆書 모양으로 만든 향에 불을 붙여 그것이 타들어가는 것으로 시간을 재면서 모기 등이 벌레를 쫓는 용도로 쓰곤 했다. 이것이 타는 시각은 하룻밤을 100개의 단위로 나눈 것만큼에 해당하기 때문에 이 향을 '백각향百刻香'이라고도 부른다.

정실靜室 방의 한 종류. 불교나 도교 사원에서 승려나 도사들이 거주하는 방을 가리킨다. 어떤 경우에는 온거해 사는 이가 수행하는 방이라는 의미로 쓰이기도 한다.

정진결재精進潔齋 불교 용어. 고기와 훈채葷菜를 삼가고 행실을 바로 하여 심신을 깨

끊하게 하는 수행을 가리킨다. 대개 특정한 기간을 정해놓고 계속 진행하는 경우가 많다.

제갈량 諸葛亮(181~234) 인명. 자는 공명孔明, 호는 와룡臥龍(또는 복룡伏龍), 낭야琅琊 양도陽都(지금의 산둥[山東] 린이[臨沂] 이난[沂南] 남쪽) 사람이다. 삼국시대 촉한蜀漢의 승상丞相으로서 정치과 군사 분야에 뛰어난 업적을 남겼으나, 세 차례에 걸쳐 위나라를 정벌하는 도중에 오장원五丈原(지금의 산시[陝西] 치산[岐山])에서 병으로 죽는다. 생전에 무향후武鄕侯에 봉해졌고, 죽은 후 시호는 충무후忠武侯이다. 훗날 동진東晉 시기에는 그의 군사적 재능을 높이 사서 무흥왕武興王에 추봉追封하기도 했다. 그가 위나라를 정벌하기에 앞서 후주後主 유선劉禪에게 올린「출사표出師表」는 역대로 명문장으로 꼽힌다.

제시 題詩 시 형식 중 하나. 어떤 사물이나 서예, 그림 등에 대한 느낌을 시로 쓴 것으로, 대개 기둥이나 벽, 서예 및 그림의 적당한 여백, 각종 그릇에 쓴다.

조전 弔錢 돈 세는 단위. 1조전은 동전銅錢 1000전錢을 가리키며, 이것은 종종 한두 개의 꿰미로 묶여 있는 경우가 많다.

종요 鍾繇(151~230) 인명. 자는 원상元常이고, 영천潁川 장사長社(지금의 허난[河南] 창거[長葛] 동쪽) 사람이다. 삼국시대 위나라에서 태부太傅의 벼슬까지 지낸 그는 해서체楷書體의 일종인 소해小楷의 창시자로 알려져 있다.

좌전 左傳 책 제목. 원래 제목은『좌씨춘추左氏春秋』였는데, 한나라 때『춘추좌씨전春秋左氏傳』으로 고쳐 불렀으며, 줄여서『좌전』이라고 한다. 이것은『춘추공양전春秋公羊傳』,『춘추곡량전春秋穀梁傳』과 함께 '춘추삼전春秋三傳'으로 꼽히는 책으로서, 전설에 따르면 춘추 말엽에 노나라 사람 좌구명左丘明이 공자孔子가 쓴 편년체編年體 역사서인『춘추』를 해설한 것이라고 하지만, 오늘날은 한 사람의 저작이 아니라 좌구명으로 대표되는 당시의 여러 학자들에 의해 편찬된 것으로 여겨지고 있다.

주림 珠林 아름다운 나무들로 이루어진 숲을 미화하여 표현한 말이다.

주사 朱砂 광물 이름. 진홍색의 황화수은(HgS)으로서 진사辰砂, 단사丹砂, 적단赤丹, 홍사汞沙라고도 불린다. 이것은 해독과 방부防腐 작용을 하기 때문에 피부의 세균이나 기생충을 제거하는 데 쓰이며, 일설에는 신경을 안정시키거나 최면 효과가 있다고 하기도 한다. 예로부터 도가道家에서 단약丹藥을 만드는 데 중요한 재료 중 하나로 사용되었는데, 그 주성분이 수은이기 때문에 올바로 처리하지 않으면 간과 신장, 중추신경에 치명적인 해를 끼칠 수 있다. 실제로 이로 인해 남북조 이래 신선술을 신봉하던 많은 이들이 수은 중독으로 목숨을 잃기도 했다. 또 도교에서는 이것을 이용하여 종이에 부적을 그려서 사악한 것을 쫓는 용도로 쓰기도 한다.

중양절重陽節 절기 이름. 해와 달의 기운 중 양陽의 기운이 최고조에 달한 음력 9월 9일을 가리키며, '노인절老人節' 또는 '중구重九'라고도 부른다. 이 명절은 이미 전국시대부터 시작되었다고 알려졌으나 정식 명절이 된 것은 당나라 때부터이다. 이날은 온 가족이 모여서 '답추踏秋'라고 부르는 나들이를 나가 조상의 무덤에 성묘를 하고, 재난을 피하는 의식으로 옷이나 머리에 수유茱萸를 꽂고 높은 곳에 오르거나 국화를 감상하는 등의 풍속이 있다. 또 지역에 따라 갖가지 특색 있는 음식을 만들어 먹기도 한다.

중추절中秋節 절기 이름. 음력 8월 15일, 우리나라의 추석에 해당하는 명절이며, 보름달이 떠서 가족의 화합을 상징한다는 의미에서 '단원절團圓節'이라고도 한다. 중국 민간에서는 이때에 월병이라는 특별한 음식을 만들어 먹고, 달에 제사를 지내고, 갖가지 모양으로 장식한 등롱을 만들어 구경하는 등의 풍속이 있으며, 궁중에서는 방게〔螃蟹〕를 쪄서 잔치를 열기도 했다. 그 외에 홍콩에서 이 무렵에 화룡무火龍舞를 연출하는 것을 비롯하여 각 지역별로 다양한 풍속이 있다.

지작루鳷鵲樓 건물 이름. 서한 무제武帝 때 상림원上林苑에 지은 누대 이름이다. 후세에는 까치를 나타내는 '작鵲' 자 때문에 지작루를 칠월 칠석 때 행하는 걸교乞巧의 풍속과 연관시키게 되었다.

지장암地藏庵 암자 이름.『홍루몽』에 나오는 가상의 암자이며, 이곳의 주지는 원심圓心이라는 법명을 가진 여승이다. 훗날 가씨 가문의 극단이 해체되었을 때 예관蕊官과 우관藕官이 그녀의 제자가 되어 출가한다.

지현知縣 벼슬 이름. 진·한 이래 군현제郡縣制에서 하나의 현縣을 다스리는 사람을 현령縣令이라고 했는데, 당나라 때는 현령의 업무를 대신히는 사람을 '지현사知縣事'라 불렀고, 송나라 때는 조정의 관리를 현에 파견하여 행정을 총괄하게 하면서 '지현사'라고 불렀는데 이것을 줄여서 '지현'이라고 했다. 지현은 해당 지역에 군대가 주둔해 있을 때는 군대 업무까지 총괄했다. 원나라 때는 현의 장관을 현윤縣尹이라고 했다. 명·청 시대에 지현은 해당 시역의 정식 장관으로서 정칠품에 해당하는 관리였기 때문에 속칭 '칠품예마관七品芝麻官'이라고도 불렀다.

천랑穿廊 건축 용어. 2개의 건축물을 중간에서 연결하는 복도로, 비를 막기 위해 유리 창을 설치하고 지붕을 얹은 것이다.

천서天書 하늘의 신선이 쓴 책 또는 편지. 고대 중국의 전설에서 복희伏羲 때 발견되었다는 '하도河圖'와 '낙서洛書'가 대표적인 천서라고 할 수 있다. 또한 '신서神書'라고도 하는데, 동한東漢 때 태평도太平道를 창시한 장각張角(?~184)이 얻었다는 『태평청령서太平淸領書』역시 우길于吉이 곡양曲陽(지금의 허베이[河北] 바오딩시[保定市] 서남쪽)의 샘물가에서 우연히 얻은 것이라고 한다.

천향루天香樓 건물 이름. 녕국부의 장손 가용의 아내 진가경이 거처하던 건물로서 회방원 안에 있다.

철금각綴錦閣 누각 이름. 『홍루몽』에 나오는 가상의 정원인 대관원 안의 대관루大觀樓를 기준으로 동쪽에 있는 높은 누각[飛樓]이며 철금루라고도 부른다. 이 건물의 위층은 영국부의 병풍이나 의자, 탁자, 꽃등[花燈] 등의 가재도구를 보관하는 창고로도 쓰인다. 정월 대보름에 가원춘이 친정을 방문한 후 이곳에 머문 바 있고, '철금각'이라는 이름을 하사했다. 훗날 이곳은 형수연의 거처로 쓰이기도 했다. 또한 이 건물은 물가에 자리 잡고 있기 때문에 태부인이 대관원에서 잔치를 벌일 때 이곳 아래층에 술자리를 마련하고, 연못 위에 있는 우향사에서 배우들에게 풍악을 연습하게 하기도 한다(제40회). 또 태부인의 생일잔치를 할 때는 가음당嘉蔭堂과 함께 손님들의 임시 휴식 장소로 쓰이기도 한다(제71회).

청주靑州 지명. 옛날 중국을 9개 지역으로 나눈 '구주九州' 중 하나이며, 대체로 태산泰山 동쪽에서 발해渤海에 이르는 지역을 가리키는 말이었다. 현대에 들어서는 산둥성[山東省]에 웨이팡시[濰坊市]에서 관할하는 칭저우시[靑州市]라는 지명도 있다.

초하객蕉下客 가석춘의 호. 제37회에서 가탐춘의 주재로 해당사를 결성할 때, 그녀는 자신이 파초를 좋아한다는 이유로 이런 호를 지었는데, 이 때문에 임대옥에게 놀림을 당한다.

촌맥寸脈 한의학 용어. 촌부寸部에서 잡히는 맥을 가리킨다. 손목의 맥을 짚을 때는 촌부와 관부關部, 척부尺部의 3곳을 구별하는데, 대개 손과 연결된 팔목의 끝 부분에 있는 요골橈骨(radius)에서 안쪽이 관부이고 관부의 앞쪽이 촌부, 뒤쪽이 척부이다. 일반적으로 왼손의 촌맥은 심장과 소장, 오른손의 촌맥은 폐와 대장의 상태를 나타내는 것으로 알려져 있다.

총록당叢綠堂 건물 이름. 녕국부 회방원 안에 있는 건물로서 가씨 가문의 사당과 가깝다. 제75회에서는 가진이 중추절에 처첩들을 거느리고 이곳에서 잔치를 하다가 불길한 소리를 듣는다.

축어柷敔 악기 이름. '축어柷圉' 또는 '축어柷敔'라고도 쓴다. 원래 '축柷'과 '어敔'는 음악 연주의 시작과 끝을 알리는 용도로 쓰였다는 설도 있고, 그런 구분이 없이 화음을 넣는 데 쓰였다는 설도 있다. 한나라 때 순열荀悅이 편찬한 『한기漢紀』 「무제기오武帝紀五」의 기록에 따르면, 나무로 만들어진 타악기의 일종인 듯하다.

친칠라 동물 이름. 친칠라(chinchilla) 과의 동물로서 몸길이가 25센티미터 정도이고 토끼와 생김새가 비슷하다. 등은 잿빛을 띤 청색이고 배는 누런빛을 띤 갈색이며, 눈과 귀가 크고 꼬리도 길다. 이 가죽은 상당한 고급으로 간주된다.

칠언절구七言絶句 중국 고전시의 한 형식. 한 구절이 일곱 글자로 된 절구를 말한다.

침하구우枕霞舊友 사상운의 호. 제38회에서 시 모임이 열릴 때 설보차가 사상운의 집에 있는 침하각枕霞閣이라는 정자의 이름을 따서 지어준 것이다.

투각透刻 조각 기법. 조각에서 재료의 면을 도려내어 도안을 나타는 것, 또는 그런 기법을 가리킨다.

파제破題 문학 용어. 명 · 청 시대에 과거시험의 답안 작성에 사용되었던 팔고문의 체제 중 한 부분을 가리킨다. 시험 제목의 뜻을 2구절의 운문으로 풀이한 것으로서 팔고문 중 맨 첫머리에 해당한다.

팔고문八股文 문체 이름. 명 · 청 시기에 과거시험의 답안 작성에 사용하도록 규정된 특수한 문체로서 시문時文, 사서문四書文, 제예制藝, 경의經義, 정문程文 등으로도 부른다. 이 문체는 파제破題, 승제承題, 기강起講, 입제入題, 기고起股, 중고中股, 후고後股, 속어결구束語結句의 8부분으로 구성되는데, 이를 통해 '사서四書'를 중심으로 한 유가 경전의 내용을 논술식으로 서술하는 것이다. 이 문체는 비록 '성인을 대신하여 논의를 세운다〔代聖立論〕'라는 명분을 내세우지만 사실상 각 부분에 비교저 엄격하게 규정된 형식에 따라 일정한 글자 수를 써야 하기 때문에 실질적인 자기주장이나 창의적인 내용은 쓰기 어려웠다. 이 때문에 당시부터 이미 많은 학자들에게 진정한 학문의 발전과 사대부의 인격 수양을 가로막는 장애물이라는 비판을 받았으며, 1902년에 공식적으로 폐기되었다.

편액區額 액사의 일종. 종이나 비단, 널빤지 따위에 그림을 그리거나 글씨를 써서 방 안이나 문 위에 걸어놓는 액자를 가리킨다. 종종 절이나 누각, 사당, 정자 따위의 입구 위쪽, 처마 아래에 걸려서 그 건물의 이름을 알려주는 현판과 같은 역할을 하기도 한다.

하성霞城　지명. 지금의 저장(浙江) 톈타이현(天台縣) 북쪽에 있는 적성산赤城山을 가리킨다. 이 산은 모양새가 성벽 위의 성가퀴(雉堞)를 닮았고 흙 색깔이 모두 붉은 색이어서, 멀리서 바라보면 노을에 덮인 것처럼 보이기 때문에 이런 이름이 붙었다고 한다. 다만 제78회에서 가보옥이 지은 「부용꽃 소녀를 위한 애도의 글[芙蓉女兒誄]」에서는 신선세계의 성을 의미하는 듯하다.

학정學政　벼슬 이름. 정식 명칭은 '제독학정提督學政'으로서, 각 지역(省)의 과거시험과 학교의 일을 관장하기 위해 조정에서 파견하는 관리이다. 또 '학대學臺' 또는 '학사學使', '학도學道'라고 부르기도 하는데 순무巡撫, 순안巡按과 더불어 정삼품에 해당하는 관직이다. 이 벼슬은 대개 한림원翰林院 또는 진사進士 출신의 조정 관리가 담당했다.

한림학사翰林學士　벼슬 이름. '학사'라는 벼슬은 남북조 시기에 처음 설치되었고, 당나라 초기에는 저명한 학자에게 황제의 조령詔令 초고草稿를 쓰게 했지만, 그런 일을 하는 사람을 가리키는 전문적인 칭호는 없었다. 그러다가 현종玄宗(712~755 재위) 때는 황제의 측근을 한림학사로 임명하기 시작했는데, 이 벼슬을 받은 이는 종종 재상宰相으로 승진했다. 북송 때도 한림학사는 제고制誥, 즉 황제의 조칙詔勅을 담당했다. 그러나 이후로는 점차 그 지위가 낮아졌는데, 그래도 명·청 시대까지 그 이름은 남아 있었다. 명나라 때는 재상에 임명된 사람은 모두 한림학사의 직무를 수행했다. 다만 청나라 때는 한림장원학사翰林掌院學士가 한림원翰林院의 장관이었고, 그냥 한림학사라고 칭하는 벼슬은 없었다.

항아嫦娥　선녀 이름. '항아姮娥'라고도 쓴다. 그녀의 출신에 대해서는 여러 가지 이설들이 있는데, 그녀가 바로 제준帝俊(즉 제곡帝嚳, 순舜)의 아내로서 12개의 달(月)을 낳은 상희常羲라고 하거나, 혹은 그 부부 사이에서 태어난 딸이라는 설도 있다. 일반적인 전설에 따르면 그녀는 후예后羿의 아내이며, 후예가 서왕모西王母에게서 얻어온 불사약不死藥을 훔쳐 먹고 달나라로 도망쳤다고 한다. 이후의 이야기에 대해서도 여러 가지 설이 있는데, 한나라 때는 그녀가 달나라에서 두꺼비로 변했다는 설도 있었다. 도교에서는 그녀를 달의 신(月神) 또는 태음성군太陰星君으로 받들며 '월궁황화소요원정성후태음원군月宮黃華素曜元精聖后太陰元君' 또는 '월궁태음황군효도명왕月宮太陰皇君孝道明王'이라는 존호를 붙여주었다.

해당사海棠社 시 모임〔詩社〕. 제37회에서 가탐춘의 주재로 결성된 것으로, 이날 모임에서 모두 해당화를 소재로 시를 지었기 때문에 모임의 이름을 '해당사'로 지었다.

해서체楷書體 서체 이름. 해서는 정해正楷, 정서正書, 진서眞書라고도 부르는 한자의 글씨체이다. 동한시대에 만들어진 이 글씨체는 예서隸書를 더욱 간략하게 개량하면서 획을 가로 세로로 반듯하게 만들고, 글씨 전체가 정사각형을 이루는 것이 특징이다. '해서'라는 명칭에는 '따라 쓰기에 좋다.'라는 뜻이 담겨 있다. 이 글씨체는 오늘날까지 한자의 정체正體로 간주되어, 인쇄된 서적에 찍힌 한자는 대개 해서체의 모양으로 되어 있다.

행각승行脚僧 불교 용어. 여러 곳을 돌아다니며 수행하는 승려를 가리킨다.

향주香珠 장신구 이름. 가루로 으깬 향 가루를 개거나 향료로 쓰는 목재를 다듬어 구슬 모양으로 만든 것이며, 오색 실로 그것을 여러 개 끼워서 염주처럼 차거나 걸고 다니면 더위를 피할 수 있다는 설이 있다. 일반적으로 18개를 꿰어서 만들기 때문에 '십팔자十八子'라고도 부른다.

현청縣廳 관서 이름. 현縣의 정사政事와 소송訴訟 등을 처리하는 곳이다.

현포玄圃 지명. 고대 중국의 전설에서 곤륜산崑崙山 꼭대기에 있는 신선의 거처로서, 온갖 기이한 꽃들과 바위들로 가득차 있다고 알려져 있다. 북위北魏 때 역도원酈道元이 편찬한 『수경주水經注』 「하수일河水一」에 따르면 그곳은 '낭풍閬風'이라고도 부른다.

형무원蘅蕪院 정원 이름. 대관원 안에서 설보차의 거처로 쓰인 곳이다.

형방刑房 관서 이름. 옛날 관아에서 형사 사건을 담당하던 부서이다.

형부刑部 관서 이름. 이부, 예부, 병부, 호부, 공부와 더불어 중앙 행정기구를 대표하는 육부 중 하나로서 '추관秋官' 또는 '헌부憲部'라고도 부른다. 청나라 때의 형부는 법률과 형벌, 옥사獄事를 관장하면서 독찰원督察院, 대리시大理寺와 더불어 중대 사건에 대한 처후 심리와 판결을 담당하는 '삼법사三法司' 중 하나였다.

호부戶部 관서 이름. 이부, 예부, 병부, 형부, 공부와 더불어 중앙 행정기구를 대표하는 육부 중 하나이며, 백성들의 호적과 토지, 세무, 재정 등을 관장하는 기관이다.

호북湖北 지명. 중국 중부의 창장〔長江〕 중류, 둥팅후〔洞庭湖〕 이북에 해당되는 곳이며, 후난〔湖南〕의 남쪽, 안훼이〔安徽〕의 서쪽, 장시〔江西〕의 서북쪽에 해당한다. 예로부터 이곳을 '악鄂', '초楚', '형초荊楚', '형양荊襄', '강한江漢' 등의 별칭으로도 불렀다. 오늘날 이곳의 성도省都는 우한시〔武漢市〕이다.

호신부護身符 부적의 일종. 자기 몸을 보호하기 위한 신령한 부적으로서 호부護符, 신부神符, 영부靈符, 비부祕符 등으로도 불린다. 승려나 도사, 무당 등이 부처나 보살, 하늘의 여러 신이나 귀신 등의 형상이나 진언眞言 등을 종이나 견과류에 적어서 만드는데, 입수한 사람이 몸에 지니고 다니거나 먹는다. 호신부는 용도와 목적에 따라 그 종류가 대단히 다양하다.

호신불護身佛 불상의 일종. 사악한 것을 피하고 몸을 지키기 위해 지니고 다니는 작은 불상이다.

황제내경黃帝內經 책 제목. 전국戰國 시기에 만들어진 의학 이론서로서, 현존하는 것 중 가장 오래된 책이다. 전설적인 헌원황제軒轅黃帝의 이름을 내세워 여러 명의 의사 및 의학 이론가들이 힘을 합쳐 편찬한 것으로 여겨지는 이 책은 『영추靈樞』와 『소문素問』의 2부분으로 구성되어 있으며, 황제와 기백岐伯, 뇌공雷公의 대화 형식을 빌려 각종 질병의 증세와 원인, 치료법을 서술하고 동시에 양생養生과 섭생攝生, 수명을 늘리는 방법 등을 제시하고 있다. 아울러 이 책은 한의학의 기초가 되는 음양오행설陰陽五行說과 맥상脈象, 장기臟器에 대한 이론의 출발점으로 여겨지기도 한다.

회방원會芳園 정원 이름. 녕국부의 정원으로서 그 안에 천향루天香樓, 웅희헌凝曦軒, 등선각登仙閣, 두봉헌逗蜂軒 등의 건물이 있다. 『홍루몽』 안에서 이 정원에 대한 묘사는 그리 자세하지 않으나, 정원 서북쪽에 연못이 있어서 그 물가에 건물들을 지었고, 동남쪽에는 가산假山이 있어서 산발치에 정자〔榭〕를 지어놓았다는 정도만 알 수 있을 뿐이다.

획권劃拳 놀이 주령酒令의 일종. '시권猜拳'이라고도 하며, 술자리에서 흥을 돋기 위해 한 사람이 몇 개의 손가락을 펼칠 때 다른 한 사람이 동시에 손가락을 펴 보이거나 주먹을 내밀면서 각자 한 가지 수자를 외치는데, 미리 정한 규칙에 따라 승패를 정하는 놀이다. 대개 두 사람이 펼친 손가락의 개수를 합친 숫자를 외친 사람이 승자가 되고, 진 사람은 술을 마신다. 우리나라의 가위바위보와 유사한 놀이다.

효취당曉翠堂 대청 이름. 대관원의 심방계沁芳溪 옆에 있는 가탐춘의 거처인 추상재秋爽齋 안에 있는 널찍한 대청으로, 제40회에서 태부인이 처음으로 대관원에서 잔치를 벌인 곳이다.

| 가부賈府와 대관원 평면도 |

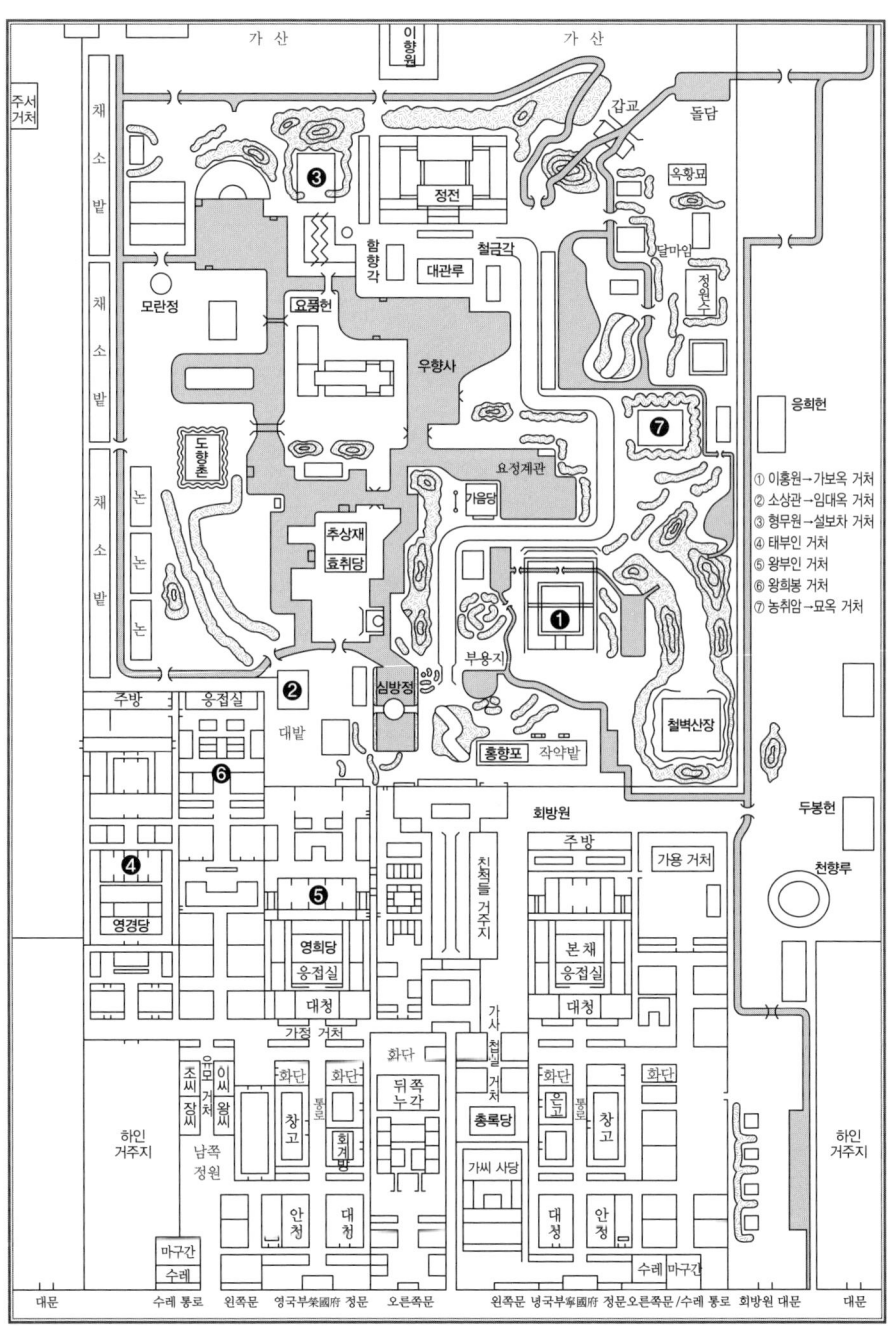

| 연표* |

회차	연차	계절/월일	주요 사건	참고
70	18	3월 1일	임대옥, 「복사꽃 노래〔桃花行〕」를 짓고 '도화사'를 설립.	
		3월 2일	가탐춘의 생일. 가정의 편지 도착.	
		늦봄	가보옥, 자매들과 함께 버들 솜을 주제로 시詞를 지음. 가보옥, 자매들과 함께 연 날림.	
71		늦겨울	가정, 영국부로 돌아옴.	이 무렵 태부인의 나이는 70세가 되어야 맞다는 설이 있음(또한 제62회에서 가탐춘이 한 말에 따르면 태부인의 생일은 1월이 되어야 함).
		8월 3일	태부인 팔순 생일. 영국부 할멈들과 우씨의 하녀들 사이에 말다툼이 벌어짐.	
		8월 4일	가씨 집안에서 잔치 벌임. 사기, 반우안과 밀회하다 원앙에게 들킴.	
72	19	8월 9일	사기 몸져누움. 원앙, 사기에게 문병. 원앙, 왕희봉에게 문병. 가련, 원앙에게 태부인의 금은 그릇을 빼돌려 빌려달라고 함. 왕희봉, 내왕의 아들과 채하의 혼약을 억지로 성사시킴. 가보옥, 가정의 시험에 대비해 밤을 새워 공부함.	
73		8월 10일	태부인, 하녀들의 도박 사건을 조사하게 함. 가영춘, 봉황 머리장식을 훔친 유모를 눈감아주려 하나 가탐춘이 나서서 해결.	
		8월 12일	'바보 언니〔傻大姐〕', 춘화가 수놓아진 향주머니를 주워 형부인에게 빼앗김.	

* 이 연표는 가보옥이 태어나면서 이야기가 시작된 첫 해를 기점으로 하여 주요 사건을 날짜별로 정리한 것이다. 다만 『홍루몽』은 판본의 전승 과정이 복잡하기 때문에 연월일과 계절에 대한 기술이 정확하지 않고 뒤섞이거나 잘못된 부분도 적지 않다. 특히 제80회 이후로는 연월일에 대한 서술이 거의 없다. 이 때문에 날짜의 경우는 간혹 문맥을 바탕으로 추측한 것도 있어서, 하루 이틀 정도의 오차가 있을 수도 있음을 밝혀둔다.

74		왕부인, 춘화가 수놓아진 향주머니 때문에 왕희봉 질책.	이 무렵 설보차는 어머니의 병환을 핑계로 대관원을 나가 자기 집으로 돌아감.
	8월 13일	왕희봉, 왕주아댁 등과 함께 대관원 수색.	
		우씨, 가석춘과 말다툼.	
		우씨, 가진 등이 도박하고 술 마시는 장면을 훔쳐봄.	
75	8월 14일	가진, 처첩을 거느리고 밤에 잔치를 하다가 불길한 한숨 소리를 들음.	
76	8월 15일	태부인, 중추절 달구경을 위해 잔치 엶.	
		임대옥, 사상운과 함께 요정관에서 연구聯句 지음.	
77	8월 16일	왕부인, 사기와 청문, 사아, 방관을 내쫓음.	
		가보옥, 청문을 찾아감.	
		청문 사망.	
78	19	8월 17일	방관, 우관, 예관 출가하여 승려가 됨.
			가보옥「궤획사姽嫿詞」와「부용꽃 소녀를 위한 애도의 글〔芙蓉女兒誄〕」을 지음.
79	?	설반, 하금계와 결혼.	
		가보옥, 수심으로 병이 들어 100일 동안 외출을 금지 당함.	
		가영춘, 손소조에게 시집감.	
80	?	하금계, 향릉의 이름을 추릉으로 바꿈.	
		설반, 보섬을 첩으로 들임.	
		향릉, 억울하게 설반에게 매질을 당함.	
	11월 하순	가보옥, 외출 금지가 풀림.	
		가보옥, 천제묘의 왕도사에게서 질투를 고치는 엉터리 처방을 들음.	
		가영춘, 친정에 들러 남편의 학대를 하소연함.	
81	?	가보옥, 가탐춘과 형수연, 이문, 이기와 함께 낚시를 하여 운수를 점침.	
		마도사, 염마법을 쓰다가 들통 나 감옥에 갇힘.	
		가정, 가보옥을 불러 훈계하고 다시 서당에 나가게 함.	
82	20	?	가대유, 가보옥에게 '사서四書'의 뜻을 설명하며 훈계함.
			임대옥, 악몽을 꿈.
			자견, 임대옥의 가래에 섞인 피를 보고 놀람.
83		?	가보옥 몸져누움.
			왕부인, 의원을 불러 가보옥과 임대옥을 진맥하게 함.
			태부인, 가속들 이끌고 궁궐에 들어가 가원춘을 문병함.

84	?	태부인, 가정에게 가보옥의 혼사에 대해 이야기함. 가정, 가보옥의 학문을 시험함. 가피저, 경기를 일으킴. 가환, 가피저의 약을 엎질러 다시 원한을 삼.	
85	20 ?	가정과 가사, 가진과 가련, 가보옥을 데리고 북정군왕의 생일잔치에 감.	
	이튿날	가정, 낭중으로 승진.	
	이틀 후	임대옥의 생일. 설반이 살인죄로 감옥에 갇혔다는 소식이 전해짐.	
86	?	설과, 뇌물을 뿌려 설반의 목숨을 구하려 함. 주周귀비 서거. 임대옥, 가보옥에게 거문고에 대해 이야기해줌.	

홍루몽 5

1판 1쇄 발행   2012년 12월 5일
1판 4쇄 발행   2024년 11월 18일

지은이   조설근
옮긴이   홍상훈
펴낸이   임양묵
펴낸곳   솔출판사

주소   서울시 마포구 와우산로29가길 80(서교동)
전화   02-332-1526
팩스   02-332-1529
블로그   blog.naver.com/sol_book
이메일   solbook@solbook.co.kr
출판등록 1990년 9월 15일 제10-420호

ISBN   978-89-8133-620-2 (04820)
          978-89-8133-623-3 (세트)

• 잘못된 책은 구입한 곳에서 바꿔드립니다.
• 책값은 뒤표지에 표시되어 있습니다.